哈尔滨·上
ХАРБИН

[俄罗斯]叶夫格尼·安达史凯维奇 著 陈玉增 邢淑华 译

哈尔滨出版社

黑版贸审字08-2016-113号
图书在版编目（CIP）数据

哈尔滨：全2册／（俄罗斯）叶夫格尼·安达史凯维奇著；陈玉增，邢淑华译.—哈尔滨：哈尔滨出版社，2018.6
（哈尔滨记忆）
ISBN 978-7-5484-3144-2

Ⅰ.①哈… Ⅱ.①叶…②陈…③邢… Ⅲ.①长篇历史小说-俄罗斯-现代 Ⅳ.①I512.45

中国版本图书馆CIP数据核字（2017）第026423号

Copyright ©Харбин writen by Евгений Анташкевич

书　　名：哈尔滨·上
作　　者：[俄罗斯]叶夫格尼·安达史凯维奇　著　陈玉增　邢淑华　译
责任编辑：颜　楠　张　薇
责任审校：李　战
封面设计：孜闻书装坊
版式设计：哈尔滨今佳快印有限公司
封面绘画：母绍锋

出版发行：哈尔滨出版社（Harbin Publishing House）
社　　址：哈尔滨市松北区世坤路738号9号楼　　邮编：150028
经　　销：全国新华书店
印　　刷：哈尔滨市石桥印务有限公司
网　　址：www.hrbcbs.com　　www.mifengniao.com
E－mail：hrbcbs@yeah.net
编辑版权热线：（0451）87900271　87900272
销售热线：（0451）87900202　87900203
邮购热线：4006900345　（0451）87900256

开　　本：787mm×1092mm　1/16　印张：62.75　字数：783千字
版　　次：2018年6月第1版
印　　次：2018年6月第1次印刷
书　　号：ISBN 978-7-5484-3144-2
定　　价：268.00元（全两册）

凡购本社图书发现印装错误，请与本社印制部联系调换。
服务热线：（0451）87900278

献　给：

安达史凯维奇·薇拉·格奥尔吉耶夫娜

安达史凯维奇·米哈伊尔·吉洪诺维奇

叶莲娜·亚历山大罗夫娜·皮丘金娜·加加林娜

题　诗

我想俄罗斯就是一部部经典，
我们展读之余，已是刻骨铭心，
一如红菜汤，发面饼，烤馅饼，蜂蜜饼一般，
还有那浅吟低唱，哀愁淡淡。
圆顶，圣像黯然，
父亲把褪色的肩章，
藏在圣像旁边，
万事皆成陈迹，老者已逝若尘烟。
钟声嘀嗒响，灵车辚辚相伴。
俄罗斯啊，唉声叹气。
俄罗斯啊，泪已哭干。
俄罗斯啊，苦不堪言。

——哈尔滨女诗人拉丽萨·安德松

"一个人如能日复一日苦其心志，晨昏不辍，必能使其肉身趋向永生，达到自由自在的境界。"

——（日）山本恒友《武士大典》

"精神就这样居高临下，俯瞰被其抛弃的肉身！"

——（俄）费·伊·丘特切夫

长篇小说《哈尔滨》叙述的故事在很大程度上是特工人员为掩护自己的身份而杜撰的个人履历。叙述的事件内容则以十九世纪末到二十世纪末发生在中国满洲和俄国的真实事件为基础。

"杜撰履历"是特工人员群体使用的专有名词,指一个人或者多个人潜入敌国执行秘密任务的综合信息。杜撰履历包括一个人的真实情况及为迷惑敌人而专门编造的情节。

《哈尔滨》一书中的杜撰履历只有几个人物是虚构的,并非全部,因为在他们的故事中使用了许多人回忆当年真实生活的片段,还有在满洲土生土长的俄国人的亲身经历,这些人还健在,并生活在莫斯科,以及俄罗斯其他地方。当然,作者使用这些资料是经过他们的认可和同意的。

人物介绍

◎ 亚历山大·彼得罗维奇·冯·阿代伯格：德国贵族出身，男爵。爱称：萨沙、萨申卡。沙皇俄国时期外贝加尔地区边境保安情报官，高尔察克部队侦察部门副总监，曾负责押运最后一列黄金储备列车。上校，曾在哈尔滨俄侨难民委员会工作，后任哈尔滨俄国侨民局三处副处长。曾用假名：亚历山大·彼得罗维奇·考仁。绰号：子弹。

◎ 安娜·柯萨维里耶夫娜·拉杰茨卡雅：亚历山大·彼得罗维奇·冯·阿代伯格之妻，波兰贵族出身，曾为芭蕾舞演员。爱称：安努士卡、安妮史卡、安妮。

◎ 亚历山大·亚历山大罗维奇·冯·阿代伯格：亚历山大·彼得罗维奇·冯·阿代伯格和安娜·柯萨维里耶夫娜·拉杰茨卡雅之子。爱称：萨士克、萨沙、萨申卡。哈尔滨工业大学校（现哈尔滨工业大学）建筑工程系毕业，曾任职哈尔滨日本建筑材料运输公司，后加入苏联国籍，苏联侦察员，苏军战俘营军官，上尉。绰号：叶尼塞。

◎ 库吉玛·伊里奇·杰里诺夫：高尔察克部队陆军准尉，通信班长，电报员。落难后与亚历山大·彼得罗维奇·冯·阿代伯格一起从布拉戈维申斯克(海兰泡)偷渡到中国。他被亚历山大·彼得罗维奇·冯·阿代伯格收留，并与阿代伯格一家一起生活在哈尔滨。

◎ 索妮娅·尼古拉耶夫娜·拉尔森：亚历山大·亚历山大罗维奇·冯·阿代伯格(萨士克)的朋友，"年轻的丘拉耶夫卡"诗社成员，诗人。爱称：索妮奇卡。日本关东军驻哈尔滨军事使团成员宫泽光一的暗恋对象。后去上海及法国。

◎ 薇拉·尼古拉耶夫娜·拉尔森：索妮娅的妹妹。爱称：薇拉奇卡。

◎ 穆拉：哈尔滨市电话站接线员，苏联情报员，亚历山大·亚历山大罗维奇·冯·阿代伯格(萨士克)的女朋友。爱称：穆拉奇卡。

◎ 尼古拉·瓦西里耶维奇·乌斯特里亚洛夫：教授，亚历山大·彼得罗维奇·冯·阿代伯格的朋友。

◎ 娜达丽娅·谢尔盖耶夫娜·乌斯特里亚洛娃：尼古拉·瓦西里耶维奇·乌斯特里亚洛夫之妻。爱称：娜达申卡。

◎ 包利斯·瓦西里耶维奇·奥斯特洛乌莫夫：原中东铁路管理局局长。

◎ 尼古拉·阿波罗诺维奇·拜可夫：沙皇军官，曾在喀尔巴阡山作战。亚历山大·彼得罗维奇·冯·阿代伯格的朋友。作家。

◎ 梅利尼克夫：曾任苏联驻哈尔滨总领事馆总领事。

◎ 高尕·扎包洛特内：亚历山大·亚历山大罗维奇·冯·阿代伯格(萨士克)的同学。

◎ 瓦洛佳·斯洛波得奇可夫：亚历山大·亚历山大罗维奇·冯·阿代伯格(萨士克)的同学。

◎ 米士卡：外贝加尔梅索瓦亚地区猎人，救过亚历山大·彼得罗维奇·冯·阿代伯格两次，是亚历山大·彼得罗维奇的救命恩人。

◎ 张氏兄弟：一家曾居住在布拉戈维申斯克（海兰泡）对岸的萨哈梁（黑河）地区。

◎ 大哥张伟：红方抗日游击队侦察员，被日本人抓住残酷折磨致死。

◎ 二哥张小松：俄国名字：安多士卡。曾在边境地区从事走私活动，在一次与雷切夫团伙在兴安岭地区争夺黄金火拼中受重伤，被亚历山大·彼得罗维奇·冯·阿代伯格救活，从此结识。哈尔滨地下工作者的领导者之一。

◎ 三哥张文祥：俄国名字：亚历山大·菲多罗维奇·安东诺夫。绰号：三哥。六七岁走失后到了哈巴罗夫斯克（伯力）地区，后任苏联内务事务委员会远东局行动处长，大尉。

◎ 老四张胖子：做古董生意，哈尔滨地下工作者之一。

◎ 浅草熊：日本关东军驻哈尔滨军事使团头目，将军。东京外国语学校俄语系毕业生。

◎ 宫泽光一：俄国名字：考斯佳。日本关东军驻哈尔滨军事使团工作人员，大尉，日本早稻田大学俄语系毕业生。

◎ 野村：俄国名字：康斯坦丁。日本关东军驻哈尔滨军事使团宪兵队队长，东京外国语学校俄语系毕业生。

◎ 康斯坦丁·弗拉基米洛维奇·罗扎耶夫斯基：俄国法西斯党头目。

◎ 米哈伊尔·卡皮托诺维奇·索罗津：高尔察克部队军官，中尉，曾与亚历山大·彼得罗维奇·冯·阿代伯格一同押运最后一列黄金储备列车。当过中国警察，后为日本特务。

◎ 艾恩小姐：英国人，曾是米哈伊尔·卡皮托诺维奇·索罗津在东京时的女友，后回英国。

◎ 斯切潘·菲多罗维奇·索罗维约夫：苏联军官，侦察员。爱称：斯切潘卡。

◎ 叶甫盖尼·马利采夫：苏联部长会议国家安全委员会首席特派员，苏联军官，大尉。

◎ 谢尔盖·彼得罗维奇·拉比谢夫：苏联侦察员，苏联驻哈尔滨总领事馆工作人员。

◎ 谢尔盖·阿凡纳希耶维奇·雷切夫：(阿塔曼)高尔察克部队外贝加尔地区军官。

◎ 朵拉·米哈伊洛夫娜·丘里柯娃：野村之妻，雷切夫的情妇，妓院老鸨。

◎ 阿金菲：神父。

◎ 爱德华·谢苗诺维奇·尤什克夫：苏联国家安全委员会远东边防局局长。国家三级政治委员。叛逃分子。

目 录
MULU

第一部分
第一章
第一节	015
第二节	033
第三节	046
第四节	048
第五节	058
第六节	066
第七节	078
第八节	084
第九节	087
第十节	102
第十一节	112
第十二节	116

第二章
第一节	127
第二节	130
第三节	143
第四节	146

	第五节	154
	第六节	168
	第七节	174
	第八节	183
	第九节	186
	第十节	189
	第十一节	193
	第十二节	203
第三章		
	第一节	213
	第二节	217
	第三节	227
	第四节	231
	第五节	269
	第六节	280
	第七节	285
	第八节	289
	第九节	300
第四章		
	第一节	319
	第二节	330
	第三节	355
	第四节	366
	第五节	397
	第六节	406
	第七节	415

第一部分

斯切潘·菲多罗维奇·索罗维约夫登上台阶，把证件递给准尉。准尉站在那儿两腿无力，接过证件在桌上翻看一番，然后把目光转到上校那条足有两巴掌宽的勋章绶带上，直了直腰说道："请进吧！"

准尉敬了个军礼："怎么这么早，上校同志，睡不着吧？"

"前上校……您不知道，这是老习惯了，许多年一直都是早早起来……得适应时差……差七个钟头呢……"

"可我们这里没有前上校啊，上校同志！至于倒时差的事……"准尉微微一笑，说道，"当然啰，我知道，自己飞过来，然后会很难受！"

斯切潘·菲多罗维奇看了看他，道谢之后，便走过大厅，往左拐上楼。"真是个话痨！时间长站累了！大概一夜都没人跟他说句话！"

索罗维约夫上校应老战士委员会的邀请参加地区安全局成立七十周年庆祝大会，于昨晚从莫斯科飞抵这里。一些年轻的同事手捧鲜花在舷梯旁隆重地欢迎他。斯切潘·菲多罗维奇从机场被接到宾馆，在房间里刚刚进行完简单洗漱和放好不多的随身用品,电话铃声就响了。

"莫非要给我派个专列不成?"他微微一笑,"不至于呀!何况我已是孤家寡人一个,谁会听命于我呢?"

他拿起话筒:"您好!"

"斯切潘·菲多罗维奇,对不起打扰您,我想您用十五分钟到二十分钟打开行李,收拾收拾自己足够了,然后您便可以进城,您是此地人,哈巴罗夫斯克(伯力)人,因此我才打扰您!"话筒里是年轻人的声音,说话声很大。

"好啊,好啊,"斯切潘·菲多罗维奇把话筒离耳朵远一点儿,"对不起,请问您是哪位?"

"噢,请原谅,我是叶甫盖尼·马利采夫,刚才去机场接您,有点儿秃顶的那个……"斯切潘·菲多罗维奇想起来了,在欢迎的人群中有这么一个健谈、快乐的年轻人。

"我听着呢,叶甫盖尼,您的父名怎么称呼?"

"就简单叫我热尼亚好了!"

"我听见您说的了,就叫热尼亚!"索罗维约夫觉得电话里的声音底气十足,颇为悦耳。

"斯切潘·菲多罗维奇,请您原谅我,在从机场回来的路上您已经知道我来自莫斯科,说话无意中涉及我,真不太好意思。"

"我这个哈巴罗夫斯克(伯力)人,有点好奇你这个莫斯科人,怎么阴错阳差来到此地了呢?"

"是的!不好意思打断您,不过,您吩咐我查的档案,我找到了。如果您不是特别疲劳,可以看一看。"

"你是说就在此时此刻吗?"

"不是现在,"电话里的声音一时语塞,"您大概想休息休息或者去城里随便走走。"

索罗维约夫没等他说完便说："是的,热尼亚,你想对了,那就明天吧!我的确有点儿累,所以今天——没有法子了!好吗?"

"什么,什么?您说什么?"

索罗维约夫想了片刻："不,不,没什么!明天再说吧!"

"当然了,那好吧,斯切潘·菲多罗维奇!那就等明天再说!休息吧!我早晨叫您!"

索罗维约夫说声"再见",撂下话筒,转身来到窗前。

他这个宾馆单人间的窗子对着列宁广场,他从小就熟悉这里,不过那时还没铺地面。从四楼骋目望去,前面的景物便尽收眼底,喷泉已装点一新,射出的水柱哗哗作响,聚集一天的暑气蒸腾而上,映衬出的幻象似市民们携儿带女闲游漫步。一面墙上展示着照片样品,几个街头照相师被太阳晒得懒洋洋地坐在旁边,脖子上挂着照相机,远摄镜头坠在膝头。

房间又窄又闷,可索罗维约夫并没打开小通风窗,他怕蚊子飞进来,更讨厌的是小咬儿,在哈巴罗夫斯克(伯力)整个夏季都不叫人安生。刚刚经历辛苦的飞行,毕竟年逾古稀,心脏开始隐隐作痛。斯切潘·菲多罗维奇从纸包里取出一片药,看也不看就放在舌头底下,这是妻子为他准备的。

清晨他早早醒来,大约五点钟,他知道自己再也睡不着了,便穿上衣服出去了。

晨光熹微,太阳在宾馆后面,在他的身后升起,广场对面的房子依稀可见:高高的党校大楼,白色大理石贴面的市立医院,一半还沉浸在阴影之中。斯切潘·菲多罗维奇喜欢这清晨时分,夜已尽,清凉但不冷峭,再看那蔚蓝的天空,如此清澈,任你久久仰望,总也看不到边际。

他回头看看宾馆正门台阶,他刚才还站在那里。普希金大街像个天平把左右分开:往左是乌苏里林荫大道,原来有一条叫普留斯宁卡的小河流过那里，他的家就在那河岸上；往右是阿穆尔林荫大道，那里也曾有一条小河，叫切尔代莫夫卡。

斯切潘·菲多罗维奇下了台阶往左看，一下看到了自己的家，深褐色的砖房，很结实。看得出这栋房子并没改建，只是他曾跑上跑下的外楼梯没有了。本来可以靠近看一看，但内心提醒他："不必了！那里已是陌生人家！"

他又伫立片刻，然后穿过广场。

斯切潘·菲多罗维奇从莫斯科起飞之前突然想到："可能认得出来，也可能认不出来！也许这座城市已经不认得我了！没有法子！不管了！"

"我能认得出来还是认不出来呢？"他边走边想，"我在这儿度过了多少年呢？在这儿出生，受洗礼，上学，后来去莫斯科，那是二十世纪三十年代初期！后来，在一九四五年又重归故里。再后来呢？后来去了中国，去了哈尔滨！后来主人下了逐客令，是一九五七年还是一九五八年呢？是什么时候我们被请出哈尔滨的呢？"他在喷泉旁边停下脚，这么早还没开始喷水。"对了，好像是一九五八年被请离的。从那以后就在这里无事可做，向上级递了辞呈！"

局办公楼前面的大广场铺了沥青地面，空荡无人，停着三辆执勤汽车：一辆是内务总局的浅灰色伏尔加，一辆是特勤处的乌阿斯吉普，挂着黑色军用车牌，还有一辆是国安局的黑色伏尔加。别看这么早，准尉连问都没问值班员允许不允许，就放他进去了。

门上雕花的老式铁楼梯发出轰隆轰隆的单调响声，一直上到五楼，空无一人，寂静无声。索罗维约夫忘了把门轻轻带上，所以门咣当一声响，好像在抱怨："见你的鬼，老家伙！瞧你把值班员给惊醒了！等会儿他该发牢骚了！"

他踩得地板咯吱咯吱响，回声在走廊里荡漾，他往左拐朝哈巴罗夫斯克（伯力）地区局侦察处叶甫盖尼·马利采夫的办公室走去，看看门上的搪瓷牌555，从门楣上取下钥匙。

他进的这间屋子天棚高、宽度窄，屋里摆着三张办公桌，立着三个保险柜；他环顾四周，看见墙上挂着一张大地图，可以说非常之大，上面的标题是：

苏联及周边地区图

"瞧我们的领土多大呀！从北极到孟买和加尔各答，"索罗维约夫走到地图前，仰起头说，然后他从左向右，再从右向左看，"从英国到日本！"

地图很漂亮，是色彩鲜艳的地形图：有山川、河流、湖泊和森林，红色的国境线很细，依稀可辨。斯切潘·菲多罗维奇见到这张地图感到惊奇，站在那儿审视良久。他喜欢地图上的边界线若隐若现，不分欧洲和亚洲，各个民族与民众都能自由往来，再不用担心什么偷越国境了。

"这标题也对，苏联及周边地区图！"他微微一笑，心里想，转身看见对面墙上也挂着一张地图，右上角写的是：

北满地图　中东路经济处出版　一九二六年

这张地图小一点儿，但也够大了，且不是彩色的。索罗维约夫走到前面："不过也不是黑白的，用黑墨把城市、道路、水路、电话线，以及其他项目绘制在白纸上，那白纸早已失去了白色。因为年代久远，泛出淡淡的象牙色，所以更像被岁月侵蚀的古代羊皮纸。"

斯切潘·菲多罗维奇看着这张图，觉得眼熟，好像在什么时候见过。这回屋里只剩他一个人了,他看了看周围,索性取下底边的图钉,翻开一角看看背面,已经破损的图纸贴了一层纱布,印着"远东地区内务人民委员会"的方戳,紫色的印油已经褪色,登记日期为一九四六年。这么说这张图是作为战利品落到总局手里的,一九四六年他已经同中国共产党人在哈尔滨共同工作,和战利品并没有什么关系,稍微往上一点儿,他发现"销毁"的字样,是用蓝铅笔写的,笔道粗硕,签名用的花体字更是龙飞凤舞。

的确,一九四六年他在哈尔滨工作,虽然没见过这张图,却还是有点印象……

"斯切潘·菲多罗维奇,您已经先到了?"

索罗维约夫一惊,回身看见叶甫盖尼·马利采夫气喘吁吁地站在那里。

斯切潘·菲多罗维奇让了让,请他在狭窄的桌子中间过去:"是啊,热尼亚!谢谢你!照您交代的,钥匙我找到了。你怎么来得这么早?干吗不在家里待着?"

"是这样,斯切潘·菲多罗维奇,我现在是一个人与小女儿'熬'苦日子,妻子正在医院里住院。"进来的这位高个子年轻人,脸蛋胖乎乎的,有点儿谢顶,喘着粗气,"跑了一趟牛奶站。"

"女儿多大了?"斯切潘·菲多罗维奇打听道。

"一岁多一点儿。我马不停蹄地为她忙吃忙喝,幸亏有个女邻居,感谢她帮了大忙。"

"是年轻的女邻居吗?"索罗维约夫有些好奇。

"是啊!"马利采夫惊讶作答。

"那就快往家跑吧!喂她吃饱喝足,不然那个小可怜怎么受得了,我指的是你女儿!"

马利采夫脱口答道:"好吧,谢谢,斯切潘·菲多罗维奇!如果您全找到了,那我就跑一趟!"马利采夫边说边回身朝门口走去。

"请慢走!"索罗维约夫叫他停下,"这张图是从哪里来的?"他指着那张满洲地图问道。

"啊——啊——啊!我知道您喜欢,这儿还有一张一九三八年出版的哈尔滨地图呢,名称用的都是俄文,是俄侨出版的,您想看一看吗?"马利采夫说到"哈尔滨"一词时把重音放在最后一个音节上。

"是吗?你是从什么地方得到的?"

"是从档案中得到的,准确地说,是缴获的战利品!这一张,"他指了指那张满洲地图,"是我那些前任老同事留下来的,而哈尔滨地图是我自己淘到的。"

"原来是这样。"斯切潘·菲多罗维奇有些吃惊,"来吧,让我见识见识!"

马利采夫拉开桌子最下面的抽屉,从里面取出叠成几折的地图。他正要把图展开,但斯切潘·菲多罗维奇制止了他:"就这样吧,年轻人!如果这么干,到晚上也干不完,那样就该把你的女儿饿坏了。我看得出来,你对这些东西也感兴趣!"

马利采夫耸了耸肩膀,表示同意。

"你把这图留下,自己赶紧走,否则你那位芳邻该不高兴了,这你心中有数……"斯切潘·菲多罗维奇意味深长地扬了扬眉,"没办法!没有法子!"

马利采夫又冒出一句:"您说什么?'没有法(房)子?'这是什么意思?"

"过后我再解释,快去吧!"

索罗维约夫见马利采夫迟迟未动,像是要问自己什么问题似的,便朝他挥了挥手,马利采夫又磨蹭片刻,拿起钥匙走出办公室。

"是个苗子,好苗子!我们当年就是这样意气风发……"索罗维约夫拉过一把椅子坐下，开始把桌上那盏黑色弯腿台灯往边上推了推，然后把俄侨出版的哈尔滨地图展开，"哈尔滨，这就对了！重音放在最后一个音节上！"他开始仔细看，用手指着街道的名字："……炮队街、哥萨克街、西经纬街、霁虹桥，这是医院，日本军事使团就在这条街上，大直街……"于是，重新确认一下挂在身后的墙上和放在桌子上的这两张地图，凭感觉的确是自己用过的老地图。

"算了吧，就别往这些地图上多费心思了，看看还给我们准备了什么。"

桌子上放着两份卷宗，他拿过上面那份，很薄，原来是浅蓝色的，如今已经褪色了，封皮上盖了多个紫色的方戳，一看就知道这是档案，上面用手写的印刷体字母注明：

苏联内务人民委员会哈巴罗夫斯克地区总局

第十六特别分队

侦查案件

日本帝国军事使团

哈尔滨市

机关工作人员

宫泽光一大尉

第三十八卷

一九四六年

他把这一份推到一旁，拿起另一份，沉甸甸的，褐色封面上也用紫色墨水写着：

侦查档案

《子弹》

第一卷

开始：一九二二年

结束：一九四六年

"子弹！正是这个！"斯切潘·菲多罗维奇取下松紧带，打开本夹子，掉出一张小纸片，差一点儿从桌面上滑落下去，斯切潘·菲多罗维奇一巴掌按住了。这张纸是从台历上扯下来的，边上还有两个打孔，索罗维约夫拿在手上读起来：

一九三八年

二月二十三日

星期三

红军日

二十周年

下面用小字写着"日出……日落……白日为继"等等。索罗维约夫惊讶地把目光转过去，本夹子上标明的是"一九四六年"。

"你这是从哪里掉出来的呢？从第三十八卷掉出来的！"

他把这张纸放在桌上，又看一眼卷宗，慢慢地靠在椅背上。

"子弹！就是这个！"

索罗维约夫觉得心脏有点儿发颤、胸闷，开始呼吸困难。他有些奇怪，心里想："哎，这该死的飞行！"他的脑门儿和面颊开始冒冷汗，湿乎乎的手心里攥着硝酸甘油片。他取出一片放在舌头底下，让它一点点溶化。过一会儿，一股热流涌过全身，他感到头晕，但很快就过去了；为了确认已无大碍，他又在椅子上坐了几分钟，然后起身走出办公室。他走得很慢,让心跳平稳,他走到走廊尽头,一直到楼梯平台的大窗户前面,靠近侧电梯,他记得这电梯好像从来没使用过。窗外景色迷人,蓝色的阿穆尔河(黑龙江)沐浴在晨曦之中,海赫齐尔山峦云雾缭绕。

"子弹!真出我所料!"他心里想,"亚历山大·彼得罗维奇!冯·亚历山大·彼得罗维奇男爵,亚历山大·彼得罗维奇,您在这故纸堆中沉睡了多久呀……"

他站了一会儿,等心跳平稳了,又回到办公室。

前面几页已经破损不堪,《文件目录》和《案件的处理决议》《履历表》也订在一起:

"子弹"
亚历山大·彼得罗维奇·冯·阿代伯格男爵
出生年:一八八五年
出生地:米塔瓦市,波罗的海沿岸地区世袭贵族,男爵。

第一章

第一节

机车一声长啸,堕入浓烟与水雾之中,刹闸时车钩撞得咣当咣当响,由几节车厢组成的专列颤动一下,停下了。捷克军团的士兵们荷枪实弹,密密麻麻地站在月台上。

"这是怎么回事?米哈伊尔·卡皮托诺维奇?"

"我也说不准,亚历山大·彼得罗维奇,不过,总的来看……让我去给您看看究竟出什么事了。"

"不必了,中尉,我自己去看看。你们拿好武器看好列车就是了!"

从站台侧面标有红十字徽志的车厢台阶上跳下一名军官,身穿俄国军装,戴着上校肩章,木板铺地的站台表面挂满霜花,他快步朝站门口的一群捷克军官走去。

"最高执政的专列!为什么不让通过?"他喝道,"谁是领头儿的?"

一个军官站出来,向他行了军礼。

"我是中尉甘卡!"他夹杂着轻微的口音自我介绍,"捷克军团第三师师长普尔哈尔,上校老爷有令,命令你们交出机车与车厢,由我方没收接管,请交出武器。"

"什么命令?什么命令?我是上校,冯·阿代伯格男爵。我再重复一遍,中尉,这是最高执政的专列!"他紧握佩刀,但已无济于事,捷克人咔嚓咔嚓地将枪上膛,抵抗是没什么意义的。上校把佩刀和手枪扔在月台地板上,由两名士兵看着走进站房。当他走过捷克军官的身边,惊奇地发现他们背后有一张皮肤黝黑、颧骨凸起、两眼上挑的亚洲面孔,这张面孔被一顶大皮帽子包得严严实实。

"此地也有这些人!"

阿代伯格上校被捷克人逮捕的第三天,他在早晨发觉没给自己送菜汤,外面的门锁也砸掉了。他一脚把门踹开,便出去了。牢房好像是他们自己造的,底下有个空间与候车室相通,并有自己的出口。上校走出去,来到木板铺成的月台上。第一道是单行线,现在没有车,前天他们的专列就被捷克人堵截在这里。在相邻的双行线上停着一辆装甲机车,从底盘下面一股一股地冒出蒸汽。捷克士兵正往这里运沙袋,摞在平板车边上。沙袋中间留出枪眼,在靠近机车的地方已架好一挺马克沁机枪。平板车边上人头攒动,机枪的粗大枪管在上下左右调节方向。

"盟军这是在调试射击方向!"亚历山大·彼得罗维奇心想。

"喂,大老爷先生!"他听见人家在嘲笑,"可别乱动啊,我会瞄准你的!"

从平板车上传出一片笑声,扛沙袋的士兵们停住脚步,想弄清这欢声笑语因何而起。此刻很安静,突然在双行线有另一辆机车向站台开过来,拖着两节平板车,后面还挂着几节加温货车。拖着平板车的机车开到与装甲机车平行时鸣笛示意,对方也以笛声回礼,那辆机车便拖着平板车继续前行了。

"这是一辆调车机车!还要给装甲机车加挂平板车!"

亚历山大·彼得罗维奇在经过几个昼夜的关押之后，总算见到移动的车辆和洒下的阳光了。

从调车机车牵引的头一节加温车上跳下一位矮个子挎长刀的军官，他在雪水结成的冰面上险些滑了一跤，站稳之后朝这列车厢喊了一嗓子。亚历山大·彼得罗维奇听出来了，他叫大家谁也别出车厢，因为几分钟之后火车就出发了。

捷克军官的喊声传到他耳朵里。

"妈的！我还在这儿站着干吗？还嫌跟捷克人打交道不够吗？应该趁早开溜，都两天没开枪了，还不得赶快过过枪瘾！"他往四周看了看，有一扇门离自己几步远，直通站房。"不过首先得找到电报室！"正在这时门开了，从屋里出来一位戴制服帽穿制服大衣的铁路职工，亚历山大·彼得罗维奇朝他走了一步，可人家左右瞅了一眼，转身离开了，好像故意回避他或刚到的那些捷克人。亚历山大·彼得罗维奇觉得奇怪，但没等喊他一声便进了一间小厅。左面是售票室：从相当干净的玻璃窗可以看到屋里无人，在靠窗的桌子上放着大纸盘的电报纸，纸袋没精打采地耷拉着，纸盘没转，机器本身也没像平时那样嗒嗒作响，纸带也不颤动。

"停止工作了！关机了！联系中断了！"他脑子里闪过这些念头，他明白了，从这个车站与最高统帅部取得联系是没门儿了。

"刚才出去那个铁路员工，"他想，"大概是售票员、站长，也可能是电报员！"

他把大厅扫了一眼，看见右角有一个从地板到天棚的黑色铸铁炉子，整个大厅和刚刚囚禁他的牢房都靠这个炉子取暖，炉子旁边还有一个装水的大铁桶，一只刚刚还有人用过的铝杯用链子拴在桶上微微摆动着。一个高大的壮汉从水桶后面的黑暗角落里走出来，亚历山大·彼得罗维奇觉得他穿的黑皮袄有点儿怪怪的，短短的，没有袖子，他用手掌擦了擦嘴，问道："在找自己人吧？"

"没事吧？"亚历山大·彼得罗维奇心里想，不由自主地把一只手伸向枪套。

"别掏了，阁下，"汉子一摆手，"那枪套已经空了！捷克人缴了你的手枪，把佩刀也给扔掉了，这不，我把它捡着了。"

这汉子从黑暗中现身，他就像从烟盒里冒出来的魔鬼，这一切只有几秒钟的时间。空空荡荡的候车室和售票室，停止工作的电报机和这个……

"在找自己人吧？"汉子又问了一句。

"什么？"亚历山大·彼得罗维奇清了清嗓子，觉得似乎不是自己说话的声音。他被关在牢房差不多两昼夜，一句话没说，现在感到不是自己在说话了。

"你呀，阁下，你想干什么就问我好了。我在这个小站已经待三天了！"汉子站住了，张嘴摆老资格，"有什么东西交换吗？我这里有面包和干鱼！我是打贝加尔过来的！"亚历山大·彼得罗维奇真没料到他会提出以货易货的建议："我跑到这里本来想换点儿日用品和城里的什么东西，这不，正赶上兵荒马乱……"

"那我有什么能跟你交换的呢，好心人？"亚历山大·彼得罗维奇清了清嗓子问道，"我只有身上的这些穿戴！"

"你身上的穿戴正好啊！"汉子把皮帽掀到后脑勺，用手捋着他那油黑发亮，没有一根发白的胡须。"瞧你那件军大衣，穿上真够阔气的，是上好的高级呢料。只不过我得给你个建议，千万要把肩章和帽徽扯下去。捷克人是不会再动你了，可红军今晚不到，明天早早就会露面，你怎么从牢里出来的，他们会怎么把你关进去，反正不会有你好果子吃！"

那汉子说得斩钉截铁，信誓旦旦。

"那你是知道我坐牢了？"

"站上的人全都知道呀！你押运的国家财产，叫捷克人白白给掠去了，他们想要火车头，他们的车头叫红军给炸坏了，这回可好，既得到了火车头，又得到了国库的黄金和钱财……"

"可见消息很快传出去了！"亚历山大·彼得罗维奇心里想。

"这里一旦出现政权，特别是红色政权，那一定找你算账，追究国库黄金的去向！你必须得给人家说出个一二三来！"

的确是这么回事，在下乌金斯克与伊尔库茨克中间，现在来看，这里还没有什么政权，但将来形势如何已无悬念。那个铁路员工，大概就是电报员，见到他就跑了，这已经很清楚地说明了。

"就是说，这里的电报我已经不能用了！现在我来问一问吧……"

"如果你了解我的事，那也了解我们士兵的情况吗？"

"怎么能不了解呢？大清早往伊尔库茨克撤退了，也可能往更远的地方，那我就说不清了！"

"有个军官跟他们在一起吗？"

"有个留大胡子的军官！有一个！叫索罗津，我记得大家都这么叫他，也许不是索罗津，有点儿像鸟的名字，带白毛的，我记得不太准确，个头儿跟我一样。本来，在他们掰你胳膊的时候，他首先操起战刀向人砍去，人家真要把他毙了，可后来又把他放了，还有你们的士兵，至于为什么放一马，我可不晓得，因为我没听见他们的谈话。"

"对了，就是索罗津，个头儿的确和你一样！把索罗津放了？"

"放了！……"汉子还想说点儿什么，但亚历山大·彼得罗维奇打断了他："你穿的那件怪模怪样的羊皮筒子，是不是太小了？"

"不小！"汉子有点儿不知所措，无可奈何地哼了一声，开始低下头，换个脚站着。

"大概是顺手牵羊所得之物，现在还想狡辩！"亚历山大·彼得罗维奇心里想，得教训教训这个怪人，瞧他一开始神气活现的样子，开口便

019

大言不惭。

"夜里穿着还挺合适呢,样式也可以……可是,你睡觉那工夫,就是夜里,过了一个大车队,是你们城里人,有文化的人,他们刚才还在过呢,都冻坏了,里面还有些年轻小伙儿。真可怜啊!这不,袖子和下摆都剪下去了,用这些皮子给小伙子们包胳膊包腿。"

亚历山大·彼得罗维奇知道错怪人家了,原来的想法有失公允;甚至想表示一下歉意,但立即打住了,因为只是想法,并未说出口。

"我们也不习惯这么穿,我家里这种皮袄足够用了。等我回家给你也找一件。"

亚历山大·彼得罗维奇大吃一惊。

"回家?你是当地人?"他问道。

"绝对不是,阁下,"汉子抬起眼睛,像开始那样坚定地看着他,"我是庄稼人,我是贝加尔人,打这儿到我们村子得经过贝加尔湖,到那里怎么也得三天。不过这件事就算了吧,这火车也不是你们的,没有煤,或者有木材,或者像捷克人那样,把什么都掠走了,就只好停在这里了!我们在这条大道上跑好几天了,你们的火车只叫我们瞎忙活。"

亚历山大·彼得罗维奇听了他这前言不搭后语的话又在想,关于偷皮袄的怀疑的确不公道:"那怎么称呼你呢,好心人?"

"教名米士卡,大家都叫我'大手爪子'或者'狍子',怎么叫顺口就怎么叫呗!那你呢?你是哪部分的?"

亚历山大·彼得罗维奇没明白他的意思。

"你是哪部分的?"那汉子又说一遍。

"什么叫哪个部分?"

"我问你是炮兵,骑兵还是步兵?"

"哎呀,你问的是这个呀,我是猎兵部队的。"

"啊——啊——啊,是猎兵部队的,我们知道什么是猎兵!"汉子说话故意拉个长音儿,开始转来转去,在自己的腰间摸索,"你身上碰巧没带烟吧?"

"没有了,米士卡,我已经没烟了,在牢房里全抽完了。"

"那你就听我说吧,阁下!"他不再晃来晃去,颠了颠背着的口袋,觉得舒服点儿,"事情嘛,这,当然了,是你的事情,不过,我琢磨,你留在这里恐怕凶多吉少!赶快当机立断吧!所以我说……如果你想活命,最好是跟我走!"

汉子的建议真让人出乎意料。

"我没什么东西可以给你,我也没钱付给你,那你能从我这儿得到什么好处呢?"

"什么好处也不要!万一你死了,我就把军大衣从你身上扒下来,肩章和帽徽给我孙子们拿去玩,但是不能给他们。是不是把你贴身的衣服都扒下来,等以后再说。阁下,我劝你还是跟我走为好,没有任何理由留在这里,"他重复说,"密林周围都是游击队。我把你领到大路上,你们的人还可以联络,你还能在那儿找到他们,就在那边,瞧……"米士卡没说完。

亚历山大·彼得罗维奇看那汉子一眼,如果这时发现他要耍什么花招儿,他知道该如何应付,可米士卡的眼神直爽又坦率。

"我的佩刀还在他手里呢!"亚历山大·彼得罗维奇心想。他不知为什么想起他说的话:"如果游击队把你跟我这个军官给抓住了,你不害怕吗?"

"我怕什么?如果我们没等走上大道就叫他们给抓住了,那肯定会收拾你,把你的佩刀从我手里夺走,军大衣可别让人家给扒了,而后还会讲些大道理……找到大车队,那就是自己人了……"米士卡讲得头头是道,"那我也顺道往家走了!"

这时候门开了,从外面传来士兵踩踏站台地板的脚步声,亚历山大·彼得罗维奇看见刚才巧遇的那个铁路员工，穿过机车冒出的气团，走进候车室。

米士卡不出声了，等那个注视他们的铁路员工消失在售票室门后。

"阁下，你还是抓紧逃命吧，这家伙就是红方的，捷克人轻松地就把他们给一窝端了！"

"的确是这么回事，必须得赶上大车队！"亚历山大·彼得罗维奇心里想，同时觉得这个叫米士卡的庄稼汉的出现对他来说还真有大用了。

"怎么样，阁下，快藏到雪橇里去吧，就在拐角那儿！傻待在这里，想闯大运呀？"

他们穿过弯弯曲曲的郊区街巷，上了西伯利亚大道。米士卡跪在雪橇上，用鞭杆轻轻地敲击着辕木，策马赶路，边行边讲："在主显节前不久，最高执政带着黄金专列被捷克人俘虏，押往伊尔库茨克方向。圣诞节前夕冻伤的卡普林将军正在下乌金斯克，两军就在那里会师。"

"卡普林！卡普佩尔！冻伤了！冻伤了！这可坏了！"他心想。

"你们的人把红方从这里赶出去，没有几天工夫，现在想来，想必快到伊尔库茨克了。"

亚历山大·彼得罗维奇叹了口气："这么说，在我被捕之前此地发生过战斗。我又没赶上！"他们赶上大车队，离车站已经有几俄里远了，在出了村子拐上西伯利亚大道时，发觉好像有人从篱笆后鬼鬼祟祟地钻出来偷偷监视他们。米士卡"哎！哎！"地催马，并大喊大叫，其实后来觉得他完全不是冲马叫喊："红方那小子也没什么了不起的！他也是一个胆小鬼，纯粹一个熊货，对他喊一嗓子，肯定掉头就跑。"

望不到头的马队在大道上前行。亚历山大·彼得罗维奇在高背雪橇上坐好，把松软的口袋放在自己身子底下，开始往四下张望。他跟着最高执政大本营部队的尾巴，沿铁路从鄂木斯克到泰加车站。在一个半月之前他接受高尔察克的命令，在泰加车站将装着几箱黄金及珠宝的车厢与专列脱钩,由他带领半个连的兵力和几个军官负责保卫,直到他被捷克人逮捕。沿着整条铁路,在各个站点的备用车道和避车线上都堵满了弃用的机车、加温车和客车,里面装满了冻死的伤兵和病号的尸体。离铁路不远处,西伯利亚大道时而横穿,时而避开,两支白军残部和一眼望不到头的难民车队在道上逶迤前行。

米士卡前后都是这样的雪橇,多如蚁群组成的一条黑色的长带蜿蜒爬行,清晰可见,尤其在平川地或者在越来越高的地方,那大车队更是见不到头尾。有时大车队伸展成一条细线,那匹只有齐胸高的西伯利亚矮种马就奋力拉着米士卡他们超越其他雪橇。这时亚历山大·彼得罗维奇便会看到包裹严实的男人和女人,中间还有儿童,孩子的面容枯槁如老人,老人则面如死灰。从大道两侧的原始森林中蹿出游击队,也许是土匪的马队,不时开枪射击或用机枪扫射。但是游击队并没有公然袭击,大概是由于在不远处与大车道并行的铁路上有满载捷克、波兰和塞尔维亚军团的列车在徐徐向前。

亚历山大·彼得罗维奇蜷缩在雪橇里,把双腿盖得严严实实,双手伸进袄袖里,让自己暖和暖和,此刻路上的人很多,他听到大道上却非常寂静。在原始森林中是寂静的,雪橇驶过雪道是寂静的,马儿打响鼻儿的声音是寂静的,甚至前面的雪橇突然停下或者撞到后面的雪橇时,马具发出的撞击声都是寂静的。这种寂静令人产生平静的心情,但经验告诉他,这一切是非常脆弱的,任何一个突发事件一下就可以把它打碎。

"捷克人有什么动静?"亚历山大·彼得罗维奇问道。

"谁知道他们的事呀!不过,看来他们跟红方达成协议了,就是谁也不胡来!如果不是这样,我们三俄里都跑不过去,休想还裹在大衣里,把手插在袖管里!"

"怎么会呢?"

"不然又会怎么样！我们，还有其他那些人，用两条腿慢吞吞地一步一步往前蹭，又冷又饿，往那儿瞧吧！"米士卡用鞭杆往前后指了指，"对游击队来说，原始森林就是他们的家！可那些捷克人呢，一节车厢只有两位先生，多一个人也容不下！破烂家具和钢琴把每个车厢都塞得满满的，每一件都用草绳子捆得严严实实，没有一个人看着，在那儿颠来颠去！特别是他们反对红军！也反对你们白军！他们能坚持多久呀？啊？我问你！在这些人当中，捷克人是最熊的！"米士卡的两只手从上往下画了个圈儿，用鞭杆蹭了蹭小矮马，给它一个没有理由的爱抚："唉，什么时候能给它刷一刷呢？"

"中立区，还有几俄里！"亚历山大·彼得罗维奇轻声地再强调一遍，"是盟军！"

"货真价实的盟军！"米士卡转过身，亚历山大·彼得罗维奇看见他眼里闪出凶光，"盟军！是什么盟军啊，妈的！他们本来是我们的俘虏呀！其实就是你们的俘虏。你也说什么盟军！现在你们的盟军只有日本人，那些小斜眼儿！大概在车站你也见过他们了！瞧瞧！他们虽然也在海那边儿，但那是近海，其他那些，什么法国人和美国人，他们是在远海。他们在这里干什么？在这里跟德国人打仗吗？可德国人已经不在了！列宁跟德国人讲和了，可我们还在这儿打个没完！"米士卡吐了口唾沫。"你还愣着干什么，还不快在身子底下掏一掏，"他用鞭杆在右侧木帮上敲了一下，"从身子底下把皮帽子拿出来。帽子上有帽耳朵，尽量往下拉，不然你非冻坏不可。"

亚历山大·彼得罗维奇在口袋下面找出一顶獾子皮的大帽子，戴在头上，一直拉到脑门儿，心想："米士卡两次都说对了，一是捷克人真的成了整条铁路的主人，再就是这么冷的天冻掉耳朵真不是什么难事。"

几分钟之后他觉得困得要死。大道两旁的景色不紧不慢地闪过去，草丛中不时出现一个个大雪堆，其实那是被遗弃的死马尸体。雪橇的辕杆朝天戳立着：如果马精力耗尽，那就把辕杆从雪橇上卸下来，弃在路边。大炮扔在路上，炮栓拆除了，瞄准镜已经打碎了。又出现了小一点儿的雪堆，这是人的尸体，从新尼古拉耶夫斯克开始就饥寒交迫，热病猖獗。在一处就有几具尸体并排倒在那里，两脚朝着大道，在头直上方竖着一个用绳子绑成的桦木十字架。

"白方的，红方的，难民的？"亚历山大·彼得罗维奇心里想，梦境好像模糊起来。

而米士卡在讲话，几乎是不停地在讲话，讲述从别人那里听来的各种事情，而当他们经过那个十字架时，他画了十字，并且不出声了。亚历山大·彼得罗维奇也画了十字，但他不想让米士卡沉默无语，梦境是过去了，但在大道上和他身边发生的一切都令人感到心情很沉重。那雪白，那寂静，都是苍白的、冷峻的和死气沉沉的，而米士卡的讲话好像能把这些冲淡一点儿。亚历山大·彼得罗维奇想，可能不该打破他的沉默，可没忍住又问道："你说过几次，你们沿着这条大道'逃难'？"

"本来嘛！一辈子都在逃难。我自己也记不清了。反正一直在逃难。就是在我之前，已经逃难逃了一百多年了！就是这样，你听说过吗？"米士卡回头看着他，亚历山大·彼得罗维奇听见他一声讪笑，"你们的人，从俄国来的，改革以后，把自己的地儿取消了，给了我们，这个沙皇……"

"亚历山大二世！"

"对了，正是他！我记不清了，因为那时我还没出生呢，你们这些没有土地的人就走啊，走啊，一直走到我们这个小村，没有绕过贝加尔湖。有一个人跟你一样，也是个当兵的。当时我们俩出生了，一对双胞胎，就是我和我的孪生妹妹。这个当兵的把年轻的妈妈和妹妹带走了，把我扔给父亲，一定是弄错了。父亲能有什么办法呢，只好用狍子奶把我喂大了。妈妈把妹妹也弄丢了，不知道丢在什么地方。这不，都把我们这些生活在外贝加尔的人叫狍子。就是说，我们都是野生的，吃山羊奶长大的。"米士卡大笑,"就是这么回事儿!"

"是啊!"亚历山大·彼得罗维奇也微微一笑,"故事很有趣,你看看那条老道,连里程桩都看不见!"

不过,米士卡显然没听见他说的是什么,用鞭杆敲了敲辕子,小马便跑得更欢了。

"我,就是这么回事!"他问道,"你什么时候到过克拉斯诺亚尔斯克?"

"一个多月之前。"

"一个多月之前!那么,卡普林将军……"

"卡普佩尔!"亚历山大·彼得罗维奇在心里纠正他。

"……犯了大错,从克拉斯诺亚尔斯克沿着叶尼塞河顺流而下。我说的都是你们这些人,就是从拉西亚来的人!然后在康河那里掉头,可那里……"米士卡打了个口哨,"阁下,那里可不得了!"

"有什么不得了?"

"那里有很多温泉,水在冰上面流,但是不冻,有的地方冰很薄、很脆,你在河里,水没腰深,有的时候甚至更深!等你爬出来正赶上下雪,那你就冻成冰人儿了,全身挂满一层霜。整个康河全是这个样子。河岸很高很高,耸立着电线杆、红松、雪松,人们在那里很容易冻伤。你想从这里出来,可怎么出得来,因为这里很深,康河也在密林深处,这里全是森林,深不可测,几百里你都见不到一座房子,一个路标。"

"去过那里吗?"

"去过一次!一次就够了!冬天积雪没到马肚子深,夏天小咬儿到处都是,多得遮天蔽日。只是有的时候,秋天,下雪,直到圣母帡幪日,这些害人精才身藏不露,听说卡普林在那儿把两条腿都冻坏了,那你是不是也认识他?"

"认识!"亚历山大·彼得罗维奇怀着痛苦的心情说,"曾经在德国并肩打过仗。"

"是个英勇的军官吗?"

"是个英勇的军官!"

"可现在这位威武的军官不在了!没保住他的命啊!"

他俩一言不发地走了一段时间,狂风肆虐,雪橇的滑板在雪地上擦出的哨音,前前后后都是车夫扬鞭策马的吆喝声:"驾!驾!"

米士卡把戴着编织手套的手伸到嘴边,用哈气取暖。

"还喊什么'驾!驾!'的呀,我们这不是随大溜往前走呢吗。这匹马不是没冻死嘛,老爷?"

"没有啊!"

"那就得了!我是说将军就是将军。亏他还是个德国人,就是你那个卡普林!为什么没保护好沙皇?为什么要羞辱他?再说他已经退位了!本来应该在首都讨论讨论该怎么处理沙皇呀。掌权一千年了,说退位就退位了!啊?"

在亚历山大·彼得罗维奇考虑如何回答的工夫,他们又超过了几辆雪橇。

"你问我的皮袄为什么样子有些不伦不类,你瞧这些雪橇,我们马上就超过它们。"

亚历山大·彼得罗维奇看了看那边雪橇上坐着一个包得严严实实的妇女,带着五个或者六个孩子。

"七个!"米士卡说,"在她胸前裹着的那个是最小的,小不点儿。实际上是六个,因为这个已经死了,只是她还没舍得扔他罢了。给她些干鱼吧。那不,就在这个口袋里,不过只要抛过去就行了,可别亲手递给她,你别正眼儿看,不然你非跌下去不可。"

亚历山大·彼得罗维奇挣扎着欠一欠身,从麻袋里拽出一条大干鱼,这些鱼都是尾巴朝上插在袋子里的。米士卡看了一眼,点头表示同意，吆喝一声小马，抽了一鞭子，便与那辆雪橇并行了。赶雪橇的就是那个妇女，她身后一个挨一个地坐着孩子，其中一个看样子是个男孩，他两眼直勾勾地盯着亚历山大·彼得罗维奇，两只手插在袖笼里，这袖笼像是从羊皮袄上剪下来的袖子。

"是从米士卡皮袄上剪下来的吧？"亚历山大·彼得罗维奇心里想。他把干鱼伸向孩子，可那孩子一动不动，眼睛眨也不眨，大概是暮色中分辨不清，再就是孩子的皮帽子一直卡到眼皮上，还裹着一条大围巾。

"五个！"亚历山大·彼得罗维奇心里寻思，"可能只剩五个了。"

男孩挤在兄弟姐妹之间，能看到的脸部中，鼻子和面颊呈蜡黄色，半透明状，表情呆滞。亚历山大·彼得罗维奇调整一下坐姿，把干鱼扔过去，砸在那妇女的后背上，她也是动也没动一下。米士卡放开嗓门儿吆喝一声，抽了个响鞭儿。

"神父他老婆呀！"他说，"那些可恶的家伙把神父钉在教堂的十字架上折磨他，可他们是怎么爬上去的呢？"

"布尔什维克？"

米士卡环顾周围，含糊地耸了耸肩膀。

"谁知道呢？布尔什维克或是孟什维克。其实他们那些事很简单，人数多的叫布尔什维克，人数少的叫孟什维克，中间的怎么叫呢？中间维克？"

米士卡的雪橇超过神父老婆的雪橇，亚历山大·彼得罗维奇看看她的脸，也分不清她是不是还活着。

"……难道真是那么回事吗？……黑熊不会拉绳敲钟，就算能拉绳子，也不会打结系扣儿。我说得不对吗？可人这都能干！这是天生的。谁也不是天生的布尔什维克或孟什维克，妈妈把他生出来就扔掉，他连名字都没有，还叫什么米士卡或萨士卡。并不是所有的人活一辈子都能有名有姓！你想找路标桩，看看还有多远？路标桩对她还有什么用？走了多远，或是往哪儿去，对她来说这一切都无所谓了。她已经到那边去了！"他朝天空甩了一鞭子，"只是那条鱼白白扔过去了，不过也没什么，只要再捞就是了。贝加尔湖大着呢，只要动手，都是你的。这都是老天的赏赐！"他欠了欠身子，从皮袄的下摆里侧掏出一个装得鼓鼓囊囊的烟荷包。

"好像忘了，他还跟我要过烟呢！"亚历山大·彼得罗维奇窃笑。

"给你！抽点儿吧！想必你连卷烟纸也没有。"他解开烟荷包，整整齐齐抽出剪好的报纸。

亚历山大·彼得罗维奇的心有点儿发凉，或由于寒风刺骨，或由于刚才的所见所闻，他感谢米士卡给他烟，对他说话，带他同行，这还不够多吗？

"我们那儿的神父跑了，自己跑的，投奔了红方，游击队！"米士卡说道，"见了那些画十字的吓坏了！以为要他给他们授圣餐呢！瞧我们的孩子们，我有三个外孙女，一年学也没上，没什么文化，而这还不算什么事。"

"这是怎么回事？"亚历山大·彼得罗维奇头一回听到这么说，觉得很奇怪，不理解。

"什么怎么回事？举个例子说，你是从首都来的人，看起来是个步兵，也许是近卫军什么的，可想而知，想必是见过沙皇大老爷了？"

"见过！"

"就是说，是个受过教育的人喽！"

亚历山大·彼得罗维奇一时无语。

"能看出来你是个受过教育的人。住在首都，在沙皇的天子脚下，还能没受过教育！比方说，是不是会说点儿洋文呀？"

"你说的洋文是什么？"亚历山大·彼得罗维奇问道，觉得很有趣，"可能你对蒙古语感兴趣吧？边境就在旁边。"

米士卡把手一摆,不屑地皱着眉。

"是和布里亚特的边境吗?"照西伯利亚人的习惯,他把重音放在最后一个音节,"不,跟这些人说话我自己都会,你太高明了,上帝。难道我们在一起白混了?总得学点儿高雅的东西吧!"

"中文、法文、英文、德文!什么文啊?"

米士卡环顾四周,睁大了双眼:"噢!是那些德国佬!很快,整个俄国就会由犹太佬和德国佬支配了!"

"你这是听谁说的?"

"这还用听谁说吗?"他感到吃惊,"在伊尔库茨克,除了小铺都是德国人开的。五金商店——德国人开的,工场——德国人开的,给女儿或孙女买件衣服得去德国人那儿,要买件乐器,还得去德国人那儿。你本人是什么人?恐怕不会碰巧是德国人吧?"

"是德国人!"亚历山大·彼得罗维奇放声大笑,"是的,不过妈妈是俄国人。"

"原来是这么回事!你父亲是德国人,娶了个俄国人为妻,这么一来,她也成了德国人,她原来不是德国人,后来成了德国人!所以我说,如果周围都是德国人,你亲眼看见,还得教他。可是俄国人谁教呢,那个有文化的神父还跑了。"

他们边走边说,直到天黑。米士卡讲述他老婆因难产丧命,扔下一个女儿。女儿结婚后给他生了三个外孙女,一个比一个大一岁,最小的已经六岁了,丈夫是个病秧子,死在上乌金斯克医院。为了孩子们,他只能经常出来从事些"渔猎"活动来养家糊口,顺便听点儿城里的消息。

前面,远处出现了灯火。

"那你的父名怎么称呼呢?"米士卡看了看周围,问道。

"亚历山大·彼得罗维奇!"

"原来是彼得罗维奇,那好,彼得罗维奇,瞧,远处,往左瞧,瞧见灯火了吗？"

"瞧见了，那里是什么？"

"你别急！前面是稠李子煤矿，就那里还没有红方人员。大道从煤矿旁边擦过去，再横穿三十里远，就是伊尔库茨克了，也是红方的地盘！我得上那里去一趟，在城里办点儿事。可是，如果咱俩一起走，就算你脱了军装，肯定也过不去。情况就是这样！你们的人攻打红方，三天没打下来，没占住，撤退了。"

亚历山大·彼得罗维奇突然觉得有点儿沮丧："去你的吧！走吧，走吧！……"

"把你放在别人的雪橇上，别人都不同意，都坐得满满的，你自己瞧见了。你应该找捷克人去，红方人员不能进他们的车厢！你是德国人，你不是会说他们的话吗？"

"会！"

"等我们到那儿以后，先说好了，你可别说自己是当官儿的，就装成一个什么城里人，是去追自己的老婆孩子的，好好琢磨琢磨，成吗？在那儿，就听天由命了，我给你半口袋鱼，你偷偷塞给他们，我再给你一件男大衣，这样更好一点儿，是城里的样式，白送你的，还不换上？"

"好的，米士卡！"亚历山大·彼得罗维奇说完，又沉吟片刻，"你搭救了我，我还不知道能不能报答你呢……"

"相信上帝好了！上帝显灵，那时你回报也不晚！"经过两小时，大道拐弯，横穿铁路，一列大车慢吞吞地前行。小马在停下的雪橇后面停下了。米士卡把雪橇赶到路边。

"好吧，我现在给它点儿草料，还不知道多大工夫呢，那你就走你的吧，我们可能会再见面的。"米士卡从亚历山大·彼得罗维奇身子底下拽出一口袋鱼，并且把它提起来。

"去吧，彼得罗维奇！相送不忍别，挥泪更心酸。"

亚历山大·彼得罗维奇跳下雪橇,把装鱼的口袋往肩上一扛,沿着被踏实的大道,朝道口走去,这时突然听到身后的米士卡轻声说话,近得如同在他背后耳语:"你的将军高尔察克,被红方的人给枪毙了,不是昨天,就是前天,然后直接扔到安加拉河的冰窟窿里了,所以说,彼得罗维奇,得多加小心呀!"亚历山大·彼得罗维奇一惊,看了看周围,他的右侧停着一排雪橇,坐在上面的人都一动不动。米士卡已不在身边。"难道真听说了吗?"他站了一会儿,继续往前走。"枪毙了!"亚历山大·彼得罗维奇又听见米士卡的话。"不会的,胡说八道!这怎么可能,他从哪里知道的呢?"他往上提一提口袋绳子,磕打掉沾在靴帮上的雪。

前面漆黑一片,列车在幽暗中蠕蠕而行,影影绰绰能看到黑白条的岗亭和黑乎乎的巡道工房。他走近岗亭:里面空荡无人,道口横杆抬起。他看见工房里面的门窗都用木板钉死了。"死气沉沉!"这句话在他脑子里一闪而过。他把口袋放下,解开口袋嘴儿,取出一条鱼,再头朝下放在里面,故意让尾巴露在外头,再系好,这样可以用鱼做由头找人搭话,好让他进车厢。他继续往前走。

第二节

亚历山大·彼得罗维奇跟着窗门紧闭、缓缓行驶的列车前行。他想到对德战争,当奥匈帝国的士兵,捷克人和斯洛伐克人在西南战线的加利西亚投降成为俘虏,是他们亲口向俄国的"斯拉夫兄弟"说出了自己部队的驻地,说要脱离奥匈帝国的统治,建立自己的自由国家,他们请求加入队伍,参加战斗……重新燃起他们对奥地利人、德国人,特别是马扎尔人的刻骨仇恨。

"不对!米士卡给我的建议不对。我说什么也不能暴露自己是德国人的身份!"他顺手摸到军服口袋里的证件,这是特维尔州统计局颁发的,名字是亚历山大·彼得罗维奇·考仁,"这样更好些!"

亚历山大·彼得罗维奇往前看了看,看见下一节车厢的门开着一道缝,透出一线灯光,照在雪地上。突然,从里面扔出一个还没熄灭的烟头,烟头在黑暗中翻滚着落下来。

"这工夫他们把门关上,敲也没用了。"他心里嘀咕,只见从里面透出的光线开始变窄,显然是烟快抽完,要关门了。

他跑了几步,赶上这节车厢,用拳头猛敲车壁,同时大喊大叫:"嘿,兄弟,这儿有鱼啊,如果给一口'贝海罗夫卡',我这半口袋鱼全给你啦!"

门又打开了一些,逆光中看见两个人头:"老爷从何得知'贝海罗夫卡'?若是给我一口'贝海罗夫卡',我把半车厢东西都给你!"

亚历山大·彼得罗维奇心想:必须当机立断,想出吃喝的东西。

"那伏特加或自家烧酒有吗?我冻坏了,两只脚全没知觉了!"

"老爷的鱼是从哪里来的?"

"是在大道上用白银烟盒换来的。这是贝加尔湖鱼,可好啦。"

"老爷,鱼是不错,可烟盒要是还留着老爷自己用,那就更好了。"

门又要关上了。

"停一停,兄弟,让我进去暖和暖和也行啊,在加利西亚我没少帮助你们弟兄。"

"什么时候呀,老爷?"

"在一九一六年七月,那以后也是。"亚历山大·彼得罗维奇尽量快说,边跑边说,已经上气不接下气了。

"在哪里?"

"在加里奇、斯坦尼斯拉夫、纳得乌涅!……"

"老爷在那里做什么呀?"

这工夫,车厢咣当咣当响了一阵,打了顿哆嗦,咔嚓咔嚓一下停住了。笨重的滑动车门完全敞开,门口站着两个身穿内衣、头戴奥地利便帽、脚蹬毡靴的男子。

"老爷,跳上来吧,别丢了口袋!"亚历山大·彼得罗维奇抓住车帮,觉得有人从上面用力抓住他的大衣肩部和口袋嘴儿往上提,这可把他吓坏了。

他心想：若是把大衣和鱼口袋都给拽上去，然后把我一脚踹开那可糟了！

"别害怕，老爷，我们既不要你的鱼，也不要你的大衣，赶快跳上来，太冷了！"

亚历山大·彼得罗维奇使劲一蹦，就滚在车厢的地板上，他喘口气，坐起来，往上提了提口袋的背带，抬眼看了看。

他心想：他们爱怎么的就怎么的吧！反正我是不走了！

"老爷尊姓大名？"

两个身材高大的汉子低头死盯着他看。

亚历山大·彼得罗维奇打起精神，脱口而出："亚历山大·彼得罗维奇·考仁！西南战线外阿穆尔第一旅中校旅长，曾任文职……"

"老爷不必这样大喊大叫！"其中一位说道。"让老爷起来吧……"他指着门旁一把粉色丝绸包面的豪华仿古扶手椅说，"坐在这儿吧！就这里！"同时伸出手。

亚历山大·彼得罗维奇起身："我不好意思坐那么干净的椅子，我刚从雪橇上下来……"

"这没什么，考仁老爷，弄脏了就扔掉，反正我们还有！"

亚历山大·彼得罗维奇环顾四周，他听说捷克人掠了很多财物，在这节车厢里是不是有不少啊！

"请坐吧，包仁老爷！瓦茨拉夫，你听见老爷姓什么了吧，包仁！多么美丽动听的姓！是不是上帝的意思？"

亚历山大·彼得罗维奇明白，一定是他们听错了，于是将错就错，包仁就包仁吧。

"是啊，兄弟！"

"那包仁老爷是怎么流落到这荒郊野地的呢？"

"是找自己人。"

捷克人有点儿警觉:"是找自己的部队吗?"

"不,是找自己的家人。"

"那老爷的家人在何处啊?"

"我的家在上乌金斯克,一年前我把家人从莫斯科接出来,我的岳父是上乌金斯克的渔业老板。"

"这里是鱼,那里也是鱼,老爷怎么这么喜欢鱼呀?"

第一个捷克人用狡黠的目光给那个叫瓦茨拉夫的人使了个眼色。

亚历山大·彼得罗维奇也微微一笑。

"渔业是此地的支柱产业。当然,还有金矿。"

捷克人互相递了个眼色。

"这么说,包仁老爷在那儿也有亲戚……当金矿老板?"

亚历山大·彼得罗维奇知道自己言多语失。这工夫,两个捷克人中一个年轻一点儿的叫瓦茨拉夫,另一个亚历山大·彼得罗维奇还不知道叫什么名字,走到他跟前。他离门不远,站在圈椅旁边,琢磨先攻击哪一个,能够先到门口。就在这个时候,车厢又咣当一声猛然颤动一下,两个捷克人险些跌倒在他身上。门旁本来靠墙戳着两杆比利时五发驳壳枪,还装着枪刺,他应该伸手够得着,这一震都倒在地上了。亚历山大·彼得罗维奇趁着慌乱,急忙从口袋里掏出那条尾巴朝上的鱼。

"我们的老板都不做黄金生意,只打鱼卖鱼,这不,鱼呀。"

这一震,捷克人没站稳,彼此相扶,他们不自然地笑一笑,开始自报家门:"龙骑兵团上等兵沃依杰赫·列别达。""第五兵团工程队列兵瓦茨拉夫·考拉尔。"

亚历山大·彼得罗维奇与他们握手:"那场战争结束了,弟兄们,现在是另一场战争,我们这些人仍然是士兵!我们都曾经是士兵!"

"是啊,中校老爷!是啊!"两人点头称是。

"那么,老爷能跟当兵的在一张桌上吃饭吗?"

"能,包仁老爷能!"

沃依杰赫和瓦茨拉夫把一张核桃木牌桌放到圈椅前面,又搬来一把帝国风格的座椅,座椅也包着粉红色的丝绸。

"这套家具显然来自一家,至少是名匠之作。"亚历山大·彼得罗维奇心里盘算着。

"包仁老爷是一位好心老爷,谢谢您的鱼,我们要用存货款待他。"捷克人从堆满箱子、包裹、口袋和家具的空隙中挤到里面。

车厢里很热,亚历山大·彼得罗维奇脱下大衣搭在椅背上,突然发现那上面的上校肩章,着实吓了一跳,捷克人因为正在忙活,所以也没发现,他急忙摘下来,装进兜里。

他现在可以放心地看看周围了。

车厢里靠对门墙上挂着两盏煤油灯。灯光很亮,足以看清在一个角落对着摆放两架钢琴,上面盖着厚麻布,底下垫着子弹箱。在钢琴旁边,靠墙放着的也是胡桃木的牌桌和上面放着缎子被和缎子枕头的大床,腿朝上摆着几把椅子。钢琴上面的摆设很显眼,有青铜的和大理石的台灯,石质钟表和其他一些贵重的小玩意儿,这些东西不是因为子弹箱上摆不下,而是故意摆在这上面叫人看的,就像在城市旅馆的客厅里,摆上是为了新主人看着高兴。

瓦茨拉夫和沃依杰赫在装内衣的大筐里乱翻一阵,取出几张卷成卷儿的餐巾,一人一张。几分钟后,小桌已经摆上英国的肉罐头、奶酪,桦皮盒里装的是冻浆果,还有,浸透了油的报纸包,因为没打开,也不知道里面包的是什么,但能明显地闻出那味道不是熏肉就是熏肠,食物一直放到再无处可放,沃依杰赫与瓦茨拉夫又走到大筐前面,一阵叮当的悦耳响声之后,他们取出高脚棱壁水晶杯和成套的银质餐具,然后沃依杰赫问瓦茨拉夫:"今天轮到谁了?"

瓦茨拉夫说道:"我呀!"接着拿出一瓶尚未开封的酒。

"包仁老爷,这当然不是'贝海罗夫卡',不过还可以喝!"

他们做这一切的时候表现得慢条斯理、深思熟虑、信心十足,就像在这里早已住惯的老住户一般。瓶里装的是微微发红的液体,上面漂着发黑的浆果。

"包仁老爷,我们在家可不喝这个。这是纯酒精和甘菊……"

"大概是云莓果。"亚历山大·彼得罗维奇这样以为。

"是啊,包仁老爷,正是这东西!云莓果!"

"那教你们怎么喝了吗?这是纯酒精啊!"

"我想,是教了,不过,老爷可能会弄得更好吧?"

"有水吗?"

"当然,我们是用雪化的。"沃依杰赫指了指车厢中央垫着砖头的小铁炉子,说道。"真像居家过日子一样!"亚历山大·彼得罗维奇不由得心想,"应有尽有,该在什么地方就在什么地方!"

"不过,得用冷水!"

"是啊,包仁老爷,是啊,冷水也有。"

"那咱们就来个酒水混合。"

亚历山大·彼得罗维奇拿一个空杯,沃依杰赫拔出瓶塞,把瓶子递给亚历山大·彼得罗维奇。亚历山大·彼得罗维奇往杯里倒点儿酒精,再往里倒了相同质量的水,然后用手心盖住杯口。

"下一步怎么办呢,包仁老爷?"

"纯酒精会燃烧,"他找到贴切的用词,"把你们的云莓果放到里面烧熟。"

捷克人你看看我,我看看你。

"现在水把浆果激活了,我们得到类似于浆果浸液的东西。我用手心盖着是为了让反应更快些。"他端起杯子,让瓦茨拉夫碰一下。

"是啊,老爷,杯子是热的。那每一次都要这么做吗?"

亚历山大·彼得罗维奇笑了:"如果有空瓶子,可以一次一瓶子,在阴凉处保存一小段时间。"

"老爷是化学家吗?"

"不是,在前线什么都得学点儿,我那里有个后备役士官生,是位化学老师,是他教的。现在可以倒出来了。"

沃依杰赫打开报纸包,里面真是熏肉,他从地上捡起一杆驳壳枪,卸下枪刺,用来开罐头。

"我喜欢一个人亲手做东西,我做家具,瓦茨拉夫搞印刷,"他看了看自己的同志,"瓦茨拉夫,来,为这次与包仁老爷偶然而愉快的相识干杯,也为他的夫人包仁诺娃和孩子们干杯,老爷有孩子吗?"

"有,一个儿子!"

"您好!问候您的全家和贵公子!"

他们举杯,碰了一下,然后吸了一口清新的空气,用手指捏住鼻子,喝了一口,大声出了口气。

"这已经不是酒精了,而是伏特加,是浸酒。"亚历山大·彼得罗维奇微笑着说道,也没提醒别人,自己一饮而尽。

捷克人若有所思地看了看自己的空杯,吧嗒吧嗒嘴。

"好极了!伏特加!真的,伏特加,这甘菊味儿真好闻!"

"是云莓味。"亚历山大·彼得罗维奇微笑着纠正他。

就在这工夫,列车前方响起了步枪和机枪嗒嗒的射击声,捷克人交换一下眼神,亚历山大·彼得罗维奇嘎巴一声把一张干饼掰成两半,说道:"这是俄国三分步枪和'高奇斯'机枪的声音,大约在稠李子煤矿前面……"

"包仁老爷,我们有情报,说那个村子有很多红色工人,往前就是伊尔库茨克。"沃依杰赫说道。两个捷克人用手擦了擦嘴巴,开始挑来挑去,吃得并不多。

车厢里安静而温暖，列车慢悠悠地前行，很平稳，不震荡；偶尔响起枪击声，有时是往里面开枪，对他们这些久经沙场的人来说已习以为常。亚历山大·彼得罗维奇端详了沃依杰赫和瓦茨拉夫的表情，见他们放心地吃吃喝喝，他突然产生一种强烈的愿望，打听高尔察克的下落、总的形势以及他带着自己的专列尾随在后时不得而知的一切情况。他尽量隐而不露，为了引出这个话题，于是提问道："难道你们跟红方就没达成什么协议吗？"

"怎么能没有呢？当然有啦！不过有时他们会敲诈我们！他们弹药不足……"

"炮弹和子弹……"瓦茨拉夫解释道。

"……为了彻底消灭你们白军。"沃依杰赫继续说道。

"他们在东部没有军队，只有些工人武装和游击队。"瓦茨拉夫又解释道。

"……因为在我们的列车中间有一辆装甲车，所以很安全。"

"那布尔什维克检查你们的车厢了吗？"

"想检查，但我们不允许！"

"如果动用武力呢？"

"我们也有武力呀！老爷担心安全吗？"

"我只想快点儿与家人，可不想节外生枝，误了我的大事。"

"请包仁老爷放心，老爷是我们的贵客，我们不会让您受委屈。那包仁老爷还有别的问题吗？老爷不想知道高尔察克的情况吗？"

这个问题真是突如其来。说实在的，一分钟之前他就想提这个问题，他想回答"想啊！"但他只是点点头。

"布尔什维克逮捕了高尔察克，他目前人在伊尔库茨克，而卡普佩尔将军死于……"沃依杰赫用拳头捶自己的胸脯，"这是感冒了……"他指指自己靠车梯附近的两条腿——"冻着了！"

亚历山大·彼得罗维奇先看看沃依杰赫，再瞧瞧瓦茨拉夫，那位点头表示同意，用手指了指自己的小腿。亚历山大·彼得罗维奇不再吃东西了。

"天哪，这难道真是……我听到的……米士卡说的？不过他说是把高尔察克枪杀了呀！"这个想法在他脑子里一闪而过。

"怎么回事呢？"他想问问沃依杰赫，但人家打断了他的话。

"别的我们什么都不知道，我们不过是普普通通的大兵！但是……"沃依杰赫苦苦一笑，"俄国是个伟大的国家，它还有许多勇敢的将军。让老爷再给我们做些水……酒，我们会记住你们的将军！因为他们过去有，今天也有，所以现在我们要回家了！"

亚历山大·彼得罗维奇发现瓦茨拉夫在他的盘子旁边放了一包香烟，他已经闻到了香烟的气味，瓦茨拉夫拿过去拆开以后又推到他面前。亚历山大·彼得罗维奇吸了口烟，开始稀释酒精，捷克人看着他，在一切都准备好之后，他们拿来酒杯，没有碰杯，都开始喝酒。他们吃东西时也一声没吭，偷偷往亚历山大·彼得罗维奇的盘子里夹吃的，他几乎一点儿都没发觉，只顾用双手撕饼，然后颤抖一下，端起酒杯一饮而尽，用眼睛扫了他俩一眼。这时他心里有点儿慌，一边啃干饼，一边突然问道："那你们为什么不和红军一起干呢，你们也是工人阶级呀？"

沃依杰赫与瓦茨拉夫交换个眼神，沃依杰赫拿起酒瓶，给每人倒了半杯："因为那是他们自己国家的革命，俄国的老爷们也没有对我们干过坏事，我们要回去跟我们的老爷们算账。"

"你也要搞革命吗？"亚历山大·彼得罗维奇问道。

"不！德意志帝国和奥匈帝国都战败了，我们要建立新的、自由的捷克。我们的民族委员会就是这样对我们说的。许多马札尔人跟着红军跑，我们跟他们不是一路人。"

沃依杰赫说这话的时候很慢，很安静，没有慷慨激昂，还和瓦茨拉夫碰了杯。

"大概我表现得不够谨慎!"亚历山大·彼得罗维奇心中盘算,不过还是问道,"那你们以为不通过革命,会达到这个目标吗?"

"包仁老爷心里有病!"沃依杰赫看看自己的同志,瓦茨拉夫也还他同样一个眼神,"我们看见在俄国发生的事了!国家遭到多大的破坏呀!"

"浩劫!"亚历山大·彼得罗维奇纠正说。

"是啊,包仁老爷,是啊,浩劫!"沃依杰赫说得很慢,有时伴以同样慢的手势。"不过我们的国家太小,太漂亮了,我们可不想这么干。每个国家都应该由自己做主。让老爷再兑点儿水酒吧……"他看了看亚历山大·彼得罗维奇,"革命。"

"水合!"亚历山大·彼得罗维奇觉得紧张气氛有所缓解,"其实,我跟他们争什么?他们是普普通通的'大兵',应该谢谢他们放自己上了车,用吃喝款待,还讲了些情况!"

他倒了水,用手心盖住杯口,感到杯里的吸力。

"俄国人民是好的,斯拉夫人,好兄弟。"沃依杰赫说,在这节车厢里他以老大、主人自居,不过瓦茨拉夫也一样,他比沃依杰赫年轻,所以对沃依杰赫唯命是听。"精彩的水合作用!我猜到了,老爷在前线就做过这个。"沃依杰赫冲着瓦茨拉夫说道,"包仁老爷在前线就管理过战俘。所以,瓦茨拉夫,我们现在能活着回家。因此说包仁老爷了不起!"

"如果能这么撤退,夏天我们就到家了!"到现在一直闭口不言的瓦茨拉夫说道,两人都笑了。

"谢谢二位!"亚历山大·彼得罗维奇说道,他突然觉得有点儿饿,伸手取一大片切好的熏牛肉。

"老爷得多吃点儿。"沃依杰赫从椅子上站起来,从自己身边的筐里取出一个漂亮的，镶有珠母的餐盘，从罐头盒里给他倒些熏牛肉，"棒极了！用我们的'贝海罗夫卡'干一杯！"

亚历山大·彼得罗维奇突然停住吃喝，他简直不相信自己的耳朵，不知从何处传来女人的笑声，他看了看捷克人，才知道自己没有发疯。

"这是我们快乐的年轻邻居……"

"还有女邻居。"瓦茨拉夫说道，两人又相视而笑。

列车慢吞吞前行，咣当咣当撞击着，时而加速，时而刹车，时而又停下不动。就在这样一次停车时，车门外面开始有说话声，先是很远，而后越来越近。话语声更近了，已经能听清楚说的什么了。突然听见外面有人敲墙，亚历山大·彼得罗维奇知道这是有人用枪托砸车壁。

"例行检查。"沃依杰赫说道，"现在该喊了。"

真的，车门外面有人用捷克语大喊大叫，亚历山大·彼得罗维奇只听懂一个词儿："可耻！"他知道捷克语的意思是"注意"，接着看看两个捷客人。

"包仁老爷不必担心，老爷是客人。"

"客人！"他心想，"的确，真是客人，我对他们发脾气也没用。"

瓦茨拉夫拿起一杆枪，装上子弹，这工夫沃依杰赫握着手枪，把车门开了一道缝，几只手从外面抓住门边，用力拉过去，两个人一下跳进车厢，他们穿着带肩章的奥地利军大衣，戴着皮帽子。

捷克人放下武器。

"自己人。"沃依杰赫说道。

进来的是军官，亚历山大·彼得罗维奇从他们的话里能听懂几个词儿："高尔察克""孕育""可耻""布尔什维克""伊尔库茨克"。他们对他并没注意，只是在他们跳下车之前，其中那个岁数大的用手枪指了指他说："伊尔库茨克。"四五分钟后车里又只剩他们三个人，好像谁也没来过，只听到顺着车厢渐渐远去的说话声，还有用枪托敲击车厢的低沉响声。但是,自从捷克军官出现之后,情况有些变化,沃依杰赫、瓦茨拉夫和亚历山大·彼得罗维奇喝了纯酒精,沃依杰赫建议"歇息"。

"老爷累了,我们安排老爷歇息吧!"

他们给亚历山大·彼得罗维奇放了一张折叠床,又放了一张干净的丝绸床单。"可不能有虱子!"然后沃依杰赫又补充道,"好极了!"大家便躺下就寝了。

"米士卡会怎么样呢?"想到这个的时候,亚历山大·彼得罗维奇不知为什么眼前浮现出黑夜笼罩着千百里冰天雪地的景象。

亚历山大·彼得罗维奇觉得好像就要入睡,可醒来之后才明白,这并不是梦,而是精神恍惚,在这个时候捷克人还在商量事、伸懒腰和打哈欠。车厢里不透气,他真想把车门开道缝,但是这么做不可以,很可能两位主人每天夜里都在闷热中睡觉。

"他们这儿真是违反常规,脚要暖,头要凉才对!"

很短一段时间后,从车厢前部的角落里传出打鼾的声音,这是沃依杰赫睡着了。他鼾声如雷,一会儿浑厚的低音又变为哨声和双唇吹气打呼噜声。俄国人往往就这个德行,喝到酩酊大醉便在椅背上一仰或者瘫在圈椅里不省人事了。

"瞧,这就一觉到天亮了!"

列车摇摇摆摆,走走停停。每到站点儿便听到外面有奔跑的脚步声,用俄语或捷克语发出的喊叫声,偶尔有步枪的单发射击声和机枪的短促连射声。

"这是别旦式步枪的射击声!"

亚历山大·彼得罗维奇又想起了米士卡。

"真想知道,他此刻在什么地方呢?"他心里琢磨,一下又想敲敲自己脑门儿,"就是这样吗,亚历山大·彼得罗维奇!你就别再瞎琢磨了!他能在什么地方呢?什么地方也不在!就在他自己那地方!"

在车厢后部的角落里有人强忍着咳嗽。

"这是瓦茨拉夫，怎么还没睡着。"

车厢刚刚还在懒洋洋地往前磨蹭，突然间响起挂钩的碰击声，整个一列车从头至尾响起像机枪扫射的声音，先是渐近，后是渐远。列车开始缓缓加速。亚历山大·彼得罗维奇感到车厢里有一丝凉意，他拿起掉下的被子，身子顿时不再有那种闷热、黏糊糊的感觉，车轮的隆隆声压下沃依杰赫的鼾声。他想翻个身，已经不再考虑什么了，可脑子里又出现米士卡，这个想法还未具体化，瓦茨拉夫那个角落又传来咳嗽声。亚历山大·彼得罗维奇听见他坐在床上的动静，他用拳头给自己捶胸，用力深呼吸，结果弄得嗓子丝丝拉拉响，结果又听到他强忍着不咳出声来。亚历山大·彼得罗维奇起身，摸黑在箱子里摸索。瓦茨拉夫穿着浅色内衣，亚历山大·彼得罗维奇在黑暗中可以看清白色的床单，瓦茨拉夫坐在床上，两条光腿垂在地板上，两只手乱抓胸前的衬衣。

"这是什么病呢？伤寒还是流感？"亚历山大·彼得罗维奇心里嘀咕，"应该把沃依杰赫叫醒！"他回过身来，沃依杰赫已经来到瓦茨拉夫跟前，亚历山大·彼得罗维奇听见划火柴的声音，随后亮起微弱的灯光，这是沃依杰赫把墙壁上的煤油灯点着了。瓦茨拉夫坐着，两只手抓住解开的衬衣，眼睛直勾勾地盯着一点，目光呆滞。

"怎么会变成这样？"

"不！我不知道。应该找医生！"

第三节

　　自从亚历山大·彼得罗维奇下了雪橇，米士卡便把袋子重新归置了一下。他本想把高尔察克将军遭枪杀的消息告诉旅伴，可心里没底，不知是真是假，也就作罢了。可是一看到那穿着黑大衣的人在白茫茫的雪原上快步前行，背影一点点远去，米士卡便禁不住向他挥手告别："自己该知道好歹，要多加小心啊，你也不是个孩子了。"

　　大车队堵在铁路道口，几个钟头没动了。米士卡想眯一觉，坐好了，睡呀，睡呀，可是怎么也没睡着。这时他想反正还有时间，可以收拾收拾雪橇上装的东西，他开始重新系一系最近那个装鱼的袋子，寒冷的空气中没有一点风丝，熏鱼的气味着实不小。

　　"可得把袋子系好，免得招人算计！"他正在这么想的时候，觉得有人抓住他的肩膀用力拽。

　　"大叔在什么地方发财呀？"身后那人的沙哑声音，夹杂着马合烟的气味。这一刻米士卡左手抓住雪橇车帮，右手从屁股底下掏出别旦式步枪,向后猛击,只听那人闷声闷气叫了一声,肩膀上那只手就松开了。米士卡感到有人在他腰上狠狠击了一拳,米士卡一下翻倒在雪橇上。他一骨碌爬起来,朝那家伙就是一枪。对方应声倒地。

攻击他的是两个人,此刻都倒在雪地上,一个想直起身子逃离米士卡的雪橇,另一个倒在原地抽搐,这颗子弹打在他下巴上,只听他喉咙呼噜作响,但是不言语,口吐黑沫。

"现在就断气儿了!"米士卡心里想,但站在雪橇周围的人并没理会。就在这时候,挡在道口的列车突然往前移动了一下,接着慢慢加速,往伊尔库茨克方向驶去,后面一列紧跟着头一列,一列接一列驶过,道口只空出几分钟,便从铁道那边的远处,从稠李子煤矿传来步枪和机枪的零星射击声。

大车队开始活动和前移,雪橇争先恐后地挤在路上,像列车突然驶离一样。暴风雪不期而至,米士卡跳上雪橇,用力拉住缰绳。攻击他的两个人,一个爬着跑了,另一个倒在道旁无声无息,但米士卡再也没看他们一眼。

第四节

列车疾驰，亚历山大·彼得罗维奇知道快到伊尔库茨克了。还有一点也是不言而喻的，搜查列车的军官说过这里并非久留之地。沃依杰赫正借着煤油灯的亮光用毛巾蘸醋为同伴搓胸，车厢里散发出强烈的醋酸味。

"沃依杰赫，谢谢二位的款待。但我继续留在这里已没什么好处了，前面的路只好我一个人走了。"

列车开始慢行。

"是啊，包仁老爷！您说得对！我不想让您难受，可您的高尔察克的确被杀害了。"沃依杰赫说这话的时候，也没停止给瓦茨拉夫搓胸，"往前走四节车厢就是医务车厢，如果我们能停车，你说一声我们得看医生。"

亚历山大·彼得罗维奇已经穿好衣服，他扛起口袋，把车门拉开一道缝，在微弱的灯光下既看不见枕木，也看不见路基，只有大雪横飞，扑进车厢。他迟疑片刻,想再问问高尔察克的事儿是否是真的……但听到沃依杰赫恶声恶气地说:"关门呀!快跳啊!包仁中校大老爷!"

他纵身跳了下去。

地面好像离得很远。他两脚着地后打了个滚,竭力抓紧肩上扛的口袋。几分钟后,他看看周围,觉得奇怪,自己既没有摔着,也没受伤。他站起身来,感到风雪打在后背上,推着他往列车前进的方向前行。

他已经走了一个钟头,想着那个沃依杰赫听懂了他的姓氏和看见了他的肩章,叫他包仁而不是考仁。"大概同路半年他们就会彼此讨厌,更换搭档了!"这是唯一浮现在他脑海里的答案。

他艰难地前行。猛烈的风雪变换着方向,吹打着他的后背,时而转向他的侧身,时而敲击在脸上叫人睁不开眼睛。加速的列车风驰电掣,几乎让人看不清车厢之间的空隙,他觉得有点儿可惜,未能返上医务车厢,通知瓦茨拉夫得病求医的事。

他艰难地蹒跚前行,车灯的亮光不时照在身上,遇到路上无车的空当,他便穿过轨道来到另一侧,在车厢的掩护下溜过车站,来到郊外,然后再到铁路那一侧,那里是一片荒地,所以更加安全。飞雪不管从什么方向袭来已经无所谓,飞雪眯得睁不开眼睛,落到大衣领子里,贴着肉融化成水,真是讨厌极了。这寒冷的天气,感觉得有零下三十摄氏度,不过亚历山大·彼得罗维奇已经走了很长时间,身子走热了,再说也吃饱了,便尽可能不去注意这些小事了。在他脑子里盘桓不去的是在泰加站发生的那件倒霉事,当时他受命负责押送运载黄金的专列。这件事本来就不会成功,事先早有预兆,像现在落得他孤身一人,看不见人的暴风雪。还有鬼才知道的这些消息,先是从米士卡口中得知的,而后是在车厢里捷克人说的。靴子踩在雪地上发出咯吱咯吱的响声。雪下面是砾石路基,旁边是行进中的列车,周围的一切发出的声音都和车轮底下疾风的呼啸声以及他的脚步声合成一个节奏,与他的脑子产生同样的脉动。

"枪杀了高尔察克！枪杀了高尔察克！卡普佩尔死了！卡普佩尔死了！卡普佩尔万岁！上帝呀，我都说了些什么，说些什么胡话啊！但卡普佩尔真死了，而高尔察克真被枪毙了。如果相信……米士卡和捷克人的话！可怎么能不信呢？愚蠢！只是你还未来得及认识！"一个半月之前，或是在经过新尼古拉耶夫斯克时，车站和城里房屋的墙壁上到处张贴着白军司令部萨哈罗夫将军签署的布告，将格力文将军因拒绝接受沃伊采霍夫将军的命令而就地正法的"军纪严明"公之于众。司令部的命令本已电告全军，为什么还要贴出来扰乱民心呢，让人只有两条路可走，留下供红军宰割，或者倒在白军的枪弹之下。"这是真的愚蠢！"后来，萨哈罗夫将军也因"愚蠢"被送上法庭，这个词儿在官兵中流传开来，鄂木斯克失守，城里囤积大量食品、冬服、军事装备和稀缺的物资……

劲风与列车加速带来的气流吹打在他的后背上，令他险些跌倒，幸亏他及时缩手，没去抓车。他跪倒在地，两只手戳在路基的砾石上，那上面盖着一层黑乎乎的积雪。

"见鬼去吧！"他脑子乱了。

至于鄂木斯克，别看红军进攻已迫在眉睫，到十一月中旬生活还很平静。人们深信这座城市不会失守，甚至听到炮声隆隆，才开始惊慌失措，但为时已晚，而额尔齐斯河尚未封冻。就算发生一夜冰封的奇迹，想撤退也来不及了。送司令部人员东撤的列车出发时，亚历山大·彼得罗维奇看见那些在还没冻实的冰面上渡河的人，真为他们捏了一把冷汗。万一踏破冰层，落入河中，那是必死无疑。而现在的捷克人，真是好样的，趁机把直到符拉迪沃斯托克（海参崴）的整条铁路都掌握在自己手中。鄂木斯克的白色政府与萨马拉的白色政府因争权而相互残杀，其实他们本该团结一致，共同对付布尔什维克！三支军队三个统帅。本来应该一个统帅才是！弗拉基米尔·奥克沙罗维奇·卡普佩尔劝亚历山大·瓦西里耶维奇·高尔察克不可脱离自己的军队，而高尔察克回答："不用担心，亲爱的，我会受到盟军万无一失的保护！"

"瞧你这盟军，米士卡说得对，只不过他不用'愚蠢'这个词罢了！"头脑中的思绪与脚步的节奏配合默契，密实的暴风雪已隔绝了与外部世界的联系，他甚至没意识到已经跨过安加拉河的一个支流，只听见冰冷的车轮在头顶上轰隆作响，驶过冰冷的铁桥。他踏上不高的河岸，突然用眼睛扫了一下，透过右边的暴风雪，看见了灯火，不会看错。"伊尔库茨克！难道不是真的？"

突然出现的城市吸引了他。"为什么是现在呢？它本该在我身后啊！"他又往前走了几步，似乎一切都对。他心想：右边是铁路，左边是安加拉河岸，再往远处，是那边的河岸，就是城里的河岸，可是应该在背后啊。

"莫非我还没经过车站？那可就倒霉了！"

亚历山大·彼得罗维奇停住脚步，想弄清楚自己身在何处。他回身往后走到他刚刚穿过的那条小河岸上，明白了这不是什么小河，而是汇入安加拉河下游的伊尔库特河。现在他可能站在最危险的地方，前面是车站，大概每个角落里都有执勤的红军哨兵，所以不能往前走了。

他停下了。

"他们怎么才能逃脱红军的追捕呢？怎么走呢？是走大道还是走铁路直到贝加尔湖？还有什么路可走呢？"他站了一会儿，决定了，"应该穿过安加拉河，到东南城郊一带！"

亚历山大·彼得罗维奇觉得很累，他赶上了正在行驶的列车的一节车厢，抓住把手登上没人看守的平台。只见暴风雪在下面肆虐，城市的灯火越来越暗，他在飞驰的平台上站了一会儿，又跳下去了。

安加拉河似乎突然变窄了。亚历山大·彼得罗维奇很快过了河，登上城区的河岸。河岸上面长满黑黝黝、被风吹得光秃秃的草丛。在左手边,透过密密的飞雪他看见冰封的码头。

"是渔港吗?"他决定确认一下,便朝那里走去。这好像的确是本市的渔港,他认出来了,看来,他从铁道拐过来太早了。

"也许能顺利通过城里?在冰面上我的目标太明显了!"

他从冰面上走过码头旁边,登上河岸,来到储木场前,有一条大街通到这里。

"那条街叫什么来着?杰各加尔娜娅大街?不,不是杰各加尔娜娅大街!"他思索着,"焦各杰夫斯卡娅大街。"他想起来了。

他第一次到伊尔库茨克是一九〇四年末,是经哈尔滨参加满洲的对日战争,后来曾多次到这里。

他在街上顺着黑黝黝的木栅栏往前走,突然遇到横在前面的冰墙,后面大约十五沙绳处还有一堵墙,有一人来高,将整条街道堵死。一堵墙的右侧顶住栅栏,左侧留个窄窄的通道,另一堵墙则是在右侧留通道。

"冰冻的街垒,真是一大发明!"

他走了几步,突然听到有人喊道:"站住!开枪了!"

暴风雪的呼啸声压住了从城里传来的枪声。

"站住,你这坏蛋,我要开枪啦!"这声音真的近在咫尺。

"不,不能通过城里走!"狂风卷着大雪救了他,他发现右边的栅栏和一些小巷之间有个通道,于是回身又登上安加拉河岸。

"可不能有一点儿闪失啊!不然我就死定了!"

他沿河岸接着往南走。草丛和暴风雪掩护着他,再没人向他喊叫。穿过白蒙蒙的暴风雪,他在前面不远处发现有座几人高的尖塔,走近一看:"亚历山大三世纪念碑!"亚历山大·彼得罗维奇认出来了。他想起与军校的同学们站在尼考利大街上告别沙皇遗体,遗体被送往莫斯科做安魂弥撒。紧随灵柩之后的是军人。神职人员和身穿黑色丧服、佩戴金质奖章的文职官员，帽缨憧憧，羽饰斑斑。暑热，钟鸣，全莫斯科城里都没人大声出气。遇到晕倒的人，警察立即抬走。

"陛下，您幸好没活到今天！感谢上帝！"

这条路向右拐通往市区，亚历山大·彼得罗维奇往下向河边走去，在狂风暴雪中与纪念碑擦身而过。好像陛下本人走过他的身旁，他看见在冰上有个发黑的矩形物。"是融化的冰面还是冰窟窿？如果是融化的冰面，那必须绕着走！"不过，按那平直的边缘和大冰块判断，这是个大冰窟窿。

"找时间钓一把鱼！"他不知为什么想到这个。"钓鱼！鱼呀！"思想突然卡住了。"不过一切都是对的，大概城里什么事都没有！说到政权，不论到哪里都是饥寒交迫！"在彼得堡也好，在莫斯科也好，在他到过的红军夺取政权的所有地方莫不如此。

他绕过冰窟窿，继续前行："鱼啊！鱼啊！冰窟窿呀！冰窟窿呀！"他的脑子里蹦出这几个字眼儿，他走了二十步或更多步，突然间，好像有人抓住他的脖领子，叫他立刻站住。

"鱼！什么鱼？高尔察克被枪杀，扔在安加拉河的冰窟窿里了！"米士卡的话，这时逐字逐句地在他的脑海里浮现出来："你的将军高尔察克，被红方的人给枪毙了，不是昨天，就是前天，然后直接扔到安加拉河的冰窟窿里了……"

亚历山大·彼得罗维奇随口骂了一句，回身就跑，他脚底打滑，几次跌倒又爬起。冰窟窿离河岸有十沙绳或更远一些，对着河岸这边的冰面上刚落过雪，可隐约发现行人的脚印。亚历山大·彼得罗维奇忘了伊尔库茨克被红军占据过，所以看了看脚印。他会辨认脚印，因为在当猎兵时学习过。这些脚印还勉强看得清，为了不踩踏，他从冰窟窿到河岸，又回来一趟。确切地认定已经很困难，不过还可以分清鞋跟儿的方向。脚印踩得比较深，暴风把落在脚印里的雪吹走了，鞋子头朝向河岸，靴子后跟儿紧挨冰窟窿边缘。

"后背朝冰窟窿是不可能钓鱼的！莫非是在这儿？"他觉得此刻一切都很明显了，"莫非是命运引领我，一直把我引领到这个地方？"

他坐在一块竖着的大冰块上，放声大哭。也可能不是他大哭，而是暴风雪从安加拉河灰暗的冰面上以一种特别的方式反射出来的抑扬起伏的长啸。他一动不动地坐了一会儿，像农夫那样用臭烘烘的皮袄袖子擦掉脸上的眼泪，也许是融化的雪。

在他奔着目标往前走的时候，他身上的那股力量整夜支撑着他，可现在他感到浑身无力，饥肠辘辘，不过还未动米士卡给的鱼。亚历山大·彼得罗维奇抓了一把雪，随即又厌恶地扔在地上。他们在这儿踩踏过，在这片雪地上……

亚历山大·彼得罗维奇艰难地起身，但是两条腿绵软无力。他很清楚，如果现在坐下，那就没有起来的力气了。

暴风雪把阳光普照的地平线变得模糊不清，现在一点点安静下来，朝东南方的贝加尔湖退去。他费力地从皮袄口袋里掏出凸面怀表，表上拴着粗大的金链子，他用冰冷的手指按了上弦用的小把儿，表盖儿开了，十七点五十分。亚历山大·彼得罗维奇看了看周围，发现置身于城郊。还有几俄里远，他就能走上通往贝加尔湖的雪道。突然，他有一种强烈的想法："为什么我是一个人呢？瓦洛佳·卡普佩尔死了，高尔察克被打死了，沃伊采霍夫、该死的萨哈罗夫、维尔日比茨基、莫尔恰诺夫，他们还活着吗？我为什么不和他们在一起呢？"他抬腿朝刚才坐的大冰块踏了一脚，那冰块随即滑走，越过一些碎冰，撞破一块颜色发暗、新刨出来的冰块，冲进水里摇晃起来。亚历山大·彼得罗维奇不假思索地走到冰窟窿边上用手捧了点儿水洗把脸。

"前进！"

从储木场与亚历山大三世纪念碑之间的河岸上来了三个戴红袖标的男子。头一个在岸坡上跺了跺脚,把脚底的积雪和碎冰踩实,顺着安加拉河岸朝东南方向望了望。

"喂,同志们,瞧呀,有个人在冰面上往前蹭呢!是不是个打鱼的呀?"

"这就去瞧瞧是个什么打鱼的。"另一个说道,随手取下肩上的骑兵步枪。

"别,亲爱的,你那杆狙击步枪太短了,让我和我这杆老家伙试试吧。"最后出来的第三位说。

"单腿跪地射,是不是怕冻着肚子?"那个手持短枪的人问道,又把自己那顶高筒皮帽掀到后脑勺。

"哥萨克的肚皮冻就冻着吧,立射他不会失手,瞧那地皮上的雪打着滚儿。我来跪射一把试试!"第三个大个子答道,他戴着一顶黑色的哥萨克高筒皮帽,抓住真皮枪带从肩上取下 7.6 毫米口径的步枪。

"也许用不着这么干,说不定就是个打鱼的呢?啊?同志们!"第一位又问道。

"我觉得也许是个打鱼的!谢辽嘎还是闭嘴吧!也许是卡普佩尔往上钓高尔察克呢!打鱼的会往我们这里跑,可如果不是打鱼的呢,那就会离我们往远了跑。"第二位挡着风点了一支烟,用沙哑的声音断断续续地说,"来吧,彼得罗维奇,往后腰扣带下面打。"

"后腰扣带?你怎么还看见扣带了,凯士卡?我可没看见!他穿的是皮袄啊。"彼得罗维奇觉得吃惊。

"得了!那就往皮袄中间打,不过要稍微偏下一点儿,让打鱼的多坐一会儿。让他在我们的冰窟窿里追悼亡魂吧。"

三个人都笑了,大个子单腿跪下,把高筒皮帽掀到后脑勺,开始瞄准,不吱声了。

"你看看,对着太阳瞄准,周围全是白的,什么也看不出来。"那个拿短枪的人吐了口烟说,彼得罗维奇叫他凯士卡。

"别瞎说了!"大个子说道,"他在浮冰群后面消失了,看不见他了。"他站起来抖掉身上的雪,踉踉跄跄地背上那杆枪,撇着嘴显出不屑一顾的嘲笑:"我也算识文断字之人。这还叫距离!你,凯士卡,是我们的炮兵教官还是什么?"

凯士卡对大个子的挑衅没当回事,给了谢辽嘎一支自卷烟,说道:"我还是要开一枪。"他从肩上拿下那杆枪开始瞄准,开枪。

在一百沙绳远的浮冰群中那个人影不见了。

凯士卡默默地拿过卷烟,深深地吸了一口,吐了一口唾沫。

"只不过是个打鱼的!走吧!弟兄们,报告领导,就说又少了一个反革命!"

"也许真的就是个打鱼的呢?"

"那就等开春以后让狗鱼和鳕鱼弄明白好了!"

一颗又长又尖的镀铜子弹头在安加拉河晶莹的冰面上向前冲去,击碎一块表面湿漉漉的浮冰,冲力大减,翻了几个跟头,闷声闷气地穿过他背上的口袋,最后钻进厚重的皮袄里。亚历山大·彼得罗维奇觉得右肋有点儿烧灼感,哎哟一声,接着听到枪响。他靠着一个直立着的高大冰块坐下,取下口袋,解开皮袄扣子,一颗子弹头掉下来,落在一汪水里。他没有起身,用靴子头儿把子弹钩过来,拾起来放在兜里,他也没往周围看,只感觉到腋下热乎乎的,有点儿发黏。他索性起身,继续往前走。

他往南走,安加拉河的堤岸引导着他。关于这一点,自打白军的队伍撤退,他已经毫不怀疑。当然,要一直奔贝加尔湖,从南边绕过市区找个地点走上安加拉河的冰面。

"只要到达这个地点就好了!"

他又感到饥饿难忍,动了动肩膀,口袋的挎绳便松脱了,他又哎哟一声,觉得腋下热乎乎的。"见鬼,真怪了!"他用胳膊肘紧压着腋下,"没什么,别嘟囔了,不就是擦破点儿皮吗!脚下一滑,便跌倒了!得吃点儿东西了!"他手指冻得有点儿发抖,他解开冻得硬邦邦的绳结,抓住尾巴拽出一条大白鲑,吧嗒一声放在膝盖上,下口咬一块粉红色的熏鱼肉,有一股轻微的腐烂味。

"臭了!"他想起那种贝加尔湖特有的腌鱼味。细鳞弄得满嘴都是,他甚至都没想把鱼洗一洗,就用牙撕下鱼脊肉,连嚼都没嚼,就咽下去了。过了一会儿肚子里开始咕噜咕噜叫,嘴里的滋味又甜又咸。"现在若是有块面包或来杯凉水多好啊!"因为吃咸鱼弄得嗓子发干,"水,水,天哪,这不就是水吗!"他抓了一把雪,攥紧拳头,雪水就从指缝中流出来了。雪水滋润了喉咙,他感到轻松些了,手也不再发抖,两条腿也不发软了。亚历山大·彼得罗维奇站起身来,抖掉身上的鱼刺,想起了米士卡对他的帮助。

第五节

大道上挤满了雪橇，及配备齐全的军用马车。单枪匹马的骑兵和成批的队伍把米士卡夹在中间，他只好把一步分成半步，慢慢地往前移动，他恨不得挣脱这个把他夹得死死的车队。

暴风雪一直到天亮才停下来，这时才模糊不清地看见英诺凯吉耶夫车站。

"顺便进城看看！看看那儿有没有什么新闻！都是一回事，看看他们那儿的政权什么样，对他们来说我不是白的，也不是红的。对他们来说，"他看了看自己的皮袄，"我是棕色的！"

米士卡在格拉兹考夫郊外走上伊尔库特河的冰道，接着向右拐。他从铁路大桥底下穿过去，列车在头上隆隆驶过，他快马加鞭在安加拉河的冰面上前行，直到夏天从左岸到右岸架浮桥的地方。虽然脱离车队，缩短了路程，但对他那匹个子虽矮但非常健壮的小马来说反正都一样，不管是走冰道，还是通过格拉兹考夫郊外的弯曲小路，它那四只大蹄子都稳稳地、吧嗒吧嗒地踏在已经被碾得很硬实的冰雪上。

整个安加拉河流经左岸的伊尔库茨克车站和右岸江滨路的储木场,冰封的河面被雪橇碾压出的雪路纵横交错。

"早先可没这个规矩,不能在安加拉河上走,往哪个方向走都不行,一切都乱套了。真可惜呀!"

米士卡吆喝一声,扬鞭策马,横穿河面,来到渔港码头,上了不算高的河岸,通往储木场的道路已被大雪封死。

"站住,嘿!谁在那儿走动!"

从附近的木垛冒出两个人影,举起装上刺刀的步枪。

"嘿!谁在那儿走动!嘿!谁在那儿走动!嘿!谁在那儿赶雪橇!"米士卡不满地回答。

"哟,说谁在赶雪橇也行,反正都得停下!"其中一人从肩上取下步枪。

米士卡勒了勒缰绳。

"怎么,妈的,还要开枪啊?"

"什么怎么的?"那人大声喊道,"开枪就开枪,这也不是头一回!"

"开枪还能怎么的?"

"还能怎么的?有人就闭眼蹬腿儿呗!不信吗?"

米士卡不再跟他拌嘴,把马安顿好,但没完全停下,开始慢慢地接近两个戴红袖标的哨兵。

"凯士卡,是你小子呀?"他认出其中的一个。

"米士卡!"那人叫了一声,把枪放下。

"你怎么把刺刀装在卡宾枪上了?"

"怎么了?怎么了?也没问你呀!装的正是地方啊,打反革命白匪,卡宾枪装刺刀还不够呢。"

大家都笑了。

"那你为啥在这儿挨冻呢？看你那胡子都冻成冰溜子了。"

"为啥？啥也不为！你不知道还是怎么的，你这个老林子里的傻木墩子，今天夜里白匪要往贝加尔逃跑！"

"这和我有啥关系？"

"怎么能没关系呢？你是跟我们一伙，还是跟他们一伙呀？"

"我和黑瞎子一伙，还和秋白鲑一伙。得了，别磨叽了，来，你出烟纸，我出烟叶！这算不算贿赂？"

"你这识文断字的狍子。好吧！"

米士卡掏出烟荷包。凯士卡从兜里拿出两张烟纸，给了米士卡一张。

"你们在这儿很久了吗？"

"从夜里就在这儿了。"

"嚯，还没冻着！夜里，暴风雪那个大呀！不过，你放心吧，我们在柴火棚里，那儿还有炉子呢。"

"是吗？大概，能找到开水吧？"

"能找到呀！"凯士卡说道，回身朝柴火棚走去，凯士卡挥挥手叫他跟着，"什么魔鬼把你赶到这里的呢？"

"倒不是魔鬼，我是来淘子弹的。"米士卡哈哈大笑。

"子弹？要子弹干什么？给你那杆别旦式步枪用啊？"

米士卡对意外遇上熟人很满意，于是从行囊底下取出那杆枪。

"这不，跟你那杆枪一样，轻骑兵用的！"

凯士卡和他的同行者都笑了："你这只狍子！轻骑兵用的！那走吧，要多少子弹？"

由于太突然，米士卡停下了。"若不是开玩笑，这可是意外的大收获！"于是冒出一句，"那就一口袋！我给你一口袋鱼，你给我一口袋子弹！"

凯士卡哼了一声："那你可失算了！我们这些子弹不适合你们在林子里打熊瞎子！"

米士卡不相信，转身到雪橇旁，把枪拿起来："没关系，还当真呀？我只不过开个玩笑，可他还……"

进了柴火棚，他往四周看看：这库房是空的，右边一角设一个小办公室，左侧约三十沙绳，是用剥皮落叶松垛成的小墙，天棚很低。对着河有两扇大门，用木方当门闩叉着。墙上挂满白霜，从天棚上垂下陈年的蜘蛛网。在不大的记账员办公室里有个铁桶做的炉子，细细的烟筒从天棚的小窗伸出去；炉子上有一把半桶高的铜壶。炉子旁边有个长板凳，那上面背靠墙躺着一个跟板凳一般长的汉子，他裹着一件羊皮袄，头上戴着一顶哥萨克高筒帽，一直卡到眼皮，袖子上同样套个红袖标。

"这是我们头儿，彼得罗维奇！"凯士卡用手指了指那个汉子，"没有茶，只能喝白开水了！"

米士卡为了掩盖自己着急的心情，就故意取笑凯士卡："喂，凯士卡，你这儿啥都没有，什么时候也没有过，还跟我吹什么子弹呢……怎么也得找个水碗呀！"米士卡问道，一边喘了口气，从兜里掏出一个烟荷包一样的小口袋。

凯士卡从炉子里取出一个大搪瓷水杯，把儿已经坏了。

"有杯子呀？真找到了！这就来吧！这就成了吧？"

米士卡接过水杯，从小口袋往杯里倒些草末和干果，再倒上开水。

"用什么盖呀？"

"也能找到！"凯士卡又伸手在那里哗啦哗啦掏了一阵，掏出一个搪瓷杯盖递给米士卡。

米士卡拿着杯盖转了几下。

"用这个杯盖盖这个杯丝毫不差，"他看了看凯士卡，"这是从哪个老爷家抢来的？"

"再没什么老爷了！一切都是我们的。我们什么都没抢。这是记录员的杯子和杯盖。我们站岗的时候是一个木材商给我们的，说'你们尽管用好了，就当自己的'。"

"站岗放哨！"米士卡撇嘴说，"站岗放哨看什么呀？看大河还是什么，看大河上的冰？干吗这么干坐着，还不如凿个冰窟窿给自己钓些鱼呢！"

凯士卡对米士卡的挑衅毫无反应："昨天就凿了一个冰窟窿，在河岸边，不到两百沙绳远，现在谁能在那儿钓鱼呢，用什么钓呀？钓鱼的家什都在家里呢。"

米士卡用杯盖把杯盖好："凿什么呀？在高尔察克附近吗，还是怎么的？"

"不，高尔察克是在乌沙柯夫卡被干掉的，"凯士卡用手往北面指了指，说道，"是在另外一个人附近，是契卡在夜里给枪毙的。他们命令我们，我们给凿的冰窟窿。"

米士卡揭开杯盖，从茶杯里散发出夹杂着草莓、醋栗、越橘和薄荷的混合香味。

"凯士卡大叔，你瞧这香喷喷的茶！"

凯士卡回头看了看自己的搭档，那个人在他俩谈话的过程中自始至终一言没发，只是默默地看着。

"我说你呀，谢辽嘎，难道你一次都没有到过林子里吗？不知道在那里怎么用晾干的叶子和浆果沏茶吗？"

"跟老爸去过，那时我还很小。可是他用皮带在工厂里抽了我一顿之后，我就再没去过。只是和孩子们去过附近的雪松林。"

谢辽嘎是个十五岁的小青年，长了一头浅色鬈发，从杯里散发出的香甜味吸引了他。

"太棒了！"

"米士卡，你也给他喝点儿，是不是，一个孤儿。好了，把你的鱼拿过来！"他跺了一下脚，便到栅栏后面去了。

凯士卡叫谢辽嘎那个半大小子看米士卡怎样解开他背来的口袋，又走到一个角落，在地上摊开一块灰色的帆布。米士卡往地面上倒了三四十条秋白鲑，于是栅栏外面都能闻到熏鱼味儿了。他眼也不抬地摆弄他的鱼，尽可能掩饰他快乐的心情，不相信会有这么大的成功，然后把口袋叠好，看看谢辽嘎说："瞧，这么冷还能保持原味。"

"啊哈！"

"好久没吃过这东西了吧？"

"打夏天开始就没吃过！"

"你夏天怎么能找到这鱼呢？夏天它还没长成呢！"

"这我都记不得了……"

凯士卡进来，把一个水兵背囊扔在地板上，背囊稀里哗啦响了一阵，就一点点塌下去了。

"难道全给我了吗？"

"用不着舍不得。反革命全滚蛋了，从巴拉甘斯克还会给我们运子弹来。"

"巴拉甘斯克是怎么回事？"

"我不是说过吗，将军们到我们这儿来过，把仓库里的东西和其他东西都搬走了，都搬到巴拉甘斯克，一百俄里之外。"

米士卡抓住带子把背囊提起来，晃一晃，又稀里哗啦响一阵，子弹都装满了。

"好吧！"他说，眼睛没离开背囊，"把鱼拿去吧！"

在长凳上躺着的那个穿皮袄的汉子动了动："这是哪一位人物啊？"

"你怎么的,彼得罗维奇,没睡呀!"

"怎么睡得着呢?你们敲得叮叮当当直响,这是谁呀?"他用下巴指了指米士卡。

"我的熟人,从贝加尔湖过来的,从对岸来的。"

"他要干什么?"

"是这么回事!他拿鱼跟我们换子弹。"

"啊——啊!好吧,现在别舍不得这东西!你呢,谢辽嘎,去棚子周围巡逻!"他边说边把头用皮袄盖上。

"别让他去,彼得罗维奇!"凯士卡闻闻鱼的味道,"现在谁还去巡逻呀?瞧这鱼儿多精神啊!跟家里腌的一个味!"

米士卡往周围瞧了瞧,打算找个坐的地方,可没找到。

"那你从家里出来很久了吗?"米士卡一边问,一边用脚把背囊往自己这边踢了踢。

"稠李子煤矿着大火的时候,我也到过那里。"

"家里还有谁?谁看家呀?"

"都知道是玛露西卡!还能有谁!"

"那她怎么的?就一个人操持家务吗?"

"夏天把最小的孩子埋了以后,她就剩操持家务了。坐在炉台上抹眼泪,补渔网。"

因为没找到坐的地方,米士卡只好用肩膀靠在墙上,拿一张纸片卷成漏斗状,把手心的烟末倒进去,做成了一支自卷烟。

"你呀,谢辽嘎,别光看杯子,喝上一口,一下就精神了,不再犯困,同时感到浑身发热。"米士卡打开炉门,用手指夹出一块火炭放在炉台边上,把烟点着,"那你们怎么完成自己的革命啊?冰窟窿凿好了就钓鱼吧!"他真想尽快把装子弹的背囊放在雪橇上,拉拉缰绳叫小矮马开步走,但又觉得这么办不太对劲,还没喝茶,还没吸烟,还没唠嗑儿呢。

凯士卡拿了一条最大的秋白鲑，把头拧掉，开始剥皮。

"一大清早就往那儿聚了，冰窟窿不远，渔具是现成的，有个反革命分子在那儿闲逛，叫我们把他……"

"给干掉了？"

"你看着他干什么？"

谢辽嘎手里端着热水杯："我说过那是个打鱼的！"

凯士卡回头看看年轻人："那你跑过去，检查一下就好了！在这儿光磨牙有什么用处？"

"那子弹不是白瞎了？"

"得了，快巡逻去吧。半个小时后回来报告！好不？瞧你喝的！嘴唇都烫红了。去吧，别让我再看见你！"

谢辽嘎受了委屈，出去时随手把冻上冰的大门摔上，震得霜花从天棚上纷纷落下来。凯士卡朝他不以为意地哼了一声，而米士卡又最后吸一口烟。

"你告诉我，我们往后怎么活着呀？"

凯士卡把一条收拾干净的鱼扔到堆里，直了直腰，伸直了身子："我们就这么活着。我们该干什么还干什么，白军被赶到贝加尔湖去了，以后往海里赶……"

"这些都明白，那这里会怎么样呢？"

"这是明摆着的事，建立新的生活呀！"

"什么样的新生活呀？"

"谁知道呢！考虑考虑，我们足够聪明！"

第六节

亚历山大·彼得罗维奇朝东南方向走。

太阳高悬在地平线上,阳光有点儿刺眼。他觉得暴风雪开始退去,于是解开皮袄的领钩,不过认为这还不够,接着把皮手套也摘了。他早就经过了城边儿,本想找个地方停下歇一歇,可是还有低飞的暴风雪在贴地翻滚。前面的路还很远,他不能把时间浪费在休息上。两只脚时而陷入冰碴下面的深雪里,时而在透明的冰面上打滑。

亚历山大·彼得罗维奇一门儿心思往前走,既不想卡普佩尔,也不想高尔察克。从拘押中逃脱出来,经过稠李子煤矿,红方占据的伊尔库茨克,又在高尔察克葬身的冰窟窿前面伫立,他对这一惨剧已深信不疑。那颗突如其来的子弹没有要他的命,现在总算死里逃生,只想如何与妻儿团聚了。他想今后只有两种结果,或者死亡,或者走完前面的这段路,所以此刻脑袋里只有一个念头:回家。

踏着脚下咯吱作响的积雪,他一心想着自己的爱妻和只在照片上见过的儿子。安娜在信里叫他们的儿子萨士克,他看见坐落在哈尔滨交通街的家,离尼古拉教堂和教堂广场不远。收到妻子的最后一封信,已经过去半年多了,是人家顺便给捎来的,当时他还在鄂木斯木斯克。军官和后方的军事人员会偶尔有机会"跑一趟"哈尔滨。后来,高尔察克弃守鄂木斯克,这种机会就不复存在了。

他在一九一四年初秋与安娜分别。那年九月初,他与另外几名军官被召到外阿穆尔军区司令部,受命向俄军大本营呈交一份公文,并开始在最高统帅尼古拉·尼古拉耶维奇亲王殿下领导下工作,他们有三天时间收拾行装与家人告别。

战争正在进行,而哈尔滨的日常生活却一如既往,只不过增加一些令人不安的消息而已。从彼得堡、莫斯科传来的战报一字不差地登在报纸上,电报通信正常工作,大家为胜利而高兴,为失败而沮丧。哈尔滨人与所有俄国人一样,为萨姆松诺夫的部队惨遭失败以及他本人自杀谢罪而感到痛心疾首。人们对此议论纷纷。

亚历山大·彼得罗维奇从司令部出来,没有顺路去部队,而是直接回家,他决定把所有的事都推到明天办。他想在路上琢磨如何安抚妻子,可惜未能如愿,因为军区司令部就在大直街上,离家不过百步之遥,而且安娜还没在家。亚历山大·彼得罗维奇换上在家里穿的便服,开始等她。不一会儿,安娜回来了。一见他没有上班,她感到吃惊。她放下手提包,摘下面纱,忧心忡忡地问道:"出什么事儿了吗?"

在等妻子回来的时候,他还想找个什么托词应付过去,可她这么一问,索性答道:"我要去巴兰诺维奇,殿下的大本营。"

"很久吗?"

亚历山大·彼得罗维奇只是耸了耸肩膀。

她回到自己的房间,换上在家穿的衣服,叫来中国仆人和厨子,给他们放了假。

"那好！咱们喝茶吧。"

当天晚上以及后来的两天晚上，夫妻俩得以独处。到了第三天晚上，他们已经置身在哈尔滨火车站的月台上了。当西伯利亚大铁路的特快列车即将启动时，她纵身跳上车厢踏板，说道："要快回来呀！"

"这不是回来了嘛！"亚历山大·彼得罗维奇心里想。

这路走起来愈加艰难，因为横七竖八堆积的冰块儿使道路难以辨认。

手套已经摘了，领口敞开着。亚历山大·彼得罗维奇把皮帽子推到脑后，让风吹吹汗渍渍的额头，不过这风暖融融的，并没有让人感到轻松。

"我这不是回来了嘛！"

烈日当空，即使戴着皮帽子，头皮也晒得发热。往前眺望，可以看见冰封的大河蜿蜒而去。安加拉河岸的丘陵越来越近，越来越高，从蓝色变成黑色，严整的轮廓清晰可辨。他盘算着，还得几个钟头的时间才能到达想象中的地点，就是白军残部走上安加拉河向贝加尔湖退却的地点。

亚历山大·彼得罗维奇觉得脚下的冰层瞬间开始漂移，他站住整理整理帽子，碰到了大汗淋漓的额头。他抓了一把雪拍在脑门儿上，很快就化成雪水，顺着脸颊流下来，在密密匝匝的胡须上结成冰。亚历山大·彼得罗维奇明白了，他浑身发热，多半不是由于暴风雪过后天气变暖，如果雪水在胡须上结冰，那准是另有原因。他脱了皮袄的一只袖子，用军服袖子擦了一把脸，随即又冒出一脸汗。他感到汗水在大胡子里流淌，开始时是热汗，而后变成冷汗。

"见鬼！难道我真病了？病的可不是时候！得找个地方躲一躲。"他一边寻思一边后悔，没想着向瓦茨拉夫和沃依杰赫要点儿酒精。他又走了几步，找到一个他认为合适的地方。当安加拉河静止不动，那些大冰块儿就会向前移动，特别会在岸边彼此撞击，发出噼噼啪啪的响声，一块儿把另一块儿顶起来，使它突出在外，然后就冻上了。他看见一块儿竖立的大冰块儿，旁边贴着一块儿小一点儿的，像一个台阶。

亚历山大·彼得罗维奇坐下了。

"现在！五分钟！不，十分钟！可别睡着了！"他用皮袄裹着身子，掏出了怀表。

"十五分钟，该走了！"

装鱼的口袋放在两膝之间，散发出强烈的熏鱼味儿，这味道使他不想吃东西，只想喝水。

"找到自己人，把鱼分给他们吃！"他抓了一把雪，塞在嘴里，让它一点点融化，"……我要面包！"

"面包！面包！……"这个念头像粘在脑子里，去也去不掉。他喝了这口雪水，舔了舔嘴唇，感觉不是水的味道，而是面包皮的芳香。就像刚刚吃完，还在细嚼慢咽，品味那麦香。他不再觉得那甜丝丝的臭鱼味儿那么难闻，那脏兮兮的鱼口袋就放在脚下的雪地上。就在这时候，他感到浑身无力，差一点儿瘫软在地上，口袋旁边的两条腿有点儿发热。

他昏昏沉沉坐在那儿，似睡非睡，似醒非醒，突然听到背后远远地传来马铃声，就是马铃声，他没有听错，甚至睁开了眼睛。这种铃声只有大雪橇才能有，中间是一匹辕马，两边是拉套马。亚历山大·彼得罗维奇觉得奇怪，这时怎么会出现三驾马车，而且还响着铃呢？

他坐在大河的冰面上，环顾四周，这有什么奇怪的呢？身后是那条河，就是那条河。现在是主显节，怎么能没有三驾马车呢？他清楚地听见马铃声咣当咣当响，踏在冰面上的马蹄声越来越近，这就对了！在松花江上就是这般情景，主显节时在冰面上凿个大窟窿，作为水被点，有一大半儿哈尔滨人都拥到这里来，参加江水圣化仪式。有人用银质的瓶瓶罐罐盛上圣水带回家,胆儿大的还敢跳进冰窟窿游上一番。

马铃声越来越近,亚历山大·彼得罗维奇吃完了一块面包,又掰了一块。

"嗯!真好吃!"

面包刚出炉,还烫手呢。

"可安娜在哪里呀?为什么这里没有她呢?"他又看了看四周,"明白了,她从不喜欢大冬天到江边来。她此时此刻正在波兰天主教堂做祈祷呢。是的!是的!当然了!应该去找她。马上就去,还得带上圣水!"他俯下身子,在冰窟窿的边沿上用银质的小勺儿舀满圣水。安娜就在他身边,抓住他的大衣肩膀,生怕他掉进冰窟窿里。

"安娜!你干吗,我掉不下去!"

"以防万一呀!"安娜说道,"反正我得抓住你!"

亚历山大·彼得罗维奇没够着水,索性跪下,用一只手撑在边儿上,另一只手提着小桶汲水,他觉得水很大,自己似乎不是跪在边上,而是身处水中,环顾四周,一片汪洋……

他从一块浮冰上滑下来,侧身跌在冰面上。

彼得罗维奇不太高兴地坐在长凳上,凯士卡盘着腿坐在他旁边啃白鲢鱼头。可以听见谢辽嘎在外面巡逻的脚步声,他故意把雪地踏得咯吱咯吱响,让人知道他离门口不远。米士卡提着一壶开水,检查一下背囊,用另一只手把它背在肩上,然后便出去了。谢辽嘎与他擦肩而过,遛进了棚子。

米士卡回头看一眼那小青年儿,哼了一声,朝雪橇走去。他解开拴木桶的绳子扣儿,捧了些雪放在里面,再兑些开水,放在马头下面。再把背囊塞在口袋底下,往周围看了看,然后往杯里装些雪,又回到棚子里了。

"怎么的呀,凯士卡?回家还是继续留在这儿?瞧,算个什么官儿呀?要不然咱们去贝加尔湖吧!"

"说什么我也不去贝加尔湖!暂时先留在这儿,过后看看再说!"

"给老婆捎个信儿不?"

"就说看见我了,还活蹦乱跳的呢,开春儿之前回去。"

"得了!那你呢,谢辽嘎,如有机会去对岸,去梅索瓦亚火车站,打听'狍子'米士卡在哪里,人人都会为你指路。在密林里走十五俄里,在满都加哈河和小满都加哈河流过的丘陵边上,我有一栋过冬房。采集了各种花草和浆果,准备过冬,根本用不着买茶叶。记住了吗?"

谢辽嘎握着那个热乎乎的杯子,高兴地点头儿:"谢谢,米士卡大叔,事情都办利索了,直接去麻烦你老。天转暖以后,我和凯士卡大叔一块儿去看你。"

米士卡看了他一眼,不无遗憾地摇了摇头。

"事情,事情!没完没了的事情!哎呀呀!"他摆摆手,"算了,一句接一句,没完没了,孙女还在家等着我呢!再见了!"

他出了棚子,提起空桶,啪地拍了一下小马,接着抓起了缰绳。

"走啊,怎么的呀?"

暴风雪平息了,阳光耀眼,米士卡把帽子一直卡到眉毛上,心里想:"他们要建设新生活!那是因为旧生活不好呗,这就叫我莫名其妙了,在我们深山老林里又怎么样呢?"

道路沿着安加拉河右岸向前延伸,还有几俄里,从马岛南部的岬角并入通往贝加尔湖的宽阔雪道,入夜之前可以到达落叶松村,睡到天亮再上冰道。

"嘚噜!……站住!"

他离开棚子几沙绳之后,从雪橇上跳下来,搬开两个口袋,取出一件立领光板皮袄穿上,又坐下用缰绳抽了马一下。

"咴！……走啊,亲爱的！"

阳光灿烂,寂静无声,只有远去的暴风雪拖着细长的尾巴在浮冰中间飞梭穿行。小矮马扭头躲开迎面吹来的寒风,不紧不慢,从容前进。这匹马已经三岁,清清楚楚认得这条路,可以不用催赶,一直走到对岸的梅索瓦亚火车站。

米士卡刚合上眼睛,想打个盹儿,猛地震了一下,把他惊醒了,他习惯性地抓住缰绳:"特……噗……噜！见鬼！出什么事儿了？"

小矮马停在一个大冰窟窿边上,那里的水已经结成一层薄冰,小马用嘴叼住一块儿碎冰。

"没喝饱吗,你这小鬼！来吧！"米士卡振作一下,驱走困魔,跳下来操起那杆别旦式步枪,用枪托在冰窟窿边上戳了两下,安加拉河的水就冒上来了。

"喝吧,真拿你没办法！看见了吧,这可不是热水！"

在小马喝水这工夫,米士卡在冰窟窿周围绕了一圈儿,这跟凯士卡凿的那个一样:"冰窟窿就是冰窟窿,干吗不钓鱼呢？"

"怎么样？喝饱了吧？那咱们回家吧！"

他又穿上皮袄,抻了抻缰绳,,聪明的小马退了几步,绕过冰窟窿,信心满满地走上雪橇。米士卡甚至没注意到这一切,只顾坐在雪橇上寻思"给谁送什么礼物",他用一大把瓜子给最小的孩子换了几个五颜六色的玻璃球:"这些玻璃球有个屁用,只能给孩子玩儿。"他用大半截鱼尾巴换了一本看图识字课本:"让孩子用手指头指点着看好了！"他给大外孙女弄了一大串珠子项链和一面镶铜框的木柄小镜子:"大外孙女,这茶叶得等到办喜事的时候再喝！"他用一口袋鱼给女儿换了一台缝纫机和两块布料:"嘿,得了！这次真遇上一个仪表堂堂的商人！"不过,最大的收获还是那口袋子弹,卡宾枪正好用得上,这枪是路上捡来的。还有些东西很有用,都是以物易物所得,有的是用面包,有的是用黑瞎子油，还有的是用鱼，只有那把军刀是白得的："可它对我有什么用呢？随便放在什么地方算了，但愿有朝一日用得着！"

几个不眠之夜以后，他开始迷迷糊糊，昏昏欲睡，只听见马蹄踏在冰面上的嘚嘚声。突然之间，他凭借猎人特有的听觉，发觉从远方传来清晰的马铃声。他本想只当耳边风，接着睡大觉。但是，辕下的马铃咣当咣当响个不停，实在叫他不能再入梦乡，好像是一辆邮车从远处的冰面上奔驰而来。

"不……这是我的幻觉吧？自从建起铁路，邮车已经几年没跑了！"他想了想，马铃声却一刻不停，"离我远点儿！这里可没什么邮递员！喂，我在这儿！"他没睁眼睛，把手伸进雪橇头上的草堆底下摸出一个军用铜水壶。"喝上一口，就万事大吉了。"米土卡歪着脑袋，喘了口气，想起已经超过一天一夜没吃东西了，想到自己还有鱼和面包，于是看了看日头："问题是枯水期之前会闹饥荒。那怎么办呢，这是幻觉吗？饥荒可不像亲姨那么温柔！特……噗……噜！"他停下雪橇，整理整理行李，给枪装上子弹："有点儿开水就好了，那得点火呀！……"他往四周看了看，离安加拉河最近的河岸已经很远了，若赶着雪橇去那里，离河岸越近，浮冰越多，但雪橇从浮冰中间穿过去那可没门儿。

"没什么大不了的，用步量也能到地方！"米土卡已经习惯在林子里大声自言自语，"要从人类世界向野兽世界转变，还真不习惯！"他把斧头别在腰里，背起卡宾枪朝河岸走去。

"哎呀呀！一旦发大财呀，买个小村姑啊！日久天长后呀，大家都怜爱啊！"他大步流星地往前走，扯着嗓门儿唱小调，这是头几天在白军的篝火旁学会的。

"美女！金钱！姑娘！发财！他们捍卫的就是这样的政权吗？"这小调他以前在红军中间也听人唱过，"可是，他们呢？难道也是为这个而战斗吗？呸，真下流！"

毡靴踩在雪地上发出咯吱咯吱的响声,那些在封河时冻成的冰块儿有的大到一人高,就像密林中从山涧滚下的巨型圆石。米士卡从中间绕过去,虽然已经习惯,还是累得满头大汗,耳朵里嗡嗡响,太阳穴上血管儿直蹦。

"可能这是铃铛的声音?"他心里想。突然听见有人在身边清清楚楚地说:"安娜!你干吗,我掉不下去!"

米士卡感到太突然,吓得往后一跳,差一点儿坐个屁股蹲儿。

"离我远点儿!怎么闹鬼了?"他往上掀了掀皮帽子,然后摘下来,擦一把汗津津的脑门儿,因为还戴着手套,手心儿都是汗。他索性把它摘下来,扔在脚下,再从肩上取下枪。

"安娜!你这是怎么的呀?"又听见这人说话的声音。

一会儿是马铃声,一会儿是安娜,要知道他已经几天几夜没吃东西了……

"安娜!怎么回事呀?"

"我的保护神!天庭的女皇啊!这是谁在愚弄我呀?"米士卡的腿有点儿抽筋儿,于是,回头朝雪橇走去,不过,他尽力控制住自己,开始静静地聆听。从冰群中,从河岸边,传来清晰可辨的说话声,而且呼叫的名字又是"安娜"!

米士卡频频地画十字:"滚开!怎么回事,别自找倒霉!你敢冒险吗?他是不是突然想诱惑我,就藏在冰块儿后头?金钱美女大大的。"他吐了口唾沫,偷偷摸摸地朝出声那地方走去。

这地方离得很近,只有几步远。米士卡不顾危险,站在大冰块上往下看,发现在一个冰块底下有个黑乎乎的东西。在冰面上仰面朝天躺着一个人,他抬起一只手,用另一只胳膊支撑着要起身。米士卡迟疑片刻,后来才明白,这人是想起身,但起不来。

"既然仰面朝天躺着,那就没什么危险!"他走上前,当即认出是自己不久前的旅伴儿。米士卡一下离开他刚刚站脚的地方,回想起柴火棚里的谈话,这才恍然大悟:"都是因为凯士卡那个狼心狗肺的家伙,才把事情搞成这样!"于是他往前迈了一步。

"亚历山大·彼得罗维奇!来,我拉你起来!"

"别动,我要开枪了!"亚历山大·彼得罗维奇仰面躺着,用胳膊肘撑着,高声叫道,也没听清是谁的声音。

"开枪?开枪好了!用手指头开枪吗?"米士卡用一只胳膊把亚历山大·彼得罗维奇夹起来,让他后背靠着冰块坐下。

"现在,等等,我给你急救!不过,阁下,你怎么到这儿了呢?"

"西伯利亚地大无边,而且只有这么一条大道!"

亚历山大·彼得罗维奇满脸通红,从脑门儿和鬓角往下流汗。

"你真够倒霉了!是热病还是伤寒?"

他用灼热的、茫然的目光注视着米士卡。

"瞧!安娜!你也来了!"

"安娜!安娜!她也来了,那还用说!"

米士卡直了直腰,巡视四周,离最近的灌木丛还不算太远。

"只能折一些干树枝子了!"

他放下亚历山大·彼得罗维奇,向岸边走去。

米士卡用绳子把亚历山大·彼得罗维奇绑在雪橇上,放些干草和口袋,从行李中又找了些东西盖在上面,叫了几个他不认识的人帮忙,还差点儿把马惊着了。米士卡唯一弄明白的就是亚历山大·彼得罗维奇妻子的名字叫安娜。

他沿着安加拉河的雪道朝东南方向往贝加尔湖走,几个钟头之前还觉得日头晒得人暖洋洋的,到了晚上却只剩下清冷的阳光、愈加逼人的寒气。米士卡开始考虑,是否应该在安加拉河岸找个小村过夜。他们经过布都古兹村,那里他有几个熟人,但他还是没停下,天黑还得等几个钟头,他决定继续往前走,一直走到贝加尔湖。路上时而听到两三声枪声,在寒冷的空气中,枪声被挤压得很低。他明白这枪声来自身后的伊尔库茨克,或是前面的贝加尔湖。而后,已是暮色沉沉,在经过一个大岛时,他发现一个兽穴:"好像,有人就是从那里开枪!是不是凯士卡这帮狗崽子?"

突然,米士卡清楚地听到背后有人说话:"你是什么人?往哪里拉呀?"

米士卡吓了一跳,这之前,亚历山大·彼得罗维奇处于失忆状态,米士卡担心他是否活着:"老天保佑你,上帝呀!你还活着呀!你呀,阁下,先什么也别说!应该保存体力!"

他从雪橇上跳下来,取出水壶,拔下壶塞儿:"来吧,让我给你治一治!用雪,用鱼,这不都是药吗?"他转到亚历山大·彼得罗维奇的右手边,这只胳膊被绑着,不过是绑在皮袄袖子外面,因为这样不致勒伤皮肤,同时和雪橇帮儿拴在一起。亚历山大·彼得罗维奇极力想抬起这只胳膊,同时像对敌人那样怒视着米士卡。

"来,亚历山大·彼得罗维奇,来,千万别失手!现在我给你来点儿酒精!"他把壶嘴儿对准亚历山大·彼得罗维奇的嘴唇,他还用恶狠狠的目光注视着米士卡,酒精在紧闭的嘴唇上流淌,"哎呀,你呀,真糟糕!你只要喝一小口儿,五脏六腑就会发热,这东西也没剩多少,最多就半桶,可你还让它顺着胡子往下流!"

酒精让干燥的嘴唇发热,亚历山大·彼得罗维奇晃了晃头,想舔舔嘴唇,趁这工夫,米士卡往他嘴里倒些酒精。亚历山大·彼得罗维奇真喝进去了,眼睛开始打转儿,米士卡用一只手捂住他的嘴,亚历山大·彼得罗维奇用鼻子吸了一口气,再呼出去,这时米士卡往他嘴里塞了一把雪。

"这就成了,阁下！怎么也不会醉了！"

亚历山大·彼得罗维奇舔了舔嘴唇,闭上眼睛,酒精在发挥作用。米士卡赶着雪橇一直走到天黑,心里一点儿也不发慌。

冰雪路急转弯通向安加拉河左岸的铁路附近,载着捷克人的列车正隆隆驶过。米士卡狠抽了小马几下,小家伙便拉紧马套,雪橇前头翘起,飞驰而去。前面,从大约两俄里的右岸,伸展出去的岬角覆盖了半条河,黑暗中突然冒出点点灯火。

"我的妈呀！"他长出了一口气。

四周静悄悄,哪里也没有枪声,他猜想是向贝加尔湖撤退的部队,更可能是他不久前才脱离的那个大车队,现在赶上来了。

"特……噗……噜……"

"那是什么呀,米士卡？"他听见亚历山大·彼得罗维奇发出微弱的声音。

"你醒了,阁下？"米士卡并不觉得奇怪,这似乎司空见惯,人烧糊涂之后,很快就苏醒过来。

"我想那是你们部队的宿营地！不可能是别人。"

"去找他们！"

"还能去哪儿？只能找他们。在那里他们能认得你吗,亚历山大·彼得罗维奇？"

"相信能认得。"亚历山大·彼得罗维奇喃喃地说,"给我点儿雪,我够不着。"

最后两俄里时而走雪道,时而走河岸,小矮马不紧不慢地往前走,不用催赶它,也不用勒紧缰绳,后腿也碰不着雪橇。如果不是看见前面的灯火,米士卡早就睡着了。

第七节

一九二〇年二月九日,即将入夜。在距伊尔库茨克东南十至十二俄里处,从密林深处蹿出一股高尔察克的残部,上了安加拉河的冰雪大道。

指挥官准许士兵稍事休息,以便明天,即二月十日早晨之前在安加拉河源头落叶松村附近集合。经过这个村子,顺着贝加尔湖西岸往北走四十俄里,到达果洛乌斯特岬角,最后突击前进六十俄里,穿过贝加尔湖的冰面,到达东岸的梅索瓦亚火车站。

部队及紧随其后的大车队人员早已饥肠辘辘,马更是精疲力竭。官兵每人只能得到一磅干面包和十颗子弹。殿后的莫尔恰诺夫将军率领的沃特金师,把保留的重型武器拆卸后装在雪橇上。饥饿难忍的人们脱去外衣和鞋子,把患热病的人用皮带和绳子绑在雪橇上,伤员也没抛弃,而是带着一起走。

前两天,即二月七日,维尔日比茨基将军率领的第二军及萨哈罗夫将军率领的第三军残部,确定由沃伊采霍夫将军统一指挥。他接替一月二十六日因坏疽和肺炎死亡的卡普佩尔将军的职务,驻扎在伊尔库茨克附近的英诺凯吉耶夫车站,并且准备攻城。如果他们向南方稍稍移动一点儿,靠近格拉兹考夫郊外,就有机会掌控全局,攻取物资储备极其丰富的伊尔库茨克。守城的不过是些毫无经验的工人志愿者和少量红军部队,所以说攻城多半会成功。在计划即将实施之际,突然传来消息,红军战士几个小时之前,在流向城北的小河乌沙柯夫卡的河口,在一个大冰窟窿旁,处死了最高执政高尔察克以及鄂木斯克政府总理别贝利耶夫,当时又从捷克军团传来消息:如果白军攻打伊尔库茨克,他们将介入,并站在红方一边。

白方的将军们对此大惑不解,备感耻辱。因为几年来捷克人一直与他们和睦相处,甚至之前也莫不如此。

在一九一四年八月第一次世界大战伊始,奥匈帝国的官兵:捷克人、斯洛伐克人、塞尔维亚人、波兰人都投降俄军,成了俘虏;或单人,或小股,或成批自愿投降。到了一九一七年,这些俘虏竟达五万人;将他们组成一个军团,驻扎在基辅附近,由协约国的联合司令部指挥,经俄国沙皇确认为自己的后备部队,准备将其运往符拉迪沃斯托克(海参崴),再从那里转往法国本土,派他们投入西欧的战斗。

但是,一九一七年三月,俄国沙皇退位,俄国临时政府成立,并向盟国政府承诺履行同盟义务。

"将对德战争进行到底,直至胜利"。可是,它不能将自己的士兵留在战场上,从那年五月开始,团和师的编制开始自行撤出阵地,士兵们纷纷回家,要继续闹革命。从这一刻开始,俄国军队与东部战线已不复存在。

俄国的变化强烈地改变了整个世界战争的格局。

在布尔什维克十月革命之后,协约国取胜几乎成定局,尤其在列宁及托洛茨基与德国签署《布列斯特合约》以后，这种现实就变得更加明显了。

法国人和英国人觉得这也太快了，德国鲁登道夫将在俄国获释的士兵调往西方，一九一八年三月二十一日攻到法国索玛城下。四月四日，德国第十八军出击，与法军和英军在安加尔附近交战，法英两军以巨大的代价保住了这个离巴黎只有两千米的城市。

德军的优势令协约国十分恐惧，企图与布尔什维克谈判，意在重启东线战事。但对方宣布已建立苏维埃政权，在当时最有意义的莫过于"不割地，不赔款，立即停战"。法国总统与英国首相开始明白没什么指望了，除非列宁和托洛茨基及其布尔什维克同伴自行停止，或者这个体制崩溃，或者被谁打垮。

这时，协约国想起了自己的后备部队。

一九一八年，快开春儿的时候，捷克军团在占领乌克兰的德军压力之下撤到伏尔加河地区与近乌拉尔地区，这个时候，在红方占领区，邓尼金的志愿军从南方的顿河与库班步步紧逼，北方的形势也极为恶劣，米勒将军的部队在摩尔曼斯克与阿尔汉格尔斯克城下与布尔什维克缠斗正酣，并得到英国远征军的支援。在爱沙尼亚，尤登尼奇正蠢蠢欲动，对布尔什维克的包围圈儿一点点缩小，眼看大功告成，可惜功亏一篑。

协约国准备再赌一把。

根据他们的如意算盘，军团应该与米勒及英国人在北方会师与邓尼金在南方会合，实现即将告成的计划，收紧对莫斯科的包围圈儿，消灭布尔什维克，恢复旧政权和西部战线，从而帮助摧毁法国人。

这就是他们的如意算盘！

好像在需要的情况下，还需有人助一臂之力。

一九一八年五月十四日，星期二，在车里雅宾斯克，一个匈牙利战俘及其同伙向西逃跑,想投奔红军,其中一个人打破了一个捷克俘虏的脑袋,这伙捷克人是往东跑。捷克人对马札尔人,也就是匈牙利人,积怨已久,这回总算爆发了。捷克人够狠,与马札尔人算完账之后,竟然占领了车里雅宾斯克市中心。同时,与当地苏维埃政权断绝关系。

布尔什维克觉得自己受到侮辱,于是,托洛茨基在五月二十一日颁布命令,逮捕当时身在莫斯科的捷克全国苏维埃领导人以及解除捷克军团的武装。捷克人拒绝接受解除武装的命令。托洛茨基的反应是致电全国:

全体苏维埃!

兹令立刻解除捷克人之武装。在铁路沿线发现携带武器之捷克人须就地正法;每个军列,即使发现一个武装人员盗窃物资,整车士兵都将发配到战俘营拘押。当地政治委员必须立即执行此令,如有违误,将以叛变罪论处,严惩不贷。

此令深深地刺痛了捷克人,凡是捷克人所在的地方,他们都掉转枪口,对准红军。五月二十六日,他们在奔萨解除了布尔什维克的武装,在占领了车里雅宾斯克之后,又攻取了新尼古拉耶夫斯克。在六月初占领了鄂木斯克和托木斯克,并且切断了饥饿的莫斯科与粮食充足的西伯利亚之间的联系。

但是,协约国之间似乎在最不适当的时机产生了奇怪的内讧。法国人主张捷克人渡海赴法,助其一臂之力,而英国人的意见恰恰相左,因其在俄的利益受到损害而主张捷克人按兵不动。问题是这得由捷克人自己决定去留,他们早已归心似箭,恨不得一步到家,整治自己那个美丽的小国。于是,军团官兵从四面八方向西伯利亚大铁路集中,然后向符拉迪沃斯托克(海参崴)挺进。可惜前景不容乐观。俄国已陷入疯狂之中,谁都为这块广袤的大地忧心忡忡。七月七日到八日,军团的殿后部队撤出奔萨,在切切克上校指挥下进驻萨马拉市,闪电般迅速占领全城,赶跑了红色近卫队,枪决了五十名匈牙利战俘,这些人都是自愿加入布尔什维克控制的国际旅成员。城市的政权立即转移到社会革命党人手里,并建立了特别会议成员委员会,它在一九一八年一月十九日已经被列宁赶跑了。

一九一八年六月十八日,捷克人占领克拉斯诺亚尔斯克。

七月五日,占领乌法。

七月十一日,在辛比尔斯克,红军指挥官、社会革命党人穆拉维约夫起事,反对布尔什维克。

八月二日,英国人和美国人在阿尔汉格尔斯克登陆。

八月七日,喀山被捷克人及白军占领,并夺取了为远避德国人而从彼得格勒运出的沙皇储备黄金。

八月八日,先是伊热夫市爆发反对红军的起义,随后沃特金市效法。

八月三十日,社会革命党人刺杀列宁未遂,但是,乌里茨基遇害。

十月十三日,高尔察克海军上将抵达鄂木斯克。

确实,布尔什维克已经开始组建正规的红军,并且在东部初露锋芒,多有斩获。九月十日攻取喀山,两天后拿下辛比尔斯克……

包围圈并未收紧。

但有这个计划!

这的确还另有原因,不过这纯粹是俄国内部问题。

在爆发革命之前,西伯利亚的大粮商、合作社的创办人以及其他富人就想脱离俄国,建立自治政府。革命之后,他们仇视社会革命党人,认为并且已经证明他们是这场革命的始作俑者。因此,尽管拥有两万兵员的武装,但不愿支援伏尔加河流域和阿穆尔河(黑龙江)沿岸的社会革命党人,他们已经在那里成立立宪会议成员委员会。在一九一八年末及一九一九年初,他们遭到履战履败的厄运,仍然拒绝东进。

红军开始放松包围圈,白军仍然兄弟阋于墙,逢战必败,捷克人则死守铁路,并向太平洋移动。

一九一九年十月十四日,红军进驻鄂木斯克,萨哈罗夫将军和最高执政高尔察克本人不发一枪一弹,将城市拱手相让。

一切皆从这里开始。

广大的俄国,过了乌拉尔山只有一条铁路。

白军将领卡普佩尔、萨哈罗夫、莫尔恰诺夫、班格尔斯基、维尔日比茨基、沃伊采霍夫、别别利耶夫的部队,在红军的压力之下开始向东溃逃,他们沿铁路线从老西伯利亚大道撤退,留下一道又一道落荒而逃的痕迹,丢弃了大炮,弃守新尼古拉耶夫斯克、托木斯克、克拉斯诺亚尔斯克;而在下乌金斯克甚至活捉了他们的最高执政高尔察克,并且交给了布尔什维克。

在一九二〇年二月九日至十日夜里,白军遭到惨败,退往伊尔库茨克与贝加尔湖之间的安加拉河。

部队指挥官让士兵们暂时休息。

部队与车队尽可能靠近河岸走,以便拾些柴火点燃篝火。人们饥寒交迫,许多人早已精疲力竭,自顾不暇。那些还有些力气的人只好扶老携幼,帮助伙伴,安加拉河右岸被篝火照得通明。

第八节

"我的妈呀!"米士卡长出了一口气。

"那里出什么事了?"亚历山大·彼得罗维奇用微弱的声音问。

"醒过来了,大人?那里应该是你们人的营地吧?我是这么想的!因为不可能有别人。"

"去找他们!"

"不找他们还能找谁?可他们能认得你吗,亚历山大·彼得罗维奇?"

"我想应该认得,"亚历山大·彼得罗维奇轻声地说,"给我弄点儿雪,我够不着。"

"拿点儿雪,这我办得到!"

米士卡没有扬鞭策马,任它信步而行。"感谢上帝,"他心里想,"我说,如果在那里停下,阁下再陷入昏迷,不省人事,人家还能认得你吗?"

"亚历山大·彼得罗维奇!啊,亚历山大·彼得罗维奇!"米士卡回头叫他。

亚历山大·彼得罗维奇沉默无言。

"就这么办吧,反正我说了!"

火光越来越近,米士卡考虑是否停下来休息,他决定先从营地旁边擦过去,如果要停,也得停在那一头,就是靠贝加尔湖最近的地方:"先去圣湖,先看看巴尔古津的风往哪儿吹!如果认出来呢?对我有什么好处呢?什么好处也没有!能说句谢谢就了不起了!他们都饿红了眼,一旦闻到味儿来了,遇上病号还不得给点儿吃的!……"小矮马直接向篝火走去,米士卡本能地勒紧缰绳:"……不用舍不得鱼,瞧那冰层底下,鱼可多了去了!只是翻动翻动行李,把鱼扔给他们就行了,过后再收拾东西。"他脑子里一直琢磨,到营地之前该怎么处理这位乘客,上帝两次把这个人托付给他,老天为什么要这样做呢?这种想法在脑子里盘桓不去,他想自己已经把这位大人送走了,怎么又在路上相逢呢?究竟是什么人偷偷把他塞给自己的呢?这到底是怎么回事呀?

离篝火越来越近,已经能够看清在冰上移动的人影轮廓,于是,米士卡开始靠右行驶:"……原来没设岗!现在凯士卡的大炮就要开过来了!……不叫你烂舌头才怪!"

篝火的光焰把黑夜衬托得尤为幽暗,散落在天空的星星好像只往上照不往下照,地上的一切它都不屑一顾,把一切都投入天鹅绒般的天幕上。

"对这个人也可以撒手不管,但又于心不忍,你还没把人家送到地方呀!"米士卡拉了拉小马右边的缰绳,小马倔强地往左,朝篝火和宿营地方向拉,这边有点儿热气。"算了!"他最后决定了,"等到早晨,到了阔叶林车站,什么都看清了!"米士卡撒手松开左边的缰绳,小马的蹄子啪嗒啪嗒响起来。

二月十日早晨,伊热夫师的先头部队在落叶松车站附近上了贝加尔湖的雪道。打头的是一支人数不多的卫队,雪橇上载着一口简陋的木棺，里面躺着卡普佩尔冻僵的尸体。

米士卡尽可能与他们保持一定距离，不致相距太远。临走之前米士卡给亚历山大·彼得罗维奇吃了热乎乎的食品，还给他喝了点儿酒，他很快就入睡了。米士卡觉得这样做比较简单。亚历山大·彼得罗维奇躺在雪橇上，盖着从凯士卡老婆那里借来的一床被子，密密匝匝的大胡子，即使队伍里有什么熟人，恐怕也没有人能认出他是谁，万一有长官询问"你载的什么人？"米士卡见机行事就是了。

先头部队从阔叶林车站出发，早晨最低零下三十摄氏度的严寒已开始缓解。但刮起了强烈的扫地风。马又冷又饿，雪橇上载的都是亚历山大·彼得罗维奇那样的病号，他们或横躺，或竖卧，马拼命拉套，一步一步艰难前行。马蹄下面是足有一个半沙绳厚的、晶莹剔透的冰层，风雪在冰面上掠过，一刻也不停留。疾风劲扫，疲惫不堪的马被吹得直跑，别说蹄子没打上冬季专用的马掌，就连普通马掌早已打没了。所以，连马带雪橇，都被风吹跑了，这时周围的人纷纷伸出援手，可马已倒在冰上，再也站不起来，大家只好把马和雪橇放弃了。米士卡从被风吹走的雪橇上救下两个跟亚历山大·彼得罗维奇一样的病号。毛茸茸的小矮马，蹄子踏在冰面上啪嗒啪嗒直响，它时而用左眼，时而用右眼瞭一瞭两边的伙伴，原来是英姿焕发的骏马，此刻已是瘦骨嶙峋，奄奄一息，勉强动一动蹄子。

队伍像一条黑线从阔叶林车站，由南向北到达果洛乌斯特岬角，再往右穿过湖面，抵达梅索瓦亚火车站，路上留下许多被遗弃的雪橇和马的尸体。

米士卡在梅索瓦亚火车站顺便回了趟家，给小矮马喂些草料，叫兄弟亲自把一个和亚历山大·彼得罗维奇一块拉来的病号交给医生，自己便载着昏迷不醒的老伙伴往林子里走去了。

第九节

附近似乎响起了噼噼啪啪的枪声。

亚历山大·彼得罗维奇醒过来,开始咳嗽。

"怎么,亚历山大·彼得罗维奇,突然醒了?你已经睡很长时间了……"

后面说的话亚历山大·彼得罗维奇没听清,也不知道说话的人是谁,只觉得是个熟人。

"听着,亚历山大·彼得罗维奇!来,我喂你点儿吃的,行吗?"

有人跟他说话,他确定不了是谁,想也想不起来,要睁开眼睛看看:"不,让我想一想……"

"现在,我给你拿点儿吃的……"亚历山大·彼得罗维奇又听有人说话。

"这是谁呀?从哪里来的?我刚刚还和安娜在一起,她还在这里呀,就在身边,当然啦!我们坐在桌旁,她把厨师打发走了,她刚出去……

不知干什么去了。这是谁在说话呢？"

他听到旁边吱吱嘎嘎开门的声音，接着又啪的一声，听到那人小声说："你看，现在我把火炉子点着，给你熬点儿营养粥。"说话的人把家什弄得叮当响，听来就在身边，接着是沉闷的撞击声，像是木桦落在地板上。

"如果安娜刚才还在这里，我们俩本来坐在桌旁，那为什么我还……躺在这里呢？"

亚历山大·彼得罗维奇觉得与他说话的人就在身边，听见那人的脚步声，呼哧呼哧的喘气声，使用铁器和木器干活儿的动静。他感觉身子暖和多了，甚至脑门儿汗津津的，他哆哆嗦嗦地想用袖头擦擦汗，但胳膊太沉，怎么也抬不起来。这工夫冒出一股气味儿，有点儿酸溜溜的还有些烟味儿，像燎兽皮的味儿。他感觉到了这一切，于是睁开眼睛。

他的确躺在一个硬邦邦的地方，或是靠墙的长凳上，墙上没有窗户，墙是用扒了皮的粗大圆木一根摞一根垛起来的，中间的缝隙生满青苔，有的地方还悬垂着胡须般花白的麻絮。横放的一张木床与白墙中间有个狭窄的过道，墙是用泥抹平再刷上白灰的。这墙开始散发出暖融融的气流。亚历山大·彼得罗维奇躺在那里盖着一张毯子，贴身还有个大床单，他刚刚用麻木的手指触摸到了。他开始环顾四周。

在散发着热气的白墙后面有人忙活着什么，大概是一边往炉子里填柴火，一边跟他说话；往那边去的中间挂着一张大兽皮当隔断。

他根本认不出这是什么地方："安娜不可能在这里，这么说，我是梦见她了！"

"现在，亚历山大·彼得罗维奇，现在，稍等一等，让我给你增加点儿营养，吃些东西！"

皮帘子掀开一角，一个人弓着腰走进来，两只手笨拙地端着一个用木头钉成的板凳，上面放着一个瓦盆儿，盆儿里插着一把木勺。这人把板凳摆在他床头,大声喘口气:"你总算醒过来了,感谢上帝!"接着画了个十字。

这人在长凳和白墙之间的狭窄过道艰难地转过身。他放好板凳,把盖在亚历山大·彼得罗维奇身上的毯子掖好,坐下来。这时亚历山大·彼得罗维奇看见对面墙角的神龛上有一个幽暗发黑的圣像直顶天棚,而面目似隐似现,勉强看得清眉眼。

"圣·潘特莱蒙,我们的上帝使徒,祖传的圣像写的都是古文。现在,我伺候你吃点儿东西,给长明灯添些油,让屋里亮堂些。你先祷告祷告,我马上把吃的给你端过来。"

这人弯腰俯向亚历山大·彼得罗维奇,差点儿碰到他脸上的胡子。他身上散发出一股烟味儿、兽皮味儿和寒气。他把一条麻袋卷成卷儿,放在床头,抱着亚历山大·彼得罗维奇的肩膀,让他坐起来。

"你这身体完全造坏了!从贝加尔湖到这儿,已经三个礼拜不省人事了。这些日子,我一直提心吊胆,生怕你有个三长两短。"那个人起身,朝圣像鞠躬,又画个十字:"饶恕我们吧,上帝!"

亚历山大·彼得罗维奇试着动了动嘴唇,想问问他这是在哪里。

"你呀,亚历山大·彼得罗维奇,先别出声了,现在还不能聊天儿。你别说梦话了,你叨叨咕咕说的够多了。最好先把嘴张开。"

亚历山大·彼得罗维奇试着张嘴,可惜张不开,只是身不由己地动了动嘴唇,发出含混不清的声音,同时感到浑身乏力。那人用笨拙、粗糙的手托住他的下巴,用木勺往嘴里喂些汤汁。

"喝点儿吧,可别吐出来。"

亚历山大·彼得罗维奇费了很大劲儿咽了一口。

"这味道嘛,当然了,喂牲口的东西能有什么好味道,再好,能好到哪里去。不过是碎燕麦加点儿熊油。你可别嚼,不用嚼,直接咽到肚子里就得了。八成你还没认出我来呢!我是米士卡呀,狍子!想起来了吧?

是不?"亚历山大·彼得罗维奇又强忍着吃了一口。已是黄昏时分,屋里半明半暗,一个彪形大汉俯身看着他,满脸的黑胡子一直长到下眼皮底下。

"还没想起来?"

亚历山大·彼得罗维奇摇头表示没想起来。

"不要紧!再想一想,我来引导你,这样就想起来了。我们是在车站遇上的,在吉马市后面,捷克人逮捕你之后,又逮捕了你的副官,那时候你们是在押运黄金。想起来了?你穿上那件军大衣相当威武。当时我就让你坐上我的雪橇,喂,想起来了吧?没想起来?这不要紧!"

亚历山大·彼得罗维奇看看这个叫米士卡的人。

"安娜也没在这里呀!黄金?他说的什么呀?"

"……可别躺在那儿说胡话了,一肚子话打算全倒出来呀!讲了公事,又讲老婆,喊什么安卡安卡的!是吧?她的父名我到底也没弄清,是萨维里耶夫娜,对吧?"

"柯萨……"

"别说,别说了!现在还不是时候,过后我们再聊。就这样吧!你从那个车站上了我的雪橇,我们跟着大车队已经跑了很远的路。后来,在伊尔库茨克前面,我扶你下了雪橇,不然也不会避开红军哨卡来到这里。显然,你跟捷克人走了一小段路,后来我在冰面上找到了你,那时已经过了伊尔库茨克。你得病了!还没想起来吗?"米士卡一勺一勺地把燕麦粥喂到亚历山大·彼得罗维奇嘴里,亚历山大·彼得罗维奇开始吃的时候感觉很痛苦,很难受,吃了十勺之后,闭上了眼睛。

"那就睡一会儿吧!现在没什么可怕的了,反正你醒过来了。谢谢神医圣·潘特莱蒙!"米士卡又画了个十字,"你先睡,我讲给你听。看你能不能想起点儿什么。"

亚历山大·彼得罗维奇觉得自己开始下沉,陷入深渊;米士卡忽而遁形，忽而重现，并且絮叨没完。他对这个声音耳熟，想起这个人名字叫米士卡。有时候他还觉得这里好像还有另外一个人，他竭力想见见安娜，这时他偶尔会听见："……在冰上看见你之前，我遇见了凯士卡……他在防备你们的袭击……还有两个跟他一样的恶棍跟他在一起，都带着家伙……"

亚历山大·彼得罗维奇看见沙皇亚历山大三世的雕像从黑暗中向他走来，他想触碰一下，可碰到的不是那冰冷的身躯，而是米士卡暖乎乎的麻布衬衫。

"那时我听见马铃声咣当咣当直响，远处有邮车在冰上奔驰，真叫人难以置信……"

安娜驾着马拉的大雪橇，马脖子上拴着大马铃，来到取水处，正想在那儿舀圣水。

"……后来，你受了风寒，阁下，我们差不多来到营地前面了，你说急着回家，吩咐别停下来……"

"撒谎！我说：'去找他们！'后面的事我就记不得了！……"他眯缝着眼睛看了看米士卡。

"……那群人全都又饿又冷，瘦得脸上只剩大眼珠子……被叫作萨尔玛的西北风把载人的雪橇吹得在贝加尔湖面上狂奔，不过大家都尾随在卡普佩尔将军后面，就是他的灵车后面，一个紧跟一个，络绎不绝……有些人离他不远……还有一些掉队了……另外那些人我不认识……他们也都尾随其后……"

"那你呢？"亚历山大·彼得罗维奇头脑更加清醒了。

"说到我嘛，阁下，我想他们会不顾一切保护他，就像他无论如何不放弃贝加尔湖，保住附近地区一样。和他们一起走的有一位不苟言笑的长官……"

"维雷巴耶夫上校吗？瓦西里？"

"噢！你瞧，阁下！你还记得燕麦粥吧……现在还得吃点儿东西。"

疲惫不堪的亚历山大·彼得罗维奇摇头表示不想吃，而米士卡已经拿着木碗去了帘子后面，既看不见他人，也听不见他的声音。

亚历山大·彼得罗维奇开始觉得有点儿力气了，两只手用力往上拉了拉毯子，记忆力已经恢复，不过时而还有四处漂移的感觉，回忆越来越清晰，越稳定，所见图像的边缘开始融合在一起，只有他失忆时的几个场面已无印象：他们是怎样过的贝加尔湖，怎样到了这间屋子。

米士卡又像熊一样躬着身子，掀开门帘儿钻进来，两只手端着一个木碗，里边冒出香喷喷的热气。

"稠李！这是我们密林中的新娘子。这就是用稠李炖的汤，只不过你先别抢，现在你还没力气自己端碗，你只能用嘴唇一口一口抿着喝，碗边儿不那么烫嘴。等稍稍壮实一点儿，吃些熊油之后，我带你跑个够儿。"他端着木碗，送到亚历山大·彼得罗维奇的唇边，"在你们首都不长这玩意儿吧？来，喝吧！"

"长啊，米士卡，怎么不长呢！"

"……既然也长，就该知道这玩意儿有益健康，特别是对胃肠有好处。你在昏迷不醒的时候喝了五次到十次，再多可不行了。伤寒折磨得你死去活来，胸前出了不少疹子。等你长点儿力气，伸手摸摸自己的脑袋！简直不成样子了！就这个样！"

亚历山大·彼得罗维奇想抬手。

"别，别，这你现在连想都别想！"

亚历山大·彼得罗维奇仍是用尽力气，但只能把手伸到下巴底下，再往上伸就没劲儿了。

"你呀，亚历山大·彼得罗维奇，八成想知道自己这时身在何处吧？"

亚历山大·彼得罗维奇点头称是。

"我可把你给弄远了,太远了!"米士卡这么说的时候,甚至略带遗憾。"当时,我觉得你这个人很有意思,不过现在这不重要了。"他沉吟片刻,小声补充道,"如果不把你弄到这里来……"

亚历山大·彼得罗维奇看了他一眼。

"……你们的人到了梅索瓦亚,立刻安营扎寨,日本人和阿塔曼(首领的意思)谢苗诺夫在那里等到了他们。当然,不是他本人,而是他的……"

"代表们……"

米士卡乐得拍拍自己的膝盖:"哎呀,你的脑袋真机灵,立马儿给我纠正过来了!好极了!可你先别急。"他一边捋胡子一边说,但不像刚才那么兴高采烈了。"可是他们那些病号呢,分别装进车厢,送往赤塔去了。那里有医生,有医院。不过,很多人在路上就死了。特别是那些得伤寒病的,不能一下子搬进暖和的屋子里。他们在严寒的天气里坐在雪橇上,把伤寒都给冻跑了,可是一遇热……"米士卡又把装汤的木碗凑到亚历山大·彼得罗维奇的唇边。"我在熟人家里把你浑身上下洗了一遍,像烫光猪一样,你的衣服浇上酒精,一把火都烧了。只剩这烟纸还留着。"

他取出烟荷包,把纸揉软了,放在一边。

"你在这儿离大家可远了去了,离贝加尔湖很远,离红军很远,离所有的人都很远。这是在我的过冬房里,在深山老林里。这里只有我和布里亚特人打猎。就是这么回事儿!现在我给你弄点儿吃的,吃完好睡觉。现在你需要养精蓄锐,然后咱们再聊。你对我讲讲光荣历史,我对你说说今后的打算!翻个身,我给你晾晾身子,往后背上抹点儿油。"

米士卡掀开盖在亚历山大·彼得罗维奇腿上的毯子,抱起他从右侧翻到左侧。

"用手抓住,那里有个缝儿,靠墙这么躺着,不然,你的后背就该着火了!"

亚历山大·彼得罗维奇躺得太久了,后背全光着,感觉时冷时热。米士卡这时候没过来。

"……经过贝加尔,没有把我弄到赤塔去……离大家更远了……这么说,我们是置身在深山老林里了……他真是个好心肠的汉子,可他对我并无所求呀!倒是提过黄金的事!"

他全都想起来了,想起来了,他怎样押运载有部分储备黄金的三节车厢组成的专列,想起与卫兵及索罗津中尉的长谈,被捷克人拘押,车站的囚室,与米士卡萍水相逢,渔港,伊尔库茨克,一颗子弹……

"子弹!莫非米士卡故意扔掉了,或是无意中丢了。那就太可惜了!得问问他才是!"

米士卡又闯进屋里来,两手端着什么东西,亚历山大·彼得罗维奇侧身卧着,看也没看他一眼。

"怎么样?来吧!"他用粗糙的手指给他捋后背,"哎呀,阁下,我会好好地照顾你,但是不一定能照顾好!你这后背看起来可不怎么样。你就这样躺一天,后背就干爽了。我这工夫再给你背上搽点儿油,今天夜里,你尽量侧身躺着,或者脸朝下趴着,什么也不用盖,这里很热!我还是先给你弄吃的,吃完好睡觉。"

米士卡扶着亚历山大·彼得罗维奇背朝下躺好,他感到火辣辣的,很疼。

"忍一忍,稍稍挺一会儿,就这样,再喝一点儿,"他拿出一个小玻璃瓶,里面装着混浊的黄色液体,"这是布里亚特人熬的草药汁儿。喝吧,能喝多少喝多少,我帮你翻个身,然后睡吧!"

"那今天是几号啊?"

"三月十五号。"

"那几点呀?"

"半夜了,睡吧,亚历山大·彼得罗维奇!"

侧卧一点儿都不舒服,还不时地咳嗽。米士卡给他灌的草药汁儿有点儿苦,让人一会儿发困,一会儿清醒,亚历山大·彼得罗维奇好像在波浪上优哉游哉,随后又坠入对一切都浑然不觉的状态。顷刻间,他又见到各色人等,到处都是。他们有的坐上雪橇,有的徒步而行,不过都穿戴臃肿不堪,鞋无定型,不分大小。白茫茫的冰河望也望不到边。这些人在冰面上艰难前行,夹在高耸的冰崖之间。河岸上生长着石头一样的灰色树木,枝头挂满了白雪。后来,大风把人们吹跑了,他也开始奔跑,但没有追上他们,后来又有一些人追赶他,他又回到冰上这一诡异的人群中。这些人后来又进了车厢,这里摆满普通宾馆的家具。在这一眼望不到头的家具中间突然冒出一个小男孩儿,瞬间又消失了,他穿着一双黑色漆皮鞋,水兵服,一顶可笑的水兵帽一直戴到后脑勺。可惜看不清他的容貌。他有时觉得这是童年的自己,有时又认为是自己的儿子。他时而听见米士卡在隔壁忙活的声音,知道他在干活,很快又消停了。他几度克制自己翻个身仰卧的想法,因为那还得麻烦人家米士卡。快到早晨的时候他睡着了。

"亚历山大·彼得罗维奇,亚历山大·彼得罗维奇呀,天都大亮了,你够有福气了,睡了个好觉儿。"

亚历山大·彼得罗维奇使了使劲儿睁开眼睛。这似乎不是夜间,也不是梦里,米士卡睡眼蒙眬地坐在那里。板凳上放着一个木盆,盆沿儿上搭着一条毛巾。

亚历山大·彼得罗维奇动了动手,甚至想试着站起来。

"来,这是真正的泉水,绣着圣像的毛巾,好好洗洗吧,过后我再给你搓搓背。"米士卡说完便出去了。

亚历山大·彼得罗维奇觉得自己有劲儿了,他想让屋子里更亮堂一些。

"米士卡！"他叫米士卡，"既然天都亮了，能把皮帘子掀开吗？"

"阁下，怎么不行呢，我当然高兴。什么破东烂西只要看得清楚都好看，是吧？"

米士卡起身，把熊皮从木头柱子上取下来，屋子里确实更亮堂了。

"这样好了吧！"

亚历山大·彼得罗维奇把毛巾沾上水，擦了一把脸和前胸，立刻觉得清爽了许多。米士卡又进来了，帮他翻了个身，再用一种香味儿刺鼻的草药给他擦背。

"现在阁下该用早餐了。"

早餐之后，米士卡又给他上了一碗没滋没味儿的稀汤，可是睡意袭来，他又要昏然入梦，米士卡却说："亚历山大·彼得罗维奇，这工夫可不能睡觉，我还得给你治病呢。你身上的疹子还没完全消下去，夜里咳嗽得很厉害，我想是喝水呛着了。把巴掌伸过来！"米士卡从当床用的原木底下取出一个瓦罐儿，拿掉蒙在罐口上的盖布，用粗糙的、指甲里藏满黑泥的手指，从里面抠出一点儿半透明的琥珀鱼油。"把胸脯露出来。"

这种鱼油散发出的怪味儿呛得人喘不过气儿来，亚历山大·彼得罗维奇眉头紧锁，退下毯子，再把衬衣撩到下巴底下。

"别皱眉头，鼻子也别往外躲，给你的是匹拉米桐加上帕利美扎奶酪配成的，这獾子油也是秘方特制的，来，先擦一点儿！"

"匹拉米桐加帕利美扎奶酪。"亚历山大·彼得罗维奇笑了，接着又开始咳嗽。

"你先别笑，瞧，你咳嗽得直哆嗦，快上不来气了。"

亚历山大·彼得罗维奇觉得一夜之间长了不少力气。

"米士卡！"他一边抹油，一边断断续续地说，"你说住在村子里的有女儿和外孙女,说你们的牧师投奔红军去了……"亚历山大·彼得罗维奇把目光从自己的胸脯转向米士卡。

"是神父!"他纠正说,"这么说才正确呢,"米士卡坐在木凳上,摊开双手。"是这么回事!身边有女儿,有外孙女……"

"那你为什么不和她们在一起呢?"

米士卡无言以对,默默地捋着胡子,当他捋到胡子末梢儿时,用手指掐住,使劲儿一拉,好像试一试是否仍然长在那里,两只眼睛直勾勾发愣。亚历山大·彼得罗维奇看了他一眼,明白了,可能他这样也是无奈之举。他触到了自己救命恩人的痛处。可是他并没有请米士卡原谅,也没让他再说这些事。他把手伸过去,触到米士卡的胳膊肘,对方一惊,用老树根一样粗糙的手抚摸着自己的双膝,注视着亚历山大·彼得罗维奇。

"不让呀!"他说,猛拍自己的膝头,"愣是不让我和她们团聚呀!"

"怎么会这样呢?"亚历山大·彼得罗维奇就是刨根问底也要把这个人弄明白,反正现在已经落在他手里了,不管将来如何,现在也要钻到他心里看个究竟,"米士卡,如果你不方便说,那就别说了,这是你的权利。"

"为什么呀,阁下!为什么呀!"他想了一会儿,"我们是世代以采药为生的山民。林子里的草药我们都一清二楚,无所不知。早在我爷爷那辈儿就采药,然后晒干、捣碎。一切都顺风顺水!挖草根,割草茎,从动物身上也能弄到有用的东西,像熊胆啦什么的,当然了,还有别的许多东西。爸爸是从爷爷那里学的,爷爷是从布里亚特人那里学的,因为圣·潘特莱蒙是我们的保护神和尊师。"

"就这样经过了许许多多年吧?"

"许许多多年,阁下,许许多多年。我不说了嘛,从爷爷、爸爸开始就干这行…"

"那是为什么呢?"

"为什么,为什么呢?"

亚历山大·彼得罗维奇似乎看见米士卡眼睛里闪着泪花:"他们召开会议,决定让我去住过冬房……大伙儿七嘴八舌……"

亚历山大·彼得罗维奇觉得很有意思:"那就这么决定了?"

"不然还能怎么样?就这么决定了!"

"那会议由谁主持呀?"

米士卡从板凳上霍然而起只用半步就蹿到隔壁房间,他在那里长时间弄得什么东西乱响,有木头掉在地板上的撞击声,突然又差点儿叫起来,只不过那声音嘶哑,压得很低。

"神父!"他咳嗽了一声,又轻轻补充说,"神父对村社说,在神圣的教堂周围,不能让装神弄鬼的巫医有藏身之地!"他又弄什么东西响了一阵。

尽管亚历山大·彼得罗维奇胸部还疼痛不已,他还是把脸贴在头底下那个软垫儿上,大笑不止:"原来如此啊!神父赶跑了郎中,自己投奔红军!真是个新潮神父呀!"

亚历山大·彼得罗维奇强忍着没笑出声来,听见米士卡在隔壁忙活着。

"感谢上帝,幸亏没听见!"

"米士卡!"他平静下来之后,用主人落下的毛巾擦擦鼻子,叫他一声。

"你要干什么呀?"

"你能让我再问问你吗?"

"想问就问好了,有什么不能问的?"

亚历山大·彼得罗维奇听见在米士卡的声调里隐含着痛苦与悲哀。

"米士卡,事情怎么会闹到这个地步呢?神父把你赶出来,自己却投奔了红军,那你们村社持什么态度呢?也不许你回村儿吗?去看看女儿和外孙女,反正神父也不在了!"

"神父是不在了,可村社害怕呀!"米土卡说这话的时候,人已经过了门坎儿,两只手又端了一盆热气腾腾的食物,放在板凳上,出去又回来,拿回一个小玻璃瓶和粗玻璃制的高脚杯。

"给你,喝点儿肉汤吧,汤里全是肉,还有水和盐,草根儿什么的,没这东西怎么行呢!还有……"米土卡用沙哑的声音说,"祝你早日康复!"

他画了一个十字,低下头,动了动嘴唇,亚历山大·彼得罗维奇听见米土卡在寂静中叨叨咕咕。

"圣明无边,力可回天的潘特莱蒙,祈祷仁慈的上帝,宽恕我们灵魂中的罪孽。"

屋中弥漫着肉汤加香草的味道。

亚历山大·彼得罗维奇和米土卡同时画了十字,米土卡侧身对他说:"亚历山大·彼得罗维奇,你们画十字好像和我们不一样!"

亚历山大·彼得罗维奇不想解释,他几乎不再感到衰弱、痛苦、胸疼,只是说:"米土卡,人是千奇百怪的,而上帝只有一个,不管怎样画十字。"他自己也觉得奇怪,这些话好像出自某个农村教区的神父之口。

米土卡叹了口气,坐在躺椅边上,喂他一勺肉汤,还有高脚杯里淡紫色的液体,多少带点儿酒味儿。

"这种特别的药酒,泡制方法也是跟布里亚特人学的,用鹿胎泡酒喝,能叫人精力充沛。"

亚历山大·彼得罗维奇用惊异的目光看着米土卡。

"要打死怀孕的雌鹿吗?"

亚历山大·彼得罗维奇举起玻璃杯,对着阳光看了看,那液体略显混浊,他又用鼻子闻一闻。

"别闻了,喝起来都是一个味儿,再舀点儿蜂蜜。咱们俩在一起,还没过完大斋期呢!"

这种液体有一种生肉的腥味儿,往里掺点儿蜂蜜,很快就把腥味儿压住了,而且胸口开始发热。

"是自己酿的蜜吗?"

"那还能是谁酿的呢?越冬的蜂房就在屋脊下面,蜜都装得满满当当的。"米士卡把板凳上的东西收拾好了,长出一口气,"你问好了,你想我能离开自己的亲人吗?我们的村子好得要命,离贝加尔湖只有几俄里,我们都叫它亲爹湖,又有河流,又有老林。只有村社容不了我。所以我才落到这步田地,把女儿和外孙女都扔在村儿里了,在老林里能有啥用武之地?"他闷头儿不语了。"我去看过她们,还带些小礼物,她们可高兴啦!只要大雪没有把小路封上,我还得回去看看她们,送些野猪肉或鹿肉,还有草药什么的。必须给她们搞些粮食。我们就这个活法。"他也喝了点儿药水儿,还加了蜂蜜。

"不过,亚历山大·彼得罗维奇!我们那里的庄稼汉可不白给,甚至都跟德国人交过手,他们不是白的,也不是红的……不过也出了个坏蛋……"

"是神父吧?"

"他如今还算什么神父?徒有虚名而已。庄稼汉都在忙生计,人们在打猎、捕鱼、伐木、采蜜,在草场和林中空地割干草,还得管牲口!日子富得流油。只要干活,你就不用愁吃愁穿。"

"我记得,米士卡!你对我说过,你们怎样招待部队的大兵。"亚历山大·彼得罗维奇坐起来,想把腿伸到床下。

"我来帮帮你,不过,你可休想下地走路,说不定会跌倒。"他接着说,"你本来安居乐业,活得很滋润,突然爆发了对德战争,革命……"

他叹了口气。"现在该如何是好呢,往后的日子可怎么过呀?"

"那么,村儿里和你完全决裂了吗?"

"那倒没有,不过,只要有人生病,还往这里跑,只是偷偷摸摸的。但是,怎么能保住密呢?其实,大家都心知肚明,睁一只眼闭一只眼罢了。"

"那没叫他回来吗?"

"没有,没叫他回来。"

"为什么呀?"

米士卡挺直腰板儿:"谁知道会来个什么政权呀?如果这个教士又……"

"神父!"亚历山大·彼得罗维奇用开玩笑的口气纠正他。

米士卡对他拧眉而视。

"对不起,米士卡!"

"……我就这么说嘛!如果这位……神父再回村儿,再跟红色政权勾结,村儿里的庄稼人会怎么想呢?反正早晚会真相大白!"

米士卡用双手端起板凳,想拿到外面去。

"那新闻你是从何处得来的?"亚历山大·彼得罗维奇问道。

"从何处得来?"他放下板凳,又坐下,"我只身闯车站,就是为了弄点儿火药,捎带弄点儿别的东西,都是些从安加拉河和伊尔库茨克过来打鱼的,还有从上乌金斯克来的猎人。和你在一起跑了多少路了,还能有什么新闻!"他感觉身子有点儿发沉,勉强站起来。

"不这样又怎样?大家都想活命!耶稣告诫我们:世间万物都得活!"

第十节

在米士卡的过冬房里过了差不多两周，亚历山大·彼得罗维奇完全恢复了神志。他的健康渐显起色，已能走到院子里活动活动筋骨，不浑身乏力了。他没再咳嗽，只是闹过伤寒之后，视力还不尽如人意。

晴空万里，艳阳高照，炙烤着蜂房屋面的积雪。

"瞧，这就是你的西伯利亚亲妈！大白天都冻得要死，贝加尔湖的冰层足有一沙绳厚，而头顶上……"亚历山大·彼得罗维奇感觉到阳光晒透了皮帽子和羊皮袄，使后脑勺和肩膀头都热乎乎的。他用力把斧头往木墩上一砸，便在磨石旁边立住了。他摘了呢绒手套，把它掖在腰间，伸手从皮袄里面取烟草。

他的身体状况渐有起色，他不断琢磨自己的处境，落在这个人迹罕至的穷乡僻壤，早晚得逃离此地，远走高飞。而能帮他实现这一愿望者，唯有米士卡，不知他为什么救了自己的命。

"请客儿不，亚历山大·彼得罗维奇？"他听见米士卡叫他。

亚历山大·彼得罗维奇笑了。

"怎么能不请呢?"他大声回答,"既然你的烟儿好,还能不抽!"他并没急着去拿烟口袋,而是不慌不忙地朝板墙走去,这道墙把菜园与暖蜂房隔为里外。米士卡也撂下手里的活儿,他正在用斧子砍一个新的车辕子,所以没有急着往前去。

像决斗那样一点点走近,亚历山大·彼得罗维奇不由得联想到"开枪!"这一声命令和普希金与丹特士在黑溪的壮举。

一只黑色的乌鸦在他俩头顶飞过,俯瞰这二人从板墙两侧几乎等距离向中间聚拢。他们走得很慢,在白雪地上投下蓝色的人影。对黑溪的决斗者来说,他们的穿着打扮可称为奇装异服,老式狐狸皮大耳棉帽,羊皮袄,厚底儿黑毡靴,腰间都掖着手套。

米士卡第一个走到板墙前面。

"他若开枪,"亚历山大·彼得罗维奇想,"那我死定了!"

"一言为定,我出烟纸!"米士卡说。

"开枪的代价竟如此微不足道啊!"

米士卡昨天晚上才从梅索瓦亚火车站回来,路上折断一根车辕,这不,现在正砍一根新的。他回来的时候已经入夜,一头卧倒就睡了,所以,亚历山大·彼得罗维奇也没打听有什么新闻,往常米士卡总会带点儿什么消息回来,他只嘟囔了一句:"一切都等早晨再说!"

"好了,亚历山大·彼得罗维奇。"米士卡一边端详手里那根没完工的车辕,一边说道,"别生气,昨晚回来,什么也没跟你说,累得要死。"他把车辕靠在板墙上,"说到新闻嘛,看来你们的人是完蛋了!往后怎么办呢?"他又像是提问题,又像在说自己的观点,同时在皮袄上擦了擦手。

亚历山大·彼得罗维奇从大清早就迫不及待地想听听米士卡带回了什么消息,关于"你们的人"已经说过了,他也仔细琢磨了,不急着再问，他知道西伯利亚人不待见急性子。米士卡整个早晨一声不吱，好像是故意为之，以做车辕为由掩饰他的无语。这时，他从怀里掏出一张叠成几折的报纸，根据纸的颜色判断，这是新报，便撕下四分之一，再分成两半，伸手在亚历山大·彼得罗维奇送的烟荷包里掏烟叶，这包是用彩珠串儿编成的，跟烟叶一样，也是米士卡的。亚历山大·彼得罗维奇看到撕下的卷烟纸不小，知道这次谈话的时间大概会很长，斜视窥见米士卡正聚精会神地看着他。

"喂，喂。"他想，"大概，他想让我读一读这块小纸片儿上的字！不，我不会在你面前制造紧张空气！如果要讲新闻，那就讲好了！"

他接过递给他的那张小纸片儿，看着一点儿都"不规矩"。他把它围在食指上，做成一个漏斗形细纸筒，卷好之后也不慌不忙，用舌头舔了舔纸边儿，粘好了，用嘴叼着纸筒的小尾巴，从烟荷包往手心儿里倒些烟丝儿。接着把烟荷包的绳子系紧，放进皮袄里，又把叼的纸卷儿拿下来，弄弯了，呈卷烟状，手心拢成小筐的样子，抓了些烟叶装进去，用手指弹一弹。烟末都收回去了，竟然一点儿没落在雪地上，接着叹了口气，准备用火镰和火绒打火。

"你的动作够麻利的，亚历山大·彼得罗维奇！哎，真够麻利！一点儿烟末没糟践，点火就着。"

亚历山大·彼得罗维奇点着烟，深深吸了一口，抬起头，吐出一股黄色的浓烟，缭绕在米士卡的头顶，再吸一口，吐出一个烟圈儿。

米士卡的浓眉与毛烘烘的皮帽子连成一体，他从眉毛底下窥见烟圈儿冉冉飘过，变形、分解和消失在空气中。

"啊，亚历山大·彼得罗维奇！你真是个行家里手，没说的！你真叫我大开眼界，太了不起了。我们那里有个可恶的护林员，烟圈儿吐得跟你一样棒！"

亚历山大·彼得罗维奇知道米士卡很喜欢城里男人吐烟圈儿这种

范儿。他也吸了一口,但是没有吐圈儿,因为怕吐不成。

"你说的'你们的人''完蛋了',是什么意思,米士卡?"

米士卡想了想。

"你把报纸卷上了,看都没看,那是伊尔库茨克出的报纸,所有的事那上面都写了。"

"都写的什么呀?"

米士卡沉默了一会儿,若有所思地继续说:"我跑到梅索瓦亚火车站,逛了逛码头旁边的集市。在那儿遇上熟人凯士卡,他是从对岸落叶松村过来的,就是你从伊尔库茨克出来,走在冰道上的时候,朝你开枪的那小子。"

亚历山大·彼得罗维奇冷笑一声。

"凯士卡在他们契卡当大领导,他对我讲过,"米士卡把与凯士卡的谈话又重复一遍,"他说,'听到新闻了吗?……'这根儿烟粘好是我的,亚历山大·彼得罗维奇!

"'别力亚可夫。'他说,'兵临赤塔城下,给你们来个虎口拔牙!'

"'那又怎么样?这是我在问他!'"他点着了,开始鼓烟儿。"我问他:'那后来怎样?'

"'怎样!怎样!'他说,'住嘴吧,真是个傻狍子,像蜜蜂在蜂窝里瞎嗡嗡,而我们……'"

"那,你们在那儿怎样?"我问道。

"又是怎样!"他又说,"你知道在赤塔一带有多少白匪吗?全部都抓获和关押起来了!有的就给毙掉了!这就是怎样了!"

亚历山大·彼得罗维奇听着米士卡的述说,心里想象着赤塔的位置,铁路在什么地方经过那里。

"其实真就是那么回事,如果红方占领南方阵地,切断与满洲的联系,结果就形成一个瓶颈,而我们便是瓶塞儿!"

"这场战争真叫人烦死了！"米士卡一边说，一边深深地吸口烟儿，接着又把一股浓烟儿吐出去，"仇恨、凶残和苦难充满人间！"

"那还用说！"亚历山大·彼得罗维奇一边看着积雪，一边回答。

骄阳当空，雪地耀眼。

他俩依然站在那里，烟儿在周围缭绕。

"……都圈起来！"亚历山大·彼得罗维奇想。

米士卡用指甲掐掉火绒上的余火，用手指捏了捏烧焦的烟头，往上面吐了一口，再用巴掌在眼睛上边打个遮儿，看了看太阳："不过这还不算完！"

亚历山大·彼得罗维奇用奇异的目光看了看他。

"那我们就胡扯一下，看看往后怎么过日子。"他没出声，转身回去接着一边砍车辕，一边说，"神父曾和凯士卡在一起，只是我们没遇上罢了。"

赤塔一带的消息并不太好，如果红方得胜，那势必会关闭满洲边境。亚历山大·彼得罗维奇从木墩上取下斧头，别在腰里，朝莱窖走去。窖门没关严，还留一道缝，周围堆着白雪，露出黑色的窖口。

亚历山大·彼得罗维奇往里看了看："嗯，到时候会有用！"

他停住了脚步，这个黑洞洞的地窖让他想起新尼古拉耶夫斯克东面的一个铁路小站，他在一九一九年初到过那里。无边无际的谢格洛夫原始林，从小站往南绵延而去，直到阿尔泰和蒙古。

由别别利耶夫将军统帅的第一军司令部设在新尼古拉耶夫斯克，那一天，亚历山大·彼得罗维奇率领的通信班及数名卫兵乘几辆捡道车从这里出发，奔赴原始林中一个孤零零的小站。游击队昨天袭击该站，破坏了通信设施。

车站本来由二十名乌拉尔人保卫，可是，当亚历山大·彼得罗维奇到达的时候，他们都穿着单衣分成几排躺在离路基不远的地方。游击队把他们的尸体放在雪地上,再浇上水。当时奇寒无比,滴水成冰。于是他们就躺在透明的铠甲里,用冰冻的眼珠注视着天空。在木头造的小站房对面停着一辆暖车,电报员们拉开冻上的车门时,发现红色游击队员一个个被吊在车厢墙壁上,而且每个人的脚底下都有鲜血冻成的小山包儿。游击队员是十个人,在他们中间还吊着第十一个,像耶稣那样用大钉子钉在十字架上。

站房里有二十多个人,有一些早已喝得大醉不醒,横七竖八地躺在屋里,他们是阿塔曼谢苗诺夫派来跟游击队算账的。其中只有一个下级准尉没有睡,鼻子贴在一挺机枪上打盹儿。上了年纪的车站站长几乎不再喘气,蹲在他的身边,他歇斯底里地颤抖着双手,因为这一切都发生在他的眼前。亚历山大·彼得罗维奇目睹此情此景,真想下令毙了这些酩酊大醉的外贝加尔人,可是他知道,这又是一场无休止的大屠杀,于是叫来通信班长。那位已经吓得瞪大两只眼睛,趷着两只脚在冰雪地上走来。

"听令,阁下!"他上牙打下牙,两手哆哆嗦嗦地说,"您有什么吩咐,上校先生?"

"先平静平静,库吉玛·伊里奇。"他对准尉说道,自己也由于眼前的一切而打战,"您大概不是头一次见到死人吧,说说你们得多长时间完成修复工作?"

"上校先生!"通信班长思想溜号了,一时还集中不起来,"请原谅我,发发慈悲,我真的从未见过这种野蛮的兽行!上帝发发慈悲。"问题是的确没见过!他继续像杨树叶子一样瑟瑟发抖,他试着向长官报告说:"暂时还不能确定拉多长电线,目睹这场惨剧,我还没来得及检查,确认需要几台电报机呢。"

亚历山大·彼得罗维奇听着准尉的报告,同时觉得他自己的想法有些自相矛盾,他想到可能现在要突然命令大家将尸体掩埋起来。不知为什么，亚历山大·彼得罗维奇认为这个命令会让库吉玛·伊里奇·杰里诺夫望而生畏。他明白，一旦架好电线，就可以与司令部联络，报告当前情况，请求下达掩埋尸体的命令，并且再也不想这件事。可这是整整三十名被杀害的死者……三十一名啊！

亚历山大·彼得罗维奇看了看怀表，晚上五点，再过五小时天就黑了。

"是啊。"他想，"他们已经冻上了，直到明年开春也会完好无损地躺在这里。这些哥萨克就不要把他们弄起来了，让上帝饶恕他们吧，这些醉鬼。这些人没人扶是起不来了，我的人也没什么电线可架了，因为……"

他把视线从怀表处移开，见准尉仍然站在那里，心情平静多了。

"是这样，尊敬的库吉玛·伊里奇！派几个人去看看架线的情况，确定需要更换多少电线，叫他们坐捡道车去司令部，明天带着必需的东西返回来。至于今天的修复工作，我看就先别进行了。所以，库吉玛·伊里奇，"这时，亚历山大·彼得罗维奇突然把手搭在他的肩膀上，"剩下的人集中在站房，把管理员请来，这事没他可办不成……必须把这些死者掩埋起来，让他们入土为安。"

库吉玛·伊里奇一听，当时就吓傻了。他已经是上了年纪的人，他一九一六年应征入伍，参加对德战争，已经是最高年限了，他见过的死人数不胜数，但从未有长官下达这样的命令。那怎么执行呢？怎么埋他们呀？都埋在一起吗？这就得挖个大坑，这样，临死前曾怒目相视，互相残杀的人就埋在一个坑里了。如果单独埋葬，要在这冻透的土地挖那么多个坑，非把他们累死不可。

亚历山大·彼得罗维奇也怀有恐惧的心理，但他冷静而镇定，自己也想通了，这么做也是势在必行，不过他明白，无论是他还是和他在一起的其他人，这都是不需要的，同时又知道是必需的。

他仍然把手搭在库吉玛·伊里奇的肩膀上，突然觉得他的身子开始往下沉，库吉玛·伊里奇两腿发软，无声无息地瘫在雪地上。

108

"上士!"亚历山大·彼得罗维奇喊卫队长。

那位从站房里冲出来。

"快把准尉叫醒,叫大伙儿集合。对了!再去叫醒下级准尉!给你五分钟时间!"

一轮红日落在那辆暖车后面的森林边上,车门大敞,只剩个黑洞。霞光返照,车厢里什么也看不见,尸体都淹没在一片漆黑中,已经无法辨认。

"见鬼!干这种事的家伙都该枪毙,包括一切参与者。"他满怀仇恨地想,"都见鬼去吧。"他突然喊道:"站队!你们这些败类!库吉玛·伊里奇!怎么像个小丫头进解剖室一样,吓得哭鼻子呀?把站长给我叫来!"

根据库吉玛·伊里奇吞吞吐吐的命令,两个士兵端着枪闯进站房,立即把站长架出来了。

"给我的人分发铁钎和铁锹。"亚历山大·彼得罗维奇喊道,"指给他们煤场在哪里!尸体就埋在那儿!你听懂我的话了吗?去执行吧!上士,去监督检查!"

亚历山大·彼得罗维奇不知自己说了些什么,但是,可能因为命令的口气太恐怖了,大家都雷厉风行地照办。

一分钟过后,他本人已经在边上两个哥萨克人中间刨冰了。

铁钎凿出碎冰,溅在脑门上、脸颊上和裸露的手腕上。大家干得热火朝天,他已经取下武装带和军刀,解开大衣领子,连高筒皮帽也摘了,引来上士责备的目光,他知道在零下三十度之下是要出汗的。

他很快把头一个哥萨克人刨出来了,尸体很硬挺,叫两个士兵抬到煤场。第二个是大胡子的哥萨克老头儿,这个没动,而是直接处理第三个。挖这个时得倍加小心。不知为什么,亚历山大·彼得罗维奇对死者犹如对活人,所以用铁钎凿冰时,不凿断手背、不凿穿脑袋和胸脯。

老哥萨克侧身躺着,大胡子都冻在冰里,所以得单独刨。

"拿开水来!"他不知对谁喊了一嗓子,瞥见库吉玛·伊里奇撂下工具,向站房跑去,看他跑的那个姿势,跟他的年龄真不相称。亚历山大·彼得罗维奇扔下铁钎,掏出烟盒,取出一支烟,装上烟嘴儿,打着打火机。上士从侧面走近他,一声不响地在那儿"立正"候命。

"告诉大家,歇口气!"亚历山大·彼得罗维奇吩咐完了之后,转身把烟盒递过去,问道,"准尉怎么样?"

"不知道!"

"把他带来!"

"马上!"上士回答道,心里略感不快。他已经把手伸向烟盒,转身跑去找那个哥萨克人。不大一会儿,他又站在亚历山大·彼得罗维奇面前,揪着那个外贝加尔人的大衣袖子,他有点儿站不稳。

"叫什么名字?"

"伊万·翟可夫准尉。彼得罗夫之子,阁下!"

"你是怎么到这里来的?"

"出——公——差!"这个刚醒酒的哥萨克人说这个咬嘴的词儿费了好大劲儿。

"服役很久了吗?"

"从日俄战争开始……阁下!"

"那么你呢?"亚历山大·彼得罗维奇又问上士,再递上烟盒。上士放开抓住准尉衣袖那只手,伸过去拿烟,那个人一打晃儿,上士随即抓住他。

"站住,鬼东西!"他面带愧色,看看亚历山大·彼得罗维奇,"万分感谢,大人!一九一四年正好爆发了对德战争……"他还想说点儿什么,库吉玛·伊里奇提着一壶开水进来了。

"去浇吧,别看着我!"亚历山大·彼得罗维奇说。

库吉玛·伊里奇有些为难，小窄脸儿被大胡子盖了一多半儿，整个抽在一起。说明像他这样的知识分子报务员，让他去害命简直是受罪。

"交给上士吧。"亚历山大·彼得罗维奇说道，"把他胡子上的冰浇下来，可别浇在脸上。"

上士放了准尉，冲库吉玛·伊里奇哭笑不得地哼了一声，接过水壶，往老哥萨克的大胡子上浇开水，开始一切顺利，但是，还冒热气的开水洒在上士的鞋底下，立刻冻上了。他想挪一步，但是两脚拔不动，一下绊倒了，连人带壶跌在哥萨克人的尸体上。开水洒在哥萨克人的脸上。亚历山大·彼得罗维奇看见那张脸经冰冻后异常干净，脸皮瞬间变得鲜活了，绷紧了，眼睛睁着，显得黯淡无光，一点点发白。这一切库吉玛·伊里奇也看在眼里，他躬身离开几步远，他要吐，可说什么也吐不出来，因为肚子里确实没什么可吐的了。他们到这个车站已经一整天了，还滴水没进呢。他又干哕了几下，站了一会儿后，就像刚才那样躬着腰，一头扎在雪地里。

准尉勉强站稳，面带同情的微笑看着连人带壶跌倒的上士，军用皮鞋刚刚冻在地上，还站不起来，倒在地上失去知觉的库吉玛·伊里奇醒过来，睁开眼睛，看看亚历山大·彼得罗维奇，脱口而出："纯粹是些娃娃！让当妈的弄回去，回回炉吧！"

亚历山大·彼得罗维奇目不转睛地看着黑洞洞的菜窖，突然听到有人说话："你在那儿干什么呀？可别冻着了！或是想起什么事来了？要不咱们走吧！"

亚历山大·彼得罗维奇摇摇头，不再回忆车站惨剧，这才感到火绒烧手。

"走吧。"他一边回答，一边砰的一声关上窖盖儿。

第十一节

  米士卡的过冬房很大,很宽敞。亚历山大·彼得罗维奇在逐渐恢复健康的日子里,已经能够走出屋子,去外面看看了。这里开始归米士卡父亲所有,最初只有暖蜂房,后来开辟了一块地,现在在这块地上挖了菜窖。米士卡为了这个大家庭,完成了父辈的未竟事业,建起这幢木屋,在他被驱逐出村儿之后,这房子算是派上了用场。
  除了敞开的草棚,以及亚历山大·彼得罗维奇躺着养病的这间小屋,在这幢木屋里还有一个大房间,用石头砌了一个俄式大炉子,炉门儿很大,炉床上放一口锅,盛一铁皮水桶水绰绰有余,与炉子连为一体的火炕足够睡三个,甚至四个成年人。炉子对面的墙上开了两扇不大的玻璃窗,这样采光已经够充足。房前是一片田野,没有任何东西挡光,所以屋里亮亮堂堂。窗户之间放着一张一沙绳长的木头桌子和三个小板凳。顺墙放一个长条宽板凳,侧面挂着一个从城里买的书架,上面放着老版《圣经》、一摞旧报纸和杂志。书架左边挂一幅尼古拉二世的肖像,他身着俄国勇士的戎装;右边挂着莫斯科克里姆林宫风景画。神龛上供奉的是全能救世主立像。

在大院里,除了菜园、暖蜂房和菜窖,还有一个不大的马厩一分为二和一间澡堂,米士卡经营养蜂已具规模,所以点蜡够用。

当亚历山大·彼得罗维奇进屋时,米士卡从烧得丝丝拉拉响的煤灶上端下一个热锅,里面炖的是半只羊腿。

"这是给你炖的,在我们这里,大斋期是不能动荤的。"

他从草棚里取出一小盆儿腌蘑菇,再从炉子上端出一锅粥。

"这就是我们的饭!我们的农村饭!"

两人就座,米士卡给亚历山大·彼得罗维奇倒了蜂蜜甜酒。

"我们就这么活着,亚历山大·彼得罗维奇,有面包啃就行了。"他拿来一块大木板,再用刀扎一块热气腾腾的羊肉放在木板上。

"肉自己切着吃,多喝点儿肉粥。"米士卡把一个椴木勺子放在亚历山大·彼得罗维奇面前,"来,祈祷祈祷吧!"

他们闷头吃了半天,吃完后米士卡从炉子里取出蜂蜜壶,煮些草药和干果。

"怎么样,阁下,咱们卷烟儿抽吧,一人一根儿,取个乐儿!"

已近四月,日渐天长,阳光炽热,融化的雪水从屋顶上淌下来,滴滴答答敲打在夜间冻成的冰锥上。

"新闻我已经报告给你了,讲了赤塔和神父的事,现在你得告诉我,早就想问你,亚历山大·彼得罗维奇,当时你的身体很虚弱……"

"怎么会弄成这个样子呢?……"亚历山大·彼得罗维奇打断他的话,思考着这个问题。他想自己曾经有过很多时间回答这个问题,但到现在他还没有这么做,没有回答他,甚至回答自己。不过,现在是回答米士卡的时候了。米士卡一声不吭在那儿鼓烟儿,用那双机灵的、灰溜溜的眼睛看着他,就像刚刚亚历山大·彼得罗维奇盯着他那样。

"你别自己抽那么多！听你胸里丝丝拉拉响个没完，还是跟我瞎聊一会儿吧！记得吗，我们在西伯利亚大道上逃难，当时我就问过你，怎么就推翻了沙皇老爹，怎么就退位了呢？记得不？"

"记得。"亚历山大·彼得罗维奇若有所思地回答。

他当然记得：记得那一眼望不到边的大道，逃难者多如过江之鲫，朝一个方向移动，神父的妻子及子女都已奄奄一息，只有那匹马还留一口气儿，已经没人催促它，径自拉着他们往前走。也想到捷克人，暴风雪，伊尔库茨克江边的沙皇亚历山大纪念碑……

"怎么跟你说呢？我当时还在前线打仗……还顾不上这个，只记得一九一六年底士兵的情绪骤变。他们不拒绝打仗，但打起仗来并不情愿，这和半年前完全不一样。确实没有人告诉我在彼得格勒，在宫廷里究竟发生了什么事。帝国轰然垮塌，对我们来说也是晴天霹雳……"

亚历山大·彼得罗维奇虽然侃侃而谈，但是有所保留。

司令部的军官和大本营的将军们知道首都发生了什么事情。他们知道格利沙·拉斯普京的事以及许多其他事，他们窃窃私语，说皇后有图谋叛国之嫌。看到前线的补给几乎无法继续，特别令人愤慨和招人诟病的是"后方的硕鼠"，他们借军队供给和捐税大发横财，借临时政府之名鼓动继续战争，直到胜利。他们来到阵地，身着军装，但无军衔，穿得花里胡哨，因此大家叫他们"公职流氓"。他们知道皇叔尼古拉·尼古拉耶维奇写给皇帝的那封信，前线全体指挥官签名，吁请沙皇退位。亚历山大·彼得罗维奇只有一点是实话实说：他们所有这些见证者，无论耳闻目睹，对事实经过都知之甚少。

"我是这么想的，沙皇老爹没有发觉亲信们众叛亲离。耳朵太软！是吧？你是怎么想的？"

"我想你说得对……"亚历山大·彼得罗维奇对米士卡随声附和道，又一次言不由衷。

"那现在你来看！"米士卡没听出他是言不由衷，摊开双臂，挺直腰板儿，"所有拥护沙皇的人都在这里，在贝加尔湖外面，像你和其他所有人，可在首都，他们一伙的，在这里有凯士卡，还有我们的神父也跟着随帮唱影儿。将来会怎么样呢？"

关于神父的新闻，亚历山大·彼得罗维奇听了觉得大惑不解。

"我来说一个新闻吧！不然能干什么呢？现在，村子我是说什么也回不去了，早晚叫野兽吃了，村社也救不了！"

那天晚上，他们的话没谈完，所以两个人又坐了几个晚上。

四月已经过去了。

亚历山大·彼得罗维奇精力充沛，已经习惯林中的生活。米士卡偷偷跑了一趟梅索瓦亚，顺便回村子看一眼，带回来的消息说，红军整个春天都在收缩对赤塔白军的包围圈，但是有五个日本师支援白军，于是像停战一样暂时偃旗息鼓。

还有另外一些饶有兴味的新闻，被罢免教职的神父并没有在村中消停下来，而是跟卡兰达里什维里的游击队进林子扫荡去了，搜索在林中迷路的白军残部并消灭他们。所以，当五月的春雨洗去林中的积雪，为躲避红军来袭，米士卡便带着亚历山大·彼得罗维奇一起，转移到遥远的哈马尔—达班岭的山脚下，他在那里还有一小块儿自留地。十一月初又传来红军捷报，称红军在赤塔城下战果累累，拔掉"赤塔塞子"，白军残余部队已向满洲溃逃。还有一则新闻，说神父已战死沙场。

于是，他们又踏上十一月的雪路，回到过冬房。

第十二节

最后十俄里米士卡和亚历山大·彼得罗维奇走了整整一夜,到达过冬房时,天已大亮。亚历山大·彼得罗维奇给小矮马卸了套,拴在马栏上。米士卡没管给马卸套的事,这小马是他进原始林时从村子带出来的。他进屋去了,只听见哎哟一声,接着就一边祈祷一边收拾东西。

"喂,阁下,你先在那儿收拾着,能干多少干多少。我往村儿里跑一趟,看看女儿和孙女们,还得瞧瞧她们把蜜蜂侍弄得怎么样了。还好,等开春时我把蜂巢搬到那里去。"

亚历山大·彼得罗维奇只剩自己一个人了。他进屋一看,里面遭到洗劫,已是面目全非。根据整体情况判断,夏天时红军在这里落过脚,当然也可能是白军。在林中用得上的东西——储备食品、米士卡的所有工具、毛皮和被褥,全都一扫而光。只有笨重的灶具什么的没动。角落里那口铸铁大锅还立在那里,可见"客人们"是轻装徒步或骑马流窜,但绝无车辆。

有一次,他们确实看见在远处的密林峡谷中有一队人马,人数不多,大约十四人。米士卡在他们中间认出他的熟人凯士卡,还有一个大个子,尽管夏季大热天儿,但脑袋还顶着哥萨克高筒皮帽子,两条长腿在地上缓慢地拖动着。米士卡极力想他的名字,可只想起与凯士卡并肩而行的,第三个他认识的谢辽嘎。他当时还摇头晃脑,说人家这是"误人子弟",后来搞明白了,当亚历山大·彼得罗维奇在伊尔库茨克附近沿着安加拉河往前走的时候,向他"开枪"的就是他们。亚历山大·彼得罗维奇忍不住问道:"谢辽嘎开枪了吗?那个年轻人!"

米士卡向他嘘了一声:"你小点儿声,亚历山大·彼得罗维奇!远处也能听见。"接着他用巴掌堵住嘴。"谁知道呢?可我觉得开枪的不是他。只能是凯士卡和那个大个子。"

"不对,米士卡,我听见只有一声枪响,而且只有一颗子弹。"

这样就清楚了,米士卡在烧亚历山大·彼得罗维奇这个伤寒病人的衣物时,只发现一颗子弹,而且并没扔掉,保存了下来:"那玩意儿你也没扔,想必还有用!"

他俩久久地注视着那队人马离去,从山脊往下,朝贝加尔湖方向移动,他们悄然前行,一点儿动静没有,马蹄缠着布条,踏在石板的灰色泥浆上,不时传来他们的只言片语。

"注意听听他们说的什么,就知道他们往哪里去了!"

他们一直等到那伙人马消失在视线中,话语声也静下来,然后沿着野兽出没的小径,上坡朝过冬房方向走。小径通向狭长的山脊,一直到他家。亚历山大·彼得罗维奇走在前面,在小径通到山脊转弯处,透过树林的空隙,看见两个灰色的背影一闪而过。"野猪。"他刚想到这里,就看见在他左边一棵高大的枯树上,有一只活泼可爱的小熊正在往上爬,爬到三沙绳的时候,爪子抱住树干,突然停下了。这一切他看得清清楚楚。在小径与枯树之间长满了低矮的灌木。没等亚历山大·彼得罗维奇想明白,只听跟前有树枝咔吧咔吧断裂的声音,间有大声喘气和呼噜呼噜的声音,透过树空儿看见是一只脖子上带白毛的棕熊,这时砰的一声枪响,正中它耳后。

"咱们去看看。"米士卡把卡宾枪挎在肩上,"那你怎么没开枪呢?"

亚历山大·彼得罗维奇沉默了一会儿,学米士卡的腔调说:"我怎么就没开枪呢?没来得及呗!"

"如果来得及,那就更糟糕了。"不知米士卡毫无恶意地对谁说。

在小径和枯树之间的灌木丛中,大约五步远倒着一只大棕熊,亚历山大·彼得罗维奇刚刚看见的就是它。它躺在那里,前爪和脑袋朝前,后爪深深地陷入长满青草的松软泥土中,一直触到石头地上。米士卡的子弹正中它的头部,当时它正要最后一纵,跳到他刚才站的那个地方。熊崽儿被枪声吓了一跳,像块石头一样从树上跌下来。他俩再没找到它。

"真可惜,本来应该把它带回去,它离开妈妈活不了,还太小。"

亚历山大·彼得罗维奇看看一片狼藉的房子,脱了那件紧身大衣,把那杆别旦式步枪挂在墙上,又看看周围:屋子很冷,得取些木柴生炉子。

过冬房坐落在缓坡上,山坡向下延伸,直到一条宽宽的小河,河底满是鹅卵石。下雪了,积雪掩盖了河岸,边上的冰水哗哗流淌,晶莹剔透。

他发觉木柴垛已经凌乱不堪,那里几乎没剩什么木柴,拆了小马拉的爬犁,从篱笆上拔下几根木杆,全都锯成碎块儿,回到屋里哗啦一声扔在炉台上。他一边扒树皮,一边琢磨,如果有报纸,点炉子可快多了。纸是有,就在书架上,报纸和杂志还在老地方放着,连动都没动。他走过去,从上面拿了一份,这是一九一五年九月号的《俄罗斯荣军》杂志,亚历山大·彼得罗维奇翻开第一页,然后转到第二页,他本想坐下继续往下读,可是寒风砭骨,令人无法忍受。

"不,得先把炉子生着。没什么,树皮也能顶一阵!"

炉子长时间不用,有点儿倒烟,几个月没烧了。但是,用干树皮一点,很快就着了,噼噼啪啪响了一阵,火星四溅。炉火烧得越来越旺,亚历山大·彼得罗维奇趁这工夫替米士卡做了一件事,把圣像放在神龛上了,他们的圣像都是自己随身带着。在书架上的报纸旁边,和过去一样放着一本《圣经》,然后卷上熊皮,抚平灰色的皮毛,挂在通向小屋的过道。只剩下劈桦子和擦枪了。

当他把桦子搬进屋子的时候,天已经擦黑,他便去澡堂取蜡烛,澡堂所幸没有遭到破坏。显然,那些不速之客中没人想到条凳底下会有一箱储备。他点着蜡烛,分别放在各处,屋里一下通亮。他便找些破布和牛蒡油,再拔出枪上的通条。桌子上得铺点儿什么,于是他又去书架取报纸,这时他明白了,来过冬房落脚的是白军,因为在书架旁,和过去一样,左右悬挂的是克里姆林宫风景画和没人动过的沙皇肖像。

亚历山大·彼得罗维奇擦擦米士卡给他的那杆别旦式步枪,米士卡自己那支"骑士"卡宾枪可是从不离身。可是,亚历山大·彼得罗维奇从未想过给他讲讲"骑士"和骑兵的区别。

炉子烧得很旺,亚历山大·彼得罗维奇拿起锅去弄水。

原始林中开始下雾,暮色变成一片白茫。

"这样的天气,最美的事莫过于弄上一瓶白兰地,找几位挚友,打扑克消磨时间。"他不由得这样想。

春天,然后夏天、秋天,在这原始林里他很少想起自己过去的生活,在彼得堡、皇宫、马尔斯田园和阅兵场。他的团部离环渠、马林卡、亚历山大林卡……都不远。这一切曾经有过,但是那已非常遥远,恍如隔世,他不时会产生一种想法,对德战争打响后,他离开哈尔滨就开始了另一种生活,而且永无休止,停也停不下来。

他弄来水,把锅放在炉台上。今天的事总算告一段落。他走到书架前面,想拿一本已经翻过的杂志,可拿起了《圣经》,放在眼前,翻到中间。这本老书的书脊已经干裂,亚历山大·彼得罗维奇突然意识到至少半年没见过印刷品了。印这本书用的好像是结实的羊皮纸。《圣经》已经很老了，经过多少只手翻查，特别是书页下面已经浸透油污，边角已经磨圆，还有一些被蜡油粘住。

"的确，是本'古书'！"他想起米士卡的话，俯身开始读起来。由于蜡烛分散放在各处，光线暗淡，他把蜡烛移到桌子上，屋里仍是昏暗，他不得不再往深了弯腰才能看清。这时他发现自己的胡子触到翻开的书页上。他感到吃惊，直起腰，眼睛往下看，下巴触到胸脯，胡子都翘起来了。这是他的胡子，他早就习以为常，这东西长得又浓又密，盖住喉结，直到衬衫领子以下。

亚历山大·彼得罗维奇直了直腰，阅读的兴味顿时荡然无存。他开始观察熊熊的炉火，想起刚康复时，在米士卡的过冬房里想找面镜子或小镜子，甚至碎镜片也行，他向米士卡暗示过，可他却说"没这玩意儿，从来就没有过"，因为"没有用""没什么可照的"，"进城"买过，那也都给女儿了，说"让女人们捯饬漂亮点儿吧"。而后，有关镜子和仪容方面的问题再没困扰亚历山大·彼得罗维奇。可现在，这不又来了！

烛光熠熠，炉火熊熊。亚历山大·彼得罗维奇脱下皮坎肩，放在旁边的长凳上，想到如果安娜现在看见他，大概是认不出来了。他看着炉火，想象着离开车站，走在大直街上，穿过教堂广场，再走几十步就到交通街了，他在哈尔滨的家就在这条街上。而安娜正迎面款款而来。亚历山大·彼得罗维奇屈指一算，他已经六年零两个月没见过她了。

"她认不出我了！"这个想法令他不快，"那还用说！"他想开个玩笑，聊以自慰。

他取过烟荷包和米士卡给他刻的烟斗，装好烟，点着吸一口。吸了几口之后，吐出的烟雾开始在空中飘走，下沉和凝固，烛光变得更柔和，更圆润。这烟雾好像把他和一切都隔开，让安娜又一次出现在他的眼前，她从他们家冉冉升起，往大直街飘去，他刚刚在那儿转弯，迎面与她走在一条人行道上。她穿着一件浅色连衣裙,头戴白色宽边帽饰以亮丽的小碎花,一只手撑着一把浅色半透明的阳伞,用来遮挡阳光,另一只手牵着一个小孩,头戴一顶奇形怪状的儿童水兵帽,身穿水兵服,脚蹬黑色漆皮鞋。他患病期间曾经多次看见他这个打扮。最近几个月,从他们家出来,迎面相遇,擦肩而过时,孩子总是盯着看他。但是一直没看清安娜是否看到他。

亚历山大·彼得罗维奇眨巴眨巴眼睛,晃了晃脑袋:"安娜可能没认出他来,从旁边走过去了。"这种想法一直令他苦恼。

"应该放心才是!直接回家不就得了!啥问题都解决了!"

他抽完了一斗烟,磕掉烟灰,又坐下读《圣经》。他两眼一扫而过,随机翻阅,这一页是一章的开头,但是亚历山大·彼得罗维奇只能弄清这是"叶克西列亚斯特书",还有开头的几个字"……导师,耶路撒冷之王大卫",再就没有什么了。吸引他的是另外一些想法:"用的是古斯拉夫文,我认为甚至不是印刷版,而是手抄本!"他前后翻了几页,突然听见马蹄声,有人骑马靠近他们的房子。小马开始在畜栏里嘶叫。

"米士卡或是别的什么人呢?"亚历山大·彼得罗维奇取过别旦式步枪,装上弹药。

"得了!该死的东西!马上给你卸套!"这是米士卡在屋外说话的声音。

"感谢上帝!"亚历山大·彼得罗维奇心里想,一边把枪挂上。

开始是米士卡快速地摔上草棚的门,接着是一脚踹开房门,进屋把一个大口袋扔在地上,把卡宾枪和别旦式步枪挂在一起,再脱下皮袄扔在板凳上。

"哎呀!这牲口可累死我了!"他把帽子扔在桌上。他脑门发红,大汗淋漓,两只手也冻得通红,接着一屁股坐在凳子上:"亚历山大·彼得罗维奇!不是出公差,而是友情服务!在那边村子里,车上装了格瓦斯,是女儿装上的,不拉来就好了,还放在靠近座位的地方,是不?最后三俄里是个长慢坡,在上坡的时候紧紧拉住笼头还不行,这该死的东西!"米士卡用祈求的目光看着他。"如果在夏季就得套上马轭了!老天爷行行好吧,啊?"他喘口气儿,微微一笑,"来,祝贺祝贺吧!"

"祝你平安归来,米士卡!"

亚历山大·彼得罗维奇穿上皮坎肩,出去看马,小矮马见他出来,便开始打响鼻儿,上下摆头。亚历山大·彼得罗维奇温柔地拍拍它的脸,小马想咬住他的手,可他手里空空,什么都没有。

"稍等等,现在我给你主人烧开水,再给你弄点儿什么吃的。"

亚历山大·彼得罗维奇看见雪橇上绑着三个瓦罐,他把一个搬进屋里。米士卡往靠近炉台摆放盆盆罐罐的隔板上看了一眼,那里是空的。

"那些红鬼把什么都一扫而光,该不该喝的都给你喝得一滴不剩。"他心情沮丧地摊开双手。

"啊,不,米士卡,这里来的不是红方的人,而是白方的人!"

米士卡用惊讶的目光看着他:"是你们的人?你怎么知道的?"

亚历山大·彼得罗维奇朝尼古拉的肖像点点头:"红方来了,看见这个能放过吗?"

米士卡默默地看了看:"啊……可也是啊!说实话,如果是他们,早开枪了。得了,我去澡堂看看,那里说不定有个小勺呢。"他边说边走出屋子。亚历山大·彼得罗维奇坐下,重新拿过《圣经》读起来。米士卡拿着一把勺子进来了,砰的一声把罐子放在桌子上,拔出用一条皮绳拴着的木塞,发出开香槟一样的响声,倒了满满一勺格瓦斯。屋里瞬间开始弥漫着酸溜溜的、混杂着辣根和蜂蜜味道的气味儿。

"我女儿真是个行家里手,做的格瓦斯加蜂蜜,还有特殊的草药,味道可浓了……"他把勺子递给亚历山大·彼得罗维奇,"来吧,尝一尝!"

他接过勺子凑到唇边,一股股泡沫从底下浮起来,闻到一股强烈的味道,他一下子就倒进嘴里了。也没来得及品尝味道,反正和香槟不一样。然后弯下腰,感觉喘气有些困难。

"用鼻子呼吸,这东西呛嗓子眼!"

用辣根做的格瓦斯辣劲很大,两勺下肚儿后,亚历山大·彼得罗维奇再也不能喝了,有点喘不过气了,他把勺子递给了米士卡。

"这就是我们乡下的土酒,可比城里的酒劲大多了!是吧?"米士卡得意得两眼发光。

亚历山大·彼得罗维奇擦掉辣出来的眼泪,用嘶哑的声音说:"家酿啤酒!"

"不是!彼得罗维奇,不是!家酿啤酒是加浆果和蜂蜜,这是用干面包片,不掺任何东西。"

他端起罐子咕嘟咕嘟喝起来。罐子很大,他皱着眉头,时而睁着眼睛,时而眯着眼睛,喝到一滴不剩,然后直了直腰,打了个大响嗝。

"噢,我们就是这个喝法儿!"

亚历山大·彼得罗维奇有点儿晕头转向,米士卡起身去草棚,取回一袋干蘑菇。

"现在炖个蘑菇汤,晚祷时就可以喝了,这工夫眯一觉吧。"

吃过晚饭他突然问道:"你说说,彼得罗维奇,对《圣经》方面的书有兴趣吗?那儿放着不少,你怎么连动都没动呢?"

"是这么回事,米士卡,想读是想读,可是看不懂啊……"

"这些经书都是用古文写的,是我的高祖父带到这里来的,他们从老远的地方把圣像都带到贝加尔湖,还有这经书,什么都带来了。"

"那你能读懂吗?"

"你对哪段儿感兴趣,让我来给你读一读!"

亚历山大·彼得罗维奇把《圣经》推到他眼前:"那就来这一段吧!"

米士卡把《圣经》往蜡烛前面挪一挪,让烛光照着书页,伸手够得着。

"老兄啊，你得戴老花镜了。"亚历山大·彼得罗维奇心里琢磨，"眼睛花成这样，你是怎么瞄准儿的呢？"

"这是利加斯特！犹太王。"他说道，那样子就像鼻子尖儿卡着眼镜。

"我理解，这就是大卫王，传教士们都称他叶克西列亚斯特。"

"是……啊！"米士卡低下头，用手指指着那一小段儿，嘴里咕咕哝哝，念念有词，"神学，一般来说，在中学都学过……那里有很多至理名言……大卫王句句真理，但我认为有一句话最精辟……"

"那是哪一句话呢？"

"就是这句话！"米士卡用手指撑着，也不用看书，背诵道，"吾深知我主造人清白无瑕，本无罪孽，人们为私利驱使，学会狡诈与欺骗。"

"米士卡，这就是说我不懂这种古老的文字。"

米士卡抬起眼睛，同时把食指也抬起来。

"上帝创造的人并没有什么毛病，而是人类自己想出了一些歪门邪道，"他从浓密的眉毛底下看着亚历山大·彼得罗维奇，"而这些不成器的人却冒坏水儿！"他一边解释，一边小心翼翼地合上书，再用袖头擦擦书皮儿。"当一个人说想要干什么的时候，你不要听他的，你要看他究竟要什么！人生在世，以善为本！善啊！一个人活在世上，心地要善良，那人间就不会有恶了。人这一辈子该是什么样呢，彼得罗维奇？就像野兽出没的林中小路，只有上帝指引你何去何从了！你自己也心中有数！"

米士卡从桌子后面站起来，走到那张熊皮前面，用手摩挲起来："挂起来了！给你做个纪念！你这是怎么了，彼得罗维奇，熊皮归熊皮，可我不会叫你在此久留，但这期间你绝对不能动。等过了复活节，开春了，开斋解馋之后，通过火车往布拉戈维申斯克（海兰泡）捎封信，我的小姨子玛丽娅就住在那个城市里。到那里以后，首先去找她，下一步不用我教你了，反正你自己不能过江，去中国人那里，去哈尔滨……现在我们越不过山口，红军正在原始林里沿着铁路扫荡呢。"

第二章

第一节

　　亚历山大·彼得罗维奇像个无所事事的人在市场上闲逛,用眼睛扫着一个个柜台,流连忘返,估摸着边境私货市场上的行情。

　　几周之前,也就是四月中旬,阿穆尔河(黑龙江)快开江的时候,冰层底下刚刚开始鼓气儿,这个时间段江畔了无人迹,他总算到达布拉戈维申斯克(海兰泡)。米士卡说话算数,过了复活节,马上帮他打点行装上路。他们一冬天打了不少紫貂和黄鼬,米士卡在谢肉节前一周,去梅索瓦亚把这些皮货卖给贩子,那里在经历了最近几年这些事件之后,好像没有什么变化。他把赚的钱二一添作五,各分一半儿,在旧货摊儿上置办了几件衣物和一些食品。告别没用多长时间,两人还交换了纪念品,亚历山大·彼得罗维奇送给米士卡一颗子弹,这颗子弹在安加拉河的冰道上伤了他,而米士卡把去年打死的那只棕熊熊掌送给他做纪念。

　　亚历山大·彼得罗维奇到布拉戈维申斯克(海兰泡)用的是特维尔

州颁发的身份证,用的是假名亚历山大·彼得罗维奇·考仁。还编造了一份假履历,说他在伊尔库茨克起义之后,离开了特维尔,离开了家,开始羁旅多地,居无定所,而后在亲戚家暂住,通信联系完全断绝,又从特维尔去了莫斯科,接着是辛比尔斯克、扎沃洛什,而后鄂木斯克,再往后是伊尔库茨克,最后,终于来到阿穆尔河(黑龙江)畔。

落到他这步田地可不止一人,边境一带难民很多,就像一口大锅里的汤开得沸沸扬扬,一些泡沫溢到锅边,只是锅没摇晃,一锅汤才没溢到锅外而已。帝国被从这一边甩到那一边,人们背井离乡,寻找栖息之所。在一个地方不期而遇的有彼得堡的贵族、基辅的大学生、维堡区土生土长的犹太人、阿玛维尔的亚美尼亚人、罗斯托夫的神父和莫斯科的妓女。

布拉戈维申斯克(海兰泡)地处两条大河的交汇处,周围荒无人烟。在阿穆尔河(黑龙江)对岸地广人稀的地方有一座孤零零的小城——萨哈梁(黑河)。

在布拉戈维申斯克(海兰泡)以北八十俄里处有西伯利亚大铁路通过,再往远处就是冰封雪盖、人迹罕至的雅库特地区了。铁路两边,阿穆尔河(黑龙江)与结雅河两岸,居民少而又少,他们在适宜的地方种庄稼、伐木和淘金。

从中国的萨哈梁(黑河)往南,几乎到哈尔滨,是同样荒凉的满洲。这里的人们也是散居在松花江及其支流两岸,还有中东铁路沿途两边。

亚历山大·彼得罗维奇没用特别费力就在市执委会谋得一个小差事。布拉戈维申斯克(海兰泡)的新政权需要老的专业人员,这给了他一定的法律地位和最低生活费。此外还可以四处走走,以便择日出逃。

目前住在布拉戈维申斯克(海兰泡)倒是无忧无虑,至少还没到跑冰排期,这时不会考虑过江去中国,只有那些走私者会铤而走险。

亚历山大·彼得罗维奇作为统计处的工作人员，知道和中国还没有边境贸易，新政权尚未对此做出安排，但是中国货在市场上触目皆是，就是说走私活跃。

他熟悉边境地区这些特殊居民的情况，远在十年或者十一年前，他从彼得堡来到这里，在外阿穆尔军区中东铁路"附属地"保安部门做情报工作。那时就在萨哈梁（黑河）与布拉戈维申斯克（海兰泡）之间来来往往。他深入地研究了当地民风民情，他们行事好孤注一掷，诡计多端，精神上承受沉重的爱国主义负担，因为在国境两边他们都是罪犯。他们对当地情况了如指掌，政府部门有路子，大家非亲即友，反正都是熟人，当然也有竞争者。不过，他发现一旦竞争与风险并存，那竞争肯定退居第二位。除此之外，他们还是出色的侦察员，善于观察、胆大心细、记忆力超强，具有忠贞不贰的品质。这里的人还有一个引人注目的特点，就是他们很少吝啬和贪心。

亚历山大·彼得罗维奇出发去布拉戈维申斯克（海兰泡），给自己的任务就是找到他们，保证自己平安偷渡到中国。

第二节

亚历山大·彼得罗维奇办公室里的简易挂钟敲响中午一点，同事们脱去套袖，清洗钢笔，整理好文件，推上抽屉，开始往门口移动。

午休时间一小时，亚历山大·彼得罗维奇的同事们都上街去了。

他从容地在市场逛来逛去，铺子的老板们早已注意这位身材高大、仪表堂堂的先生，他已经差不多有一个月的时间在午饭时按照一个路线逛市场，这儿走走那儿看看，可什么也不买。

他知道人们可能猜想他有何居心，根据他的外表和举止，他不论怎么掩饰，也看不出是在"红色机关"工作的，特别是在这"穷乡僻壤"。他甚至愿意加强这种印象，因为他知道，如果自己去找帮他越境的人，人家肯定会转身就走，以为他是国家政治保卫局的特务或线人。

像往常一样，跑冰排这一周的天气变幻莫测。别看已经五月初，仍然冷风砭骨，乌云就压在头顶上。

今天他对逛市场兴致索然，只想去一个小馆儿喝一杯茶，吃块蒜肠儿加面包,就这点东西得花去他半个月的薪水,这就不去计较了。

　　他走在茶食店这侧的铺子中间,看看自己脚下,只见干燥的灰土。他突然感觉有人盯着他,这叫他从沉思中醒过来。环顾四周,还是那些商铺,那一张张农民的脸。他没看见任何熟人,可那种感觉仍在。他已经离开去茶食店那条直道,就像有人用一根橡皮筋拴在大衣的扣带上,拉住不放。他这人走南闯北,见得多了,遇事不会惊慌失措,善于自我控制,深知为了弄清眼前的事实真相,必须用几秒钟时间冷静思考。可这时,他不知道为什么有点儿乱了阵脚。

　　亚历山大·彼得罗维奇控制自己不左顾右盼,走到茶食店,进屋站在房门右边靠窗的位置。

　　窗户很小,光线微弱,窗玻璃已有裂璺,久未擦拭,角落处拉满蜘蛛网。亚历山大·彼得罗维奇站了一会儿,看了看他身后的几个人。其中只有一个人在他进来之后,也尾随进了茶食店,亚历山大·彼得罗维奇与此人素不相识。这人走到柜台前,订了什么,根据他的举动,跟谁都没有任何关系。

　　亚历山大·彼得罗维奇知道,在本市可能跟踪他的要么是红方的人,要么是白方的人,因此,他尽可能给人的印象是:家——工作单位——市场——工作单位——家,只是偶尔溜溜江边,去去教堂,仅此而已。

　　"是不是露了马脚?管他的呢!这么多人从西方转移到东方,有同事及其他熟人……"

　　亚历山大·彼得罗维奇取了一段肉肠、一大杯茶和几块碎面包回到窗前。他掰了一块儿,一闻没什么滋味,便开始嚼起来:"这可能是怎么回事呢?这位是何方神圣呢?"他这么琢磨着,在窗前已经站了几分钟。他恍然大悟:"乞丐!这是一个乞丐,他正在看着我!那表情是……是在看着我!"这时他清楚地回想起来:当他满脑子胡思乱想,心不在焉地逛市场时,无意中发现在他左手边有一个乞丐坐在地上,衣衫褴褛,犹如一堆破烂儿。乞丐在城里到处都是,特别在市场上。他们死缠硬要,有的讨钱,有的要面包,还有的强卖甚至盗窃。他们手疾眼快,动作灵活,时而一闪即逝,淹没在灰溜溜的人海之中。

不过这个乞丐有些特别。

他赶紧吃了肉肠、面包,再喝点儿茶,剩下的用蜡纸包好,装在衣服口袋里,接着便出去了。

乞丐仍然坐在原地,亚历山大·彼得罗维奇走过去,蹲在他面前。

"请问,您是哪一位?"

乞丐眯缝着眼睛审视他。

"没认出来!"他嘴里发干,费了好大力气说出了这些话,"我是库吉玛·伊里奇!"

"库吉玛·伊里奇!熟啊!库吉玛·伊里奇!"他脑子里一闪而过。"库吉玛·伊里奇!"在他记忆的深处开始出现模糊的画面:办公室挂着厚重的门帘,屋里显得有点儿昏暗,大写字台绿绒铺面,一盏大台灯,玻璃罩装在金属灯台上,电话机连话筒挂在支架上,摇柄在一旁……有一把笨重的木质安乐椅……旁边还有一张小一点儿的桌子,上面也放着一台很大,黑色的通信设备——休斯式电报机。

"电报……电报……库吉玛·伊里奇……天啊!库吉玛·伊里奇!电报员库吉玛·伊里奇!"

"库吉玛·伊里奇,是您吗?"

"是我呀,亚历山大·彼得罗维奇!"这人满脸胡子拉碴,茫然若失地苦苦一笑,说道。

"没认出来!"亚历山大·彼得罗维奇慢悠悠地说。

"认出来也不难!"

这也是实话实说,认出来也不难!在这个劫后的废墟中找一个莫斯科电报员,不久前还是高尔察克部队的陆军准尉,虽然岁数大点儿,仍然头脑机敏的知识分子，还真是难事。

"您怎么在这里？"

"沦落至此呗！"

亚历山大·彼得罗维奇打量他一番。

在他们面前坐着一个真正的乞丐，他头戴一顶毛朝里的老式皮帽，一边的帽耳朵早已不翼而飞，一条编织的围巾在脖子上不知绕了几圈。在库吉玛·伊里奇的穿戴中还有些过去剩下的东西，像是制服、军大衣、农民的粗呢外套，都已经残缺不全，勉强遮体。亚历山大·彼得罗维奇发觉他盘着腿露出的是光着的脚板儿。如果从他身上脱下这些所谓的衣服，实际就是一堆破烂儿。亚历山大·彼得罗维奇刚刚闻到一种令人难以忍受的气味。

"味道难闻！"库吉玛·伊里奇心领神会地说，"可怎么能让它没味儿呢，阁下。"他静静地加了一句。

亚历山大·彼得罗维奇想挪个地方，但是没好意思，这工夫在库吉玛·伊里奇身旁有些东西吸引了他，就是在地上摆着几块巴掌大小的木板儿。板儿上画着什么，起初他没看清，过一会儿才明白那是准备出售的圣像。他仔细地看了看，原来画的都是一位用一只手举剑的圣人。

"圣人尼古拉，亚历山大·彼得罗维奇！正是他！还记得吧？"

"怎么能不记得呢！"亚历山大·彼得罗维奇不假思索，立即答道。

"买一个吧，卖给你，也不贵！哪怕买一个呢。"

亚历山大·彼得罗维奇感到他在哽咽。

"您……"他想不起他的名字和父名，"您最近一顿饭是什么时候……吃的？库吉玛·伊里奇，请您原谅！"

库吉玛·伊里奇猜着了："我对您没意见，买不买都行，亚历山大·彼得罗维奇！都过去这么多年了，别人早把那些哥萨克的事忘在脑后了！"库吉玛·伊里奇动了动干裂的嘴唇，喃喃地说，并未回答他的问题。

"您最近一顿饭是什么时候……吃的，库吉玛·伊里奇？"亚历山大·彼得罗维奇问道,但没听到自己的声音……

"那又怎么样?亚历山大·彼得罗维奇,买不买呀?"

"是的,是的,当然买!"他说道,而且全明白了,"您这是叫我措手不及呀。来吧,我带你离开这个地方。"

库吉玛·伊里奇面无表情,翻着白眼儿。

"你带我去哪里呀?您在我旁边站一会儿都为难您了。我身上的臭味会熏着您,您会浑身发痒,心里骂我是个脏鬼。"

"库吉玛·伊里奇,您怎么能这么说。"亚历山大·彼得罗维奇强忍着从库吉玛·伊里奇身上散发出来的臭味,原地没动,"好像我是第一天到这里似的。现在去澡堂吧,给您钱。到那里就都给您弄好了,您不是第一个。把脸刮得光光的。我先回家一趟,给您找几件穿的。现在是中午,一个半小时后我在门口等您。"

库吉玛·伊里奇没精打采地斜眼看着他:"那这些东西往什么地方放呢?"

"如果您把它们卖给我……我带走就是了。"亚历山大·彼得罗维奇说道。

三小时后,库吉玛·伊里奇已经坐在屋里,脸刮光了,只留一撮小胡子。他裹着雪白的床单瑟瑟发抖,把棉被扔在上面,两眼环视四周。房间为木天棚,举架很低,窗户不大,长条板凳干干净净,木桌上也没铺桌布。在墙角,天棚下面装有隔板儿,铺白色花边桌布,悬垂一角,上边立有圣像。

亚历山大·彼得罗维奇拎着一把还冒热气的茶壶进来:"怎么样?给你量尺寸了吗?"

"太谢谢您了,亚历山大·彼得罗维奇,"库吉玛·伊里奇说道,"我真不知道说什么好了……"

"不用再说了,库吉玛·伊里奇,也不是从沙皇衣橱里弄来的华服。"亚历山大·彼得罗维奇打断他的话,开始往杯里倒开水,"最好还是说说,您究竟出什么事了。"

"是啊!"库吉玛·伊里奇伸过鼻子,闻到醋栗和别的什么野果味儿,"真棒,知道吗,味道好极了……香气扑鼻……我们多长时间没见了,可以说,到今天为止……"

库吉玛·伊里奇用两手抱着热乎乎的水杯,开始仔细地观察自己那双手:"真干净啊!已经忘记有这么干净了!"他摇晃着脑袋,停了好长时间,开始按亚历山大·彼得罗维奇的请求回忆往事。

"我呢……您知道……在见到那些死人之前不久……被派担任亚历山大·瓦西里耶维奇的电报员。我和他的副官骑兵大尉克尼亚杰夫都住在鄂木斯克最高执政官邸,我们的住屋只有一墙之隔,就是一间屋子用木板隔成两间,他的屋门对着楼梯,更确切点说是在楼梯底下,而楼梯往上通到亚历山大·瓦西里耶维奇的卧室。而我的房间呢,里面放一台电报机的副机,通向餐厅和最高执政的办公室,这样会更方便,如果夜里有什么通知,能及时报告给最高执政。他当时经常患病,得了肺炎,骨头也有病,所以有时在办公室过夜。"

库吉玛·伊里奇想了想,看着从茶杯里冒起的热气。亚历山大·彼得罗维奇听着他娓娓而谈,不去打断他,自己则陷入沉思……

"我呢,您知道,"库吉玛·伊里奇让对方从沉思中走出来,"尊敬的亚历山大·彼得罗维奇,您是一个离兽性和野蛮很远的人。记得那些哥萨克吗?乌拉尔人!我后来很长时间想到他们,几乎失去了对那件事的知觉,只是承受着理性的折磨。我本是一个彻头彻尾的平民百姓,在大学旁边的沃兹维仁卡长大,就在莫斯科,听过各种各样的讲座,参加过形形色色的小组。愿上帝拯救我们,千万别往别处想!那不是什么革命小组!您知道,费多尔·米哈伊洛维奇还在那儿朗诵过列夫·托尔斯泰的作品呢。因此,凡是与人的死亡和痛苦相关的事,我是绝对受不了的。我不能面对这些。而当时还要掩埋他们的尸体!当时还有一个人,在煤棚子里,是那些人里的……您知道……可能是因为暖和缓过来了……还是……是的……您知道……手指开始动……后来您走了……"

库吉玛·伊里奇陷入沉思。

"……后来才有人告诉我,冻僵的人一旦缓过来,肌肉有时收缩,有时舒张……这些哥萨克人,长时间不放我走。我原以为自己是精神失常了。其实不然,是上帝指引我脱离危险!"

库吉玛·伊里奇画过十字,突然在长凳上坐立不安,东张西望,像要找什么东西:"亚历山大·彼得罗维奇,那……在那里……"

"什么在那里?"

"我们的尼古拉,圣人呀!"

在这时候,屋门砰的一声开了,女房东风风火火走进来,她不算老,体态壮硕,女人味儿十足。她手里拿着衬衣和裤子,嘴唇紧紧地叼着两根针,针上穿着黑白两根粗线。

"玛留士卡!"亚历山大·彼得罗维奇喊她一声。

这女人看看周围:"我拿来一卷报纸,他人呢?"

"在炉旁站着呢,哪里还有柴火……"

没等她说完,库吉玛·伊里奇穿着内衣,掀开被子,拖着疲软的身子走出房间。

"帮帮他,玛留士卡!他根本不知道你从哪里生炉子。"亚历山大·彼得罗维奇笑嘻嘻地说。

"那就教教呗!"她满不在乎地回答,把东西扔在长凳上,便跟着库吉玛·伊里奇出去了。

过了一分钟,库吉玛·伊里奇又坐在老地方,伏在桌子上,摆弄他自己画的小圣像。在旁边,亚历山大·彼得罗维奇和女房东也聚精会神地看着,觉得很有意思。库吉玛·伊里奇手指哆哆嗦嗦,倒腾着六块或是七块小木板儿,每个画的都是同一题材,圣人的右手举着一把剑,而圣像上没有左手。

亚历山大·彼得罗维奇与玛丽娅你看看我，我看看你。

库吉玛·伊里奇从所有的小木板儿里选出一个，这个比其他的厚一点儿。他从桌上拿起一把刀，从小板的边儿上一刀下去，将其一分为二。在后面那块儿的内侧挖了一个正方形的小洞，里面紧紧地塞着经过几折的纸片儿。库吉玛·伊里奇瞅瞅两个与他谈话的人，看看他们的眼睛，伸长脖子，点头叫他们看这张纸："这可是我最珍贵的东西了！听我说吧，先生！这是圣主教公会致亚历山大·瓦西里耶维奇的公函，我的手抄本！"

玛丽娅看看亚历山大·彼得罗维奇。

"高尔察克！"

"我给你们宣读！"库吉玛·伊里奇庄严地说，挺直身板儿，开始宣读，"诚然，俄国人众所周知，最尊敬的阁下，备受全俄尊崇。每年十二月六日，尼古拉冬节，祈祷声直上天庭，以全民高唱结束，'上帝啊，救救您的子民吧！'祈祷的人都跪在地上。在一九一七年十二月六日，十月革命之后，忠实于信仰和传统的莫斯科人民在祈祷结束时跪在地上高唱：'救救我们吧，上帝……'开进广场的士兵和警察开始驱赶祈祷的群众，用步枪和其他武器射击圣像。在这个圣像上所画的圣人，左手持十字架，右手举着一把剑。暴徒的子弹落在圣者的周围，毫未伤及上帝的侍者。炮弹爆炸后弹片崩在圣像上，毁掉神明的左半身，连带他拿着十字架的那只手。就在那一天，按照反基督政权的安排，圣像的位置本该悬挂一面大红旗，上下和侧面都饰以魔鬼的标志。在克里姆林宫的红墙上，写着大标语：'消灭毒害人民的精神鸦片'。在翌年，一九一八年十二月六日，又有许多人上街参加祈祷会，竟然没受任何干扰，顺利地进行到结束！可是，当人们双膝跪地，开始高唱'上帝啊，救救我们吧！'的那一刻，旗子从圣像上突然落下来。祈祷的狂热气氛难以描绘！这是本来应该看到的，的确有人看到了，今天还记得和感受到那个场景。高歌、哭号、狂叫和高举手臂，步枪连续射击，许多人受伤，有人被打死……以及……清场。在翌日凌晨，上帝保佑，给圣像拍了一张精美的照片。上帝通过其侍者向一九一八年十二月六日在莫斯科的俄国民众展示了完美的奇迹。兹以我个人名义奉上这一显灵的神迹，阁下，亚历山大·瓦西里耶维奇，祝福您投入打击无神论临时政权的斗争，俄国人正在他们的压迫之下。请求您，最尊敬的亚历山大·瓦西里耶维奇，注意到布尔什维克打掉神明持有十字架的左手，证明他们是亵渎东正教信仰的恶徒……神明的右手还握着惩罚之剑，在阁下为拯救俄国东正教的斗争中助您一臂之力。"

在库吉玛·伊里奇停止朗读之后，屋里一时鸦雀无声。后来，他抬起食指，伸长脖子说道："我记得，上将读完大牧首的信之后说：'我知道国家之剑，外科手术钳子或是匪徒的屠刀……'而现在我觉得最威力无穷的是精神之剑，在讨伐逆贼的远征中是无往不胜的利器！"

库吉玛·伊里奇递给亚历山大·彼得罗维奇一个圣像。

"好了，亚历山大·彼得罗维奇！圣人尼古拉的放大照片运到彼尔姆，赠给高尔察克将军，此事的整个过程我都在场。人很多！您知道，等于开了个群众大会！连那些叛徒都来了，还有外国人，盟国代表！在圣像的后面，不是所有的人都能看见用大字写的告示：'天意昭昭，故国已破碎，山河待重整，敬请惠纳东正教劫后第一城吉洪大牧首赠上圣像一尊。'至尊的上帝及其侍者尼古拉助你，亚历山大·瓦西里耶维奇，直捣俄国心脏——莫斯科。"

亚历山大·彼得罗维奇和玛丽娅听着库吉玛·伊里奇讲述，那位继续往下说："……最高执政命令士兵在彼尔姆市中央广场集合，他的讲话我记得很清楚：'鉴于全俄大牧首吉洪将尼古拉圣像赠予俄国最高执政高尔察克……'早晨，人们聚集到教堂广场，各界名流、普通市民、士兵列队而立，大家都在等待牧首和最高执政出席大会。白茫茫的晨雾笼罩着广场，寒气砭人肌骨。太阳，您知道，太阳出来得很晚，冬天的太阳,刚刚泛红,想起来还历历在目,一抹晨光斜照,洒在屋顶天边,透过教堂的几个小圆顶之间……"

库吉玛·伊里奇一边讲述,一边看着天棚与墙壁之间的黑暗角落,一边搓手:"……在人头和马头上面冒着热气,白霜挂在衣领上,帽子上,头巾上,裘皮大衣上,就像玛留士卡这样!一时鸦雀无声。只听到卸马具的声音,湿漉漉的马用鼻子大声呼吸寒冷空气的声音……"

库吉玛·伊里奇嘿嘿窃笑,玛丽娅听着他傻呵呵地说,不禁画了个十字。

"……从旁边看,整个广场及其周围的房屋、教堂、人们,移动和不移动的一切,您知道,都化作透明的、冷却的、凝固的泥浆,除了发泡,再没有动静,以至完全静止了。钟声敲响了……"库吉玛·伊里奇说道,"……敲响第一声,教堂的大门敞开,表示吸纳,您知道,广场上人声鼎沸,把一切都淹没了……"

他又不作声了。

"那您记得吗,亚历山大·彼得罗维奇,大牧首和瓦西里耶维奇是怎样走出教堂台阶,怎样抬出圣像的吗?"

"唉,伊里奇·库吉米奇……"

"库吉玛·伊里奇,如果您同意,就这么称呼吧……"

"我称呼错了,库吉玛·伊里奇,不过,当时我真没在彼尔姆呀!"

最后,库吉玛·伊里奇终于不说话了,玛丽娅轻轻叹口气,用一只手捂住嘴,对着他的圣像画了十字。

"我后来把这封信抄了一遍。"库吉玛·伊里奇别的什么也没说,继续他的话。他在桌子上把那封信抚平。"我取了两块木板,尺寸与照片上圣像的大小一样。我用油彩把照片上的圣像临摹下来。亚历山大·瓦西里耶维奇见到之后,还表扬我信抄得好呢。真的,我真想复原那只左手和十字架。我现在依然很清楚一个在尼古拉钟楼上,一个在最高执政府里……就在身边……那张圣像照片挂在他的办公室里……"

玛丽娅又用惊异的目光看了看亚历山大·彼得罗维奇,那位摇头示意她不要打断库吉玛·伊里奇的话,他开始沉默不语。显而易见,他不得不回忆那段不堪的经历,情感实在非常沉重,他不作声了,接着磕巴两句什么,又不作声了,是想理顺一下自己的思绪,调整一下自己的呼吸。

亚历山大·彼得罗维奇在倾听库吉玛·伊里奇的讲述的同时,自己也想起许多往事,但是一些细节令他感到惊讶和怀疑。他曾经长时间离开司令部,在第一线负责谍报工作,但是最高执政大本营发生的事,他也了然于胸。因此他不可能不知道像大牧首这样的人物来访的事。克尼亚杰夫这个姓在脑子里闪过,不过,作为最高执政的副官,至少没有在他的记忆中出现过。亚历山大·彼得罗维奇在倾听库吉玛·伊里奇讲述的时候,有时会觉得这个电报员讲的一切真实可信,甚至认为自己也身临其境,参与其中,可他讲的那些事实际上多是子虚乌有。

他看了看这老头。他侧身坐在桌子旁边,靠近昏暗的小窗,因为是逆光,所以脑门儿发白,在眼睛底下是黑乎乎的眼窝和皱纹,后背与黑暗的角落融为一体。

"那您呢?您是什么时候和上将分开的?"

库吉玛·伊里奇打了个冷战。

"我吗?在下乌金斯克,当时他已被捷克人看押,他们赶走押送人员后,把他交给丘得诺夫斯基。

"那以后呢?"

"那以后呢?以后怎么啦?以后我留在车站,后来莫尔恰诺夫带着沃特金的人来了,我被派到沃伊采霍夫司令部,仍然当电报员,可惜没有电报机,这就是全部'以后'!"

"库吉玛·伊里奇,那您是怎么流落到这里的呢?流落到布拉戈维申斯克(海兰泡)?"

"啊——啊!这就好知道了——怎么到了这里!后来我们到了伊尔库茨克附近,准备攻城,随后接到捷克人的电报,说不必了,后来才明白,最高执政已被枪杀,而后我们绕过伊尔库茨克,走上安加拉河……"

"你们也穿过贝加尔湖了吗?"

"不然还有什么路吗?在沃特金师先遣队,我坐在雪橇上靠着弗拉基米尔·奥斯卡洛维奇的棺材。"

"天啊!如果听米士卡的话,我们就该肩并肩走了,库吉玛·伊里奇就不会认出我来了!"

"陪灵的人是谁呀?"

"维雷帕耶夫·瓦西里·奥西包维奇。病得不像样了。得了斑疹伤寒、肠伤寒和回归热,差不多全瞎了。我们的雪橇几次被大风刮跑,马都站不住,有的蹄子陷在冰窟窿里……不过总算到达了目的地,这不您看到了嘛。"

"讲得再细一点儿!"

"怎么个细法儿啊?"

"护送弗拉基米尔·奥斯卡洛维奇的情况怎么样?"

"您指的是灵车吗?"

"是啊!"

"怎么对您说呢!相当艰苦!马都倒下了几次,怎么也弄不起来。过来一个膀大腰圆的小伙子,满脸大胡子,他把自己的西伯利亚小矮马套上,大家还以为不会顶什么事呢,结果没怎么费劲儿,一下给拉起来了……就这样到了梅索瓦亚火车站。"

"那他叫什么名字呢?"

"马叫什么名字吗?"

"不是!是那小伙子!"

"不知道,当时我也没顾得上问……"

"那后来呢？"

"后来到了梅索瓦亚火车站，在贝加尔湖对岸，再后来到了赤塔，在那儿至少休整休整，吃顿饱饭……"库吉玛·伊里奇不吱声了，"永远不会忘记把卡普佩尔将军的遗体从坟墓里挖出来的情景……"他抬眼看看玛丽娅，"画十字，玛留士卡，快画十字！他埋得很深，那可是永冻土啊，棺材一打开，整个人如同镀了银似的，裹着一层霜……后来，在十月末，红军步步紧逼，在我们的装甲列车射击时，他们开始伏击，我们与自己人失联，落在红军的后方，已无路可退，命运就把我赶到东方。就这样，我来到此地已经半年多了……"

库吉玛·伊里奇裹着棉被坐在那儿，两只眼睛直勾勾地看着前方。他双手捧着那个凉透的水杯，身体微微地晃动。

"圣像！掉了一只手臂的圣人尼古拉……这些小木板，它们有那么多……"亚历山大·彼得罗维奇心里想。

"库吉玛·伊里奇！"他轻轻地叫了一声。

库吉玛·伊里奇没听见。

"库吉玛·伊里奇！"他又那样轻轻地叫了一声。

玛丽娅惊讶地看了看亚历山大·彼得罗维奇，然后再看看库吉玛·伊里奇。

那位没有反应。

"库吉玛·伊里奇！"亚历山大·彼得罗维奇叫他第三遍。

库吉玛·伊里奇一愣，慢慢地抬起头，一动不动了。他一直看着，谁也不认识，连他所在的房间也不认识，亚历山大·彼得罗维奇发现他布满皱纹的脸上泪水涔涔，流进他的黑胡子里。

亚历山大·彼得罗维奇本想反驳他，吉洪大牧首根本没到彼尔姆，那他从何谈起呢？不过一看库吉玛·伊里奇老泪纵横的样子，亚历山大·彼得罗维奇明白现在没有这个必要了。

"这是疯了！"他这样想库吉玛·伊里奇。

第三节

  玛丽娅在市统计处门旁等着,因为着急,不停地倒腾着双脚。已经是晚上六点钟了,她还在等房客。

  亚历山大·彼得罗维奇和同事们出了办公楼,朝她走去,她冲着带着询问目光的亚历山大·彼得罗维奇说:"今天晚上,天一擦黑,有一个人会去找你。"

  "好的,去吧。我马上到。"

  亚历山大·彼得罗维奇坐在桌旁,在煤油灯下读报纸。从外面传来踏在木板上的脚步声,这木板从篱笆门一直铺到房门口。

  "玛留士卡!走吧,去接那人。可能,这个……"亚历山大·彼得罗维奇朝敞着的房门喊了一嗓子,又对坐在角落里的库吉玛·伊里奇说,"库吉玛·伊里奇,多说点儿客气话!如果我们等的客人不介意,你可以帮玛留士卡一块儿招待招待。这些人都如惊弓之鸟,眨眼之间就会跑得无影无踪。"

"请不用担心。"库吉玛·伊里奇信心十足地从长凳上起来,把玛丽娅那块厚厚的头巾围在腰上就出去了。

过了一分钟,玛丽娅带着一个年轻的中国人进了屋。

那人鞠躬说道:"我是安多士卡·张!快说事儿,我还得走!"

但是亚历山大·彼得罗维奇并没急。他不慌不忙地收起报纸,从容地转身对着中国人,慢条斯理地捋着在布拉戈维申斯克(海兰泡)长起来的胡须,停了一会儿,还没请他入座,先问道:"中国的姓——张,这个我明白!但是,为什么你叫安多士卡?"

中国人没料到出现这个转折,问他姓张的中国人怎么叫俄国名字安多士卡。因为这个问题的确出其不意,所以他又鞠了一个躬,张了张嘴,但什么也没说出来。

"请坐!"亚历山大·彼得罗维奇慢条斯理地说,停了片刻又补充道,"安多士卡!我听说你好久没回中国了。为什么呀?"

"我不可以回中国去!日本人!"他用巴掌作刀,摆了个抹脖子的样子。

"这是什么意思?"亚历山大·彼得罗维奇问道。

安多士卡在长凳上有点坐立不安,困窘地沉默了一会儿,说道:"我把日本人打死了,挖坑儿埋了……"又用手掌作刀在脖子上比画一下。

"打死了,埋了,明白了。那这就是你的事了!难道如今在中国有很多日本人吗?"亚历山大·彼得罗维奇假装吃惊的样子。

"哎呀!很多呀!"安多士卡摆了摆手,大声回答,"在萨哈梁(黑河),日本人很多,剃头棚的掌柜,旅店的掌柜,药铺的掌柜,商店的掌柜,有很多!他们有很多钱!大伙儿都知道!"

"那你为什么要对他们下黑手呢?"

"我再看见他们,还要打死!他们打死了我的弟弟,村子被烧了,人

144

都被打死了！妈的！"

"算了，别骂了！我找你也不是为这事！"

"我知道，你找我！多少钱，哪一天？"

"我准备好了，不过我们是两个人！"

"两个不好！我的船太小，给两份钱！"

"好！可以！"亚历山大·彼得罗维奇同意了。

"你等一下！我对玛留士卡说。"

"好吧，我等一会儿，那玛留士卡能听懂你的话吗？"

安多士卡回之以张开大嘴的笑。

过了一分钟，中国人走了之后，库吉玛·伊里奇和玛丽娅回到屋里，两人脸上挂着惊异的表情。

"你们为什么这样看着我？我和他们在战前……一起工作三年，"接着补充说，"玛留士卡，帮我们准备上路！"

第四节

亚历山大·彼得罗维奇跟着中国杂役登上"西伯利亚"旅馆的二楼,在23号房间门前停住,敲了几下门。一位身材高挑的俄国女人出来开门,头发梳得光鲜亮丽,鬓角上留着浅色的鬈发。

亚历山大·彼得罗维奇自报家门,她温文尔雅地请他进了屋。

"请吧!请自便!"她说道,同时指了指窗户前面一把安乐椅和一张低矮的黑木雕花茶几,那上面摆着香烟盒及烟具、果盘、一瓶法国白兰地。

"谢尔盖·阿凡纳西耶维奇马上就到!"

亚历山大·彼得罗维奇坐在安乐椅里,拿过烟盒,打开又合上。他几天前才从布拉戈维申斯克(海兰泡)来到萨哈梁(黑河),还没来得及游览市容,就接到通知,说阿塔曼雷切夫约他面叙。至于话题是什么,那只有发挥他的想象力了。

他开始浏览这个房间。

房间很大,很敞亮。两扇大窗,挂着透花的窗纱,带穗儿的拉绳,褐色的厚重窗幔,饰以路德维赫十六世的图案。两窗之间摆着一张贵妇用的梳妆台,镜子玲珑剔透,檀木镶边,嵌以珠母。窗户右侧有一扇门,显然是通往邻室的。在屋子对面是荷兰式壁炉,瓷砖贴面,铸铁炉门,圆形的铜质风口,擦得光可鉴人。一张俄制高背天鹅绒沙发,上挂窄条长镜,下置圆形靠枕。脚下铺的是中国造真丝地毯,厚墩墩,软绵绵。家具、窗帘、桌布、中国瓷器摆得各处都是,还有象牙和青铜摆设,墙上挂着油画和铜版画,一切都非常得体,和谐而完美。一切无不表现出家的温馨和女主人那种女性的良苦用心。亚历山大·彼得罗维奇突然觉得心里隐隐作痛,想吸一口烟缓解缓解,让自己摆脱眼前的直观印象。回想起给自己开门并请自己进屋的那位女子——风华正茂,楚楚动人,一身城里打扮,雪白的掐腰立领衬衣,起肩拿褶,袖子熨得平整有致,下面配以藕荷色褶裙,一头美发从前往后梳,像哥萨克女人们那样,把头发打个大结,在脑后用丝带扎起来。在布拉戈维申斯克(海兰泡)他见过这样一些阿穆尔哥萨克女人,大家都是这个打扮,只不过更朴素些罢了。站在他面前的这个女人身上,散发出早已被遗忘的家的温馨。

亚历山大·彼得罗维奇从安乐椅上起身,走到镜子前面。他头发梳得平整,脸也刮得干净,但整体看来与这屋里的一切很不协调。一件俄式深蓝色衬衫,郊区工人穿的黑色上衣,一条毛料西裤,裤腿儿塞进矮勒靴子里,靴子打得油亮——这就是他的一身行头。天鹅绒翻领的大衣已经破烂不堪,袖子和肩膀已经露出棉絮,他只好把它存在衣帽间:"如果随便戴一顶便帽,不刮脸,满脸胡子拉碴……就是一个五金店伙计也不会理你。"

他又一次看了看房间。

"我多少年没在这种环境待过了……既没有战火纷飞,也没有原始林中的静谧!"他怀着万端愁绪思前想后,来到窗前,握紧双拳拄在窗台上。

在中国城市萨哈梁（黑河），他此刻身处的"西伯利亚"旅馆坐落在与阿穆尔河（黑龙江）并行的第二条街上，凭窗可望见俄国城市布拉戈维申斯克（海兰泡）。亚历山大·彼得罗维奇清楚地看见教堂的圆顶和昆斯特与阿贝特斯商店的尖塔、靠近火车站月台的高耸的凯旋门。驳船和舢板围着码头与河岸，那艘浅水重炮警备舰"雅科夫·斯维尔德洛夫号"，常常停泊在阿穆尔河（黑龙江）的航道上，一缕青烟夹杂着刺鼻的煤灰味随风而逝。人们在河岸上或步行，或乘车，多为马车，汽车较少，在建筑物空隙里，市场的围栏清晰可见。

几天之前，他在布拉戈维申斯克（海兰泡）公证处的二楼凭窗远眺，清楚地看见萨哈梁（黑河）"西伯利亚"旅馆的屋顶，怎么也没想到竟会从这里看到布拉戈维申斯克（海兰泡）。从这间屋子和刚才给他开门那位女子身上散发出的和平与安宁的气息，让人觉得很不习惯，与自己不久前的经历格格不入。经过半俄里宽的河面，见到的景象如同一场梦：俄国的河岸，布拉戈维申斯克（海兰泡），公证处，俄国公民亚历山大·彼得罗维奇·考仁，沙皇军队的准尉穷光蛋库吉玛·伊里奇……亚历山大·彼得罗维奇往楼下看一眼，库吉玛·伊里奇正站在旅馆门前："真有意思，他在窗户底下干什么呢，这个傻老头儿！不是叫他在大车店里等着我吗……"

雷切夫从侧门悄声地进来。他身穿一件帝国军队的普通迷彩服，佩戴饰有金丝折线的将官肩章，黑色垫裆马裤，挂着武装带，但没有枪套和佩刀。

亚历山大·彼得罗维奇转身，雷切夫问道："那边有什么趣闻吗？尊敬的亚历山大·彼得罗维奇！因为您刚从那边过来！也许还没回过神来呢。明白，明白。"雷切夫作为主人，走上前伸出手，"就算平安到达了吧？"

"谢谢您，阁下，可现在还不能说平安到达，因为我的路线终点站是哈尔滨。"

"也好,也好,亚历山大·彼得罗维奇!也好!您很有高见!不过,我请您别称官衔,直呼我的名字好吗?"

"好啊,恭敬不如从命,谢尔盖·阿凡纳西耶维奇!不称官衔就不称官衔!那就冒昧地问一句,像我这样一个名不见经传的小人物,何以劳阁下垂顾呢?"

雷切夫请客人在安乐椅中落座,旁边是一张烟具桌,他打开一盒雪茄,取出一支切掉头儿。

"在这么个穷地方,尊敬的亚历山大·彼得罗维奇,这烟可是正宗货——哈瓦那雪茄!……太棒了!这些善于钻营的人,吊眼梢的家伙!没等你眨眼,管你战不战争,什么东西都能搞到手。就瞧瞧这些东西吧!如果要白兰地,那肯定是法国货。烟草是土耳其的或者是弗吉尼亚的!或者这个,"雷切夫在手里转了转那支雪茄,"古巴的!至于在这穷乡僻壤的太太们,想要的东西在萨哈梁(黑河)或富锦没有,那可以在哈尔滨订货,在天津或上海订货,保证完好无损寄到你手里!"

他吸着那段烟,用平静的声音娓娓道来,他穿了一双漆皮筒靴,一只脚摆来摆去。

"那边怎么样?在苏维埃?您不是在他们的统计机关干事吗?"

"是的,尊敬的谢尔盖·阿凡纳西耶维奇!"亚历山大·彼得罗维奇没表现出惊讶的意思,直截了当地回答,"在统计机关!但是,我不能谈详细情况,因为我对此特不感兴趣。相信您明白其中原委。"

雷切夫摆了一下脚,喷了一口浓烟,尽力掩饰自己对客人的孤傲的不满:"上校,这一切出于什么原因或许令人感兴趣吧?以鄙人之见……"他做沉思状。"您抽雪茄或者喝白兰地,"他把手伸向酒瓶,但亚历山大·彼得罗维奇婉拒,"……明白周围发生的一切,尤其是敌人集中营里的一切,总是有益处的,不是这样吗?特别是当你打算回到自己人那里！"

"毫无疑问，您是对的，但是，站在我的立场，冒出这种想法是危险的，而以后，在所说的远东共和国，没有这一切也是可以理解的。"

"何以这么说？"

雷切夫的谈话和口气开始激怒亚历山大·彼得罗维奇，但他不想把事情搞砸，没有任何理由一开始就剑拔弩张，短兵相接，何况阿塔曼雷切夫已经一点点露出庐山真面目了。

"谢尔盖·阿凡纳西耶维奇！俄国的当务之急就是解决我们的问题！我希望您能理解我说的话！而下一步，万一可能，看看周边形势，我们开始建立一个新的国家，比过去的更强大……"

"那为此需要什么条件呢？"

"这个问题那可不简单了，现在未必有人能给出正确的答案。这取决于许多因素，其中就包括我们。"

"请点拨！"

"大概，布尔什维克内部的权斗还不能到此为止！"

"那还用说！我想您是对的！"雷切夫的表情变得开心了，"关于这个问题我正要与您切磋呢。"

"洗耳恭听！"

"上校先生，如您所见，我们也不会坐以待毙，束手就擒！"

亚历山大·彼得罗维奇点头表示同意，想起雷切夫提及他在布拉戈维申斯克（海兰泡）公证处工作的问题。

"我和我的哥萨克们，保证阿穆尔河（黑龙江）沿岸从萨哈梁（黑河）到哈巴罗夫斯克（伯力）的粮草供应。有武器，装备，补给和盟国的支持。我们现在在这里平安无事，但也只有现在和只有在这里。而在那边，"雷切夫往不确定的方向挥一下手，"在符拉迪沃斯托克（海参崴）地区一切应该是刚刚起步。正好，弗拉基米尔·奥斯卡洛维奇的残部，他们自称卡普佩尔的人正驻屯在阿穆尔边区。我不知道您滞留在俄国,不过,如果您想参与此事,那还真得抓紧……"

亚历山大·彼得罗维奇一听提到盟国就气不打一处来,满心不快地支支吾吾。

"……我知道,亚历山大·彼得罗维奇,您曾经受命护送黄金专列,正好说说,情况如何?可能我们知道的情况不够全面?"

亚历山大·彼得罗维奇注视着雷切夫。

"当然喽,"那位继续说道,"我们该有的什么都有,只是缺乏资金……但这还不是最主要的问题。我们缺少有经验的军官。在前线和冰上远征中,我们损失的军官数量太巨大了。像您和我这样的军官已经少而又少了。我有很多勇敢、坚强的军官,他们只会冲锋陷阵,也就是打打杀杀而已,缺少有知识、有文化的人才,尤其在侦察部门。"雷切夫沉默了,用审视的目光看着亚历山大·彼得罗维奇。

"您有什么建议?"他问阿塔曼雷切夫。

"我想您应该想到缺少的不仅是有战斗经验的军官,而且是有侦察经验的专家。虽然,如果愿意,可以选拔两百名哥萨克投放到'红色后方',特别是您熟悉的地方!"

"阁下!谢尔盖·阿凡纳西耶维奇,"亚历山大·彼得罗维奇停了一会儿说,"我猜您会建议我重归行伍,这是正确的!但是我现在唯一的愿望就是回哈尔滨与家人团聚,以后怎么办再说。今天我只能这样回答你!"

"还有你们那专列的情况呢?"

"这得问捷克人。"

"那里有多少金银财宝?"

"几箱金锭,我想是四箱,还有三个旅行袋的珠宝。我没有完整的清单,只有保卫的收条。"

"您是几号被捷克人截获的？或者说逮捕的？"

"阁下，这是审讯吗？"亚历山大·彼得罗维奇准备站起来。

"当然不是，上校先生，不过有个情况的确令人费解，一九二〇年二月五日以后，直到您几周前抵达布拉戈维申斯克（海兰泡），没人见过您，男爵，而且您还带着伪造的证件。"

知道与阿塔曼雷切夫继续谈下去已毫无意义，亚历山大·彼得罗维奇掏出怀表，打开表盖。

"这玩意儿真漂亮，"雷切夫突然对怀表感兴趣，"这块表我很熟悉！"

亚历山大·彼得罗维奇惊讶地看着他。

"我已经见过这块稀世名表。知道是在谁那里吗？"

"谁那里？"

"马丁诺夫将军那里。"

"叶甫盖尼·伊万诺维奇那里？在什么场合？"

"大庭广众面前！在一九一〇年他接任军区首长的仪式上，我作为百人射手队长登台对他表示祝贺。"

"好像我也想起来了！您那时也是百人队长……"

"东线哥萨克第一团！"

"他们都记得您吗？"

"参加操场大会的人都记得。他就用这块表卡时间。"

"那还用说！那还用说！后来在一九一五年四月份，您和军区官兵开到加利西亚，在西南前线……"

"是的，加入第八军，编入……"

"编入阿列克谢·阿列克谢耶维奇·博鲁西洛夫的部队……"

"后来转投红军……听说了吗？"

"听说了，可不相信！"

"那他给我们军官的一封信是怎么一回事？号召我们转投红军？"

"那又如何？"

"……这的确令人痛心！"雷切夫灭了雪茄，把烟蒂扔进烟灰缸，"可以说，俄国军人中的骑士，杰出的英雄……那您知道马丁诺夫将军本人的下落吗？"

"知道，在战争一开始头几周，他的侦察机飞行队就被奥地利军队俘虏了……"

"……和拉弗尔·格奥尔吉耶维奇·克尔尼洛夫一块儿当了俘虏。战争结束之后更确切地说，布尔什维克停止了战争之后，他回来了，现在正为他们效力，成了所谓的'红色'将军。"

这消息叫亚历山大·彼得罗维奇大为震惊。

"这一年半多您是在哪儿度过的，这件事对您还成了新闻？"

亚历山大·彼得罗维奇咔嗒一声合上表盖。

"好吧，男爵！我可以告诉您，有一班去齐齐哈尔的车队明天早晨出发，回哈尔滨。与家人团聚，可别忘了我们的一席谈话！大概，我们会在哈尔滨再见的。不敢再耽误您了！"雷切夫说道，也不知什么意思哼了一声，起身并没伸手告别，转身走到窗前。

亚历山大·彼得罗维奇走出房间，雷切夫回头看看他的背影，嘟囔一句："近卫军的败类！"

第五节

大清早,亚历山大·彼得罗维奇和库吉玛·伊里奇就离开中国大车店,那里总有一股大油的哈喇味儿和菜肴的怪味儿,他们要到集市找个大车队,搭一辆车离开萨哈梁(黑河),往南去齐齐哈尔火车站。

在去集市的路上,库吉玛·伊里奇东张西望,走走停停,一会儿赶上亚历山大·彼得罗维奇,嘟嘟囔囔地说:"这些地名都是什么意思啊,尊敬的亚历山大·彼得罗维奇?萨哈梁(黑河),那也很远,鬼知道在什么地方!可嘻嘻哈尔是啥意思呀?"

"不是嘻嘻哈尔,是齐齐哈尔!这是古代满洲地名!"

"那这个……瑷……珲……呢,啐,真讨厌,俄国人说都说不出口,真不嫌害臊!"

"您在叨咕些什么呀?"

"这是过了萨哈梁(黑河)下一站的名字!"

"瑷珲!"亚历山大·彼得罗维奇想起居民点的名字,十年前这些地方的名字他都记得滚瓜烂熟,"这个村子在阿穆尔河(黑龙江)边,往南走。库吉玛·伊里奇,您脑袋里别装些没用的东西,最好看住我们带的吃食。"

"这能怎么样?"

"看得紧点儿,出现任何情况都不能撒手。"

"什么?中国人会偷吗?"

"我倒不记得中国人会这么干,我们俄国人干这个可是手疾眼快!人家告诉您车队到齐齐哈尔有多远?"

"差不多四百俄里吧!"

"是的,这个我还记得,那得多长时间呢?"

"说如果一切顺利,愿上帝保佑,得十天!"

"这还用说,一天走四十俄里,翻山越岭,穿越森林,夜里还得休息呢!这时间算得很实际嘛!"

由十五辆大车组成的车队两小时之后就出发了。中国和俄国的车老板子在大车之间跑来跑去好长时间,用绳子把行李绑在车上。他们与哥萨克卫兵讨价还价,讲好保护费价钱,用手指蘸口水,一张一张数那些油污的钞票,然后抽了个响鞭儿就开拔了。这时候,清晨的凉爽已经被六月的暑热所取代。

与亚历山大·彼得罗维奇、库吉玛·伊里奇在同一辆大车上的还有一家俄国农民:年轻的丈夫和抱着吃奶孩子的妻子。库吉玛·伊里奇一上车就跟这两口子搭上话了,而且一聊就是四十俄里,一直聊到爱珲。

大道路面轧得很结实,与阿穆尔河(黑龙江)平坦的堤岸并行。过去的一夜平安无事,在大车店里臭虫、跳蚤之类实在不少,库吉玛·伊里奇置身其中,却毫无感觉,该睡觉睡觉,该打鼾打鼾,要么就是胡思乱想,尤其是与阿塔曼雷切夫谈话以后。亚历山大·彼得罗维奇没有告诉库吉玛·伊里奇谈话细节,避免老头子刨根问底,问个没完没了,心里不高兴。

与米士卡一块住在原始林的整个期间,亚历山大·彼得罗维奇一门儿心思就是想早点儿回哈尔滨,想象着回哈尔滨的情景,可是他现在却另有想法。在布拉戈维申斯克(海兰泡)待了几周的所见所闻,以及在萨哈梁(黑河)数日耳闻目睹的一切,都证明事实不像他想的那么令人欣慰。

这段路,车走得平平稳稳,太阳照得暖乎乎的,亚历山大·彼得罗维奇时而在库吉玛·伊里奇与邻人的低语中打盹儿,时而醒过来。当他开始入睡时,总想见到安娜,他已经习惯与她梦里相逢,可现在她没来,代替她的是一些流言,弄得他一头雾水。说白军准备进攻,说他们正在符拉迪沃斯托克(海参崴)积聚力量,说他们获得日本人的支持,而日本人也在滨海边区养精蓄锐,实力不可小觑,大事恐怕一触即发……

他睡得迷迷糊糊,只听大车咔嗒咔嗒的响声,马蹄踏在尘土飞扬的黄土道上,好像几次听到"狍子"一词儿,不过他没注意这些,而是又酣然入睡……

"……狍子……"他再一次清楚地听到这个词儿。

他醒过来,但没睁眼睛,注意倾听。

"……有人喊我们狍子,我们是一家子,信奉古老的宗教……"一个男人的声音说。亚历山大·彼得罗维奇哼了一声:"熟啊!"一个农民正向库吉玛·伊里奇讲述他们的家长里短,但是,亚历山大·彼得罗维奇几乎什么也没听见,因为婴儿的哭叫声掩盖了大车上传来的轻声细语。

"狍子!熟啊!"

他想起了米士卡。在离开过冬房之前,他们谈了几个晚上。亚历山大·彼得罗维奇长时间没下决心问他一个问题,可是当他即将启程,卖了熊皮,分了钱,米士卡给他带回一些城里的衣服之后,他问道:"米士卡!早想问你一个问题……"

"我为什么两次救你的命,是吧,大人?在梅索瓦亚火车站没抛下,为什么没把你交给红军呢?是问这个吧?"

亚历山大·彼得罗维奇对他总能猜透自己的心思感到惊讶不已,他能给自己解释的就是米士卡长期一个人在原始林里独处,经常大声跟自己说话的结果。

"是啊!"

他们坐在小桌旁,亚历山大·彼得罗维奇把装零碎东西的小盒放进米士卡买的那个破旧旅行袋里。炉子里的柴火烧得噼噼啪啪直响,烛火暗淡。

"是的,彼得罗维奇,这是一段黑暗的历史。"米士卡也不看他的眼睛,径自给自己的短杆儿烟斗装烟叶,"这是我心灵史上黑暗的一页。良心发现。鬼迷心窍!我还以为你不会问我呢!"

烟燃烧得不好,有点呛烟,不时发出扑哧扑哧的响声……

"该清理清理了!"他说道,用手指摁了摁烟叶,等它一点点熄灭,再倒在炉前小铁台上。

"一开始,我以为你可能是个金人儿,因为你押运过黄金嘛,肯定发财了,后来才弄明白,并不全是这么回事,所以在你面前感到羞愧……那以后不知谁又把你塞给我,当时你已经病得没人样了。我也就什么都没想。"

他开始摆弄烟斗,亚历山大·彼得罗维奇也没打断他。

"说到拉着满车黄金东奔西跑,这是众所周知的事。至于让人小偷小摸顺走了一些也不是秘密。捷克人打算把全部黄金都给红军当买路钱,让他们顺利通行,这个大家都知道……而你们呢,还走啊,走啊!我们则留下来了!你们需要这些黄金换弹药和大炮,打击自己的'红色'仇敌,虽然你们已经全盘皆输,但只要有一线希望,你们还会继续下去,打仗是你们的事!而对我们来说,火药和子弹是用来在林子里打野兽的，遇上年景欠丰，卖点皮货买点粮食，多少也是个添补……没有钱，你知道有多难！"

亚历山大·彼得罗维奇倾听着，米士卡劈一块松明，再用刀削一削。

"……捷克人劫持了你的专列，把你逮起来塞进牢房，只留下卫兵看守，大批人马几乎当时就撤走了……这些事我前几天就听说了，从那天早晨开始，什么事你自己都清楚了！那你自己怎么没到地方呢？后来才明白你身上啥都没有，所以没把你赶下雪橇！可见，我还不是个野兽！再往后呢，上帝又把你撂在我眼皮底下，我也没扔下不管，让你冻死在安加拉河的冰面上。还有这个凯士卡！"米士卡没有放下烟斗和松明，两只手拍打着膝盖，"也是个可怜人！心地善良的庄稼汉，就是脑袋里没有主心骨儿。作为猎人，可以说是神枪手，百发百中！"他削了一块松明，往烟斗里塞了些碎布。"渔夫！用鼻子一闻就知道鱼在哪里潜水，而德国人，特别是您老兄——军官一到，他就是一个纯粹的野兽。就是这么回事！"

"那你在梅索瓦亚火车站怎么没投降呢？"

"我自己也不知是怎么回事。我用雪橇拉你们的人过贝加尔湖，好像是三个人，而且还有个女的，只有我不认识他们。风把他们的雪橇刮跑了，我把他们搬到我的雪橇上来了。而对你好像是鬼魂附体似的。这就是全部故事！"

"你还谈过外孙女的事，说得让她们上学。"

"只不过脑袋里那么一想，让你到我们村子里教孩子读书，可是你当时有病，村社不同意，这我已经说过了。一开始我收留你，以后怎么安排你？当然，万一出现奇迹，你身子骨儿结实了，开春就打发你走，因为得了伤寒之后，你的眼睛几乎看不见了。让你往哪里走啊？就是送死吧？你知道凯士卡在原始林打死你们德国人的事吗？纯粹的野兽！这不，头脑里还有另外一个想法。"

"什么想法？"

"什么叫什么想法？新政权来了，怎么和它相处，能跟它合得来吗？这个政权是外来的东西，得学会和它打交道！那谁来管理呢？凯士卡吗？"

"列宁呢？"

"列宁！也说过！他也是个有头脑的汉子，这是很明显的，这个国家要崛起，就他一个人，而俄国又那么大，你看，几面都是海洋！凯士卡能行吗？就算谢辽嘎能帮他一把！你记得谢辽嘎吧？能管理得了吗？谢辽嘎小胡子上的鼻涕还没擦干呢，瞧他那丑八怪样儿，还能登大雅之堂！我在想……"

"想什么？"

"大家都知道想什么！在你昏迷不醒躺在那里的时候，浑身发烧，嘴里不停地念叨老婆和孩子，意思是在哈尔滨。如果我和这个政权关系搞不好，那我跟我的女儿和外孙女何去何从？去中国找你吗，不会给赶出来吧？不然又怎么样？"

"那你想会怎么样？"

米士卡清理完烟斗，看了看亚历山大·彼得罗维奇，又沉默了。

大车队有半俄里长，长长的影子映射在阿穆尔河（黑龙江）奔流的水面上，与尘土飞扬的中国农村爱珲融为一体。库吉玛·伊里奇与旅伴聊累了，开始打盹儿，那个旧教徒农妇背朝大家给孩子喂奶，她丈夫用一根树枝子给她轰小咬儿。

在村子中心有集市和大车店，不过他们没找到停车的地方。前一拨车队没走完，后一拨又上来了，所以想在这儿过夜的人很多。库吉玛·伊里奇醒了，没觉得怎么难受，反正他不怕被蚊虫叮咬，而亚历山大·彼得罗维奇则不然,他在萨哈梁(黑河)大车店受折磨那一夜至今惊魂未定。

大车分别安置好。车老板子付了钱,把马交给卫兵中的哥萨克人去周围喂草料。各种车辆围了一个大圈儿,中间则点起一大堆篝火。这时,从村子拥来一些中国农民,叫卖小米粥、混浊的烧酒、炖鱼、烤土豆,富人家请他们去吃大米饭。

已是暮色苍茫,不过熊熊篝火照得村子通亮。路还远着呢。亚历山大·彼得罗维奇和库吉玛·伊里奇说好了,路上尽可能少花钱,先吃玛丽娅在布拉戈维申斯克(海兰泡)给他们准备的食品以及在萨哈梁(黑河)买的干粮。

他们离开集中的宿营地,把自己的小帐篷放置在阿穆尔河(黑龙江)岸上。在瑷珲村附近,阿穆尔河(黑龙江)是从北向南流,太阳直接落在大河背后。这里地势平坦,河水充沛,平滑如镜,小鱼成群结队在浅滩嬉戏,大鱼在远处穿梭。

库吉玛·伊里奇看着河里,不无遗憾地说:"哎呀!现在要有张渔网就好了!"

"是啊!有一张网就好了!请把火扒开,我去拿几个土豆,烤熟了明天带着,分量也不那么重了。"

亚历山大·彼得罗维奇去了,十分钟后回来,手里拎两个苇编袋。库吉玛·伊里奇打开玛丽娅那块白底印花头巾,放好那些吃的东西。

"这是什么呀,土豆吗?"库吉玛·伊里奇惊讶地问,指着那些像土豆但比土豆长的红色果实,这可不是他熟悉的土豆。

"当然,这并不完全一样,库吉玛·伊里奇。这是土豆它爷爷——地瓜。您吃一口,味道好极了。"亚历山大·彼得罗维奇拿起酒瓶子,"喝吗?"

"好吧!"库吉玛·伊里奇看着混浊的酒瓶子,脸上的表情就是嫌它太脏。

"您知道,我喝酒是为了睡觉,夜里咬得根本睡不着。"

亚历山大·彼得罗维奇拿起一个地瓜,一掰两半,再用刀削皮,黄里透红的瓜瓤还是热的呢。

"来吧,库吉玛·伊里奇,来。我们别再挑挑拣拣了。"

库吉玛·伊里奇接过递给他的四分之一,尝了一点儿,皱着眉头说:"这东西是甜的!"

"不是太甜,是有点儿甜,您可以撒点儿盐。"亚历山大·彼得罗维奇用严厉的眼神看着老头子,"这是中国,我们要待很长时间呢。"

吃过晚饭,亚历山大·彼得罗维奇说:"我把篝火弄旺,不然小咬可咬死人不偿命,再去收拾收拾吃剩的东西。库吉玛·伊里奇,这个小锅给您,去中国人家讨点儿开水,就说'开水',记住啦?"

"从阿穆尔河(黑龙江)里舀点水不行吗?"

"我没说要河水!去吧,库吉玛·伊里奇,去吧!'开水',记住了吧?"

库吉玛·伊里奇重复着"开水"一词,步履蹒跚地向营地走去。

日已垂暮,当暮色遁去,黑暗袭来,在篝火熄灭的瞬间,谁都得扭头避开那最后的强光。亚历山大·彼得罗维奇拿过一条小一点的头巾,用手掌挡住火光,收拾吃剩的食物,还剩一个地瓜连动还没动呢。

"没关系,会习惯的!记住了,自己会习惯的!"

他突然听见背后迅速逼近的脚步声,没等他回身,那家伙把他扑倒在毯子上,用胳膊肘夹住他的脖子,往死里夹。亚历山大·彼得罗维奇拿起落在毯子上的那把刀,往后猛刺,那家伙哎哟一声跳起来,看来他腿受了伤,一瘸一拐地朝附近的草窠子里逃去。亚历山大·彼得罗维奇看见他逃跑的背影,坐下来想喘口气,脑子里闪过一个念头:"追上去!"可是一转念,不知道他有几个同伙,草窠子里说不定还有呢!

过了几分钟,库吉玛·伊里奇回来了。

"给您这'开水',"他说道,把一锅开水放下,"您出什么事了?"

亚历山大·彼得罗维奇跪在地上,用手捂着自己的喉咙,突然发现眼前那把刀在玛丽娅那块头巾上,刀刃是黑色的,刀子底下的阴影也是黑色的。

"这是什么?"库吉玛·伊里奇用惊恐的口气问道。

"这是地瓜留下的痕迹。"他压低嗓音撒了个谎,拿起那把刀在自己的黑裤子上擦一擦。

"怎么像蓝莓呢?"库吉玛·伊里奇嘿嘿傻笑,"瞧吃的这些东西!想象一下我们的肚子都成什么了?一看吓死人,恐怕都成黑人了!早知道的话,就劝你别吃这种'土豆'了。您嗓子怎么有点哑?"

"不知道,好像有什么卡住了。"

"那就唱唱您的'开水'歌!我的发音准确吗?"

亚历山大·彼得罗维奇喝口热水润润嗓子,缓解多了,可脖子还是疼。他晃了晃头,觉得衬衫领子、右脸、右肩有一股马合烟味儿。

"自己人!"

他在河岸上捡了些树枝与干草扔在火堆旁边。

"不过,今天未必能睡成了!怎么会发生这种事呢?纯属偶然吗?这个人可能是谁呢?难道是雷切夫派来的杀手?但是为什么呀?"

翌日早晨他们又坐上大车,亚历山大·彼得罗维奇两夜没睡好觉,身心早已疲惫不堪,库吉玛·伊里奇倒是精力充沛,兴致勃勃。他们占了整个一辆车,再没有别的旅客了,大车开始往前移动了。亚历山大·彼得罗维奇注意观察车队的伙计、卫兵和旅客的动向,但是没在他们中间发现那个右腿一瘸一拐的人。他请库吉玛·伊里奇不必担心他,然后,伸直腰躺在行李上大睡特睡,心里想:"不管三七二十一,爱出啥事就出啥事好了!"于是睡着了。

这梦是易碎的,浑浑噩噩之后,总觉得周围在发生什么事情:身边有东西轰然倒塌,爆炸,巨响,有人喊叫,有人唱歌,有人在玩一些巨大的中国乐器。他辗转反侧,难以入睡,后来又响起用圆锯破原木的声音,或者有人在他耳边高声谈话,要么是大车与机车并驾齐驱,轮子碾在铁轨的节点上,发出咣当咣当的声音。机车和大车并排飞驰,犹如大军凯旋。

亚历山大·彼得罗维奇可吓坏了,他不知道哪里是梦,哪里是真。他睁开眼睛。尽管他白天睡了一路,脑袋还是发沉。

他环顾四周。大车队已经绕过几个圆丘中间的一小块草地。原始林紧挨着草地,圆丘下面流过一条小溪,人们都提着桶去汲水。草地中间烧着一大堆篝火,周围暖意融融。库吉玛·伊里奇坐在大车旁边,整理那些吃的东西。

"这回睡醒了,亚历山大·彼得罗维奇!醒的正是时候!我把晚餐都准备好了,已经打算叫醒你,去烤您的地瓜吧!"

亚历山大·彼得罗维奇坐起来,伸个懒腰,觉得脖子还是疼。

"早……安……晚安,库吉玛·伊里奇!我睡了一路吗?"

"正是睡了一路,亚历山大·彼得罗维奇!还打鼾呢!那我就去了?"

"稍等一会儿,我去洗把脸!"

"当然,当然,亚历山大·彼得罗维奇!这可是大事!溪水凉丝丝的,洗把脸爽极了!"

亚历山大·彼得罗维奇把两条腿从大车上放下来,又坐了一下,便朝小溪方向走去了。

车队把马都卸了,马儿大声嚼着干草,人们一会儿去到篝火前,一会儿走到小溪边,用自制的铁架子吊一口锅,煮东西吃。偶遇的旅伴们搭腔闲聊,有的人裹上棉被准备睡觉。白日的暑热被原始林的凉气一扫而光。在一个个小锅里冒出红白相间的水汽。

亚历山大·彼得罗维奇走到小溪旁,洗了把手和脸,就回大车那里去了。库吉玛·伊里奇把吃的东西都摆好了,但是没动,因为亚历山大·彼得罗维奇还没回来。

"这地瓜本来应该再烤一烤,不烤熟不好吃。"

开始俩人一声不吭,只顾吃,后来库吉玛·伊里奇把地瓜烤熟了,还撒了许多盐。

"亚历山大·彼得罗维奇,我们不管到哪里,反正对中国人来说,他们几乎不存在,对吧?"

亚历山大·彼得罗维奇脑袋还是有点沉,不想说话,但是他想应该满足老头儿的好奇心,到底是他叫这个老头儿跟随自己到了这里,老头儿既不了解这个国家,也不了解这里的人民,也不会这里的语言,真的不太体面。

"库吉玛·伊里奇,这还不是整个中国……"

"这就出问题了,对不起,把事情弄乱套了!比方说,我们去过萨哈梁(黑河),可那里都是中国人,在布拉戈维申斯克(海兰泡),也是几乎一样,再往远处农村……爱……"

"爱珲!"

"……那个村子就在岸边!那里的中国人已经很多。我和与我们同路的旧教民交谈,他们说在他们村里清一色是俄国人。怎么会这样呢,似乎是中国,似乎又不是中国!真奇怪!"

"差不多就是这样。这是中国最远的东北地区——满洲,过去住的都是满洲人。再往南更远一点,叫奉天,或者他们所说的沈阳,再往南就是北京,河北,山东,然后是上海等,这才是中国——真正的中国。"

"您去过那里吗?"

"有过这个机会!他们不久前才开始控制东北,但是进展很慢。"亚历山大·彼得罗维奇娓娓道来,他这么说有两层意思,一是给老头讲讲常识,二是自己也想说说话,因为白天睡大觉,头很沉,有点儿迟钝:"我们在这儿建设铁路的时候,他们来了很多人,出现了工作机会,开始建设城市,当时获取土地比较容易,许多俄国人蜂拥而至,从滨海边区、外贝加尔地区过来的,大家和睦相处……"

"那之前这里是一片空白呀?"库吉玛·伊里奇听了十分感兴趣。

"也不完全是。有些老的中国城市,比如我们现在正要去的城市齐齐哈尔,我对您说了,那就是满洲老城。在建设哈尔滨之前,它已经存在很多年了。反正我也所知甚少,而且并不准确。只知道建设铁路以前,这里中国人很少。您提到的布拉戈维申斯克(海兰泡)也是一座孤城,萨哈梁(黑河)周围同样荒无人烟。中国文明离萨哈梁(黑河)很遥远。在东方,如果从这里推断,"亚历山大·彼得罗维奇边说,边用手指指了指脚下的土地,"这里有一条大河——松花江,流入阿穆尔河(黑龙江)。河边与中东铁路沿途有许多住户。我们正往那里去。"

"去松花江?"

"不,中东铁路修到齐齐哈尔,如果不出什么事的话,从那儿坐火车就到哈尔滨了。"

"能出什么事呀?"库吉玛·伊里奇一听,心里发毛,不停地搓手。

"能出的事太多了!"

"快说说,别叫我着急,亚历山大·彼得罗维奇!"

"比如红胡子!"

"这是什么野兽?"

"这不是什么野兽!这也是一些人,准确点说,就是一些土匪,抢劫我们这样的车队,甚至火车!"

"他们是从哪里来的呀?"

"这说起来可话长了!二十多年前在中国爆发了爱国主义者反对外国侵略者的起义,因为他们在这里修铁路、建工厂……"

"那修铁路、建工厂有什么不好的呢？"

"这倒没什么不好，当然没有。但是，中国的商人和工匠失去了工作，他们显然不满意。他们鼓动老百姓参加起义，我们叫'拳匪'，他们都摆出打拳的架势。"亚历山大·彼得罗维奇抬起右手，握紧拳头，"'拳匪'甚至占领了北京城，在东北地区全境掀起暴乱，要消灭所有外国人。但是用两年时间他们被摆平了，暴乱逐渐平息。不过在许多地方，一些团伙保存下来，成为一般的强盗和土匪。许多人把胡子染红了，我听人是这样讲的，所以叫他们'红胡子'，就是红色的胡子。我对你讲的都是亲耳所闻，千万别与他们狭路相逢，这种劫匪到处都是，他们个个心狠手辣。如果说过去他们还有点正义感，现在只是劫掠了。所以我说上帝保佑，可别叫我们冤家路窄，倒霉遇上……"

"我想这就是您不坐火车来中国的原因吧？"

"我也在想，"亚历山大·彼得罗维奇揉揉太阳穴，头痛渐轻，"什么原因都有吧！但坐火车是不可能的。在布拉戈维申斯克（海兰泡），那里很闭塞，我们租房那个女房东玛留士卡是个实在人，偷渡到中国只能通过阿穆尔河（黑龙江），所以我只能到布拉戈维申斯克（海兰泡）。"

"……那这些红胡子呢？"库吉玛·伊里奇开始刨根问底。

"不要一个晚上都说完，夜里别说鬼话，库吉玛·伊里奇。最好是睡觉吧！"

库吉玛·伊里奇心里不服，鼻子喘出粗气，动手收拾吃剩的食物，包起来绑好。总的来说，折腾一天了，他还是不想睡觉，而亚历山大·彼得罗维奇不仅不想睡，正好相反，想独自考虑考虑心事。

"您躺下吧，库吉玛·伊里奇，躺下吧，要想长见识，前面的路还长着呢。我们再切磋也不迟。"

库吉玛·伊里奇咕哝一句"晚安"，裹上在布拉戈维申斯克（海兰泡）买的那件羊皮袄，从行李里拿出一个口袋放在头底下，转个身背对篝火便睡了。车队差不多都消停了。在火堆旁只剩几个哥萨克卫兵，像土耳其人那样盘腿坐着，子弹已上膛。亚历山大·彼得罗维奇从大车上跳下来，来到他们面前。

"喂，老乡，这里可不太平啊，上帝明天会打发谁来照顾我们呢？"

一个岁数大一点的吐了一口浓烟，冒出一句："打发谁来，反正都是我们的人！"

"打发红胡子来！"另一个人一阵狂笑。

"叫你烂舌头！你快去睡觉得了，这位好先生，不然长官该骂人了！"

亚历山大·彼得罗维奇本来在旁边坐下了，因为话不投机，抽完一袋烟，便怏然回到大车那里去了。

"都是些苦闷的人，库吉玛·伊里奇大概能跟他们整明白！"

亚历山大·彼得罗维奇心里不痛快，想到这七年的回家路，大概真没白走。他想到明天和后天会出什么事，想到在哈尔滨能找到什么，乃至能不能最终到家。现在看来，最后这段路的确指日可待，一想到这儿，心情突然极为沉重。

第六节

"今天是几号了,亚历山大·彼得罗维奇?"

"是……"亚历山大·彼得罗维奇站在包厢中间,环视周围,若有所思,"在您这个岁数,库吉玛·伊里奇,忘性来得太早了!"

"不能不同意您的意见,尊敬的亚历山大·彼得罗维奇,在我这个岁数记忆力是应该更强一些,可他们这不是用另一种历法吗……或者恕我直言,应该是取自古董店的玩意儿……"

"您是想说旧货商吧?"

"是旧货商,亚历山大·彼得罗维奇。"库吉玛·伊里奇站在伙伴背后,伸出一根手指,表示异议,"这是一个人倒腾旧货,可他那里呢?从他的柜台散发出的都是闺房的脂粉气和儿童室的孩子味儿及……"

"……以及近卫军练兵场的气味!"亚历山大·彼得罗维奇笑了。

"您总是开玩笑!"亚历山大·彼得罗维奇把大衣挂在黄铜衣钩上,回答说,"库吉玛·伊里奇,您全都给忘了!我们这个包厢里什么都有,香肠、面包、中国凉拌菜和一瓶清澈透明的小米烧酒。还有几个钟头的路，往前就到家了。我回答您的问题，今天是星期日，一九二一年六月十九日。中国的历法跟我们一样。"

库吉玛·伊里奇脱了自己的羊皮袄，也想挂在旁边的挂钩上。

"这可不行！"亚历山大·彼得罗维奇表示反对，"在街上和您站在一起还可以，因为有风吹着，在这里劳驾把它紧紧地卷起来，放在那儿，隔板底下。否则还不熏死我们。"

库吉玛·伊里奇有点气恼，手里拿着那件破皮袄，喘了两口粗气以示回答，看见自己的伙伴脸上露出满意和高兴的笑容，这是在布拉戈维申斯克（海兰泡）见到他之后从未有过的，所以不再计较，长出一口气，弯下腰，把隔板抬起来。

库吉玛·伊里奇先闻闻杯里的烧酒什么味儿，然后小口喝下三分之一。

"提醒过您，喝下去，别闻！而且一口气喝下去！"

库吉玛·伊里奇四肢抽搐，面部痉挛，开始是拉长了脸，然后又皱在一起。后来嘴张开了，满含泪水的眼睛瞪得溜圆，喘口气如鲠在喉，后来他使劲抓住袖头闻一闻，不料把袖子扯下来了。另一只手摆来摆去像轰蚊子，又像驱鬼。

亚历山大·彼得罗维奇看着他，心软了。

"闻一闻面包或香肠吧！"

库吉玛·伊里奇只顾闻了烧酒，然后长时间默默地吃香肠、面包和中国凉拌菜，突然用沙哑的声音请求道："亚历山大·彼得罗维奇，求求您了，抽口烟儿吧，把这中国烧酒味压一压，不管用什么，把酒瓶子盖上！"

十五分钟以后，他已经在蓝色天鹅绒卧铺上蜷作一团，睡着了。

亚历山大·彼得罗维奇望着窗外。

列车还停在昂昂溪火车站，但是，看月台上人们忙乱的样子，觉得火车就要启动了。在这个时候，他真期待像同伴那样睡下，一觉醒来就到哈尔滨了。他跟列车员说好了，快到松花江大桥时叫醒他。

亚历山大·彼得罗维奇不知不觉睡着了，这烧酒的确很烈，醒了才知道人家正用力摇他，他睁开眼睛看见窗外的模糊画面徐徐晃过：路边建筑、灌木、沿着路基栽植的路旁树。

"这回终于到了！"

列车慢慢地加速，像儿童的摇篮一样平稳地摇摆着，库吉玛·伊里奇睡了，亚历山大·彼得罗维奇坐在包厢的窗前，看着他十分熟悉的西伯利亚大铁路国际特快列车，于开始盘算明天早晨的事。他在琢磨一九一四年九月离开哈尔滨时是怎么想的。现在已经半夜了，已经是七月二十日，今天是他儿子的生日。他想到今后将发生的一切，真是不寒而栗。这段时间安娜变了，虽然根据她写的信来判断她没变，或许七年来他们周围的一切都变了——城市、人们、房屋、亲友。一些被打死了，另一些不知去向，再一部分……列车慢速行驶，车厢有节奏地摆动，铿锵有致的车轮声，打乱了他的思路。

今天中午，他们的大车队终于从萨哈梁（黑河）来到齐齐哈尔。亚历山大·彼得罗维奇在路上就和库吉玛·伊里奇商量好了，他们卖什么东西买去哈尔滨的车票。亚历山大·彼得罗维奇拿出马丁诺夫送给他那块怀表上的金链子。库吉玛·伊里奇咳了一声，在旁边坐下，极力说明不值得这么做，可他自己能拿得出手的只有那个破背包，这东西根本没人要，还有圣徒尼古拉的圣像，都是他自己画的，上面的字也是他自己写的，这些东西也未必有人会感兴趣，所以只有忍痛割爱——卖金表链。

离车站不远他们找到一家旧货商，门口挂着一块招牌，用俄文写着"古董店",两人便贸然而入。铺子空空,无一顾客,只有一个大约五岁的胖小子骑木马玩耍。亚历山大·彼得罗维奇走到孩子面前,俯下身子:"有掌柜的吗?"他问道。

孩子点点头,起身跑到柜台后面去了。这工夫门开了,迎着孩子出来一个懒洋洋的中国胖子,亚历山大·彼得罗维奇走到柜台前面,开始默默地从怀表上往下卸表链。中国人看了看,一声没吭,问也没问,脸上的表情是对这玩意儿不感兴趣。那男孩儿站在他身边,胖嘟嘟的脸上一对小眼睛滴溜乱转,紧紧地看着亚历山大·彼得罗维奇,那个中国老板抚摸着孩子的头。但是亚历山大·彼得罗维奇看见铺子老板被怀表的金色后盖深深吸引。表的后盖一开,音乐即起,表面饰以俄国的国徽,双头鹰的眼睛是两颗红宝石。亚历山大·彼得罗维奇觉得奇怪,他有点担心,那些背井离乡,潮水般拥到中国的俄国难民,会把家里值钱的东西带出来,这些物件应该填满了中东铁路沿线这样的铺子。

他故意磨磨蹭蹭地把表链卸下来,不理老板,仔细观察这铺子。他想得没错,在货架上摆着许许多多座钟,有珐琅和银质的、铜质台灯,有钢铁和石头雕刻的雕塑,玻璃匣里有镶宝石的奖章,还有各种名表、古董手枪,有一个橱柜放的全是妇女用品。亚历山大·彼得罗维奇看明白了,这里的东西都是卖主为了一块面包或急需几个小钱变卖的,就像库吉玛·伊里奇他俩,为了买车票只能"割肉"。最终,他把链子卸下来,把表放在衣兜里,看见中国人一直盯着他的手如何动作。

库吉玛·伊里奇一直在铺子里转悠,仔细观察各个橱柜,接着走上前,看着亚历山大·彼得罗维奇与中国人讨价还价的样子,突然大吼一声:"怎么的,吊眼梢子的败类,要明抢吗?给穷人让点行不?您还嫌少吗?"

亚历山大·彼得罗维奇、铺子老板和孩子都惊恐地看着库吉玛·伊里奇,亚历山大·彼得罗维奇抓住他的肩膀,把他拽到铺子门外。

171

"对不起!"他为同伴的莽撞道歉,"他很饿!"他想说"他很恶",结果成了"他很饿"。

孩子眼看要哭了,老板看看他,摸摸他的头发:"侄子,不要害怕。"中国人突然用俄语说道,同时给孩子一根糖棍儿:"当然饿!现在大家都饿!我不要链子,我喜欢表!"

亚历山大·彼得罗维奇看着铺子老板。

"为什么呢?"

"我想要表,链子不想要!"

"你铺子里有那么多表,为什么非要我那块呢?"亚历山大·彼得罗维奇咬牙切齿地说。他觉得这个中国人有点面熟,但是,具体想不起来了,真叫人生气。铺子老板是个牛脾气,没有商量余地,再说这也不是时候,车站聚集大量俄国难民,以身无分文者居多,大家挤在超员的车厢里,闷热难忍。他们确实需要钱,买两张包厢车票,在一个体面的单间儿,好好歇一歇,收拾收拾自己。亚历山大·彼得罗维奇心想,与妻长别,今得重逢,怎么也不能满身灰土,不修边幅,臭气熏天见人啊。他看了看中国人,把链子往柜台上一摔。中国人吓一跳,也许只是做一个姿态,拿起表链放在天平上称一称。

"表好,链子钱少!"

"得了,给多少就算多少吧!"

老板把表链扔在柜台抽屉里,再从里边取出一堆灰不溜丢的纸币。纸币皱巴巴,揉作一团,而且是小面额。孩子伸手要拿钱,铺子老板显然是他叔叔,和颜悦色地把他的小手拿开,小孩又朝他做个鬼脸儿。

"生意做得真麻利……"亚历山大·彼得罗维奇心想,并问道,"他叫什么名字?"铺子老板朝侄子点头儿。

"张小胖儿!"

亚历山大·彼得罗维奇抚摸小男孩儿的头:"这小胖张真可爱。"

孩子笑了,把手中的糖棍儿递向他,然后指着门口说:"坏!"

亚历山大·彼得罗维奇放心地走出铺子。库吉玛·伊里奇一脸愧悔地站在门旁,不过眼里还闪着凶光。亚历山大·彼得罗维奇来到他跟前,用和解的口气对他说:"就这样吧,尊敬的库吉玛·伊里奇!我们是战败的一方,要学会夹着尾巴做人。"

库吉玛·伊里奇摇头。

不过买车票的钱还是够了,中国人给的比他想的还多:"我真不明白,这钱也称过了?"

第七节

　　他从车窗望着漆黑的夜,心里想回家并不是这个样子。不知为什么,童年的生活画面浮上心头,米塔瓦那个石头小城几乎被他遗忘,只有铺着鹅卵石的拱桥、圣·安娜天主教堂的尖塔还在记忆中时隐时现。冬日的雾霭和马蹄轻轻踏起的木屑,立陶宛禁卫团的军官们正在操练马步,浑身发亮的高头大马就像用天鹅绒做的一样。他四岁时,他父亲——陆军中尉彼得·菲多罗维奇·阿代伯格男爵因眼疾从团里退役。举家从米塔瓦迁往莫斯科,住在妈妈叶卡杰琳娜·米哈伊洛夫娜·伊萨克娃家——三塘胡同。他不由得想起莫斯科第二士官学校,父亲身着军装,佩戴奖章,送他去叶卡杰琳娜兵营。出家门之前,妈妈仔细地端详他,把稍显紧瘦的军服拽平整,画了十字,亲吻他的脸颊。

　　"妈妈那双手啊!"

　　他想起来好笑,因为库尔兰出身,同学们背后叫他"楚赫涅茨人",但是谁也不敢叫出声来。他在低年级的时候觉得受欺侮,上了高年级也就习惯了,再不注意了。他决心在军队中发展,这当然可以理解,他的一切兴趣都在军事方面:军队的条例,击剑,体操。他品学兼优,从军校毕业,被编入亚历山大洛夫军校二连,成为一名士官生。他学习勤奋,以自己跻身军官阶层为荣。军装上身,尽显优雅,与其容貌和风度相得益彰。他枪法高超,几乎百发百中,他屡获嘉奖,在升入高级班时,战术考试成绩获标准答案殊荣。

亚历山大·彼得罗维奇望着窗外,回忆着,并为自己的回忆微笑,郁积在心中的苦恼缓解了,消散了。

一生中,他遇事心有一定之规:与人相处,从无深交,但是从不拒绝帮助别人,士官学校时的绰号"楚赫涅茨人"渐渐被遗忘,又出了另一个绰号"子弹",可是他也没反对。有一次在莫斯科军区的军官会议图书馆里,他看到一本中国古代军事家的著作《孙子兵法》,这本书简直太有趣了,后来的确获益匪浅。

库吉玛·伊里奇开始像孩子一样睡得很安详,后来开始打鼾,这转移了他的注意力。亚历山大·彼得罗维奇抓住肩膀摇晃他,他嘴里咕哝几句,又睡了。

他完成了军校的学业,成为一名优秀的士官,获得自行选择工作单位的权利,开始在御前近卫军驻彼得堡步兵团服役。他开始在伯父瓦利玛尔家做房客,伯父是普斯科夫州前副州长,宅邸位于特维尔大街和塔夫里大街拐角上,房顶有个大圆塔。伯父瓦利玛尔和夫人占三层的一半,他们对亲侄子,古代普鲁士家族的唯一继承人住在这里非常高兴。可惜那里太闹,因为楼上两层住着彼得堡大名鼎鼎的古典语言学教授伊万诺夫及其夫人——作家季诺维耶娃·阿尼巴尔。首都文化界名流也常来常往:梅列阔夫斯基、吉皮乌斯、菲罗索佛夫、布洛克也是他们家的熟客。高朋云集,有时多达百人之众,有时玩招魂术那种时髦玩意儿,夜里则爬上塔楼,这个塔楼当时叫"伊万诺夫塔楼",在那儿朗诵诗作,聚会达到高潮时,再开香槟助兴,最后曲终人散,分别乘华车绝尘而去。车马喧嚣,人声鼎沸,根本没把邻居放在眼里,如入无人之境。

是啊!伯母必须给他们一点儿厉害看看!

伯父瓦利玛尔两口子有一天看他们闹得太不像话,就把警察叫来了,他们突然去伊万诺夫家检查证件,此事闹得彼得堡一时满城风雨,后来伊万诺夫声称警察拿走客人的一顶帽子,当然,后来是失而复得。

半年之后他搬到部队宿舍,这里虽然不那么豪华,但是上班近,特别是离谢苗诺夫近卫团、伊兹麦洛夫近卫团等都不远。

他把全部精力放在工作上。他们步兵远比其他近卫军优秀。他们这里可是高人云集:布良斯克和斯摩棱斯克的森林猎手,沃隆涅什草原的捕狼人,诺夫哥罗德的猎熊者。这些人认真能干,一丝不苟,一开始对他们这位年轻的指挥官还不太感冒,但是经过最初几次射击和夜袭训练,大家都服了,开始称他"我们的彼得罗维奇",这叫他心里美滋滋的。

"真叫人感动!"亚历山大·彼得罗维奇坐在卧铺上摇摆着,融在夜色中,陷入往事的回忆里。

据人们说团长是他的一个远亲,宫廷贵族,他并不是经常看见他。副手是菲茨海劳洛夫公爵,获得过"参加远征中国"勋章,此人很有风趣。在一九〇四年末,正是他下令传达利涅维奇的命令,编入满洲战区——满洲第一军。

"后来是克尔尼洛夫,再后来是马丁诺夫!然而这已经不是童年,尊敬的亚历山大·彼得罗维奇!"他自言自语,想用餐巾擦擦车窗玻璃,结果无济于事,只因夜色太浓。

列车在加速,该做梦还做梦,每次梦断都回到明天,准确点儿说,是今天。

安娜!

与自己的妻子安娜·拉杰茨卡雅初次见面是在后台,那时她经常来看排练,有时赶不上看演出。

他很快融入首都的社会生活:剧院,后台,女演员。在他们这个圈子里,这都是平常事。他梦寐以求的莫过于功成名就——日俄战争的老战士,乔治十字勋章获得者……

安娜,当时刚刚从米哈伊尔·富金芭蕾舞班毕业,是个姿色迷人的姑娘,想在马林斯基剧院发展,不过父母给她找了一门婚事,禁止她再想芭蕾舞的事。事实上,她给自己争取到了一个特权,即有时去看排练和演出。若没有妈妈陪着,她就可以放家庭教师的假。她还常常"自作主张",演出结束去后台转悠,彼得堡的"花花公子"都去那里追星,他们像一阵风似的提着成筐的香槟和鲜花在走廊里吵吵闹闹,向戴着面具的演员献殷勤,与所有演群众演员的芭蕾舞班应届毕业生一起嬉闹,这些人的眼神还看不出经验和贪图,有的是真诚和对幸福的憧憬,就看谁运气好了。大家对此有目共睹,充满好奇,只是化妆的油彩还掩盖不了脸上的红晕。在幕后上演着王子与灰姑娘的童话。王子分几类:漂亮的、富有的和吵闹的,漂亮的很多,富有的也不少,而吵闹的莫过于伊兹麦洛夫和莫斯科御前近卫团的年轻人。

他也去过那里。

有别于自己同事的是,他深沉,用冷静的眼光看待一切,开玩笑幽默而尖刻。不知道为什么,人们期待他语出惊人,有至理名言问世,这未免经常令人失望。他从不一个人离场,可每次都带着不同的人。令人不解的是,跟他一起走的女孩们,过后都守口如瓶。

于是,她发现了他。

那是一个晚上,正在上演《一个流浪舞女》,他没赶上这部芭蕾舞剧开场,只能在第一幕中间入场。在舞台上,拉扎正把自己的漂亮女儿伽玛扎蒂介绍给索洛尔。亚历山大·彼得罗维奇不想穿过池座九排找自己的座位,那样会引起观众的"嘘嘘"声,回头转脑地谴责他。他站在池座包厢底下的过道里,几乎就在舞台旁边,可是长时间不能听清音乐和集中精力看表演。当他选择一个出口,既能进入池座又不影响观众时,在通向舞台的弧形过道尽头看见了她。

　　演出结束以后,她从工作人员出口出来,立即认出这个年轻的、寡言少语的近卫军军官,他手里还拿着一束花。他站在湿漉漉的人行道上,那里早已没有人,他好像在等人。她情不自禁地看看四周,想自己身后可能有哪个芭蕾舞演员出来,是他等待的对象,可是背后空无一人。

　　过后,他每当回想起这次相会都非常惬意,她那时想"一定是个风骚的女人,害得他如此久等不舍"。可当她走上人行道时,看见他正朝自己走来。他微微地躬身,默默地向她献上一束花,甚至不够一束花,而是一小扎儿雪花莲,她也默默无语地接受了,既有花,也有让她困惑不解的其他什么。他一招手,在黑暗中从军官桥方向驶来一辆华丽的马车,当他大声告诉车夫她家的地址时,她才醒过神儿来,而这正是他所期望的。

　　"已经太晚了,安娜·柯萨维里耶夫娜,您是最后一个出来的,就一个人!请允许我做一次护花使者。"

　　她不知如何回答,他赶在她之前开口,当然,不能没深没浅,因为并没有彼此介绍,平时也不熟……"谁也没给他权利……""甚至理由"!安娜一直在笑,她想:"很好,我最后一个出来,谁也没看见。"

　　自从接受这位年轻军官送的花儿以后,她心里就出现一种从未有过的感觉,眼睛里也飘逸着这样的神情。他俩并排坐着,看着马车夫的后背,抓住盖在腿上的熊皮,别让它掉下去。十一月的寒风摇晃着树上的枯枝,它们不停地敲打在街灯上,叫它摆来摆去,砭人肌骨的冷风刺着光光的脸颊。她斜眼看着他,尽量把大衣领子围紧,他却坐得板儿直,似乎对严寒无动于衷。她突然想起手里还拿着春天的雪花莲,他好像听到她的心声,稍一躬身从车座底下取出一个小纸盒递给她。这时安娜问道:"您喜欢《一个流浪舞女》一剧吗?"

"是的!"

"具体喜欢什么呢?"

"影舞。"

"为什么?"

"我想他们将伴随我一生一世。"他想开个玩笑。安娜看看他的眼睛,而这双眼睛已经很严肃地看过了她。刹那间她感到害怕,可随之而来的是心灵的自由。

婚礼之后,他们在团部对面租了房子,而在一九一〇年底,日俄战争期间的指挥官叶甫盖尼·伊万诺维奇·马丁诺夫接任后阿穆尔军区司令,保护中东铁路沿线附属区,委任亚历山大·彼得罗维奇主持情报侦察处第一队的工作。日俄战争后他第二次来到满洲,携妻子常驻哈尔滨。

他们用两个月时间忘记彼得堡。令人讨厌的哈尔滨气候比彼得堡的气候还好一点,年轻城市的生活跟他们的青春一样朝气蓬勃。但是马丁诺夫突然被调离,因为他把几名贪污公款的将军抓个正着。叶甫盖尼·伊万诺维奇·马丁诺夫建议他随自己一起去另一个地方工作,但是被亚历山大·彼得罗维奇婉拒。对他来说这自然事出有因,安娜爱他,但不喜欢像过去那样钩心斗角,所以为权宜之计,他俩要在哈尔滨待一段时间。告别时,马丁诺夫把那块鹰头怀表赠送给他作为纪念。

亚历山大·彼得罗维奇在一九一四年离开哈尔滨,安娜在站台上轻声对他说:"可快点儿回来呀!"他默默地点下头,跳上徐徐启动的火车,后来他一次又一次想起她这句话。

在九月十日的前一天早晨,他去了一趟司令部,取了给前线的一袋公文,涉及铁路局发车计划事宜。

从交通街他家去火车站不算远,走几百步经过广场和尼古拉教堂,再从高岗往下,沿着车站大街,就到火车站了。不论在去火车站的路上,还是在站台上,他们几乎没有说话,因为该说的话夜里都说完了。他在马车上斜眼瞟了她一眼,她聚精会神地坐在车上,嘴唇有点微肿,不时地咬一咬。

"我这不回来了嘛!"亚历山大·彼得罗维奇注视着黑暗的车窗,在上衣口袋里摸出她写的最后一封信,还附有儿子的一张照片。安娜写了很多,她在一封信里写道:"在一九一五年四月外阿穆尔人出发赴德时,城市好像发疯了。"大街小巷,挤满了人,特别是通往火车站的大道,更是人山人海,马车、人力车、军队在人群中艰难地前行;就连中国人也出来为俄军送行,甚至和俄国人一样洒下惜别的热泪。安娜满怀激情地描述人们挥动鲜花,欢呼和擦掉脸上的眼泪,而孩子们则在士兵队伍周围跑来跑去,骑兵把孩子抱起来放在自己胸前,然后再交到别人手里,在那些日子里,城市好像没有外人。

她写得很详细,描述的一切让他有身临其境的感觉。这些信他反复诵读,早已铭刻心里,在滚滚车轮声中那些场景一次又一次浮现在眼前。

亚历山大·彼得罗维奇睡不着,酒劲儿已过,可以再喝一点儿,也能入睡,但是中国烧酒味道太浓烈,恐怕到早晨也散不净。包厢里亮堂多了,从齐齐哈尔到哈尔滨,沿途低矮的灌木跟桌面一样平整,没有高过车窗的。路基两旁几乎没有树木,没有什么能遮挡天上那一轮明月,它突然悬在铁道的上空,时而照亮包厢的车窗,时而跑到列车的另一侧,列车就像在水面上变换着自己的轮廓,把影子投下来。当月亮照在车窗上的时候,库吉玛·伊里奇开始翻身。

"是啊!九月我已离去多时,早已远在天涯。"他取出这封信,从皱巴巴的信封里拿出对折的信文,附一张照片,这是他颠沛流离时偶然收到的。包厢里月色朦胧,字迹很难看清,照片也只能勉强看出孩子的轮廓——身穿水兵服,头戴无沿帽。信封还带点体温,这使他感到一阵忧伤,情绪再次失控,他一直在想,离家只剩几百千米的路了,本来应该高高兴兴才是,可……

"离别使人亲近!记不得这是谁说的了!根本不是那么回事!究竟出了什么事,亚历山大·彼得罗维奇?这苦恼到底从何而来?而且为什么呀?"

他又回想安娜的信。那些信还带着安娜的体温、安娜的温情、安娜的关怀。她还是那么快言快语,轻描淡写地提到一些困难,因为俄国开始革命和国内战争,虽然不是直接,但是也间接影响了哈尔滨的生活。安娜写了自己怀孕的事,写他们的儿子天亮出生,怎样成长、学迈步、说话,在客人面前咿咿呀呀学说话,顺便还提到,这其中一个客人就是安娜在哈尔滨的一个女朋友,在信里还提及她丈夫回来以后就搬到天津去了……

"离别使人亲近?而我们离别后又怎么样呢?哈尔滨是座和平的城市,没经历战争和革命!现在安娜怎么样?或者说我自己又怎么样?"亚历山大·彼得罗维奇觉得这些年来自己变了,心变硬了,不是吗?在他的记忆中只有回想起米士卡的时候才感到温馨,想到自己在原始林里的生活,对人和对自己的态度,他完全可以不救自己,弃自己而不顾,不把自己抱上雪橇……

"要知道,他就是这样的人品。"亚历山大·彼得罗维奇心里想,"在一年半的时间里,米士卡一次也没问我的身份和来历!猎手就是猎手!'军人'!在我说胡话的时候他听得够多了。真是个奇怪的人!如果没有他,我恐怕早已死无葬身之地!连个渣儿都找不到了!"

在月光下,库吉玛·伊里奇躺得不安生,差一点儿从卧铺上掉下来，他用一只手支在小桌上翻了个身。

"这又是一个！好人哪！"

突然间，亚历山大·彼得罗维奇听见枪声，他没听错，这是枪声，后来又响了一声，又一声，只是飞驰的车轮声压住了枪声。过了很短时间，又响了两枪，接着是击碎玻璃的声音，列车并没有减速，而是继续快速行驶。

"红胡子！"他脑子里闪过一个念头儿。

火车走廊里人们瞎跑乱窜，求救声不绝于耳，喊叫声此起彼伏，库吉玛·伊里奇醒过来，有些发蒙，两眼看着洒满月光的墙壁。亚历山大·彼得罗维奇把一根手指放在嘴唇上，叫他别出声，他嘟囔了一句什么，像是并没睡醒，身子一歪又倒在卧铺上睡着了。

几秒钟之后，一直困扰亚历山大·彼得罗维奇的苦恼都烟消云散了，他好像又置身在战前的满洲，那时红胡子袭击火车随时可能发生，就连国际列车也不能幸免。列车没有减速，继续前进，走廊里还有人进进出出，不过一切都很快复归平静。

"明白了！他们的老套路还没变。朝机车驾驶室开枪，但不打司机，所以我们照样往前走！托你的福啊，上帝！"

第八节

亚历山大·彼得罗维奇睡醒了,车轮滚滚,震得铁桥隆隆作响。桥架有节奏地一闪一闪而过,下面混浊的、褐色的松花江水缓缓流淌。库吉玛·伊里奇也睡醒了,正盯着自己的同伴。

"库吉玛·伊里奇,您得再醒一醒,五分钟去厕所。"

亚历山大·彼得罗维奇已经刮完脸,因为睡了一夜,往脸上沾点水清爽清爽,把洗手间让给库吉玛·伊里奇,自己找个舒服的地方坐下。列车徐徐地通过松花江大桥,他只能看到江畔和江畔上一片白帆似的江上俱乐部。

列车离到站还有七分钟。

他们俩走上站台,不一会儿进入高拱顶候车大厅。亚历山大·彼得罗维奇没有发觉自己拎着旅行袋,感觉不到它的重量,两只脚走在大理石地面上,经过多年踩踏,这里已变得凹凸不平,他机械地回过头,看见库吉玛·伊里奇尾随在后,有点怅然若失的样子。

"天哪,我简直把他给忘了!"

"库吉玛·伊里奇,加点油,加点油啊,您这是怎么啦,真是的。拖泥带水的!"

他俩从雨棚底下顺台阶走上站前广场,置身在直射的阳光之下。

"喂!您瞧,这就是哈尔滨!"亚历山大·彼得罗维奇边走边告诉自己的同伴。

库吉玛·伊里奇继续往前走,不声不响地东张西望。

"怎么回事,库吉玛·伊里奇,您在找什么呀?"

库吉玛·伊里奇超过他几步,停下不动了。

"怎么回事?库吉玛·伊里奇?"亚历山大·彼得罗维奇对站那儿不动的老头子有点生气,因为他总是走走停停。不过人家没等他说完。

"我们这是在什么地方呀?亚历山大·彼得罗维奇?难道这也是中国吗?"

亚历山大·彼得罗维奇停下脚步,立刻就有几辆马车赶来拉客。

"去哪里呀,老爷?立马就到家!"

他把旅行袋放在满是尘土且很干爽的马路上。广场上车水马龙,轻便马车套着膘肥体壮、毛色油亮的高头大马,重挽马拉着大货车,车上装满各种行李。在车站正门右侧,十几辆马车排队等待出来的旅客,车夫穿着灰色长大衣,头戴高筒帽。

"上帝啊,我的天!难道这的的确确是中国吗?"

等了很久总算到了,简直叫人不敢相信,他非常激动,不过他还能控制住自己,没顾马车。没想到这工夫把同伴给忘了。

"步行回去吧,没有多远。"他看看四周,脱口而出。库吉玛·伊里奇迈着碎步想跟上来,他穿着那件羊皮袄,热得满头大汗,嘴里不停地嘟囔:"神圣啊,真神圣!上帝啊,可怜可怜我们吧!难道这是中国吗?卡

184

卢加！特维尔！闻闻这里的味道吧，这是馅饼的味道啊……还是白菜馅儿的呢，不会有人蒙我吧！"

他们穿过站前广场，走上车站大街，这条街很短、很宽、很直。从站前广场上坡，到头是个高岗，岗上矗立着用圆木建造的教堂，上面有圆顶、高耸的尖塔和金光闪闪的十字架。

亚历山大·彼得罗维奇往前走，目无旁顾，库吉玛·伊里奇尾随其后，勉强赶得上他，他已经听不清老头子叨叨咕咕、边走边说的话："我的圣母娘娘啊，他们这里好像什么事也没出似的，没有革命，也没有国内战争，也没有别的什么乱七八糟事儿……"

他们走过车站大街，来到圆形的教堂广场，亚历山大·彼得罗维奇瞥见库吉玛·伊里奇停住脚，把口袋放在马路上，开始朝圆顶画十字。

"这鬼老头子，还有工夫画十字！"再有几百步就到家了。现在他穿过大直街，拐入交通街……

"赶紧，赶紧，库吉玛·伊里奇！还有时间画十字……"

第九节

　　安娜七月二十日这天起得很早,萨士克还在睡。这又是忙碌的一天,趁着儿子还没睡醒,先收拾屋子,然后送萨士克去小灯塔幼儿园,再去舞蹈班教课。她洗漱之后,来到镜子前面,看着冷水冰红的手,接着又看看自己:"安娜,你这是怎么了?"她用手背把左鬓的一缕不听话的长发放到后面,再一次看看自己那双手:"如果亚历山大·彼得罗维奇此时出现在我面前,我还是够漂亮的。圣母啊,可别落个空欢喜啊!"她用围裙擦擦手,画了个十字。挂钟指的是早晨七点半钟,安娜轻松地端起一个大盆,里面是刚拧过还湿漉漉的内衣,用肩膀顶开花园的门:"大概信还没到?他怎么不写信呢!还活着吗?耶稣马利亚!"

　　她把盆子放在草地上,先拿起上面的一件小东西,这是儿子的睡衣,已经拧成一个圈儿,她把它抖搂开,搭在晾衣绳上。阴影落在左面,她往那里看了一眼,听见身后有人轻轻敲窗的声音,回头一看,原来是萨士克。

"早安,儿子,我这就过去。"

萨士克站在自己屋里,一边透过有点模糊的玻璃窗看着她,一边用拳头揉眼睛。她想应该擦擦窗户了,所有的事都需要她亲自动手,可哪有时间啊,雇人又没那么多钱。安娜从盆里取出一件衬衣,抖搂开以后搭在绳子上,这都不过是些机械动作,而有个想法困扰她几个月了,已经一年半多没收到亚历山大·彼得罗维奇的信了。

"牺牲了?被俘了?"

她和亚历山大·彼得罗维奇在哈尔滨共同度过了四年时间,在他赴德参战之前,日子过得很快。他在这里也经常公出,有时候出去很久,回来时两眼猩红,面容憔悴。经过这样的分别之后,他们就几天足不出户,甚至也不侍弄新开垦的小园子,然后去铁路俱乐部听音乐会,看电影,吃遍中国大街的好饭店,坐华丽的马车在全城兜风。冬天去松花江坐爬犁,夏天坐小船去太阳岛……然后,又出发去线上了——往北去兴安岭,或去波格拉尼奇内亚;东南……最好别想这一段了,想起叫人伤心……

安娜把最后一件衣服晾在绳子上,从草地上拿起大盆,这时她的后脑勺、脖子上的浅沟、下面的发髻,感觉到有人在身后静静地看着她。她轻轻地把大盆放在草地上,直起腰,湿淋淋的手在色彩斑斓的哥萨克长裙上抹了抹,这是不久前从难民那里换来的,还不知穿上合适不合适呢。阳光穿过苹果树的幼枝,在草地上画出一幅并不清晰的图画。

亚历山大·彼得罗维奇从大直街拐入交通街。这条街是自上而下,瞧那儿,看见他家那栋房子了。这是第一栋,然后第二栋。第二栋很大,是带玻璃凉台的二层楼。第二栋紧挨着他家那栋房子。二层楼几乎把它挡住了,但是能看见低矮的木栅栏和红色的砖垛。还剩六十步。他走到院子门前,把旅行袋放在地上,转身对库吉玛·伊里奇用手指了指旅行袋。库吉玛·伊里奇表示会意,停住了脚。

安娜背对着他站在那儿,只有几步远,他打开院门,连一点动静也没有。

"如果我现在就招呼她,她肯定会吓一跳;如果走到她跟前,她也会吓一跳,不过那时她已经在我怀里了!"

安娜听见踏在草地上的脚步声,晨露一点点被晒干,她已经知道不会听错……不然……

脚步声越来越近,她已经感到有人搂她的腰,这种感觉已经是很久以前的了,于是她转过身来。

第十节

萨士克正在忙活脱他那件睡衣,因为扣襻太紧而抽鼻子,当妈妈进入他的房间时,身后跟着两个男人。他感到惊恐,抬起眼睛,眨巴眨巴,又用手捂上。

安娜走到他跟前坐下:"穿上衣服,好儿子,我们来客人了。"

他们俩就这么从火车站来到了客厅。亚历山大·彼得罗维奇和库吉玛·伊里奇小心翼翼地坐在椅子边上,赶紧把大衣和皮袄放在凉台里。安娜请他们稍候,过一会儿萨士克飞跑进来,睡衣敞着怀儿,手里拿着那张照片,安娜尾随其后。萨士克回身把照片给妈妈看,她会意地点点头,这时他走到亚历山大·彼得罗维奇跟前,爬上他的膝头。库吉玛·伊里奇看着这张照片,也不怕难为情,禁不住哭起来,眼泪从没刮过的面颊上奔流而下。安娜也悲喜交加,泣不成声,亚历山大·彼得罗维奇强忍哽咽,因为儿子坐在膝头,所以没哭出声来。

他感觉萨士克很小，就像在照片上看到的那样，可是在思想里他穿的不是什么睡衣，而是水兵服和黑色的漆皮鞋："难道他真的六岁了吗？"

家里人激动万分：烧热水，刷洗浴缸，准备食物，去邻居家请厨师老赵，还想说话……

过了两小时，亚历山大·彼得罗维奇已经穿上干净的翻领衬衫、夏天穿的便裤和在家里穿的便鞋。脸已经刮得干干净净，还有一股香水味儿，他自己都认不出自己了，所以还有些不习惯。安娜好说歹说把大哭大闹的萨士克送到小灯塔幼儿园，说好午饭之前来接他。

在她忙活家务的时候，亚历山大·彼得罗维奇一会儿去花园抽口烟，一会儿回客厅坐坐。他仔细观察这个大房间，他记得它的每个细节，发现什么都没变：他那张摇椅还是从前的样子，真皮坐垫铺着蓝色的中国丝毯，上面的图案是黄底黑条的猛虎在浅绿色的草丛中。他看看这把椅子，觉得他不在家期间没人坐过，他觉得猛虎丝毯可以证明。那张圆桌盖的也是丝毯，那种蓝色的真丝桌布。桌子上面悬着一盏橘黄色的吊灯，电线很长，灯很低，所以起身时常碰头，这时两人便会相视而笑。圆桌周围摆着几把竹编安乐椅，坐上去便咯吱咯吱响。门旁的衣橱放在左边，既没摆在卧室，也没放在走廊。安娜选择衣橱时看中的是中门的通天大镜子。不过从前屋角摆的是一架钢琴和一株栽在青花瓷盆里的大叶青，现在只剩大叶青了。

库吉玛·伊里奇也用好奇的目光看着这间客厅，坐在咯吱咯吱响的安乐椅里，在膝盖上擦擦手，看见那张猛虎丝毯，便开个玩笑："您可小心点，亚历山大·彼得罗维奇，不怕它吃了您吗？骑虎可是难下呀！"

亚历山大·彼得罗维奇回头看看库吉玛·伊里奇，没答话。他俩进门之后，他就一直默不作声。

"老傻瓜，这玩笑真是愚不可及！"库吉玛·伊里奇恨得骂自己，"生气了！他很生气！"库吉玛·伊里奇担心地看看他。"我还从来没见过他这样激动呢！就连偷渡之前也没这样！他有点心慌意乱，莫非他想到她……"库吉玛·伊里奇看看安娜·柯萨维里耶夫娜，看她进进出出的麻利动作，略带羞怯的笑容，紧张和集中的目光，库吉玛·伊里奇看出她十分平静。

"不可能！这样的女人不可能！……这样的女人！……"

库吉玛·伊里奇觉得坐在安乐椅里很舒服，可在这个家里很不自在："他们最好是坐下来谈一谈，谁也别妨碍他们，和儿子亲热亲热！……"

"亚历山大·彼得罗维奇，我或许出去一会儿更好些？我去花园走一走好吗？去街口瞧瞧行不？而您在这儿……"

"坐下。"亚历山大·彼得罗维奇断然答道。

"算了，坐下就坐下！他心里不痛快！"

亚历山大·彼得罗维奇确实感到心里不平静，真叫人弄不明白，为什么呀？他回来了！还有什么呢？现在应该过去抱住她，跟萨士克说说话，还有什么妨碍吗？难道是库吉玛·伊里奇吗？这里有库吉玛·伊里奇什么事呀？

"应该问问钢琴在哪里！"

亚历山大·彼得罗维奇来到对着花园那扇窗前，这是他喜爱的一隅之地：摇椅，带玻璃门的书橱，墙上的壁灯和下面的烟具桌。书橱与窗户并排摆着，这里总是那么安静温馨。壁灯底下挂着一幅铜版画，是从军官桥一侧眺望马林斯基剧院，是来哈尔滨之前在彼得堡定制的。在烟具桌上摆着他的寿星老——中国的长寿老人，是用灰绿色皂石精雕细刻做成的，他一只手拄着一根长长的拐杖，另一只手托着一个寿桃，寿星的小脸布满皱纹，额头大得出奇，秃得发亮，长袍拖地，仙气尽显。旁边放着一个也是皂石雕刻的龙虎斗烟灰缸。他拿起这尊小像，温暖而光滑，像一块香皂那样沉甸甸的。

他放下小像，看看书橱，看到自己映在玻璃门上，玻璃后面的隔板上摆着他喜爱的著作：《列夫·托尔斯泰》《契诃夫》《陀思妥耶夫斯基》《格利高里维奇》《卡拉姆辛》，上面的两格摆着永无尽头的《包豪斯》与《艾夫伦大百科全书》，下面则是儿童书籍——这是客厅里唯一的新东西。

什么都没有变，就连靠对面墙那张沙发及靠垫也原封不动，盖沙发的花边的色调也与桌布及丝毯协调一致，这都是安娜独具匠心的杰作。

"愚蠢透顶！可别问钢琴在哪里！"

傍晚时分，已是暮色苍茫，下起绵绵细雨。好说歹说萨士克才同意睡觉。库吉玛·伊里奇整天都尽量不露面，在把他的房间准备好，请他过目时，他总算松了口气，谢完女主人后，便回屋了。

亚历山大·彼得罗维奇坐在他的安乐椅里看照片，就是早晨萨士克坐在他膝头看的那张，是他和安娜结婚之前照的。

第十一节

"你一点儿都没变……"

"你在对我说谎！过去这么长时间了。为什么当时你走得那么早？人家都是四月才出发呀。"

亚历山大·彼得罗维奇划了一根火柴，掀起薄被的一角。

"你想吸烟吗？就在这儿吸吧。萨士克卧室离这儿还隔两个房间呢。"

"你怎么会认为我在说谎呢？"他爱抚她的手臂，亲吻她的香肩，"我没对你说谎。你真的没变。还是那么美！"

"我才不信你的话呢，"安娜轻声细语，伴以浅笑，"今天你看见我了，端着那个讨厌的洗衣盆……"

"是啊，你受苦了……"

"……你也是……"

"……没什么，一切会好起来的。"

"当然！你回来了嘛……"

两人在屋里喁喁低语，能听见花园里苹果树上的雨珠落在草地上的声音。

"你穿那件新裙子真是如花似玉……"

安娜把脸贴在他的肩膀上。

"别说了！人家怪不好意思的！"

"为什么？有什么不好意思的，难道这么简单的一条裙子会改变什么吗？"亚历山大·彼得罗维奇边说边抚摸她的秀发。

安娜突然抽身，而后把他揽在怀里，小声说："不，萨沙！你还没回答我呢。为什么你九月就走了，你们的同事第二年四月才离开？"

卧室里幽暗。安娜看着丈夫，即使在黑暗中也能看见挂在他脸上的笑容，她觉得那笑容隐含着体谅。亚历山大·彼得罗维奇沉默不语。

"萨沙，到底为什么呀？"

"难道我能违抗命令吗？战争已经开始了……"

"可为什么选你呢？"

"这我不可能知道，安妮。"他划根火柴，她看清了他的侧影。

"不用回答，不用，我全明白！请原谅，我知道自己提了愚蠢的问题！"她说道，一只手揽住他的胸，搂得更紧一些。

"对不起，亲爱的。我这样让你发火了。"亚历山大·彼得罗维奇说道，同时往枕头上挺挺身子，开始用手心爱抚她那一头美发。他痛痛快快地吸了口烟，这是真正的马合烟，屋里一下弥漫开甜丝丝的烟雾。

"那是怎么回事？从那时起怎么没收到你一封信呢？"

"不对，是邮丢了，我甚至连哭都不哭了。不知道怎么想！如果萨士克永远见不到奶奶和爷爷那就太可惜了。"

"应该是奶奶和姥姥，爷爷和姥爷。"亚历山大·彼得罗维奇纠正她。

"是啊！对不起！讲讲是怎么回事！"

"噢,噢,安妮。"亚历山大·彼得罗维奇拖了个长音儿,"要说清楚,我们用这一夜的时间也不够！"

"说说吧,我们也不急着上哪儿去,明天休息就是了,反正不差一天,过后去看朋友也不晚……"

"是啊,我同意,不过得去伊维尔教堂……"

"祭拜弗拉基米尔·奥斯卡洛维奇？"

"是的,而且老头也有这个意思,他曾参加卡普佩尔的葬礼,后来又把遗体从墓穴里挖出来,在赤塔……"

"圣母啊！今夜不要谈这件事儿,"她坐起来,用被子挡住胸部,"那你发现他们俩很亲近了吗？"

"萨士克和库吉玛·伊里奇吗？"

"是啊！"

"这不就是他爷爷嘛。"亚历山大·彼得罗维奇灭了烟,"我们瞧着吧,还说不定哪天出来个奶奶呢。"他小声开了个玩笑,笑嘻嘻地看了看妻子。

安娜在被窝里蜷着双腿,用两只胳膊抱住,把脸埋在膝盖里,她坐着默默无语,披肩长发与枕头的花边儿搅在一起。

"也许能找到！"她郁郁地说,把头靠在亚历山大·彼得罗维奇的肩膀上,"说说这是怎么回事！说说吧！"

"这是怎么回事呢？"亚历山大·彼得罗维奇又伸手拿烟,"我把窗户开大一点好吗？"

安娜点头,表示同意。

他起身打开一扇窗,撩开一边的窗帘,拿过一支烟,把它揉松。夜里的沁凉空气在屋中荡漾,安娜冷得蜷缩起来。

"你是不是有点冷？"

"不，不，还好，就这样吧。接着讲啊！"

"你知道，就连现在，已经过了这么长时间，也很难评价和理解经历的这些事。回想起来只能说，'怎么会这样呢！'"他说完之后停了很长时间。

"为什么呀？一切都是你亲眼所见啊！"

"当然，是看见了，但并不全面。"他坐在窗台上，"关于和德国的战争没什么可以大讲特讲的，大家都一目了然：这就是战壕，一边是他们，另一边是我们。他们穿一种军服，我们穿另一种军服，他们说一种语言，我们说另一种语言……"他又长时间沉默不语："这一下又爆发了革命！特别是国内战争，这完全是另一回事！"

"萨沙！当时是不是可以不这样做？也许，不值得提那些闹心的事了……请原谅，是我叫你说的！"

"不，安妮，值得。问题就在这里，不仅值得，而且是必须要做的。要明白这件事的来龙去脉和多么血腥！"

安娜纹丝不动坐在那里，她已经后悔问及此事，可她多么想弄清双亲的下落呀。她早已不再收到闺密们的来信，听说有的已经在巴黎，或者在伦敦，或者在里加，或者在华沙……

"一切都始于沙皇退位之后……"

"三月二日？"

"是啊！三月二日！也可能更早一点，不过即使是这样，也没发现啊。而后来……我接到命令！……我们不知道宫廷里出了什么事，只打听到格里士卡被枪毙了，大家松了一口气儿，说没人打搅了，运来枪炮弹药和给养，我们准备发动进攻。在一九一四年、一九一六年，勃鲁西洛夫将军两次证明可以战胜奥地利人和德国人。好像沙皇退位就万事大吉了。我们被这些宣传弄糊涂了，不知道谁拥护战争，谁反对战争。我们是糊涂，而士兵们清楚地知道自己的利益所在：不要战争，要土地！这还有什么可说的！一九一六年,沙皇给我们派来近卫军。我回到自己的团队。还记得我的士兵几乎都不在了,他们派代表来找我,说'老爷呀,战争是彻底没戏了,你该溜回家,找老婆喽'。大家就是这么说的！"

"那你就该听他们的话呀！对不起,我是开玩笑！我没当真,一切我都懂！"

"是啊,是啊,当然,我知道你是我们家的有识之士！而在五月份战线已经开始瓦解,不过有的地方还在坚持,到十一月份布尔什维克政变之后,就全面崩溃了,士兵们放弃了阵地,自由冲昏了他们的头脑。简直是天下大乱。他们用突然袭击和聚众强占的办法劫持列车,领头儿的就是那些布尔什维克宣传员。往北逃,往南逃和往东逃,都是往家逃。我们这里好歹有上帝发慈悲,而在西部战线、西北部战线,把军官都枪杀了,用刺刀挑死了……"

"像杜浩宁那样？"

"是啊,将军遇害了,而且不止他一个人。总之,像酒神节一样嚣张……我想,克尔尼洛夫将军……"

"拉弗尔·格奥尔吉耶维奇？"

"正是他火上浇油,对那些放弃阵地的逃兵格杀勿论……"

"士兵开始违抗军令？"她怀着孩子般的惊讶问道。

"正是这样！你知道,安妮,这是不可以的,对不起,年轻的中尉可以掌老兵的脸……仇恨啊,士兵对我们这些军官大老爷恨之入骨,虽然军官中也不乏好人。一九一六年之后,像我们这样的科班出身军人已经不多了！"

"多可怕呀！"

"……所以拉弗尔·格奥尔吉耶维奇从一方面说是对的,当然是作为一个军人而言,可从另一方面说,这是无济于事的……"亚历山大·

彼得罗维奇回到床上坐下，把枕头拍松，"这一切要讲很长时间，安妮，很长时间，其实这仅仅是开始……简单说吧，我去了大本营，去了莫吉廖夫，瓦洛佳接待了我……"

"卡普佩尔？"

"是的，我们在西南指挥部就认识了。我简直不能相信自己的眼睛！他……总是那么大刀阔斧，敢作敢当……而这次见到他则是魂不守舍，优柔寡断……有人说三道四，可依我所见他并不知道……而且谁也不知道。拉弗尔·格奥尔吉耶维奇与阿列克谢耶夫已经退到顿河一带，沙皇被捕，关在托波里斯克，克伦斯基及其政府大员都已逃之夭夭，周围全是布尔什维克！我去了彼得堡！"

"去了彼得堡！"安娜跟着咕哝一句，"这样的生活叫人太不习惯了。彼得堡！而且严寒刺骨……"

"是的，阴冷潮湿，彼得堡用四面八方的寒风迎接我，一句话就是阴森可怖。我在瓦利玛尔伯父家租过房子，经常来些什么代表，要求他们这么大的房子得多安排些人。夜里常听到枪声，记得伯父走到窗前，对什么人发出警告……新政权没有把事情理顺……他们尽力了，但是……他们占领了各种工厂，而且打开了酒窖，周围都是水兵、陆军士兵和毒贩子！当时邮局也遭到破坏。我去了你家，你写信告诉我，说爸妈夏天都去了特维尔，后来又打算去萨马拉投靠亲友……"

"在特维尔，爸爸有个同事，而在萨马拉，妈妈有个姨妈……"

"是啊，我记得，你在信里写了！……但是他们都去哪里了呢？我也问过邻居，他们什么也不知道。你也什么没说。后来听说邮政线路断了，不是在莫斯科，就是在伏尔加。"

"你那儿也是音信皆无呀……"安娜一边说，一边沉思。

"还有瓦利玛尔伯父，从他莫斯科邻居那儿传来消息说，在十月末红军占领了克里姆林宫，我妈妈和几乎失明的父亲从家里出走，就再没回来，那以后没人再见过他们。我未能帮上伯父什么忙儿，而且成了负担，哪怕是在新政权登记人口发放食品证时多个名字也好。"

"食品证？食品证是什么玩意儿？"

亚历山大·彼得罗维奇笑了："食品证就是买食品的凭证。"

"凭什么证呀？"

"这个证可以顶钱使！"

"那钱呢？"

"钱已经贬值了！纸币已经买不到什么东西。成卷儿的克伦斯基纸票，一百万只能买一盒火柴……"

"太离谱了！"

"……长时间这样下去是不可能的。我在城里遇上前线的战友。你知道，他们在彼得格勒大街上鬼鬼祟祟地游荡，都穿着便服，显然是无所事事。这一切显然愚蠢至极，一眼就能看出他们是军官。他们叫我去顿河投奔阿列克谢耶夫，不过在目睹了我们这些将军在二月革命中的表现，以及他们劝沙皇退位的表函，我对他们彻底失望了，所以拒绝赴难。后来，得知我们哈尔滨这里组织了苏维埃，也不知是布尔什维克，还是孟什维克……我对他们也是分辨不清！"

"是的，有这么回事……开始我们都吓坏了，不过后来好像无声无息了！"

"我离开了彼得格勒，先是到特维尔，但在那里没找到一个熟人，连个脚印儿都没找到，在一九一八年二月份，又从那儿去了莫斯科。虽说是乘车去，其实不可以这么讲！铁路已经停运。步行到莫斯科还能更快一些。"

亚历山大·彼得罗维奇从床头柜上拿过一瓶水。

"用开灯吗？"安娜问。

"不，不用！总之，父母住的三塘胡同的房子已经破败不堪。老住户

199

早已人去楼空,只剩下管大院儿的老头雷纳特。他说在我到的前两周,房子爆炸了,可能是烟囱里烟油子堵了,因为从秋天就没打烟囱,要么是有人淘气,往里扔了一颗手榴弹,大概是这么回事。简单说吧,主烟道破坏了,住户怕在这里挨冻,都自谋出路去了。关于父母亲,雷纳特只说'老爷走了以后再没回来'。我还试图寻找叶甫盖尼·伊万诺维奇·马丁诺夫,都说他在奥地利被俘后,回到了莫斯科,但是并未提供任何线索。他在新花园大道的邻居说,他不是去了喀山,就是去了彼得格勒,好像对新政权隐姓埋名,潜伏下来了。在莫斯科我一直住到六月初,就在雷纳特家,那个半地下室。在特维尔我弄了个证件,用的是假名,甚至在当地苏维埃找了份工作,领些食品送给雷纳特家,免得在人家白吃白喝。他对我赞不绝口。不过,这并非长久之计,五月份就听说在伏尔加河一带,捷克人发动了反对布尔什维克的起义……"

亚历山大·彼得罗维奇看看安娜,她还坐着不动,下巴埋在两个膝头中间,她呼吸平稳,闭着两只眼睛。

"你睡着了吗?我的小鸽子!"他小心地搂住她的肩膀。

"没有,萨沙,瞧你说的!怎么能睡觉呢?"她两眼睡意已浓,但意志依然坚定,"说呀!你接着说呀!"

"……离开莫斯科的最后一个晚上,我带回一瓶家酿烧酒,雷纳特这人你认识,他一辈子只喝人家送的酒,有两杯足够了……"

"是啊,记得,只不过很模糊了。"

"……他哭了,回想往日的生活,'吃得饱,老爷慈善,从来没侮辱过我',只不过叫他'不信上帝的鞑靼人',这我记不得了,只记得人们都叫他雷纳特或雷纳特卡。三月份的一天晚上,我经过大剧院旁边,好像刚开完群众大会,在我前面走过两对男女,他们好像是我的熟人,可我没想起来……我听到他们谈话结尾时,一个男的说,'这报告真切合实际。我很了解克尔日让诺夫斯基。现在我们结束了这场战争,我回到了工厂……'简单说吧,他们在讨论一个宏大的问题!好像是全俄电气化什么的……"

亚历山大·彼得罗维奇说着,后来变成低语,接着觉得安娜睡着了,就不再出声了,然而,思绪却在脑海里继续涌流。他回忆起在莫斯科的最后一个晚上,从楼上的空屋子里搬下来一把结实的维也纳式硬木椅子,放在那张瘸腿桌子前面,吃剩的食品和没喝完的酒还摆在那儿。雷纳特已经开始打瞌睡了,不再问这问那了。他裹着一条本来是花面的棉被,现在已经变成灰色,而且磨得发亮,接着打起鼾来。在街上,附近什么地方有脚步声、推枪栓的声音和恐吓声:"站住!"每夜都是这样。这个时候街上已经没人了,这倒没什么可怕的,不过,路人就不那么放心了,或者被打劫,被杀害,被逮捕,其实也是被杀害。在一个旧罐头盒子底上的蜡烛已经烧尽,烛火一点点减少,蜡芯儿倒溺在蜡泪里,闪了最后一次……应该换一支蜡烛。久留莫斯科,朝不保夕。邻居们见面点头哈腰,不说真话,如果契卡知道他用的是假证件……这件事他想都不愿意想。但是没它能行吗?不可能不想这个,到处都是这种仇恨心理,许多人都去为布尔什维克效劳。是为了养家糊口?或是相信光明的未来?只有天知道!也许这是必要的,让人们疯狂一阵,然后再开始建设新生活,他们为此曾以嗜血为乐。他们在前线喝了多少血!还嫌少吗?当七月初在萨马拉举行反布尔什维克政府的起义时,众所周知,瓦洛佳·卡普佩尔中校指挥士兵,从莫斯科到萨马拉,方向直指东方,他决定必须向那里进军……无论如何……

回忆的画面,如电影镜头一幕一幕在脑子里闪过去。安娜睡着了,对着他的肩膀静静地呼出热气,他自己也昏昏欲睡,但不知谁把他的梦从脑子里给赶走了。亚历山大·彼得罗维奇听见花园里的树木滴滴答答响,又下雨了,这雨瞬间加大,并且开始敲窗。他起身关上那扇窗户,雨点儿一下变成有节奏的鼓点儿声,但是很快弱下来,只剩稀稀拉拉几滴从屋顶落在包着铁皮的窗台上。和安娜在一个被窝里暖乎乎的,亚历山大·彼得罗维奇往前挪一挪,靠得近一点儿,一下觉得刚才的激动都是没用的,也是不公正的。被窝里的安娜躺在他身边,他的安娜……于是他想到这一切多好,可别问钢琴的事了:"明白了,是卖了——需要钱啊!"于是,他睡着了。

第十二节

  有人轻轻敲门，亚历山大·彼得罗维奇还没睡醒，只是翻了个身，这回脸朝窗户。安娜醒了。
  "来吧，萨士克，进来吧。"她说道，突然想起来，小声告诉他，"等一等，好儿子！等一等！我这就去你那里！"
  她盖着薄薄的床单，光着手臂和肩膀，屈着膝，光着腿，睡衣搭在椅背上。以前，儿子醒了而她还没起来，儿子就会睡眼惺忪地钻进她的被窝再睡一会儿，这已成了惯例。他让妈妈搂着再睡一会儿，半个小时或一小时，只要没到他起床时间。她会先起身做早餐，然后叫醒儿子。现在她及时想起此事，知道没让萨士克进来是对的。
  亚历山大·彼得罗维奇还在睡，安娜回身抱住他："我等了你多久啊，现在连儿子都不放进来！这不要紧，你们反正是父亲和儿子！萨士克从来没见过家里有男人，更别说跟我在一张床上了。我可不想让他因为忌妒而破坏了你们的关系。最好从一开始就养成习惯！"她坐着，两条腿下了床，披上衬衣。一切准确无误，钟的指针正好指着早晨七点，这都是平常的时间，萨士克睡醒了，他们一天的日子便开始了。她起身，扯平睡袍的褶子，来到小客厅："等回来了！我总算把他等回来了！"她几乎一夜没睡，听着亚历山大·彼得罗维奇对她讲的经历，直到快早晨了，才叫自己眯了一会儿。亚历山大·彼得罗维奇什么时候睡的，她也记不得了。

安娜用红木梳子滑顺地梳她的长发，在镜子里看见熟睡的丈夫："上帝呀，你受了多少苦啊，现在……"她穿上镶边儿的便鞋，悄悄地出去了。

敲门声把亚历山大·彼得罗维奇惊醒了。他当即明白了这是儿子，自己出现在这个家里，大概打破了原来的平静，对萨士克来说，虽然他是父亲，但是个熟悉的男人，要熟悉还需要时间。因此，为了不打破原有的秩序，他只好装睡。他睡醒了，这之前他睡得不深，很警觉。每次醒来都不知道自己身在何处，但这不是火车包厢，也不是米士卡的过冬房，也不是原始林，他曾乘大车通过那里。这时他发现自己很放松地躺在干净的床上，没穿衣服，没穿裤子，也没穿靴子，连包脚布也没有，床上铺着干净、柔软的床单，四周是白色的墙壁，而不是原木垛成的墙，墙缝里挂着麻絮，长满青苔。他一只手触到床单下面妻子的臀部，看见那光滑的皮肤，虽怕惊醒她，但却停不下来。这时他才意识到是在自己家里。他也不想再睡了，怕再醒来不是在远方就是在路上。

他听见安娜出去了。

萨士克坐在床上，看着妈妈，安娜来到他跟前，蹲下，把他的头揽在胸前。

"萨士克，爸爸回来你高兴吗？"她看着儿子的眼睛，问道。

"当然高兴，好妈妈！我一下就认出来了，他跟相片上一样，一模一样……"

安娜在擦眼泪。

"……你为什么哭呀,好妈妈?爸爸就跟你讲的一样……我可以去他那儿吗?"

"这是高兴啊,好儿子,高兴啊!叫他再睡一会儿,他回到我们身边可花了好长时间呀!"

"可以给他看看我给他画的像吗?"

"当然可以,不过再过一会儿,等他睡醒好吗?昨天晚上为什么没给他看呢?"

"我忘了,可夜里又想起来了!"

"当然,要给他看,现在穿衣服吧!"

安娜去了儿童室,拿起吊壶洗手盆,肩上搭一条毛巾,往搪瓷罐里倒些水,端着这些东西悄悄进了卧室。亚历山大·彼得罗维奇没有睡,坐在拍得高高的枕头上,当她进来的时候,他把手伸过去。

"过来,"他请求道,"咱们没锁门吗?"

"没锁呀!"安娜笑嘻嘻地回答,同时把洗手盆和搪瓷罐放在窗台上,"我没必要锁门,防谁呀!家里只有我和萨士克。"她就势坐在床沿上。

亚历山大·彼得罗维奇目不转睛地看着她。

"你怎么了?干吗这么看着我?"她轻声细语地问。

"我在欣赏你呗!"他伸手把她揽在怀里。

门外有沙沙的脚步声,但这不是萨士克,然后门哐当一声,接着洗澡间有洗脸盆的响声,最后是擤鼻涕声和咳嗽声。

俩人捂着枕头笑起来:"这个库吉玛·伊里奇真滑稽!你是在哪里给弄来的?"

有人一个劲儿敲门。

"去看看他吧,都等你一早晨了,"安娜开始耳语,然后大声说,"这就来,萨士克,爸爸马上去找你!"

几分钟后,安娜已经站在镜子前面,端详自己——头发已经梳好,穿上束胸和窸窣作响的衬裙和宽腰带。束胸、头发和裙子都是一个颜色——金黄色。面颊、肩膀和光裸的手臂都细白无瑕,甚至有苍白之嫌。她从来不施粉黛。她看看自己那双手,刚刚擦过香脂,卧室散发着薰衣草的幽香。今天她的手已经不那么病态地泛红。安娜稍稍拉一拉束胸抽带,整理好裙子。她的身材可与伊达·鲁宾施坦媲美,应该再胖一点儿,她喜欢这样,她觉得自己很轻盈。亚历山大·彼得罗维奇也很高兴,说她像一片云那样光明和轻盈。束胸有点紧,她再拉一拉绳,抓住往上提一提,挺一挺胸脯:"这回我已经不是伊达·鲁宾施坦了……"她把两只脚放在软墩儿上,开始穿袜子。她知道生孩子之后有点发胖,胸部和臀部脂肪增加,生怕亚历山大·彼得罗维奇不高兴:"我觉得他是没发现,或者故意不吱声。"安娜直起身,把长袜拉平,轻松地来个单足脚尖儿旋转。伊达·鲁宾施坦在午剧《七重纱》里饰演莎乐美一角,侍女们扶莎乐美下轿,摘去轻薄的、半透的纱巾,围着她那匀称的、异常纤瘦的身体转了一圈,只剩下最后一块透明的纱巾和半裸的伊达——凝固的柔弱人体——最后抛去最后一块纱巾……

萨沙则讲述池座里的男人们开始骚动!

……伊达抬起一条腿,接着抬起另一条腿,修长而匀称,比童话里的人物更美……

据说她现在在巴黎……只有加吉列夫能与她比肩!安娜把另一只脚放在软墩儿上,正在这工夫有人敲门,安娜一惊:"马上,马上!再有五分钟我就准备好了!"

她还没有确定是谁敲门,是丈夫呢,还是儿子,她高兴的是今天有两个人可以猜了,昨天晚上还不是这样呢。

一辆漆黑发亮的轻便马车行驶在哈尔滨的石铺马路上,胶轮碾地发出沙沙的声音。已经过了铁道,走上军官街。

萨士克和库吉玛·伊里奇坐在背靠马车夫的座位上。两人不时回头回脑,东张西望。萨士克指这指那,给老人讲他不熟悉的城市。库吉玛·伊里奇和昨天一样,哈尔滨又一次叫他吃惊:"这怎么可能是中国城市呢?"他只顾画十字和嘴里念念有词。他看见俄国人居住区的人力车,颇感惊诧:"怎么会这样呢?异教徒!人还能当牲口使吗!"看见俄国男女乘人力车,他就轻蔑地吐口水:"这些古代的贵族老爷!纯粹的巴比伦王国!唉,圣母啊!"

今天早晨,是钟声叫醒了他。他像往常一样醒得很早,头些天他还不明白是什么吵醒了他。他静静地聆听片刻,原来是钟声,这钟声是那么熟悉,跟他童年和青年时代听到的一模一样。静静的,低沉而有力的声音回荡着,从敞开的窗户飘进屋里,与早晨稀薄的空气融在一起。突然间,这钟声越来越近,越来越洪亮,好像就在耳边敲响,哈尔滨所有的教堂都在通告开始早祷的消息:"钟声!主耶稣啊!这些钟声啊!"库吉玛·伊里奇从床上起来,开始穿衣,匆忙中,胳膊没伸进袖子里,找不到这套新衣服的裤腿,急得出了一身汗。

昨天晚上他也听见了钟声悠然而至,因为屋里吵闹和忙乱,没有仔细听,不过他觉得还是听到了。在这之前他好久没听到钟声了……"有多少年了?……在德国打仗的时候有随军教堂,在最高执政那里有家庭教堂,在鄂木斯克听到的就是这样的钟声,在那之后,我们不是舟车劳顿,就是疲于奔命……至于在布拉戈维申斯克(海兰泡)……"他尽力回想听没听见过教堂的钟声,但是想不起来,可能钟声响过,只是没听见罢了……他总算把衣服穿好了,决定跑到最近的教堂,昨天他们还从旁边经过,他突然想起来了,亚历山大·彼得罗维奇答应他们今天去伊维尔教堂,凭吊卡普佩尔将军的遗骨。

"就这样吧!"他想道,"如果我马上就走,他们大概还在睡。当他们找不到我,就会不带我,就自己去伊维尔教堂!"他坐在椅子上,看看钟:"可惜醒得太早了!不过怎么办呢?"这时隔壁儿童室的床吱吱嘎嘎直响,是萨士克在活动,大概他也醒了。库吉玛·伊里奇又看看钟:八点刚过,他轻轻地敲了敲墙,过一会儿儿童室有人敲墙回应。他听见穿拖鞋往门口走的脚步声,萨士克睡眼惺忪地站在门旁,咧嘴笑着。

"库吉玛·伊里奇,您已经起来了?咱们走吧?"

人行道上,新绿的树从轻便马车的两侧闪去,汽车偶尔出没,散发出油烟味儿,大货车从铁路货场进进出出,接客的马车你追我赶,新打掌儿的马蹄踏在石铺的马路上嘚嘚直响。亚历山大·彼得罗维奇、安娜、萨士克和库吉玛·伊里奇乘马车去军队附属伊维尔教堂,祭拜卡普佩尔将军的遗骨,所以,安娜的着装是一身黑色,无一处暴露。亚历山大·彼得罗维奇穿一套毛料西装,戴一顶饰以丝带的礼帽,连萨士克也说服大家,同意他在这种场合穿上商校预备班学员的校服。这孩子热得够受,因为头一次穿校服,所以只好忍着。

安娜也感到酷热难忍。她用手帕擦擦脸上的汗,整理一下面纱。当然,这种天气本该去松花江,戴着网眼儿手套,穿上轻薄的裙子,撑起遮阳伞!这不是胡思乱想吗,现在大家都在一起坐车去教堂呀。

亚历山大·彼得罗维奇看着这座城市,有一种似曾相识的感觉,他看到了这一切,但又不相信自己的眼睛,因此尽力控制自己,别表现出来。

他看看安娜。

"天哪,她穿这条裙子该有多热呀!此刻如能在松花江,租一只小船,穿一件浅色的、轻薄的、透气的衣服,戴上网眼儿手套,打着小阳伞,那可不其乐融融!"

突然萨士克坐不住了,开始发问:"爸爸,咱们什么时候带库吉玛·伊里奇去看松花江呀?"

亚历山大·彼得罗维奇看看儿子，心里想："为什么昨天我觉得他还那么小呢？其实他已经长大成人了！"没等亚历山大·彼得罗维奇回答，马车已经往左转弯儿，看见了伊维尔教堂钟楼的半圆形穹顶。

"库吉玛·伊里奇，回头看！"

马儿停住脚步，库吉玛·伊里奇第一个下车，并没有回头看，而是拉着萨士克的手下车，碎步向教堂院子走去。

"库吉玛·伊里奇，您见过卡普佩尔将军吗？"萨士克问道，尽量迈着大步，雄赳赳地跟着老头往前走。

库吉玛·伊里奇感觉孩子的小手在他手里出汗。

"看见了，看见了，等过后我一五一十跟你说，现在我们先给我们的上帝，耶稣基督致敬！"库吉玛·伊里奇在门口停下，大大方方地画了十字。这工夫从敞着的大门出来一位辅祭，他穿着窄腰肥袖的教袍，胸前佩戴着圣乔治勋章的彩条及叶饰。他很年轻，大约三十岁，不会更大，上蜡的短发，留着近卫军式的短髭和普通的西班牙式小胡子。

"丝毫不差——真正的军官！"库吉玛·伊里奇不由得对他产生羡慕之情。

"神父，去看望弗拉基米尔·奥斯卡洛维奇怎么走？"

辅祭点了一下头，库吉玛·伊里奇还以为得给他打个立正，脚跟儿碰个响儿呢，其实正相反，他温和地做了一个手势，请库吉玛·伊里奇和萨士克跟着他走。亚历山大·彼得罗维奇扶安娜下车，摘下礼帽，擦掉前额的汗水，又擦礼帽的内侧。

"你们是不是晒得难受？"

"是啊，萨沙，今天真热，夜里还下小雨了呢，没关系！可以选择别的日子，或者早晨更早点儿！"安娜说道。

"可以，安妮，当然可以，不过你已经看见老头子那样了，已经迫不及待了。"

"是啊,是啊,当然啦!那就让他们去好了!我觉得萨士克和他在一起很有趣。我们是去树荫底下乘凉还是进教堂?"

"进教堂!"

"快订追悼蜡烛,插好。"

他们来到埋葬卡普佩尔将军遗骸的伊维尔教堂。日俄战争之后,官兵们为了纪念牺牲的战友,建了这座教堂,并且举行了圣化仪式。它比军官街高一点,旁边没有任何建筑物,当时没修围墙,也没搞绿化。他们进了院子,安娜习惯性地紧紧挎着丈夫的左臂。

"大家都按照自己的意愿去祭奠吧!到时候我们再回去!"

第三章

第一节

亚历山大·彼得罗维奇站在镜子旁边,因为翻袖口的扣眼儿太紧,正在想法扣好。金质袖扣的扣鼻儿带点儿弹性,不听手指的使唤,狡猾又调皮,刚塞进一点儿,嘣的一声就蹦出来了,于是还得重来,这种翻袖口浆得硬邦邦的,扣上很费劲儿。亚历山大·彼得罗维奇满心不耐烦,差点骂出声来。这种新东西,特别是小不点儿的玩意儿,用起来就是不方便。这工夫他觉得应该歇一会儿再弄,于是看看屋子周围:"您在忙什么呢,库吉玛·伊里奇?"

"我在读报呀,民主派的《霞光报》。"

"一下子能读好几份吗?我看见你手里可是拿着好几份!"

"是的,都是新年版的!"

"有什么趣闻吗?"

"全是趣闻!从圣诞节开始,街上冷得狗龇牙,鼻子都不敢露在外面。你在家里读读报,等于足不出户游遍世界。举个例子,您听着!"库吉玛·伊里奇正了正眼镜，稍微低了低头。"请听着，星期二，一九二四年一月一日。第一期。恭贺新禧！整个版面，您可知道，"他清了清嗓子，伊·雅·秋林股份有限公司，值此新年伊始，恭祝尊敬的广大顾客万事如意。啊？就是说也包括您和我呗！"

亚历山大·彼得罗维奇又开始弄他的袖口。

"这到底是怎么回事？"他低下头，胡子顶到胸脯，压低声音说，"昨天安娜差一点把秋林的肉柜搬回家，我估计今天得订一打'城堡'红酒！"

库吉玛·伊里奇把报纸弄得哗啦哗啦响，往前推一推："这儿还有，在霍夫曼宾馆内的古堡卡芭莱歌舞厅，甚至还有电话号码40-18，祝贺尊贵的客人新年快乐，等等！这儿还有……"库吉玛·伊里奇抬起眼睛，看见亚历山大·彼得罗维奇自己该干啥还干啥，又走到门前。"那您去什么地方啊？我还没给您念完呢，很多，整整一版呢。"

"首先，库吉玛·伊里奇，"亚历山大·彼得罗维奇停住脚步，"您必须配个眼镜，别伤了眼睛，其次，别把这期报纸扔了！"

"这是为啥呢？"他把报纸放在膝盖上，问道。

"不——知——道！就是有这么个想法跑到脑——子——里！"亚历山大·彼得罗维奇拉个长声儿，总算把袖口扣上了。他松了一口气儿，转身回到衣柜中门前面，照照镜子整理好胸衬和蝴蝶结。

"好了，库吉玛·伊里奇！"

"好，好一个舞场伴郎，真的太好了。"库吉玛·伊里奇说完咬了咬嘴唇，"可惜穿的不是军装！您得告诉我，为什么没扔掉呢？"

"保存着吧！我也不知道，库吉玛·伊里奇！"亚历山大·彼得罗维奇把燕尾服抻平。"安妮！你准备好了吗？"他在走廊里喊道，回身对他说，"尊敬的库吉玛·伊里奇，穿军装再配上勋章就好了！"

库吉玛·伊里奇若有所思地摇摇头。

"真是那么回事！在舞会上，也有得过勋章的人坐在那里，当然自己都保存着！那您的勋章……"他略带伤感地拉长腔调。

亚历山大·彼得罗维奇得意一笑，打开衣柜左门儿，取出一个中国漆盒，打开之后，拿出两枚乔治勋章和安娜勋章、四等勇士勋章。

库吉玛·伊里奇大吃一惊，张口结舌。

"还珍藏着！怎么能保存下来呢？如果布尔什维克……您为此将……"

"一半儿布尔什维克自己也有这个，库吉玛·伊里奇，至于军服，可以定制，只是……"

亚历山大·彼得罗维奇没等说完，安娜已经进了客厅，看见两个男人呆若木鸡，一瞬间愣住了。她右腕戴一个蛇形金手镯，蛇的两只眼睛镶的是蓝宝石，身上穿的是一件细吊带儿深蓝色天鹅绒长裙，镶蓝边儿的金色纱巾披在光裸的香肩上，精致的金梳撑起高耸的发髻，跟手镯一样做盘蛇状，也有蓝宝石眼睛。

"我装扮好了！只差没拎包了！"

她的话音儿一落，屋里一时平静下来。

"怎么样，我两个亲爱的人？萨沙，一，二，三，开门！我已经把它准备好了。"安娜快言快语说完，免得尴尬，"瞧，那不是它正躺在钢琴上！"

亚历山大·彼得罗维奇被爱妻的美貌所折服，很不自信地朝钢琴走了几步。库吉玛·伊里奇继续挺着腰板儿坐在那儿，不觉报纸落在膝头。

"波兰的仙女儿啊！"他目瞪口呆，脱口而出，"玛丽娜和西格斯孟德，天生的一对啊！"

"够了，库吉玛·伊里奇！"安娜莞尔一笑，"玛丽娜其实是个丑女！我开个玩笑，当然，她连一张照片都没留下。"

"连个银版照也没留下，只有几张黑白木刻像。"亚历山大·彼得罗维奇轻轻地说，同时把琴盖儿上那个金丝锦缎装饰包递给安娜。

这工夫萨士克跑进来,看见妈妈不禁大吃一惊,一时不知说什么是好。

"妈妈,"他张着大嘴站在那儿,"你怎么这么漂亮?我从来没见过你这么漂亮。"

亚历山大·彼得罗维奇转身对儿子说:"萨士克,你说话得公道,妈妈在我们家永远是漂亮的。"他说完和安娜一块儿起身。

"那你们会很快回来吗?"

安娜靠儿子坐下,给他整理整理短上衣的天鹅绒翻领。

"不,我亲爱的孩子!我们今天不会回来太早。你躺下好好睡觉,明天还得参加枞树晚会呢。"

"那谁带我去呀?"

库吉玛·伊里奇刚醒过神儿来,不由得继续欣赏这对俊男美女。

"我呀,好孙子!我带你去。现在你别打扰爸爸和妈妈,咱们俩开始读书吧。"

萨士克把目光从妈妈身上移开,看着库吉玛·伊里奇。

"又是布匿战争的故事吧?"

库吉玛·伊里奇笑了。

"如果不想读布匿战争的故事,我们可以找别的呀。"

安娜把轻柔的羊绒披巾盖在头上和肩上,然后穿上敞领裘皮大衣,说道:"我们可不要迟到,包·瓦就不喜欢谁迟到。"

这时候从街上传来"呱呱"的喇叭声。

"喂,萨沙,出租车响喇叭了。"

他们走了以后,萨士克问:"库吉玛·伊里奇,包·瓦是谁呀?"

库吉玛·伊里奇从眼镜上边看了看他:"包·瓦就是包利斯·瓦西里耶维奇·奥斯特洛乌莫夫,铁路管理局局长,为了叫你明白,就这么说吧,在满洲的俄国人都归他管!"

第二节

  卧室里的钟摆嘀嗒嘀嗒响个不停，有点叫人心烦。亚历山大·彼得罗维奇睁开眼睛，知道早晨已过。安娜静静地睡在他身边，静到几乎听不到她的呼吸声。浅色的秀发通过前额盖住半张脸，散落在枕头上。亚历山大·彼得罗维奇小心翼翼地掀开被子，下床时生怕惊动妻子。突然有脚步声经过他们门前往孩子的房间走，门口有人穿毡靴在台阶上嘭嘭跺脚，磕掉沾在靴子上的雪，接着是笤帚哗哗响一阵，最后砰的一声门关上了。

  安娜睁开眼睛，撩开脸上的头发，看看丈夫。

  "几点了，萨沙？"

  "一点多了！"

  "不会吧！一点多了，我觉得咱们还没睡呢！"

  "萨士克和老头子已经从晚会上回来了。"

  "我听见了！"安娜掀开被子，起来，用一只纤手拍拍丈夫的脸颊，再伸出双臂,让他过来,"靠近我！你喜欢跳狐步舞吗？"

亚历山大·彼得罗维奇站起来,紧紧地搂住她的腰,安娜举起双臂,攥着拳头,任他久久地甜蜜地紧抱。

"啊,啊！"她松了一口气,"你还没回答我的问题呢！"

"喜欢呀！只是我觉得和你站在一起,就像一只刚出窝的狗熊那样不自在！"

"不对！你的舞跳得很好,华尔兹也好,探戈也好,还有……特别是狐步舞！"

"昨晚全场为你鼓掌,获得了满堂彩。"

"你忌妒我了？"

"怎么可能呢！"

"不！真的,忌妒了吗？"

"像普希金忌妒娜塔丽娅·尼古拉耶夫娜！"

安娜用两个小拳头顶着他的肩膀,上身向后仰,形成一个美丽的弧形。

"你真的……忌妒我吗？"她两颊绯红,双眼发光,呼吸急促。

"只有一次！"

"什么时候？"她慢慢地、亲热地出了口气。

"你和包·瓦跳那支华尔兹的时候！"

安娜笑了。

"你忌妒我是因为奥斯特洛乌莫夫？怎么可能呢？他都那么老了,而且个子又那么小。"

"但是跳起舞来,像库吉玛·伊里奇所说的,真是棒极了！"

安娜从丈夫的怀抱里出来,转了一圈,停下说:"你知道吗？我自己也没想到他是这样一个人,他给人的印象是刻板和生硬,可跳起舞来那么轻松自如。"

"妈妈！"忽然，孩子在门外喊，"爸爸！你们睡醒了吗？可以进屋了吗？"

"等一小会儿！"安娜喊了一嗓子，把金黄色的睡袍披在身上，"进来吧，好儿子！"

萨士克进了卧室，他还没换衣服，要穿着假面舞会的服装显摆显摆，这是刚才参加枞树晚会时穿的，他向前一步，摘下那顶带羽饰的宽边儿帽，做了一个鞠躬的姿势，进来时，他的玩具长剑顶起淡蓝色的火枪手斗篷，与门框相擦而过。

安娜也装模作样地坐下，亚历山大·彼得罗维奇也对儿子点头示意。

"夫人！先生！"萨士克说道，还没直起腰来。

"骑士！"安娜把手伸过去，"您还年少无知，但我允许您向我施吻手礼。"

亚历山大·彼得罗维奇扬了扬眉，表现出故作认真的架势："年轻人，我不得不向您提出决斗。"

安娜转身对他说："先生！什么决斗啊，他还是个黄口小儿。"

三个人都浅笑即止，竭力佯装一脸正经。

"夫人！"亚历山大·彼得罗维奇说道，向安娜鞠个躬，"这位，如您所称的黄口小儿，怎么胆敢不经我的许可，冒充国王火枪手的指挥官擅自接近您呢！骑士！"

又听见有人敲门，听见库吉玛·伊里奇说话的声音："小李问什么时候开始喝茶？"

亚历山大·彼得罗维奇假装没听清门外说的话，站起来，对儿子摆出一副攻击的架势。

"那好吧，年轻人！您接受我的挑战吗？"

萨士克惊讶地看着他，想明白了，也做出迎击的姿势。

"那国王穿着睡衣能决斗吗？……"萨士克没来得及把话说完。

"当然不可以，"安娜笑了，"国王只能当指挥。"

"真是这样吗？"亚历山大·彼得罗维奇像在击剑台上那样，迅速冲上两步，一下把萨士克抱起来。

"但近卫军的军官可是万能的！别看他穿着睡衣！"

又有人敲门。

"好了，好了，库吉玛·伊里奇，过半个小时喝茶。"安娜满脸堆着幸福的笑容走到丈夫和儿子面前抱住他们，"看你们俩多可笑！我多么爱你们呀！新年好！"

"也祝你新年好！"俩人缓了口气。

亚历山大·彼得罗维奇和安娜进了客厅，萨士克正躺在欧亚大陆地图下面的地毯上，而库吉玛·伊里奇好像跟昨天一样没什么变化，仍然坐在咯吱咯吱响的安乐椅里，手里拿着《霞光报》。

"库吉玛·伊里奇！"亚历山大·彼得罗维奇问他，"您为什么不看哈尔滨的其他报纸，或者上海的什么报纸呢？"

老头子用惊讶的目光看了看他。

"哪些报纸？"

"比方说，"他考虑一会儿，"在哈尔滨出版的大约有十家报纸，还有期刊，如《边界》！"

"那为什么我要读别的报纸呢？这份报纸我是从第一期读起的。"他把报纸收好，头一版朝上，"《哈尔滨民主报》就是一份不错的报纸，我干吗要看别的报呢？"

"可别的报纸或许有另外的写法！"

"写法可能不一样，但内容都一样，换汤不换药！"他把手举起来，打个手势。

"真有趣，把我们还写上了。"安娜看了看丈夫。

库吉玛·伊里奇继续举着手说:"《霞光报》,一九二四年一月十三日,简讯称,'昨天在铁路局举办舞会,狐步舞之圣殿'。记者从舞会现场报道。"

"什么是圣殿呀?"萨士克问道,没离开那张大地图。

大人们交换个眼神儿。

"那不是《大百科词典》吗?去问布罗克豪斯和艾弗隆呀!"亚历山大·彼得罗维奇平静地回答,"接着读,库吉玛·伊里奇。"

可是库吉玛·伊里奇已经转移了注意力:"这个建议非常好,年轻人,经常查阅词典对你有益处。"

"那这是什么,库吉玛·伊里奇?"安娜问道,一边把果酱分到小碟里。

"没什么特别的事儿,不过年轻人胆敢穿上火枪手的服装,这可是法国国王路易十三的精兵,所以如果有谁穿了这种舞会服装,就可以向班级里的每个男孩子提出决斗,而关于黎塞留殿下的改革却从未听说过!"

安娜和亚历山大·彼得罗维奇交换一个眼神。

"我知道他的改革在大仲马的《三剑客》里都写了。"萨士克低着头,嘟嘟囔囔地说,然后抬起眼睛,"明年我要做一套红军服装穿上,班里就没人敢向我提出挑战!"他用期待的目光看看大家:"这就太棒了,你想想看,妈妈,加上高高的头盔,像伊里亚·穆洛梅茨那样的,还带一颗蓝星,老大老大的!真棒,是吧?"

屋子里一时鸦雀无声,只听厨师老赵在厨房活动的脚步声,他正准备午饭,还有亚历山大·彼得罗维奇的摇椅咯吱咯吱的响声。

他一脸严肃地看了看儿子:"好了,萨士克,好了,等到明年再说。不过,制作伊里亚·穆洛梅茨那样的军装只能给我们的军队,就是帝国的军队。这件事我们今后还要谈。接着读下去,库吉玛·伊里奇!"

老头子正了正眼镜，又开始读那篇文章："任何时候，不，您要相信，真的是任何时候，铁路局，是铁路局。"

库吉玛·伊里奇放下报纸，问道："怎么样，给你们来个表情朗诵好吗？"他尽量让自己脸上的表情丰富。

"可以表情朗诵啊！"安娜精神集中，认真回答，从打杂儿的小李手里接过饼干，放在盘里。

"那就照您说的办！我接着表情朗诵：

自哈尔滨开埠之始，即未考虑昨晚男士与女士这一群跳舞群体之需要。从晚九点至午夜一直车水马龙，载来一批又一批男宾女客，拥入大门，前厅早已人满为患，各界人士，不分老少都来凑热闹，一进来就置身在童话氛围之中。"

这工夫厨师把烧开的茶水端上来。
库吉玛·伊里奇继续朗读：

哈尔滨人饿坏了！包·瓦·奥斯特洛乌莫夫这个名字把昨晚的节日推向令人头晕目眩的高潮。

"好啊！好啊！"安娜看看桌子，高兴地鼓掌，"哈尔滨饿坏了！大家都入席吧！库吉玛·伊里奇，喝完茶接着读。"她看了看表。"五点钟我们的客人就到了，这之前谁也别想吃一口东西。"

库吉玛·伊里奇看看安娜，看看亚历山大·彼得罗维奇，再看看萨士克。

"您喝点儿！安努士卡，如果您顺手，给我也倒一点儿，饼干我不吃，这工夫，我再读一点儿。早晨没见您动过报纸呀！"

"听您的,库吉玛·伊里奇!"安娜答道。

老人凑到桌前,小心地喝了口热茶:"好了,我往下读,

铁路局的楼梯、走廊和过道从来没有这样人潮汹涌,舞会高潮迭起,近于疯狂,实为本局空前盛举。大厅、接待室和休息室装饰一新,富丽堂皇。从未见过身着燕尾服配以白色衬衣和黑色礼服的绅士。"

库吉玛·伊里奇认真地进行表情朗诵,变换声调,掌握抑扬:

当然,无论是在去年的奥斯特洛乌莫夫舞会上,还是在其他什么晚会上,都不能与昨晚相比,美女如云,华服斗艳。

读到这里,库吉玛·伊里奇看看安娜和亚历山大·彼得罗维奇:"我真不能想象!"他说完,也不听人家回答,继续读下去:

奥斯特洛乌莫夫超越自己过去的所有组织能力。超越他自己!舞蹈像火焰般热烈。乐队演奏带挑逗意味的小调,懒洋洋的旋律夹杂着沙哑的啼音。枝形吊灯令人目眩。淡紫色的灯光笼罩着狐步舞的圣殿。大休息室里挂的是旋转彩灯。

他只顾朗读,没注意到安娜和亚历山大·彼得罗维奇暗通眼神。他只是偶尔觉得奇怪,屋里为什么寂静无声,他往前多看了几行,停止朗读,皱着眉头,悄悄地环顾了一下房间:安娜正用餐巾擦茶具和吃甜食的小勺,亚历山大·彼得罗维奇在躺椅上摇来摇去。库吉玛·伊里奇觉得他是在认真听他朗读,眼睛往上凝视着什么。萨士克用拳头顶着下

巴,蜷腿躺在地图前面,突然发问:"库吉玛·伊里奇,什么是彩灯呀?"

库吉玛·伊里奇一惊,没来得及回答。

"这是一种很大、很亮的灯。"安娜·柯萨维里耶夫娜替老头子回答了。

"啊——啊,明白了。"萨士克说完,又去看地图。

库吉玛·伊里奇看了安娜和亚历山大·彼得罗维奇一眼,见他们交换眼神,偷偷笑,他想:"真是一对儿好夫妻,我是怎么搞的,唠唠叨叨地分散他们的注意力。"

报纸的字行有点偏斜,显然《霞光报》印刷厂的设备已经老旧,但是,不论是这个问题,还是它的思路,都不影响老头子了解昨夜铁路局晚会的盛况,于是他接着朗读:

　　古希腊式的正门,轮廓线笔直而优美,正厅的雄伟柱廊,尽显庄严、大气与精美。

　　休息室半明半暗,装饰别具一格,这是哈尔滨著名建筑师扎塞宾的杰作。

　　在那里围绕着班卓琴弹奏出的温馨曲调。

"是啊!"安娜·柯萨维里耶夫娜想了想,脱口而出,"真是富丽堂皇。"

库吉玛·伊里奇继续读:

　　楼下有酒吧,楼上也有酒吧。一个酒吧里挂着俄国风格豪放、色彩强烈的壁毯。

　　桌上摆满美酒佳肴。一架架香槟酒,一架架克留霜,鸡尾酒有专用吧台,有自助餐厅、雅座、女慈善家单间,旁边的壁橱摆着高级食品,身穿雪白罩衫的服务员待命在侧。

"很好吃!"安娜补充一句。

还有售货亭,售货亭多得不计其数。昨天谁到了铁路局大楼?天哪,简单说吧,大家无不争先恐后去见见世面。所有的外国人,所有的进出口公司,男士携夫人、子女和家眷。所有的军政人员形成一股洪流:领导层,能离开岗位的职工都不会轻易放弃这个机会。领事、商贾、工程师、教师、日本人、中国人、军人、文职人员、律师,将军以及海军元帅,道里和南岗,青年和老年,有些老人下楼梯都需要人搀扶。

而主要是夫人,夫人,夫人……
像昨天那样丰富多彩的服装,连哈尔滨时装界的老匠也叹为观止。

"服装的确不错!"亚历山大·彼得罗维奇插了一句。

形形色色的女人,身材不同,体态各异,黑发女郎、金发美女,有的着亮丽的锦缎,有的着黑色服装,刻板而严谨。女人们大都浓妆艳抹,也有本来的清水脸儿透着天然的红晕,跳完一曲狐步舞已是精疲力竭,所谓狐步舞现象。

"什么叫'狐步舞现象'呀?"萨士克问道,同时扫了大家一眼。
"继续读下去,库吉玛·伊里奇!"安娜·柯萨维里耶夫娜做出反应,"你年龄还小,好儿子,过后我给你讲。"
然而,萨士克对回答他的问题已经不感兴趣了,一门儿心思看地图。大人们又你看看我，我看看你，库吉玛·伊里奇重新开始读下去：

一直以来，铁路俱乐部弥漫和充满着舞蹈这一慢性麻醉剂。几乎没人会有心思打牌或者品尝美味。

报道《在哈尔滨铁路局俱乐部举办的新年舞会》一文已近尾声，已是最后一段，但是库吉玛·伊里奇意犹未尽，读得没过瘾，恨不得它是一部古代长篇小说。他一直读到屋里完全静下来了，只有安娜·柯萨维里耶夫娜和仆人小李收拾银器的声音。这时他想起了自己的童年，贵族俱乐部排柱雄伟，灯火辉煌，圣诞节时莫斯科的权贵们云集于此。他像一条小鱼夹在逛猎物市场的人流中，人们集中在大德米特罗夫卡正门台阶前，有警察看管。他们很和善，甚至笑呵呵的，相互递眼色，而且不打人，在寒冷的空气中，从他们身上散发出在马路上踩了马粪和伏特加的气味。"给当兵的送来了！送来很多呀！而我呢？"读完这篇文章，库吉玛·伊里奇想了想，把报纸叠好，"我去休息了，趁客人没到！"

"您是一位出色的朗诵者！库吉玛·伊里奇！"安娜说道。

"是啊，爷爷，不像教堂的诵经师。"萨士克突然做个总结发言。

第三节

落地木钟的玻璃门里敲过五点钟,亮闪闪的钟摆和沉甸甸的铜吊锤清晰可见。亚历山大·彼得罗维奇打开那块换上新表链的怀表,这是安娜送给他的圣诞节礼物,饰有双头鹰的表盖一开,就响起俄罗斯帝国的国歌。厨师老赵进来了,旁边是安娜,他们三个人检查一下招待客人的餐桌摆得如何。老赵叫来小李面授机宜,他跑到花园里拿回一个埋在雪地里的细颈瓶,瓶子上融化的雪水滴在地毯上,亚历山大·彼得罗维奇接过瓶子仔细看看:"是在策茨瓦泽家买的吗?"他问道。

"是的!我跑到中国大街,女掌柜亲手给我拿的,说'给你',说'亚历山大·彼得罗维奇,喝吧!'说'真棒,谢利瓦泽!'"打杂的小李脱口而出。

"好样的!"亚历山大·彼得罗维奇又看看表,"好吧,别晾着,放雪里埋上吧,怎么样,安娜,咱们就等着吧?"

小李咧嘴一笑,鞠个躬,重复了一句:"好样的!"拿着那瓶酒出了客厅。

安娜·柯萨维里耶夫娜看了一遍这九人席的餐桌。

"尼古拉·阿波罗诺维奇·拜可夫来电话说他们的女儿病了,只能来点个卯就走,尼古拉·瓦西里耶维奇·乌斯特里亚洛夫没什么消息,应该是一切照常。在我们等客这工夫,你不妨喝点白兰地开开胃,好吗?"

"咱们一起喝,给你倒点什么?"

"来点城堡红酒。小李!"她喊一声,"把这瓶酒打开!"

"不用了,我自己来,给我瓶起子!"

亚历山大·彼得罗维奇开红酒。

"小李!"这次他又喊那打杂儿的,"拿柠檬来,切成片儿。那你喝酒要什么酒菜吗?"

"火腿配芦笋,很开胃!如果他们迟到,我可挺不住!"安娜说道,用叉子挑起一片几乎透明的火腿肉。

正在此刻,从外面传来跺脚和刹车的声音。

"得了,"亚历山大·彼得罗维奇说道,"应该举起第一杯酒,客人们说到就到!我去迎接!你喝完再说,这工夫让客人宽衣,就座。"

安娜喝了口酒,吃了口肉,用挑剔的眼光看了一遍餐桌,说道:"真有趣,是尼古拉·阿波罗诺维奇还是乌斯特里亚洛夫?"

"马上就看到了!"

一分钟后安娜听见关门的声音,然后是跺脚的声音,用笤帚扫靴子上的雪的声音。过道里很挤,亚历山大·彼得罗维奇和打杂的小李在里面接待客人,那里堆满大衣和皮袄,所以她决定在客厅里接待客人。

"我们在这儿住多久了?"她围着桌子整理餐具和餐巾,心里想,"从一九一一年一月就住在这里!准是从一月吗?应该问问!如果是,那差不多是这些日子!也是新年。或者主显节期间,现在我想起来了。

不过,若果真如此,那就庆祝我们来到哈尔滨和入住这个家十三周年吧。十三年!十三年能庆祝吗?库吉玛·伊里奇!"她对库吉玛·伊里奇说。"您晓得吗,我和亚历山大·彼得罗维奇在这座房子里已经住十三年了?这些天将是纪念日,或者已经是纪念日!应该庆祝庆祝才是啊!"库吉玛·伊里奇已经在客厅里,也看了看餐桌。他喝完茶休息一会儿,十分钟前来到这里。

"干吗不庆祝呀,安娜·柯萨维里耶夫娜?"

安娜看了看他:"十三也没什么关系吧?怎么是这个日子呀!"

"我倒没看出这个日子有什么特别,上帝的一切数字——日子也好,钟点也好,年份也好——都是上帝定的,当然可以庆祝。主要是……"不过,没等他说完,从敞着的门进来一位年轻漂亮的女士,身穿一件随意的连衣裙,臂弯挂了一个鳄鱼皮时装包。

"娜达丽娅·谢尔盖耶夫娜!"安娜拍手,朝客人迎上去,"看见您我多高兴啊!我们上次见面以后,您的气色好多了。昨天的新年舞会怎么没见到您?"

这位女宾走到她跟前,抱住她。

"娜达申卡。"安娜又开始说,"外面很冷,看你冻得脸煞白,这是怎么啦?"

娜达丽娅·谢尔盖耶夫娜跟安娜咬了一阵耳朵,便松开双臂:"您说的可是一桩新闻!我祝贺你,告诉我什么时候?"她问道,转身对库吉玛·伊里奇神神秘秘地小声说:"您可别偷听呀,这是我们女人间的秘密!"

"行行好吧,上帝!什么秘密呀?"库吉玛·伊里奇从安乐椅里起身,"您只要看看她的脸色就行了,脸上都写着呢,可还说什么秘密!算了吧,你们当然有自己的贴心话儿,我去接乌斯特里亚洛夫啦。"

"好啊,库吉玛·伊里奇,去接吧,请大家都入席。"

男士们离开以后,桌旁剩下安娜·柯萨维里耶夫娜、娜达丽娅·谢尔盖耶夫娜·乌斯特里亚洛娃和转来转去的萨士克。因为娜达丽娅·谢尔盖耶夫娜怀孕,所以安娜建议客厅禁止吸烟,男士们都转移到书房,准备玩扑克,牌桌已经摆好。

萨士克今天觉得没意思,因为答应来的玩伴儿都没来,不知道自己干什么是好。

"萨士克,我知道你心里不高兴。别不高兴,明天我们把你喜欢的小朋友都请来!可暂时……连我自己……也不知道做什么是好。"

安娜面对儿子很不自在,但是她忙着跟娜达丽娅·谢尔盖耶夫娜热聊,没空儿分心。

第四节

娜达丽娅·谢尔盖耶夫娜穿着长袍出来，书房里烟气太重。打牌的男士们没有觉察。刚刚打完最后一局。库吉玛·伊里奇正在认真地洗牌，而尼古拉·阿波罗诺维奇在这之前一直在补牌，记录最后一局的结果。他算完积分把数字填到"牌局"和"分数"栏目里，用黑板擦擦掉无用的记录，把粉笔放在盒里，便仰在椅背上休息。

"是的，萨沙，我和你说，你和安娜·柯萨维里耶夫娜的厨师真是一位高手！做的一桌全是美味佳肴！"尼古拉·阿波罗诺维奇在牌桌上一直挺着腰板儿，很难受，出长气，"说实话，吃撑着了！"

"那可不是一日之功！"亚历山大·彼得罗维奇看着库吉玛·伊里奇那双手，说道。

第三局，尼古拉·瓦西里耶维奇·乌斯特里亚洛夫从牌桌旁起身，活动活动腿脚，节日晚宴加打牌坐的时间太久，两条腿有点发麻，来到亚历山大·彼得罗维奇的写字台前。

"可以看看吗？"他问道。

"当然可以，乌斯特里亚洛夫，说不定有什么你可看的东西呢。"亚历山大·彼得罗维奇回答，"我那儿有一套《大地测量全书》。"

乌斯特里亚洛夫拿起一些绘图纸，看看又放下："了解那个地方的确很困难，我看见小兴安岭和阿穆尔河（黑龙江）沿岸，别的啥也没看见。顺便说一下，我对您那位了不起的大厨也非常钦佩。"

"尤其他做的烧鹅堪称一绝，到现在还唇齿留香！"尼古拉·阿波罗诺维奇强调说。

亚历山大·彼得罗维奇环视客人："赵师傅是我们从老邻居家接管下来的，我们从中国邻居手里买下后一半住宅。他特别喜欢做俄式大餐，并善于引入中餐的精华。尼古拉·阿波罗诺维奇，我告诉你，这不是烧鹅，而是北京烤鸭。"

尼古拉·阿波罗诺维奇觉得吃惊。"我听说过北京烤鸭，不过从来没尝过这种美味，我承认，我嫌中国食品有点不卫生，可在这里，"他把两手一摊，"请问，我们的烧鹅和北京烤鸭有何区别？"

"那可是天壤之别，我们的鹅随便跑，任意啄食，而北京鸭则不一样，这是御厨制作的食品，喂专用的粮食、白酒，不让它们活动。老赵在他自己家饲养，我和安娜不介入。"

"那好，如果你无异议，我想对夫人表示特别的感激之情，今日的晚餐色香味俱佳，可谓美食之最！如果你允许，日后请高厨光临敝舍献艺！"

"拜托，拜托！我们的牌准备的怎么样了，库吉玛·伊里奇？您洗牌的手法如此娴熟，真叫人佩服之至！"

"是啊，库吉玛·伊里奇！"乌斯特里亚洛夫对他说。

库吉玛·伊里奇把洗好的牌放在桌上，看了看大家："准备好了！"

尼古拉·阿波罗诺维奇转身到他跟前："库吉玛·伊里奇，您的确手疾眼快,如果您发一张好的补牌,小心我拔您的'牙'。"

"那您该甩就甩吧!"库吉玛·伊里奇把牌推过去。尼古拉·阿波罗诺维奇甩牌,库吉玛·伊里奇正了正眼镜,开始发牌:"补牌,一对还是一张?"他用挖苦的口气问道。

亚历山大·彼得罗维奇拿起装烟器惊异地问:"要滑头,库吉玛·伊里奇,大家都想按自己的习惯打自己的,当然是一张了!"

"要什么滑头?"库吉玛·伊里奇为了迷惑对方,不能叫大家知道他的点儿缺多少。

"什么一张还是一对的。一张就一张!"

牌一张接一张在牌桌上飞梭,轻轻地落在牌友面前。

"这里是补牌!"

他发完牌,坐在桌旁开始审牌,库吉玛·伊里奇利用这工夫偷偷看了邻座一眼:"好像一手烂牌?乌斯特里亚洛夫,如果补一张好牌,那真能拔我的'牙'喽?"

亚历山大·彼得罗维奇手里还拿着自己的牌,说道:"罚,库吉玛·伊里奇!尼古拉·阿波罗诺维奇拔您的'牙',我们和教授把他的给您记上!"

"尼古拉·阿波罗诺维奇!"乌斯特里亚洛夫对尼古拉·阿波罗诺维奇说,"您最后一局记好了吗?"

"记好了,乌斯特里亚洛夫!"

"情况如何?"

"您得分不足,三次没跟进,尽管一局的积分可与亚历山大·彼得罗维奇平分秋色。"

"没什么,我没意见。"亚历山大·彼得罗维奇收起牌,开始倒白兰地,"扣牌,我可以安静地吸口烟。下一个该谁了?"

"该你了,萨沙!"尼古拉·阿波罗诺维奇显然有些激动,用纸牌敲

233

桌子。

"别催我，不然我就'出血了'，"亚历山大·彼得罗维奇说道，"我过！"

乌斯特里亚洛夫再一次审自己的牌："两张，过！"

"两张过，不进牌——妙极了！"库吉玛·伊里奇说道，并自己把手放在准备补进的牌上敲打起来，"喂！尼古拉·阿波罗诺维奇上校先生，您那是怎么回事，最好是六点缺一，也比全过强，不过我心里觉得您非输不可！"

"别捣乱，库吉玛·伊里奇！让尼古拉·阿波罗诺维奇想一想，瞧他积分多高。"亚历山大·彼得罗维奇介入周旋，拿起酒杯。

库吉玛·伊里奇坐在自己的椅子上，看尼古拉·阿波罗诺维奇一眼："亚历山大·彼得罗维奇，轻松对您说吧，您今天手里的牌，一张接一张，可以说满堂红。"

"不可信，太不可信了，您是个狂热的赌徒，真没想到你是这样的人。"亚历山大·彼得罗维奇给库吉玛·伊里奇下了结论，又看看乌斯特里亚洛夫，"正好，乌斯特里亚洛夫，安娜叫我有事。"

"是啊，亚历山大·彼得罗维奇，娜达丽娅·谢尔盖耶夫娜已经怀孕三个月了，我们正在等待添丁。"

"你们真是好样的！这样很好，两个孩子年龄差别不大，容易做朋友。夏天就该生了吧？"

"是的，如果上帝做主！"

亚历山大·彼得罗维奇看看尼古拉·阿波罗诺维奇。

"那你呢，尼古拉·阿波罗诺维奇？"

"别急，萨沙！现在你别催我！可以先这样，我手里又来牌了，先让我想一想！"

库吉玛·伊里奇不再在转椅上转悠，而是靠在椅背上："牌可不是马,说早晨到就能到!"

"您的笑话,库吉玛·伊里奇,应该写进规则里!"亚历山大·彼得罗维奇说道,又把牌拿在手里,往桌上敲。

尼古拉·阿波罗诺维奇用祈求的目光看着他,请求道:"别敲了,萨沙,别分心!最好说点什么!"

"正好,那就说'敲'吧!乌斯特里亚洛夫,"亚历山大·彼得罗维奇又面对乌斯特里亚洛夫,噼里啪啦把牌扔在桌上,"苏联那边有什么动静,在'敲'吗?"

乌斯特里亚洛夫把牌撂下:"从那边传来的有趣消息就是令人不安的消息,亚历山大·彼得罗维奇!"

"什么消息呀?"

"我想,苏联又在酝酿大的变动,可能不是马上,但是后果将非常严重。"

"您指的是什么呢?我从去年十一月末带一个小队去兴安岭考察,夏天之前的事都无法得知。给我们讲一讲,在我们这些人中,只有你最懂政治了。"

"您太过谦虚了,亚历山大·彼得罗维奇!不过,从苏联报刊和电信判断,列宁已重病在身。他已在莫斯科郊外哥尔卡别墅隐居数月之久,他的中央委员会成员都不许探视。而病情发展,您知道,只有两种结果。"

"他多大年龄?"

"好像,四月二十日满五十四岁!"

"年纪不算大呀!真是这么回事。"

"确诊了吗?"

"确诊了!"

"这只有上帝知道,不过泄露出来的消息是他已经失去工作能

235

力。"

"问题就在这里嘛!"亚历山大·彼得罗维奇一边想一边说,"您想……"

"可能,他很快就不再是布尔什维克一把手了。"

亚历山大·彼得罗维奇翻开自己的牌,边看边说:"是啊!新闻!而一九一八年九月份在辛比尔斯克我还差点帮上他呢。"

"我输了!"尼古拉·阿波罗诺维奇突然大叫。

亚历山大·彼得罗维奇和乌斯特里亚洛夫惊讶地看着他。

"输了,先生们!我输了!"

亚历山大·彼得罗维奇与乌斯特里亚洛夫交谈这工夫,库吉玛·伊里奇迫不及待地等着尼古拉·阿波罗诺维奇计算自己手里的牌。他最后拿到的牌是:大王、梅花J、10、9、8、7,红方块8、J和黑桃8、红桃7。

"瞧这都什么牌。"他一边审牌一边琢磨,"如果像他们一样我也说过,而且谁都不重新补牌,那样就会全被吃掉,我有两种颜色只有一张牌,他们放倒明牌,很快把牌吃掉,我将一手梅花,我若稍有闪失,必将全盘皆输,我用梅花做王牌,又处于必输无疑的险境。我们再看看另一种结果——赢回一个梅花6。大王和王后在他们手里,最坏的情况是我只能吃四张牌,手里还缺两张牌。不过,最好是六缺一,比全被吃掉只剩一张强,不过很可能是缺两张牌。结果如何呢?"

尼古拉·阿波罗诺维奇自己琢磨着,不再听亚历山大·彼得罗维奇和乌斯特里亚洛夫的交谈。

"最好是全过,如果梅花尖加上大王和王后就成了。大王和王后!"尼古拉·阿波罗诺维奇心里琢磨,"红桃7,跳过,黑桃也小,就是说危险在于我手里有个红方块8,我就无路可走了。那样的话,就有两个问题:他们抓到什么牌和怎么个摆法?"

尼古拉·阿波罗诺维奇看看账单。

"如果我是对的,那这一把该收局了,虽然积分高。类似的情况是与 16 点混合,到那时候不是来大王和王后了吗!"本来还可以这样考虑,不过他仍然决定,"我输了!先生们,我输了!"尼古拉·阿波罗诺维奇果断地说道,看看库吉玛·伊里奇,见他手指在补牌上颤动。"瞧这个捣鬼的家伙。"这个念头在他脑子里一闪而过,"莫非真有同花 K 和 Q 吗,而且他知道?那他会首先叫停!"

亚历山大·彼得罗维奇和乌斯特里亚洛夫交换眼神。乌斯特里亚洛夫问道:"尼古拉·阿波罗诺维奇,您今天已经输三局了!还想冒一次险吗?"

"是啊!"亚历山大·彼得罗维奇得意地一笑,支持他的说法,"你想一想,趁我们还没倒下!你在大公司上班,挣钱很多!名声在外!一局三次一手烂牌?那你还能怎样?"

"哎呀,先生们,"尼古拉·阿波罗诺维奇镇定地反驳道:"谁不冒险?知道补牌就好了!你说的那是在哥本哈根,而不是在哈尔滨!补牌,库吉玛·伊里奇!"

库吉玛·伊里奇微微一笑,揭开补牌,交给尼古拉·阿波罗诺维奇。

补牌里有梅花 K 和 Q。

"揭牌,先生们!"

亚历山大·彼得罗维奇和乌斯特里亚洛夫又互换眼神:"不,尼古拉·阿波罗诺维奇!你先拿!"

库吉玛·伊里奇一脸奸笑,开始搓手。

"好了,先生们,这就顺理成章了!只是像人家所说的,'吃了可吃的牌,就没了可吃的牌!'"尼古拉·阿波罗诺维奇说了句笑话,把梅花 K 和 Q 放在自己的牌里,又拿出两张多余的牌。

"咱们放倒吗?"亚历山大·彼得罗维奇问乌斯特里亚洛夫。

"当然!"乌斯特里亚洛夫答道,他俩把明牌都放在桌上。

库吉玛·伊里奇迅速地扫了一眼亚历山大·彼得罗维奇和乌斯特里亚洛夫的牌,忍不住叫道:"没逮住!先生们!没逮住!"

"多狡猾呀,这老鬼!谁也没看出他的破绽!"亚历山大·彼得罗维奇心里想,但是大声说,"别着急,库吉玛·伊里奇!"他和乌斯特里亚洛夫开始仔细地研究两人的牌。

尼古拉·阿波罗诺维奇看见对手牌的分配法,过牌是不可能的,因此他唯一的漏洞是红方块8,但的确没逮住。库吉玛·伊里奇发了该发的牌,托了一下眼镜,停下等待。这应该是最后一局了。

"怎么样!乌斯特里亚洛夫!让我们弄清他的方块8好吗?"亚历山大·彼得罗维奇问道。

"试试可以,但是我们不能过牌呀。"

尼古拉·阿波罗诺维奇微笑了:"抓住,先生,如果能抓住就抓住!"

这局的确是最后一局了,尼古拉·阿波罗诺维奇对库吉玛·伊里奇说:"就这样吧,库吉玛·伊里奇!像您常说的'爸爸当大王,儿子就鼓掌'。"

"从现在的兆头看,尼古拉·阿波罗诺维奇,您错了,这是'烂牌成双',现在是第三次!还会打出牌来,不过我们是玩封闭的!"

"那又怎么样!"乌斯特里亚洛夫教授是唯一的输家,他从桌旁站起来,对库吉玛·伊里奇说,"赢钱后准备干什么用?库吉玛·伊里奇?买水彩还是油彩?"

库吉玛·伊里奇没来得及回答。

"您画画吗?"尼古拉·阿波罗诺维奇惊讶地问库吉玛·伊里奇。

"有时画一画!"老头回答。

"可别耍小心眼呀,库吉玛·伊里奇,把你的画拿来叫大家见识见识。尼古拉·阿波罗诺维奇和乌斯特里亚洛夫还没见过呢。"

库吉玛·伊里奇有点难为情。

"去吧,库吉玛·伊里奇!拿来给大家看看!"亚历山大·彼得罗维奇又一次催他。

库吉玛·伊里奇耸了耸肩膀便出去了,尼古拉·阿波罗诺维奇坐在那儿暗自庆幸有这样的好结局,然后突然问道:"萨沙,趁我琢磨牌这工夫,您能不能给讲点有趣的事情?"

"是啊。"乌斯特里亚洛夫表示支持。亚历山大·彼得罗维奇本想讲讲一九一八年在辛比尔斯克的趣闻。乌斯特里亚洛夫对亚历山大·彼得罗维奇说:"您怎么的,在那里还跟列宁有什么关系吗?"

亚历山大·彼得罗维奇慢条斯理地收牌,把白兰地和水果盘放在桌子中间。"当然了,并非全然如此。总而言之,乌斯特里亚洛夫讲过,列宁病得很重,甚至已经不能视察工作。"

"这个我知道,他连克里姆林宫都去不了,你还说什么来着?"

"我说过,一九一八年秋天在辛比尔斯克,乌斯特里亚洛夫,"亚历山大·彼得罗维奇在教授面前放一只酒杯,倒上白兰地,"那个时候,据我所知,列宁并没有在那里,只是那么一个想法进了脑子,如果他在那里出现……"

"什么想法,萨沙,说一说!"

亚历山大·彼得罗维奇给大家都倒上酒:"一九一八年整个春天我都是在莫斯科度过的,寻找自己的父母,寻找马丁诺夫将军的下落,你会记得他的,乌斯特里亚洛夫。"

"当然记得,在对德战争初期他被奥地利人俘虏。"

"是啊,还没等怎么打仗呢!"

"我还知道他的一些情况,一九一〇年他还在这里指挥过后阿穆尔部队,是吧?"乌斯特里亚洛夫兴致勃勃地说。

"正是这样,是我和尼古拉·阿波罗诺维奇的指挥官。"

"而且是很不错的指挥官。"尼古拉·阿波罗诺维奇总结说。

"就是这样!"亚历山大·彼得罗维奇继续说,"在这年春末,捷克人在伏尔加河流域起事,我确定是自己向东转移的时候了。"

"来吧,先生们,"尼古拉·阿波罗诺维奇打断了他的话,"想起那些美好的时光,心里充满希望。"

库吉玛·伊里奇还没回来,亚历山大·彼得罗维奇、尼古拉·阿波罗诺维奇和乌斯特里亚洛夫举杯。

"对不起,萨沙,接着说!"

"我到辛比尔斯克走了很长时间,大家都记得路上兵荒马乱,铁路上更是麻烦不断。"

"那为什么去辛比尔斯克呢?这你可没跟我讲啊!"尼古拉·阿波罗诺维奇又打断他的话。

"一九一七年七月安娜的双亲去了那里,后来音信皆无。"

"那你的二老呢?"

"大概,谁也不知道!多方打听他们的下落,可没得到任何消息!我到辛比尔斯克的时候,双方的战斗正打得难解难分,场面混乱不堪,一塌糊涂。大家穿的都一样,都在开枪射击。这是谁在开枪射击?射击谁呀?我们的人只能凭胳膊上的白袖标认出来,还有的穿着旧军装。"

"那你穿的什么呀?"

"当然是便服!如果是从莫斯科过来的,还能穿什么呢?穿军装风险太大!根本不可能!这么说吧,我在街上一个死人身旁捡了一把左轮手枪,就奔伏尔加河岸去了。我们的人,也就是辛比尔斯克人,被红军打得节节败退。在他们背后,据说托洛茨基站在汽车上直接指挥。"

"都说他在那里差一点被活捉吗?"

"不是,我认为应该是在喀山,或是在斯维亚日斯克,许多人,我也在其中,有的徒步,有的乘火车,向铁路桥挺进。需要横过伏尔加河,与卡普佩尔的部队会合。而桥上一片混乱,枪声时断时续,子弹在头顶呼啸而过……不过总算成功了！我连滚带爬，终于到了铁桥的最后一组桁架前面，这工夫轰隆一声巨响，几乎把一切都埋在土里。"

亚历山大·彼得罗维奇沉默片刻，深深地吸了口烟："爆炸威力很大，但大桥屹立未动，而伏尔加河左岸低矮，去过的人都记得，和右岸拔地而起的地标建筑桂冠楼极不对称。这么说，卡普佩尔的炮兵，只有稀稀拉拉几门炮，从左岸掩蔽的阵地向红军的低地射击。红军占据桂冠楼的制高点。后来搞清楚了，卡普佩尔的指挥部所在的位置，能看清辛比尔斯克人撤退的路线，就是离桥很近，在铁路路基旁的洼地。这时我看见有人向我们这边走来，他们刚刚过河，人很多，三名骑兵打前阵，三匹战马冲锋陷阵，勇往直前。红军的炮兵这时开始转移火力的方向，左右齐轰路基两侧。"

亚历山大·彼得罗维奇侃侃而谈，看了看自己的伙伴们："炮弹开花，人们应声倒地，从向我们走来的人群中我一下认出瓦洛佳·卡普佩尔。我站起来，尽可能地抖落身上的灰土，这个你们清楚，必须显得体面点，然后抓起旅行袋就迎面朝他走去。库吉玛·伊里奇怎么鼓捣这么长时间！"

"愿上帝保佑他，保佑库吉玛·伊里奇，那后事如何呀？这个你还没对我讲过呢。"尼古拉·阿波罗诺维奇把胳膊肘拄在桌子上，说道。

"后事吗？卡普佩尔也一下认出我来了，从老远朝我走来，互相问候，打听对方的遭遇。老实说，我一直在期待和寻找这次相会，只是几次都拖延没能及时回应，想必由于那些震耳欲聋的炮声。他甚至还问我，那块表震坏没有？我必须离开这一险境，便问道：'是谁炸的，我们还是红军？'

"他把手伸给我，要牵马离开。

"'他们为什么要炸呢？他们在进攻！这是我们干的活儿！'

"'是啊！这么好的桥，太可惜了！'我也把手伸给他，不过先在裤子上擦一擦。我们面对面站了片刻,你们知道吗,各自心里都怀有一种同样的困窘之情。"亚历山大·彼得罗维奇陷入沉思之中:"我们是两年前在莫吉列夫相识的。那时我们都穿着军装,当时我们不需要考虑彼此怎样打招呼,做什么和说什么。那时,你们想象一下,我穿的是一条沾满灰土的裤子、便鞋、细毛毡帽。至于卡普佩尔也是一身百姓打扮,只是左胳膊上多一个白袖标。

"'瞧,上校。'那时他说:'俄国人炸毁俄国的桥梁,可悲呀,当然了,没法说!但是,说什么也不能留给图哈切夫斯基。'他加了一句:'您已经原谅我的粗心大意,不过,我认为您还是我们的贵客。'

"'请安排我工作,先生。'我不知道如何对他表示,我回答道。

"'中校!'他指出,'我们这个时期,亚历山大·彼得罗维奇,还不能颁授军衔,是啊,问题不在这里。'"

亚历山大·彼得罗维奇用白兰地润了润嘴唇:"在我的印象里,他总是面带笑容,和蔼可亲,他在这段时间几乎没什么变化,只是穿着便服没那么自然,你们知道,他有一头棕色鬈发,但是很硬,所以梳个直分。那个样子,你们谁都没见过吗?"

乌斯特里亚洛夫点点头。

"脸盘儿很宽,"亚历山大·彼得罗维奇接着往下说,"两只眼睛蓝汪汪的,闪现出活泼的眼神儿,蓄着那样的胡子。"

"他在萨马拉不是跟古比雪夫干过吗,在伏尔加军区司令部?虽然当时许多人在那儿供职,而且不止在古比雪夫手下!"尼古拉·阿波罗诺维奇指出,转身对乌斯特里亚洛夫说,"这起因是他和高尔察克经历了冰雪远征吗?"

"不,尊敬的尼古拉·阿波罗诺维奇!不是因为这个!西伯利亚政府属于立宪民主党,而萨马拉政府属于社会革命党。卡普佩尔与萨马拉人参加白色运动,一直到最后他都认为与社会革命党最亲密,虽然事实并非如此。"乌斯特里亚洛夫回答说,"这我过后再说,这是我在西伯利亚听说的。不过请接着说下去,亚历山大·彼得罗维奇,求您了!"

"是啊,谢谢!就是这样!我们站在那儿交谈,就在这工夫大概是一颗榴霰弹在十五沙绳处爆炸了,这是红军发射的。两个戴白袖标的志愿兵从两边跑过去,两人脸朝下扑倒,一动不动。弗拉基米尔·奥斯卡洛维奇也纹丝不动,问我:'还不习惯吧?'

"我看看他,看看他那匹马,爆炸时马也纹丝不动。

"'我想还没习惯!'

"'那好吧,上校,我现在给您登记上,我的司令部设在那个洼地,我们会很快撤离此地,到时再谈。'

"我没有和他告别,朝司令部所在的洼地走去,然后看看周围。我朝离开伏尔加河的方向走得很慢。前面的地平线稍有提高;在高高的灌木林后面,维雷帕耶夫上校的大炮正向红军射击,他也是在萨马拉与卡普佩尔会合的。在右边,人们在路基和桥头奔跑,这是最后一批了。我没跑多远,甚至能看清步枪射击的颤抖,这时他们朝对岸射击。现在我全想起来了,先生们,不过一切好像都如雾如烟,甚至不知道为什么。我向洼地走去,看着脚下,九月的草地已经枯黄,爆炸声此起彼伏,搅乱了思路。"

"你当时还能有什么思路呀?应该快找个掩体躲起来!"乌斯特里亚洛夫问道。

"想的是一下碰上他真好!想的是我如果能活着到达司令部,就意味着奔向东方的道路已经走了一半儿。这个简单的想法来得很突然,甚至感到非常快慰!来吧,先生们,每人再来一杯。"亚历山大·彼得罗维奇尽地主之谊,又给客人倒酒。

"你要滑头,萨沙,讲讲后来的事呀!"尼古拉·阿波罗诺维奇迫不及待地追问。

243

"我讲！就是这么回事！突然一声巨响，我被震倒在地,的确躺了一会儿，起来抖了抖尘土，这才明白炮弹就是在身边爆炸的。说实在话，好像一下给震傻了，我当时想应该尽快行动——您说得对，乌斯特里亚洛夫，那后一半路可能完全缩短了！"

尼古拉·阿波罗诺维奇、乌斯特里亚洛夫和亚历山大·彼得罗维奇一饮而尽。

"当时，几乎是同时在身边又炸了一颗。我看见前面出现一个大坑，或者说一个弹坑，我一下跳进去。经过几秒钟，喘口气，从弹坑的边儿上朝辛比尔斯克方向看一眼，立刻想到列宁跟克伦斯基一样都是从那里走出来的。"

"这块土地在一个地方生出两个恶魔。"尼古拉·阿波罗诺维奇一边沉思一边嘟囔。

"于是我想，'大概，尊敬的列宁同志，你就是坐在那个钟楼里运筹帷幄，指挥战争的吧！'当即明白了，这两颗炸弹都是冲我来的，因为旁边谁都没有。第一颗炮弹还躺在那里，弹坑仍在冒烟儿，这是在右边，第二颗在前面大约十沙绳处，而第三颗……我记得很清楚，还没有过来，我突然看见一个戴白袖标的男子拼命地朝我跑来。这时第三颗炮弹飞过来！直接落在他的脚后跟儿，我看见他被崩出老远。就是这样残酷的场面！"

亚历山大·彼得罗维奇沉默了。

"后来呢？"尼古拉·阿波罗诺维奇急切地问。

"这一切发生在几秒钟之内——两次爆炸，弹坑，第三次爆炸，当时我明白了，第三颗炮弹的目标还是我。我还明白一点，再不会向这里发炮了，因为红军的炮兵校正员把那个戴白袖标的志愿兵当成了我。你们明白，那么远的距离标明准确的距离是不可能的。校正员往这里看，十有八九认为我必死无疑，所以另找目标了。"

"那个志愿兵呢？"尼古拉·阿波罗诺维奇与乌斯特里亚洛夫不约而同地问道。

"志愿兵？这可太有趣了。你们让我讲的故事够长了，不过这段是最有趣的。我往他跌倒的地方看看，随后看看城里，视线盯在那个钟楼上，多半是校正员就藏在那里，这工夫眼看着钟楼垮掉了，无声无息地喷着火苗，消逝了。你们知道我想什么吗？"

"什么？"

"我想：好样的！这回列宁显灵了！直接炸垮了！"

尼古拉·阿波罗诺维奇捧腹大笑："你是怎么想的？'这回列宁显灵了'？"

"是啊，我就是这么想的！"

尼古拉·阿波罗诺维奇和乌斯特里亚洛夫大笑，进来的库吉玛·伊里奇在门口愣住了。

"这是怎么了，先生们？"

尼古拉·阿波罗诺维奇擦干眼泪，招手叫他进来，别捣乱。

"下面呢？下面怎么样了？那个志愿兵呢？"乌斯特里亚洛夫忍住笑，问道。

"想想看，其实也没什么！我爬出弹坑就看见他了。他躺在那里，挣扎着要起来，胳膊肘支着地。你们明白，我们已经习惯随时准备牺牲，刚才死神还盘桓在头顶，大概，现在已经飞走另觅猎物了。他人还活着，而且没受伤，不过靴子底儿全掀下去了，我永远不会忘记他那粉红色脚掌露在外面的滑稽样儿，当时我曾想到死，哎呀！倒霉透了！志愿兵晃晃脑袋，坐起来，鸭舌帽离他很远，像让狗撕了一样破烂不堪。我问他：'您能走吗？'他又坐了一会儿，左顾右盼一番，摇摇晃晃地往前迈步。我上去扶着他，一起走到指挥部。傍晚，卡普佩尔的部队集合，坐上快艇和驳船，我们从河岸一拥而上，我脑子里想的是领袖的生活得到安排,救了志愿兵一命,大概是吧!"

尼古拉·阿波罗诺维奇接着笑,而乌斯特里亚洛夫一脸严肃地问道:"怎么竟有如此怪事,炮弹在脚跟前爆炸只把靴掌掀掉,帽子都炸飞了,人却毫发无损?"

尼古拉·阿波罗诺维奇稍稍消停了,替亚历山大·彼得罗维奇回答:"有这情况,乌斯特里亚洛夫!任何情况都可能发生!记得吧,萨沙。"他对亚历山大·彼得罗维奇说:"我们在利沃夫城郊,一个准尉脑袋掀去一半,是吧?记得吗?头发连着头皮一起脱落,脑浆都露出来了,是吧?他竟然活了三天三夜。记得吧?然后,真的,就死了!"

乌斯特里亚洛夫把本来想喝进去的那杯酒推到一边。

"人间万事,千奇百怪。有些事情你想都不愿意想。萨沙,你没去过森林里的团指挥部,那里掩蔽着奥地利的重炮,这是哪一年的事儿来着?"尼古拉·阿波罗诺维奇在心里估摸,"这是怎么搞的!还想不起来了!"

"不,我记得,看过简报!"

"那里的事可不得了!真是触目惊心!本想有密林掩护,应该万无一失,结果是适得其反。大口径的炮弹把森林炸成遍地树桩,如针如刺,炸断的树干漫天横飞,落下来砸死人,所以说不只是炮弹炸死人。炮弹炸断大树,大树再砸死人,想象一下,还能多恐怖,整个的人或者躯体的一部分穿在树上,就像一个巨大的牙刷挂着人肉。一整团人无一生还。连一个伤员都没留下。至少我们到那儿之后没见到一个活人,确切地说,我们走了三小时没见到一个人!瞧,什么事没有发生过?不过这还不是最可怕的呢。"

"这话怎么说?"

"数百具完好的尸体被扔在城市广场,妇女、儿童……"

"你说的是契卡在基辅制造的惨案吗?"

"是他们家乡的亲人们！你们可能会感到可惜,列宁在莫斯科就要去世了！又有什么事要开始了？"

"得了吧,先生们,我们还是老眼光看问题,说不定会出现一个新党呢？"

"谢谢,亚历山大·彼得罗维奇,可惜为时已晚。很快,我的太太该收拾行囊,准备打道回府了。"乌斯特里亚洛夫喝了自己那杯酒,"我想咱们时间不多了,最好再聊点什么,好吗？"

"我支持！"尼古拉·阿波罗诺维奇说道,"来,先生们,给我们的胜利者斟满杯,让他展示一下自己的大作好吧？库吉玛·伊里奇？您怎么在那儿耽搁那么长时间？"

大家都看着库吉玛·伊里奇,他已经准备坐在桌前,但是突然停下,说道:"你们一直回忆对德战争的事！那很简单——那不是和人民打仗,而是和异教徒打仗,而你们回忆回忆国内战争！回忆那些哥萨克！啊？亚历山大·彼得罗维奇？"

亚历山大·彼得罗维奇、乌斯特里亚洛夫和尼古拉·阿波罗诺维奇交换个眼神:"不是,库吉玛·伊里奇,我们也回忆起国内战争,刚才你没参加我们的谈话,但我们说的不是你所说的那些哥萨克！"

"是的,库吉玛·伊里奇！我同意！"尼古拉·阿波罗诺维奇说,"就是在对德战争中,我们也不是跟异教徒打仗,而是跟基督徒打仗,您找到哪个异教徒了吗？"

"不是,先生们,我们大概离话题很远了。"亚历山大·彼得罗维奇边说,边把牌装进木盒里,那里面已经装着粉笔和小刷,"库吉玛·伊里奇,我也是异教徒！还有安娜·柯萨维里耶夫娜也是！"

库吉玛·伊里奇恍然大悟,这话说的不大对头,着实进退两难:"我指的不是这个,亚历山大·彼得罗维奇！至于您,还有安娜·柯萨维里耶夫娜……"

"我是路德教徒,而安娜·柯萨维里耶夫娜是天主教徒,那您指的是……"亚历山大·彼得罗维奇看着老头子,那位后悔不该多言,只有一声不吭,"这话题太危险,不要往下谈了。快让我们一睹您的大作。"

库吉玛·伊里奇长出了口气,好像认识到自己铸成大错,把几个木板圣像放在桌上。乌斯特里亚洛夫和尼古拉·阿波罗诺维奇一人拿一个仔细欣赏。库吉玛·伊里奇这工夫站起来又坐下。

"您啊,库吉玛·伊里奇,不要在意。"尼古拉·阿波罗诺维奇仔细端详圣像,"我想对您说,这圣像画得真不错。我不是圣像鉴赏专家,不过照我看,您是先在麻布上涂底色,然后用油色画,对吧?"

库吉玛·伊里奇点头称是。

"那么,这是木头,而不是麻布,它不吸水,这是一种常用的方法,吸水后又变干,油色会龟裂、剥落,对吧?那样您不得不对表面进行修复!"

库吉玛·伊里奇点头称是。

"那您试试把木头整个刷一遍漆,中国人就这么做,您没试过吗?"

"没有!"

"那就试一试。用这种方法等于把木头做了防腐处理。再在漆面上画!我想这样保存的时间会更长,颜色会长久保持鲜艳。这是我给您的建议,要改进!"尼古拉·阿波罗诺维奇从库吉玛·伊里奇手里拿过一个圣像。"照我看,画得真精美,萨沙!"他对亚历山大·彼得罗维奇说,"告诉库吉玛·伊里奇,'漆'用中国话怎么说?"

"漆!"亚历山大·彼得罗维奇说道,看看库吉玛·伊里奇,发现他一脸窘态,"好啦,先生们,我们在所谓的苏维埃俄国实施的消灭文盲,是吧?乌斯特里亚洛夫?"

乌斯特里亚洛夫把圣像还给库吉玛·伊里奇:"是的!这叫扫盲!"

"扫魔——扫除魔鬼!"库吉玛·伊里奇脑子里闪出这样一个念头。

亚历山大·彼得罗维奇很满意,他总算让库吉玛·伊里奇从困窘中解脱出来,对乌斯特里亚洛夫说:"乌斯特里亚洛夫!我和您还未结束从'那边'得到的最后新闻。我和自己这个辛比尔斯克把您带到一边去了。"

"萨沙,"尼古拉·阿波罗诺维奇打断他的话,"应该说,你讲得绘声绘色!我听得真过瘾!你是个了不起的说书匠!你应该把这个故事全部写下来,乌斯特里亚洛夫帮你出版!这个主意如何?"

亚历山大·彼得罗维奇笑了:"不,尼古拉·阿波罗诺维奇!我们这伙人里要笔杆子还得选你。如果你感兴趣,我把素材提供给你。"

"简直是开玩笑,萨沙,咱们不能找别人操刀呀!是吧?在那边,苏联那边怎么样?"尼古拉·阿波罗诺维奇把目光转向乌斯特里亚洛夫。

"可能列宁很快将不久于人世。"他平静地回答。

"你们就这么谈论这个问题吗?"尼古拉·阿波罗诺维奇摘下夹鼻眼镜,紧贴着看对方,"好像秋林商店进了一批辣根儿酱!"

"激动什么?早晚咱们都会不在。"

"我们这些人的去留,对世人来说都是无足轻重的,除了自己的亲人,而列宁则不然,这一切不都是从他开始的吗?"

乌斯特里亚洛夫站起来:"我得活动活动腿脚,先生们。"他身高体重,两只手深深地插在衣兜里,先是走到窗前,然后又回到大家中间。"尊敬的尼古拉·阿波罗诺维奇,是从他开始,也不是从他开始!但是我相信也不会从他身上结束!"

显然,尼古拉·阿波罗诺维奇没有听清他最后两句话,亚历山大·彼得罗维奇觉得他的老朋友和老战友今天异常兴奋。

"怎么是这样呢?难道不是他回到俄国,搞了个十月革命?"

"他,就是他!不过他回到俄国已经是二月革命之后!要注意这一点!"

亚历山大·彼得罗维奇看着客人们，听着他们各发高论，同时想到如果没有大家七嘴八舌议论，这一切他肯定搞不清楚。虽然这是多年以来他孜孜以求的。

"那又怎么样？二月革命毕竟给俄国带来新风。"

"他什么都敢干！"

"您指的是什么？"

"他给了太多的民主与自由，让俄国消化不良。"乌斯特里亚洛夫沉默片刻，"问题是，尊敬的尼古拉·阿波罗诺维奇，二月革命没有订货人！"

"此话怎讲？"

"是这么回事！每次革命都有订货人。如果二月革命的订货人是契诃夫的罗巴辛，您记得《樱桃园》一剧中的那个人物吧？只不过不是一个罗巴辛，而是许多个罗巴辛，全体人民都是罗巴辛！"

"是啊，有这么个人物！"尼古拉·阿波罗诺维奇称是。

"记得！"亚历山大·彼得罗维奇自己在心里回答乌斯特里亚洛夫的问题，他觉得这一切更加有趣了，在客人们的谈话中，他听到了深刻的大道理，这是他前所未闻的。

"结果就是这样，"乌斯特里亚洛夫用坚定的、洪亮的声音继续说，"二月革命一点一点成熟，在成千上万的彼得堡市民中形成了，他们厌倦了总是排队买面包，这已经成为国家的常态，这祸端皆起因于多年的沉重战争。而这个制度，我指的是俄国的君主制度，那时已是千疮百孔，摇摇欲坠，革命的风潮袭来，立即冲垮。"

"大概，您所言不差！尼古拉沙皇是在哪一年把近卫军派往前线的？在一九一六年吧？"尼古拉·阿波罗诺维奇问亚历山大·彼得罗维奇。

"是！"那位确认道。

"所以，如果他不做这件错事，也就不会失去首都，因为有忠于他的近卫军全力保卫，二月革命有可能不会发生！不是这样吗？"

"是这样，也可能不是这样！二月革命那种形式有可能不会再次发生，至于十月革命问题那要复杂多了。"

大家都盯着看乌斯特里亚洛夫。

"这个问题我不会给你们直截了当的答案，相对而言，二月革命是不可避免的。像我这样的一些人，为此做了长时间准备，想想国家杜马就够了。但是在这里，你们不要和我争论，布尔什维克向俄国承诺，给予千百万俄国农民期盼几百年的……"

"土地？"

"我想是的！我可以给你们举一个例子，一九一八年，来自柏林的有趣的例子！"

"真有趣！"尼古拉·阿波罗诺维奇摘下夹鼻眼镜，擦了擦，又夹在鼻梁上，"洗耳恭听！"

亚历山大·彼得罗维奇看看尼古拉·阿波罗诺维奇和乌斯特里亚洛夫，庆幸自己没有卷入他们唇枪舌剑的辩论之中。他可以继续做个旁听者，轻松地聆听和思考在他书房里辩论的问题。

"你们知道在柏林扣留了我们的一些军官。这是在德国战败后到国内战争期间留在那里的。他们聚在一起，像我们现在这样讨论时局发展。"

"原来如此这般！"尼古拉·阿波罗诺维奇迅速做出反应。

"他们筹办，或者说试图筹办自己的出版物——《和平与劳动》报。"乌斯特里亚洛夫看了看表，"看来，我得快点结束了，太太该叫我带她回家了，所以我尽量言简意赅。"

"是——是！当然了！"

"是这么回事！一个组织者，全名我没记清，叫维·伯·斯坦凯维奇。

251

他这样判断自己选择的前景，请注意，先生们，这件事发生在国内战争初期。"

"他的判断如何？"

"问题就在这里！我尽可能翔实地转述他的回忆，它一九二〇年发表于柏林，我不能保证准确无误，不过论述大致是这样的：

所有的战线由从前所有的碎片，统一政治实体的残余组成。在每一部分都有我自己熟悉的人，我相信他们不亚于相信我自己，他们真诚和实实在在地思考为人民甚至人类谋福祉而奋斗的目标能否取得胜利。那我何去何从呢？投奔邓尼金，这位军事民族主义思想的代表人物，在整个战争时期都以这种思想为主导，和我大多数朋友一起与那些歪曲了革命思想的布尔什维克主义斗争？或者与立陶宛人站在一起，因为我是立陶宛人，为立陶宛的独立而献身？或者投身乌克兰人的事业中，我正在这块宾至如归的土地上，但是这也得与布尔什维克做斗争，是吧？或者与顿涅茨人一块干，我认识一个跟红军有关系的人，他盛情接待一位前政委胜过刚毅的邓尼金，是吧？或者投靠格鲁吉亚人，他们捍卫与我相近的民族自主思想，在这里工作的有老战友策列杰里和崴金斯基，是吧？或者加入高尔察克和迪特利赫斯的队伍庄严地进军伏尔加河？或者，在西伯利亚加入那些不能原谅他驱散执政内阁行为的对立面。或者去找波兰人，我的母语本来就是波兰语呀？或者……

下面他又提到几个方案，但最有趣的在最后，请诸位仔细听，这就是：

最后是归顺布尔什维克——这是俄国自由和革命的遗产，他们应该有广阔的发展空间,甚至军界我也能找到可以信赖和敬重的人……"

"您这位老兄斯坦凯维奇的想象力也太天马行空了,又是投靠格鲁吉亚人,又是去找波兰人,本人实在不解个中之奥妙!"尼古拉·阿波罗诺维奇说道。

"我不说我懂得,除了一点,他斯坦凯维奇显然是头一个说出与布尔什维克合作的人!这才是引文中的重点所在!我认为这才是二月革命不同于十月革命之处!"

尼古拉·阿波罗诺维奇看了看亚历山大·彼得罗维奇:"萨沙,你怎么看这个问题,当时你在西伯利亚,而我在顿河地区,能和布尔什维克发生什么关系呢?是不是这么回事?"

亚历山大·彼得罗维奇没吱声,他愿意听听乌斯特里亚洛夫的意见。

"你怎么不吱声呀?"

"接着说吧,乌斯特里亚洛夫!"

"这就是说,正是布尔什维克……"

"'驾驭'了革命!可以这么说,他们正确地倾听了人民的声音。"

"而他们的目标呢?世界革命呢?难道人民也需要这个吗?他们连听都没听说过世界革命这回事儿。什么是共产主义和社会主义?莫非有谁写过共产主义和社会主义是什么模样吗?"

"的确如此!所以布尔什维克才在托洛茨基的'劳动共产主义'和'新经济政策'之间摇摆。还有,高尔基说过他们根本没有经济纲领。"

"那他们能给人民什么呀?"

"很少!可如今在俄罗斯掌权的是他们,而不是我们!"

"这是事实!"尼古拉·阿波罗诺维奇郁郁地做出结论,"不是我们！"

"但是，布尔什维克，"乌斯特里亚洛夫从窗前回到自己的座位上，"他们的管理能力很差，缺少优秀的专家。这是很可怕的。就是说，若能帮上他们就好了！如果我们关心人民和俄罗斯的利益，而不是只顾自己。这就是差别。二月革命是我们的，并没有完成，而十月革命是他们的。至于我说列宁要去世的事，可以平静以对，尼古拉·阿波罗诺维奇，请多包涵，列宁如果不在了，会有另一个人出来，到时候我们可别迟到，及时赶到罗马大角斗场的平民百姓看台上，我们可以在台上指指点点。"乌斯特里亚洛夫说道，开始高高举起右手的大拇指，然后又朝下指，"角斗场把丰富多彩的舞蹈呈献给罗马，那时很难指挥场上的……"

没等他把话说完，安娜·柯萨维里耶夫娜进了书房："大家玩儿得好吗，先生们？"

"娜达丽娅·谢尔盖耶夫娜那里怎么样？"乌斯特里亚洛夫把话题转到她身上。

"一切都好，乌斯特里亚洛夫，我们也坐在那儿边喝茶边闲聊。你们还需要什么吗，萨沙？"

"不用了，安妮，如果再来点水果就好了！"

"好的，我马上送过来。那你没看看萨士克吗？"

"没有，他也没有过来看看。"

安娜离开客人，出了书房随手把门关上。她往孩子的房间走了几步，看了看熟睡的萨士克。"可怜的孩子，他今天太寂寞了！"

她平静地回到客厅，经过书房时，听见男人们还在里面大声嚷嚷。

"耶稣——马利亚！他们为什么整天辩论共产主义，布尔什维克问题呢？我们生活在一个安静与和平的城市中，可他们说什么也安定不下来！他们的孩子都长大成人了，甚至也有了孩子，而他们自己还像孩

254

子一样,一天到晚热衷打仗!"

她走进客厅,娜达丽娅·谢尔盖耶夫娜坐在壁灯底下的沙发上,旁边的茶几上放着一对茶具、一碟果酱、一碟点心。

"怎么样,小鸽子,能不能别那么挑食了?"

娜达丽娅·谢尔盖耶夫娜莞尔一笑:"我坐在这儿无聊,知道除了茶以外我现在啥都不需要,水果也懒得动,所以,安娜·柯萨维里耶夫娜不碰果酱,而是吃点心,油大一点儿,更甜一点儿!啊,您当时喜欢吃什么?"

安娜也笑了,而且笑得更温柔,面对客人,像妈妈对女儿。她比娜达丽娅·谢尔盖耶夫娜大一点儿,而且有一个儿子,而娜达丽娅·谢尔盖耶夫娜要生第二胎,安娜觉得自己的优势是——她曾主持家庭,她的儿子比娜达丽娅·谢尔盖耶夫娜的老大还大一些。

"我怀萨士克的时候是七年前,亚历山大·彼得罗维奇不在身边,他去参加对德战争,当然了,有一位保姆,难道她能代替他吗?这您明白。"

"当然了,作为儿子的父亲,丈夫在身边是最幸福的了!"

"您现在喜欢吃甜的,我当时可不挑食,我爱吃甜的,同时爱吃酸的,再就是爱睡觉。也不知道为什么,在您这个月份我就是一个好睡。再就是总恶心,恶心得要命。"

"可我呢,您知道,怀头一个孩子谢辽嘎的时候啥事儿没有,只是最后几个月有点背痛,而现在总是觉得肚子里乱动。"

"不是一个男孩儿就是一个女孩儿在乱动!"

娜达丽娅·谢尔盖耶夫娜用惊讶的目光看着安娜:"啊,是啊!"开始笑起来。"当然啦!我还一时没转过向来呢!咱们那些男士还干什么呢?"

"咱们那些男士,"安娜神神秘秘一笑,拿了一个水果,停了停,"又打败了奥地利人和德国人,但输给了布尔什维克。"

"孩子,简直是些孩子,都胡子拉碴了,还戴个夹鼻眼镜!我记得和乌斯特里亚洛夫到了伊尔库茨克,一九一九年,看上去还是冬天,他还没决定首先去找最高执政,或是先找个安身之处——房子。就这样在那儿犹豫不决。我看着他,一切都明白了,不过,我也很同情他。"

"这很重要,您看明白了他,并且同情他。男人们必须永远这样,他们不可能一门儿心思只顾家。那他选择了什么?"

娜达丽娅·谢尔盖耶夫娜开怀大笑,满意之情溢于言表:"结果是准时上班,同时解决住房问题!"

"就是公私兼顾,两不耽误!"

"是的!"

"这很好啊!现在,小鸽子,我给他们送些水果,还有一瓶白兰地,他们完事儿我再过来,您不着急吧?"

娜达丽娅·谢尔盖耶夫娜回头看了看表:"我想我还能坚持一个钟头,叫他们说说话儿吧,不然我们回到家,乌斯特里亚洛夫又该坐下写文章,要么回复信函了。"

安娜出门儿又听见男士们大声嚷嚷,最清楚的是尼古拉·阿波罗诺维奇·拜可夫的声音,于是她进去了。

"这对未来没有任何好处,但是使未来有极大可能……"显然,她听到了谈话的结尾。

"您引经据典!亚历山大·彼得罗维奇!"乌斯特里亚洛夫笑嘻嘻地看着尼古拉·阿波罗诺维奇,总结道。

"赫尔岑伯爵!"尼古拉·阿波罗诺维奇突然慷慨激昂地答道。

"那个狗杂种!"乌斯特里亚洛夫用轻蔑的口气补充道。

"革命的狗杂种,必须说明白!"

"玩弄词藻,尊敬的尼古拉·阿波罗诺维奇!"乌斯特里亚洛夫像一块巨石伫立在桌旁,把两只胳膊交叉在胸前,静静地看着尼古拉·阿波罗诺维奇。安娜看看丈夫,他的目光没有离开两位辩论者,从安娜手里接过果盘和白兰地。他想:"尼古拉·阿波罗诺维奇居然举赫尔岑为例!他是古代贵族后裔,军人血统,沙米尔的世侄,这是拿一个革命家赫尔岑说事儿!显然,这里有的东西与丹麦王国的不一样!"他在想,但没加入讨论。"很有趣,看他们如何收场!"

"我不打扰诸位先生!但是,与其讨论政治,不如研究研究这个牌子的白兰地,是吧,萨沙?我想这款酒诸位可能没尝过!"她说道,心里想,"他们真是孩子,娜达丽娅·谢尔盖耶夫娜说得对,胡子拉碴还戴个夹鼻眼镜!"

尼古拉·阿波罗诺维奇粗声喘口气,拿过那瓶酒,见瓶子上没贴商标,便惊讶地看着亚历山大·彼得罗维奇,后者见他那种眼神,便解释说:"这是格鲁吉亚同乡会会长海因得拉夫公爵送给我们地理协会的,说这是用中国野葡萄酿造的。"

"我认识海因得拉夫,他是一位精明强干的银行家和社会活动家,但头一次听说他是公爵,果真如此?"

"详细情况不了解,但听说是真的。来,大家来品酒吧!"亚历山大·彼得罗维奇说,他庆幸能够转移话题,接着开瓶。

"可以说芬芳怡人,香味扑鼻而来!"乌斯特里亚洛夫举杯冲阳光看一看,"颜色也很亮丽,来尝尝吧,先生们!"

尼古拉·阿波罗诺维奇也举起杯:"是的!显然在高级橡木桶里储存不止一年,味道怎么样啊?"

白兰地香味馥郁,令人贪杯,激辩的情绪一落千丈。尼古拉·阿波罗诺维奇又喝了一杯,他的豪情烟消云散,于是他说:"我这个人,先生们,打仗打够了,特别是我从来不拥护战争,我更喜欢在森林里打虎和采集标本!"

亚历山大·彼得罗维奇打断尼古拉·阿波罗诺维奇的话,对乌斯特里亚洛夫说:"您啊,乌斯特里亚洛夫,还没听说过尼古拉·阿波罗诺维奇打猎的壮举吧?"

乌斯特里亚洛夫转一转空酒杯,闻闻剩下的酒底儿:"的确是好酒,请转达我对公爵的祝贺,说不定他们安排好批量生产,那就好上加好了。再给我来一杯,亚历山大·彼得罗维奇。"乌斯特里亚洛夫把酒杯递给亚历山大·彼得罗维奇。"您知道,我很看重我们的相知相识!关于尼古拉·阿波罗诺维奇我也早闻大名,甚至在书店见过他的小说集《在满洲的森林与群山中》,如果我没记错,应该是一九一四年出版的。"

尼古拉·阿波罗诺维奇满意地点点头。

"如果事先知道今天有幸结识贵作者,那我就买一本大作,仔细拜读。"

"我送您一本好了!"

"那好吧,"亚历山大·彼得罗维奇说道,"意思是您现在有可能实施近期的计划喽。关于打猎我可不是瞎说,在赴德参战前,外阿穆尔团第五连就号称'猛虎连',抓起虎来易如反掌,上了战场也如猛虎下山,所向披靡,甚至保留了'猛虎连'的称呼。"

"得了吧,先生们,你们贬我也好,捧我也好,"尼古拉·阿波罗诺维奇说道,"我的确没少吃苦,在加利西亚,在顿河地区,在基辅契卡那里,但是作为一个心境比较平和的人,虽然……"

"你说得够多了,尼古拉·阿波罗诺维奇。"亚历山大·彼得罗维奇打断他的话,"你在一九二二年怎么鬼使神差去了符拉迪沃斯托克(海参崴),投奔迪特利赫斯?"

"萨沙,上帝与你同在!"尼古拉·阿波罗诺维奇看看亚历山大·彼得罗维奇,画了个十字,"我在那儿待的时间没有多长——就是九月份。听说我们的军队改名为'民军',我们是'民军'!我们都笑了,但心里有点苦涩。而他本人几乎成了民族英雄！可他是一位优秀的将军呀！只不过不是一位政治家而已！"尼古拉·阿波罗诺维奇沉默片刻，愁眉苦脸地摇摇头："在十月份或者九月末，我已经在这里了，在这个遥远的我们得以容身的一隅之地。在你回来以后又过了一年，记得吗？"

亚历山大·彼得罗维奇点头表示同意。

"您问过，"乌斯特里亚洛夫问尼古拉·阿波罗诺维奇，"布尔什维克是否有能力建立自己的体制？"

"是的！很有趣，他们打算怎么做呢？"

"在巴黎公社的基础上开始。若是一个人决定遵照共产主义法令生活，那是没有活路的。其结果是经过两周非饿死不可，因为按法律规定除了八分之一俄磅的所谓面包和一盘泔水不如的烂土豆汤，在一九二一年初，你就什么也得不到了。全俄和他们的共产党员都在一个法令管治下生活。"

尼古拉·阿波罗诺维奇来了精神："那我们谈什么？是吧，萨沙？库吉玛·伊里奇呢？"

"我本想同意您的意见，尼古拉·阿波罗诺维奇，但是时过境迁，今非昔比。"教授镇定地反驳道。

"那到达什么地方了呢？"

"这已经是共同的地方，叫奈普（新经济政策），从我较早时期的言论中您能找到支持我观点的论据。这么说吧，实行奈普之前，我们的侨民到处都是，在欧洲，在这里，就是东方，大家有一个共识，就像阿奇巴舍夫说的。他说'如果俄国不能通过与布尔什维克和解来拯救自己，那就让它灭亡吧！'还有更加有趣的，"他补充道，"但愿这个地方是空的！开始组建新的军队，让西方给钱，挑拨离间，派遣间谍……"

"不这样又能怎样？"

亚历山大·彼得罗维奇认真地，甚至有点感动地听着这段对话。

一九二一年，他在密林中度过了囚禁般的日子，只能和米士卡海阔天空侃大山，而后到了布拉戈维申斯克（海兰泡），接着就是回家，习惯居家过日子的常态，这段时间，俄国的纷争闹得天翻地覆，他只有随遇而安了。

"而布尔什维克就给你来个'又能怎样'！他们恢复了商品—货币的交换关系，简单地说，让经济回到最简单易懂的状态。而我们部分知识分子，要注意，大多数军校出身，都知道为了不让祖国消亡，只有与布尔什维克合作，别无他途，用陀思妥耶夫斯基最直截了当的解释就是'金钱是清晰可辨的自由'。"

乌斯特里亚洛夫平静地叙说，一点也不紧张，也没激情，亚历山大·彼得罗维奇就喜欢他这种风度，也为他的朋友，辩论能手尼古拉·阿波罗诺维奇的火气一点点全消而高兴。

"甚至这样，布尔什维克竟然邀请我的同志克留奇阔夫教授去热那亚参加世界和平大会，这也没什么不好，我们已经算过了，俄国几乎不亏欠西方什么。"

"怎么会这样呢？"尼古拉·阿波罗诺维奇感到吃惊。

"这事很有趣，先生们！不过，如果我们公正地计算一下俄国在世界大战中的损失，人员伤亡和物资消耗，作为原协约国成员，俄国一无所获；还有许多人离开帝国，得到了自由，这也应该给予补偿，如果把这个也算上，西方可以给现在的俄国有息贷款，用于恢复经济，成为欧洲市场上的俄国伙伴。"

"惊人之语！"

"是的！的确是惊人之语！如果您愿意，过后我会给您一份计算清单。"

"很有趣！"

亚历山大·彼得罗维奇见到乌斯特里亚洛夫的结论使尼古拉·阿

波罗诺维奇最终安定下来，他想："如果我们的政治能够如此平和与理性，我们早就不用忧国忧民了。大家只要好好过日子，干好本行就是了！"

"总之，还得到那里去一趟！"乌斯特里亚洛夫平静地总结道。

"直接落入契卡的魔爪！"尼古拉·阿波罗诺维奇拍个巴掌。

"我想我没有理由害怕和担心契卡抓我，因为我没参加过战斗。"

"是吗？"尼古拉·阿波罗诺维奇又开始着急，"您没参加过战斗！您以为这能打动他们吗？"

问题悬而未决，无人尝试回答，大家感到讨论政治问题令人心力交瘁，好像为了确认这一点，尼古拉·阿波罗诺维奇沉默一会儿，问道："萨沙，你还记得我们去找喀尔巴阡山女巫的事吗？"

乌斯特里亚洛夫和库吉玛·伊里奇用惊讶的目光开始看看尼古拉·阿波罗诺维奇，接着看看亚历山大·彼得罗维奇，他没有立刻回答，看了看他们，说道："有一次在喀尔巴阡山，我和尼古拉·阿波罗诺维奇的确到了一个神秘的地方，不过，尼古拉·阿波罗诺维奇，"他转向尼古拉·阿波罗诺维奇，"我当时没到达出事地点，所以你自己说吧！"

尼古拉·阿波罗诺维奇·拜可夫冷冷一笑，摇摇头，看着乌斯特里亚洛夫，说道："什么也别怕，也别担心，这当然是英雄壮举，不过……"

大家都看着他。

"有时候，你也不知道这一切是怎么发生的！先生们，我本人从来没想过，大家能如此亲密无间是真实的或是不真实的！后来变成不真实，甚至神秘的，接着又成为真实的！"

"尼古拉·阿波罗诺维奇！"亚历山大·彼得罗维奇给他倒了一杯酒，接着扒橙子，"我看你在学库吉玛·伊里奇那套，耍点小阴谋！"

"是吗？你这么想？"尼古拉·阿波罗诺维奇觉得吃惊，"不过，我在考虑，如何开始？"

261

"那就一五一十地从头开始吧!"亚历山大·彼得罗维奇答道。

"从头说就从头说好了!我可以回答您,乌斯特里亚洛夫,也许是这样,如果您回到俄罗斯,这些事可能发生在您身上,"尼古拉·阿波罗诺维奇叹口气,稍稍想了想,说道,"有时结束就是开始,所以我从结束说起,也就是从基辅的契卡说,那以后我就离开了俄罗斯!我尽可能简短地说!在顿河地区的一切都结束了,我去了基辅。契卡已经毫不迟疑地大开杀戒。他们根据穿着打扮上街抓人,或就地枪杀,用大马车和大卡车往郊外运尸体,当他们忙不过来的时候,广场上的尸体就堆积如山。我所幸没遭到逮捕,不过,我几次目睹那些被害的人一丝不挂堆成的尸山,当时不知为什么,记忆中浮现出那段奇怪的经历。你已经明白了,那是在对德战争期间。"他对亚历山大·彼得罗维奇点头。"我们站在喀尔巴阡山脚下,万籁俱寂。亚历山大·彼得罗维奇告诉您了,我是个猎人,可不能白白错过这个大好时机。记得吧,萨沙?哥萨克侦察兵报告,说山上不远的地方住着一个巫婆,喀尔巴阡山的先知。正好那段时间无事可做,就和萨沙决定进山散散步,打些野味,顺便会会巫婆。"

尼古拉·阿波罗诺维奇娓娓道来,一会儿看看库吉玛·伊里奇,一会儿看看亚历山大·彼得罗维奇,那位频频点头。

"因为不知道路怎么走,找了当地的古楚尔人做向导。必须告诉您,他们一直拒绝带我们去,因为他们害怕,好说歹说都没门儿。不过,有钱能使鬼推磨,有一个人终于答应了,但是有言在先,他只送到指定地点,下面的路我们自己走。我们只能同意。

"后事如何,我先不跟你们说,山毕竟是山,小径毕竟是小径。在一个高大的悬崖旁边,古楚尔向导止步不前,说顺着这条小路一直往前走,就找到巫婆了,他呢,在这里等着我们。其实是撒谎,在回来的路上根本没见着他,早跑得无影无踪了,因为钱早已付清了。"

亚历山大·彼得罗维奇倾听着叙说,回忆着往事,不由得笑了。

"这之前,"尼古拉·阿波罗诺维奇继续说,"小路一直往上,几乎通到古楚尔人等我们那地方,然后往下,到一条小溪前,那小溪真美,在一些圆石中间潺潺流过。我蹚水过去,萨沙却不愿意湿鞋。"

"我自作聪明,"亚历山大·彼得罗维奇插一句,"我从一块圆石跳上又一块圆石,连蹦带跳,结果跌个四脚朝天。"

"是的,萨沙,从这地方接着往下说!"

"从圆石上跌下来,扭伤了脚,疼得要命,很快肿起来,我不能继续往前走了,再走就成了尼古拉·阿波罗诺维奇的累赘,只好对他说,'你去吧,我在这儿等你,然后你再告诉我。'"

"脚骨折了吗?"库吉玛·伊里奇问道。

"没有,回来以后才搞清楚,是扭伤。医生想给打石膏,最后装个夹板儿也就对付过去了。没办法,只好一瘸一拐地走了半年。"亚历山大·彼得罗维奇看看尼古拉·阿波罗诺维奇又往周围扫了一眼,"幸好安娜此刻没听到,否则又该放心不下了,她对这件事可是一无所知,总之,我站在小溪边,把脚泡在冰冷的溪水里。谢谢尼古拉·阿波罗诺维奇的白兰地,不然我非冻感冒不可,下面的事你接着说吧,尼古拉·阿波罗诺维奇!"

"我把萨沙留在小溪边等我,自己沿着小路继续走了约四十分钟。路开始往上去,而且很陡,这条路通向一块空地,我看见峭壁上有个山洞,您知道,洞口在两棵大橡树中间,巫婆站在洞口,说正在等我。"

尼古拉·阿波罗诺维奇拿起装烟器,乌斯特里亚洛夫与库吉玛·伊里奇和亚历山大·彼得罗维奇交换个眼神。亚历山大·彼得罗维奇只耸耸肩,就是说有就是有,必须相信说的话。

"我走到她面前,问声好,她请我进洞小坐。不过那里,也就是在山洞里的情况我什么都记不得了。如堕五里雾中,如梦如幻,所见所闻皆成一片空白,至于巫婆本人的相貌与音容,尽在渺茫之中,只记得她与童话里的巫婆没啥两样,儿童读物中早已司空见惯。洞穴里还有些东西——墙壁、桌子和板铺,上面盖着色彩鲜艳、尺寸不一的古楚尔织毯,洒着斑驳的阳光,可见洞顶透亮。她身着花花绿绿的披肩,戴着亮晶晶的念珠、护身符和项链。剩下的只有衣服上五光十色的斑点,满脸皱纹纵横交错,苍老而恐怖,但是有一双充满智慧的眼睛。"尼古拉·阿波罗诺维奇想了想,"我现在讲的这一切,不过是记忆中的星星点点!瞧那双炯炯有神的眼睛!至今我还记得清清楚楚。总之,她像个吉卜赛人。"

乌斯特里亚洛夫聚精会神地听着,尼古拉·阿波罗诺维奇叙述的一切栩栩如生,叫他有身临其境的感觉,不过,他突然一惊,说道:"那她对您说什么了?"

"说到这儿,那可一言难尽了!我的印象是,后来体会到的,她啥也没说。她吸着烟斗,烟雾缭绕,我几乎看不清她的面容,但一直能听见她的声音。"

"那她说的什么呀?"乌斯特里亚洛夫迫不及待地插话道。

"她说不是我一个人来的,她连古楚尔人的名字都能说出来,好像叫什么敖列斯特,他留在圆石旁边,不过现在已经溜之大吉了。"

"这个问题事先他们可能说好了。"乌斯特里亚洛夫说道,库吉玛·伊里奇点头表示同意。

"你们听吧,先生们,往下听吧!"亚历山大·彼得罗维奇插了一句。

"在小溪边有一个莫斯科佬等着我,他因为脚崴了,已不能走路。"

"关于这一点,谁也不可能跟她事先约定!"亚历山大·彼得罗维奇两手一摊。

"还记得有一阵子她鼓烟鼓得特别厉害,浓烟把她整个包裹起来,这时候在她那个位置我看见一个骷髅头!"

亚历山大·彼得罗维奇扫了一眼库吉玛·伊里奇,见他不死不活地坐在那儿,一听说骷髅头,便频频画十字,嘴里念念有词:"上帝呀!圣明！圣明！"

"而且，先生们，这个骷髅头并不是一般的人头骨，人头骨我们见得还少吗？而这个人头骨是火红的，好像正在燃烧那样红光四射，它甚至不是原地不动，而是拖着一个彗星般的尾巴，在洞穴里飞来飞去，这尾巴在人头骨飞舞时逐渐消失，就在这个时候我还能听见她的声音。我没听清她说的什么，但她常常重复'莫斯科佬'这个词儿。如果谁不知道古楚尔人把俄罗斯叫'莫斯科佬'，那就怪了！后来洞穴里好像通了风；在一瞬间我看见了她，如梦初醒，只是自己起不来，因为浑身无力。她把我扶起来，当时又出了一件怪事。山洞周围聚集了许多动物——松鼠、鸟儿、兔子、狐狸、野山羊，它们像众星捧月一样围拢着她，她是在喂它们吃的。真如在童话世界中一样！"尼古拉·阿波罗诺维奇连续吸了三口烟，自己也堕入烟雾之中。

"先生们，下面的事我跟你们说，"亚历山大·彼得罗维奇加入进来，"我在小溪旁坐了一个钟头，大约两个钟头。尼古拉·阿波罗诺维奇回来的时候，已是魂不附体，面如土色。你记得是怎么回来的吗？"

尼古拉·阿波罗诺维奇摇头表示否定，补充说："在临走之前她嘱咐我，不用为自己的伙伴儿担心！"

"开始他什么都说不出来。过后才活灵活现地讲了那段经历：巫婆本人，她的飞禽走兽。说巫婆知道他不是一个人单刀赴会，而是有古楚尔向导陪同，他对女巫非常惧怕，所以躲在圆石之后，不过现在已经逃之夭夭，说我还留在小路上。不过最叫我们吃惊的还是那个火红的骷髅头。当时，我们只是发笑。"

这工夫门开了，安娜走进来，亚历山大·彼得罗维奇看见娜达丽娅·谢尔盖耶夫娜跟在她身后。

"怎么样，你们还在争论？"她问道，"没什么，没什么，我们不打扰你们的谈话，只是娜达丽娅·谢尔盖耶夫娜……"

娜达丽娅·谢尔盖耶夫娜进了书房,脸色红润,美丽动人。

"那么,先生们,"乌斯特里亚洛夫说道,从椅子上起身,"我们该告辞了!"

"我来送送你们。"亚历山大·彼得罗维奇也起身,对尼古拉·阿波罗诺维奇说,"尼古拉·阿波罗诺维奇,你不着急吧?"

尼古拉·阿波罗诺维奇抬手表示不必惊动,摇摇头说明他不急。

乌斯特里亚洛夫夫妇很快收拾停当,穿好外套,亚历山大·彼得罗维奇觉得乌斯特里亚洛夫心事重重。他们出了门,走了半条街到了大直街,大家一言不发,后来乌斯特里亚洛夫好像要挥去脑子里的什么想法,问道:"亚历山大·彼得罗维奇,您如今在哪里高就,还在中东铁路管理局搞大地测量吗?"

"是啊!"亚历山大·彼得罗维奇答道,"正在准备小兴安岭萨哈梁(黑河)地区的资料。为铺设萨哈梁(黑河)—齐齐哈尔支线拍些地貌图片。"

"您有所耳闻?"

"怎么能没有耳闻呢!您知道在工大组建了大地测量教研室吗?"

"没有!头一次听您说。"

"您不想去教书吗,我可为你说说!"

乌斯特里亚洛夫不慌不忙,从容不迫地说着,但是,亚历山大·彼得罗维奇看得出,他能保持如此平静的心态实属不易。

"我对您表示感谢,我答应您认真考虑,不过现在有许多事已经开头。"他想了想,"难道这故事对他竟有这么大触动吗?"

"有关中东铁路的问题,您没听说苏联有什么打算吗?"乌斯特里亚洛夫问道。

"听到一点!道听途说,不足为信,说实在的,暂时还谈不上这个问题。"

"那您仔细听听！"

"什么呀？"

"我已略有耳闻,据传莫斯科与北京要合办中东铁路！"

"这有什么威胁吗？"

"我不清楚,不过有一个危险,在哈尔滨要换成苏联领导,顺便问一下,您的国籍和公民身份是什么？"

"无国籍！您的意思是包利斯·瓦西里耶维奇·奥斯特洛乌莫夫将被撤换,也就是开除？"

"大概是这样,不过我想问问您的国籍是什么？"

"我是俄罗斯帝国国民！"

"这就可能成了问题,所以可别拿我的话当耳边风！答应我吗？"

"我答应！您也答应我别把我的建议当耳边风——在帽儿山租一幢别墅！"

一听说到帽儿山,亚历山大·彼得罗维奇和乌斯特里亚洛夫在餐桌上就谈及此事,娜达丽娅·谢尔盖耶夫娜越过丈夫的肩膀,对亚历山大·彼得罗维奇说："那儿真的很好吗,亚历山大·彼得罗维奇？"

"娜达丽娅·谢尔盖耶夫娜,丘陵地区的空气清新宜人,将来对您的健康更有帮助,周围的左邻右舍都是体面人！您知道,亚历山大·雅克夫列维奇·斯洛波得奇可夫打算在那儿定居下来？"

"这个考利亚是何许人也？"

"我们的律师,哈尔滨的律师,办事非常精明强干。"

"和加拿大人合作吗？"

"办什么案子呀？"娜达丽娅·谢尔盖耶夫娜觉得很有趣。

"加拿大人打算在北方建铁路,他们需要自由的劳动力,于是他们决定在俄国侨民中招募。"

"这里有什么特别的吗？"

"条件,娜达申卡,条件!斯洛波得奇可夫和加拿大人达成协议,预付每户移民家庭三千加元贷款,时间为期二十……"

"二十五年!"亚历山大·彼得罗维奇纠正他。

"二十五年没有任何保障,在狂风暴雪中筑路,两千户基本是我们的人,俄国难民,斯洛波得奇可夫真是好样儿的。"

"亚历山大·彼得罗维奇,您很了解斯洛波得奇可夫一家吗?"

"安妮偶尔去参加他夫人组织的神智学会活动。"

"好吧,我们到了。"当他们三人走上大直街人行道,乌斯特里亚洛夫说道。

"回家吧,亚历山大·彼得罗维奇,"娜达丽娅·谢尔盖耶夫娜说道,"您的夫人真是出类拔萃,可别叫她担心。前面我们自己走就是了,对吧,考利亚?"

"是的,亚历山大·彼得罗维奇!非常非常感谢您的邀请,新交初识,不胜荣幸,谢谢我们度过这个美好的晚上。至于我的建议,答应我不会忘记,是吧?答应吧?"

"答应!"

娜达丽娅·谢尔盖耶夫娜在告别时把手伸给亚历山大·彼得罗维奇,留下男人们,先往前走了几步。

"我是因为骷髅头的事儿!"乌斯特里亚洛夫悄声说道,看了一眼妻子,"可别叫她听见,现在她受不得惊吓!至于骷髅头,我想喀尔巴阡山的巫婆所指的就是我们祖国的命运。"

第五节

　　亚历山大·彼得罗维奇回到家,在客厅里遇上安娜、尼古拉·阿波罗诺维奇和库吉玛·伊里奇,老头正在朗读一篇报纸简讯。

　　"又在搞普及教育啊?"亚历山大·彼得罗维奇微微一笑,觉得很有趣。

　　库吉玛·伊里奇读到"埃菲尔工程师之死",抬起眼睛,饱含着委屈的目光,尼古拉·阿波罗诺维奇立刻出来为他说话:"萨沙!库吉玛·伊里奇给我们读的东西很有趣,你转来转去就是在事务里打圈子,世界都发生了什么事,一无所知。接着读,库吉玛·伊里奇!求您了!"

　　库吉玛·伊里奇看看亚历山大·彼得罗维奇,认为自己赢得了支持,正了正眼镜,这眼镜靠一条腿儿支撑在头上,另一边是用已经老化发灰的橡皮筋儿凑合着。亚历山大·彼得罗维奇看在眼里,怕客人尼古拉·阿波罗诺维奇发现,看了一眼安娜,两手一摊,她看懂了丈夫的眼神儿,看看老头,对他点点头。

库吉玛·伊里奇清清嗓子,理直气壮地继续高声朗读:

  埃菲尔工程师逝世。巴黎埃菲尔铁塔著名建筑师埃菲尔在法国逝世,享年九十二岁。

"这个我已经听说了,"尼古拉·阿波罗诺维奇说道,"你们有谁去过巴黎吗?"

安娜和亚历山大·彼得罗维奇点头表示去过。

"是的,很清楚,这座铁塔早晚得被下一个埃菲尔取而代之,"尼古拉·阿波罗诺维奇说道,"那里还有什么有趣的东西?"

  法国。在撒哈拉沙漠的上空。今日在巴黎出现了"迪克斯缪德号"飞艇获救的一线希望,据报道,有人目睹飞艇正往南方向撒哈拉一块绿洲飞行,距丹吉尔东南约630里。

"这就有意思了!真是些勇士!有下文吗?"

"是的,尼古拉·阿波罗诺维奇,我有好几期呢。"库吉玛·伊里奇答道,同时谨慎地看了看亚历山大·彼得罗维奇。

亚历山大·彼得罗维奇哼了一声,和安娜交换个眼神儿。库吉玛·伊里奇拿起另一期报纸:

  法国。"迪克斯缪德号"沉没之谜。地中海上的风暴停息以后,搜救法国飞艇"迪克斯缪德号"船员尸体的工作重新开始进行。

"反正是遇难了。"尼古拉·阿波罗诺维奇不无遗憾地说道,"那找到事故原因了吗?"

"出动了歼击机和巡洋舰。"库吉玛·伊里奇继续读：

立即出海搜寻法国船员的尸体。同时出发的还有三艘巡逻快艇。有一件神秘的事情令人百思不得其解，在坠毁的飞艇上本来有十五只信鸽，根据军部共同看法，信鸽应飞返土伦基地，可是却消失了。今日彭加勒召集海军部及航空部门高级官员参加紧急会议，明确必须对空难进行严格调查。巴黎报界对海军部的代表进行猛烈抨击，因为后者没有按规定下令在海军部大楼为"迪克斯缪德号"飞艇遇难军官和船员降半旗致哀。

尼古拉·阿波罗诺维奇听着库吉玛·伊里奇的表情朗读，突然惊叫一声打断他："这问题可来了，降旗还是不降旗？这跟咱们有什么相干？大概，乌斯特里亚洛夫先生是对的！"他的声音在颤抖。"没什么，库吉玛·伊里奇！接着读！别分心！"

此刻在巴黎谣言四起，传说"迪克斯缪德号"有士兵起义反对军官。流言愈传愈烈，这始于巴黎获得了大量的神秘报告，法国当局曾对"迪克斯缪德号"指挥官进行尸检。

"下面的事就明白了！真叫人惋惜！勇敢的人总是叫人感到惋惜！那里还有什么事？"谈话只在尼古拉·阿波罗诺维奇与库吉玛·伊里奇之间进行，好像屋里再没有别人似的。

"现在，尼古拉·阿波罗诺维奇，还有一小块儿，这很有趣。"库吉玛·伊里奇继续读：

设想"迪克斯缪德号"杀害指挥官以后可能驶往小亚细亚海

271

岸，登陆土耳其，指望土耳其当局不会将其遣返法国。

"这纯粹是胡说八道！法国是个自由国家，根本不可能冒险乘飞艇逃离那里。以本人之见，那只不过是记者们想入非非，炮制耸人听闻的新闻罢了！啊？萨沙？"

亚历山大·彼得罗维奇耸了耸肩膀。

"我就是这么想的嘛。"尼古拉·阿波罗诺维奇得意地说，因为得到亚历山大·彼得罗维奇表态支持。

库吉玛·伊里奇继续读：

但是最后的假设是不可信的，飞艇的燃料储备很少，未必可飞往土耳其。

"就是这样！他们不可能再有储备的汽油！"

法国。"迪克斯缪德号"残骸……

"得了！库吉玛·伊里奇，这就没什么意思了。我得去一趟撒哈拉沙漠，怎么找也没希望了！民主制度的媒体还能用什么款待我们呢？"

库吉玛·伊里奇翻了几页，最后停住。"大概，这块儿会有趣！"他说道，并开始读：

意大利讯。墨索里尼生活片段。现任意大利总理墨索里尼出生地故居馈赠仪式在普雷达皮奥村隆重举行。在仪式进行中，一位妇女始终站在宾客席，因为她与墨索里尼的婚礼未能举行，至今仍为待嫁之身。

"您给我们找了一段墨索里尼的事,能有趣吗?"

"叫他读吧,尼古拉·阿波罗诺维奇,"亚历山大·彼得罗维奇也搀和进来了,"我有种预感,世界上又出现一个列宁,不过是意大利的列宁。下面是什么,库吉玛·伊里奇?"

"当时墨索里尼追求她,非要和她结婚不可,她却不同意,说他们俩都这么穷,结了婚他们仍然是穷人,还想生出一群乞丐吗?"

"诚实的女人!那墨索里尼怎么回答她呢?"

"墨索里尼,"库吉玛·伊里奇没离开报纸,看了尼古拉·阿波罗诺维奇一眼,"想了想,对自己的心上人机敏地说:'或许你说得对。'于是他们开始各奔前程,他作为一个无名小辈、荒村野夫登上光荣的顶峰。"

"傻娘儿们!"尼古拉·阿波罗诺维奇伸手接过安娜给他倒的茶。

"实心眼儿的女人,糊涂女人,应该是有区别的!您还没看出来吗,尼古拉·阿波罗诺维奇?"安娜问道,口气带点嘲讽。

"对不起,您在开玩笑,安娜·柯萨维里耶夫娜!"尼古拉·阿波罗诺维奇反驳道,又转向库吉玛·伊里奇,"还有什么吗?"

库吉玛·伊里奇翻了几页:"我想这一条您能感兴趣:购买弗兰格尔之国库储备。捷克斯洛伐克共和国宣布……"

"这可能很有趣,只要听起来不那么叫人扫兴。"

"我想这会很有趣,"亚历山大·彼得罗维奇参与进来。"可能这正是乌斯特里亚洛夫教授所说的!尼古拉·阿波罗诺维奇,记得俄罗斯对同盟国的义务吗?好吧,库吉玛·伊里奇,下面是怎么说的?"

一个由南斯拉夫内务部和军部代表组成的专门小组从卡塔尔将弗兰格尔的黄金和白银储备运往保加利亚。部分存入南斯拉夫银行,大部分存入外交部和国家银行。南斯拉夫政府打算斥资四亿第纳尔收购储备。

"你从这里找到什么有趣的东西了?"尼古拉·阿波罗诺维奇问道。

"我想,尼古拉·阿波罗诺维奇,问题是这么多国库储备被收购,那钱到谁的手里了?"

"我想这恰恰是我们永远不得而知的问题。这将是千古之谜,永恒的秘密。"

"我觉得尼古拉·阿波罗诺维奇说得对,萨沙!"安娜静静地说道,"想想乌斯特里亚洛夫教授说的话,他援引陀思妥耶夫斯基的话说,'金钱——被铸造出来的自由!'谁会喜欢没钱的自由?"她转向库吉玛·伊里奇:"库吉玛·伊里奇,您的报纸里有俄罗斯的消息吗?"

"好样的,安妮史卡。"尼古拉·阿波罗诺维奇兴奋起来。

"您怎么冲我来了?"亚历山大·彼得罗维奇面有愠色。

"该换个话题了!"

"是啊,安娜·柯萨维里耶夫娜。"老头子回应说。自从打牌大获全胜之后,他一直保持低调。自打公开异教徒一说遭到围攻,他心里总不是滋味。现在他终于觉得自己能平等地和大家谈论问题了。"在《霞光报》上实际每期都有,要读一读吗?"

"来,里面有什么?"

"俄罗斯讯。彼得格勒发大水。"

"得了,得了!库吉玛·伊里奇!这听了叫人不快,有什么高兴一点儿的吗?"安娜倒完茶,再把盛饼干和糖果的果盘放在桌子中间。"不管什么,再读一点儿吧。"

"那就读一点儿?"

"是的,库吉玛·伊里奇,读吧,安娜·柯萨维里耶夫娜说得对,不管读什么,叫大家高兴就行!"

  莫斯科,一九二四年一月三日讯。据彼得格勒消息,尽管天气寒冷,涅瓦河水仍暴涨不已并决堤,彼得格勒的许多地区和工厂被水淹没。

"报上没写具体地点吗?"
"没有,安娜·柯萨维里耶夫娜,这里没写!"
提到彼得格勒和涅瓦河,大家不免黯然神伤,尼古拉·阿波罗诺维奇搓搓手,轻声吟诵:

  波涛拍打着荒凉的河岸……

安娜拍手叫好:"尼古拉·阿波罗诺维奇,您还给我们朗诵《大叔不是开玩笑》!让我来开始,我可有好段子!"
"谁能和女主人意见相左呢?请多包涵!"
"我从《青铜骑士》开始,不过稍稍往后一点,好吗?那里可有精彩的句子!"
"女人喜欢什么,上帝就喜欢什么!开始吧!"
安娜放下自己的茶杯,坐在安乐椅里,双手放在膝头:"我从中间开始。没关系吧?"
大家点头表示赞同。
安娜开颜一笑,稍停片刻:

  一百年过去了,年轻的城,
  成了北国的明珠和奇迹。

从幽暗的森林，从沼泽中，
　　它把傲岸的灿烂的头高耸……

　安娜慢悠悠地朗诵，轻声细语，身体也随之微微摆动：

　　这里原只有芬兰的渔民，
　　像是自然的继子郁郁寡欢，
　　孤单地靠近低湿的海岸，
　　把他那破旧的渔网投进
　　幽深莫测的水里。
　　可是如今海岸上
　　却充满了生气，
　　匀称整齐的宫殿和高阁
　　拥聚在一起……

　她如痴如醉地朗诵，亚历山大·彼得罗维奇从未听过妻子朗诵，和尼古拉·阿波罗诺维奇一起屏息倾听。蓦然间，一个较为低沉的声音加入安娜·柯萨维里耶夫娜的朗诵，这声音似从远方飘然而至，一时还听不清究竟从何而来，宛如低回的钟声。两个人的声音配合默契，完美无瑕，安娜的声音略显高亢。

　　大船，从世界每个角落
　　奔向这富豪的港口停泊。

　安娜听到这个声音也不胜惊讶，待她逐渐平静下来，那声音还在继续，大家都看见那是库吉玛·伊里奇在朗诵。这老头子此刻像一位弹奏库布兹琴的乌克兰盲人在说唱,因为他伸着脖子,闭着眼睛,柔情满怀,手指像是拨弄着琴弦,进入忘我的境界,对于只剩他一人朗诵却浑然不觉。亚历山大·彼得罗维奇两眼一亮,欲有所表示,但安娜把手指放在嘴唇上,请他莫要打扰。

涅瓦河披上大理石的外衣;
大桥座座……

库吉玛·伊里奇的朗诵柔情似水,悦耳动听。

横跨大河;
河心岛若隐若现,
那是一片浓绿的花园。
在这年轻的都城旁边,
古老的莫斯科日趋暗淡。

库吉玛·伊里奇突然停住,抖了一下,睁开眼睛。"这我可不敢苟同!"他说道。

屋里一时间鸦雀无声,突然,大家哄堂大笑,安娜摆手,叫大家小点声。

"喂,库吉玛·伊里奇!"尼古拉·阿波罗诺维奇不假思索地摘下眼镜,用拳头擦干眼泪,"您就是一只夜莺!"

"比松鸡强点儿!"库吉玛·伊里奇面有愧色。

"您啊,库吉玛·伊里奇,今天好像……打开了潘多拉的盒子!"亚历山大·彼得罗维奇礼貌地把'木桶'换成一个更洋的词儿,您今天慷慨激昂,出口成章,简直叫我们惊叹不已。"

"主要是诗好,您可要知道,我参加过大学里的朗诵小组!"

"师出名门,绝非等闲!还有什么吗?"

"要不背诵报纸?"

"有诗词吗?"

"报纸上的。"亚历山大·彼得罗维奇说道。

"还有,"库吉玛·伊里奇开始翻报纸,"这不!我读了会叫诸位高兴,请听。"

俄罗斯讯。克里姆林宫权斗,苏联领袖季诺维也夫与斯大林同另一方的托洛茨基发生冲突,其权力日益加强。乌克兰决定支持托氏。

"这个消息来自莫斯科吗?"

"不,来自瑙恩!"

"这样的话,我们的外国朋友该采取什么合情合理的措施呢?"亚历山大·彼得罗维奇饶有兴味地说。

"这我可无从得知了。"

"大家回想一下,"亚历山大·彼得罗维奇对大家说,"乌斯特里亚洛夫教授说,列宁可能很快就不在世了。争权夺利的戏码恐怕即将拉开帷幕。"

"如果这样,"尼古拉·阿波罗诺维奇又开始擦夹鼻眼镜,"瞧着吧,等着变天好了!"

"这一期还有些笑话,"库吉玛·伊里奇说,"《轰动新闻:俄国人自嘲——滚出满洲》和《女性新闻:所有的猫夜里都走狐狸步儿》。"

男士们没注意到安娜一分钟前出去了一趟,回来走到丈夫面前咬了一顿耳朵,亚历山大·彼得罗维奇听后,对大家说:"先生们,对不起,我们今天不得不结束了,安妮说萨士克发烧了!"

亚历山大·彼得罗维奇送尼古拉·阿波罗诺维奇时,只围个围巾,披上大衣就出去了。街上已是寂静空寥的深夜,银白色的星光和邻居家窗口的黄色灯光交相辉映。

"你啊,萨沙,不要远送了,到大直街才两步远,回去吧!是的,是这么回事!我想你还记得他!"尼古拉·阿波罗诺维奇翻起河狸皮大衣领子,摘下遇冷一下上霜的夹鼻眼镜,开始伸手在兜里找眼镜盒。"我们在军官俱乐部见过一面,你别去见他们。雷切夫去了,总打听你的事,问你怎么样,现在干什么等等。"

"阿塔曼谢尔盖·阿凡纳希耶维奇·雷切夫?从萨哈梁(黑河)来的?"

"正是他!我怎么突然想起他来了呢?你不是夏天要去那个地区吗?我认为他对此已有所闻!"

"是的!这不是秘密,他没说想要干什么吗?"

"没有!没说,但他的表情有些高深莫测。"

第六节

库吉玛·伊里奇一听萨士克发烧,大吃一惊,觉得这事非同小可,慌里慌张地对安娜·柯萨维里耶夫娜说:"安妮史卡,我能帮点儿什么忙吗?"

安娜正站在厨房里调制药水儿和纸袋里的药粉:"您能帮什么忙呀?要么您下地窖拿几块冰,我放在水袋里。"她拿起一个小药瓶,看看标签。"天亮前这些小药会起作用。"她的手在抖。"我本来已经看过他了!我们在那高谈阔论、有说有笑的时候,他还啥事没有,睡得安安稳稳,现在突然折腾起来,浑身发烧,冒汗。耶稣,马利亚!"她心神不宁地叹了口气。

"我马上回来,安妮史卡!您别担心,冬天外面总是这么冷!您靠靠边儿,我打开窖门儿。"

安娜躲开一步,给库吉玛·伊里奇让路,拿起盛开水的长颈瓶和玻璃杯。

"我去萨士克房里,送那去吧,水袋在门后放着。"

"马上就好,别担心。"

安娜出去了,库吉玛·伊里奇挪开窗口的粗毯,拉开门闩,便下去了。"哈尔滨这气候真坑人,日头烤得热乎乎的,却冷得鬼龇牙!他想起昨天晚上带萨士克去参加枞树晚会,萨士克玩得满头大汗,在回来的路上不听话,毛朝外的小大衣扣子没扣好,长耳皮帽也没系好。敞着怀儿,肯定是着凉了。"库吉玛·伊里奇这才反应过来自己没带装冰的东西。"你这老鬼,真是昏了头!"他从裤腰里把衬衫拽出来,用下摆装些冰块儿。"我是一错再错!哎呀,简直是个糊涂虫!"他心慌意乱,不知如何是好。"要么认个错?说一千道一万,也无法挽回了!"他又拿了些冰块。"我弄些冰块备用,放在外面的雪地里。天这么冷,肯定不会化!"

冰块透过衬衫冰着他的肚皮,库吉玛·伊里奇拣够了,该爬上去了。

"承认错误,让人家猛收拾一顿!然后去哪里呢?在这里,在这异国他乡销声匿迹,"他气喘吁吁地抓住楼梯横梁,"不管怎样,反正得上去。只是别落得叫自己都觉得他今天太警觉!"

亚历山大·彼得罗维奇送走尼古拉·阿波罗诺维奇,赶快回家,脱了大衣搭在椅背上,忙去萨士克房间。安娜坐在萨士克床边,从小锅里拣些小一点的冰块塞到胶皮水袋里。

"怎么样?孩子怎么样?量体温了吗?"他小声问道。

"可以不量,你摸摸!"

亚历山大·彼得罗维奇先是摸摸儿子的前额,然后用嘴唇贴一贴,体温的确不用量,萨士克的头只是稍微有点热。

"要不要去看医生?"

"我想得看医生,可三更半夜去哪里看呀?等你走到道里,卡兹-贝克医生收拾好了,回到我们家,天也亮了。咱们就等到早晨再说,我已经找了点小药。我们那位神奇的老头子,"她给他看看小锅里的冰块儿,"从地窖弄出来的。多好的人啊,没有他在我们会怎么样呢?等早晨你上班时从机关医务室请一位医生来。"

"好啊!"亚历山大·彼得罗维奇知道安娜对一切已经做出决定。"对他住在我们家我非常高兴!"他谈到库吉玛·伊里奇的时候说道,"你知道,我甚至怕他有一天找个寡妇,结成连理,比翼双飞。瞧他们彼此的称呼,他就像亲爷爷一样对待萨士克。"

安娜把装好冰的水袋盖子拧好,用毛巾包好,用双手拿着放在儿子的脑门儿上。

"配的药水起作用了,看他睡得多安静!"

她坐得更舒服一些,把冰袋放正,免得滑下去。

她说:"你去吧,睡一会儿。早晨小李会收拾客厅,我叫他早点来。去休息吧,没准儿什么时候叫你,我在这儿坐一会儿,反正也睡不着,不行就在这儿躺一下,你去吧!"亚历山大·彼得罗维奇在妻子的耳鬓间吻了一下,就出去了。在卧室里,他掀开被子,脱了衣服,拍松枕头,便侧身躺下了。

"快点入睡吧!"他一边寻思一边闭上眼睛。

他盖好被子,躺了一会儿,突然觉得自己被笼罩在寂静之中。寂静笼罩着他,笼罩着他的房子,把这老地方的一切声音都压缩了,他觉得都压在他自己身上。他好像听见地板块儿咯吱咯吱响,可是那里没人走动呀。这声音又仿佛苹果树上的霜落在雪地上,好像窗帘在呼啦啦飘。其实,为了防寒,窗缝已用纸条封得严严实实。亚历山大·彼得罗维奇听听儿子屋里有什么动静,什么动静也没有,听听库吉玛·伊里奇的房间里,也是鸦雀无声。就是在原始森林里也没有这么寂静。

他的家里就是这样寂静,昨天夜里是这样,前天和从前一直是这样,只不过他没有发现而已。大概因为妻子在身边,她翻身时总把被子弄得窸窸窣窣响,但这并不影响他的睡眠,甚至使夜的特殊旋律得到加强。

亚历山大·彼得罗维奇躺着,感受这无声的寂静,他觉得这寂静不只笼罩了他的家,也笼罩了整个城市。他觉得一月的严寒压在鹅卵石和沥青路面以及铁皮屋顶上。严寒从松花江袭来,一直到开春都潜伏在冰层底下与千里冰封的满洲雪原好有一比。

睡意姗姗来迟。

突然,外面传来床铺咯吱咯吱的响声和儿子的呻吟声,接着是妻子去厨房的脚步声。

"大概是去取水!"亚历山大·彼得罗维奇心里想。他不再试图入睡,开始仰脸躺着。

"可能突然需要我,还是不睡更好!"这个想法让他更能接受黑暗和寂静。像在黑暗的电影院大厅里放映电影胶片一样,他脑子里清晰地映出他在辛比尔斯克城外被榴霰弹炸飞又落在地上的情景。"真的,怎么会这样呢?炮弹在脚后跟儿爆炸,人竟然毫发无损,怎么能叫人相信呢?真不可思议!"他回想起乌斯特里亚洛夫说过的一句话。"他的确是一位智慧超群的人,尼古拉·瓦西里耶维奇·乌斯特里亚洛夫教授。"亚历山大·彼得罗维奇想到这一点,比想到寂静与严寒更惬意。"对我们经历的一切,他的思考非常深刻。不是坐在巴黎或伦敦的书房里闭门造车所得,我记得他在鄂木斯克的样子,当时战火纷飞……所有的东西他都能解释清楚!这些是我不能理解的,许多人,尼古拉·阿波罗诺维奇,甚至高尔察克都没弄明白的,以及其他人也弄不明白的东西。"

他又想起一件事,他在莫斯科的最后一个晚上,那时看门人佩纳特已经睡了。他想起历史课的一段,那是在军官学校的事,讲到罗马帝国的国王和贵族们怎样杀戮和折磨罗马第一批基督教徒,而俄罗斯成为基督教国家几乎没有流血,不过以后就没那么顺当了!

这一切都与乌斯特里亚洛夫说的完全一致。罗马,平民阶级和角斗场!

一切必须付出代价!

"是的!一切必须付出代价!"亚历山大·彼得罗维奇想。他又听脚步声,确定安娜回了儿子的房间。他觉得房子开始活跃起来,他的思路也一下活跃起来。"介绍乌斯特里亚洛夫与狍子——米士卡相识真有意思。他们会怎样交流呢?一个人的智慧来自书本,另一个来自大自然。不过两者之间有共同的东西!大概是真诚吧?是的,正是这样!真诚!他们两人都是除了活着别的什么也不需要,像是此前已经习惯那样活着。一个需要的是面包和书,另一个需要的是面包和森林。森林也是一本书啊!"

亚历山大·彼得罗维奇回想起米士卡读《圣经》的样子,不用看本子,而是倒背如流。

"大概,不是米士卡对我,而是我应该对他提出这个问题:到底发生了什么事情?他当时满怀信心地说:'人活着要心眼儿好!'"

"人活着要心眼儿好!"亚历山大·彼得罗维奇感到寂静已不再使他不安,它已经不在了,像是睡着了,他听见库吉玛·伊里奇沉闷的脚步声。

库吉玛·伊里奇就是这样——人活着要心眼儿好!的确是他把萨士克弄感冒了。这是肯定的!他们昨晚参加枞树晚会回来时,他没照看好孩子,这老头子!

第七节

安娜坐在黑暗中,看见儿子的头和一只手放在白色的枕头和被子一角上。棱角分明的窗户影子映在昏暗的墙壁上,窗外是花园,那里的积雪很深。从萨士克出生,安娜就不喜欢挂厚重的窗帘,所以只挂白色的,即便是带花的,也是浅色的透亮的纱帘。她很久以前就想好了,当她的儿子每天一觉醒来,第一眼看见的就是煦煦晨光或美好的白天,睡醒以后快快乐乐度过每一天。

萨士克睡得很安静,大概配的小药起了作用。她碰了碰他露在被子外面的左手,有点汗津津的,已经不像一个钟头之前发现他得病时那样了。

"这是怎么回事呢,是在哪里冻着的呀,或者在哪里感染的呢?不该让他去枞树晚会!"她心里想。但她一下认识到儿子已经长大了,不能叫他每天窝在家里,特别是新年期间,有那么多有趣和吸引人的活动。她记得自己童年时参加枞树晚会,森林里的异乡人在树上挂满了玩具和糖果。从冰天雪地中被搬进屋里，枞树的针叶散发出沁人肺腑的清香。在她双亲的房间里，枞树是卡累利阿的或芬兰的，她不知道两者有什么差别，可是爸妈总为哪个更香争论得面红耳赤。而她觉得枞树只有在夏天才散发香味。她感觉圣诞树在家里没放多久，很快就到夏天了。她去约瑟夫伯父家，在华沙郊外，在他的庄园里，沙土地里栽了些云杉，一点点变得密密麻麻，郁郁葱葱，清香扑鼻。花园被树林取代以后，就消失了。

她往一旁看了看，窗户底下的地板上有一条光带，和整个窗户一样宽。

"月光！"

她又碰了碰儿子的手，还很热。萨士克翻过来仰卧，弄得钢丝床咯吱咯吱响，勉强听到他喃喃地说："妈，我要喝水！"

她出了屋。走廊里很黑，突然在她身后闪出一线灯光，安娜回身看见库吉玛·伊里奇提着煤油灯站在他门口。

"天啊，他怎么知道我出来了呢？"她想道，心情很平静。

库吉玛·伊里奇用手势向她表示，她不必离开萨士克的房间，要办的事由他去办好了。安娜对他表示感谢，摆手叫他回去睡觉，然后轻手轻脚地进了厨房，开了灯，往杯里倒些药水儿，想起冰块可能都化了。

"我弄了好多冰，都放在雪堆里，因为怕化了。"她听见库吉玛·伊里奇在背后嘟嘟囔囔地说。

"水袋在您那里吗？"

"没有，"安娜答道，"还在那里。"

"没事儿，"库吉玛·伊里奇出了厨房转身说道，"我会小点儿声。"

库吉玛·伊里奇走到萨士克房间，取走水袋，去花园倒出融化的冰水，再往里装碎冰，回来把水袋放在孩子的床头，就回自己屋里去了。床头柜上那盏煤油灯静静地燃烧着。夜里他已经祈祷过了，本来可以躺下睡了，但是一个忐忑不安的想法叫他难以入眠。

"他们收留了我，让我有了栖身之地，我从心里感谢他们！他们是心地善良的好人，我对萨士克这孩子的感情已是难分难舍。他就跟我的亲孙子一样。如果人家要下逐客令呢？在这个城市里我可走投无路，只能去蹲教堂门口的台阶了，是吧？要么帮阿金菲神父配油彩？"这个想法叫他心里发慌，他感到很热。"明天去领圣餐！"

库吉玛·伊里奇在床畔站了片刻，还不想睡，而是坐在床上，尽可能别弄出动静来。他拧了拧灯捻儿，屋里亮堂多了，他又给灯添了油。

圣人尼古拉·米里吉斯基的圣像被闪耀的灯光照亮了，库吉玛·伊里奇看见这位圣人的眼睛。这幅圣像画成没有多久，也就几年工夫。当时库吉玛·伊里奇刚刚从布拉戈维申斯克（海兰泡）的困境脱身，在哈尔滨，在亚历山大·彼得罗维奇家有了一席之地，有了一个家。看着圣人的眼睛，库吉玛·伊里奇回想起来到这个城市最初的日子，他造访了城里的所有东正教堂，听说郊外正在建造喀山-圣母修道院，他就竭尽全力去帮助建设者和策划者。他搬石头，拌石灰，拜会一位长老，据说那个长老专攻圣像画。在一个夏日，修道院已经竣工，他登上脚手架，请画匠不要拒绝他为其端调色盘和洗画笔。老画匠在穹顶下面，用胳膊肘支着脑袋，侧身躺在脚手架的横板上，看了看他，只问了一句："小工儿是够用了，能爬脚手架吗？"

库吉玛·伊里奇看看那位穿长袍的瘦小画匠，他正在烧石灰，便问道："神父，阿金菲神父与您年纪相仿吗？"

阿金菲神父正躺在横板上，在水桶里泡一支画笔，那水桶就吊在脚手架上，他仰脸躺着，开始抹灰。

"可能，只有我们这些人才能成年躺在脚手架上干活，"他取一支略细的画笔开始画轮廓线，"那么请问您怎么称呼？这位好心人。"

"库吉玛·伊里奇！库吉玛·伊里奇！库吉玛·伊里奇！"

"名字很动听,库吉玛·伊里奇,请问你来自何方,又去往何处呢?"

这不,库吉玛·伊里奇站在穹顶下的脚手架上结识了阿金菲神父。

"真是一位好画师!"库吉玛·伊里奇看着圣像在心里想,"画得多好啊!当我苦恼时,圣人就严肃地看着我,就说,要忍耐;当我快乐时,就说,高兴吧!"

库吉玛·伊里奇拿起抹布,这东西不离身边,随时待用,他开始擦圣像前面的玻璃罩。阿金菲神父叫他不要把圣像脸部用玻璃盖上,可库吉玛·伊里奇没听,他怕弄出划痕和褪色。他一边擦玻璃,一边对圣人尼古拉说:"你拯救了你的不计其数的仆人!我指望你振聋发聩,指点迷津,叫我的灵魂得到救赎,摆脱万般邪念的诱惑,不致罪大恶极,让我的孙子远离病痛。他虽非亲生,但胜似亲生!让我学会以善为本,披肝沥胆对待众人!"

他跪在地上,为了不惊动别人,他轻轻地唱起祭祷歌。

当安娜回到儿子的房间后,装满冰块儿的水袋已用毛巾包好,放在萨士克的枕头旁边。她又想道:"老头子心眼儿真好,对萨士克怜爱有加,真像亲爷爷。"

第八节

第二天又是一个忙乱的早晨。

安娜陪萨士克坐了一整夜,叫醒亚历山大·彼得罗维奇,让他去请医生。当他请来哈尔滨市最有名的卡兹-贝克医生时,萨士克还没醒,但是前额发烫,呼吸声断断续续。卡兹-贝克医生掀开被子的一角,解开睡衣,这时萨士克醒了,开始听诊,他很听话地吸气和吐气,翻身侧卧,又仰卧。卡兹-贝克医生看完后便与安娜一起出去了,只剩库吉玛·伊里奇站在萨士克床边。

"是肺炎,尊敬的安娜·柯萨维里耶夫娜,感谢上帝,只有一侧。"

安娜将双臂交叉在胸前,用哀求的目光看着医生。

医生继续说道:"亚历山大·彼得罗维奇一到就简单介绍了病情,所以我带了这些药。"卡兹-贝克医生打开手提包取出一个深色小瓶和一些药末儿。"给您!一小时量一次体温,这是处方。明天这个时间我再来。我现在能做的就这些了。"

亚历山大·彼得罗维奇把卡兹－贝克医生请来，交代给安娜，去了一趟办公室就回来了。安娜整夜没睡，坐在孩子床边，库吉玛·伊里奇一直陪伴在侧，他想小声跟她说说话，分散一下她的注意力，因为他看萨士克确实是睡着了。

亚历山大·彼得罗维奇一回来，就劝安娜去休息，自己留下来陪儿子。库吉玛·伊里奇也留在屋里，亚历山大·彼得罗维奇看得出他的歉疚之情溢于言表。于是，他看着老人，想起昨晚入睡前的一个想法，就是说萨士克感冒是库吉玛·伊里奇的错，不过他问的却是别的事："您怎么会如此激动？从来没见过！"

库吉玛·伊里奇往后缩，双手夹在两膝之间："罪孽呀，神父！"他说完就不出声了，后来发现亚历山大·彼得罗维奇正笑嘻嘻地看着他。

"您知道吧，我在莫斯科一个有趣的地方住过。"

"知道，"亚历山大·彼得罗维奇说道，"在青苔路。"

"在沃兹维仁卡，那里的大学宿舍，我的婶子给教授们家里干杂活儿。"

"您讲过了！"

库吉玛·伊里奇兴致来了。

"是这样，您知道吗，从一方面讲能受到教育，从另一方面讲，黑暗和无知。"

"您指的是大学和猎物市场吗？"

"正是这样！我好像陷在两者中间，进退维谷，可以说在自然力的旋涡中挣扎！"库吉玛·伊里奇发现亚历山大·彼得罗维奇的话里带点挖苦的意思。

"您笑了，大概很有意思，当时我喝高了，头脑不清醒，上帝呀！在青年时代，更确切地说是童年时期，我和小商小贩儿鬼混在一起。他们广交朋友，乐天知命，耍钱闹鬼儿，今朝有酒今朝醉，甚至小偷小摸儿，干缺德事儿。有一次，"他苦苦一笑，"我甚至叫人逮个正着，挨了一顿暴打。瞧见了吧,那些当父亲的!对他们来说无所谓,可我却成了罪魁祸首!至今我还记忆犹新!"库吉玛·伊里奇越讲声越大,想起萨士克正在睡觉,接着小声说:"后来到了青少年时期,我混入了大学。我自由了,您知道,有头脑了。"

"又成了罪魁祸首?"

"怎么能不是?"他有点不安,"这回事儿可玩儿大了,玩到局子里去了。大学生们啥事没有,一个个都出去了,只剩我这个举目无亲的孤儿,谁能保护我?婶子根本不容我说话,蹲大牢,服苦役,随便!可是后来突然到了回心转意的时候,我把心收回来了,开始认真学习。在教授宿舍区,书籍多得是。他们有时看见我好学不倦、孜孜以求的样子,便帮助我,给我出主意,解答他们自己出的难题。他们的孩子们不爱理我,说我是用人,可大学生们给我不少帮助!不过最主要的是一个人,是客座副教授!我只记得他的名字或父名是阿列克谢,可姓什么呢?"

"无所谓!反正我也不认识。"亚历山大·彼得罗维奇帮他解围。

"他们打扑克牌,什么玩法都来,我在一边看热闹,我帮他们清理牌桌、洗牌并注意观察输赢全过程。天长日久,见识多了,我看在眼里,记在心上。什么文特啦,扑克啦,以及普列菲朗斯啦,我都玩儿得得心应手。有时,凑不齐一桌,他们就叫我顶手,但是不动输赢,从我身上能拿到什么呀!他们把这叫'见证人'!应该说,我学会了许多东西!"

亚历山大·彼得罗维奇注意倾听库吉玛·伊里奇的谈话:"这我看出来了!您洗牌时手疾眼快,动作熟练,大家的眼睛都跟不上您那双手的动作!"

"这还不是最难的。"

"那什么是最难的?"

"最难的是控制牌局,坚守阵地!"

"没完全懂您的意思。"亚历山大·彼得罗维奇看见萨士克翻身侧卧,掀掉被子,便为他重新盖好。他俩沉默片刻,谁也没吱声。"说玩牌不好,可大家都玩牌!一个是消磨时间,一个是锻炼大脑!"

"同意您的看法!"库吉玛·伊里奇两手一摊,"亚历山大·彼得罗维奇,最糟糕的是打牌激动!"

亚历山大·彼得罗维奇又为之一惊。

"如果不激动,干吗坐在牌桌旁?"亚历山大·彼得罗维奇看见库吉玛·伊里奇有话要说,像是受到什么干扰欲言又止,便决定帮他接上话茬儿。"库吉玛·伊里奇,您可能是陀思妥耶夫斯基或苏霍沃-柯贝林的书读得太多了!"

库吉玛·伊里奇沉默片刻,然后出去五分钟,带了一副夹鼻眼镜回来了。亚历山大·彼得罗维奇熟悉这个老物件儿,真皮套的边边角角都磨破了。

"这就是留下的一切了!"

"是陀思妥耶夫斯基留下的,抑或是苏霍沃-柯贝林留下的?"亚历山大·彼得罗维奇开了个玩笑。

"是我们通信班班长诺沃日洛夫留下的,愿他永垂不朽。"

这个出其不意的回答令亚历山大·彼得罗维奇颇感神伤,他决定不再问下去。

"对不起,我真不知道!"

"这是一九一六年的事了,"库吉玛·伊里奇若有所思,没等对方提问,便娓娓道来,"我们班隶属师部,我们被安置在第四排散兵壕。当时已经是深秋时节,我已经说过了,那是一九一六年。我们几乎没打什么仗,德国人就在河对岸,在我们这个地方水面不宽,但雨后涨水,变成了真正的沼泽。就是说河还那么窄,但是水涨了,淹了周边地区,十天后成了沼泽。我们哪儿也不能去,等着晒干或结冻,只能放枪解闷儿。一来二去放枪也没意思了!有时候我们长时间不说一句话。德国人每天晚上放照明弹取乐,我们的一些侦察兵来回走,准确点说就是——泗水。当然,反正大家都感到寂寞难忍。您深有体会,打起仗来——害怕,仗一停下来——寂寞!恨不得让人猛揍一顿!不过我们那里军纪严明,违者严惩不贷。我们团长握有生杀大权,两个大兵去当地老乡家弄酒,让他给就地正法了。在当时那种情况下我们还能干什么呢?叫我们如何消磨时间呢?不客气地说,那就支上牌桌打牌吧!"

库吉玛·伊里奇看看熟睡的萨士克,尽可能压低嗓音。

"诺沃日洛夫开始不愿意,躲开了,说他还是看看书,要么给妻子写封信。他有一位漂亮妻子,他本人也出身于特维尔贵族。他回家养伤一个月间,结了婚。"

库吉玛·伊里奇静静地叙说,又看了看萨士克,用拳头堵着嘴咳了两声。

"那就是拒绝了!他是领导,也不能强迫他呀!我们要玩儿,难免急赤白脸!主啊,宽恕我们吧!"他规规矩矩地画了十字。"有个窑洞,很大,我们一共五个人:我,三个士官还有他——最大的官儿!我们坐在桌旁,他坐在一边自己的床上,不在指挥部就这样!我们什么都赌!输了学鸡叫,蹲桌子底下,比谁的枪打得准,谁的战刀更锋利!但就是不许赌钱!这是他明令禁止的!但是我们不知不觉来真的了!这藏也藏不住!到了第三天,他时而看看书,时而看看我们,不过更多的是看书,看我们是偷偷地。而我们对此并没在意,以为他只是好奇,都知道他是玩儿文特和普列菲朗斯的高手。为此可得付出代价了,这还是在受伤之前的事。他自己从来啥也没说过,难道能瞒得住吗?特别是瞒着指挥部!结婚以后他把结婚照片给我们展示了。妻子年轻漂亮,是个少见的美女,跟画上的一样!他比她大二十岁。他佩戴着奖章,手还缠着绷带。一个戴着士兵级"乔治"勋章的人在我们面前走过,就在那里,叫我们惊诧不已!勋章,如圣像般令人肃然起敬之物呀!据说他是一个大无畏的英雄,可惜,因为贪赌没能升官儿。所以，他后来做到见牌不沾边儿。我们也心中有数就是了！

库吉玛·伊里奇讲述着，亚历山大·彼得罗维奇倾听着，偶尔看他一眼，见这老头儿的手指不停地捻来捻去，像在卷纸烟。

"从未见过他吸烟啊。"他心里想，决定不打断他。

"就这样，"库吉玛·伊里奇继续说，"头一天我们玩牌，第二天，我放好的牌好像专门被人洗过！我的牌友没几个，我是不可或缺的抢手货，而中尉显然也是被盯住了；到了第三天，我现在还记得很清楚，是个坏天气，天空万里无云，太阳像是被钉在天上一动不动，不往地平线下沉，东北风砭人肌骨，冻得人鼻子都不敢露出来，就像在你们满洲！那风，就这样吹呀，吹个不停。雨是停了，大家都等着上冻，可是风还一个劲儿地吹，吹得人透心儿凉，令人心烦意乱！什么大衣也挡不了这劲风，不过我们手工制作的士兵炉子倒是很管用。记得这之前的几天夜里德国人都在敲击着什么，敲得叮当响，一敲就是通宵达旦，不再放照明弹了。还记得我们领导派侦察兵去打探德国人在敲什么。侦察兵连夜出行，繁星满天，月挂中天，好一个良宵。白天太阳高照，夜里亮如白昼。可是什么也没发现，不用过河，一切了如指掌。而我已经开始不耐烦了，您自己知道这情况，没有对脾气的伙伴儿太无聊了。"

库吉玛·伊里奇不再捻手指头，抬眼看了看亚历山大·彼得罗维奇。

"简单说吧，诺沃日洛夫在我们身边这么一坐！他说，他认为准尉不懂规则！他开玩笑说我出牌不守规则！其实，我自己知道，道过歉了！他说：'咱们玩儿几把，不带赌钱的！'我们已经准备好了，知道冲动折磨着他，他忍不住了。大家感兴趣的是赌什么。他说谁要输了，就乘独木舟过河，夜袭德国人。我们听了大吃一惊。如果他不走运真输了，怎么办？他也不可能钻桌子，当着我们的面儿学鸡叫，如果动钱，不久前他的薪水就寄给妻子了！我们都劝他，可他激动不已，执迷不悟。大家笑话我，说我的手软绵绵的，扑克牌对我的手情有独钟，说我没什么可怕的。当然,我对他的暗示没做出反应,觉得很遗憾。您知道,莫斯科的大学教授们并没教我招摇撞骗之术。于是我便问他,怎么过河呀?他回答说,他知道侦察兵把独木舟放在什么地方。这东西是用一根圆木刻成的,又薄又轻,但载一个人过河绰绰有余。诺沃日洛夫就给我们提了这么个建议。我想的是自己只能赢不能输,我的牌缘儿好,应该胜券在握,而他也信心百倍,成竹在胸。这意味着什么呢?如果不论是我,也不论是他,我们都没输,那就得有另外一个人过河,是吧?我看看他,他看看我!亚历山大·彼得罗维奇,我也不是胆小鬼,和侦察兵一起潜入敌后,缴获他们的电报机,又去找密码,我的身体棒着哪,别看我年近半百。于是我决定玩儿一对一的'骠骑兵'!就是二人对决。"

亚历山大·彼得罗维奇知道什么叫"骠骑兵",点头称是,请库吉玛·伊里奇往下讲。

"赌牌的事我就不讲了。反正两人赌了个平手,有时我赢,有时他赢。我超过他两个点或三个点,有时都不进牌,他就生气,拔腿要走。我们便开始劝他,那时他就提议再玩一把,我则断然拒绝。问题是照他提的条件,如果连输两把,他不是拿白酒来,而是拿'军官之星'白兰地。您知道,就是说,得穿过两道,甚至是三道防线,这无异于送死。您知道,我发现他的一个特点,就是一生气就不识数,所以我一 Pass 十之八九准赢。瞧! 所以我拒绝了。我没理由故意输给他,而叫他闯过三道防线,对我来说也太过分了。"

库吉玛·伊里奇由于压低嗓音,听起来有点沙哑。亚历山大·彼得罗维奇注意到,他讲到最后越来越激动,可是不想打断他,要听个有始有终。

"他整装待发,穿上士兵大衣,拿起手枪和两枚手榴弹,把军官帽换成士兵的羊皮高帽,走出洞口时,从衣兜里掏出这个夹鼻眼镜盒交给我。"

库吉玛·伊里奇把夹鼻眼镜放在手心里。

"夹鼻眼镜放在桌上,盒子交给了我,他就是这个人。后来我才想起他。"

他沉默了。

"就这样！天气变了。贴地风停歇了，空中乱云竞逐，月亮时隐时现。这是偷袭的大好时机。我们再一次劝他，但是他很快就到河边了。独木舟藏在草丛里，并不远，旁边没有一个侦察兵。谁也没想到天气变得这么快！我们劝他，他只说：'等着我吧，两个钟头我就回来，别弄出动静来，在河岸上等着，如果侦察兵们醒了，会取自己的独木舟，必须服从指挥。'到现在我都不能原谅自己。后来的事我记得清清楚楚。他把独木舟推到深水区，河面溅起水花，浮起各种沉木，他躺在独木舟里，用形似网球拍的短桨划水。离对岸德军堑壕一百多沙绳（五百沙绳约等于一千米）有一片树林，月亮高悬在德国人背后。总之，他已经融入河水之中，很快消失得无影无踪。我们多少有点放心了，夜色幽暗，德国人那岸寂静无声，夜里没敲什么响。我们没进洞子，在外面坐了两个钟头。而后，我们听到从对岸传来的吵闹声，开始声音很小，接着越来越大，令人不解的是那里究竟在吵闹什么？没有枪声，也没放照明弹，我们听着那里吵吵闹闹。后来我们才得悉德国人那天夜里想偷袭我岸，用斧头凿圆木准备架浮桥，准备次日早晨发动进攻渡河之用。而我们对此一无所知！"

库吉玛·伊里奇一直讲下去，几乎没停。

"我们坐等，那边继续吵闹，而河上静悄悄的，月亮只要钻出云层，就照在河面上，可见浮起的沉木在漂流，于是，事情开始了。他们把砍好的圆木推到河里绑成木排。简单说吧，那边出现很多人，看样子全师出动，在对岸集合，准备发动进攻。当我们看明白了，首先是跑到指挥部报告。我们的人也是立即开始集合，侦察兵首先出动！只有几条独木舟，但是还不够，现造是来不及了。这时那边响起了枪声，接着是机枪连射，然后一切复归平静。当月亮重出云层后，我们在月光下看见一条独木舟向我方划来,在它后面,有两条小船一左一右,追赶紧逼。河面波光粼粼,一切都清晰可见。这下我们明白了,德国人发现了他,以为他是我方间谍,欲刺探他们准备渡河的情况,所以必须捉到他。这一切犹如演电影一般,只差没配音乐。在他们的船上有几个桨手,而诺沃日洛夫只是孤胆英雄一个,后面的德国人穷追不舍。我们向自己人靠近,开始对他们的小船射击。侦察员们带着自己的独木舟下水,朝他的方向划去,我们对准德国人猛烈开火,想吓跑他们,可是,这工夫他们就要追上他了。"

库吉玛·伊里奇停下不说了,想喘口气儿。他打开眼镜盒,想把眼镜放里面,这眼镜缺一条腿儿,用老化的橡皮筋儿代替,这盒子有点小,盖子盖不严。亚历山大·彼得罗维奇多次见过这副眼镜,这个眼镜盒。这个老古董总是叫他激动不已,他不止一次让他换一副新的,库吉玛·伊里奇每次都答应,可就是……

"就是这样,我几次想将我的眼镜调一下,但是不合适,最后连腿儿都拧下来了。"

"那后来呢?"亚历山大·彼得罗维奇明白了,他的建议是多余的,后悔那么执意劝他。他迫不急待想知道故事的结局,尽管讲述的口气说明肯定以悲剧告终。

"后来吗?"库吉玛·伊里奇的眼睛平静如水,看看亚历山大·彼得罗维奇,"后来的事侦察兵告诉我们了——他们泅到他身边,一切都看见了,诺沃日洛夫的手枪已经打不响了,他本想用这把枪自杀成仁,接着把一枚手榴弹抛在德国人的船里,另一枚留给自己,放在脚下。"库吉玛·伊里奇摇摇头。"如果带三枚就好了,可能全解决了。如果他先抛手榴弹,而后手枪卡壳就好了。那就谁也不知道了。然后侦察兵们往另一条德国船上扔了手榴弹,而诺沃日洛夫和他的独木舟早已灰飞烟灭。侦察兵们感到吃惊的是爆炸时空气中弥漫着浓烈的白兰地酒味儿。大家都为之激动不已。"

萨士克此前一直睡得很安稳,好像听见了故事的结尾,动了动,哼哼两声,睁开蒙眬睡眼。亚历山大·彼得罗维奇吻一下孩子的额头,试试发烧不发烧,可还是有点热。他想安慰安慰孩子,可萨士克嘟嘟囔囔,像是在说胡话。亚历山大·彼得罗维奇没注意,老头子已经出去了,不一会儿拿回一杯深色药水。老头子把那杯药水交给亚历山大·彼得罗维奇,他就抬起儿子的头,让儿子张开干巴巴的嘴唇,一点点往嘴里送,最后药水都喝下去了。萨士克喝完药,过几分钟又安然入睡了。大人们也安静下来,坐在椅子上,沉默了一会儿。

突然间,亚历山大·彼得罗维奇冒出一个想法,如果萨士克在梦中听到熟人说话的声音,心里也会更踏实一些。他转身面向库吉玛·伊里奇,库吉玛·伊里奇静静地坐着,俯身在萨士克的枕畔,注视着孩子。亚历山大·彼得罗维奇看见老头子仍然激动不已,或者因为刚才的回忆,或者因为孩子的病,于是转身对他说:"库吉玛·伊里奇,您能否就近找张报纸,读点什么都行,只是别太大声,让萨士克听见,知道他不是一个人,有我们在他身边。"

库吉玛·伊里奇开始有些惊讶,后来显然明白了他的意思,便又出去一趟,拿些报纸回来,展开看看标题,低声但清晰可辨地读道:"《霞光报》,一九二四年一月五日,星期六,第四期,《在圣诞节柜台前》。"

他的眼睛离开报纸,用询问的目光看着亚历山大·彼得罗维奇。

"读吧,这没关系,写什么就读什么好了!"

库吉玛·伊里奇点头表示同意,对亚历山大·彼得罗维奇的首创感到吃惊,轻轻地清了清嗓子:

在圣诞节柜台前

　　当人们买火鸡或把一棵大枞树拖回家,这并不涉及政治问题。援引墨索里尼的演说，鲍德温的花言巧语，或者美国总统有关欧洲责任问题的国情咨文让谁惶惶不可终日。

他低声细语地朗读，声音抑扬顿挫，令人听出文章的起承转合、段落相接：

一九二四年第一夜，饭店已家家满员，座无虚席，饭店老板数钱数到手发麻，对哈尔滨萧条一说嗤之以鼻。

这样的筵席，一桌动辄上千，大家都对圣诞节消费舍得花钱，花个千儿八百不当回事儿。

我们都在内心深处认为哈尔滨是穷乡僻壤。

按居民人数来说，这相当于一个不大的俄罗斯城市。

按居民财富来说可与过去的大城市比肩吗？

要数百万富翁的人数，你十个手指还不够。

哈尔滨这里水大渊深，乃藏龙卧虎之地。

城市刮起无孔不入的政治旋风，变穷了，很快变穷了，一夜之间变穷了。剧院收入只够检票员开支，影院进进出出的多是不掏钱白看的主儿，商店里鸦雀无声，笼罩在七月中午的寂静之中。

哈尔滨的恐慌迅速蔓延，就像它迅速暴富一样：卖儿卖女的契纸满天飞，无家可归的孤儿挤在饭店等残羹冷炙，围住商亭要吃的。

哈尔滨的萧条，不是经济上的，而是心理上的。

亚历山大·彼得罗维奇坐在那儿听库吉玛·伊里奇读报，可心里却想："他读的都是胡说八道，干吗读这些玩意儿，赶快闭嘴算了！"不过他看了一眼萨士克，发现孩子一度紧张的睡容变得安详了，眉头舒展，呼吸平和，不再呼哧呼哧喘粗气，苍白的皮肤渐显血色。萨士克睡醒了，翻身从仰卧到侧卧，终于露出笑容。

第九节

　　七月的太阳刚刚出现在地平线上,火堆里冒出一缕青烟,盘旋在一小块空地的上空,最后融入晨雾之中。露营位置在空地中间,相邻的村庄散落在一个条状地带,低矮的帐篷里坐着两个人。

　　"亚历山大·彼得罗维奇,也许,您是否应该随身带个工人?您知道,原始森林里变幻莫测,各种野兽无所不有。再说还有红胡子出没!"

　　"没事,列奥尼德·阿列克谢耶维奇,谢谢!我想,我自己能应付。来,我们再核对一下路线看看周四之前我应该到达什么地点,然后干什么。"

　　勘测队长和亚历山大·彼得罗维奇把地图展开。

　　"您应该到这条小河的源头,离这只有几俄里(一俄里约等于一千米)远,大约是这里。"队长用手指头指了指,"越过这条分水线,然后下去。小河的中国名字叫法别拉河,沿着这条河往下一直走到河湾。九年前我们拍过照片,和现在基本一致。我想不准确的地方很少,虽然是总图,但视野很宽。"

队长用手指在图上指指点点:"这就是我们称为古比力哈的地方,也就是法别拉河,再往前曲曲弯弯,进入山岗地区。越过这些山岗就到达这里,落差在四十沙绳的瀑布,前面几乎没有出口,只有零星的岩屑堆,周四结束之前我们必须到达这里。"他指了指地图,"我们在二站地区会合,也可能就在二站,我想时间来得及。您是经验丰富的人,带了干粮总不会饿死的。如果到周五还见不到我们,您就自己做决定吧。您可以去我们的中心营地,不过最好是等到我们。那么,亚历山大·彼得罗维奇,既然不带人,就多带些弹药吧。您知道,野兽多,红胡子也不少,还有走私之徒。"

亚历山大·彼得罗维奇听完后,吸了一支烟把烟头儿扔在火堆里:"谢谢您,列奥尼德·阿列克谢耶维奇,我多带些子弹,人手您更需要。"

谈话结束。他从地上拎起行军袋,把枪往肩上一扛,就朝东南方向走去了。

亚历山大·彼得罗维奇在一小块空地上停住脚,掏出怀表。他离开营地已经两小时了。他往四周看了看,举目皆是他已习惯的原始森林,从茂密的矮树丛看不出十步远;有时得跨过那些横七竖八倒在地上的风折木,这就不得不绕大弯儿。这是一块杳无人迹的蛮荒之地:树干上没有斧凿的痕迹,没有砍伐后留下的树墩,或者篝火熄灭后留下的灰堆,只有野兽留下的足迹。所以,为了防止突然遇上人,他便故意踏得干枝噼啪响,折断纤细的嫩枝,打落树上的松果,随机捡起一块石头抛出去。随着脚步的节拍,他机械地重复着这条河的中国名字"法——别——拉——河"。他寻思这个中文词怎么轻易地变成俄文或乌克兰文的"古比力哈"或"古尼里哈"了呢?像个娘儿们的名字!"古尼里哈"他更喜欢,反正不那么吓人!

根据地图核对一下,他已经上了缓坡。显然,前面几十步就是山口了,所以树丛中出现一丝光亮,前面多半是该下坡了,透过树冠可以看见天空。

他走上山脊的边缘,站在那里,满目乱石,叠加交错,往下五十沙绳有一块已经干涸的沼泽。从高处往下看,这沼泽是开阔的,宽广的,几乎是圆形的,侧面的陡坡围着这个锅底。亚历山大·彼得罗维奇从肩上取下挎包,取出老地图。似乎一切皆是巧合,这片沼泽正是法别拉河的发源地。他目测了沼泽的长度和宽度,然后记在笔记本上。

"好在没有下雨,"他心想,"沼泽干涸了,我可以放心从边上过去。"

在沼泽后面,大大小小的山峦连绵不绝,令人目不暇接。亚历山大·彼得罗维奇点了一支烟,同时也可赶走蚊子和小咬。这些蚊虫闻到人的汗味儿,便成群结对,如一团团黑雾向你袭来。看着层峦叠翠的景色,他不由得想起了喀尔巴阡山。

喀尔——巴——阡——山!高尔——巴——阡——山!又是文字游戏。

他回忆起加利西亚,那里的森林和山岭可不是这样的,小柞木林和松木林都很干净,树底下没有灌木丛,林边地清晰可见,斜坡的农田种的是黑麦和小麦。风景如画,美不胜收,小村尽管有些贫穷,百姓也过着自得其乐的日子。在加利西亚,连空气都别有一番滋味——弥漫着历史感,传奇性战争风云直上云霄,越过喀尔巴阡山已愈千年之久。

千言万语一句话,这就是——欧洲!

最近几个昼夜,亚历山大·彼得罗维奇都在小兴安岭北麓,与勘测队一起进行地形测量及测量的摄影工作,为规划已久的中东铁路支线——萨哈梁(黑河)至齐齐哈尔的铁路建设做准备,这样就和阿穆尔河(黑龙江)对岸的布拉戈维申斯克(海兰泡)连起来了。

他站在山岭的边缘地带,时而看看地图,时而看看实地情况,心里想:"如果沿着古比力哈,或者古尼里哈河岸往前走,一小时走半俄里,这速度也够快的了。那就走吧,上帝保佑!"

他再一次看看脚下干涸的沼泽,收起地图,画了十字,开始小心地往下走。他踏得碎石乱崩,黄草沙沙响,他那双砖头色的靴子很快变成浅灰色。他往下走到沼泽边儿上,沿着边儿往前走,再往前,小河不宽,顺水而行,曲曲弯弯,隐没在高高的草丛里。

过了几小时之后,亚历山大·彼得罗维奇到达了预定地点,山岗在这里一分为二,小溪变成一条很显眼的河,折来折去,时宽时窄,间有沙洲和浅滩,逶迤而去,奔向东南。

前面河道很宽,图上标的白点是一块谷地。亚历山大·彼得罗维奇目测了一下到山坡底下谷地边上那条路的距离,以防一不注意踏在没有完全干涸的沼泽里。于是他开始拍照,在图上标注群山环抱的谷地。在雨水丰沛期,枯竭的小溪就变成一条河。也不知为什么,他又想起新年与乌斯特里亚洛夫教授及尼古拉·阿波罗诺维奇上校的聚会。尼古拉·阿波罗诺维奇已经去一个外国租赁林场当保安;娜达丽娅·谢尔盖耶夫娜·乌斯特里亚洛娃不久前生了第二个儿子,安娜成了孩子的教母,而乌斯特里亚洛夫教授也在帽儿山他家附近租了别墅。

五月三十一日,莫斯科与北京达成共管铁路协议,证实无苏联国籍或中国国籍的铁路员工一律开除的传言。这叫亚历山大·彼得罗维奇和安娜·柯萨维里耶夫娜非常苦恼,因为在哈尔滨找工作一年比一年难,所以加入这个勘测队和乌斯特里亚洛夫教授建议他去工业大学任教职都正当其时。

法别拉河在陡峭的山坡下向右转弯,然后缓缓流去。谷地被炙烤了一整天,虽然已经到了晚上,但热气仍未散去。为了凉快,他尽可能在树荫底下走,并且靠近山坡。

　　他往前走了一段,走到谷地渐宽的边缘,在图上又做了新的标记。夕阳西下,该歇歇抽口烟了。亚历山大·彼得罗维奇决定走到一个凸起的小山丘,就像一个土包,在那好好休息休息。他把这个小山丘记在图上,并命名为"马士卡丘"。法别拉河在这里并不宽,而且隐没在高挺的蒿草里,多半是在山底下流过,如果是这样,那他就洗个澡,烧壶茶。

　　河水有些地方翻着水花儿,亚历山大·彼得罗维奇心里记住那个点,他从这里在茂密的树林中转弯,往马士卡丘走去。突然间,那里传来砰砰的枪声。他停下脚步,侧耳倾听,这枪声很熟悉,是卡宾枪射击的声音。这可叫他大吃一惊,到阿穆尔河(黑龙江)有人的地方还有一百来俄里,猎人,乃至当地的果尔特人也不会在这个时间打猎,听那打断干树枝的声音也不像打猎。

　　他登上山坡,在草丛旁边坐下,取出望远镜,开始往那里看。开始他什么都没看见,但是,又听见一声枪响,接着又是一声。他仔细观察山边一簇浓密的灌木丛,看见一个人弓着腰,端着枪,从树丛里出来,往山上跑。又一声枪响,那人应声倒下。

　　"打死了或是卧倒躲枪!"亚历山大·彼得罗维奇心里想,他明白了,这不是连射,而是单射。

　　又是连射与单射交叉进行,是两个人或三个人,从树丛里跑出几个人他没分清,反正老是换地方。虽然距离约两百沙绳,但是他看得很清楚,将马士卡丘脚下的活动尽收眼底。大地被烤了一整天,积蓄的热量开始往外散发,形成蒸腾的幻景,还有那灌木丛都干扰他的视线。

　　"这回你可陷入绝境了,"亚历山大·彼得罗维奇心想,"上天无路,入地无门。莫非是红胡子不成?"他已经后悔没有带个人做伴儿,但当即又想到了,就算带人也无济于事,丝毫不能改变现状,因为中国小工一见红胡子就跑了。

他稳稳当当地藏在灌木丛里,仔细观察山岗周围的草木。几分钟后,他从望远镜里看见五个或六个人互相射击,他们不停地挪地方,朝一处开枪,大约五步,甚至更近。从衣着来看这是些中国人,是一伙红胡子或走私之徒中了埋伏。

互射持续了大约十分钟,然后静下来。

或者是都打死了,或者是子弹打光了。

对亚历山大·彼得罗维奇来说,第一种是最佳的了,因为最好不从他们身边的开阔地经过。选择可能不多:或者相信那儿的人都死了,或者等天黑。为了确保判断准确无误,他又坐等了二十分钟;再没有枪声,也没人活动,应该当机立断。当然,在这个地方你愿意坐多久就坐多久。如果在这场战斗中有谁取胜了,他应该能看见的,可是那里没人活动呀。

"喂,列奥尼德·阿列克谢耶维奇,谢谢你的关照!子弹可能不是多余的!"亚历山大·彼得罗维奇想起队长的好意提醒。

山岗上鸦雀无声。

"怎么办?往前走?去看看那里为什么打仗?"

他弯着腰,在密密匝匝的矮树林里潜行了大约五十沙绳,顺着山坡走,没有下谷地,又用望远镜观察一番。四周草木,纹丝不动,他放下背包,拿起装好子弹的卡宾枪就跑。

他到了马士卡丘前面,在陡峭的山坡下绕了一圈,靠近流过山脚的法别拉河岸。

瞧你个古尼里哈——古比力哈。

一条平底木船一侧浸在水里,另一侧露在外面;船里有个人腰卡在船帮上,脸朝水吊在那儿。亚历山大·彼得罗维奇小心翼翼地走上前,小船在水流中摇晃,死人的身体也随着摇晃的节拍摆来摆去。他的长发像黑色的水草在河水里漂荡,腰带上挂着一把手枪,破旧的皮枪

305

套打开着,枪柄一半露在外面。

"这样就可以随时开第一枪!"亚历山大·彼得罗维奇想。

他开始仔细观察,离小船很近,大约一个半沙绳处脸朝下趴着一个人,身旁有一支卡宾枪。这个人只剩半拉脑袋,后脑勺全被掀下去了。

在他往小船方向跑的时候,有人埋伏在山上朝他开枪。

亚历山大·彼得罗维奇看看石头山坡,发现在一块圆石上有人露出两膝,穿着中式裤子。亚历山大·彼得罗维奇往上走,看见一个死去的中国人,右肩靠在石头上,蹲在那里。他右手垂下,还攥着一把匣子枪,身旁还扔着一杆步枪。

根据当时的射击情况判断,小船里的人是第一个开枪的,被掀掉后脑勺的人是第二个,靠在石头上那人是第三个。

突然他听见好像有轻微的呻吟声,他在那个死人旁边靠石头坐下,开始仔细聆听。过了几分钟,他又听见呻吟声,这声音是从南坡底下传来的。伤员!亚历山大·彼得罗维奇明白了,用脚踢了踢步枪和靠在石头上的那个中国人手里的匣子枪。那枪掉下来落在高高的草丛里,不见了。在任何情况下,有一个受伤没死的,就会有另外的没被打死的。他往下走向河岸,在山坡上又碰上一具尸体,脑袋朝向河的方向躺在那里。显然,此人也是想往小船那儿跑。

"那么,在船里至少有仁人,再加上一个被打死的袭击者,还有一个正在呻吟的,那是第三个。"

在山底与水线中间狭窄的河岸上,出现一条小径,野草刚刚被踩踏,已变成深绿色。那些人埋伏在这里,就在这条小径上奔跑和对射。在这地方伏击是毫无问题的。

小径被踩踏得凌乱不堪,亚历山大·彼得罗维奇走过时,发现草地上散落着闪亮的新弹壳,以及子弹打下的岩石碎块。

山丘呈圆形，从岸边转过来，这里的蒿草有一人多高，从山坡往下直到河岸，是大块浓密的灌木丛。显而易见，船上的人应该有三个，四个，五个，他们都想逃出去。

从附近一簇灌木丛底下伸出一只手，他看见还有一个死人，身穿中式蓝色立领上衣，配以长条纽襻儿。根据死人的位置很难确定其属于攻方或是守方。

亚历山大·彼得罗维奇又听见有人呻吟，不过这次声音小多了。在一块林间空地，灌木的树头连成一片，这底下又倒着两个人：一个人两只手背在身后，喉咙上插着一把刀；另一个人蜷着身子，膝盖顶着下巴，左侧身子贴地而卧。他的手有些发抖，握着那把手枪对着亚历山大·彼得罗维奇，但没扣动扳机，这个受伤的家伙多半是没开枪的劲儿了。

亚历山大·彼得罗维奇往四周扫了一眼，看见一支日本三八大盖上着枪刺，扔在死者身边。他拾起这支枪，用草叶擦擦枪刺，血迹快干了，他拉开枪栓，一颗子弹蹦出来，旋转着落在草地里。

枪卡壳了，只能拼刺刀了。

他现在清楚了，大局已定，没什么危胁了。

亚历山大·彼得罗维奇已不必设防，挺直腰板儿，大步向河边走去，在小船里找到一个铜质器皿，像个小锅，刷干净以后装上水。他看见一个死者上衣里面穿的是白衬衫，他把它撕成布条，用水浸湿，回到伤者身边，开始给伤者擦洗伤口。

"活不长了！"亚历山大·彼得罗维奇心里想。他将最后一块浸湿的布条放在中国人的额头上。那人又哼哼几声，眼皮跳了跳，想睁开眼睛。

"躺着吧，不要动！我尽量帮助你。"亚历山大·彼得罗维奇说道，但一点没指望他能听懂。

307

"俄国卡比丹（大官的意思），"中国人动了动僵硬的嘴唇小声说，"我的死了的……"又失去了知觉。

亚历山大·彼得罗维奇没想到会这样，惊讶地看着这个中国人，这工夫他觉得这个中国人有点儿眼熟。亚历山大·彼得罗维奇仔细端详，他脸上长着稀稀拉拉的胡子，两只手放在肚子上。

"安多士卡！"他忽然想起来了，叫了一声，可中国人没有恢复知觉。

快去取背包！

他赶快跑到放背包的地点，回来取出绷带、碘酒，处理伤口，又把一颗子弹头拧下来，把火药撒在伤口上，点着火。火药瞬间烧起来，中国人全身发抖，然后瘫软下来。亚历山大·彼得罗维奇往伤口上盖了干爽的纱布。伤口需要包扎，亚历山大·彼得罗维奇把中国人的腰抬起来，手里拿着绷带绕过去，缠了几道儿，这时中国人又哼哼几声，睁开眼睛。

"静一静，静一静，马上会好些，再忍一忍！"

"不用了，卡比丹！我的死了！"中国人喘着粗气，大口吸气，身体本能地活动，配合亚历山大·彼得罗维奇的包扎。

"小船！提包！小口袋，茶，中国的！拿去吧！"

亚历山大·彼得罗维奇包扎好以后，把自己的背包给他垫在头底下，又拿起一个铜盆去河里舀水，在船里发现一小包干草。亚历山大·彼得罗维奇点起篝火煮开了水，晾凉了，趁这工夫往四周看了看。

"滚他妈的！都是些狗杂种！叫狼吃了他们！"中国人有气无力地说，"都是些叛徒！"

"都是叛徒，都打死了吗？"

"不知道，打死谁了？"中国人想笑一笑，"都是黑头发、长胡子！三个兄弟一个样！"

"他还有心思开玩笑！"亚历山大·彼得罗维奇心里想，"的确像亲兄弟一样，分不清谁是谁，脸长得一模一样。"

"分清个什么？"

"红胡子那些狗杂种！俄国——金子很多。差（沙）皇！我的向（想）去齐齐哈尔！藏起来！一辈子过好易之（日子）！"

"那为什么到齐齐哈尔呀？"

这个中国人的确长得像安多士卡，他长出一口气。亚历山大·彼得罗维奇托着他的头，将已经凉凉的药汤放到他唇边，喂他喝了一小口。

"不——啊！我的从萨哈梁（黑河）来的，到不了齐齐哈尔啦，你的看见啦！我的盆（朋）友三个！小船自造的！两层底！里面金子大大的！"

"你为什么告诉我这个？"亚历山大·彼得罗维奇问道，继续端着碗喂他。中国人一饮而尽。"我若打死你，把金子独吞了呢？"

"要打死的，只能打死活人，可我的是快死的人了，打死我的不可易（以）的！金子的拿去的。都是你的！"

"咳，你还没死呢，会活下去的……"

"不是，我的没有，金子的拿到齐齐哈尔，给我的叔叔的，你们俩的平分了的！"

亚历山大·彼得罗维奇看了看他。

"那你叔叔是谁呀，到齐齐哈尔什么地方找他？"

"火车站！铺子的有，买卖旧货。他的——张福祥，告诉他我的——张小松，安多士卡转告他。"

"好吧，当然，安多士卡！"亚历山大·彼得罗维奇最后确认，安多士卡就是三年前带他和库吉玛·伊里奇从布拉戈维申斯克市偷渡到萨哈梁（黑河）的那个人。

"火车站！火车站！铺子！旧货？古玩，是不是？"他问道，当即又想："我不是把表链卖给他了吗？""他是你叔叔，那个胖乎乎的人，是吧？"

"你的，认识他的？"

"是个胖子。站前古玩店的老板，那里还有一个小孩跟着他，很小。"

"是我弟弟，小弟弟。"

"如果是他，那我认识！他的个子跟你一般高，脸上还有个瘊子，就在这儿！"亚历山大·彼得罗维奇用手指头指了指嘴唇的右上角儿。

"正是！"

"那你就是安多士卡吧？"

"认出来了！"中国人说道，脸上现出笑容。

瞧这事！中国这么大，人这么多，他们竟然不期而遇！

"得了，如果我能到达，或者我们一块儿到达，我一定交给他！"

安多士卡啥也没说，闭上了眼睛。

睡着了！如果真睡着了，那就让他睡吧，恢复恢复体力！

亚历山大·彼得罗维奇现在明白了，他们乘的那条船为什么那么重，那是一条果尔特人的平底船——乌力马嘎。他放下安多士卡，来到船旁，把那个中国人的尸体拖到岸上。他发现船里钉了一块横板，在两个船帮间构成一个木箱，与船的宽度和高度一致。

他用刺刀撬起一个大钉子，嘎吱一声，掀开一块木板，露出了麻袋，他又起开几块木板，麻袋里装的是有棱有角的硬货。他用刀把麻袋划了一道口子，闪光的金锭就露出来了。

他一下认出来了，金锭——沙皇的国库储备黄金。

刹那间，那段往事翩然而至，浮现在眼前。他想起被捷克斯洛伐克人逮捕后投入车站的临时牢房的事。"真有趣，这是从哪里弄来的呢？从捷克斯洛伐克人那里，从契卡的人那里或是从日本人那里？"亚历山大·彼得罗维奇看着那闪光的金锭在心里想。他坐在船帮上，觉得意外度过的这一天行将结束,这才感到全身像灌了铅一样沉重乏力,疲惫不堪。

亚历山大·彼得罗维奇回到火堆旁,安多士卡一动不动地躺在那里,闪烁的火光忽明忽暗。他贴近听听,这个中国人喘气还算匀称。"感谢上帝!睡着了!就是说,暂时还没死!"亚历山大·彼得罗维奇拨了拨火,添了些干树枝,把装水的小锅放在火堆中间,往水里加了中国茶叶。火苗很快旺起来,照亮了灌木下面的空间。

包扎安多士卡肚子的绷带渗出发黑的血渍。

"真怪,他为什么不要酒喝呢?像他这种腹部受伤的人不可能这么安静地睡觉,而且不要酒喝,也许这中国茶里有什么特别的东西。"他从包里拿出一把勺子,舀一勺茶叶闻一闻。有他熟悉的人参味儿,还有别的味儿。他尝了尝,很浓,很苦涩。

"是的!如果是别的伤,说不定还有希望!"

亚历山大·彼得罗维奇往安多士卡嘴里滴了几滴茶水,他都舔进去了。

自从亚历山大·彼得罗维奇早晨离开营地,一天过去了。此时已经是昏暗的夜晚,凉气从河岸阵阵袭来,亚历山大·彼得罗维奇有点儿饿,舔了舔勺子。"肉是不少,可是没有别的什么可吃。"他想道。

这一天他已经累得精疲力竭,关于吃的事只是想想罢了。他拿过军用水壶,往还温热的茶水里加了点白兰地。这些茶水在篝火的亮光下呈暗黑色,他不紧不慢地喝茶,吸烟。过一会儿,中国茶与白兰地混在一块儿合成一股热浪通过他的全身。

人有旦夕祸福!几小时之前,这里还打过一场仗。

他浑身一点点发热,突然觉得手脚发麻,一点儿不能动,身体不听使唤,仰脸朝天倒在地上。他瞪大眼看着灌木丛底下的枝条,像在他头

311

上搭的凉棚。篝火的余光在树枝上闪来闪去,他的脑袋随着身子也开始发热。

"这中国茶真神了!"

在他眼里,树枝、树叶和那些亮斑都融为一体,在地面蒸发的热气里时明时暗。篝火的闪光变成红色的亮点,接着又变成黄色,而后是浅蓝色,之后又是红色;然后轮廓又清晰起来,亚历山大·彼得罗维奇开始看清模糊的人形,也是不时变化,如在流动的河面上一样。

突然间,在他眼前冒出闪亮的光点,犹如球形闪电,不停乱窜,拖着火红的尾巴越来越近。亚历山大·彼得罗维奇试图眯起眼睛,可是没眯上。那个光点逐渐扩大,变成一个巨大的骷髅头,一头闪着光的红发随风飘摇。骷髅头在红彤彤的地气中缓缓飞动,就像在一张明信片上,一个巨大的人体塑像矗立在圆形石头底座上。骷髅头落在纪念碑人像的肩膀上,变成它的脑袋。

亚历山大·彼得罗维奇一动不能动,他看着变幻莫测的地气,觉得看见了那个方形广场,一些高楼大厦将它团团围住。纪念碑后面的一幢大楼是黄色的,接近于褐黄色,三层和四层是些尖塔,旁边是圆形钟。在坡形屋顶,黑色的雕像带着燃烧的骷髅头逐渐缩小,用双手撑住底座,走下来。然后雕像在广场上走来走去,用那一头红发照亮前面的路。雕像在前行,但脚不贴地,亚历山大·彼得罗维奇看见雕像在悬空行走。

然后一切就破灭,消失了。

一个披头散发的老太婆在漆黑的夜空里死死地注视着他。透过那些树冠,他看到她手里拿着两个穿军装、戴肩章的小人儿。其中一个他认出来了,是尼古拉·阿波罗诺维奇·拜可夫,另一个是他本人。两个人都垂着头,手臂都在身体两侧耷拉着。

"像两个吊死鬼!"亚历山大·彼得罗维奇心里想。

他感觉自己是一点儿都不能动了,但他的头脑还很清楚,很透彻,一切都看得清清楚楚,一切都了然于心。

"这个老太婆!这是喀尔巴阡山的老妖精!不过她为什么是个吊眼梢子。她是果尔特人的萨满吗,或是中国巫婆?"

他看见老太婆拿着小人往嘴里放。

"要吃了吗?"

她看了看亚历山大·彼得罗维奇的眼睛,嘴唇没动,说:"我只能对你们中的一个人说出真相,一个莫斯科佬,所以叫你把脚扭伤了!"接着他看看小人儿,被攥在她的拳头里。她吹了一口气儿,小人儿就无声无息地消失了。

然后亚历山大·彼得罗维奇看见一列奇怪的火车无声地向他疾驶而来。这列火车没有车头,但开得很快。他看见方形的车窗,车厢里坐着两名司机,他从来没见过这种火车。车厢是淡蓝色的,玻璃窗一闪而过,里面挤满了人。他本人好像站在月台上。在灯火通明的地道里,一群人旁边是一大群人。列车停下了,车门无声地打开了,人群开始摇摆。人们从车厢里出来,走上站台,而另一些人从站台上往车厢里走。

他看见一个小孩,他觉得是自己的儿子。真奇怪,人们都穿着厚大衣,戴着皮帽子,而这个孩子却穿着水兵服和短裤。孩子的举动完全像个大人,除了穿着以外和大人没什么两样。孩子随着人群进了车厢,像大人一样抓住扶手,取出眼镜戴上,拿出一份报纸,开始静静地读起来。

"萨士克!他为什么已经头发花白,眼睛这么早就花了呢?"

在他眼里,萨士克已变成一个上了年纪的男子,穿着大衣,戴着帽子,但脸上依然是童年时的样子。

萨士克站在那里,随着车厢的节奏摇摆着,然后,熟练地摘下眼镜,开始死盯着亚历山大·彼得罗维奇。

"不幸啊!这不幸从何而来呢?"亚历山大·彼得罗维奇心里想,"这就是他!"

突然这幅画面被一阵五彩的旋风卷走,重归黑暗与寂寞。

在漆黑的天空上,没有一颗星星,突然间出现一个斑驳的圣像;然后是一个很小的,穿粗布衣的高尔察克;然后是留着黑胡子,一头乱发的库吉玛·伊里奇;还有圣母像,是安娜抱着儿子。那个红色的骷髅头用两个空眼窝盯着人们。后来,亚历山大·彼得罗维奇看见湿漉漉的渔网夹着水草扔在船底,乱作一团,这是一条果尔特人的乌力马嘎。旁边有一个没有拉环儿的手榴弹在飞快地旋转,已经该停下了,可它还在转……

这是诺沃日洛夫中尉把它给忘了。亚历山大·彼得罗维奇看见它爆炸了,黑暗的天空变小了,像一个潮湿的温热的小点在眼前收缩了。

亚历山大·彼得罗维奇被蚊子的嗡嗡声给吵醒了,他睁开眼睛,一下坐起来。篝火已经熄灭,只剩一堆白色死灰。还是清晨绝早时分,但是刺眼的阳光已划破树丛下面的空间。

安多士卡还躺着旁边,脸色蜡黄,嘴唇发青,两只手放在肚子上。

"完全是个死人!对不起,上帝!"

"唉!你怎么样?"亚历山大·彼得罗维奇轻声问道。他出于迷信有点害怕,因为跟死人一起睡了一宿。

安多士卡动了动。

亚历山大·彼得罗维奇用靴子头碰了碰他的肩膀,身体仍是软的,用手摸摸他的脸,哆嗦了一下,皮肤还是热乎乎的。

"还活着……见鬼!活着。"他有点吃惊,"可不能这样扔下他不管,野兽会把他吃掉。一闻到人味儿,野兽今天就会把他吃了,可是他若不省人事,我往哪里送他呀?"

亚历山大·彼得罗维奇搂着他的肩膀把他拖到附近，靠在石头上坐下。坐起来之后，安多士卡的呼吸更重了，干裂的嘴唇颤抖着，大口大口吸进空气，几分钟后睁开了眼睛。他还不能说话，睡眼惺忪地看着灌木丛下面，看见亚历山大·彼得罗维奇，笑一笑，又失去了知觉。

亚历山大·彼得罗维奇明白了，他必须带着这个受伤的中国人，让其能够活下来。他自己还要完成照相任务，然后决定怎么处置这些黄金。他觉得手脚都有力量了，站起来，在火堆上准备吃的。他拿起小锅去舀水，经过几分钟后，安多士卡喝了中国热茶又恢复了神志。

"真是好茶，"亚历山大·彼得罗维奇不由自主地想，"应该找到它的配方。"

他把中国人放在船上，就离开了河岸。

亚历山大·彼得罗维奇在法别拉河上划了一整天。他回想起昨天晚上发生的一切，是那么令人震惊。他坐在小船里，顺流而下，时而在平川上，时而在山岭中，一面做自己的本职工作，一面考虑下一步该怎么办，梦境和那些纠缠不清的事也想起来了。

安多士卡躺在船上，偶尔神志还清醒。他说红色游击队从捷克斯洛伐克人手里或者别的什么人手里夺取了沙皇的储备黄金，藏在林子里几箱。阿塔曼雷切夫得悉此事，多次派自己的哥萨克去那边寻找，但寻找未果，于是与土匪达成了协议。土匪找到了游击队，可他们已经不是游击队员了，是苏联的和平居民，于是想主意把这些黄金偷运到中国这边。不过他们自己还有自己的打算。安多士卡得保证将其从布拉戈维申斯克运到萨哈梁（黑河），但是后来发生的事情非雷切夫所料，土匪们没有与他见面，而是绕过他的哨卡，朝南走进了兴安岭原始森林。他们几次中了红胡子的埋伏，这些红胡子是雷切夫雇佣的。他们摆脱了红胡子，想去会合点——齐齐哈尔。在路上他们这一伙人又分路而行。安多士卡领着自己的一伙人带着一半货沿着法别拉河岸找到一条果尔特人的木船乌力马嘎去会合点与另一伙人相会,于是就发生了那一切。

"中国人,他的人坐在上面,他的是阿塔曼雷切夫的翻译。"安多士卡困难地喘着气说。从他的讲述中,亚历山大·彼得罗维奇得知雷切夫赶上了第二伙土匪,而后面……

"都是叛徒,狗!都该——杀头!"

"不用杀头了!没什么头可杀了,他们都留在那儿了。"

安多士卡很长时间陷入失意状态,又说了些什么,但已经并不重要。不过他弄明白了,重要的是关于黄金的事知道的人很多,他们都会来寻找,而他,亚历山大·彼得罗维奇无意中也成了这伙人中的一个。

他们已经来到必须越过山岭的地方,以便去二站回到勘测队。不应该让任何人知道安多士卡的事,最后他把他送往与齐齐哈尔相反的方向,实际上是去雷切夫那里。

第四章

第一节

　　萨士克走在小路上,平底凉鞋沾满灰土,他折了一根硬木树枝随意抽打路边的青草。那些草很鲜嫩,一抽纷纷折断,萨士克完全没看见,还是边走边抽打着。
　　二十分钟前他送妈妈和爸爸去大连。在家收拾行装准备上路的时候,他曾要求他们把他捎到哈尔滨,因为他需要与营火兄弟会的头高尕·扎包洛特内见面。他提出这个要求时妈妈有点吃惊,看看爸爸,并没回答,爸爸看看妈妈后断然拒绝了,甚至没说是什么理由,而妈妈坐在椅子上对他说:"萨士克,你已经长大了,再过几天你就十四岁了!可从另一方面说,你还很小,你一个人在哈尔滨我们能不担心吗?"
　　"那是为什么呀,妈妈?你看别人家孩子。"
　　"萨士克,那是别人家的孩子,可你是我们的儿子,再说爸爸已经说过了!稍稍忍耐忍耐,爸爸在大连总共只待一周,然后就回来领你回家待一天,或者你愿意待几天就待几天。然后你们乘火车去找我,我们还可以在海边玩一周。你不是愿意在大海里玩吗？"

萨士克听着妈妈的话，心里却在生气："为什么大家都可以，我就不行呢？为什么我就不能出去一天在朋友家住一宿，或者在家里住一宿，第二天再回来不行吗？"

爸爸在妈妈身边坐下："儿子！我对你讲，我把你当一个成年人，但城里人心惶惶，而且有个地方可能要出事，离我们家不远。"

"在哪里？"妈妈问道。

"最可能是在吉林街，在苏联总领事馆区。"

"你瞧吧，萨士克，离咱们家很近，所以我们请你在这里等爸爸，别叫我操心，好吗？答应我们，好吗？"

这工夫爷爷在妈妈和爸爸身旁坐下："别担心，安娜·柯萨维里耶夫娜。我想咱们一切都会平安无事，我们……"

萨士克已忍无可忍，气得冲出房间，在房前房后转来转去，拿一根硬木棍子，像马鞭一样抽打那些高高的蒿草，直到爸爸大声喊他："好儿子，你不和我们一起去车站吗？"

萨士克从车站回来。

今年他们比往年提前一周来帽儿山避暑。去年一整年妈妈和爸爸都在等他的年终考试，并答应他如果考出优异成绩，就给他买一支气枪作为礼物。一切都天从人愿，他通过了考试，已经报名参加"营火兄弟会"夏令营活动。爸爸在大连买了气枪送给他，夏令营的全体伙伴都等着一试枪法。

他真是心花怒放。

他用手搭个凉棚看看太阳，太阳正当空高悬，他又看看自己的影子，影子就在自己的脚下。他一下子想到，父母坐的那趟车是十二点十二分开车，就是说，估算一下，现在大约是十二点三十五分或十二点四十分。

萨士克突然站住不动了："应该回去！"他明白了，也知道没什么别的可想，可是突然又想起库吉玛·伊里奇——这可是一个需要解决的任务！

老头儿来这之前就病了，请求留在城里。老头儿没什么可抱怨的，不过他好像减少了去修道院找阿金菲神父的次数，后来连去都不去了。春天天气干燥，五月十六日在城里的阴凉处也有二十六摄氏度，妈妈知道库吉玛·伊里奇的心脏病犯了，每年春天遇到这种天气他都犯病。满洲的天气，一片蓝天，高深莫测，云丝皆无，灼热的阳光直接照射在屋面上。她深知老人需要从炎热的城市转移到清凉、湿润的树荫下，但库吉玛·伊里奇每次都坚持留在城里，怕给他们添麻烦，其实正好相反。十几天前也是这样，得知萨士克考试成功，他们决定提前几天来帽儿山过几周天堂般的日子，这跟亚历山大·彼得罗维奇的假期碰巧赶在一起，真是再好不过了，他在难民委员会请了三周假。在中东铁路管理局被开除后，他一直在这里工作。

去年八月份"营火兄弟会"夏令营结束后，大家便各自回家了。萨士克回到别墅，和爸爸一起去一条小河钓鱼。爸爸从老远看见林子里冒烟，像是着火了。萨士克告诉他这是哈尔滨的童子军在活动，跟"营火兄弟会"一样，都自称侦察兵。爸爸付之一笑，说他们根本算不上什么侦察兵以及也不曾有过这样的侦察兵。第二天他俩又来到小河边，爸爸开始准备干树枝，在倒木上扒光树皮，攒了一堆，摆成"古兰"式火堆。他只用一根火柴便点着了，火很快就着了起来，从头一个火苗烧到最后都没有冒烟，只是散发热气，直到最后一块火炭熄灭。这样几次之后，他们开始进林子，萨士克学会了自己点燃"古兰"式火堆。爸爸解释说这样的篝火不会让衣服沾上烟味儿，林中的野兽也嗅不到猎人的味道。如果真正的侦察兵点燃这种篝火，那就很难找到他们，因为烟不会在林子里扩散,所以找不到他们的营地。于是萨士克感到惋惜,懂得这些为时已晚,因为兄弟们早都各奔他乡,他决定来年夏令营时再实践。

今年是这样安排的,他们这些天都住在别墅,然后爸爸和妈妈去海边一周,接着爸爸回哈尔滨,萨士克去大连跟妈妈待一周,这之后大家又重回帽儿山。六月二十三日,萨士克将去参加他在巴里木(巴林)的夏令营。不过在这之前他必须与高尕·扎包洛特内见一面。而一个小时前妈妈还嘱咐他,不要扔下爷爷孤身一人,注意老人的健康状况,这次甚至是在一个房间单独与他谈的,为了不让老人听见。萨士克本来答应得好好的,可现在弄成这个样子!

应该想办法,既与高尕见面,也不扔下库吉玛·伊里奇一个人。萨士克顶着烈日,要想出两全其美的办法。

他突然感到有一股热气喷到脸上,回头一看,吓得赶快闪开,原来是一匹马用它那灰色的大鼻子朝他脸上呼气儿。他赶忙后退,鞋跟碰在一块尖尖的路石上,差一点儿跌了一跤。从装帆布篷的四轮马车里传出笑声和一个女人的说话声:"你这讨厌的东西!不知深浅的家伙!还有这样开玩笑的吗?你能把他吓死的!瓦洛佳,你怎么能这样开玩笑?"

"没啥事,妈妈!萨士克什么都不怕,人家是我们的侦察兵呢!"

萨士克明白了,他是在乡村土道的中央想事呢,这条道从车站直通别墅村,他挡住了从火车站过来的马车的路。

这是斯洛波得奇可夫一家,他们在近郊。帆布篷车里坐着安娜·亚历山德罗夫娜,瓦洛佳坐在车夫旁边,萨士克与他交往已不止一个夏天了。

安娜·亚历山德罗夫娜在车帮侧着身子拍着巴掌,对着萨士克喊道:"我的天哪,萨士克,你都长这么大了,真成大小伙子了!"

然后她问马是不是伤着他了,并仔细观察他的眼睛。而瓦洛佳身材高大,几乎是个美男子,只是两个招风耳有点不雅。这小伙子满脸堆笑地看着萨士克,把手伸过来问道:"怎么样,去年采集的标本还没晾干吗?"

"没有!"萨士克还没缓过神儿来,也笑嘻嘻地对他说。

"我们到家了,晚上去游泳吗?"

"我去找你,"萨士克答道,又看了看安娜·亚历山德罗夫娜,补充说,"如果您允许!"

安娜·亚历山德罗夫娜知道萨士克没什么事,也就放心了,遂点头表示同意。瓦洛佳甩了一鞭子,马就往前走了。萨士克让马车从自己身旁过去,后面还有两辆装着大包小裹的大车。他一下想到了,库吉玛·伊里奇的问题解决了。

他超过马车和两辆大车,向瓦洛佳一挥手便往家里跑去,很快消失在浓密的草丛中。这草一直长到他家门口。

他一边跑一边想:"总算把老人的问题解决了。当然了,既然斯洛波得奇可夫一家回来了,我就请他们照看爷爷一宿,把一切都告诉瓦洛佳,反正他不会出卖我!"

斯洛波得奇可夫家几年前和亚历山大·彼得罗维奇家同时在这里租的别墅,相邻不远。瓦洛佳的爸爸亚历山大·亚考夫列维奇是哈尔滨的著名律师。别墅开始是他租的,后来买下了,还在旁边建了一幢石头房子。安娜·柯萨维里耶夫娜冬季偶尔参加安娜·亚历山德罗夫娜组织的神智学小组活动。这个女人很严厉,但是也很善良。亚历山大·亚考夫列维奇在必要时参加难民委员会的工作,和亚历山大·彼得罗维奇来往比较密切。他们有许多共同的熟人,其中就有乌斯特里亚洛夫家,他家也在这里租了别墅。他们同属一个贵族圈子,而斯洛波得奇可夫还是有名的萨马拉地主,乌斯特里亚洛夫则是卡卢加的地主。瓦洛佳比萨士克大两岁,两人有三个夏天的交情,他熟悉帽儿山周围的详细情况,对山山水水都了如指掌,了解这里的星空,这里的蝴蝶和昆虫。

他制作标本,把这些教给萨士克,而且认真地把这称为"昆虫学"。萨士克觉得与瓦洛佳相处很有意思,他还会弹钢琴和写诗。

"你干吗呼哧带喘的!"

"爷爷!"萨士克的确平静不下来,"你觉得怎么样?"

"还可以,没什么可抱怨的!"库吉玛·伊里奇笑答,"你这是从哪里回来,这么开心?"

萨士克喘了口气,看了看宽敞的游廊,库吉玛·伊里奇坐在遮阳棚下父亲那把摇椅里。木板墙上挂着漂亮的花盆,栽着弯弯曲曲的常春藤,这是妈妈临走前赶着挂上的。正好浇花的任务就落在他身上了。靠近圆柱形的栏杆一角,一张桌子铺着白桌布,中间放一盏煤油灯,装有半透明的橘色灯罩。萨士克想吃点东西,不过他想还是先跟老人解释一下再说,可又不知从何说起。

"我觉得你心里有事,好孙子,是不?"老爷子抢先问了。

"你怎么知道的呀?"萨士克有些吃惊。

"是啊,看样子你好像有话要跟我说!"

"没有,我想吃点东西。"萨士克犹豫不决,他一撒谎总觉得不自在。

"你送爸爸和妈妈出站还顺利吗?"

萨士克耸了耸肩膀。

"回家的时候在路上听见什么新闻了吗?"

"正是这个——是啊!"萨士克感到吃惊,他很想说出事情的真相,不过那样的话就都露馅儿了。到时老人为了帮他瞒着父母,不得不编个理由搪塞,因此萨士克打消了说出真相的念头。

"斯洛波得奇可夫家的人回来了!"

"你见着他们了吗?"

"是的,瓦洛佳差点让马撞着我!在路上的时候!"

"那是怎么搞的?"

"他是闹着玩儿的!"

"这玩笑可开大了!"

"没什么,爷爷,别在意,是因为我在大道中央思考问题,的确挡道。他们悄悄地来到我跟前,让马鼻子碰到了我的耳朵。"萨士克讲了讲事情的经过,同时他双眼发亮。"不过是一场玩笑,安娜·亚历山德罗夫娜还把他给骂了!"

"那没事吧?你没有感觉不舒服吧?"

"没有,爷爷,只是绊了一下。瓦洛佳,"他一口气把这些话说完,甚至不假思索就说出来了,"邀我晚上去游泳和点篝火,我会在他家过夜!安娜·亚历山德罗夫娜同意了!"

爷爷有点犹豫,但萨士克感到他的态度很友好。为了万无一失,库吉玛·伊里奇说:"当然了,本该取得妈妈的同意,可是她现在又不在这里。不管怎么说,安娜·亚历山德罗夫娜已经同意了。"库吉玛·伊里奇笑道。萨士克明白爷爷没什么异议,说声谢谢,转身便去厨房准备吃的,又听见背后:"妈妈说了,她已经雇了厨娘,明天才来上班。今天只能吃夹肉面包片了,那里还有凉的野鸡肉、新鲜黄瓜和醋栗汁。"

萨士克从食品柜里取出吃的东西,然后回到自己的房间,做了几个夹肉面包片,塞进背包里。为了不惊动爷爷,引起不必要的麻烦,他从窗子跳到后院儿,从木栅栏夹缝里钻出去。这还是去年和瓦洛佳一起做的呢。这样的暗门他在家里也做了一个。去哈尔滨的火车还有三十分钟开车,他得先和伙伴说好,然后再去车站。这一切都顺利完成,四十分钟后他已经安稳地坐在车厢的木椅上。

计划很简单:到哈尔滨,找到高尕,在家里过夜,钥匙在他手里,明天大清早坐早班车返回帽儿山。他知道爷爷起得早,所以留着窗户,木栅栏的暗门谁也不知道，萨士克对这一切都信心满满。还有一个问题就是别在车站遇上爸爸和妈妈，因为他们要在哈尔滨换车去大连。不过他知道，从帽儿山到哈尔滨再换车的停留时间很短，他们没时间回家，只能在候车室等着。萨士克知道，跳出车厢，上了站台，就绕过候车室了。

迎接他的是哈尔滨晒得滚烫的柏油马路。他跟父母没离开城里几天，但是他已经习惯了郊区的清凉。从弥漫着烟味的车厢出来，他已感受到傍晚的新鲜空气。凝重、炙热的空气中散发出枕木与铁轨的表面晒出的焦糊味儿。

他快速跑回家，放下水壶便跑出去了。高尕·扎包洛特内住的地方不远，在俄国墓地旁边。萨士克家也离大直街很近，所以他决定不等公交车，而是快步往那儿跑。当他跑到大直街时暮色已经降临，跑过的街区和人行道上空无一人。哈尔滨人都在自己家里和花园里躲避暑热。还有许多人，特别是南岗家境殷实的家庭都到别墅去了。萨士克边走边想能不能在高尕家见到他。

高尕比他高一年级，他个子不高，是一个结实、活跃的男孩。他兴趣广泛，知识丰富，和他在一起很有意思。他和瓦洛佳·斯洛波得奇可夫完全不同，那人很沉静，很有教养，一切知识都来自书本。高尕善于交际，萨士克有时很难想出在城里有谁是高尕不认识的。他在铁路工厂有朋友；在中国商人乃至人力车夫中有朋友；他与哈工大的大学生们和法学院的大学生们很熟络，经常参加他们的会议，甚至是政治性的；他已经开始和姑娘约会，而且对他来说距离不是问题，他甚至可以步行去老哈尔滨。高尕有一位非常善良的妈妈，爸爸早在一九一〇年就从布拉戈维申斯克（海兰泡）来到满洲，在铁路部门上班，他还有一个弟弟和姐姐。

在萨士克与高尕最后一次见面分别之前，高尕对他说，前几天参加哈尔滨火枪手会议时认识了来参加会议的青年法西斯分子。高尕想详细叙述他们都讲了什么，可萨士克几乎什么都不明白，除了火枪手和法西斯分子想把俄罗斯从高尕所说的"布尔什维克压迫"下解放之外。那次会面是在跑步中进行的。萨士克想问他们怎么解放俄罗斯,而高尕已经急着往那儿跑,答应他等下次见面时再和他说。萨士克也想说他每年都参加陀斯妥耶夫斯基中学的童子军集会,但已经来不及了。他们当时讲好今天在哈尔滨见面,所以他那么急于去哈尔滨。他猜不出妈妈会怎么想。爸爸呢?反正爸爸总是站在妈妈一边的。

要是在家里看见高尕就好了,因为他知道,高尕的妈妈允许他们说话,多长时间都可以,甚至一直到早晨,如果太晚的话也可以在他家过夜。萨士克非常喜欢这一点,可萨士克心里又不能解释明白,因为他家里从来都没有这样的自由。

他快步走着,甚至跑着经过了秋林商店,又经过了阿什河街,到了吉林街转角那幢房子,再往前是齐齐哈尔街。再到大直街转角处就是高尕家,到那儿一点都不远。

天已经暗下来,五月的长昼行将结束,背后是一抹薄薄的霞光,很快就与街灯的亮光融在一起。萨士克放慢脚步,为的是喘口气,突然听见有人叫他。在他刚刚跑过的一座房子门口,高尕正在向他摆手。这真是太突然了,萨士克还来不及高兴呢,他只是想:"这太好了,这是大获成功!"他急忙转身跑到房门口,停住脚,因为他看见了令他吃惊的一幕。

这里,他每天都来,这个区,离他就读的位于下面花园街的基督教青年会中学很近,都在一个街区。他是从商业学校转到这里来的,是在苏联与中国谈判决定共同管理中东铁路之后。当时商校只留苏联公民子弟,其他学生都转到了其他的中专和中学。

在那些独户住宅与高级公寓中住的基本上是家境殷实的哈尔滨人,这里从来不曾像刚才那样聚集过这么多人。在大门口与高尕站在一起的有十来个俄罗斯年轻人和一个年长一些的男子,而大院里停着几辆带篷的卡车,上面坐着中国警察,膝间夹着步枪。所有的站在门口的人,坐在车上的人都一言不发。

萨士克朝高尕点头想问点什么,而他往旁边看了看,说:"先别吱声!"

"怎么回事?"

"先别吱声。"高尕从上到下瞄了萨士克一眼,鬼鬼祟祟地重复了一遍。

萨士克觉得奇怪,好像什么都没有了,所以他开始仔细观察:在街上,在他刚才经过的转弯处,已是暮色苍茫,但是大院里有人在汽车中间燃起篝火,用汽油桶洒上汽油。篝火烧起来了,明亮的、欢快的火光照亮了周围的一切。现在萨士克看见了,院子里停着三辆带篷卡车,旁边站着十五六个俄国人,还有同样数量的人与高尕站在门口。

一个高高瘦瘦的男子向高尕走来,他蓄着尖尖的小胡子,看样子在三十至三十五岁之间,穿一件黑色大衣。他朝高尕点头示意,问萨士克是何许人。

"这是我们的营火兄弟,我很了解他。"

那个男子走了,可萨士克发现他的西装侧面鼓出一大块,于是他想:"哎呀!他带着枪!还好,爷爷不知道我出来了。"

正在这个时候,一辆闪光的小汽车在门口停下,萨士克确定这是一辆意大利的菲亚特。车后座出来一名穿黑色西装、浅色条纹裤子的男子,年龄在五十岁左右,他的上衣也鼓出一块。他走到刚刚与高尕说话的那个男子面前,低声说:"是这样,米哈伊尔·卡皮托诺维奇!中国人夜里去兵营了,在需要时会赶回来,命令你们在早晨之前不要解散,门口不要闭灯。要从各个角落都能看到你们,领事馆里的人还没睡。我刚才从旁边路过,总领事的房间还亮着灯。你全明白了?"

"明白了,阁下!"那人轻声回答。来的那人称其为米哈伊尔·卡皮托诺维奇。

"执行吧！拿着这个，"来的那人边说边交给他一个大信封，"我想如何完成任务，就没必要再跟你说了。"

他坐上小汽车，菲亚特就启动了。

所有站在门口的人，包括高尕和萨士克，都来到米哈伊尔·卡皮托诺维奇面前。

"都听见了吧？中国人此刻都去兵营了，我们留在这里待命，可以去篝火旁了。"

高尕看了看萨士克："走，别磨蹭！"

站在门口的人开始活动，进了院子，卡车司机启动马达，打开车灯，小心地往门口倒车。

"司机是我们的人！"高尕骄傲地小声说，"要是中国人开车早撞上了。"

当卡车开过去，萨士克好奇地往驾驶室里看了一眼，结果惊讶地发现三个司机中只有一个是俄国人，其他两个都是中国人。"撒谎的家伙！吹牛能手！"他这样想着高尕，也来到了篝火旁。

院子是个大仓库，萨士克开始还没看出来，因为被卡车堵住了。现在他发现院子深处是一个砖结构的两层仓库，大门很宽，可以进出卡车和马拉大货车。大门敞开着，里面黑洞洞的，篝火堆就放在中间。

当萨士克赶上高尕时，扯住他的袖子，把他拉到篝火旁。人们已经围过来，火光照在脸上，谁都一言不发，总的情况令人觉得大家对于在篝火旁露营过夜已习以为常。人们犹似一家，有人去库里取出一些木箱放在边上，用靴子将其踹碎，几乎没什么声音，又把木板扔到火堆里；有些木箱被放在地上，供人当板凳坐。米哈伊尔·卡皮托诺维奇命令大部分人自行睡觉。人们便进入仓库里面，还有五六个人围着火堆，其中有高尕和萨士克。

第二节

　　安娜·柯萨维里耶夫娜心情焦躁地揉搓着那块锁有花边的手帕。
　　"你有什么担心的?"亚历山大·彼得罗维奇问。他从离开哈尔滨就翻看那本书,同时注意她的情绪。他看出她心里有事,知道是为什么,但他相信她会一点点地平静下来。
　　"我在想萨士克在那儿会怎么样?"亚历山大·彼得罗维奇离开书本。
　　"你指的是他想去哈尔滨和自己的同伴们见面吗?"
　　她点了点头。
　　"我告诉你他已经在火车上了,也许已经到了!"亚历山大·彼得罗维奇看了看表说。
　　"你也在想这件事吗？"安娜激动地问,"你说的还那么无动于衷?!"
　　"安妮,你为什么会想到……"亚历山大·彼得罗维奇知道自己说话不小心,"我怎么会无动于衷呢?完全不是的!不过你是了解萨士克的!他这个人很固执,一旦决定了……"

安娜·柯萨维里耶夫娜已经掩饰不住自己的不安,但她需要一个理由,她不能就这样认可并平静下来,那样的结果是她小题大做,而这是不对的。

"那库吉玛·伊里奇会怎样呢?"

亚历山大·彼得罗维奇放下书本。"老头子跟我们一样会有点儿不放心。我们俩对他毫无办法,孩子在成长,他要长大成人,我们不可能,"他想了想说,"阻止他,不可能把他系在……"

"我的裙子上!"安娜以一种受委屈的口气说。

"别生气,我的好人儿,我想说的正是这个,不过他有自己的路,他也需要沿着那条路走下去。"

"那你的路是怎么走的?"

"我吗?"亚历山大·彼得罗维奇把安娜的手放在自己的手里,轻柔地爱抚着,尽可能温柔地说,"我也走过了自己的路,不过那是在另一个时代,是另一种情况!"

"是的!你是对的,但我不能平心静气地想他会怎么样,他会做什么呢?这一年他长得真快,个子都快赶上你了,他可是我们的独子啊!"

安娜沉默良久,然后把头枕在亚历山大·彼得罗维奇的肩上,说:"那该多好啊,如果……"

亚历山大·彼得罗维奇叹口气:"这不!你又谈这事!如果上帝不给我第二个孩子,我们有什么办法?或许我们还没有完全失去机会。你到海边休息休息。"他稍稍停了停,"安妮,要知道,为了稳定你的情绪,现在就该回哈尔滨,找到萨士克,领他回别墅,哪里也不让他去,我们自己也哪里都不要去。我想你会同意我的意见,可这已经是完全不可能的了。"

安娜把手帕展平拭干晶莹的泪珠，亚历山大·彼得罗维奇见她这样，便用双手捧着她的脸转向自己这边，吻去她两眼的泪花。

"别伤心了，一切都会好起来。"

"好吧，萨沙，也许一切都会好起来！"她看着他，心情平静多了，遂问："你读什么呢？"

亚历山大·彼得罗维奇总算松了一口气，他乐不得改变一个话题："啊，对啦！完全给忘了！不久前，两周之前吧，我见到乌斯特里亚洛夫教授。我们是在铁路局旁边碰见的，他给了我他的莫斯科随笔，这是早就答应给我的，你记得他去俄罗斯的事吗？"

"是啊，不过这是很久以前的事啊！"

"很久以前，四年以前。我现在已经连续读了三四遍了！"

"那么有意思吗？你什么也没跟我说呀！"

"有意思？怎么跟你说呢？当然喽，有意思是有意思，不过太伤感。因为他写的俄罗斯，是现在的嘛！"

安娜叹了口气。

"我有时也会想到俄罗斯，"她把目光停在车厢的一个角落，眼睛里的泪水还没干，"我深知我几乎记不得它了。我在这里度过十九年了，我现在有这样一种感觉，这里就是俄罗斯，而那里是一个别的国家，对那里我完全都不了解。"

亚历山大·彼得罗维奇若有所思地看了她一眼，点头表示同意："还真差不多是这样！来，咱们先把那些不快的想法放在一边。"他拿起书，翻开夹着火车票的那一页。"这就是我们所看到的那个俄罗斯。乌斯特里亚洛夫描写的风光，是他本人从车窗里看到的。正好，他也这样给自己的随笔取名为《从车窗看到的俄罗斯》。"亚历山大·彼得罗维奇合上书本，给安娜看了封面。

"想听一听吗？"

安娜点了点头,她也乐意摆脱扰心的情绪。亚历山大·彼得罗维奇翻了翻,找到那一页,开始诵读自己用铅笔画的重点段落:

列车正常地向前行驶,行驶。暖融融的夜晚,窗子敞着,飘荡着俄罗斯田野的气息,一捆捆的黑麦一闪而过⋯⋯

他俩望着窗外,什么也没说。窗外完全不是俄罗斯的田野,什么地方也见不到黑麦捆。安娜失望地看了看亚历山大·彼得罗维奇,他则苦苦一笑,继续往下读:

枞树,小教堂,木屋,小河。"仍然很美吧?"他时而发问,时而又确信无疑。过了满洲,他见到乡村的小教堂,田野里的修道院令人尤为欣喜,俄罗斯的,丘特切夫描绘过的那种风光⋯⋯如果就这样行驶下去,行驶一辈子也好啊。我们都是大地上的朝圣者。我们若能学到朝圣者的智慧,无所畏惧该多好啊!

他写的多中肯啊!"大地上的朝圣者。"安娜静静地重复一遍,在车轮的隆隆轰鸣声中勉强听得到。"很像我们的老头子。他也深信我们都是大地上的朝圣者!书里还写了些什么呢?"亚历山大·彼得罗维奇翻了翻书页。

"还写了什么?他还写到人,现在的人们,也就是与他相会的那些人,在他的描述中已经是另一种人物了,有时候甚至是混合的人物。看这里,"他找到了那一段,"听着,这也很有意思,他已经到了莫斯科!"

他感到安娜靠近他,倚在他的肩膀上。

按人口比例来说,莫斯科的小汽车数量在权贵阶层有惊人的增长。我预见七年之间革命顶层人物的外表有了很大的改变。

亚历山大·彼得罗维奇漏掉几行:

在这些年中,服装样式和整个儿外观更有复古的趋势。

"你在听我读吗?"他把头转向安娜,问道。她点头。

不是新人追逐欧风,而是我们老一代的知识分子失去了它。鸭舌帽成了比比皆是的正面行头……官员阶层混杂不一,与工人阶级捆在一起,瞧原来的莫斯科大学校长玛努依洛夫教授,现在是国家银行的理事会成员,可算核心人物。人衰老了,头发花白了,还是不习惯特别注意仪表,深棕色的衬衫和永远不变的鸭舌帽。瞧这位考特利亚列夫斯基也坐上小汽车了……穿着一件做工粗糙的麻布衬衫,根本不戴帽子。

亚历山大·彼得罗维奇又倚向安娜。

刚开始见到老熟人穿着一身工人化的行头还觉得怪模怪样的。不过,当然喽,很快也就见怪不怪了。鸭舌帽专政是如此无所不至,以至自己本人也很快对其心服口服了。工人阶级专政嘛!

在提到发音怪异可笑的鸭舌帽时,安娜看了看自己的那顶草帽,是用中国麦秸编成的,帽檐儿上还缀有赏心悦目的小花。最后那些句子有的地方她听进去了。

亚历山大·彼得罗维奇用平稳的声音诵读着,时而为了吸引她注意某些段落，令她觉得可笑或机智，朗读时而又被隆隆的车轮声打断。这些声音稍稍转移了她对儿子的忧思，她从来都不明白在这个国家里发生的事情，她不懂什么是工人阶级专政、革命、国内战争，甚至什么是战争。她还记得童年的一些片段。在一月，一个星期天的早晨，这发生在一九〇五年初，彼得堡好像炸锅了，整个儿涅瓦大街、百万街、战神广场挤满了黑压压的人群。在堆满积雪和已被冰冻的马路上，红旗招展的队伍逶迤前进，警士们成群结队地四处奔跑，吹着警笛，抓人，押走。她和奶奶在罗西街上，奶奶等她从舞蹈班下课，而后她们走到圣三一桥，穿过发疯的城市。电车已经停驶，手持马鞭的哥萨克横穿马路。一切都令人害怕和费解，于是父母为了逃避这可怕的现状便带她去了华沙，到了爸爸的兄弟亚涅卡叔叔的家里。后来，一切都平静下来，回归从前。再后来，亚历山大·彼得罗维奇出现了，把她带到这儿——哈尔滨。

"你在听我读吗？"亚历山大·彼得罗维奇突然问。

"是啊，是啊，萨沙，当然了！"安娜一惊，肯定地说，"很有意思。"

亚历山大·彼得罗维奇看见她在听，但同时若有所思，心事重重。

"那我就接着往下读？"

她点头同意。

莫斯科一下令人感到如此亲切，如此属于我们自己，以至旅游生活的节奏不可避免地令人感到有些耻辱、荒谬、虚假。日子过得从容不迫，不过在那段时间里，我贪婪地呼吸着莫斯科空气中的每个原子，把莫斯科日常生活的每个元素与自己的肌体结合起来。莫斯科与从前一样美好，而且绝对比过去更有趣。假以时日，当你回味当时的情景时，最后的感受尤为特别。紧张的生活如火如荼……

亚历山大·彼得罗维奇又看了看妻子，说："你大概觉得没什么意思吧？"

"不，你怎么这么说？只是我对莫斯科几乎一无所知，我只是在童年时去过，后来就跟你走了，你记得，只有几天工夫……"

他点了点头。

"不过，你还是接着读吧，你可能是想莫斯科了，我对它只是好奇而已！"

　　记忆中，心目中的莫斯科的形象大概总是壮丽的。旅居异国他乡，从远处仰望它，那便是俄罗斯的伟大象征，拥有历史的丰功伟绩，苦难与光荣灿烂辉煌。向往它，一如既往的第三罗马帝国，对它的热爱沉浸在独特的浪漫主义氛围之中，表现出距离产生的激情……

"萨沙！"安娜突然伸直了腰，俯身拍了拍他的膝头，"你也好，库吉玛·伊里奇也好，尼古拉·阿波罗诺维奇也好，乌斯特里亚洛夫教授也好！"她看着他："你们都那么爱莫斯科，爱俄罗斯！可是你们都那么不幸啊，可怎么办呢？"她突然打住了，"对不起！我说的有点儿多余。"

这时亚历山大·彼得罗维奇自己也觉得有点儿可惜，因为他的朋友乌斯特里亚洛夫教授去了莫斯科，而没去彼得堡。

安娜怪怪地笑了笑："当然了，可惜他没去彼得堡，不过对莫斯科我也感兴趣，别看我对伊尔库茨克的印象更深！读吧！"

亚历山大·彼得罗维奇稍停片刻。

"读呀！"

　　它越来越近了，它的形象已经较为具体了，样子更鲜活了。郊区的别墅,别墅区的火车,上班的人们汇成人流。我买了四分之一俄磅的樱桃,熟悉的站台一闪而过,往事又浮现在脑海。在苍穹的背景下顿时有教堂的圆顶——上帝之冠在闪着金光……

安娜十指交叉:"我记得教堂,很壮观,特别是在低矮的灰色屋顶上。樱桃也很好吃,可不像彼得堡的樱桃。对不起,读下去!"

感觉到莫斯科了。面对日常生活——亲切的,永远不变的那种芬芳气息,沁人心脾。熟悉的街道、教堂、广场,熟悉的房屋。只消一瞥,少年时代、大学时代的吉光片羽便尽收眼底。哦,阿尔巴特的曲巷啊!或是剧院广场的欢歌笑语!或是夕照中的果戈里纪念碑:
   在沃兹维仁卡街莫洛卓娃宅第旁
   我与自己的梦想不期而遇
   晚霞燃尽玫瑰色的微笑……

安娜一听这些诗句,情绪为之一振,重又打断他:"多么富有诗意啊!这是谁写的?"
"没有问!"
"等我们回去时问问!"
亚历山大·彼得罗维奇点头:

而现在成小时、成天地漫无目的地徘徊街头,呼吸莫斯科的空气,也许,稍微有些老旧。令人感到可怕年代英雄壮举的痕迹。这里或那里的建筑物形容枯槁,灰暗,失去光鲜色彩,尤为可怜的就是教堂了,看得出一直以来外观从未得到修缮……

"现在你若不把这本书给库吉玛·伊里奇,他是不是会很生气?"

亚历山大·彼得罗维奇摇头表示不以为然,并用疑惑的目光望着安娜。

"我不时打断你,别生气。"

他微微一笑。

有些建筑物的墙壁上布满又脏又黑的斑点,原来是黑黑的弹痕。大学的门楣上原来的"耶稣的光辉普照众生"已被新的残破的"科学属于劳动者"所取代。就连那周围新写的文字上也布满枪眼儿,还没来得及清理呢。有些纪念碑是革命时期建的,但是为数不多,而且并不出类拔萃。在特维尔大街头上,尼基塔门旁边,在毁于十月革命炮火的加加林宅邸,人们铲除了游乐园而建起了季米良杰夫纪念碑。外交人民委员部的墙上镌刻着沃罗夫斯基的名字……

"对他们这些人我一无所知。"她若有所思地说。

街道上熙熙攘攘,永远挤满兴高采烈的人群。街市上的紧张活动令我这个刚到莫斯科的人叹为观止。照我的看法,它比革命前有所提高,我不由自主地与一九一八年做个比较。我离开莫斯科时革命正如火如荼地进行,在谋杀列宁未遂之后……

"那你是什么时候离开的?"

"我早一些,在春末。"亚历山大·彼得罗维奇答道,没离开书本。

可怕的群众性私刑已在街头流行,人们对恐怖手段已司空见惯。饥荒紧逼,动乱四起。革命者们则激情燃烧。死亡的阴影笼罩着城市，在夜间往往更加可怕，苦闷难熬，胆战心惊，街上空荡无人，不过白天也不令人愉快。莫斯科正在僵化，死去。那些日子现在已成为遥远的回忆。城市已经恢复健康，并为自己的健康而欢呼雀跃。库兹涅茨桥到了晚上甚至张灯结彩。人们穿得花枝招展，汇成欢歌笑语的人海。商店多为国营和集体所有，橱窗布置得赏心悦目、清新别致……

亚历山大·彼得罗维奇读得入迷，教授描绘的景象似乎就在他眼前显现。街衢巷陌，林荫大道和纪念碑。他一次都没问过教授在莫斯科的住址。他自己也在这些地方居住过。安娜聆听着，注视着丈夫，看出他已经沉醉其中。她由此终于平静下来，闭上眼睛，只听到那平和、安静的读书声：

书摊比比皆是，图书美不胜收。所谓"图书进入群众之中"一说的确名不虚传。人们自觉排成长队，人声鼎沸，一派繁荣景象。人们兴高采烈地看着那些曾经绝迹的东西：草莓、大粒樱桃、大白李子，然后是欧洲鳇、琥珀色的鲟鱼肉。这一切都散发出天然的味道，不像在远东，花儿没有香气，人们没有祖国……

"这里他言过其实了。"安娜没睁眼睛，叹了口气。

初来乍到的一天在普列奇斯金卡，我见到一个菜农卖萝卜，随即买来擦了擦便大嚼起来。我同时想起了遥远的满洲和那里的萝卜！这里真是万象更新！这是在新经济政策开始之际，我从内心深处发出的本能呼喊……

亚历山大·彼得罗维奇离开书本,看了看妻子。她在他沉静的诵读声和单调的车轮声中已经昏昏欲睡,他们的列车正在向东南方向行驶。时间已是午后七点,阳光横向照射在铁路线上,自上而下斜射在车窗上。包厢门已经关上,窗子开了一道缝儿,清新的空气吹进来,显然是东风。火车头冒出的一股一股黄烟吹向另一面车窗。安娜动了动,没睁眼睛,说:"我没睡,只是觉得非常舒服。"

"不再惦记萨士克了,谢谢上帝。"亚历山大·彼得罗维奇看着她,立即想到这一点。

"总是担心萨士克!"

他把书放在小桌上,搂着她的肩膀。

"不——不!"她静静地说,"我已经什么都不担心了,接着读吧,你读得很精彩!恰好那里面不是还说到萝卜和万象更新吗?"

"想法很好!"亚历山大·彼得罗维奇甚至高兴起来了,"我有一个建议,甚至两个建议:第一,一到大连我就给邻居打电话,如果萨士克回到哈尔滨,人们就能见到他;第二,我们是不是到吃饭的时候了?"

安娜睁开眼睛,亚历山大·彼得罗维奇叫她看了看表。

"都七点多了!"

"是啊!"安娜伸了个懒腰,"叫人送餐还是去餐车?"

"如果你不反对,我先去一趟,看一看有什么吃的,都是些什么人在那儿用餐,然后我们再决定。大概隔一节车厢就是餐车。"

"你看着办吧。我在这儿等你就是了。"

亚历山大·彼得罗维奇去了餐车。包厢空荡荡的,安娜因为没事做,侧身拿过那本书,打开刚才读过的一页,立即看见那一段,索性接着读起来:

340

今日,谈陵墓。谈当今有位艺人歌颂的那样。

安娜读完这些字句,突然明白了,她从未想过一些情况。她知道这个人,在报纸上读过关于他的说法,在熟人及亲友的谈话中提过他的名字,像乌斯特里亚洛夫,特别是他从苏俄回来之后。还有另外一些人,尤其是男人们,他们在茶余饭后和牌桌上,天南地北无所不谈,最爱谈的莫过于俄罗斯。可她本人从来不想这个。

"真有趣!书里谈得很多吗?"她翻了几页,"不,不多!"她又读道:

今日,谈陵墓。谈当今有位艺人歌颂的那样。
让每一个脚步和每一个眼神,
都向陵墓看齐。

她觉得读过的东西在心中引起某种不快,但她还是抑制住自己的情绪。

"不,不!读吧!"

别看有这些诗句,还是一定要去陵墓瞻仰——革命的麦加圣殿。去过了,观感深入人心。

"有意思,观感从何而来?"安娜心怀抵触地想。

我排着长队,队尾拐到伊利茵卡。但是人流前行很快,几乎不停,人们在低声细语。我身后是一些来自外省的女教师,前面则是一位年轻的红军战士。记得在法国参观荣军墓时我身旁也有一位年轻的法国士兵,瞻仰皇帝陵寝时脸上的表情与他一模一样。

安娜开始觉得很有趣,她的感觉是七上八下,不过那描述写得很好。

移动着,开头,表现出某种满足感,取得一张小票后穿过广场,接着到了陵墓前面,走着,暮色渐浓,陵墓的名称是:列宁墓。

安娜颤抖了一下。

总之,妙趣横生,运笔风格沉稳又严谨。既没有大喊大叫,也没有宣传鼓动。没有老生常谈,标语口号,明言警句。从表面看——漂亮的玫瑰,清晰的直角轮廓;从内部看到的是黑色的木质材料和红色的装饰面料,也棱角分明。哨兵们守护在侧,肃然而立,尽显威仪。何其令人震撼,极富美感,与那些触目皆是的,叫人眼花缭乱的列宁角真是有天壤之别。

她瞬间放下书本,"有陵墓,还有数百万个角?应该问问萨沙。"

总的情况是"感人的",在排队等待这工夫,你听到斯巴斯基钟塔报时的钟声,深深落入你的心中,看着克里姆林宫的红墙、宣谕台、神秘而迷人的瓦西里·柏拉仁内教堂……不由得肃然起敬,整个儿身心都沉浸在不断升华的强烈情感之中。当代一些历史事件在脑海中闪过。现在与过去的联系,这并非偶然的朝圣去的长蛇队,世界上任何力量都不能从俄罗斯历史中将这一陵墓抹掉。这是俄罗斯思想的外部象征,而不仅仅是俄罗斯的经验。

342

安娜没注意到自己拿起了手帕在手里揉,开始擦不知为什么出汗的手心。

进入墓室,阴凉,肃静,电灯照明。人们的表情激动、质朴、自然,心里则是百感交集,焦急等待,马上就见到了;没见到生前的真身,那就瞻仰遗容吧。瞻仰列夫·托尔斯泰也是看棺木中的遗体:在亚斯纳亚·波利亚纳,也是灵柩。遗体躺在玻璃罩,从各处都能看到。一块水晶映出的列宁遗容一如在世活人,遗体穿着弗伦奇式上衣。遗容呈蜡黄色,与司空见惯的列宁像一模一样。有点让人意想不到的是胡须呈棕褐色,手很小,整个儿遗体显得很小巧,是典型的秃顶头。"在这里的这个死去的人,比活着的时候更严厉,更权威地掌握着俄罗斯的命运。"记得有一位外国人曾经如是说。在这些话里,既有真理也有谎言:现在掌握这一切的只是他的名字,而不是他本人。

安娜把手帕揉皱了,并没停止阅读。

徐徐前行,并未停步。所有的视线都集中在一点。出来了,到了广场,孩子们把纪念章别在胸前,以示纪念。这与在圣地对圣像的崇敬何其相似!

当安娜的眼睛扫过圣像二字时,她听见亚历山大·彼得罗维奇在他们的包厢门前的脚步声。她永远不会弄错他走进家里的篱笆门,或是迈进门槛,或是靠近她身边的脚步声。包厢门开了,她并没有抬眼,说:"现在你来听听,我读到这里。"

亚历山大·彼得罗维奇进来,不声不响;安娜抬头,用炙热的目光

343

看着他,说:"你听这段。"

  从八点钟开始放朝圣者入内,在正常的工作日,一个到一个半小时的时间只有外地人。

她抬起手指了指,"看这里。"

  不间断的人流——数以百计,千计——每天晚上在这里活动,只为一睹已成为过去的伟大诗篇的精髓。在斯巴斯基钟塔与瓦西里·柏拉仁内教堂旁,在克里姆林宫红墙与米宁和波扎尔斯基塑像中间的那个古老的红场,革命倾注出自己的灵魂、自己的骄傲、自己的象征——列宁墓。其在我们伟大国家的历史象征中间,是众望所归之地。

安娜读完,合上书,放下。
"你读过这段吗?"她以一种低沉而陌生的嗓音问。
"是啊!"亚历山大·彼得罗维奇回答。他随手关上门,紧靠桌旁,放下那本皮面的菜谱。"我不在的时候你读了这段,这太糟糕了!"
安娜盯着他看:"那我就不明白了,乌斯特里亚洛夫怎么会如此描写这个呢?他不是和我们是一样的人吗?"
亚历山大·彼得罗维奇耸了耸肩。"为什么呢?和我们大家都一样,你,我还有其他人。"
"可他是满怀激情地写这个人呀!这如何解释呢?说不定他想为他们办事呢。"
亚历山大·彼得罗维奇看到安娜坐在天鹅绒铺位上,从上到下打量着他,情绪异常紧张。

"我没那么想！"

"难道他这么写不是对你们的思想和我们的一切牺牲的背叛吗。"

亚历山大·彼得罗维奇不知如何回答，他从未见过安娜如此激动。他的安娜总是那么心平气和，总是那么不问政治的。他明白，刚刚他不在这工夫，她突然触到连自己都想不到的灼热痛处。亚历山大·彼得罗维奇在她身边坐下。

"安妮，我和他谈过这个问题，当时我刚刚读了第一遍，谈的大概也是这个问题。他对我解释说这是他从那个我和你已经不了解的国家获得的印象，对这些印象他只能如此表述。"

"不，我不明白。"安娜热切地望着他说，"我们与他生活在一个城市，呼吸同样的空气，最后租的别墅都在一个地方，那为什么我们的萨士克与他的孩子，正好其中的一个是我的教子，不能进士官学校，莫斯科的或是彼得堡的；为什么他们不能欣赏他在书中写的小木屋和小教堂，或是彼得纪念碑、救世主大教堂、奥斯托仁卡大街上的普希金纪念碑？"

"这是在特维尔大街上，这是第一；"他微微一笑，用和解的语气说，"其次呢，他的孩子们还太小；"他搂着她的肩膀说，"不过，你知道，我自己也没信心，如果我现在去一趟，不知会怎样表达自己的感受。"

安娜不语，他总结说："我也想多了解一些，而且由来已久！要知道，去吃饭吧！餐车几乎是空的，我们叫一瓶热夫雷–尚贝坦红酒，我看了，是一九二四年产的，庆祝我们的这次旅行！我们上一次旅行是什么时候？你还记得吗？"

安娜有点不好意思，看了看他，他是那么心平气和，她已经从阅读的亢奋中恢复平静，对于自己的失态很不好意思。

"菜谱里都有什么？"她平静地问。

亚历山大·彼得罗维奇神秘兮兮地松了口气,打开菜谱。

"那现在吃的是午餐还是晚餐啊?"安娜问。

"七点半!先浏览浏览吧!"

"你说了算,萨沙。"于是她开始看菜谱。

午　餐

　　毛里塔尼亚菜汤

　　野味浓汤

　　奶味面条汤

　　蔬菜肉汤

　　醋渍鱼

　　清蒸北白鲑

　　小牛腿肉加土豆泥

　　鸡肉饼

　　羊肉炒饭

　　时令野鸡肉

　　维也纳式煎肉饼

　　家常鸭配苹果

　　通心粉配巴尔玛干酪

　　青菜

甜　食

　　乳酪什锦水果

　　草莓雪糕

　　橙子沙拉

安娜像小学生一样指着菜谱的一行行文字,轻声细语地念叨两个荒诞不经的缩写词。

"你看看这些,菜汤和鸡肉饼,你说,在菜谱里用缩写不是很可笑吗?他们是想节约吧?"她几乎笑起来了,"可能想让咱们快点读完点菜吧!他们也着急吗?那你选什么?"

"我想应该先看一看再说,你准备好了吗?"安娜起身,走到挂在门上的装着铸铜镜框的镜子前面,整理整理头发,用手抚平了衬衫的腰身,轻轻地把裙子扯平。亚历山大·彼得罗维奇看了看她,上前把她揽过来,轻吻了一下她的嘴唇。

通过两节车厢便是餐车。

安娜把着扶手通过狭窄的走廊,亚历山大·彼得罗维奇紧随其后。她本想回头,为刚才自己未能克制自己的情绪道歉,但是列车左摇右摆,迫使她决定等坐下来再说。

餐车里几乎是空的,吧台坐着一个中年男子正在吸烟,车厢的一部分用半截雕花玻璃隔断分开,放了六张餐桌,只坐着两位客人:右边靠窗是一位西装革履的中国人,面前有壶茶,旁边的烟灰碟上放着一支轻烟袅袅的香烟;左边窗旁,坐着一位穿白色翻领运动服的男士,正目不转睛地注视着窗外的景色。

亚历山大·彼得罗维奇建议坐在右侧最远的一张小桌旁,与那位中国人背对背。

过一会儿服务员出现了:"菜谱!"

"给您。"亚历山大·彼得罗维奇把从车厢里拿来的菜谱还给他。

服务员俯身对安娜·柯萨维里耶夫娜说:"夫人?"

"鸡肉饼。"安娜用调侃的口气点了这道菜。

"先生呢?"

"一九二四年的热夫雷-尚贝坦红酒。"

347

"整瓶或是成杯？"

亚历山大·彼得罗维奇看了看妻子,安娜点了点头。

"整瓶,小牛腿肉加土豆泥,"亚历山大·彼得罗维奇像安娜一样说出菜谱上这个菜的缩写词,"再要整套甜食！"

安娜没收敛笑容,皱着眉头显出责备之意。

"不要粥！"

"悉听尊便！干邑配甜食？"

"好吧！"

"建议您用拿破仑干邑,更柔和些,不过如果您喜欢的话可用轩尼诗 X.O.。"

"那就拿破仑吧！"

"整瓶或成杯？"

"一百五十毫升杯。"

"遵命！热菜稍候！"

"我们不着急！"

服务员走后,安娜遗憾地嘟囔说:"可惜我们没带那本书过来！你说那里有可笑的东西,我们等菜这工夫可以读一读。"

亚历山大·彼得罗维奇在对面坐好,两人俯身凑近,他两手一摊,模仿服务员的口气说:"尊意如何,夫人？我能凭记忆从书中引用几段。"

"真有意思！"安娜说。

"现在给你举个例子。"

城市已经恢复健康,并为自己的健康而欢呼雀跃。

"这我们读过了呀！"

348

"读是读了,可当时你睡着了呀!"

"不对!"

亚历山大·彼得罗维奇喜欢安娜使女人的小性子开玩笑的样子。

"睡着了我也能听见!"

"得了吧,没听见!想象而已!读吧……就是……"

亚历山大·彼得罗维奇停了片刻,扬起左眉,表示郑重其事:

"嗯——嗯——嗯!那里说的什么?"

"大吹大擂呗,说的我都能背下来了!"

"别急,夫人,稍安勿躁。"

清洁干净,街上每隔一步就设置了垃圾箱,装烟头、吃剩的食物和火柴盒。用罚款,同样用戒律教育大众:

如欲成为文明人,废物与烟头投入垃圾箱!

安娜突然打了个喷嚏,不好意思地用手心堵住。亚历山大·彼得罗维奇见那位中国人转过身来。

"萨沙,"她小声说,"这可不行,应该提前说一声!"

"提前说一声!"亚历山大·彼得罗维奇说,"不是所有人都有文明习惯,这里我原谅。"

但总的来说还是无可辩驳的:清洁和秩序。许多啤酒馆晚上热闹异常,不过那里也要求守规矩:

同志们,切记三项准则:不吐痰,不吵架,不吸烟!

安娜又忍不住扑哧一笑,不过平静多了。

349

莫斯科农工委员会张开它那敏锐和无处不在的触角：任何地方都不能例外，包括莫斯科农工委员会！

"这是什么？"安娜不禁惊讶道，"你所说的'莫斯科农工委员会'。"
"莫斯科农工委员会？"
"不好意思，这个我也解释不清楚，大概是一个特别的商业形式吧，往下听。"

不想抛弃商亭：
就在商亭买——保护好你的钱包！
其他合作社也尽可能高调树立这些领导部门的权威：
别叫奸商发横财
买东西要去合作社！

安娜差点儿笑出声来。
"有力量，是吧？"亚历山大·彼得罗维奇每次问她，她都点头称是。
她止住笑，揉揉双颊。"我并没想到在这些特写里有什么幽默。"她说，又漫无目的地把桌布上的杯子换了换位置，"你说读过好几遍了，可书中有什么吸引你呢？可笑的部分还是关于莫斯科的部分？"
亚历山大·彼得罗维奇也不再笑了，脸上浮现出若有所思的表情，用拳头支着下巴，沉默片刻："你觉得这有些奇怪，也可能不是。"
安娜侧过头用好奇的目光看了看他。
"他写的论证和人际关系，我基本上有同感，但是，城市，我认为这城市虽然如他描写的墙壁被打得千疮百孔，但应该不会那么生机勃勃，更多的应是破坏和空空荡荡！可表现出的不是那样，人声鼎沸，摩肩接踵，甚至兴高采烈！受难周时大道上洒满霞光——够浪漫的了。我记得一九一八年的莫斯科,冬天很冷,夏天脏兮兮的,人人都处在危险之中。而现在,你听,他是怎么描写的。"

莫斯科如莱蒙托夫作品的某个主人公一样,其精神物质的确不比主角差。

亚历山大·彼得罗维奇背诵文章如朗诵诗歌:

在那里,暖流从四面八方涌向温暖的家园。在普希金纪念碑旁边的夏日傍晚美好而舒适,周围人声喧闹,孩子们叫卖紫罗兰和玫瑰,有轨电车迸出火花和蓝色的电光。而对面,则是受难周修道院那大家都熟悉的亲切的剪影……夏日的清晨,一般街道和林荫大道还沉浸在静谧之中,晨光白茫茫一片,马车与行人寥寥可数,宛如圣母林荫大道上一片片纹丝不动的落叶。清凉的空气沁人心脾,天越来越亮,教堂的金色圆顶迎来第一道阳光……莫斯科的工作是美好的,其实可以呼吸到家园的气息……

"好了,对吧?"
安娜点头:"这是整个莫斯科吗?"
"是啊,可是不只。"亚历山大·彼得罗维奇轻轻回答。
"那你自己记得的莫斯科是什么样子呢?"
他微微一笑:"我记得它是从我们到那儿的第一天开始的,那时我才四岁,正值二月,说来也怪,已经解冻了。莫斯科迎接我们的是赤褐色的积雪,泥沙混和着马粪……对不起,餐桌上这么说不合适……"
"没什么,你唱歌不能漏词啊!"
他点头表示感谢:"还有那太阳,在二月这太令人匪夷所思了。刺眼的阳光和大道两旁湿漉漉、黑乎乎的树干形成强烈的反差。记得在安静的米塔瓦之后，人行道上的隆隆声不绝于耳，此前我坐火车时也没听见过这种声音。"亚历山大·彼得罗维奇看了看妻子，她靠在椅子柔软的高背上，认真倾听他的讲述，这使他备受鼓舞。

"记忆中有许多场景，有时彼此交错在一起，有时则不然。我不能准确地回忆起这事发生在什么时候，只记得低矮的灌木和高大的乔木上的一片新绿，嫩叶还黏黏的，亮亮的。这是一个阳光明媚的日子，我和奶奶在尼基塔门附近散步，乌斯特里亚洛夫讲到的加加林宅邸依然还在。奶奶领我进了一家服装作坊，大概给自己选了一件连衣裙。她放开我的手，一位年轻女工立即过来，我觉得她的个子高高的，又长又粗的辫子的颜色一如成熟的麦子，穿的也是同一颜色的连衣裙。她把我领到一个大篮子旁边，那里装着五光十色的布头，大概她以为男孩也和女孩一样喜欢这些东西呢。从那时起，莫斯科对我来说就像春天里的一个女孩，朝气蓬勃、光鲜亮丽和多彩多姿；或者像冬天里的一个浓妆艳抹的黄脸婆，染黑的粗眉，猩红的薄唇，就像现在看到的老贵族女人，我们的侨民……"

"在我们彼得堡有一位女钢琴伴奏师，一个高大的女士，总是把嘴唇涂红，已经是皱纹密布，可她仍然抹个红脸蛋儿。这就是为什么她如此吓人。"

亚历山大·彼得罗维奇为两人的默契微微一笑。"还有莫斯科川流不息的人群令我难以忘怀，"他俯身靠向安娜，用低沉的嗓音轻轻地说，"那些人行道上的行人，犹如火车头轮子的连杆，在白蒙蒙的蒸汽中迎面而来。"

服务员来到他们面前，给亚历山大·彼得罗维奇一瓶酒，顺带拿来一个专用的开瓶起子。亚历山大·彼得罗维奇闻了闻，点头认可。服务员把酒倒在杯中，默默鞠躬行礼。

安娜抿了一口酒。

"还记得吗？你对我讲过在大剧院前面遇见过一对男女。"

"什么时候？"

"你说这件事发生在三月初。"

"一九一八年三月八日！"亚历山大·彼得罗维奇确认，"你能记得这件事很叫我吃惊！"

安娜莞尔一笑，目光未离开他。

"是的，开头我走在他们身后，后来赶过他们时，听到他们谈话，他们原来是两对，有两个年轻的太太。我后来回头看了看，虽然天色已经昏暗，但我认为这是姊妹二人，另两位从仪表判断应该是我们军官。"

安娜认真地听着。

"后来我得知那天晚上克尔日冉诺夫斯基——这是一个大官——向莫斯科媒体介绍了俄罗斯电气化计划，可以想象吗？这是一九一八年的事，当时莫斯科正处在苦难深重、民不聊生的水深火热之中，想想乌斯特里亚洛夫书中描绘的当时的莫斯科的情景吧！"亚历山大·彼得罗维奇说，用手向他们的包厢方向指了指，"而这四个人，显然是我们圈子里的，他们边走边热议这个计划。这件事我很快就忘了，后来自己也不知为什么又想起来了，你居然还记得！"

安娜点头。

"无论是你还是我，我们都不知道这是些什么人，以及这个计划的结果，但是乌斯特里亚洛夫显然不是愚昧无知的人。显然在那里，发生过，并正在发生某种变化，所以我想我们每个人都有表达自己感想的自由。"

"是的，萨沙，现在我想我懂得你的意思了，请原谅我的……"

这时候服务员又来到桌前，把托盘放在小桌上，在安娜和亚历山大·彼得罗维奇面前摆好佐餐瓶和菜品。

"什么时候上甜食？"

亚历山大·彼得罗维奇看了看安娜，她耸了耸肩不置可否。

"上吧！"亚历山大·彼得罗维奇说。

服务员两步走到吧台，然后回来对亚历山大·彼得罗维奇神秘兮兮地窃窃私语，在肚子底下用弯曲的手指点那个穿休闲运动服的人。

"苏维埃！"亚历山大·彼得罗维奇双唇紧闭，意味深长地拧了拧眉。

第三节

已经是夜里十一点钟了,列车没有加速,行驶在黑暗的森林中,窗外,林子上面闪现出柔和的晨光,一个个小站飞驰而过,一闪即逝。借着明亮的灯光可以一窥包厢中的情景。

安娜睡了,她头朝门躺着,把两脚放在亚历山大·彼得罗维奇的膝盖下,这样她感到更舒服些。这时他坐在窗旁,在灯下翻书,不过也想躺下了,想在经历城市的喧嚣之后在别墅休息,想让安娜焦躁不安的心情平静下来。他在为儿子担心,但竭力藏而不露。他俩都明白,他们的孩子在长大成人,这如何能回避呢?最终还是听其自然吧,难道还能风平浪静地度过吗?

他坐着,生怕弄出动静来,对于是继续留在下铺还是爬上上铺犹豫不决——他担心小灯和他的动作惊醒她。

亚历山大·彼得罗维奇已经知道短时间内不能入睡了,因为自己脑子里千头万绪,要想睡着得躺下读点什么。他闭了小灯,等眼睛适应暗淡的光线。这时列车驶过一个会车站,信号灯照亮了包厢。

"你还没睡吗?"他听到她问。

"见——见鬼!还是把她惊醒了!"亚历山大·彼得罗维奇想。

"睡吧,安妮,睡吧,我已经准备躺下了!"

"到我这儿来。"她说。

亚历山大·彼得罗维奇在她旁边坐下,她张开双臂搂住他的脖子,亲吻他。她的呼吸很热,很重,而嘴唇有点干燥。

"睡吧,我亲爱的,睡吧。"亚历山大·彼得罗维奇说着话,自己的嘴唇也没离开她。

"晚安,萨沙。"她低声说。亚历山大·彼得罗维奇见她盯着自己,眼睛对着眼睛。

"晚安。"他回答。

在他把梯子靠向上铺的时候,窗外又闪过一盏信号灯。他看到安娜转身,脸朝墙侧卧,手心托着脸颊。

"睡了!她总是这样入睡!"

他爬上铺位仰卧,两只手放在头下,满意地伸了伸懒腰。

亚历山大·彼得罗维奇有自己的心事,安娜却毫无所知。这原因他早就明白了,而且有自己的名字——安多士卡。

中国土匪安多士卡张小松。送他和库吉玛·伊里奇从布拉戈维申斯克市到萨哈梁(黑河)的,就是这个安多士卡。这之后过了三年,亚历山大·彼得罗维奇在原始森林中,在一座无名山丘的山脚下救了他一条命,还有那些金锭。法别拉河流经那里,河流很宽。安多士卡在哈尔滨找到亚历山大·彼得罗维奇是在整整一年之后,是在一九二五年六月。

安多士卡在大直街等他,离家不远,亚历山大·彼得罗维奇正好从难民委员会下班回家。他俩一下子就认出了对方,尽管这个中国人穿着名贵的欧式西装,一副大商巨贾的派头。他的脸刮得光光的,小胡子也剪得齐刷刷的，嘴角上的胡子更显得晶莹剔透，西装口袋挂着贵重的金表链子，亚历山大·彼得罗维奇当即就认出他来了。但是，与其他成功的中国人不同的是，安多士卡手上没戴一个金戒指。

"我的你的跟踪！我的你的全知道。我的事情的有！"

亚历山大·彼得罗维奇以为这次相会、这种谈话以这样的方式开始有点奇怪，但结果不然。也不是因为与安多士卡不期而遇，关于这个他甚至连想都没想；他不能对自己解释的是，此时此刻他心里是这么平静。

亚历山大·彼得罗维奇从安多士卡的表情中立刻明白了这件事的严重性。为了别让安多士卡的"你的我的"闹得彼此都似懂非懂，所以他们干脆用中国话交谈。

"说吧，什么事？"

安多士卡用手帕揩了揩嘴角，连鼻子带嘴同时吸气，说："我们中国人有个规矩，救命之恩当终生相报。"

"知道！"亚历山大·彼得罗维奇回答。

"可你们是另一种规矩，正好相反！"他说完，长时间默默地盯着亚历山大·彼得罗维奇。

不等人家回答他又说："现在我想照你们的规矩办。"

亚历山大·彼得罗维奇点头。

"我认为你对我有恩，因为你救了我的命！我感激你，想把那些金子给你一部分。"

亚历山大·彼得罗维奇刚要回答，安多士卡又接着说："我知道苏联人来管铁路了，将你们这些白俄都给辞退了。你呢，想必也没工作了，我说得对吧？"

"对，你说得完全对，苏联把我们这些白方俄国人的确都给辞退了。"

357

"那你的生活现在不是很好吧？"

"你说得对，不过还过得去。"

"可能又得卖点什么东西吧？"安多士卡嘲笑他说，用手去抓挂在背心上的金表链子。

"记得，什么都没忘！"

亚历山大·彼得罗维奇想起来了，当时那个中国人微笑，摇头。然后他从上铺探出身子拿起书打开又合上。"不！"他想，"睡前得好好想想明天与安多士卡会面的事！"

在第一次见面时，安多士卡说他需要亚历山大·彼得罗维奇为他办事。

"链子你拿去，"他说，"叔叔这件事办得不对。"

"链子是他的，"亚历山大·彼得罗维奇说，"我是缺钱把链子卖给他的！"

"不，他应该多给你一些钱，当时给少了。"安多士卡斩钉截铁地说，并把链子从表上卸下来，"我对你还有个请求！关于详情我什么都不会对你说，我是在为非常重要的人物完成任务，不可能带着这些金子在中国各处走，而我要走的地方又很多。"

"有什么请求呢？"亚历山大·彼得罗维奇问，他有点警觉，知道一个中国人一般是不会提出请求的，特别是对一个外国人。

"你必须把金子藏在一个只有你一个人知道的地方！"

"那你呢？如果我骗你，带着你的金子跑了呢？"

安多士卡看了看亚历山大·彼得罗维奇，冷冷一笑，用手揩了揩嘴角，连嘴带鼻子张开大吸了一口气。亚历山大·彼得罗维奇听到了一般中国人经常发出的这种声音，心想："老百姓，你就是个老百姓，什么衣服和手绢都掩盖不了！"

"你本来在去年七月就可以这样做，那我也就什么都不知道了！"

安多士卡反驳说。

"为什么？"

"因为那时我早就死了呀！你已经问过了！"

"啊,那可不！"亚历山大·彼得罗维奇的这一疏漏引得两个人不约而同地扑哧一笑。

"你说得对！那金锭呢？"

"大块金锭用起来不方便,我和弟弟两人把大金锭都化成了小金锭。在我需要的时候,我会通知你,你就拿去交给我弟弟,或者在哈尔滨,或者去大连。他可能在什么别的地方还开店,到时候我们会通知你。"

"那这不犯法吗？"亚历山大·彼得罗维奇绝望地问。

安多士卡看了看他,哼了一声："在这儿,犯法,而在南边,合法。"

亚历山大·彼得罗维奇寻思片刻,明白了。没有人告诉他安多士卡在执行什么任务,是什么大人物下达的。对他来说也没有必要知道这些,而对此感兴趣也是无益的,说到底,在这个国家还有什么法制吗？他的记忆还是与中国人说的南边纠缠在一起,但这究竟是怎么一回事,亚历山大·彼得罗维奇还没来得及弄清楚。这时他又提出另外一个问题。

"如果你出了什么事,那些金子怎么处理？"

"那时候我兄弟就来了。"

"那如果兄弟也出事了呢？"

"那还会有另外的人来！"

"我怎么能知道呢？"

安多士卡想了想,说："到时候来的人会带着这条链子。"他又问："你要多少钱呢？"

他们谈妥了,已经见了几次面了。明天,大概已经是今天了,亚历山大·彼得罗维奇需要在大连去安多士卡的兄弟——张胖子的铺子里给他四块金锭。

"明天在安娜打开皮箱之前,我要把一切安排就绪!"他又从上铺探身,看了看妻子。"睡着了,睡得多安静啊!"他想着,满足之感油然而生,不禁微微一笑。他想起在餐车里当服务员说就在他们身边右侧坐着一个苏联人的时候,她吓得惊恐不安。亚历山大·彼得罗维奇对这些话并没有在意,可安娜就不同了!她一下子全身紧张起来,两肘用力,紧握拳头,高高地扬起下巴。如果亚历山大·彼得罗维奇没在这之前刚刚平复她的坏情绪,他大概会取笑她。不过那是不可能的,他只是没想到可爱的妻子胆子这么小。

她的大部分时间是在城市度过的。这里的人分成三部分:一部分就是俄国人,另一部分却是苏联俄国人,第三部分是中国人。在哈尔滨的中国人比俄国人合起来的总数还多得多。但是,他们对城市的重要性是不分伯仲的。安娜分不清中国人的面孔的差别,对她来说每个人都一样,好像她也分不清俄国人的脸。她觉得大家也是一个样,只不过面容呢?

"那该怎么正确表达呢?"亚历山大·彼得罗维奇寻思着,"只有一点,政治面貌!对了!也只有她在哈尔滨街道上分不清俄国人和苏联俄国人!"于是他脑子里冒出一个想法:"有谁能分得清吗?"

这就是睡前想的问题!他明白了,自己也从来没想过这一点。

的确,如果他们都是俄国人,又有谁能分得清呢?他们有什么区别呢?尤其是他们穿的衣服都是在哈尔滨的商店里买的,怎么能分得清呢?亚历山大·彼得罗维奇心想,对这个问题现在没有必要冥思苦想。他只是明白了餐车里那个苏联公民本身也不想破坏他妻子的精神底线,而她对这种并非故意的冒犯也没有足够准备。他则是用别的话题把她的思想从这里引开,几分钟后她已经全忘了。

怀着这种想法,亚历山大·彼得罗维奇又拿起乌斯特里亚洛夫那本书,心里开始平静下来。他已经把书打开,但随后又放了下来。

"描写陵墓的这一段令她激动不已!对她而言,甚至包括我本人,我们连去都没去过,怎么来评论呢?而我为什么对她撒谎说与乌斯特里亚洛夫谈过此事呢?我不知道为什么,总之……"于是他开始翻页,不过不是从插签页开始,而是随意翻。有个地方好像专门谈及了这个问题。他一页一页地翻着,想起来了:"就是这儿,没有熟悉的手杖。是的,这就是我要找的那段。"

没有熟悉的手杖,没有合适的袋装指南针,不得不看星星定方向。坐井观天的人们因为不习惯,所以感到很困难!

"坐井观天的人们就是我们,"亚历山大·彼得罗维奇寻思,"不放弃自己的小罗盘,对狂猛的'磁暴'视而不见,陷入无情的迷惘之中,极其悲惨的境地。"

"可怜的坐井观天的人们!"亚历山大·彼得罗维奇重复着这句话,惊讶于他刚刚还那么轻率,以往从来没有这样过,把自己归到他们那些人中间。"那为什么呢?其实不是那么回事!我们继续按照我们的目标生活,这就是我们有自己的小罗盘!我与安娜的差别是什么,我能向她解释什么?只是一种感觉,别的什么都没有!我也不能在街上找出一个俄国人和另外一个苏联俄国人的差别。我用自己的小罗盘查对他在别人身上没有的东西!"不过,他又翻了几页,这里还有精彩的段落,哈哈。

我们老式的大学生活,总的来说不像如今的大学生那么拼命用功。我们这颓废的一代,心里满怀暴风雨降临的末日之感,血液里热情太少，怀疑太多，不足以义无反顾地相信知识而乐在其中。我们对学校教给我们的那些至理名言像对那些自然而然的生活琐事一样无动于衷。难怪对一位人民诗人写的"播种理性的、善良的、永恒的"，我们不会用另一种说法，只能近乎排列地嘲讽。我们珍惜大学，爱过它，因为对我们来说它从不是禁果。对我们而言，它就像我们继承的遗产。

亚历山大·彼得罗维奇读完了，突然领悟了一个道理，令他为之一惊。"这不是大学，是我们继承的遗产！不只是大学，整个俄罗斯都是我们的遗产！全部！"

他放下书。

难道这就是他领悟的真理吗？他早先读过这些段落啊，而且不止读过一遍。其中闪现出某种意思，而且很强烈，只是从里到外迸发，并没有敞开让人理解。有时候他觉得自己处在重要发现的门槛，其实这是追求的方向。当他逃出莫斯科，当他在辛比尔斯克近郊遇上卡普佩尔，当他企图给米士卡一个答案。安娜从来没问过这些事情，他以为这是她对此不感兴趣，这叫人如何是好呢？而一小时之前他能如何对她解释呢？

他不再听隆隆的车轮声，忘了明天与安多士卡或他的兄弟的会面，甚至忘了儿子的任性。他翻过了书页，"还有，还有，还有，还有……当然了！"他现在好像解开了期待已久的谜并沉醉其中。

当然我们对其如同继承的遗产，自己这样生活，像我们的先辈，像我们的祖父、曾祖父，而结果是……

他突然沉思片刻，把书放在了被子上。而其结果是满盘……！

于是他想起了这句俄国话——它几乎已经挂在所有侨民的嘴边十二年了,从报章中涌现,从辩论中溅出,从餐厅和宾馆的一张餐桌跳到另一张餐桌。

"结果是满盘皆输!"

他又听见车轮声,又感到身处夜灯昏暗的包厢中。他不喜欢这句话,谈到过去的事时也从来不提这句话。对他来说,这无非是一个不公正的判决,他回避与它的接触,而现在它自己跑到他脑子里来了。莫非这就是那个谜吗?

输掉了!见鬼去吧,一切就这么简单?那我还追求个什么呢?这是一句话就能解释清楚的吗?那怎么用这句话向安娜解释呢?等儿子长大了的!到那时这里的智慧从何谈起呢?他看了一眼乌斯特里亚洛夫的随笔。"尊敬的乌斯特里亚洛夫试图说明什么呢?"亚历山大·彼得罗维奇沉思,"可是不然啊!他是在抗议嘛,他在这里抗议,反对的就是这个呀。他不会同意的!他不认为,如果这么写——输掉了俄罗斯!"亚历山大·彼得罗维奇用极其轻蔑的口吻嘟囔着这句话,尽管他还是觉得自己脱口而出。瞧,他是这么写的,亚历山大·彼得罗维奇翻了几页,这不:"俄罗斯更加属于人民了!"

"这是什么意思?俄罗斯更加属于人民了!"亚历山大·彼得罗维奇重复着,"那我们算什么呢?"

"迄今为止,我只遇到一位对我们未来持悲观态度的顽固悲观主义者。"

"啊哈!"亚历山大·彼得罗维奇一不注意说出来了,"这就是我要找的,当然了,没有找到,因为他并没有写过去,分析过去,而是写未来,而我读关于未来的叙述,却在给过去寻找一个解释!"

这时他听到下铺有动静,关了小灯,开始倾听。"不,没什么特别的,只是列车在轻微地摆动。""结果竟是这样,"他想,"他写的是未来,而我想的是过去,可是,要知道,它们彼此是相辅相成的呀,这是自古以来的论断啊!那他还写什么呢?"

一位经验丰富的著名文学家,用一种急切的、速成的形式表现自己的思想。他绘声绘色地夸夸其谈,预见等待俄罗斯的可怕场景。"记住我的话吧,"他大声疾呼,"我们正站在第二次瓜分的门口,而第一次瓜分是布列斯特。战争已迫在眉睫。我们将输掉这场战争,丧失乌克兰,还有西部边界的几块领土。正好说说,还有列宁格勒——通往欧洲的最后一个窗口。但是这件事还不算完。再经过若干年,我们无法逃避世界性的战火,那将是第三次瓜分俄罗斯。到那时,高加索、土耳其斯坦也将被割让,远离我们。那时西伯利亚将要独立。是的,在克里姆林宫里的不全是傻瓜,可要知道张伯伦也不属傻瓜之列。是的,我们有三张A,可要知道他们手里有四张老K!不,我们不可能吐口唾沫就把他们淹死!实际上暂时的赢家是谁?我们或是欧洲?我们的黄金在他们手里。我们的珍宝,这里还包括光板毛皮大衣,一切都运往那里去了。我们在说,他们在做!"

"在俄罗斯这么说,"亚历山大·彼得罗维奇读着,想着,"而在这里也这么说!"乌斯特里亚洛夫援引某文学家的话说:"在莫斯科那里,在这里也支持这种观点!"这么说,他们也是些坐井观天的人吗?

一时间,列车在不太平稳的路上行驶,开始有些摇摆。

"真是前言不搭后语。不过,也许,他引用的这句话并不愚蠢?叫谁相信呢?可能不需要叫谁相信,而是带着它去故乡库兰吉亚?像曼海姆男爵那样?到那些芬兰人中间去?"他翻了个身,用膝盖顶着墙壁。"算了!够了!可这该死的上铺该有多窄啊!坐井观天的人,都是坐井观天的人！"

亚历山大·彼得罗维奇觉得这种恶狠狠的思想很解恨，可是还不能因此入睡。这时他又马上想起乌斯特里亚洛夫的另一种想法，引自一位德国人的话："你给绵羊说话的自由，它们照样咩咩叫。"

"全是坐井观天的人和绵羊！"亚历山大·彼得罗维奇满怀恶意地想。

"所以搞革命的人——共产党人，而所有继续谈论革命的人都是共党！"这个词是他从那位乌斯特里亚洛夫的随笔中引用的，他觉得很满意。因为太疲乏，他转身仰卧。去叫醒安娜？不，不要这样做！他静静地听着，却因为车轮隆隆响，什么也听不见。"那么也许他是对的？"他又把书放到一旁，"这一切都是政治研究而已！"于是他想起陀思妥耶夫斯基的话："俄罗斯是个太过庞大的不解之谜，我们没有德国的帮助，没有艰苦的钻研是解不开的！"

亚历山大·彼得罗维奇仅仅是往下翻翻而已，没刻意找什么。他用眼睛扫了几段关于苏联学校、全民教育的必要性的内容，不假思索地读过，脑子里出现了一个想法："最好让他们在学校里学习，不像我们哈尔滨青年那样，一门心思投奔涅恰耶夫，参加俄国旅，去啊，咱们去参战打中国人吧！"

他关了灯，希望这是最后一次了，这下全黑了，整个包厢全黑了。亚历山大·彼得罗维奇在不知不觉中睡着了，已经看不见窗外的黑暗，还有包厢里的黑暗，甚至偶尔闪过的站房的灯光。

星星高悬的黑色天幕笼罩着中国大地，哈尔滨—大连特快列车满载的无忧无虑的旅客已进入梦乡。一节节车厢之间的连接处亮着昏暗的灯光，这使列车像一条无毒的、闪光的长蛇慢吞吞地向前爬行。

第四节

萨士克翻了个身,身下便咯吱咯吱响,于是他醒了,再也不能睡这种破木板子了。

高尕在旁边呼哧呼哧睡得正香。

他和高尕本来没想睡,只是,当载着中国警察的汽车开走之后,留在院子里的人开始自行安排过夜的事。为了以防万一,他们也搬了几个箱子。萨士克相信不睡在自家床上,而在篝火旁过夜对他来说是很平常的事。自从他加入营火兄弟会,他们连续几年都是在巴里木(巴林)参加野营,搭上几个不大的帐篷,坐在篝火旁,在灰烬中烧大家都爱吃的土豆,唱着歌颂土豆的歌,还有别的什么歌。然后队长下令,大家便安然就寝。开始时有孩子带来短腿儿的折叠床,萨士克也带了。后来觉得并不是所有的人都那么富有,于是大家开会决定所有人都一样,同甘共苦,因为他们这支队伍本来就是"兄弟会"嘛。这时候高尕冒出来了,说他读过资料,如果把树枝铺在地上,在厚亚麻布大垫子里填满干草,那睡在上面就跟羽绒褥子一样舒服了。这之后队员们立刻选他当了队长的副手,而当队长中学毕业,成了大学生时,高尕便被选为队长了。后来的情况就是这样,队员们拥有的一切都一个样。领巾也是用一块花布料剪成的,都是高尕的妈妈一手选料、裁剪和缝制的。后来她又收钱给大家置备了棉被。

高尕睡得呼哧呼哧的。

在米哈伊尔·卡皮托诺维奇下令解散后,大部分人都进仓库睡觉去了。萨士克想这和他们也有关系,但是高尕扯了扯他的袖子,小声说他们仍留在院子里,谁也不会赶他们,而'命令'在什么时候都可以执行。萨士克使了个眼色,意思是"这是不言而喻的"。但是他有自知之明,对于所发生的一切他知之甚少。他想让高尕给他解释一下,可那位一脸严肃,使萨士克很不自在。

他们留在篝火旁。坐在身边的人们与米哈伊尔·卡皮托诺维奇讨论着什么事,因为没头没尾也不知其所以然。高尕表情凝重地坐在那里,而萨士克也不介入他们的谈话。过一会儿,高尕也没把他介绍给任何人,也没让他和任何人相识。后来萨士克也困得不行了,脑袋一耷拉呼哧呼哧入睡了。两个人都躺在箱子上昏昏入睡了。

高尕呼哧呼哧地睡着,对此他已经习惯了,在夏令营里他俩总是睡在一起。萨士克翻了个身,箱子咯吱咯吱响,他觉得似乎全院都能听到。因为压在粗糙的硬木板上,刚翻过来的那侧身子热乎乎的,他还是试着转到另一侧以便更舒服一些。接着他开始想他们是看见他了还是没看见他呀。离他不远处,篝火还在燃烧,一股暖流从那儿涌向他的后背,而前胸,别看用双手紧紧捂着,冷气还是袭了进来。身子已经感到暖乎乎的,想睡了,所以他也不愿睁开眼睛。如果想到冷并且睁开眼睛,那睡意和温暖就会烟消云散了。

"这是些什么孩子?"萨士克听到从篝火那边传来的声音。

"正睡着的那个,高尔·扎包洛特内是基督教青年会中学的。"萨士克当即听出是米哈伊尔·卡皮托诺维奇的声音在回答,"而那个翻来覆去的大概是他的朋友吧,这我也不太清楚。"

"到早晨就知道了!我们不需要外人和多余的人。"第一个说话者的声音传来。

"你的意思是要了解一下?康斯坦丁·弗拉基米洛维奇·罗扎耶夫斯基先生,不过这里没有外人。"米哈伊尔·卡皮托诺维奇说。

萨士克明白了,在篝火旁说话的那两个人没有睡觉,可能是在值班,又或许有其他原因。不过他明白刚刚说话的是他们俩。

他睁开眼睛,眼前一片漆黑。在黑暗中他可以猜出那些人工制作的东西:竖着的木栅栏与高高的树丛隔在那幢带拱门的房子和仓库中间,还有刚刚他们还置身一旁的拱门的轮廓。拱门里是萨士克看到的最黑暗的地方;他觉得比拱门更黑暗的地方恐怕只有天空了。

大概那里有星星,但没有云彩!

"有意思!"他又听到了。"明天中国人的事能不能解决?我们要在这里待到第二宿。"米哈伊尔·卡皮托诺维奇称之为罗扎耶夫斯基先生的人说。

"对我们有何区别?可能还要在这里待第三宿,甚至更多!不习惯?这一切对我们来说都一样!"

"别这么说。米哈伊尔·卡皮托诺维奇!有消息说梅利尼克夫正在召集报社人员开会,现在总领事馆里满是从共产国际来的人,从各地赶来的差不多有一百人,甚至还有苏联客人呢。"

"就算这样,那又如何呢?"

"说对了!"米哈伊尔·卡皮托诺维奇从对话者的话里听出一种嘲讽,同时又是满意的口吻。"说的就是梅利尼克夫作为总领事有豁免权,而他手下的人没有!我们不需要他,他是外交官。他什么也不会跟我们说。而他的间谍人员是赤裸裸的,没什么可以保护他们,完全可以搜到他们,谁也发现不了!"说话的人拍了拍手,又搓了搓手。

"小点声,罗扎耶夫斯基先生,现在叫醒他们还太早。"米哈伊尔·卡皮托诺维奇说。

"是啊,是啊!"米哈伊尔·卡皮托诺维奇称为罗扎耶夫斯基先生的那位回答说。

篝火的上空一片寂静,只听到打开火柴盒和划火柴的声音。

"这下该有火光了!"萨士克心里想着,闭上了眼睛。以前在森林中他就明白了,闭上眼睛听得更清楚,特别是在夜里。现在他听到有人用火柴点烟时的声音。火柴晃了晃就灭了,火柴杆落在坚实的地面上。那个人深深地吸了几口,顷刻吐出一股烟儿。萨士卡这下全明白了。"要知道我们此刻正在阿什河街与吉林街中间的大直街上。"他翻了个身,"而苏联总领事馆就在吉林街上!"

他想起了爸爸的话,爸爸说:"城里可不平静。"

"当然,我们明天或后天会进入总领事馆,并且抓人。不过,难道这是在同红方斗争吗?这一切已经发生了!"米哈伊尔·卡皮托诺维奇停顿一下说。显然是他在吸烟。

"你还有什么怀疑吗?"对方问。

"怀疑?"米哈伊尔·卡皮托诺维奇提高了嗓门,接着又压低了,"反正都是些狗东西!如果你们在一个城市抓捕几十个红色间谍……"

"一位涅恰耶夫军官这么说真叫我感到奇怪。"

"因为我是一名军官,是涅恰耶夫的,也是卡普佩尔的和高尔察克的,所以也就没什么奇怪的了。"

谈话的人沉默片刻,于是萨士克想起来了。在哈尔滨,经常有人提到涅恰耶夫,许多人谈论他,连爸爸还提到他几次呢。

"那怎么样?命令我们坐以待毙吗?"被米哈伊尔·卡皮托诺维奇称

为罗扎耶夫斯基先生的人问。

"康斯坦丁·弗拉基米洛维奇·罗扎耶夫斯基！我没命令你们做什么，我本人也是听从命令并认真执行。再说，我这么做也是因为有人付钱给我的！而你，照你说的来判断，大公无私的思想家，研究共产国际间谍的大专家，我觉得你还没有闻到真正的火药味！"

萨士克想现在罗扎耶夫斯基先生该发火了，并会提高嗓门说些恶言恶语，可结果正相反。

"我羡慕你们，"罗扎耶夫斯基轻声说，"你们曾经不得不参加战斗，大概还得流血，流自己的血！可我不然！这里的正义在你们一方。"他沉默片刻往下说，像是在抱怨。罗扎耶夫斯基的声音柔和，低沉，吸引人。"我从那边到这里，立刻得知招募俄国部队与中国人打仗的事。"

"这是什么时候的事？"

"指的是什么？"

"您什么时候离开苏联？"

"一九二五年！"

"正在招募！"

"是的，我去史利尼柯夫将军的募兵站那里，可是遭到了拒绝！"

"为什么呢？"

"说是年龄不够，而且缺乏作战经验，尽管当时我已满十八岁。不过我想不是这么回事。当时说过招收军校学员和在南方的史金少校士官学校的士官生，我认为是在济南。"

"是的，就在那儿，就在那儿，我甚至还参加了呢。"

"不过，我想，"罗扎耶夫斯基继续说，"原因是我刚从苏联逃出来，不可能被信任。"

罗扎耶夫斯基不说了，萨士克又听到米哈伊尔·卡皮托诺维奇拿火柴盒的动静。

"应该对你说,罗扎耶夫斯基,你够幸运的了!"

"为什么?"

"我们这些人在中国军队中打仗,反对共产国际间谍和中国共产党人,实际上没跟任何共产党人打过仗!"

"怎么会这样?"

"我们是在一些中国人的军队里反对另一些中国人的军队,仅此而已。更明确地说,一些中国人利用我们反对另一些中国人。这不是什么战争,虽然现在仍在继续,但只是打架。冯将军打张将军和徐将军,后来他们又互相打,蒋将军打他们大伙儿!"

"蒋介石?"

"正是他!那他们中间谁是红方的呢?"

"蒋介石。"罗扎耶夫斯基回答。

"不是么回事,尊敬的罗扎耶夫斯基先生!蒋介石只是在最初是红方的,那时候他的头儿孙逸仙和苏联签过协议,可以假定是红方的。"

"可涅恰耶夫师团是反对他的呀,不是吗?"

"是这样!也不是这样!详情到现在我们也没弄明白。但实际上他们是为争权而打仗!只是争权而已!请我们,也就是您的同名者康斯坦丁·彼得罗维奇·涅恰耶夫的是山东将军,也就是我们和你们的将军,也就是张作霖,请我们组建俄国部队。就是这样!有一段时间,苏联人和中国共产党人支持蒋介石!总之,这一切都源于中国的小米粥!"米哈伊尔·卡皮托诺维奇又划了一根火柴。"相信我,真是不堪回首!"

"为什么?"

"因为一个年轻人,这是很可怕的!"

"比什么都可怕?"

"比什么都可怕!"

371

萨士克听见米哈伊尔·卡皮托诺维奇吸了口烟，甚至还闻到了烟味。他听这两个成年人的谈话，自己并没有感到不好意思，他既没有参与其中，也没刻意回避，只可惜高尕还在睡，什么也没听见。

"那就请讲一讲吧！"罗扎耶夫斯基请求道。

米哈伊尔·卡皮托诺维奇沉默良久，后来萨士克听到他把烟扔到地上的声响。

"讲一讲？到现在血管里的血都凝着呢！"

"我不相信您的话！"罗扎耶夫斯基的口气很硬。

"不相信？可惜您没去过那里。现在咱们换位思考一下试试！"

"那这事发生在何时何地呢？"

"那该是，"米哈伊尔卡·皮托诺维奇想了片刻，"在星期一，一九二七年三月二十一日！"

"那个星期一究竟发生了什么事？"

"什么事？反正不是好事！涅恰耶夫已经不和我们在一起了，他两条腿受伤，其中一条截掉了。"

"我听说涅恰耶夫……"

"勇敢的军官，没什么好说的！"

"挥着一根马鞭冲锋陷阵！"

"是的，就跟所有的醉鬼一样！我们俄罗斯人都是醉鬼，狂饮无度，见了酒就迈不动步。这就是中国人对我们的看法，虽然用在涅恰耶夫身上未必公道！不过，如果他不贪杯，至少不会截掉一条腿。顺便说说，您是不是也不希望这样？"

萨士克听到开细颈瓶瓶盖儿的声音。

"这是什么？"

"中国白兰地，白兰地！"

"多漂亮的水壶，皮件也那么精致！"

"英国造,这是一位英国记者送的。"

"你们认识?"

"过去我和他们很熟。"

"谢谢,不过,就算是这样吧。如果您不介意,随时都可以下命令。"

"得了吧,什么命令?中国人夜里从来不打仗,请相信我的经验。如果发生什么事,那也是明天,或者往后的什么时候,而且是在中午。"

"您从哪儿知道的?"

"我说了,经验!中国人不会饿着肚子打仗。"

"那难道他们的肚子总是饿着的吗?"

"老百姓饿肚子。"

"农民?"

"是的!你的中国话说得不错,农民总是饿肚子。可他们还得填饱警察的肚子,中午饭警察都吃得很饱!"

"您对中国人真的很了解。"

"那还用说,必须的。算了吧,大概我也不会参加。罗扎耶夫斯基先生,您做了个不好的榜样,不喝酒。您这是在苏联学的吗?"

"您想挤对我?"

"哪能呢,可以说是玩笑开得不当。为此我还得喝一口。"

"喝一口吧,像您这样久经考验的人,喝一口也无妨。有点凉了,感到从地下冒冷气了吗?"

"是啊,旁边是公园!"

萨士克感到从箱子底下往上冒潮湿的冷气,于是往热乎乎的高尕身旁靠了靠。

"您,罗扎耶夫斯基先生,持什么政治观点,为什么在这里呢?"

"我?"罗扎耶夫斯基沉默片刻,"难道事先没人告诉您吗?"

"告诉是告诉了,只是在忙乱中说了那么几句!"

373

"我敬仰意大利的领袖墨索里尼,您听说过此人吗?"

"听说过,而且在电影里看见过,秃顶,骄傲无礼,妄自尊大,下唇朝上翘,身上配着武装带,戴着缀有缨饰的船形帽。他有什么好的?"

"法西斯主义!他在意大利建立了真正的法西斯国家,那里有领袖,有人民,没有任何共产党人和犹太人。"

"哼,说到共产党人没什么问题,他们把我们赶出祖国。您怎么还把犹太人给搅和进来了呢?"

"开玩笑吗?难道不是他们,主要是共产党人吗?他们吸食劳动人民的血汗,只要看看哈尔滨的大资本家就够了,他们都是犹太人。看看卡斯佩和老巴夺拥有的是什么!"

"卡斯佩我知道,他是开表铺起家的;但老巴夺根本不是犹太人,而是特洛凯的卡里姆人。"

"难道特洛凯的卡里姆人和犹太人还有什么差别吗?"

"首先,他们不是以色列人的嫡系子孙,而是里海地区哈扎尔人(可萨人)的后代,这在历史课本里是众所周知的;其次……"

"什么首先,"罗扎耶夫斯基打断他的话,"什么其次,最主要的是他们信仰犹太教,他们是谁的后代并不重要。除了通过不诚实的商业活动赚钱以外,他们什么都不生产。"

"我不同意你的意见。老巴夺生产香烟,全满洲的人都吸他的烟。正好,这有他的香烟,请吸一支吧!"

"我不吸,不吸犹太人制作的香烟。"

"您也太苛刻了!不觉得太过分了吗?"

罗扎耶夫斯基一时语塞,无以作答,显然想换个话题。

"你还没说完三月二十一日在上海发生的事呢!在星期一那天!"

"我看出来了,这个话题可能更轻松些。那好吧,为了结束刚才那个话题,我坚持我的观点,没有坏民族,只有坏人。"米哈伊尔·卡皮托诺维奇沉默片刻,"有关上海的事,对不起,虽然我不想再想它,但到早晨还早,可以回想回想。是这样,三月二十一日,星期一那天,当时涅恰耶夫没和我们在一起,这我已经对你说了,他受伤了。正好,如果你对此很感兴趣,你可以读一读巴黎的《复兴报》,我是指那篇采访我们的一位军官奥列霍夫的报道,发表在四月首期。"

"记得,我甚至能引用某些段落。"

"太神奇了!"

"别客气!"罗扎耶夫斯基搓搓手掌,"还是有点凉!"

"我劝你喝点。"

"不,不!您想听听报道。"罗扎耶夫斯基又搓搓手,"很明显,广东人夺取了上海,这里的山东部队属于反对国民党的北京联盟。他们很不可靠,部队的指挥也都三心二意,大家都在谈论叛变的事。不过,如果上海失守,那就太可怕了。中国人对白军恨之入骨,必将大开杀戒。他们受布尔什维克领导。不久前我们在戚墅堰战役中俘虏了一个营。俄国部队一直避免任何镇压和报复行为,知道他们要这样做的话就不只是中国人的事了,而是国际事件了。在这个营里有三个红军军官,都是前红军军校的教官。其中一个叫吉尔利斯,是半个匈牙利人和半个捷克斯洛伐克人,共产党员,政治委员。头两个人表示悔过,向我们投诚。第三个必须打死,因为有证据证明这个营一路上的烧杀劫掠都是他指挥的。中国士兵我们都放他们回家了。经过一天的时间,他们已经在山东部队里了。人们是如此羡慕士兵的自由散漫、无忧无虑的生活,以至忘了丧命的危险,跟谁走也好,干什么也好,都无所谓。"罗扎耶夫斯基几乎毫不停顿地叙述了这一段。"没收了从工农兵代表苏维埃寄来的共产党文献。中国政权破坏了外交豁免权,在苏联总领事馆逮捕了最危险的特务和共产党间谍。前线的漏洞都由俄国部队堵上。我们扮演了一九一七年的突击队的角色,像雄狮一样冲锋陷阵,直到战死,因为我们知道那死亡有多可怕。中国人砍下俄国人的头,用长矛举着,作为战利品炫耀。从另一方面说,最好在战场上战死,那总比被关在刽子手的地窖里受折磨好受。跟你们的米留克夫讲一讲,叫他多少懂得点儿这些人的心理。他们活着,甚至死了,都是为了共同的事业。"罗扎耶夫斯基说完,喘了口气。

"好!您的记忆力太了得了,我承认您令我惊叹不已!那您过去或者现在在哪里读书呢?"

"法律系。"

"那还用说,对于一个诉讼代理人,也就是一位律师来说,这可不是无关紧要的。您赶快飞黄腾达吧!这需要多方面的知识,法典啦……"

"我不打算在律师生涯上攀升。"

"那您想做什么呢?"

"我想投身政治。"

"听说了,您与柯希明将军领导俄国法西斯党!"

"那您刚刚还问我的政治观点干什么?"

"为了确信无疑,别介意,为了讨论问题。"

"讨论什么,上海的事?"

"可您,罗扎耶夫斯基先生,太固执了!"

"那您也别介意!"

"可也是,尽力吧!那么……"

"相信从第三次开始您会成功!"

"成功个什么?战争就是战争。恐惧,肮脏,恶臭。瞧,还有……"

"死亡!"

"正是死亡!"

"死亡,也是赎罪!"

"可我不知道谁或什么应该赎罪。而任何死亡都是丑恶的。特别是赶上你饥肠辘辘,光着脚在肮脏的泥泞之中,"米哈伊尔·卡皮托诺维奇稍停了一下,"我在一九二六年参加涅恰耶夫部队,进攻天津之前……"

"这之前您在哪里?"

"和一个可爱的人在东京住了将近一年。"

"和日本女人吗?"

"不是,和一个英国女人,一位英国女记者。"

"那为什么您那时没找个地方与她建立安宁的生活呢?"

"我什么都不懂,拒绝与她一起去英国。"

"那么,是什么留住您的呢?"

"问点什么轻松的吧!只是当我想明白的时候,她已经不在东京了,只留下了这个水壶,对了,装了满满一壶酒,还有三百英镑,足够让我回到中国这个穷乡僻壤,还能养活自己一小段日子!如果我不曾醉醺醺地对她胡说八道,我就不会躺在这个木箱子上了,而是穿着一双崭新的矮勒皮鞋在伦敦的海德公园里踏露水了。我从小就是个派头十足的双语生,我有一位血统纯正的英国家庭女教师,而我的艾恩小姐熟练地掌握中文和日文,是伦敦《泰晤士报》的记者。顺便说说,我也以她的名义写些东西,这她并不反对。"

"上海!"罗扎耶夫斯基又提醒说。

"是的!就是这样!我是第一号速射炮手。我们的'长城号'已经在北站和东北站之间来回行驶。第二辆装甲车本来和我们那辆是一对,但投降广东人了,中国乘务员把指挥官库列包夫少校和司机库兹涅佐夫给出卖了。请您相信,他们的遭遇是相当可怕的。"

"是啊,"罗扎耶夫斯基想了想说,"我们听说了中国共产党人怎么收拾我们的俘虏。"

377

"也不只是共产党人。顺便说说,广东的头头孙逸仙的确有亲共倾向,不过在这之前他已经死了。于是,一切几乎都从夜里开始:有些地方出现火光,但什么也看不见,于是人们就朝火光射击。一颗子弹通过瞄准口,打中了他的嘴,打掉了他的牙齿和舌头,还打中了颈椎。这颗子弹穿过瞄准口的时候已经失去了速度。您设想一下,他并没被打死,他在车厢的铁板上奄奄一息了两个小时。他什么也不说,连哼都不哼一声,只是全身抽搐,用左脚那只靴子的后跟一直敲着地板。而我们这些人根本无法救他,使他摆脱痛苦。不过,说实话,我们几乎听不到他用鞋后跟敲地板的声音。"

"我知道你们都戴着隔音钢盔。"

米哈伊尔·卡皮托诺维奇沉默良久。萨士克听见他把什么东西吐到地上的声音,显然,是粘在嘴上的烟末。

"看见了吧,罗扎耶夫斯基!"他终于开口了,"为了明白这是怎么回事,也就是说当钢铁的子弹和炮弹猛击装甲时你在里边是什么感受。设想一下,你头上戴顶滑雪帽,上边有一个铁桶或铜管,里面盛满你老妈做的果酱,而你的仇人用铁棒子敲打这桶和管子,且两昼夜连续不停,让人没办法吃饭和睡觉。不过,很奇怪,直到现在想起他那只靴子的敲击,还是最令人沮丧的。这场战争之后,我的耳朵有点发背,所以,如果我回答你的问题时答非所问,请别介意。"

"我现在还没发现。但是,如果子弹打穿了他的颈椎,那么他就不会抽搐,而是瘫痪了。"

"嚄,还真不知道,您不仅是位法学家,而且还是一位医学家呢。您想得更清楚,他躺在那里,两只眼睛都鼓出来了,一声不吭,用左脚那只靴子的后跟反复地敲,直到上帝来带走他。我们就这样打了两昼夜。"

"你们做过其他尝试吗?"

"突围？"

"是啊！"

"可往哪里突围呢？周围全是中国人，他们黑压压的，也分不清属于哪个党，哪个军队。除了孙传芳部队的军官和士兵，他们是我们的盟军。他们站在我们背后，也朝我们射击的方向射击。"米哈伊尔·卡皮托诺维奇喘了口气。萨士克根据传到耳边的声音判断，他又吸了一支烟。"夜里几乎没什么可怕的，我们朝发光处射击，什么也看不见，可到了白天……"

萨士克躺着，怕弄出动静来，他不仅用耳朵听着米哈伊尔·卡皮托诺维奇的谈话，而且觉得自己的身体也能感知。他甚至忘了应该记住一些内容，明天讲给高尕听。这工夫高尕也动了动，如果他不那么喘粗气，萨士克会想他也在听着。

关于涅恰耶夫的第六十五俄国旅如何战斗，在哈尔滨是家喻户晓的。哈尔滨人从一开始就知道并为之高兴，张作霖叫涅恰耶夫领导俄国雇佣兵，他是抗德战斗英雄卡普佩尔的战友、冰雪远征的老战士和哈尔滨有名的马车夫。哈尔滨人引为笑谈，人们传说马车夫将军与两位太太的对话：她们坐在他的马车上，彼此用法语交谈，她们的提问得到的回答也是法语。

追随他加入所谓的俄国队伍的不只是在傅家甸小客栈进出的过夜者，还有十一岁以上的年轻人，以及经验丰富的老战士——军官和士兵。其中有许多人都是因为没钱活命而来的。涅恰耶夫是个大人物和英雄，所有的俄国人都认识他。萨士克记得家人叫他去公园散步，因为张作霖的私人顾问格奥尔基·约塞夫维奇·克莱日到家里来了。他比爸爸早两年毕业于莫斯科第二军官学校，并且在高加索与叶甫盖尼·伊万诺维奇·马丁诺夫共事成为熟人，是他向张作霖建议任命涅恰耶夫为俄国雇佣兵的指挥官。萨士克没听见他们的谈话，但是在克莱日

379

将军走后,他听到了只言片语。爸爸说他什么时候都不会当雇佣兵。爸爸从来没回答过萨士克的任何一个问题。他只是在中学时候,从街上小朋友那里听到许多关于涅恰耶夫的故事,还有中国的战争,而爸爸的回答只有一个:"对这件事我一无所知!"

"那你们是怎么摆脱这种境地的呢?"

"怎么摆脱?"米哈伊尔·卡皮托诺维奇的话又使萨士克回到他们的谈话中。"拿起东西就跑呗!手雷和枪弹能带走的都随身带走,往英租界跑!"

"是的,我在《泰晤士报》读过这段!'

"这么说您读过……"

"难道不可能吗?!"罗扎耶夫斯基的声音又惊喜又兴奋。

"是的!我们可以认为您是间接认识的。"

"艾恩小姐!"

"用的是另外一个名字,我不知道,可能是另一个新的笔名,但她的文章……"米哈伊尔·卡皮托诺维奇停顿一下,"而文风是我的!"

"怎么是您的呢?"

"是这么回事,艾恩对描写战争事件什么都不懂,您知道,我可是了如指掌!"

"那里还写了……"

"怎样对待俄国俘虏。"

"是的!"

"具体来说,全是事实!只不过对这方面的描述,我指的是报纸,比我亲眼所见多一些。"

"啊?"

"即使在往英租界逃跑时经过不长一段地区,我也见到许多情况。您想听听这些情况吗?"米哈伊尔·卡皮托诺维奇在"这些"上加重了语气,并做了一番描述。萨士克眯起眼睛,没听见罗扎耶夫斯基的回答。他觉得听过米哈伊尔·卡皮托诺维奇的一番话后,后背发凉,肚子下面发热。

"谁也不能来帮帮你们吗?"罗扎耶夫斯基冒出了一句。

"不仅是没谁来帮助我们,英国人甚至不放我们进英租界,您瞧见了吧!我们后来才知道,是给英国人当保安的俄国志愿兵为我们说情,我们才能进去。就是这样!您曾谈到死亡的救赎!一个雇佣兵的死亡什么也救赎不了。当他为了金钱打死雇主的敌人时,他才能从死亡中得到好处。而一个雇佣兵被打死,他便立刻变成肥料了。而且这种肥料越多,出卖的人越多,特别是自己人!"

"您指的是什么?"

"啊,罗扎耶夫斯基,这一切都很简单,我甚至连说都不想说。您设想一下,在头一年,所谓的俄国部队刚组建时,走遍中国,像锥子一样扎过去。我们几次拿下北京、天津、上海,而结果怎么样呢?结果又退到北方。不过这也就算了,这是中国交战各方达成的协议。这一切,您瞧,都发生在涅恰耶夫指挥俄国部队的时候。那时候是给钱的,发奖,供饲料,给阵亡者的妻子与孩子发抚恤金。伤员得到救治。而后来一些俄国人阴谋反对另一些俄国人,这导致有丰富经验的涅恰耶夫将军事实上被取而代之。以符拉迪沃斯托克(海参崴)商人考利亚·梅尔库洛夫为首的从未打过仗的门外汉掌握指挥权,中国人称这人为'米罗福'。他就这样拉帮结伙,还有他的女婿米哈依洛夫!这些人凑到一起,我们认为那就是一群土匪。士兵们饿着肚子、光着脚参加战斗,有一支日本造的"阿里沙克"步枪配五发欧洲制造的子弹。他想跟敌人拼刺刀,可是枪与刺刀不匹配,五杆枪一个刺刀,不出什么事就挺高兴!尽管我们自己也有责任!"

萨士克听见罗扎耶夫斯基弄得木箱咯吱咯吱响。他已经学会分辨两个对话者的动作，他们在变换姿势时怎样喘气、蹬腿，把木箱弄出什么声音来。根据总的情况来判断，罗扎耶夫斯基是想问米哈伊尔·卡皮托诺维奇什么事，但那位接着说："当时大家讲过一件可笑的事，最初我们与向我们进攻的中国人遭遇，我们不开枪。中国人命令开枪！我们仍然默不作声。这样重复几次。中国人走到眼前了，我们便近距离开火，但是我们受到责备，说不要打死太多中国人，只要吓唬吓唬他们就行。一般来说，雇佣兵觉得不发饷比发饷强，这让他们有机可乘。有时候半年不发饷，我们这些人就借酒消愁！喝闷酒，还是喝到发生了倒霉的事。可别提了，喝酒喝到整列装甲列车在他们眼皮底下投降了！曼热特内团长把涅姆钦诺夫少校给枪毙了；我们的哥萨克用鞭子抽打中国盟军军官；总之，一群大草包。不过最欺负人的事是梅尔库洛夫和他的下属侵吞了我们的军饷，还逼我们在他的工厂买发霉的军装。顺便说说，梅尔库洛夫还招募我们所有的人参加你们法西斯党。依我看，他就是用这些钱供养过你们，或者正在供养你们。不是这么回事吗？如果我看得不错，他是在用这些钱损坏你们的事业啊！"

罗扎耶夫斯基片刻未作答，然后干巴巴地说："既然你们自己说过，不与共产党人斗争，那我也没看见他们的活动有多大害处！"

"通常丑恶的嘴脸钻进罐子里也藏不住，也可能不太情愿钻。是这样吧？而他们吃掉涅恰耶夫以后，多少人处于打仗没有子弹，被糊涂虫指挥的境地。可是实际上，如果与布尔什维克进行某种斗争还是可能的，这些人很适合。"

"这还不清楚。"罗扎耶夫斯基的声音干涩而冰冷。

"您是对的。在生活中什么都不能预知。不过您的赞助人'米罗福'的活动完全是对布尔什维克有利的。也许他这么做是有意义的，那我就可以理解了！您感到吃惊吗？没用！这是良心问题——为谁服务的问题。我们，白军，不在俄罗斯，如果为我们服务，这也是为俄罗斯服务。可俄罗斯还在原来那地方,如果要为俄罗斯取得胜利的人服务——这也是为俄罗斯服务。实际上中国在这边,而俄罗斯在那边,而且大部分俄罗斯人民是在那边!绝大部分!这就是俄罗斯!如果说良心话,我们的人也不少,他们还没把小米子完全融入自己的生活。他们要回到亲爱的白桦树下。原谅平庸的老生常谈,甚至如果这些白桦树成为墓地的十字架也好。他们对这一切都无所谓了!对他们来说,在那里总比在这里更亲切。不客气地说,就连我们这些人也是如此。我和他们不一样,正如您所知道的,我在中国警察部门工作!我不谴责他们,但我也不会说他们的行为有多么正确。每个人都有权给自己的坟墓找个地方。这是上帝赋予的权利,以我们良心的形式实现!这是很难争争讲讲的。可我本人永远不会回去了。在那里我的父母累死累活地干活,家中也是片瓦皆无。我们经过西伯利亚撤退的大车都给碾平了。您知道,我有个实例,当一个人站在自己的立场时,而我不清楚怎么能把他从这个立场上拉开。"

"什么立场?"

"就是活着!上帝叫你活着,生活的主要意义就在这里,只是活着而已!"

"这是一位名人吗?"

"在哈尔滨——算个名人!这就是上校亚历山大·彼得罗维奇·冯·亚历山大·彼得罗维奇男爵!"

"不认识!"

"我想,他不会对此感到不快!谁没去找过他?涅恰耶夫本人曾请他领导自己的参谋部!我当时正好接替史金上校任士官连指挥官。开始是涅恰耶夫受伤,后来是史金阵亡。我当连长没多久,只是挂个名,后来作为炮兵军官被调去建造装甲列车,尼古拉耶夫就成了指挥官。当时我放心不下,特别希望亚历山大·彼得罗维奇能够掌管参谋部,取代那个优柔寡断的吉浩布拉佐夫,他是梅里库洛夫一伙的。他只在乎为他那个挥霍无度的舒拉奇卡敛财,对其余的事都漠不关心。大家都在无耻地欺骗和撒谎。"

"如果认识,那为什么不请他呢?"

"我和亚历山大·彼得罗维奇上校分手是在一九二〇年二月,当时捷克斯洛伐克人在伊尔库茨克附近把我们整个专列给扣住了,从那以后我们再没见面。确切地说,他没见到我,我在城里见过他与他那位漂亮的夫人和儿子。"

"为什么不上前打招呼?"

"为什么不打招呼?不方便呗,您知道吧!艾恩的英镑很快就被我花光了,我只好在傅家甸的小客栈里过夜,那副样子不堪入目。"

"那我就明白了!"

萨士克全身一动不动,想在他们谈话的空隙琢磨一下刚才听到的话,可是没来得及,因为米哈伊尔·卡皮托诺维奇又接着说:"虽然,相对而言,与布尔什维克的斗争,你们是对的,至少布尔什维克还在继续与我们斗争,但已经不仅仅是蒋介石或冯玉祥将军的盟友。他们想方设法瓦解我们俄国部队。这也是国内战争的继续,是我们俄国人之间的战争,而不是战胜的布尔什维克与我们之间的战争。不明白了吧?我解释给你听!我们中的一些人,我甚至不给这个打引号,去跟冯玉祥打仗,像人们所说的用共产党的钱打仗。但是,依我看,撒谎,多半是要求得到布尔什维克的宽恕,或者,像他们所称的'赦免',而回俄罗斯。我劝您要相信,我们彼此从未对着开过枪,只是瞄准器太窄,常常看不清面孔而已。"

"您所说的赦免,是指宽恕在法庭上被判有罪的人!难道有法庭吗?谁答应的赦免?"罗扎耶夫斯基问。

"是啊,您说得跟一位法律专家似的!值得称赞!不过,按事情的本质来说,该是,该是白军的错,不是在红军面前,而是在人民面前。的确,在这方面我还有很大疑问。白军在俄罗斯人民面前有错,人民起来反对他们,而红军在这种情况下表达了人民的意愿!"

"这结构太复杂了,部分是虚构的,是红军自己攫取了未经任何人授权的全部权利,不是吗?"

"或许,或许!那就去改变这种状况。"

"不管发生什么事,我都认为在中国红色将军的部队中服务的人就是叛徒。"

"您的分析有逻辑性,罗扎耶夫斯基,不过……"米哈伊尔·卡皮托诺维奇沉吟多时,"我为了不迷失方向和自欺欺人,日子好过一些,就把不好的事尽快忘掉,好了伤疤忘了疼,随身带着一个文件——从那边传来的消息,以便随时提醒自己。看看,我想你也许会感兴趣!"

萨士克听见手翻折纸张的声音。

"这个!"

"是啊!读一读吧,可以读出声来,让我也再一次享受享受!"

罗扎耶夫斯基开始读了,虽然声音很低,但萨士克能听得清清楚楚:

呼吁书

士兵们!在开封市紧急组建了第二军的俄国战斗队,任命古荣将军为司令官。队伍中吸收了懂得军事,但不分政治信仰的专业人才。对入伍者的要求是:不饮酒,不吸毒,不抢劫,善待中国的和平居民。队伍本身的待遇较涅恰耶夫部队更高。部队按欧洲模式组建,无论从技术装配,还是对待士兵的关系方面,不允许在涅恰耶夫部队中流行的打耳光、打棍子等惩罚存在。士兵随时可以根据自己的意愿退役。

士兵们！快离开经常醉醺醺、勒索和殴打你们的马车夫涅恰耶夫吧。带着武器或者不带武器，单人或成伙均可。

"那下面的就明白了。"罗扎耶夫斯基说。萨士克听见他叠好读过的那张纸。"那怎么样，都离开了吗？部队凑齐了吗？"

"不多，但凑了一些。我说我们至少彼此开过炮！过去和现在都是这样，因为战争还在继续！"

"那出路是什么呢？"

"出路？没有任何出路！我们正在人类历史的管子之中！一只猴子手里拿根棍子钻进管子，到今天为止还在管子里爬，只是这只猴子脱了一身毛，穿上透花丝袜，系上领带，拿起了枪……"

"您的逻辑我明白！那么上帝呢？"

"您相信吗？"

"我相信！我的战友也相信。否则我们不会接受其入党的。"

"明白了！"米哈伊尔·卡皮托诺维奇说。萨士克从他的声音里听到不太相信的调子。

"他这是怎么回事呢？"萨士克想。

"是这样！"米哈伊尔·卡皮托诺维奇的声音里带点遗憾，"新的一天还没开始，壶里的酒差不多喝干了。不过这也就算了吧！如果您不喜欢达尔文先生的说法，对不起！亚当和夏娃从树上尝到了知识的美味，同时得知自己就在这个管子里。谁把谁弄到管子里并不重要，大概是夏娃把亚当弄到管子里的，也许相反。问题是在这之前谁吃那果子吃得更多？我不排除是亚当，男人嘛，大家都知道，轻信而不太谨慎！对不起，我跑题了！结论是我们还在这个管子里胡说八道，至于出路？如果不弄翻了，就在前面的什么地方。"

"啊！"

"俄罗斯人比所有的人都超前！我们有一种神授的超凡能力,走在一切人的前面,而且一切都由自己亲身体验。我们每个人都走在我们每个人的前面！"

"我不完全懂您的意思！"

"这并不可怕！我说的也许都是胡说八道的,我们在为俄罗斯而战,可是却不能团结在一个人,甚至一面旗子下！就连邓尼金,甚至高尔察克也做不到。上将作为政治组织者只是一个绣花枕头,他被政治阴谋所欺骗。白军的领导层钻进了君主主义者、士官生、社会革命党人、孟什维克、西伯利亚地主主义者,还有谁没往里钻呢？"

"这里您说得对！"罗扎耶夫斯基若有所思地说,"而布尔什维克能团结一致,因为他们的头儿是些犹太共济会员。"

"您错了！在最初阶段是,而现在可不是！可爱的托洛茨基在哪儿？国内战争最主要的胜利者？斯大林把他赶到哪里去了？您瞧！您没话说了！"

"我是在想！"

"这就对了！您想吧！可我想,俄罗斯人——这是一口大锅,里面所有的民族都搅和在一起,成为同类。所以当布尔什维克发生第一次分裂之后,这些人成为俄罗斯人,他们强势地蹿到权力的上层！可是我们到现在都还在跃跃欲试。我曾经在一次会上听到有人读一封库切波夫给霍尔瓦特的信,说必须保障俄罗斯的利益,为其保住中东铁路。正如您所知,看管这个中东铁路的是布尔什维克和中国人,南端为日本人。我们侨民高兴的是中东铁路仍然由俄罗斯独家管理！那个已经不存在的俄罗斯。这就是最高级别！这就是爱国主义！这就是俄罗斯帝国思维的典范！"

"可我同意库切波夫的观点！当我们推翻了苏联……"

"可我们自己不可能推翻苏联,如果我们的南方邻居不帮助我们！"

"中国人吗？"

"什么中国人？您说什么呀？"米哈伊尔·卡皮托诺维奇以讥讽的口吻说。

"只有日本人！不过这事还要看他们把赌注押在谁身上,我怀疑是我们和你们！他们会延揽一些年事较高,他们认为还深孚众望的人士。不是有些人已经毛遂自荐,投靠其门下了吗？我们那些前部长和将军,他们与布尔什维克的斗争已经输掉了。"

"在这里,我认为您说得不对,这是一些国内战争的英雄,白军的英雄。"

"在国内战争中没有英雄，无论是白军或是红军,只有事件和角色,真正的英雄是国内战争本身。"

罗扎耶夫斯基长时间地沉默不语，然后接着米哈伊尔·卡皮托诺维奇的话茬儿说："我去过沈阳,我们党与日本人关系最好。我们就许多问题达成了协议。"

"那你们的人多吗？"米哈伊尔·卡皮托诺维奇问。萨士克听见他手里的水壶发出咕嘟咕嘟的声音。

"到我们这里来吧,"罗扎耶夫斯基突然改变了话题,"你负责战斗准备,不过你关于英雄的论断又错了。"

"这不由您来判断！再说我在警察局的工作也很好！知道我们兄弟干这个能挣多少钱吗？什么叫'发财'？我正好想离政治更远一些！再多挣点钱,我好去加拿大或者澳大利亚！"

"这是怎么回事呢？"

"啊,就是这么回事！"

萨士克又听见咕嘟咕嘟的声音，这是米哈伊尔·卡皮托诺维奇的壶底被喝干了。

"当然,这是很重要的原因,这么做便可以逃避了!"他听见罗扎耶夫斯基的声音。

"为什么?"米哈伊尔·卡皮托诺维奇沉默了。"知道吗,对一个俄罗斯人来说特别重要的便是心理学上的愉悦,这是心花怒放!这种状态只在两种情况下发生:或者是万事如意,可这对俄罗斯人来说是不可能的,因为他们有良心;或者就是这个!"他又晃了晃水壶。"不需要欺骗任何人,不靠行骗为生,就是别丧良心。但是可以小偷小摸或者挣钱糊口,因为这事后悔时更——容——易得到宽恕。如果说祈祷就能得到宽恕,那对俄国人来说这几乎不是罪过,甚至杀人也不是罪过!如果忏悔能得到宽恕!回想一下最甜美的俄罗斯童话——那个林中大盗,后来改邪归正,做了一名修士,建立了荒漠之国!人民便蜂拥而至朝拜他!那是为什么呢?也是罪孽得到宽恕!"

"您指的'发财'是?"

"发财?很简单,就是军事掠夺。当俄罗斯士兵闯入中国村庄,他的主要任务就是找到农民藏的白银,这就是发财!我们当警察的不只靠薪水,也靠发财。您知道办一个刑事案子从开始到结束需要多少钱吗?是这样!您说要消灭老巴夺和卡斯佩,那您叫我去哪里发财呢,靠什么活着呢?进入领事馆,我在那儿也想找自己发财的机会。你们也别害怕!"

"教训我吗?"

"怎么可能!我们是老毛子!"

"正好,我在布拉戈维申斯克(海兰泡)就听到过这个词儿!"

"老毛子?这是老帽子,毛茸茸的,破的,没用的!"

"老毛子!这是从哪来的?老帽子!"

"我觉得这很简单!你让俄国的哥萨克与中国人一站就清楚了!设想一下,一个老哥萨克,戴着一顶毛朝外的羊皮高帽,一脸灰白色的大胡子！整个儿是带毛的！这就是老帽子。整个儿像一顶帽子！当然了，也可能有别的解释，不过这不是很形象吗，对吧？"

"像是像，那我的建议如何呢？"

"我一个人对你们未必有用，而找一批人已经是不可能的了。"

"为什么？"

"您知道，我们有多少优秀人才在中国蹚浑水吗？这么说吧！我也是！尽管不是所有的人都优秀，也有许多人像涅恰耶夫一样烂醉如泥，也有跟我似的。我是那种住小客栈的人！不错，我至少还能在那儿露面！就是这么回事！我们的张作霖总司令在大连送给涅恰耶夫一幢豪宅，可他感激吗？"萨士克看见火光照亮了树丛和房子的一面墙，这是扔在火堆中的木头在燃烧，在篝火和高尔之间他开始觉得很暖和，谈话的声音好像离他远去，只能断断续续听到只言片语。

他被冻醒了，闻到一股刺鼻的臭味。他坐在咯吱咯吱响的木箱上，往四周看了看，周围谁也没有。离他数米远处，昨晚的篝火烧完的白色灰烬还冒着烟。在火堆中间有个被烧焦的什么肉罐头盒子，那臭味就是从这里来的。萨士克跳起来，一下又坐下了，左腿已经麻了，差一点儿跌倒。他随手拿起扔在身边的一根棍子，拄着它跳到仓库前面——门开着，里面空空的。"睡过头了，都睡过头了！"他想。腿有点好使唤了，于是他看了看，太阳已经升起，阳光透过云层斜着洒下来，他一瘸一拐地走到门口。"大概已经六点了！"

他走到街上，街上空荡荡的。附近街口突然出现一个行人，萨士克赶上去问："对不起，几点了？"

行人是一个看上去四十多岁的男子，突然往旁边一闪，往四周看了看，撸开上衣袖子，嘟嘟囔囔地说："差十八分六点了！年轻人，你还是早点离开这儿吧！都什么时候了，鼻涕泡还没干呢，竟游逛到早晨！"

萨士克知道了现在是什么时间，便想得赶快去车站，不过要先回趟家取背包。可是当过路人说的鼻涕泡一词传到他耳朵里的时候,他想如果不是急于赶路,他会说句让过路人难堪的话。他想了想,随后就忘了。

大直街空空荡荡的,这有点奇怪。在早晨这个时间,哈尔滨人已经去上班了,或者办什么事去了,城里人起得早,可今天是怎么回事呢?

"出什么事了?或者已经出什么事了?"他想到那个过路人,那人像躲瘟疫一样见他就跑。他停了一下,不知往哪里去好。他往左边,朝吉林街跑了几十步,想看看那里发生了什么事——苏联总领事馆就在那里。不过,另一方面,爷爷还在别墅,他曾答应父母要照看爷爷的。

"差十八分六点!"他想起来了,"大概现在只差十分钟了!火车再有半小时就开了!"他决定从吉林街去花园街。

吉林街的情况令萨士克大吃一惊,那里满街是人,路中间由带篷的卡车和警察隔开。他走到围墙前面,看了看那些记者,他们紧贴着警察,想突破警戒线。这时候他想到可能赶不上火车了,他转了个身,同时发现那位偶遇的过路人,就是他问时间的那个男子一直跟在他后面。

他沿着大直街奔跑。只是经过店铺门口时,他看见院子里面停着带篷的卡车,他觉得很眼熟。萨士克稍停片刻,猛然猜到了什么,甚至打算跑上前去,若是这时高尕突然出现了,能对他解释解释什么也好啊。不过他立刻想到,如果他这样做,那无疑赶不上这班车了,到别墅得过午了。

教堂广场一切照旧,电车响着叮叮当当的铃声,一辆辆小汽车呼哧呼哧地赶过那些刚睡醒的行人。

"喂,高尕,告诉我!为什么叫我在那些倒霉的木板箱子上过了一夜呢!"萨士克想。他折了一根树枝,拿着它划过吉别洛-索克宅邸的透花围墙。

在明亮的天空中升起的太阳很快又被云彩遮住,开始有点凉意。

萨士克缩着身子。"如果我穿一件短上衣回去,爷爷就一下子全明白了。"他想了想,明白了,必须挺着,马上想到了睡在木箱上有多冷。

他觉得家里也很冷,决定还是穿上上衣,等到了帽儿山再装到背包里。他开始摸摸口袋里有多少钱,以便买车票。铜币在裤兜里,他从衬衫口袋掏出纸币的同时没想到带出一份叠成四折的传单。萨士克感到惊疑,他从未拿过这种东西呀。他打开之后看到是高尕的笔迹写着:"接着睡吧,营里再见。高尕。"下面不知是谁写的:"亚历山大·亚历山大罗维奇!向您的父亲致意。索罗津中尉"。"这是谁呢?"他想,没时间琢磨了,赶快往车站跑。

城市已经醒了,圣·尼古拉教堂附近聚集了一些行人,正在进行日祷。人们顺便过来,然后再去上班。电车铃声叮叮当当地响着,小汽车的轮胎碾在方石马路上发出沙沙的响声。一瞬间,萨士克觉得昨天夜里发生的一切跟做梦一样。"遇上了高尕,"他想,"不过,这也未必!就算这样,那又为什么呢?昨天是他找的我呀!"但是从家到车站的路上他可没见到高尕。

别看是早晨,通往别墅的火车与昨天一样,弥漫着烟味并拥挤不堪,不过人们都找到了座位,萨士克也找到了,甚至是朝前并靠窗的座位。他拿下背包放在膝盖上,想起来放在衣袋里的纸条。

"真是的,高尕!"萨士克又想起了他,"谁都没给我介绍!"他取出纸条,展开,一下子想到半夜里听到的对话,一个谈话的人是米哈伊尔·卡皮托诺维奇,他在纸条上读道:"米·卡·索罗津中尉"。中尉的字很清晰、工整,萨士克觉得写得不慌不忙。他想:"如他们的谈话一样!"于是他开始回忆。

萨士克知道这场战争。他知道中国的将军们,甚至大元帅之间的残杀,他们都同中国的布尔什维克战斗,而且俄国人也参与了这场战争。几年前,在他的同学们中,开始是一个同学的父亲战死了,后来几个同学的父亲和哥哥阵亡,甚至有人还想亲自跑去打仗。这是他们街上的孩子们对他讲的,讲的故事很吓人,很难令人相信,因为太可怕了。

萨士克望着窗外,没注意火车已通过马家沟河大桥,向郊区驶去。他有点昏昏欲睡,不过一惊之下又醒了。这时候,他看见被正义之手砍得光秃秃的荒山,他清楚地想起米哈伊尔·卡皮托诺维奇的话。萨士克想起他的声音,所有这一切都看见了的那个人的声音,好像很疲劳,但是他对看见的一切无动于衷。米哈伊尔·卡皮托诺维奇这个人很怪,萨士克展开纸条。"亚历山大·亚历山大罗维奇!"他又给自己读一遍。"他真的认识爸爸,这不是写着嘛!那爸爸认识他吗?"他又一次想象这座光秃秃的荒山,他觉得这座山比房子还高,大概比大直街上的秋林商店那两层楼还高。"荒唐,这是不可能的!"而一些中国人端着枪奔跑并向四周密集射击……后来,米哈伊尔·卡皮托诺维奇说到一些更可怕的事情,不过令人不解。"他真是个怪人,而罗日耶夫斯基或者罗基耶夫斯基,他是好样的!他就是那个人!罗扎耶夫斯基!"萨士克准确地记住了他的姓氏——罗扎耶夫斯基!"他是好样的,而米哈伊尔·卡皮托诺维奇是个怪人!"

"年轻人,起来吧,你是去帽儿山吧!"

萨士克醒了,因为有人拍了拍他的肩膀。

"睡过头了!"

他跳起身,拿起背包,往肩上一扔,开始往车厢过道挤去。那里有许多带箱子的乘客,他硬是从他们中间挤过去,跳到木板铺就的站台上。他想脱了上衣装在背包里,可一下看到了爷爷。库吉玛·伊里奇坐在对面靠着站房墙壁的一条长凳上,正在看着他。"傻瓜!"萨士克想道,"为什么坐在中间车厢呢?如果坐头一节或最后一节就好了,那就可以穿过树丛直接上路了,那……"

爷爷起身向他走来,萨士克没什么可耽搁的,他向爷爷走去,爷爷

393

把手放在他肩上,看着他的眼睛,问:"累坏了吧?好孙子,咱们走吧!瞧多顺利,没等多久,就接着了!"

爷爷转身走了,他拄着拐杖,走得很慢,萨士克也不自觉地像他那样一步步往前量。萨士克立刻明白了,这已经不是爷爷接的第一班车,他真想跑,不过只是问:"爷爷,你可别骗我呀!"

"我没骗你,好孙子,我什么时候骗过你了?"

"你接了几班车了?"

库吉玛·伊里奇没回答。萨士克从他身后赶上半步。萨士克已经高过爷爷半个头了,看着爷爷那谢了顶的后脑勺,萨士克有一种感觉,曾几何时,他还坐在爷爷的膝盖上,而爷爷则觉得他已经长得老大老大了,甚至长成大块头了。

"你是坐第三班车到的!"

"那你一夜没睡?"

"不是一夜,我醒了发现你不在,打那会儿就没合眼。"

"我说过我在瓦洛佳家过夜呀,在斯洛波得奇可夫家!"

库吉玛·伊里奇边走边回头看了看,萨士克明白了,从一开始他就没能骗过爷爷。

"饿了吧?"库吉玛·伊里奇问。

"是啊!"他想说"啊,不饿",但只说了个"是啊"。

"家里有冷的野鸡肉。"

"新鲜黄瓜和醋栗汁。"萨士克接着他的话茬儿说完,两人相视一笑。爷爷挥着拳头吓唬他,两人大笑起来。

"只是你别告诉爸爸和妈妈!好吗?"

爷爷又环顾了一下四周,他看人的样子让萨士克不明白他此刻究竟在想什么。

到家以后,库吉玛·伊里奇问:"大概,想睡觉了吧?"

萨士克在车上睡了一会儿,但是怕睡过帽儿山站,做梦都想一到家一头扎下就睡,可现在睡意过去了。

"爷爷,你告诉我,你打过仗吗?"

"难道你不知道吗?"

"知道,你既在对德战争,也在国内战争中打过仗!"

"那你问什么?"

"那就讲一讲是怎么一回事吧!我记得来了一些客人,你们打算一起参战,您就讲一讲这个吧!"

"既然听见了,现在还讲什么呀!"

"当时你们人很多,我不方便听!"

"那对你讲什么呢?"

萨士克沉默片刻:"你总回忆那些哥萨克,他们都是些什么人啊?"

"这还是问你爸爸吧!"

"他也在那儿吗?"萨士克感到吃惊,"那里有一位米哈伊尔·卡皮托诺维奇·索罗津中尉吗?"

"这人是谁,我已经不记得了。有个翟可夫准尉,我还记得。可索罗津中尉不记得了!"

"那都发生什么事了?讲一讲呗!"

爷爷想了想。

"讲什么呢?互相残杀,对着开枪,这不是令人愉快的故事,你的心灵还不够坚强!别问了!"

"说吧,爷爷!"

"寒冷,兽行,千万别发生这种事情,可当时到处都在发生这种事情。"

"双方都这样吗?"

"双方,双方!"

"那么,爷爷!讲讲吧!"

"这不是什么好事!他们互相残杀,我讲这些事,好像我也参加了似的。不,我不能参加!"

两人都不出声了。萨士克陷入沉思。

"我只对你讲一点,好孙子。"爷爷突然出声了,"这就是战争。如果把生命献给战争,那整个生命就都贡献给战争了,而生命不仅仅是为了战争!"

"这多像米哈伊尔·卡皮托诺维奇说的话呀!可高尕……"他想,"也是我的营火兄弟,却把我一个人扔下了。不过我想罗扎耶夫斯基是对的!"

第五节

"你会离开很久吗?"安娜一边往衣架上挂东西,一边问。

"不,去一趟车站马上回来,去站房取返程票。"

"给邻居打电话了吗?"

"问萨士克的事?当然!"

"你仍然以为他会回哈尔滨吧?"

亚历山大·彼得罗维奇走到妻子面前,为了叫她更方便开箱,把第二只箱子放在了床头柜上。

"等过后再谈这个问题好吗?为什么自找烦恼呢?"

安娜耸了耸肩,继续做她的事,于是亚历山大·彼得罗维奇便出去了。

在日俄战争之前,俄国把大连叫达里尼或中国大连港。现在,六月初的大连正在迎接到此的游客和出门逛街的人。圆形广场中间是圆形花坛,辐射状的街道向四周延伸,路旁的洋槐花开得正艳。俄式宅邸鳞次栉比,清爽宜人。每天早晨人们都用清水洗刷城市,洒水车沿着街道行驶,清洗马路和人行道。

亚历山大·彼得罗维奇坐上电车去车站。电车从海岸低处的街道向高处的街道行驶,每上一阶便能更清楚地看见海湾像一只椭圆形的水杯,张开双臂拥抱这个城市。大海的清新空气和阳光温煦的日子令任何人都会心旷神怡。亚历山大·彼得洛维奇看到了清洁、整齐的街道和房屋,硕大的白色洋槐花,无论休息日还是上班时间都因行人稀少而十分安静的街道,用日文和俄文写的商店和商号的牌匾。可此时他却心事重重,想到昨天也就是已过去的周一,在哈尔滨的确是出事了。大约在一小时前,当他们到了这家膳宿公寓,他从女主人处取钥匙时,看见她丈夫拿着一份当地的日文报纸,头版头条有三个粗体大字"哈尔滨",看报的神情很紧张。他没当着安娜的面问这篇文章的内容是什么,但是他明白自己的担心不是多余的。可惜公寓坐落在海滩地带,他没遇上一个报亭。

大约过一小时,安娜仍会不紧不慢地收拾衣物,然后洗澡,过后又会做点什么事,再过后就是干她最擅长的大事——去附近逛商店。就是说他有足够的时间搞清楚他的担心是否必要,与安多士卡见面和往哈尔滨打电话。前后两件事对他来说都不复杂,只要买一份报纸和顺便去趟车站;第二件事他有点担心,因为当他们经过那家熟悉的用日文与俄文书写招牌的古董店时,他注意看了看,百叶窗都放下了。这只能说明在约定的时间既没出现安多士卡,也没出现他弟弟张胖子。这样他便不得不每天编个瞎话给安娜听。他还得天天带着装有几千克黄金的公文包到这里来。这是很不方便的。在哈尔滨选宾馆的时候,他就拒绝选俄国人的,而是定的日本人的,为的是叫安娜能够接受散步理疗:每天按摩,洗日本浴,做各种美容和健身治疗;只有在这几十分钟内他能离开家,因为安娜告诫他什么事都别做,甚至连当地的俄国侨民会也别去，因为在那里可能会遇上难民委员会的同事，会有什么事托他办，再说有名的涅恰耶夫将军在那儿任主席。亚历山大·彼得罗维奇说服安娜只去拜访一下涅恰耶夫，而且不早于他们在大连逗留时间的前半段。

电车在书店前面停了一下，亚历山大·彼得罗维奇下车买了一份当地的《满洲日报》，打开一看，第一版大字标题下小块文字："哈尔滨，一九二九年五月二十七日。"他从口袋里掏出零钱。当他把零钱递给那个上了年纪的日本报贩时，看到那人瞅了瞅，遗憾地摇摇头。亚历山大·彼得罗维奇在等下一趟电车的空隙，读了社会新闻的短讯，读到于五月二十七日星期一这天，也就是昨天，哈尔滨市的中国警察搜查了苏联总领事馆，逮捕了总领事梅利尼克夫和库兹涅佐夫，以及馆内的将近八十名苏联公民。

大约在两年前，苏联的政治与军事顾问出现在中国帮助孙逸仙、蒋介石、中国共产党人时，北京、广州以及上海也发生过这种不愉快的事件。一些外交官被残忍地杀害并示众，俄国侨民也参加了这种杀害活动。现在显然有哈尔滨事件的详细情况，如果不是担心萨士克会卷入事件，其实亚历山大·彼得罗维奇也不会这么焦急不安。他知道高尕·扎包洛特内，知道他家离中学不远，而中学距总领事馆只有半个街区，知道高尕和萨士克在学校都有事。不过实际上这没什么可怕的，最终萨士克不可能进入领馆，那里没有他可干的事。至于警察，就算在那条街上碰上他，很快也会弄明白他是谁的儿子，就会放了他，这一切也就没事了。相信安娜不会得知吧，她还从来没与儿子分开过，当然儿子去夏令营的时候除外。

在他们计划这次旅行的整整一个月的时间里，安娜都说要带萨士克一起来大连。亚历山大·彼得罗维奇不能同意，因为知道带他来就会整天与他们形影不离，得带他看看大连和旅顺这两个对俄罗斯军人来说充满悲伤与光荣的城市，而这种想法会长久在萨士克心中燃烧；而且亚历山大·彼得罗维奇与安多士卡的会面也会增加很多困难。而没有安多士卡的他，必将陷入不必要的个人财务困难，因为他为安多士卡藏匿黄金所得到的回报已足够他们一家过上衣食无忧的生活了。这个收入来源包括安娜在内谁也不知道，关于安多士卡，她一无所知。而库吉玛·伊里奇自从从布拉戈维申斯克成功偷渡之后，早把他忘得一干二净了。这大概是他们共同生活中唯一的秘密了，亚历山大·彼得罗维奇觉得没告诉妻子心里很不自在。

电车行驶到站前广场。亚历山大·彼得罗维奇下了电车松了一口气，因为看见古董店的遮阳板放下了，橱窗的百叶窗已经打开，于是他进了商店。张胖子正在柜台前与一对年轻的日本人说话，听口气两人正打算结婚，是未婚夫给未婚妻选礼品。

"瞧这把扇子！"张胖子用不太标准的日语说道。他打开盒子取出扇子，展开之后指着扇子说："瞧，这是大师的印章，是上世纪的作品，一百多年了。瞧！"张胖子手里拿着这把打开的扇子，薄薄的黑色板材镶嵌着珠母，闪光发亮。亚历山大·彼得罗维奇好奇地看看那印章，认为这把扇子多半是赝品，不过他不是为此而来的。突然他听到有人叫他。

"先生，请稍稍坐一坐！先生，稍稍等一等！先生，茶？"

亚历山大·彼得罗维奇神不知鬼不觉地微笑了一下，坐在一张沙发椅里，前面摆着一张上漆的小桌。这时候门开了，出来一个步履轻盈的中国女子，穿着一件绣着白龙的深红色旗袍，手里拿着茶具和烟具。

"先生，稍稍休息休息！"张胖子那张大脸又堆满了笑容。那女子是他的小女儿，她把托盘放在桌上，在往下一蹲的工夫，她那条又白又嫩的大腿从旗袍的大开衩里暴露无遗，这很迷人，但不是很体面。亚历山大·彼得罗维奇谢过了送茶，随即用报纸挡住了自己的眼睛。

"哼！"他不快地哼了一声，"这种连衣裙倒是很朴素，立领顶着下巴,二十二个纽襻儿,还大开衩!"当俄国女人第一次看见这种连衣裙(旗袍)的时候,觉得非常漂亮,线条清楚,丝绸面料。就是从大腿一直到下摆的大开衩,让她们有时感到难堪,特别是中国女子穿的丝袜比开衩短,连欧洲的男人见了也容易想入非非。

当中国女子放下托盘离开以后,亚历山大·彼得罗维奇拿开报纸,取下碗盖儿,让茶水冒冒气,同时也打开了烟盒。他看了看张胖子,那位朝他点点头,又开始招呼那一对日本人。亚历山大·彼得罗维奇便取了一支烟吸起来。

店掌柜又给日本人推荐了几件东西,亚历山大·彼得罗维奇见到日本女子点头,表示看中了,男伴便掏出钱包来。几分钟之后,张胖子已经向顾客鞠躬,在温馨的气氛中道别。萨优那拉!萨优那拉!他把日本人送到门口,安多士卡则在屋里观望。

"我的等了!"

"我的来了。"亚历山大·彼得罗维奇带着玩笑的口吻说。

张胖子关了店,对亚历山大·彼得罗维奇满脸堆笑,站到柜台后面去了。

安多士卡从柜台后面出来,走到亚历山大·彼得罗维奇面前。亚历山大·彼得罗维奇把公文包放在桌子上,根据事先的约定开始用中文交谈。

"你吃了吗?"安多士卡问候说。

"吃了,谢谢!"亚历山大·彼得罗维奇回答,"我带来了你要的那些。"

安多士卡点头表示同意,叫张胖子把公文包拿到账房。

"在大连待几天?"安多士卡用了城市的中文名。

"一周,然后回哈尔滨。"

"听说昨天那里出事了?"

亚历山大·彼得罗维奇拿起桌上的报纸,给安多士卡看那段报道:"能说得更详细一点吗?"

"能!"安多士卡回答道,也打开了烟盒。在他取香烟的时候,亚历山大·彼得罗维奇审视了一下他那一身行头:做工精细的乳白色深条西装,驼色的高尔夫运动皮鞋,咖啡色领带,虎眼牌领带夹。他有一双从小就干重体力活练就的粗壮而有力的大手。可是安多士卡的这双大手装起烟来却娴熟自如,不乏优雅。亚历山大·彼得罗维奇微微一笑,把目光转向安多士卡的脸上。安多士卡装好了烟,吸起来,靠在矮沙发椅的椅背上,想了一会儿说道:"其实没什么有趣的。"他深深地吸了口烟,在门口说:"大家都需要证据证明苏联对冯玉祥将军的援助,最主要的敌人是蒋介石。"

"可如果找不到证据呢,那不就是外交丑闻了吗?"

"何止是丑闻,很可能引出大丑闻,所以必须找到什么或者塞进点什么。"

"懂了!"

"苏联自从一九二四年掌握中东铁路,也没在世界上给谁惹什么麻烦啊。"

"所以说弄清楚谁需要这么做是没有意义的!"

"正是这样!"安多士卡回答说,又作势整理了一下鬓角,但几乎没碰头发。"还有比这更坏的新闻!"

亚历山大·彼得罗维奇听了之后一点儿也不觉得奇怪,见面之初他就发觉安多士卡有心事,所以他默不作声,等着他往下说。

"那是在一九二一年,我把一个从青岛来哈尔滨的日本军官给埋了。"

"哦,真有意思,是怎么回事?"亚历山大·彼得罗维奇吃了一惊。安多士卡皱着眉头看了他一眼,把刚刚点着的一支烟掐灭了。

402

"他打死了我大哥。"他朝张胖子点了点头说,"我们的大哥。"

亚历山大·彼得罗维奇听见张胖子在柜台后面长出了一口气。

"为什么?"他问。安多士卡沉默良久,然后与张胖子交换了一下眼神,说:"我们的大哥帮助红色游击队,在离符拉迪沃斯托克(海参崴)不远的地方。"

"那你在那儿做什么呢?"亚历山大·彼得罗维奇不想打断他,可是又不由自主地问了一句。

"我?"他用手指了指自己的鼻子说,"我在做买卖!我们给红色游击队酒精,是他们给我们人参,他们在密林里挖的。小小的,小小的买卖。"他用俄语补充说。

"走私?"亚历山大·彼得罗维奇指明说。

"那时不可能算走私,因为那边没有任何国家。"

亚历山大·彼得罗维奇冷冷一笑,但什么也没说。

"日本的反游击部队。"

"讨伐队!"亚历山大·彼得罗维奇忍不住脱口而出。

"他的,俄国卡比丹(大官),聪明的银(人)。"张胖子在柜台后面不无讽刺地说。安多士卡看了看他,那家伙不吱声了。

"日本讨伐队打死了红色游击队的侦察员,但是有两个只是受了伤,其中一个是我的大哥。"

他转身对着张胖子说:"我们的大哥!他们把五六个人都装在大车带进了林子,抛下了打死的,又拷打受伤的。先是俄国人,然后又开始对哥哥下手。"

亚历山大·彼得罗维奇听到严刑拷打,便开始摇头。日本人严刑逼供的传言令人恐惧。

"他们把哥哥绑在大木板上,肚子上放口锅,里面放些饥饿的大老鼠。这是古老的中国刑罚,中国古代皇帝就用这种刑罚,他们日本人用

403

得很熟练。"

"在宫廷里可以理解,而在森林里怎么能找到饥饿的老鼠呢?"亚历山大·彼得罗维奇不由得想,"难道是自己带来的不成?"

"老鼠从他身体内部开始吃,我们从附近的土丘上看,不过我没看到我哥哥。当大队日本人走后,我们才来到这个地方。"

安多士卡讲述时不断地停顿,亚历山大·彼得罗维奇看出他讲述这件事很艰难,决定不打断他。

"那里还剩两名士兵和一名中尉,中尉负责行刑。我们把他砍死,埋了,可是他活过来了,现在来到了哈尔滨。"安多士卡停了一会儿,开始用手指捻另一支烟。"他为什么到这儿来不知道,但是经常看见他和哈尔滨警察局局长在一起,还有一个贩卖鸦片的日本商人野村,以及你们的柯希明将军。"

"俄国法西斯党领袖!"亚历山大·彼得罗维奇想了想问,"你知道他为什么来吗?"

"不知道,但能猜出来!"

"为什么?"

"为什么?我想你们,你们俄国人也会感兴趣的。"安多士卡摇着头想了想说,"日本人早想把铁路据为己有,从满洲里到长春,那时都成了日本的了。还记得在布拉戈维申斯克我带你们偷渡的事吗?当时我说过我不能去中国,记得吗?"

"记得。"亚历山大·彼得罗维奇撒了谎,不过他集中精力想了想,还真想起了那次谈话。

"那时候我没来中国,因为怕见到日本人,或者日本女人,或者小孩,不管是谁,反正我都要把他们杀死,所以害怕回来!想起来了?"

"想起来了!那现在不害怕了?"

"不,现在更加害怕了!"

"为什么?"

"我现在不能杀任何人,也不能让自己被打死。只要他在这里,我就不能在哈尔滨露面!"

"那如果有人知道他离开了,或者又来了,告诉谁?他叫什么名字?"亚历山大·彼得罗维奇问。亚历山大·彼得罗维奇又想:"他究竟为谁办事呢?蒋介石,冯玉祥,还是共产党人?鬼才知道,不过对我来说不都是一样的吗?"

"他的名字叫浅草熊!"

"我记住了,不知道能不能帮上你!"

"暂时还没什么需要,只要记住就行了!没想到他还活着。"

"如果日本鬼子死了,而萨沙活着,有钱,吃大米饭!"张胖子盯着柜台的玻璃,突然嘟嘟囔囔地说。

安多士卡听见弟弟这么一说,惊讶地看了他一眼,又把目光转向亚历山大·彼得罗维奇,说:"我不明白,为什么胖子总是填不饱肚子?"

第六节

　　库吉玛·伊里奇为了不弄出动静来，轻轻地关上门，坐在亚历山大·彼得罗维奇的安乐椅里，打开桌上的台灯。一分钟后，七月的白色和黄色的小蛾子便扑过来，围着灯光轻盈地飞舞。老头观察到，热气从玻璃罩的小孔中溢出，裹挟着它们，来到敞开的露台天花板下面；小蛾子飞到最高处，四处翻飞，落下来，再飞向炽热的气流。有些小蛾子由于飞得太远，翅膀被烤焦了，一头栽到白色的桌布上，留下一堆黑点。库吉玛·伊里奇不无遗憾地看着这一切，于是明白了，啥也干不成；坐在屋里很闷，露台里已全黑下来，不点灯无法阅读，只有把这些小蛾子赶走了，可这么做是非常愚蠢可笑的。他叹了口气，从桌上拿起一沓报纸。这是亚历山大·彼得罗维奇临走前扔下的，他按库吉玛·伊里奇的嘱咐从城里把这些报纸带到这里来。他自己因为有急事，也顾不上是星期日休息，急着去哈尔滨了。因为难民委员会来电报说，有几个农民家庭从布拉戈维申斯克跑到萨哈梁（黑河）。读过电报后，亚历山大·彼得罗维奇非常着急,说他必须迅速赶到萨哈梁(黑河)。安娜·柯萨维里耶夫娜很失望,一小时前送他去了车站,之后就回家了。

"那儿有什么消息啊?"老头想。唯一令他和安娜·柯萨维里耶夫娜感到欣慰的是亚历山大·彼得罗维奇从萨哈梁(黑河)回来的途中可以顺便去一趟巴里木——萨士克他们的营地。

库吉玛·伊里奇伸手拿报纸,不知为什么又停住了。他看看一沓报纸,最上面的是一份哈尔滨出的《俄文报》,其狂放恣肆、嘻笑怒骂的文风令他不敢恭维。他早已确定自己最爱读的是《霞光报》,报上的文章都经过仔细推敲,不偏不倚,不把自己的观点强加给读者。但是《俄文报》放在上面,库吉玛·伊里奇知道这里没有《霞光报》。

他还是勉强地拿了一份。

《俄文报》是旧的,还是五月二十九日的,上面有篇文章——《严密搜查苏联领事馆》。不过他跟身在满洲的所有俄国人一样早已熟知这一事件的诸多细节,甚至了解得更多。所有在七月初,也就是一个月之前来帽儿山别墅的主人,早就随着报纸上的文章或评论讲述了这件事的来龙去脉。听说在五月二十七日,星期一,警察包围了领事馆的大官邸,打破门窗冲了进去。开始只是说苏联的共产国际间谍在所有房间里烧毁秘密文件,并险些引起大火,而有数十人躲在地下室,好像是共产党人在那开秘密会议。而后报上登出了照片,是搜查文件时拍到的。但日本报纸报道说这都是在中国警察局工作的白俄分子伪造的,而且伪造的水平极为低劣。后来律师格里高利·纳乌莫维奇·明斯基来别墅找斯洛波得奇可夫,说中国法院既不同意为一份文书原件背书,也不允许搜查领事馆大楼。中东铁路管理局的人已聘请他以及另外三到五名律师为在领事馆被捕的三十九名苏联公民辩护。一方面照他们说这些人无疑是间谍,但另一方面他们却拿不出证据。

动荡与骚乱之后,事态开始平息下来,但人们又担心苏联不会善罢甘休。这时库吉玛·伊里奇从亚历山大·彼得罗维奇拿回的一堆报纸里找出差不多是新出版的柏林报纸《方向盘报》的剪报，文章题目是《入侵蒙古》。红军备战的传言闹得人心慌慌，传到安娜·柯萨维里耶夫娜耳朵里，她便开始担心儿子的安危了——他们的夏令营在巴里木，正在哈尔滨到苏联的边境中间。不过传言归传言，但在领事馆找到的文件里并没有得到确认。

最近一段时间，最令库吉玛·伊里奇放心不下的消息是俄罗斯又要闹饥荒。他继续翻报纸和剪报，把搜查领事馆的消息放到一旁，这都过时了。他在找一篇报道，是亚历山大·彼得罗维奇提醒他的，不想却摸到一篇有关世界选美比赛小姐的报道。"这真是怪事！"库吉玛·伊里奇正了正眼镜读道：

世界选美比赛一等奖由澳大利亚选手莉兹丽·高里达贝杰尔获得，摘取世界美女王桂冠。从此她将被授予"世界小姐"称号。七名评委中六名投票支持澳大利亚小姐莉兹丽·高里达贝杰尔，其获得2000美元奖金。二等奖的1000美元奖金由美国小姐伊莲·阿尔贝特获得。

他把这份报纸放到一旁，又拿起另外一份，大字标题立即映入眼帘——"黑猩猩逃跑"。"瞧，瞧！这也算世界级新闻？"他感到吃惊，读道：

周日在动物园发生了一件耸人听闻的事件，从笼子里跑出去两只黑猩猩。黑猩猩们组织的这次逃跑很巧妙。它们长时间荡秋千，然后全力砸笼子，砸坏了，它们就逃之夭夭了。经过两小时的追捕，人们总算把逃犯逮到了。为了不让它们再逃跑，人们便将它们绑上放到原来的地方。

"的确，世界级大事件！大事件！"他小声嘟囔着，翻过一张，"瞧这！"他看见："近日莫斯科的面粉价格已涨到一个半卢布一磅，肉几乎从市场上消失。"这是柏林的俄文报纸《方向盘报》于一九二九年七月二十二日的一篇简讯报道的，标题是"面粉价格"。

库吉玛·伊里奇靠在沙发后背上。这已经不是什么传言了，国外的消息都说俄罗斯食品匮乏。库吉玛·伊里奇挑来挑去挑累了，最后拿了一份七月九日的《方向盘报》，大块文章讲的是苏联布拉戈维申斯克的饥饿儿童逃跑的故事。亚历山大·彼得罗维奇在四月就讲过这件事。苏联十五至十七岁的孩子自己渡过刚刚解冻的黑龙江，边防军奇迹般地没开枪，使他们得以历经磨难和险阻，终于到达能吃饱饭又平安的哈尔滨。难民委员会为改变他们的命运全力以赴。库吉玛·伊里奇心想，在遥远的柏林，一份俄文报纸两个月之后竟然写出了报道此事的文章。他用眼睛扫了一下，对于事件的描述句句都是亚历山大·彼得罗维奇的手笔。他打开之后读了最后几段，感到十分揪心。他想起自己在布拉戈维申斯克市场上穷困潦倒的样子，当时国内战争尚未结束，而现在，他低头读那段文字：

孩子们关于布拉戈维申斯克的生活是这样写的：所有居民关心的只有一点："可别饿死。""天哪！原谅我们，宽恕我们吧！"

他想了想。

生活从一旁流逝了，其实也没什么生活，在苏维埃政权的重压之下，已经没有什么个人利益可谈了。面包已经脱销，每天向劳动人民证持有者供应四分之三磅，其他居民只能坐以待毙。桶装大麻哈鱼已极为罕见，一摆出就被一扫而光，然后又是货架空空。

409

那时在阿穆尔河（黑龙江）河口有几个国营捕鱼队，捕的鱼数量非常大，但是全部出口到国外了。

连鱼都没有！在阿穆尔河（黑龙江）！简直令人不能相信。这里没有私营商业，唯有三家私营商店能经营国家认为绝对无利可图的商品。格利德涅商店和舒利加柯夫商店卖颜料，萨维洛夫商店卖玩具。允许私人贩卖的有以下商品：芥末、胡椒、盐、杯子……

"杯子，"他轻轻地咕囔着，"在布拉戈维申斯克没有鱼！这才是世界级的大事呢！"

库吉玛·伊里奇拧了拧煤油灯，为的是别把过滤网熏黑了。不知道是他听见了，或是感觉到别墅附近的路上有人走动。他仔细听了听——的确有两三个人的脚步声，别看天黑了，脚步声还很稳健，好像拿着手电照亮了他们走的那条路。脚步声到他家房子旁边，库吉玛·伊里奇听见斯洛波得奇可夫家三兄弟的声音，尼古拉、列夫和瓦洛佳——萨士克的朋友。老头子认识他们。推开报纸，他心里想他们运气真好——他们三兄弟，又有第四个小兄弟。他听见兄弟们放声大笑。

"幸福的孩子，他们有这么多兄弟，整整四个呀！不像我们萨士克！"库吉玛·伊里奇非常喜欢瓦洛佳·斯洛波得奇可夫。老头子几乎不认识他的哥哥们，他们都上大学了，不经常来别墅。瓦洛佳稳重，有礼貌，对自己的兴趣很投入，现在大概是哥哥们从深山老林回来，帮瓦洛佳找了些萤火虫啦，小蛾子啦，小蝴蝶啦什么的。库吉玛·伊里奇非常不喜欢高尕·扎包洛特内，但经常见到高尕。高尕跑到家里来找萨士克，他们商量什么营火兄弟会的大事，对他整日坐立不宁感到惊讶。他觉得高尕是一个轻浮和不严肃的孩子，安娜·柯萨维里耶夫娜则不赞同他的看法。

"不赞同！"库吉玛·伊里奇不高兴地哼了一声,"她若知道那天夜里萨士克和高尕都干了什么就好了！"那时他立刻就明白了,他试图阻止他的孙子,但没来得及;他想萨士克快到晚上的时候才设法离开,那时他若能叫萨士克干点儿什么事就好了。好在萨士克并没隐瞒这次会面。高尕与萨士克总是窃窃私语,他好像有什么秘密,萨士克跟他在一起,也变成这样了,这让老头子警觉起来。

萨士克是个习惯待在家里的孩子,库吉玛·伊里奇没费多大劲儿就弄清了那天夜里他跟谁在一起,在什么地方。他想起了索罗津中尉,萨士克曾经极为小心地问他有关此人的情况,而这恰恰是那位米哈伊尔·卡皮托诺维奇·索罗津,亚历山大·彼得罗维奇·冯·阿代伯格曾与他押运装有黄金的高尔察克专列。库吉玛·伊里奇想正是这个人抛下了亚历山大·彼得罗维奇,让他受尽捷克斯洛伐克人的折磨。

"好伙伴！高尕！没什么可说的！"他想。但在一个月之前,他信守诺言,对安娜·柯萨维里耶夫娜也好,亚历山大·彼得罗维奇也好,什么都没说。

老头从安乐椅上站起身来,从口袋里掏出圣徒尼古拉的袖珍圣像,安放在桌子上,开始祷告:"圣·尼古拉,至善的天父,芸芸众生的牧师和导师,渴望得到你的庇护,祈求你降灵！"他小声念叨,画着十字。他的房间里挂着大幅的圣徒尼古拉圣像,他总是带着这幅圣像,从家里带到别墅,再从别墅带回家——这是阿金菲神父赠给他的礼物。几年前他曾带着自己的圣像稿去给修道士看。阿金菲神父看过后赞扬库吉玛·伊里奇的虔诚和坚持祷告的精神,特别是得知这些圣像是靠施舍在不信仰上帝的红色布拉戈维申斯克画成的,甚至同意把这些圣像圣化。但是神父发现库吉玛·伊里奇离真正的圣像画匠差距尚远,就把他领到自己的修士单间。屋里的架子上放着《圣经》和点燃的蜡烛,修理整齐的固定好的双头旗杆。"给我拌好这些白垩涂料。"他一边说一边在库吉玛·伊里奇面前放了几个黏土制的盘子,里面装些干白粉和黏稠的胶水。底色打好后,他们开始祷告,修道院院长给木板开了光。过了两周,阿金菲神父又把老人请到修士单间。库吉玛·伊里奇一进门便大吃一惊,在架子上打开的《圣经》与点燃的蜡烛中间立着圣徒尼古拉的圣像,已经晾干的油彩闪闪发光。

"等一两天晾干了,再过来上一遍漆。我已经对大主教说了你的事迹,他答应了要为你祝福。"

现在库吉玛·伊里奇看着自己画的圣像,也看到了挂在他房间的大幅圣徒尼古拉的圣像。

"竭诚希望保佑您的真诚信徒免受异教徒的恶毒攻击,保护基督的整个家园,避免暴乱、怯懦、其他民族的攻击和自相残杀;避免饥荒、洪水、火灾、战乱和无谓的死亡。怜悯我们这三个牢笼里的男人,让他们摆脱帝王盛怒,不做刀下之鬼,也可怜我本人、上帝的仆人亚历山大,以及上帝的仆人安娜,用智慧、语言、事实避免上帝盛怒和永恒的惩罚。上帝耶稣用慈悲胸怀与感恩之心让身旁一切圣人永生,阿门!"

当安娜·柯萨维里耶夫娜披着披肩去凉台的时候,库吉玛·伊里奇已经垂着头,眼镜卡在鼻梁上睡着了。她取下披肩盖在他胸前,吹了灯,从桌上取走了报纸。"炉子该生火了,说是要降温了。"她想。

她进了厨房,把报纸扔进炉子,又看了看凉台,想道:"得叫醒老人家,可别感冒了。"她往后退了一步,又想:"现在叫醒他,一宿都不能睡了。让他睡吧!觉得凉,自然就醒了。这样更稳妥些!"

安娜回到卧室,没开灯,铺好被子便躺下了。听说亚历山大·彼得罗维奇因为有意外的急事要回哈尔滨,她的情绪一落千丈。在帽儿山期间,他们在一起的日子本来就不多。她想起不久的几周前,快乐的时光只持续了一周,就是他们在大连度假。亚历山大·彼得罗维奇对她关怀备至、呵护有加,不过他总是这样待她的,最主要的是他得跟她在一起。一开始,他们刚刚到那里的时候,哈尔滨事件的消息令她放心不下,但是亚历山大·彼得罗维奇善于劝慰她,而后又把萨士克带到她的身边,她的担忧顿时烟消云散。她想起萨士克回家第一天有点儿奇怪,像个小狼崽子似的有点怕见人,不过她也没问他回没回哈尔滨。她也知道他回去了,亚历山大·彼得罗维奇把一切都对她解释清楚了,反正这已经是过去的事了。

"狼崽子!"她微微一笑,心里想,"长大了!翅膀硬了。"库吉玛·伊里奇引用契诃夫在《草原》中的话这样评价他:"看这傻大个蹿得多高!"这句话把她逗笑了。而萨士克的确长大了,从圣诞节到现在长到六英尺高,几乎赶上他的父亲了;肩膀长得很宽,但是胸廓仍然跟孩子那样窄。开春之前该给他买双新鞋了,那双旧鞋一看就知道小了。父亲带他去大连的时候,给他买了新的游泳衣,短袖圆领衫配短裤,可穿上是什么样——又肥又大,他一看这样就觉得难为情,特别是在沙滩上。

最近几年她读了几遍喜爱的冈察洛夫的小说《悬崖》,她迫不及待地观察儿子如何成长,也等到他长到那么大,像小说中描写的,一个人带着三个儿子去做客。她不用打开灯,就能拿到那本书,她都背诵下来了,萨士克正好接近书中描写的那个状态:

> 这些儿子——父亲的骄傲和幸福——就像大型犬种的未满周岁的狗崽子,它们的爪子和脑袋长得很快,而身子还长得不够大,耳朵在脑袋上晃来晃去,小尾巴还没长到贴地。它们毫无目的地跳来跳去,自己还不能灵活运用爪子,因为长得与身体不相称而显得难看……

她又笑了:"它们还分不清里外,分不清谁是谁,它们会冲着父亲吠叫,会咬一把刷子或者落到它们嘴里的亲兄弟的耳朵。"

当他们带着萨士克在大连逗留时,第一天就去了浴场,在达里尼和付家庄,那里有沙滩,葡萄园,更衣室,清澈的海水,很多晒太阳和游泳的年轻人,妇女和姑娘——开始她什么都没看见,后来吓了一跳,不过很快冷静下来,所以没露声色。萨士克穿着新游泳衣从更衣室出来,往周围看了看,愣了一下,一声没吭。接下来的两天他有点不对头,好像身体出了毛病。安娜观察他:萨士克基本没有游泳,这也就罢了,可能是因为在松花江的淡水里游习惯了,对这里的海水不适应。不过他躺在躺椅上,头也不回,两只眼睛转来转去,对身边那些青年男女打排球也无动于衷。人家见他年轻、个儿大,叫他参加,他只管推托和摇头。

安娜想起去年夏天他们去松花江左岸时,他排球不离手,那时他还没有漂亮的游泳衣,但他一点儿不在乎。他可以一气玩几小时,不穿衣服,只穿一个小裤头。而如今,在这么漂亮的浴场,他这孩子却郁郁寡欢。第三天他干脆拒绝出去,宁愿待在屋里。她好说歹说让他去了另一个浴场——老虎滩,离住的旅馆不远,而且人少,海滨峭壁嶙峋。

"狼崽子长大了!"她心里想,翻了个身,用一只手掌托住面颊。她想到冈察洛夫的《悬崖》中最后阶段的描写,准确无误:"代替原来声音的是男低音,细手掌上是有棱有角的大拳头。"也不知为什么她想道:"读了冈察洛夫,谁还想写出什么来吗?"

库吉玛·伊里奇听见开门声,醒了,发现自己身上盖了个披肩,灯灭了,周围一片漆黑。夜也很静,只有附近的山岗传来老林中的什么声音和蝉鸣。他想起最近读过的文章。"这个关于黑猩猩,不,关于选美小姐!纯粹胡说八道!关于逃难儿童!报纸哪去了?应该保存啊。"

第七节

　　亚利山大·彼得罗维奇进了车厢,把几乎已经清空的旅行袋放在行李架上,在靠窗的座位坐下。由于激动,他脑子里只有一个想法。"唉,米士卡,米士卡!"他想,"你是怎么决定的?女儿,孙子们和玛丽亚都怎么办?什么也不告诉一声!而现在——我是来得及,还是来不及?"

　　他把上衣挂好,从内兜里掏出两张对折的纸,一份是难民委员会发给他的电报,是主席维克多·伊万诺维奇·柯洛克里尼克夫的签字,请他速联系。收到电报时他还在帽儿山,他立即跑到车站给柯洛克里尼克夫打电话。柯洛克里尼克夫说最近的一次挂有邮车的火车,发给他一封信函,是一位认识他的熟人从萨哈梁(黑河),也就是那边发出的,并补充说:"尊敬的亚历山大·彼得罗维奇,详情电话中不便赘述,见字后您自行解决您是否需要!"

　　在车站,他等到从哈尔滨方向驶来的列车。熟识的邮差跳到站台上,在大厅前把信交给他。亚历山大·彼得罗维奇读完之后,立即决定十分钟后从哈尔滨车站乘车前往齐齐哈尔,从那儿至少还得乘两天驿车才能到萨哈梁(黑河)。

信里没注明日期,根据经验他知道中国当局处理从那边偷渡过来的人不会晚于五天。

"来得及或是来不及呢?"亚历山大·彼得罗维奇把电报放在小桌上,又展开另一张纸,已经揉皱了,是过去的信函,字迹有力,粗笔,这是一个不习惯用笔写字的人写的:

尊敬的拉克(亚力)山大·彼得罗维奇,写信给你,上帝的奴仆米哈伊尔,拯救和帮助我,彼得罗维奇,一切希望在你身上,凯士卡,狼心狗肺,用刺刀顶住喉咙,上不来气,可神父还没死,还活着,没什么吃的,我记得你的恩德,让孩子们有活路。

落款是"狍子米士卡"。

亚历山大·彼得罗维奇一遍又一遍读这张字条。

"来得及或是来不及?"

哈尔滨·下
ХАРБИН

[俄罗斯]叶夫格尼·安达史凯维奇 著　陈玉增　邢淑华 译

哈尔滨出版社

黑版贸审字08-2016-113号
图书在版编目（CIP）数据

　哈尔滨：全2册/（俄罗斯）叶夫格尼·安达史凯维奇著；陈玉增，邢淑华译.—哈尔滨：哈尔滨出版社，2018.6
　（哈尔滨记忆）
　ISBN 978-7-5484-3144-2

　Ⅰ.①哈… Ⅱ.①叶…②陈…③邢… Ⅲ.①长篇历史小说-俄罗斯-现代 Ⅳ.①I512.45

中国版本图书馆CIP数据核字（2017）第026423号

Copyright ©Харбин writen by Евгений Анташкевич

书　　名：	哈尔滨·下
作　　者：	[俄罗斯]叶夫格尼·安达史凯维奇 著　　陈玉增 邢淑华 译
责任编辑：	韩金华　杨浥新
责任审校：	李　战
封面设计：	孜闻书装坊
版式设计：	哈尔滨今佳快印有限公司
封面绘画：	母绍锋

出版发行：	哈尔滨出版社（Harbin Publishing House）
社　　址：	哈尔滨市松北区世坤路738号9号楼　　邮编：150028
经　　销：	全国新华书店
印　　刷：	哈尔滨市石桥印务有限公司
网　　址：	www.hrbcbs.com　　www.mifengniao.com
E-mail：	hrbcbs@yeah.net
编辑版权热线：	（0451）87900271　87900272
销售热线：	（0451）87900202　87900203
邮购热线：	4006900345　（0451）87900256

开　　本：	787mm×1092mm　1/16　印张：62.75　字数：783千字
版　　次：	2018年6月第1版
印　　次：	2018年6月第1次印刷
书　　号：	ISBN 978-7-5484-3144-2
定　　价：	268.00元（全两册）

凡购本社图书发现印装错误，请与本社印制部联系调换。
服务热线：（0451）87900278

目 录
MULU

第二部分

第一章
- 第一节　015
- 第二节　026
- 第三节　031
- 第四节　037
- 第五节　040
- 第六节　044
- 第七节　048
- 第八节　064
- 第九节　073
- 第十节　082

第二章
- 第一节　103
- 第二节　109
- 第三节　115

第四节	121
第五节	125
第六节	134
第七节	141
第八节	145
第九节	155
第十节	159

第三章
第一节	167
第二节	179
第三节	196
第四节	200
第五节	209
第六节	226
第七节	232
第八节	240
第九节	259
第十节	272
第十一节	300
第十二节	318

第三部分

1945年4月25日　星期三	347
七月六日　星期五	371
七月十日　星期二	373
八月五日　星期日	375
八月六日　星期一	378
八月七日　星期二	417
八月八日　星期三	444
八月九日　星期四	467
八月十日　星期五	481
八月十六日　星期四	528

第四部分

一九九二年　五月	541

致　谢	563

书中俄文缩写	564

第二部分

斯切潘·菲多罗维奇还在翻阅《子弹》档案,突然听到走廊里有脚步声;他看了看表,已经七点三十六分了。

"清洁工,"他想,抬起头,"再过一个半小时工作人员都上班了,那就不能在这里读卷宗了。我会影响人家工作!"

他又翻了几页,见到一份文件,是印在薄薄的卷烟纸上的,字迹很淡,差不多全褪色了。

> Bx. NO1626　复印件
>
> 1929年——28日晨
>
> 加急电报
>
> 速呈莫斯科,卡拉罕
>
> 符拉迪沃斯托克(海参崴)
>
> 密码与信函已销毁,工作人员没人被捕
>
> 详细信函专差递送
>
> 梅里尼柯夫
>
> --------------------------------
>
> 复印件:致斯大林、雷科夫、伏罗希洛夫、雅格达、特立里谢尔、外交人民委员会委员柯兹洛夫斯基诸同志。
>
> 返还:外交人民委员会公共政治档案馆。

"是的！"索罗维约夫想了想，"就是说，在一九二九年五月事件中中国人的确一无所获。"

电报附有外交观察报告，不过只有选订它的人才会感兴趣。对他来说重要的是细节，于是他开始找备忘录。备忘录就在报告后面，而且很简短，其中写到"目标'子弹'一九二九年五月二十一日携家眷从哈尔滨前往帽儿山休假，没有出现在吉林街苏联驻哈尔滨总领事馆"。

斯切潘·菲多罗维奇从桌上拿起一张日历表，夹在备忘录那一页，又一次看了看表。

"今天是星期五，"他想，"我想不受干扰地读完关于'子弹'的卷宗……晚上开会和举办酒会，局长肯定出席，我请求他允许我明天再来，也就是星期六，叫马利采夫开个通行证。"

他很不甘心地合上卷宗，推到一边，又拿起第二个本夹子，很薄，上面写着：

监视观察档案
日本帝国军事代表团
哈尔滨市，满洲
工作人员
宫泽光一大尉
第 38 卷
1946 年

"宫泽光一！哼！他们翻了多少文献啊，为了让我找到这一份！好样的！"斯切潘·菲多罗维奇心里想着，解开松紧带。

夹子里面既没有常规的文件目录，也没有提供单位，只在一张白纸上注明"此卷宗附有原日本帝国关东军驻哈尔滨军事使团成员宫泽光一大尉之个人信件（日记）"。

他将其打开，里面是用粗糙的麻绳捆着牛皮纸信封，没有签名和说明。斯切潘·菲多罗维奇为了不致弄坏这些年久易碎的信封，小心翼翼地打开第一个信封，取出一页普通斜格学生用的笔记本纸。这页纸已经被揉得皱巴巴的，上面有着墨水的痕迹，用俄语写着：

您好，尊敬的索菲娅·安德烈耶夫娜！
我从哈巴罗夫斯克（伯力）写信给您。我们在这里生活得很好。我们吃得很好，活儿也不多。现在还是金秋时节。我们正在学习全世界，特别是伟大苏联的政治文献。我并不认为自己是俘虏，因为伟大领袖斯大林同志不是俘虏了我们，而是教导我们好好工作和正确认识第一个社会主义国家——苏联的爱好和平的政治原则。现在我们认识到日本军国主义分子在伟大的苏联人民面前是罪恶深重的，我们必须痛改前非，为建设社会主义助一臂之力！
永远是您的宫泽光一

这封信结束了，下面有个备注：该信由情报员大来提供。附于卷宗——签署为：苏联部长会议国家安全委员会哈巴罗夫斯克（伯力）区侦察队队长阿·斯·切尔诺可夫大尉。

斯切潘·菲多罗维奇读完陷入沉思。

"奇怪！既无收信人又无地址！光一大尉能给什么样的索菲娅·安德烈耶夫娜写信呢？在哈巴罗夫斯克（伯力）找到情人了？未必吧！特种劳改的法规可是够严格的。鬼知道，建筑工地……厨娘！没关系，接着往下看！"

他打开另一封信，里面也有一页纸，用俄文写的索妮娅代替了索菲娅，但没写父名，下面就是用象形文字书写的正文。

"见鬼!又是这些蓬头小鬼!"斯切潘·菲多罗维奇自言自语骂了一句,把手伸进信封,取出一张上面是用打字机打得工工整整的文字的纸,他打开阅读:

信函2(译自日文)

你好,索妮娅!

"这可好了!有译文就方便多了,机关这些人就是有水平!好了!"他想。

你好,索妮娅!

我怎么觉得你已经把我给忘记了呢?不过又希望你没忘。我还活着。我在建筑工地干很多活,这里空气清新,有使不完的劲。我何必给你写这些呢?反正你永远不会读到这封信,只不过想和你说一说,因为我们只能谈如何爱你的祖国。这并不是第一封信,而过去写的信我都销毁了。我不想让人知道我对你的感情。

薇拉可好?还上中学吗?

不管上什么中学,大概她现在已经是一位新娘了吧?

如果你收到这封信,并给我回信,那不是很有趣吗?

你的光一

斯切潘·菲多罗维奇读完最后一个字,便习惯地用手指往上抬了抬沉甸甸的塑料眼镜架。

"是啊!是啊!信就是信嘛……"他想了想。"中学?当然了,薇拉、索妮娅,这可不是厨娘的名字……往下读吧!"

第三封信也是译文。

信函3(译自日文)

你好,索妮奇卡!

没有经常给你写信,现在是我向你道歉的合适时机,因为我还没有彻底疯掉。你还记得你妹妹戏弄我,她和萨士克一块嘲笑我吗?

顺便说一说,我一直没弄明白"萨士克"究竟是什么人!我知道俄国名字亚历山大,可以叫"萨沙"或像你们说的,亦如我们在东京大学里学的"萨尼亚""萨尼卡",可这里却出了个"萨士克"!他的姓——阿代伯格就够我记的了,还得加个冯。你记得,我把他的姓简化了,称他父亲为"阿代"君!

斯切潘·菲多罗维奇推开这封信片刻:"得了,得了!"

我这样称呼俄国人就像阿君那样,总是恰到好处,连他本人都这样称呼自己的父亲。

"阿君?这阿君是什么人?"斯切潘·菲多罗维奇想了想,"明白了!这是浅草!浅草大佐!"

……常常回忆起你妹妹写的一首小诗。薇拉奇卡那时还感到非常委屈,因为在江畔我说她还是个孩子,根本不懂什么叫合辙押韵。

斯切潘·菲多罗维奇读了诗的标题和头一句:

《最后一滴眼泪》
白桦树上……
"白桦树,眼泪",他想,诗很长,他翻了一页,在这一页诗就结束了：

……无情地折磨着！

无辜的小鸟。

记忆所及，未必无错，尚祈薇拉见谅。

我那时候很傻。从另一方面说，这的确叫人意想不到，一个小姑娘，还是个孩子，却写出这种严肃的、悲怆的诗，当时我还没适应这种表现手法。她说我和萨士克是"疯子"。离开了萨士克，又粘上了我！她从哪里知道的这些词句？尽管你们俄国人都有些情感强烈和心态异常！

好了，我不能往下写了。哨兵要来了。

日本大尉的话触动了斯切潘·菲多罗维奇。"为什么我们都是疯狂的，"他想，"疯子呢？而这指的是谁呀？"

下一个信封装得很厚。

信函4（译自日文）

你好，我最亲密的人！

我在住院，想起……

斯切潘·菲多罗维奇暂停读信。"现在明白了，"他想，"提到斯大林的第一封信他寄出去了，因为他知道，尤其是给哈尔滨，索妮娅，鬼知道能否成功，没办法，写信得经过审查，也就是邮件秘密检查！这是很明确的！至于奸细，出自他们日本人——情报员大来，随时都在跟踪和告发。显然，有人暗示他了，他明白，接下来就是为自己而写了。这样说吧，心灵日记，放在桌里，咱们往下读吧！"

你不知道我是一名日本军官，许多事情你都不知道。

到现在还得谢谢你！如今回想这一切真有些奇怪，好像我们的诗人石川啄木写的：

蝴蝶飞来又飞去，

这里那里苦追寻，

追寻逝去的春日……

斯切潘·菲多罗维奇拿起另一页：

而我本人犹如松尾芭蕉：

漂泊者！

这个词成了我的名字。

绵绵秋雨！

信到此结束了。

"有趣的大尉！忧郁的大尉！像他这样写的……"斯切潘·菲多罗维奇看到，"漂泊者！这个词成了我的名字。的确是漂泊者！不过总的来说，我们大家都是漂泊者！宫泽光一，侦察工作的对象，化名为年轻人。这封信他没签字，可能搞混了。"

他又打开一个信封，也是装得厚厚的："关单间禁闭了，那里会有很多时间吗？"

信函5（译自日文）

你好，索妮奇卡！

他们可能认为我是最没有危险的，所以把我从工地调到办公室，负责翻译起诉日本战犯的法律文件。

我们交往久矣，但从未跟你讲过我的童年……我是武士的子孙。上大之前……

往下表达得不是很清晰,斯切潘·菲多罗维奇把这一页翻过来,对着亮光看,但是,除开头、结尾和中间个别部分之外,其他部分还是看不清。他从大信封里拿出另一些破旧的纸张,折痕已经磨坏,是用浅蓝色复印纸写的,他试着读起来。

"上大之前……"他理解,"应该指的是大学,而后面的几页我们的侦察员都给弄破了,显然他这里像是写自传,所以他们很感兴趣。说是写给索妮娅的,实际是写给他自己的,所以是真实的!"

斯切潘·菲多罗维奇翻了几页,明白了,没读完便装到信封里了。他没发现自己那只老年人的手已经麻木了,竟然还有一页在大信封里没被发觉。

这些信让他心里浮现出了在心里搅动的东西,于是心脏又开始发颤。他觉得应该暂时放一放,从椅子上站起来,走到窗前,想到了今晚将与老战士们见面,大概既有趣又隆重。可他怎么有点郁闷呢?大家会说很多话,会有许多回忆,但是他这里已经没有一个熟人了。但又不能不出席,毕竟千里迢迢飞到这里,而且还征得局长的同意,查阅旧档案……

就是为此而来的嘛。

他得意地一笑:"啊,侦察员叶甫盖尼·马利采夫!……他坐了多久查阅档案……为了我!"斯切潘·菲多罗维奇想,"只是为了我吗?那光一大尉、谍报员叶尼塞——亚历山大·亚历山大罗维奇·冯·阿代伯格、索妮娅、薇拉、浅草大佐呢?……不,不只是为我……"

他回到桌子旁坐下,把下一封信拿出来,这已经不是从什么本子上撕下来的纸张,而是正式的打字用纸,尽管现在已经发黄了。

"是的!大概真的把他调到办公室了,那里更自由一些,可以找到什么纸张,写了并有地方藏起来……就算他没藏。看,找到了!"

信封里装的东西有点怪——正文的字迹和过去的不一样;有几页

字像诗一样竖排，五列或三列为一段，也有两列的。他掏了掏信封，取出三页，这三页是经过翻译人员修改的，上面有涂掉的文字，也不知是写给谁的：

只有在樱花凋谢的地方……

这是诗句，有很多。斯切潘·菲多罗维奇没有读，只注意到这么一段：

索妮奇卡，我的好人，我不知道为什么今天如此多愁善感……

"这个大尉，武士的子孙出什么事了？"斯切潘·菲多罗维奇心想，下面有选择地读了几段：

在没有生命的沙漠里多么苦闷啊！
沙沙，沙沙。
你攥在手里的一切都从指缝流失了……
……我记得听完维尔京斯基音乐会后我们走出大厅的情景。大家的心情一如他的歌曲那样美好。当时我给你读了一段日本短歌，就是这段：
我们沉醉于花儿之美……

这行诗之后又引出下面这些诗句：

我找不到万紫千红的繁花……

他读完之后又读下一首：

　　我一想到死亡，犹如想到解药，
　　因为它能使你从痛苦中解脱……
　　要知道心是如此痛楚！……

　　我做好一切准备，索妮娅

第一章

第一节

光一用眼睛扫了一下办公桌，在桌子边上还有一沓报纸，于是他轻声骂了一句。"真倒霉！又差点忘了！"他看了看日历，"已经五号了，我还什么都没读呢。"

每天早晨使团的值班员都把最新的报纸放在桌上。光一不是每天都到使团来上班，只有团里叫他或者他自己觉得必须来处理一些秘密文件时才过来，所以不能总是及时读到报纸。不过，今天是使团副团长找他来，光一知道他是对俄文报纸最近都写了些什么感兴趣。

这是一九三八年一月初的几份报纸。上面那份报纸已经放好，他准备阅读那里的一篇文章，他扫了一眼文章的标题：

一九三八年走向新边疆

"作者是谁？"他想，"没写明作者，那就是社论了。里面写的什么呢？"

办公室里已经暗下来，他慢慢移动到台灯前。

　　每一次迈过新年的门木监，人类总是回顾过去的一年……

"多么无聊！"他想，"任何一份报纸的社论都可以这样开篇！"

　　……这种探索鲜有成果，不过这是人类精神上无法遏制的需求，经过一段时间，就要对自己的活动做一番总结……明天就是过滤到今天的昨天……

"见鬼！"光一看见泛黄的报纸上参差不齐的一行行文字，不禁骂了一句，想着是读一读还是干脆不读呢。"为什么我对俄国记者乃至所有写作的人都有好感呢？"

　　……任何一个过着理性生活的人都不能对确定的事实感到满意，也有权知道是怎样的未来在等待着他。已经消逝的一九三七年给一九三八年留下了沉重和复杂的遗产……

"给一九三八年留下了沉重和复杂的遗产！"光一重复说，"真有趣，它还能留下什么呢？"

　　……国际形势在这一年复杂到极点……国家内部一系列社会危机加剧，公民社会遭到破坏性的威胁……

"破坏公民社会！"他想，"那他们在什么地方能找到公民社会呢？

半个地球在准备打仗,另一半在准备自保!"

这时候台灯开始一亮一灭,过一会儿就完全灭了。光一用拳头砸了桌子一下。

"见鬼!是灯泡烧坏了,还是电站又出了毛病?"

……一年前还能寄希望于通过政治和解给世界经济带来好转来安慰自己,现在连这个也没有了。在最近这半年一些国家的经济从繁荣变成了萧条……

"不,不能读这些!"他用眼睛扫了几行,只挑出个别字句和片段:

……工业发展的速度在放缓……市场商品积压……失业大军在增长……罗斯福的危险实验……对明日的前景完全丧失信心和难以想象……《凡尔赛和约》的成果……

"噢!"他看到了,凡尔赛令他很感兴趣!"这可得注意,大佐可能问到这个。他开始仔细阅读:

凡尔赛成果!与布尔什维克结盟……

"啊哈,瞧这儿":

批准莫斯科加入《日内瓦公约》……同盟国正在进行一场伪善的战争,标榜为和平与自由而战,在这些词里,都赋予自己的内容。英国、法国和美国都指望在莫斯科的帮助下,确保《凡尔赛和约》不可动摇的基础,把全世界划分为战胜国和战败国,富国与穷国。要想把这种状态维持多年是极不理性的。红色莫斯科的参与与战胜国的贪得无厌、自私自利相对立,这些大国既不会对莫斯科的说辞听之任之,也不会让逼富者放弃部分财富的企图得逞。在过去的一年中这种国家联盟已经形成。日本、德国和意大利建立了三角关系。在莫斯科,人们用仇恨的目光注视着它。在巴黎、伦敦和纽约,人们也是忧心忡忡。越往后范围越广……

"真的,'越往后范围越广',"他叹口气,对记者们的老套付之一笑,放下报纸,感觉自己刚刚冒出的一个想法有点意思。"报刊这种武器真有意思。重要的是掌握在谁手里,这是步枪,或是手枪,也可能是手榴弹!"他看了看报纸的名称——《霞光报》!"大概作者或其父曾为协约国打过仗,为这个《凡尔赛和约》战斗过!一切变化得多快啊!"他想了想又快速扫了一眼内容:

回顾过去一年走过的路,俄国侨民生活在满洲国这块土地上,可以满意而骄傲地说,在整合在国外的远东各派力量这方面他们是有所作为的,并富有成果……

光一看了文章结尾,读了最后一段:

怎么办?最终是那个什么都没做的人没犯错误。不过,绊了一跤,跌倒了,往往是路找得不对。俄罗斯的远东侨民仍然朝这个神圣的目标前进,它的名字叫——伟大的俄罗斯。

"晚安!好样的!终于到达目的地了,到了伟大的俄罗斯!算了,在大佐面前不会出丑了。"光一在这页上寻找,"下面是什么呀,啊哈,安德烈·别列雷金的年献诗：

　　新年的钟声敲了十二下
　　时针靠近之后，新年已经到来……
　　相信新年的诱惑……"

"最好是别相信！"光一心想，看到了下面一行，"瞧这！这个真有趣！

　　……这个夜真的很美好！
　　亲爱的，看看我的眼睛，
　　看着我，用肩膀靠着我！……
　　生命疾逝于瞬息之间，
　　行将老去——我们都无力回天！"

"还得活到老。"光一大声说，他坐下，看看还有什么可读的：

　　斯塔托夫斯基——勒热夫斯基！这就是他一九三八年对所有亲人的祝愿！地球又像中风一样转了一圈……"

"什么——什么？中风？"他把刚刚读过的话重复一遍，拿起报纸靠近灯光，——椭圆形的！不！——他把报纸扔在了桌上。
"我不能再这样下去了！"
没等他说完，电话铃响了，于是他拿起听筒。
"喂，喂！"
"大佐先生正在等您！"电话里说的是俄语。

"喂！是的，请原谅，我马上就到！"

宫泽光一轻轻地敲了敲那扇高大的棕色屋门，一分钟后已置身于使团团长的办公室。

"进来吧！"

宫泽走到屋子中间向挂在墙上的天皇与中国"皇帝"的肖像鞠躬后，便坐在浅草大佐对面的皮沙发里。

浅草推开桌上的文件。

宫泽知道浅草的老习惯，不会立即开始谈话，所以得利用这段时间。他感到很满意，这已经不是头一次。他环顾这间办公室以及这里的家具。家具很多，都是俄国的，笨重、粗大，不过他总是感到奇怪，这样倒还很舒适。绿绒贴面的长方形大写字台摆在窗前，左侧顺着墙立着一排书架。中间挂着一幅满洲地图，经常用一块丝帘罩着。在里面一扇窗户旁边，放着一张矮的小茶几，上面是一套欧式茶具，旁边是两张安乐椅。

在浅草身后，墙上头悬挂着日本天皇、"满洲皇帝"的肖像和"满洲国的国旗"。浅草身后的半面墙竖着一组六扇屏风，框架上刷的是日本黑漆，面上镶嵌珠母。

浅草眼睛没离文件，问：

"索罗津的案子有什么进展？"

"没什么进展，大佐先生！"

"为什么？"浅草抬起眼睛。

"我接这个案子是在两周之前，就是新年前，准备在本周末，也就是他们的圣诞节前与他见面。不过已经一周了，他一直躲躲闪闪，请原谅，他在傅家甸那些黑窝里酗酒，并且大喊大叫，说：'我们将战胜苏联，用日本的刺刀取得在俄罗斯的胜利！'我想在主显节之前他不会停下来。他总是醉醺醺的，能神志清醒地与你谈话的时间少之又少。"

"这么说,你目前还没跟他认识?"

"不是,大佐先生,我想在这种情况下很难设想会有什么结果,我决定等他清醒之后,打算……"

"明白了,在他们的主显节之后。"浅草若有所思地说,"可能没认识更好!他们不会再喝酒了!"

宫泽用惊奇的目光看着自己的上司,这与他在任何地方听到的说法都正好相反。浅草注意到他的眼神:"看来人们都对你说俄国人善于饮酒喽?"他用手指转毛笔玩来玩去,最后把毛笔放在砚台上。"喝是可以喝的,在你心情好或者为了心情更好的时候。可他们是心情不好的时候才喝,这就不好了。虽然从另一方面说,喝完之后什么好坏都没有了。当你的祖国,像我们这样,与你同在,而不是反对你时,在异国他乡也会生活得好,酒喝得好。"

浅草挂着军刀从沙发椅上站起来,离开写字台。

"就是这把军刀!"宫泽怀着赞美羡慕之情也开始起身,但大佐默默地摆手,让他坐下。

人们对浅草大佐的评价众说纷纭,尤其是使团中的俄国同事。宫泽知道他于二十世纪初在日本占领军中任中尉,地点在远东的赤塔或符拉迪沃斯托克(海参崴)(即海参崴)。他令宫泽感到吃惊:一般情况下他是沉默寡言、冰冷无情的人,可有时候不知什么原因,突然变成温文尔雅而且值得信任的人。这无论如何与他的外表、经历和军刀不能协调一致。这把军刀至少有150年的历史,曾经是大佐的祖父乃至曾祖父的佩刀。

"算了吧,我们不要再在索罗津身上浪费时间了。把材料交给保密室,交给野村。让宪兵队接着调查。中尉先生,"宫泽要起身,浅草又让他坐下,"我又安排了另一个目标。"

宫泽松了一口气,尽量不表现出来。他特别不愿意与索罗津见面,为了工作需要与他喝伏特加。因为这让他想起童年的时候在农村父亲喝清酒喝得酩酊大醉的情景。

浅草的俄语发音无可挑剔，他甚至能够清楚地发出"Л"这个音。宫泽对自己的发音也很满意，可他不像大佐掌握那么多的粗话和俗语。

"就这样吧，光一先生，"在大佐说这些话的时候，宫泽起身向他鞠躬。"我观察你很久了。从你一到哈尔滨开始，如今已经五个半月了。目前你给我留下很好的印象。"

宫泽起身，再次向大佐鞠躬。

"至于索罗津，全当一个实验算了！但是我们并不需要他。你对他的评价是正确的，是可信的，所以我们要把他交给野村。"

"可信的！"宫泽在心中叨念。

"我们这里，"浅草用鞋后跟缓慢地转了一圈，"早就开始办另一个案子了，我想你是可以信赖的，"他也不看光一一眼，尽可能不一瘸一拐，挎着军刀，在屋里走着。"我们需要一个年轻的俄国人。现在有这么一个——你的同龄人，你们俩的生日是同一天，他出生在一个非常正经的家庭里！"浅草沉默片刻。"当然也有一个问题。他是本地人，哈尔滨人，从来没到过俄国。不过，我认为你们很熟，就是亚历山大·亚历山大罗维奇·冯·阿代伯格。你已经把他列入哈尔滨联系人名录里了吧？"

宫泽立刻回答说：

"是的，在俄国青年中，他是出类拔萃的……"

"我们继续用俄语谈话吗？"浅草微微一笑。

"悉听尊便，大佐先生。"

"好吧！在哈巴罗夫斯克（伯力）军区司令部，我们有一个很有价值的情报源。"

"是啊，我听说了。"宫泽不经意地说。

"怎么听说的？"浅草停顿一下，把军刀从左手换到右手。"你听到什么了？"他收敛了笑容。"你没搞错吧？"

宫泽立刻警惕起来。

"不是专门去听的，是不经意间在使团听到的。"

"啊，是呀，"长时间停顿后大佐说，"我们应该给其打一个不及格。"

宫泽看着上司。

"不及格，中尉先生，这不及格在俄罗斯是坏成绩。"浅草生气了，而且不加掩饰。"应该重新审查团里的全部俄国人员，还是有漏洞啊！"

宫泽知道上司为什么难过，不过他想："如果说我听说了，那他也应该知道！如果这还算个秘密！"

"目前我什么也不对你说了。把这份档案拿去好好研究研究，然后我们再研究下一步怎么办。也许会有一个长远的计划，"大佐走到宫泽面前，靠近桌子，桌子上面放着厚厚的档案。"你可以自主行事了！你将到保密室工作。从我这儿把材料拿去，将来一定要还给我！读一读阿塔曼谢苗诺夫和哈尔滨大主教梅列吉的新年贺词。"

几分钟后宫泽已站在保密室的门前：他在往这里来的时候心里想，今后再不读什么新年贺词了，千篇一律，一点儿意思都没有。把门的哨兵放下背上沉沉的卡宾枪，用一把大钥匙打开铁门。使团中的俄国同事把这儿叫密室。宫泽进入这间没有窗户的黑屋子，摸着开关打开灯。屋子墙壁的颜色很暗，中央放着一张木质的大写字台，上面有一个带玻璃罩的台灯，桌旁有一把椅子，在密室中再没有别的什么了，连保险柜都没有。按规定只能取文件，吸烟、上厕所都休想。

宫泽开了灯，听见外面的铁锁咔嗒一声锁上了。

在文件夹里整整齐齐地装订着俄文、中文和日文文件，有的是打字的，有的是手写的，还附有照片。夹子的封面上用大字书写着"家庭"一词。宫泽开始翻这些文件，主要是间谍人员的报告，有日本人的、中

国人的,还有许多俄国人的:

"全部读一遍,那我非死在密室里不可。应该找到综述类的东西。"

他读了很长时间,有些报告吸引了他的注意,他在阅读过程中还做了笔记。

档案室里有许多照片。在照相馆里人们或坐或立,摆出各种姿势,眼睛也不看着镜头,这是摄影师在拍照时候想赋予拍摄对象一种哲学的、浪漫的,或者只是沉思的形象。有些风景照片显然是在松花江畔拍摄的,或者是在哈尔滨市里拍摄的,背景是宫泽熟悉的那些漂亮的建筑物。这些照片里都是一些俄国青年,或休息,或饮酒,或故意摆个姿势。

还有些照片有点儿奇怪。一看就知道这些照片是仓促中拍下的,是跑着拍的,或是在空中拍下的。照片中的人既没有摆姿势,也不是等着"鸟儿"拍,更准确地说他们根本不知道人家正在给他拍照。

"偷拍,"他猜到了,"那这些是什么呢?"

他拿起一张裱在一张厚厚的纸板上的照片,上面有哈尔滨一家著名照相馆的轧花标志。

总的来看,这是一张全家福家庭照:一名男子身穿常礼服坐在安乐椅中,身边站着一位年轻漂亮的女士,想必是他的妻子。她用右臂撑在高高的椅背上;还有一个小男孩,他站在母亲前面,左面是父亲。宫泽将照片翻过来看看背面,粗大的黑体字写的是"家庭",和夹子封面上写的一样。下面边上写的是俄文:

亚历山大·彼得罗维奇·冯·阿代伯格,安娜·柯萨维里耶夫娜·拉杰茨卡雅,亚历山大·亚历山大罗维奇·冯·阿代伯格

"这一切并不复杂,"宫泽心里想,照片在手中翻来翻去,看看照片上的人物,又看看文字,"这就是他的'家庭',就是那家人。总之,就是亚历山大·亚历山大罗维奇·冯·阿代伯格,也就是平常称呼的萨士克。有

意思,这是哪一年照的呢?"宫泽仔细地看那上面的字:"这是广告……这是照相馆的名称,是英语……主人……啊,好像在这里!"——在广告的地址下面有一行小字:哈尔滨,一九二一年。

这就是说当时萨士克是六岁或七岁。大佐说我们俩是同一天生的,照他们的历法,就是一九一五年六月二十日。当时他还完全是个孩子,整个是一个惹人喜爱的小家伙。

亚历山大·亚历山大罗维奇·冯·阿代伯格,宫泽是认识的。他是哈尔滨一个很大的俄国青年团体的头头,他们过着放荡不羁的生活,都出身于哈尔滨的名门,是哈尔滨各高等院校的毕业生和在校生,有诗人、音乐家、画家、运动员,姑娘们也是全哈尔滨最漂亮的。索妮娅·尼古拉耶夫娜·拉尔森就是其中一个。

第二节

"我研究了'家庭'的资料,大佐先生,您还有什么指示?"宫泽把文件放在桌上向大佐报告。

浅草看了看日历:

"今天是七号,星期五,够快的了!"

大佐把文件理好,推开。

"为了继续办哈巴罗夫斯克(伯力)这个案子,我已经说过,我们必须物色一个合适的俄国人。"

"让他招募吗?"

"不!我们自己招募。他应该给我们提供几个可供选择的对象。光一先生,问题是斯大林去年进行了广泛的政治大清洗,许多人,包括高层的骨干人员都消失了,很多是被枪毙了。在这个时候我们失去了与ОКДВА总部情报员的联系。知道什么是ОКДВА吗?"

"知道,就是苏联远东特别红旗军。"

"好！我给你打个'及'分，也就是及格。是这样的，我们在哈巴罗夫斯克（伯力）的情报员，我们叫他'大记者'，他是，或者曾经是司令部人事处的工作人员。通过他获得了有关红军的重要情报，红军的实力、新的武器、技术与工事的发展方向，以及边境地区的防御等等。联系方式是通过布拉戈维申斯克（海兰泡）——萨哈梁走廊。我们的情报员'老头子'是'大记者'信得过的人，从哈巴罗夫斯克（伯力）拿情报。他是远东进出口商会的工作人员，可以正常通过国境，把情报交给我们驻萨哈梁的军事使团。八个月前，他没有出现在安排好的接头地点。我们的人报告说远东进出口商会也遭到了清洗。'老头子'活下来了，但是他的现状仍然不清楚，不排除他已经不能再过境了。"

"可能他也遭到逮捕或被枪毙了呢？"

"不，问题就在这里——我们的人在城里见过他。"

"为什么不了解一下呢……"

"我们不允许接近他，他有可能被 НКВД 监视了，那样就彻底搞砸了。而我们无权让'老头子'和'大记者'冒险。"

"除了'老头子'，还派谁与'大记者'联系呢？"

"可惜的是我们没有人能与他接上头，除了'老头子'之外。他的主要条件就是只与'老头子'单线联系。他警惕性很高，他的军事反谍工作做得不错。'大记者'本人是旧政权的人，也就是沙皇军队的军官，他们叫红色军事专家，这类人是受到特别监控的。他赌博输了巨额公款，于是与我们合作，实际上是我们救了他。"

宫泽仔细倾听这段令人不习惯的冗长谈话，突然发问：

"意思是说我们谁也没见过'大记者'，那如果根本就没有这个人呢？"

浅草吃惊地看着宫泽，沉默了。过了几分钟说：

"这你可能太过分了。我们也想过这个问题，但他提供给我们的情报我们都通过另外的情报来源加以证实了，因此对他的怀疑也就消释了。现在的任务是恢复与他和'老头子'的联系，这是主要的。东京正在等待这个消息，中尉先生，正好，你的掩护工作如何？"

"一切都如我的汇报所说的那样，从这个学年开始我在日俄学院任教。许多俄国人在这所学校学习，还有中国人和日本人。教什么可以随兴，并没有引起怀疑，再说我还从未到过他们的国家……"

浅草点头表示赞同。

"……虽然他们许多人也未到过自己的国家，或者还是很小的时候就被带出来了，不过我发现，只要有两个俄国人在一起，就是整个俄罗斯。"

光一沉默了，望着大佐。

"继续说下去！"浅草叫他往下说。

"他们谈论的只有俄罗斯或者与此相关的内容。有趣的是他们经常争论：过去的事是这样发生的，如果不是这样又会是什么样？争论得声嘶力竭，甚至动手打架。大佐先生，置身于他们中间也真有意思，他们就像松鸡求情一样，甚至忘了我并非他们的同类，对我推心置腹，无所不谈。显然这源于他们的父母，他们还清楚地记得俄罗斯——那个俄罗斯。这只是顺便说说而已，请原谅。为了建立必要的关系，我打算去访一访文学小组'KP'，也就是以前的'年轻的丘拉耶夫卡'。"

"邀请你了吗？正好说说，'年轻的丘拉耶夫卡'不是那个'KP'，知道'KP'是什么意思吗？"

宫泽否定地摇摇头。

"……'KP'——这是康斯坦丁·罗曼诺夫公爵的一个诗人团体，和'年轻的丘拉耶夫卡'没什么关系。"

宫泽点头表示理解了。

"情况就是这样，如果没邀请你，你去了就不完全合适了。不过，接着说吧！这我们还得想一想。"

"我觉得可能是因为我对俄国诗歌的了解还不错。"

"当然，当然！你是毕业于早稻田大学吧？"

"是的，师从瓦尔瓦拉·德米特里耶芙娜·布勃诺娃。"

"听到过她！'年轻的丘拉耶夫卡'诗社已经停止活动了，那里的确有个，我想说，相当自由的环境，不过差不多所有'年轻的丘拉耶夫卡'的人都已四散了。真的还有一个'KP'，你说得对。"

"这里有个阿恰依尔，是诗社的组织者和导师，现在在哈尔滨。"

"我知道！认识他，不过可惜只是间接认识而已，据我了解的情况判断，他对我们没什么用处。"

"当然，别看他曾是沙皇军官，但此人远离政治。我想能在那交些有用的朋友，建立联系。但是，我会记住您的指示，虽然小阿代伯格很少参加那里的活动，他喜欢美国爵士乐、吹小号……"

宫泽说了这些后又感到后悔：第一，他需要得到访问这个小组的许可，可是并不完全出于小阿代伯格的原因；第二，在提到美国一词时，浅草的脸色立刻变灰了，显得很敏感。大佐张开嘴欲说出生气的话，可是没等他说，宫泽先说了：

"对不起，大佐先生，我本想说盎格鲁-撒克逊的。您知道我已经习惯和俄国人打交道，而在他们自己人之间这么说一点儿都不感到难为情。他们置身于政治之外，就是我们的政治之外。"

"这可不好，"大佐稍微平静下来，"日本和白色运动必须把俄罗斯从共产党手里解放出来，把祖国还给他们……而全世界都要摆脱美国的强权。"

"总算过去了！"宫泽心里想，但还是说，"其实并不是所有的俄国人都这么想，这是真的。"

"我知道。你想想怎么与小阿代伯格接近，不要涉及诗社。这些就是'大记者'的材料。"

宫泽告别上司之后，赶紧去密室，他想投入地研究"大记者"的材料，但是与浅草谈话之后，关于小阿代伯格的想法已无法消除，——事情很清楚，关键正是需要与他接触。这令宫泽感到高兴，因为小阿代伯格的人格魅力吸引了他，但是更吸引他的是与他相识的索妮娅，她是"KP"诗社的成员。她美丽、聪明和优雅，是一位诗人和舞蹈家，这就是他对她总是念念不忘的原因。此时此刻，人家给他打开密室铁门时如此，他坐在桌旁，开始翻阅文件时也是如此……

两年前俄国歌手亚历山大·维尔京斯基来哈尔滨演出，他们在音乐会上偶然相识。宫泽光一的实习期已经结束，他选了一天去听音乐会。在维尔京斯基演出中间休息时，宫泽拿着一杯果汁站在柜台前陷入沉思之中，不知不觉哼着刚刚听过的一支小曲《中国的小李姑娘》，这时候听到身后有人说了一句："唱得不错嘛！"他连想都没想到这是说他，于是转过身来，看见一位身材高挑、一头金发的俄国姑娘正在注视着他，她莞尔一笑，也唱着那支小曲……

第三节

宫泽坐在自己上司的办公室里。浅草的写字台上放着两份档案："家庭"和"大记者"。

浅草用手指点了点头一份，问：

"这个你是怎么想的？"

宫泽沉默不到一秒钟：

"材料我看过了，但是任务不明确，因为不清楚这个案子朝什么方向发展。"

"想得对，对！到底怎么办呢？朝什么方向发展呢？"浅草像玩纸牌一样，把"家庭"中的照片在手里转来转去。

"大佐先生，"宫泽稍稍往前靠一靠，聚精会神。"我想亚历山大·亚历山大罗维奇·冯·阿代伯格如果与一位比我年长，属于另一个阶层的人士交谈会更有兴趣。"

浅草点头同意。

"我的目标,如我们上次谈到的,可以是亚历山大·亚历山大罗维奇或者是周围的什么人。我们俩年龄和一些爱好都相似,不过,我想还得进一步搞清楚。"

"好。"

"但是我这里有一个复杂的问题……"

"如果我对你的理解没错的话,你需要一个明确的任务。"

"是的,大佐先生。"

浅草从安乐椅中起身,走到地图前面,拉开罩帘,用一根指示棍指着矢状苏联国境线,即乌苏里江入黑龙江的尖角地区。

"任务就在这里!"

浅草放下指示棍,回到写字台前。

原则上,他只需要用三言两语向自己的部下阐述清楚,下达命令并等待执行结果就行了,但他还有另一个需要,他想与这名并不傻气的青年军官进一步探讨,听听他的意见,摸清他有没有足够的想象力去应付这些复杂的课题,比如这次行动。而这次行动可不简单,其结果将决定他们两个人的升迁。

关东军司令部二局俄国处数月来措辞严厉地下达命令询问"大记者"失去联系的情况。然而此人是否活着,被镇压了,还是仍在远东司令部供职,可否恢复与他的联系,取得东京给予高度评价的情报,这一切都全然不知。这些问题至今仍无答案。

"来,中尉,简单重复一下材料的实质,"大佐建议,"'大记者'一案开始于萨哈梁军事使团,后来,从一九三〇年开始转由哈尔滨直接控制。那时候我们的情报员,你已经知道了,'老头子'带来第一份有关ОКДВА司令部军官高列洛夫的情报。从那时候开始哈巴罗夫斯克(伯力)——布拉戈维申斯克(海兰泡)——萨哈梁——哈尔滨的情报渠道就畅通无阻地运行了。但是在一九三七年这一切都突然停止了,如你所知,斯大林对自己的政治、军事干部进行了清洗。这个时候'老头子'也好,高列洛夫也好,都从我们的视野里消失了。"

宫泽听着,这一切他都从"大记者"档案中知道了,他看了看自己的上司,他很清楚在他们过去的谈话中已经涉及了哈巴罗夫斯克(伯力)的问题,那现在需要做什么呢?浅草总结说:

"这就是你的任务!"

办公室里一时寂静无声。

这次停顿是从轮到宫泽该说话时开始的,为了整理思绪,他请求到地图前面,他对地理相当了解,不过还是得冷静点想清楚。他知道帝国军队总部对这个间谍极为重视,所以与上司谈话时无权犯任何错误。

他来哈尔滨供职没有多长时间,自从一九三七年夏天开始,正好是大学毕业。日本关东军驻哈尔滨军事使团的编制经常扩大,照例吸收东京外国语学校俄语系的毕业生。许多年高望重的侦察员在满洲工作,他们也是该校的毕业生,其中就有浅草大佐。校友之间有一种兄弟般的情谊,他们互相支持,当然,彼此帮助在仕途上攀升。宫泽是唯一一个东京早稻田大学的毕业生。此外,除了浅草,数他的俄语水平最高。同事们妒忌他,这使他处于易受攻击的地位,如果他弄不好,那职位就会往下滑。但这是不可能的,对武士家庭的子孙来说这无疑是耻辱。他的家世可以追溯到古代。

宫泽在地图前没停多久,他对下面的谈话已胸有成竹。

"大佐先生,请允许我从另一方面说几句。"

浅草点头。

"根据您对我讲的,以及我读过的资料判断,除了'老头子'之外,我们没有任何情报员,没有亲眼见过'大记者',这是第一。第二,他们在同一时间消失。'老头子'消失了,'大记者'也消失了,在过去的半年中,或者更长时间内,'大记者'本身没有任何消息。我知道,对于与我们打交道,他是有利可图的,他可用我们的钱养活自己。可能他已经准备好与我们联络了,正准备离开苏联越境呢!为什么要投靠我们,到满洲呢?在这种情况下他必须做好充分准备!不排除与我们直接联系,而不需要中间人'老头子'。请原谅,我说得乱七八糟……"

"没什么,我听明白了。如果概括来讲,你是怀疑'大记者'的存在喽,是这样吧?"

"我想说我们需要确认此人的存在。如果真的存在,而且活着,那自会与我们合作。"

宫泽沉默了一小会儿。浅草说:

"说下去!"

"我明白,大佐先生,我的说法有些胆大妄为,但是我脑子里的确是这么想的。如果我们连续七年从一个不存在的间谍手里接获情报,那东京肯定会非常不满意的。"

"那你的意思是什么呢?"

"我的意思是在我们策划行动的最初阶段要重点确认'大记者'是否存在。如果这一点确定了,我们就派可靠的联系人,可能的话,甚至派我们的军官以某种身份做掩护与他联系,"宫泽停顿一分钟,他希望这个角色由自己亲自出马,"恢复与'老头子'的联系。"

"侦察工作的常识而已,往下说!"

"这里,亚历山大·亚历山大罗维奇·冯·阿代伯格一家对我们未必有用,从档案里还看不出他们在哈巴罗夫斯克(伯力)有亲戚或者朋友。但是他们在哈尔滨有一定的声望,包括亚历山大·亚历山大罗维奇,当然是在青年中间。可见有必要与他接近,友好地接触和研究其周围的人。原则上我们可以利用任何一个侨民,只要他与哈巴罗夫斯克(伯力)或者附近地区有关系。不过阿代伯格一家人,如果我没说错的话,对所有反对苏俄的白俄都敬而远之。他们的立场是中立的,这对我们有好处。因此必须招募他本人,也就是亚历山大·亚历山大罗维奇,通过他或者在他的帮助之下再招募我们需要的其他人……"

"那什么人是我们需要的呢?"

"在哈巴罗夫斯克(伯力)有亲戚或朋友的人。"

"那时间不是太长了吗?"

"但是可靠啊!"

浅草看了看宫泽:

"你掌握剑术?"

宫泽两眼下垂,紧握双拳。他进使团办公室没穿军装,所以未能握着曾祖父传给祖父,祖父又传给他的那把武士刀。

"作为一个方案不妨试一试。你需要更长时间研究亚历山大·亚历山大罗维奇身边的人事圈子。"

"我想,大佐先生,首先要与他们接近、交往。"

"一个月之后,不,两周之后我等你的报告。还有什么需要吗?我能给你什么帮助?"

"在这段时间我需要外部监控。"

"你会得到的!"

"一个加强的小队!"

浅草哼了一声,面带愠色。

"普通的小队就可以了!你跟踪的又不是什么职业间谍,"他边说边看着桌子,"这样吧,今天是周五,一月七日,从十日开始工作。"

这次谈话实际上已经结束了。

"顺便说说,"浅草突然叫住已经要告辞的宫泽,"有情报说亚历山大·亚历山大罗维奇与罗扎耶夫斯基的想法有严重分歧。"

"没有这回事!"宫泽脱口而出。"那为什么呢?"

浅草沉默片刻。

"大佐先生！"宫泽想了想。"第一！"他又想了想。"不！不是那么回事,情报是从哪里来的？来自我们的线人吗？"

"是的！最近的情报……"

"不妨再确认一下他家庭的中立立场！"

浅草让中尉走了之后,又来到地图前。

"第一,那第二呢？不过还是应该给他适当的评价——这个年轻人总的想法还不错,就是有点儿自相矛盾。不过这也没什么。主要是我理解他。"

第四节

宫泽冻得缩着身子,把下巴埋在大衣的毛领子里。他将帽子压低,不过这也无济于事。因为太冷了,汽车车窗的里侧结了霜,宫泽试着用毛朝外的皮手闷子擦下去,但是几分钟之后玻璃上又挂了一层霜,那样会更冷。

他坐在汽车里想,要能领导这个监控小组在一间暖和的屋子里不挨冻就好了。浅草派给他一个优秀的密探小组,他们的工作都非常专业,亚历山大·亚历山大罗维奇每动一步都在他们的掌控之中。但是宫泽一开始就决定在侦察过程中他必须亲自参加,每一步都做到眼见为实,如浅草大佐训导的那样。

冬日的曙光一点点照亮了城市;圣·尼古拉教堂的尖顶矗立在干冷、微微泛红的寒烟之中;在还没苏醒的街道上弓背弯腰的行人稀稀拉拉出没:一切如同用画笔画出的一样。哈尔滨军事使团的宫泽光一中尉和他的特务们已经跟踪亚历山大·亚历山大罗维奇两周了。关于他的情报收集得说多也多，说少也少。说多，因为他是个活跃的人，城里许多人都认识他，说少，是因为这些情报没有多大业务价值。他过着和这个城市其他人一样的正常生活，根据他所拥有的基本条件，他绝对自由地享受着本市的物质和精神生活，这里拥有各种企业、艺术、科学和政治活动。从旁观察，哈尔滨似乎是在另一个星球上，没有战争、革命和其他震荡。吃，睡，上班，在比比皆是的咖啡馆和饭店里无忧无虑地喝喝酒，抽抽烟，和谁都不发生冲突；他们的孩子在中学读书，庆祝圣诞节和复活节，看美国电影。

在哈尔滨的两国人——俄国人和中国人和谐相处。在俄国人中又有乌克兰人、鞑靼人、格鲁吉亚人、亚美尼亚人、犹太人、立陶宛人、拉脱维亚人、爱沙尼亚人。而中国人就简单了，他们人数很多。俄国人看东方人长得都一样：什么中国人、朝鲜人，而中国人认为除了自己，其余全是俄国人，豪宅里住的全是日本人。

四十年前，当俄国工程师们规划哈尔滨的时候，他们建设了该市的主要街道——大直街——这条大街绵延数千米，与中东路的干线平行。与大直街横向交叉的街道往北通向铁路和车站，往南通向蜿蜒的小河——马家沟河。这个地区叫新城（南岗），阿代伯格家就住在这个区的最中心——交通街。

宫泽在过去两周弄明白了，在工作日，亚历山大·亚历山大罗维奇一大清早几乎在同一时间走出家门，沿着交通街走几十米到大直街，往右拐绕过教堂广场，到商市街的交叉口，在远东地区闻名的百货商店秋林公司门口花十个戈比坐上公共汽车，经过霁虹桥去道里。在斜纹街与地段街交叉口下车，这里住着许多日本人。他在一家日本运输公司上班。

亚历山大·亚历山大罗维奇进入运输公司以后应该脱掉外套，可是他一直到下班也没脱去。

晚上很有意思——如果亚历山大·亚历山大罗维奇不想立刻回家,就和朋友一起去咖啡馆,有时候还去运动馆健身。不过,自从他被监视的第一天开始,他就与宫泽和索妮娅见面了。他们一块儿去车站,送索妮娅乘车去上海。

凡是与亚历山大·亚历山大罗维奇有联系的人宫泽都详细调查。他本身也沉进去了,用好奇的目光观察与亚历山大·亚历山大罗维奇来往的人,但这又好像是不可能的,因为除了这些联系的表面现象之外,他还得面对个人的分析,所以不能完全判断清楚。

他蜷缩在冷冰冰的汽车里等待萨士克出现。

"让魔鬼把这些日本人都弄走吧!他们干吗这么早就开始工作?早晨六点钟,这是最冷的时候!"宫泽心里想,同时用拳头敲膝盖,以为这样可以暖和一点。

天气晴朗,宫泽看见太阳从地平线上升起,清晨的微风吹赶着炊烟,白中透红的烟雾落在比南岗更低的道里上空。道里位于铁路的那一侧,从车站后面直到松花江。这时的哈尔滨几乎一点儿风丝都没有,但是酷寒难忍,宫泽把这叫作玻璃般的严寒。

今天是星期一,一九三八年一月二十四日,是宫泽接手监控工作两周来的最后一天。宫泽光一没什么可高兴的,也没什么可牵挂的。今天是最后一天,宫泽非常不快,焦急地等着萨士克从家里出来。

"没什么,没什么!"他满怀希望,心想,"正像他们所说的,'上帝不给,猪就不吃!'"

第五节

　　萨士克站在哈尔滨中央大街(1928年以前,称为"中国大街")上有名的马尔斯咖啡馆门旁,这座楼房的主人是哈尔滨老户——格鲁吉亚百万富翁海因德拉夫。黄昏时刻,严寒彻骨。上班的时候已经冻得够受了。运输公司的日本老板为了节约,似乎他自己也不怕冷,所以暖气烧得一点儿不热,做做样子而已。因为昨天是星期天,一整天连烧都没烧。

　　总之,再冷也挺过来了。十分钟之前萨士克出门上街,经过几个街区,从地段街走到中央大街,实在挺不住了。他本来可以进咖啡馆暖和暖和,但是他送索妮娅赴沪时曾约定在这地方相会,所以只好忍着了。

　　密密麻麻的人群在两侧的人行道上涌动,从早到晚这里都是如此,难怪人们把道里称为快乐的蚂蚁窝,尤其是主要大街——中央大街为甚。

　　这条大街笔直如箭,与本区最长的大街——斜纹街形成一个锐角。在中央大街上遍布着最有名的咖啡馆、饭店、电影院、俱乐部、商店、商亭和时尚沙龙,甚至城市监狱也在这条街上。汽车、大客车、俄国的马车络绎不绝,街上还跑着中国的人力车。

有时疾风卷起屋顶上的烟尘与积雪俯冲下来。飞雪沁人心脾,烟尘则夹着煤焦味;整条大街都飘溢着糖果点心和中俄酒馆的味道;货摊上不时散发出馅饼或糖炒栗子的香味,还有不知什么现做现卖的食物的味道,反正都是香喷喷的。

有人拍他肩膀,他回头一看是索妮娅。

"等很久了吧,萨沙先生?冻着了吧?你的鼻子都冻红了!"索妮娅的眼睛闪闪发光,她挽起他的胳臂,快步地,差不多是跑着登上马尔斯咖啡馆的台阶。

大厅里本无空位,一位腰系上浆围裙、头戴白色发饰的女招待见来了一个冻透了的青年和一个冻得两颊绯红的漂亮女孩,便机灵地给找来一张小桌。

"你要什么?"

"热巧克力!"

热巧克力很快叫人感到暖和了,索妮娅开始讲述上海的事。很显然,她和萨士克一样都是在哈尔滨度过了自己的童年和青年时代,一到上海很受震动。她讲到宽阔的大街、法国租界,还有国际租界,以及生活在那里的俄国人,舞厅,爵士乐,印度警察,富裕的英国人和美国人,棕榈树,还有比哈尔滨更糟糕的冬雨。萨士克听了也很激动,开始时觉得很有意思,后来则有些郁闷,再后来则难过起来了,索妮娅说她妈妈想把她和妹妹送到上海亲戚家。

"你怎么不高兴呢?和法西斯的事怎么样了?"索妮娅没有任何转弯抹角,直截了当地问。"我可不去哈巴罗夫斯克(伯力)。"她没头没脑地说,满脸愁容叫他很不高兴。

"提哈巴罗夫斯克(伯力)干什么?"

"因为我有个姨妈住在那儿,可能是姨妈吧,在上海我妈妈有一个远房亲戚,也可能是近友,差不多是亲戚吧,反正弄不清楚。哈巴罗夫斯克(伯力)的是我姨妈,我妈妈的亲姊妹,不久前还接到她的消息呢。"

因为大厅人声嘈杂,萨士克没听清最后那句话,这时一个五大三粗的汉子,脸上的胡须都冻成冰溜子了,撞了他一下便朝厨房那边去了。

早晨,亚历山大·亚历山大罗维奇上班后,宫泽就让小组的人继续监视他,自己便回到使团驻地,进入密室,一遍又一遍地查阅文件。很晚时候有人敲门,值班员说有人来电话找他,宫泽便朝值班室走去,顺便看看表,时间是九点多一点儿,这就是说监控人员下班了,是想向他报告。这一整天没有任何报告,也就是说监控两周他并没有收到重要情报,他闷闷不乐地接过值班员递给他的听筒。

"喂!伊万·伊万内奇!"电话那一端是一个俄国人激动的声音,宫泽知道他是特务小组的组长。"有一条鱼抓住了!"

"抓住了!"宫泽不相信自己的耳朵。"抓住了!难道有什么重要的事吗?"

"我这就去,"他对着话筒喊道,"在夜莺等我。"

宫泽从秘密住宅出来已经很晚了。他放走了特务小组的组长,并不急于把一切情况向浅草报告。当然了,可以等到早晨,但宫泽知道早晨到上司面前的头一名远不是他,必须等那些比他级别高的同事汇报完了之后才能轮到他,那就要苦等很长时间。

宫泽出门走上马路,外面正飘着清雪。在哈尔滨并不多见的暴风雪停歇了,街上空空荡荡的,他快步朝最近的一个街口走去,使团的值班室汽车正在那儿等候他。离哥萨克街与商务街交叉口不远,在一棵长在马路中央，影响交通，却不知为什么没被砍掉的老榆树旁，有三辆人力车的车夫在那儿打盹。他们穿着棉袄蹲在自己的车旁，有点儿像一个个大灰球，对来自松花江的寒风全无感觉。宫泽羡慕他们，因为自己穿的是华而不实、一点儿不御寒的西装大衣。秘密接头地点在道里的边缘地带，离江不远，这更令他感到寒风刺骨。

宫泽坐上汽车便催司机快点儿开。经过夜色朦胧、空荡无人的哈尔滨街道，他们东拐西拐地来到使团办公楼门前。他经过值班室，值班的是一位俄国军官，上了年纪的骑兵大尉。宫泽朝团长办公室点头示意问长官在不在，值班员也点头，意思是在。

宫泽很激动，他相信这是他首战告捷。

第六节

　　大佐办公室的门没关严,宫泽敲了两下,立即听到上司的回答声。他蹑手蹑脚地走进屋里,惊奇地发现没人,只有写字台上那盏台灯亮着暗淡的绿光。他环视这间半明半暗的办公室,看见靠墙的屏风后面的门缝透出一线微光。

　　"进来吧,大尉先生!"

　　这时宫泽明白了,浅草是在屏风后面,那里还有一间屋子,他从来没进去过。他飞跑进了办公楼,连自己的办公室都没进,也忘了在值班室脱大衣,穿着它就进来了。宫泽小心翼翼地把大衣放在安乐椅的扶手上。

　　"喂,干吗慢吞吞的? 快进来,到屏风这边来。"

　　浅草正蹲在火盆旁边,搅动里面的炭火。这火盆其实就是一个铜盆,放在地中央的一块石板上。火盆上放着一个小茶壶,像松鼠尾巴似的小火苗燎着壶底,还给了屋子一点儿亮光。墙上贴着方形壁纸,地上铺着榻榻米。浅草右面是壁龛,约为人体高度的四分之三,卧进墙壁约一个半肘距；里面挂着一幅水彩画，画的是一只好像被雨淋湿的乌鸦。画的下面放着一个巴掌大小的灰色的石砚，旁边是一个瓷质笔筒。

摇曳的火光照在大佐那件黑领的银灰色丝质和服上。他的动作慢条斯理，从容不迫。

宫泽愣了片刻。

"坐吧！"浅草指着自己对面的位置。

宫泽往前迈了一步，立刻又停下来了，开始脱他那双沉重的欧式系带皮鞋，笨手笨脚的，连袜子都脱到脚后跟儿了，试了几下没脱下来，等脱下来之后，宫泽偷偷用脚把鞋踢到门后。

"我看你非常着急，是吧，中尉先生？"

宫泽双拳收在膝间，深鞠躬。

"请原谅我，大佐先生！"

浅草继续拨火：

"可别对我说你感到吃惊！"

"我是感到吃惊，大佐先生！"

"莫非在道里，日本和中国茶馆还少吗？"

宫泽又环顾四周，屋里一切都是真正日本式的，就连这炭火散发的味道也是。

"那里不是这样。"

"为什么？"

"那里没有家的气氛。一切都是售卖的。"

"那在日本就没有售卖的吗？"

大佐说得对，日本任何一个城市，任何一个乡村都能找到茶馆，在饭店、宾馆、大车店都有茶室，不过那是在日本。

宫泽恍然大悟！这里跟在日本，在他家里一样，不像道里的日本和中国居民区那样。

045

"大佐先生,您这里真有家的感觉。"

"谢谢!"

浅草指了指宫泽身旁那只陶瓷茶杯,又用长勺往碗里倒了开水。宫泽见杯一点点热了,便拿起来暖一暖手。

大佐把铁质通条放在火炉旁,看了看宫泽。

"在这里谈公事不太合适,不过你这么晚来了,想必你有什么要讲的。"

宫泽面有难色。他一下忘了还拿着热茶杯。他不怀疑自己带来了重要情报,不过大佐正悠然自得,心无旁骛,使他自觉来得不是时候。

"好了,别不好意思了,不管怎么的,我们都是在工作中嘛。"

"谢谢,大佐先生。"

"监控有什么结果吗?"浅草一边问一边慢慢站起身来。宫泽看了看他,便不由自主地把目光转向壁龛里挂的那幅画。浅草回头看了看那只用黑墨画的乌鸦。

"晓斋!或者差不多是晓斋的。我很喜欢这件复制品,它很好地转达了大师的笔法。我本来订了另一些大师的作品,但画店老板说卖给我的这幅画,作者是一位穷流浪汉。天才们的宿命!"

浅草整理一下并没揉皱的宽大裤褶,一瘸一拐地朝办公室走去。宫泽很高兴,不是在这儿,而是在办公室汇报。他起身给大佐让路,跟在大佐身后。身后的茶室令他徒生怀乡的忧愁之感。

"大佐先生,小组是在最后一分钟抓到'鱼'的。"宫泽言简意赅,报告了整个监控期间的情况,弄清了萨士克交往的人员,也谈到鲜有令人感兴趣的材料……"

"在差不多快结束的时候,其实还没什么收获……许多俄侨,他们的孩子,但没有一个能挂上钩的。我已经准备处罚他们了。"

"那怎么样呢?"

"其实就在几小时前,亚历山大·亚历山大罗维奇下班后去了中央大街,开始在那儿等人。来的人是一位姑娘,您知道她,索妮娅,原来'年轻的丘拉耶夫卡'的诗人。我还以为老天与我们作对呢。在特务小组的组长对我讲述的时候,我想……"

"那'鱼'怎么样呢?"浅草问。

"她就是'鱼'。"

大佐看了看宫泽。

"亚历山大·亚历山大罗维奇和姑娘进了食品店,就是马尔斯咖啡馆,特务小组的组长过了一会儿也跟进去了,从他俩身旁经过的时候听见索妮娅说她有个亲姨妈——她母亲的亲姊妹在哈巴罗夫斯克(伯力)。"

宫泽沉默了一会儿,看着自己的上司,上司正在捋他那撮小胡子。

"这样!该怎么办呢?"

"应该招募亚历山大·亚历山大罗维奇,通过他再了解那个姨妈。"

"那你需要多长时间了解和招募亚历山大·亚历山大罗维奇本人呢?"大佐注视着宫泽,他有点儿受不了。大佐在他对面坐下,就像在茶室那样,大佐穿的那身和服是铁灰近黑的颜色,特像画上的那只乌鸦。

　　枯树枝头
　　乌独栖,
　　秋风急。

"松尾芭蕉!"宫泽的头脑里浮现出日本大诗人的名字,他的俳句描写一只被寒冷秋雨淋湿的乌鸦,晓斋的那幅画正是此诗的写意,这是童年时就耳熟能详的。他已经信心满满,完全像来时一样,乘兴而说。

他轻声说:

"亚历山大·亚历山大罗维奇正在学日语。"

"这倒是很有意思,你有什么打算呢?"

宫泽大胆地向浅草讲述了自己的计划。

第七节

萨士克在班上称自己身体不适,中午就离开了办公室。他步行走过两条街来到大街,然后坐上冷森森的公共汽车,到了中国居民区傅家甸的一家小旅馆。对他来说这是个新地方,终于找到之后,身子已经冻僵了。

用了几分钟时间打招呼,脱大衣,他才开始感到暖意。在屋外,一月的冷风贴地劲吹,卷起地上的积雪打在手上、脸上,刺骨难忍。

"您与康斯坦丁联络过吗?"

"罗扎耶夫斯基?"

"是啊!与俄国法西斯党!您还醉心于他们的活动吗?"

萨士克一时语塞,不知如何回答是好。他搓了搓冻僵的手,把椅子往炉子前靠了靠。

"我看出来了,不是太醉心!对吧?"

萨士克耸了耸肩。

"前不久您讲起他们还兴高采烈呢，我甚至怀疑您是不是还有必要保持与我们的关系。"

几分钟之前萨士克来到这家旅馆的房间，刚脱了大衣和帽子落座在交谈者的对面，还没弄清他问的是什么。问题的后一部分问得有些突然，但是毕竟是提出来了，他脑子里便像无声电影一样浮现出去年六月开始的那一幕。他还在参加毕业考试，一些法律系的熟人来邀他参加 РФС（俄国法西斯党）的会议。早在十年前他就产生了结识罗扎耶夫斯基的愿望，他偶然听到罗扎耶夫斯基与一名俄国警察的谈话，那天晚上哈尔滨警察正在准备袭击苏联总领事馆。一年之后，他与苏联侦察员谢尔盖·彼得罗维奇·拉比谢夫秘密会见。萨士克立即讲了这件事的来龙去脉：怎么接到邀请，以及自己怀抱已久的愿望。他暗中想到拉比谢夫开始会劝阻他，苏联领导对法西斯分子的立场是明确的，然而令他吃惊的是拉比谢夫说这是一个有趣的想法，只是叫萨士克对一切都多加注意，别被他们的响亮口号和一些法西斯分子的花言巧语蒙蔽。萨士克开始到法西斯分子中间去，法西斯分子在会议上大肆攻击共产党和苏联。在他参加第一次会议之后，他对此前拉比谢夫所讲的有些怀疑。萨士克对此并不隐讳，拉比谢夫只是笑嘻嘻地说："您还会听他们讲的，还会！"

他兴致勃勃地听法西斯分子的演说，但同时也觉得这样突然轻信拉比谢夫的话未免有点儿滑稽，这里面似乎有什么阴谋。这叫萨士克深感困扰，甚至痛苦。

夏季伊始学校放暑假了，。拉比谢夫被召回莫斯科述职，法西斯党俱乐部的会议也少了，不过罗扎耶夫斯基很重视萨士克，同班同学高尕介绍他们相识，那时罗扎耶夫斯基还没离开哈尔滨，他们作为小圈子里的亲密战友确实经常接触。

萨士克对罗扎耶夫斯基听到他的姓氏时的那种反应十分惊讶。高尕介绍说这是亚历山大·亚历山大罗维奇·冯·阿代伯格，罗扎耶夫斯基向后退了一步，像看鸟儿一样审视他，从头到脚，看过这侧又看那侧，最后说，"像"，但并没伸出手来。萨士克感到受辱，气得真想让一切都去见他娘，但是他并不了解真实情况，所以也就忍下来了。在后来的见面中罗扎耶夫斯基也表现得很矜持。后来见萨士克兴致勃勃地听他讲话，也就对他一视同仁了。

爷爷为他这种交往担惊受怕，不过这没什么事。爸爸长时间注视着他，然后叹了口气说，对政治务必持自己的观点。听到罗扎耶夫斯基关于犹太人扮演了破坏角色的激烈言辞，萨士克问父亲，犹太人在十月革命中究竟是什么角色，父亲什么也没说。妈妈则尽可能回避这一问题。但索妮娅从巴里木度假归来之后，他对她全讲了，她的反应是吓了一大跳。他还以为是他那身黑色制服和白色腰带吓着她了呢。

十月末，萨士克的脑子里已灌满了法西斯思想，他想这也可能不错。拉比谢夫至今还没回来。听了罗扎耶夫斯基的话之后，此前拉比谢夫的话又似乎是赤裸裸的谎言，所以得跟他一刀两断。总之，萨士克觉得这个夏天和秋天的头一个月在他的生活中一切都颠倒了。

其实拉比谢夫十月初就回到了哈尔滨，并暗示他已在城里，这让萨士克很生气。他已经后悔初次见面时曾发誓不对任何人讲这件事。照杰里诺夫的说法，你舌头可别发痒，把自己与苏联的关系告诉罗扎耶夫斯基和再编造点什么，所以萨士克对苏联情报员的暗示没予以反应。

但是，在圣诞节发生了两件事。

"这个我早想到了，亚历山大·亚历山大罗维奇！"

萨士克一惊，在他们相识之初，拉比谢夫就称他的名字与父名。

"的确，您干吗要与我们保持联系呢？"拉比谢夫低声、平静地说。"您住在哈尔滨。哈尔滨是如此独特、如此亲切的城市，甚至会令人大为惊奇,这里的人还有这样的热情去从事政治活动、法西斯活动。如果没有日本人在这儿捣乱,这里就是人间天堂了……"

他弓着身子坐在椅子上,他很瘦,瘦到盘腿的时候一条腿可以自由地在另一条腿上盘一圈。

萨士克见此心里生气。

拉比谢夫太不漂亮了:个子矮,弱不禁风,两只眼睛深陷在眼窝里,又黑又直的头发好像涂了胶,还梳个大偏分发型。他一根接一根抽烟,苏联生产的烟卷味道十分难闻,烟卷粘得不严实,烟末总是散落在膝盖上,拉比谢夫从来不把烟末抖下去,质地那么好的衣服穿在他身上都白瞎了。但拉比谢夫对此并不在意,好像故意做做样子,假装不在意,实际上是无产阶级的逞强,以此证明对资产阶级的不屑一顾。外交礼仪要求穿着做工精良的贵重服装,但他们并不珍惜。然而,拉比谢夫紧紧地、满怀信任地与他握手,这博得了他的好感,并且他眼睛见到的缺点都变成了区区小事,不值一提。萨士克烟抽得很少,而且也不常抽,但是与拉比谢夫见面时总是要带上烟味浓烈芳香的法国积达牌香烟。

"就您所受的教育、你的教养、懂得几种语言来讲,您会有一个轻松的生活,享受高薪待遇,在体面的家庭中选一位漂亮女孩组建家庭,生儿育女。想必您的妈妈跟您讲过,她就盼望自己的儿子能过上这种生活。我说得不对吗?您干吗要过这种双重生活,搞秘密活动,把自己置于冒险的境地呢?您知道,如果罗扎耶夫斯基的人或者日本人得知这一切,那无论是对您,还是对您的家庭都是有百害而无一利的。"

萨士克默不作声地听着,心里十分苦恼。过去也发生过这种情况,有时他觉得就像有一头凶猛的野兽,他一个人跟它玩猫抓耗子的游戏。

最后这次见面是在一月九日,圣诞节过后的那个星期日,萨士克

有些心慌意乱。拉比谢夫立刻看出来了,他一直在讲西班牙战争,讲参加国际纵队与佛朗哥做斗争,后来突然问:

"您为什么情绪这样低落呢?圣诞节过得不是很好吗?"

萨士克甚至一惊。

他不想对谁说什么,但又忍不住一下发作了。讲到昨天晚上圣诞晚会上罗扎耶夫斯基及其主要战友都到场了,其中一位喝多了,说五年前在危险之中保卫城郊的一幢房子,那里正关着个人质。这个人质就是天才钢琴家西蒙·卡斯普,即哈尔滨的犹太富翁约瑟夫·卡斯普、中央大街那幢最漂亮的建筑——马迭尔饭店的老板的儿子,不过他是法国公民。他这个战友在讲话的时候握紧拳头,眼睛直勾勾地盯着桌子,他是真的醉了,但说话却信心满满。萨士克相信,如果这个犹太人再次落到他的手里,他肯定会割了他的耳朵、手指,把这些全部寄给他那"满身臭气"的老爹换赎金。"日本警察会包庇我们,胡说八道蒙混过去。"萨士克本以为这是醉言醉语,不以为意,可是当并没喝醉的罗扎耶夫斯基证实其战友所说的确有其事,说理由是党需要钱时,萨士克本想起身反驳,但罗扎耶夫斯基已陷入疯狂,大喊大叫,说戴着白手套是不能进行斗争的,想想自己的父亲就知道了。事情弄到这个地步,罗扎耶夫斯基指责萨士克,说他是白色运动的英雄、沙皇军官情报处处长的儿子。虽然亚历山大·彼得罗维奇只是高尔察克情报处处长的副手,但这并不重要。这一切发生得很突然,罗扎耶夫斯基对萨士克的情感表露好像也是多余的:"政治归政治,"他想了想,"简单来说就是砍砍杀杀……"萨士克想起杰里诺夫讲过的哥萨克的故事。"不可以!"最后罗扎耶夫斯基得出结论说,"凡是不与我们站在一起的人,都是我们祖国的敌人。"萨士克没觉得自己是敌人,但他受不了这一切,只好回家了。

"这样就叫作敌人了?"屋里浓烟弥漫,拉比谢夫眯着眼睛问。

萨士克的脑子里响起震耳欲聋的叫喊。他看着拉比谢夫，一声没吱。

"明白了！这么说这对您来说是重要的，不是土匪，而是罗扎耶夫斯基等法西斯分子杀害了西蒙·卡斯普！为什么呢？因为他是犹太人！这完全是法西斯分子的纲领！"

"而对我来说，谢尔盖·彼得罗维奇·拉比谢夫，"萨士克回答，"这都一样，管他谁是犹太人，还是谁不是！只要是正常人，我都与他们友好相处！"

"对了，我也这么认为！"

在这次会面中，拉比谢夫突然对萨士克讲日本人在满洲建立了两个秘密实验室：100 部队和 731 部队；在那里用宪兵队抓来的中共地下党人和随便在街上抓来的中国人接种致死的传染病疫苗，然后进行研究。拉比谢夫最后总结说：

"罗扎耶夫斯基和他的法西斯党徒是日本军人、间谍和宪兵的帮凶！"

说完之后又简单地解释，没有一个政党不造钱的。

正是那个法西斯分子醉酒说的实话、清醒的罗扎耶夫斯基的证实使萨士克开始想："用肮脏的手段残害其他民族的天才音乐家难道是好事吗？"这次会面后他两周没和任何人见面，连自己的好朋友高尕也没见。

"您当真知道法西斯党是靠日本人的钱维持生存的吗？"他问拉比谢夫。他想起父亲说的，如果拿人家钱，不给人家办事，那这个党也就不复存在了。

"当真！"拉比谢夫简短地回答，萨士克也相信了。他的朴素作风，有力的握手，博得萨士克的好感。这之后他确定自己要加入苏联国籍。拉比谢夫在一年前，他们相识的时候告诉他此事不要对别人说，就连爸爸和妈妈也别告诉，但这时突然转了态度，他问：

"那您爸爸对您加入苏联国籍持什么意见呢？这件事他还什么都不知道吗？"他又盘上腿，弓着腰坐在中国的雕花椅子里，开始在膝盖上揉搓香烟。

"他对此是不会理解的。"

"我相信。他与我们布尔什维克斗争过，而唯一的宝贝儿子却要成为苏联公民。那妈妈呢？"

"妈妈简单多了，她没和任何人斗争过，她很早就离开了俄罗斯，那还是在一九一七年之前，只是因为特别害怕。"

"是啊！这就不难理解了！顺便说说，你们那位圣像画匠过得怎么样？"

"杰里诺夫吗？"

"是啊！"

"库吉玛·伊里奇？他最好是回莫斯科，离特维尔大街不远，那里有他心爱的大学。时不时地骂你们两句。没什么可原谅的，总是对西伯利亚的哥萨克耿耿于怀，就像他说的，被红色游击队枪杀的。"

"那您对他所讲的事有什么看法呢？"

"不好。我想人们还是应该活着，并且为活着而高兴才是。"

"亚历山大·亚历山大罗维奇，在这方面我同意您的意见。人们的确应该活着，并且为活着而高兴。顺便问问，您个人的阵地是什么呢？"

这个话题转得很突然，萨士克为之一惊，垂下了眼睛。

"个人的阵地，是什么意思？"

"得了，得了！"拉比谢夫微微一笑，"现在我对您是放心了。如果现在日本人招募您，对您也没什么好处。"

"为什么呢？"萨士克问。

"他们若招募您，也得不到什么好处。"

萨士克停了停，回答：

"可能这样，也可能那样，两者都可能。"

"是的，我的回答也是可能这样，也可能那样！"拉比谢夫看着这位年轻的对话者，眯起眼睛露出狡猾的微笑。"这样，意味着，"他意味深长地说，并竖起一根手指，"法西斯分子，出身于这样一个家庭，不招募，简直是罪过！您的家庭在哈尔滨有相当高的声望！那样，就是说，在这个城市里您就如装在罐头盒子里，完全不懂现在流行的俄语，如果在苏联，您只要对我们早已司空见惯的时尚句子瞥上一眼，我那些反间谍机关的朋友很快就会对您产生兴趣，我们那里可不喜欢外人。"

今天的谈话进行得有点儿奇怪。萨士克从兜里掏出积达牌香烟，这种粗犷的法国香烟散发出强烈的香味压倒了拉比谢夫的烟味。拉比谢夫的回答令他不解。

"个人阵地，这大概就是个人生活吧。"他又问了一遍。

谢尔盖·彼得罗维奇·拉比谢夫点头称是，微微一笑。

"在个人阵地里？"萨士克重复拉比谢夫的问题，"没发生什么大事，阵地就在原地！"

"也许这样更好一些。不过，我只是开了个头。"

谢尔盖·彼得罗维奇·拉比谢夫最后深深地吸了一口，然后把烟头在烟灰缸里捻碎。萨士克早就注意到了，他的动作常常很粗暴，甚至很笨拙。他的一举一动不禁令人想起他是铁路工厂的工人师傅出身，那都是些普普通通的人。但经常和工程师们打交道，特别是那些老知识分子，他们温文尔雅，受教育程度很高，他学他们的言谈举止，但往往是东施效颦。给人的感觉是谢尔盖·彼得罗维奇·拉比谢夫童年和少年时没上过小学和中学，青年时代没上过大学，更确切地说是在工人阶层中度过的。但是外交工作经历留下了一些痕迹——他谈吐得体，书写流利，经常引经据典，摘用俄国名诗人和名作家的诗文。但是用苍白的、笨拙而有力的手把烟头在烟灰缸里捻碎的动作,像捻碎导火索一样,才是他本身的自然动作。

"亚历山大·亚历山大罗维奇,我想请您回答一个问题!"他又开始点一支烟,"不过在回答之前得先考虑考虑!"

萨士克盯着对方,他好像猜到了他要问什么。

"我们有很多方案可以选择,不过我们只考虑两项!您在注意听我说吗?我可以继续说吗?"

萨士克点头。

"那先说第一项——您选择自己的生活道路,如果您愿意,可以继续留在法西斯党里,那我们就得一刀两断,分道扬镳,彼此没有任何关系,各走各的路。如果在街上狭路相逢,您就是不跟我打招呼我都不介意……"

萨士克紧张地动了动身子……

"等一等,亚历山大·亚历山大罗维奇,别急,您可以马上回答,也可以晚些时候回答。不过,您必须听我说出第二项方案!"

萨士克点头。

"第二项方案是我们一块儿工作,为您和我的祖国俄罗斯的利益工作。现在它叫苏联,"拉比谢夫沉默片刻,"如果您需要时间考虑怎么决定,您有这个时间……"

人力车从傅家甸跑到道里很慢,很烦人。车夫是个年轻的中国人,戴毡帽,穿棉袄,虽然脚步跑得很快,但车仍然很慢。萨士克又浑身冻透了。

他在中央大街上一家点心店门前下了车。

"好啊,拉比谢夫指定的时间既不是早晨,也不是晚上,所以座位都是空的,可以安静地在这里坐一坐,想一想事情。"

点心店的大厅里只有几个人，几乎所有桌子都空着。来点心店的念头是在路上想出来的，不只是因为街上酷寒肆虐，冷风砭骨。他穿得还算暖和：挂面儿的裘皮大衣，狸子皮帽，既御寒又挡风。出了中国小旅馆，他脑子里翻来覆去想的就是与谢尔盖·彼得罗维奇·拉比谢夫刚刚结束的谈话。他明白现在听到的一切都应该静静地、单独地思考思考，在家里他做不到这一点，妈妈和杰里诺夫会没完没了地找他唠叨，再说时间也不合适，中午——按理说他此刻应该在办公室里。他现在身体什么毛病都没有，就不能对家里人说自己在班上因为着凉请假了。

萨士克环视大厅，这家点心店他还一次没来过。在哈尔滨凡是像样的，可以消磨晚上时光、享用美食的地方，无论俄国的，还是中国的，甚至法国的他都了如指掌。他熟悉所有的咖啡店、点心店，可这家他还不知道，可见是开张不久的新店。

大厅举架很高，很宽敞。天棚中央挂着一盏的枝形大吊灯，流光溢彩，反射在牛奶加咖啡色的墙壁上。淡紫色的木质墙围子比桌子略高一点儿。所有的桌子、椅子、吧台都是用红木制成的。差不多接近天棚处装有窄窄的书架，这有点儿怪。架上摆满旧书。

像在图书馆一样！多么舒适，多么安静啊！

他环视四周，有镶镜面玻璃的大窗，旁边如酒吧一样放着大桌子，配有高脚椅。坐在这种椅子上，可以把胳膊肘撑在台面上，从温暖的大厅观看在街上跑过的人们，他们穿得臃肿，就连想进来五分钟，喝杯咖啡暖和暖和身子的时间都没有。

大厅里香味四溢，咖啡豆被磨碎、烘焙和煮开都当场完成。

"请问有什么吩咐？"听见背后有人问话，他回头看了看。身旁站着一位小巧玲珑的女招待，梳着朴素的发式，戴着一个发卡，双手捧着一个棕色皮面的菜谱。萨士克默不作声地接过来，翻开看了看。

"如果您是一位,不想坐靠窗座位吗?"女招待问。

"噢!"他想了想,"在那可以整理整理思绪!"他坐下来,把臂肘撑在台面上,望着窗外。"太冷了!"不由得嘴里打起嘟噜儿。

菜谱好得令人吃惊,除了普通的各种各样的咖啡、可供选择的茶,以及这类店里必备的点心外,在菜谱里还有冷、热小菜、白兰地、伏特加和红酒,这问题可就来了:"怎么样,天这么冷,不妨来点什么吧?"

几分钟后,一杯雅文邑已经放在他面前,还有一小碟咸核桃仁、一杯咖啡和一大块拿破仑蛋糕。又过了几分钟,烈性的白兰地下肚后,身子已经暖和过来了。脑子里浮现一个想法:"若是索妮娅一块儿来这儿该多好!我敢打赌,这家店她恐怕还不知道呢。"

在往这儿来的路上他就琢磨刚刚结束的谈话。从认识拉比谢夫的第一天起,他就认为自己会成为苏联侦察员。真的,让他吃惊的是到现在还没接受过一项重要任务。在谈话中拉比谢夫讲述在苏联的生活,解释政治课题,这很有趣,但一点儿没感到有什么阴谋。在认识罗扎耶夫斯基之前,萨士克热衷于完成一项侦察任务,这项任务应该是一个真正的侦察员要完成的,然而后来只讨论了一般的政治问题和哈尔滨这座城市的生活状态,并没涉及其他事情。可是大约四十分钟前他说接受第二项方案时,他觉得拉比谢夫有点儿情绪不高,一声不吱,一连吸了两支烟。

"那么,现在是这么回事,亚历山大·亚历山大罗维奇!"他一边挥手赶开缕缕青烟,一边沉静地说,"我们的日本朋友现在决定执行一项任务,这项任务对他们来说极为重要。"

萨士克紧张起来,他们接触一年来用这种调子说话还是破天荒头一次。

"他们需要新人,在这里,也在那里!从我们的人,俄国人中物色。"

"从我们的人,俄国人中物色……"萨士克想着拉比谢夫的话,一边掏出一盒积达牌香烟。

"MOnsieur（法语：先生）！"他听到身后有人叫他，他看见原来是那位女招待手里拿着一根燃着的火柴。

"谢谢！"萨士克吸了口烟，喝了一口白兰地，"有意思，在苏联也有这样的点心店吗？可得问一问！"

今天与拉比谢夫的谈话与往常不同。

"……从我们的人，俄国人中物色……"

只是到了最后他才明白，整整一年的交往中拉比谢夫一直在观察他，拉比谢夫在最后一次谈话中有意无意地说出只言片语才让萨士克略知一二。

"他们需要新人，"谢尔盖·彼得罗维奇·拉比谢夫曾说，"在这里，也在那里！从我们的人，俄国人中物色。问题是浅草大佐正加紧在你们哈尔滨人中间物色在哈巴罗夫斯克（伯力）有亲属的人。正是在哈巴罗夫斯克（伯力）。他们询问过许多人，非常诡秘，但还是被我们的人发现了。"

当萨士克听到最后一句话的结尾，垂下了眼睛。

"详情我暂且不说出来，亚历山大·亚历山大罗维奇！您懂我的意思！"

萨士克不是太懂，但还是点点头。

"我们暂时尚不清楚他们的意图！"谢尔盖·彼得罗维奇·拉比谢夫置身在缭绕的烟雾之中，萨士克开始猜想，他们多半是全掌握了，而对他来说暂时还是个秘密。"他们真是费了很大力气找！如您所知，哈尔滨人的家庭都是一分为二——亲戚朋友有的在圣彼得堡，也就是列宁格勒，有的在莫斯科，有的在巴黎，有的在这里，在远东，只不过是在阿穆尔河（即"黑龙江"）那一边。而他们需要的恰恰是在哈巴罗夫斯克的。"

"在哈巴罗夫斯克(伯力)有什么呀？"

谢尔盖·彼得罗维奇·拉比谢夫稍稍停了停。

"在哈巴罗夫斯克(伯力)有远东军司令部、新的工厂、新的国防建设项目！想象得出吧？"

萨士克点了点头，现在开始明白了。

"您讲过您的朋友和熟人……"

萨士克又点了点头。

"情况是这样，在您的熟人中大概有一些人或一个人对日本人特别有用。"

萨士克看着拉比谢夫。

"索妮娅！"拉比谢夫口气粗暴地说，两眼凝视着萨士克，令他觉得浑身发冷。

"为什么？索妮娅和他们有何相干？"

"索妮娅本人和我们毫不相干，"拉比谢夫一板一眼地说，"对日本人来说其实也没什么相干。问题是她有亲姨妈在哈巴罗夫斯克(伯力)附近一个大火车站当秘书兼打字员，这对他们非常有用，对我们也一样。"

萨士克目不转睛地看着拉比谢夫，但一声不吱。

"我们设想，他们需要一个能够辨识真伪的人，或者能够组织联络渠道的人，并且不会引起我们反间谍机构的怀疑，正好她在火车站工作，日本人以为她不会受到НКВД的特别监控。就算她有近亲，如索妮娅的妈妈是侨民！毕竟这不全是她们的错！"

拉比谢夫说得很急，连脸都涨红了，甚至烟烧了手都没发觉。

"哎呀，见鬼！"他扔掉烟头，又甩了甩手指。"好吧，现在该明白了吧？"

萨士克愣住了，一直盯着他看。

"那我的任务是什么呢？"

"哎呀，感谢上帝！"拉比谢夫好像一下放心了。他直了直腰，眯着眼温和地看着萨士克说。

"亚历山大·亚历山大罗维奇，您的任务很简单。您的任务，作为她家的亲近朋友，如果有人要打听她在哈巴罗夫斯克（伯力）的姨妈的情况，您绝不能放过！我们必须记住这个人。"

开始沉默了，这工夫萨士克想："日本人能够找到……能找到随便什么人，也能找到索妮娅……能找到索妮娅！如果他们找到索妮娅，意思就是……"

"我明白了！"他信心十足地说。

"那就好了。关于您打算入苏联国籍的事不要对任何人讲，爸妈也不要讲！讲了会影响我们的工作。这件事晚些时候再解决。是啊，正好，顺便说说！"没经过任何转折，拉比谢夫突然说，"我想给您一个任务。索妮娅给人的初次印象是有点儿轻佻，但这对我们非常有用，因此，我对您说，您应该作为战斗任务接受！"

萨士克看了看表，脑子里仍然想着心事。他在咖啡馆里已经坐了一小时。天还亮着，所以他决定暂时哪里也不急着去。

已经是在谈话最后了，拉比谢夫才提到哈巴罗夫斯克（伯力）。他想起前天与索妮娅的会面，至今还很激动。出了马尔斯咖啡馆，萨士克送她回家，她家不远，在美国电影院附近，然后坐公共汽车回家。心情很坏，他不想解释在法西斯党里令人失望的原因。此外，在公共汽车里冻得够受。把和索妮娅在咖啡馆里享受的融融暖意完全忘在脑后，感觉整个晚上都是在酷寒中度过的。

那个时候他是独自行走，现在是只身枯坐。回想和对照着昨天与索妮娅的谈话及今天与拉比谢夫的谈话。

"真见鬼！大家全知道了，"他想，"最后我才知道。正好顺便说说，他是怎么得到信儿的呢？"他回想起来，"也就是她母亲？从苏联来？肯定有通信！"

事情并不完全是这样，但日本人竭力掌控侨民的一切，只要与苏联有关。至少住在哈尔滨的俄国人都是这么想的。

"如果是通过邮局寄来的信，就算是绕道寄来的，大概日本人也都读过了。就是说他们能够跟踪检查索妮娅妈妈与哈巴罗夫斯克（伯力）姐妹的联系。如果把拉比谢夫的话当真，大概这就是他们正在寻找的。对了，拉比谢夫！这也是他要找的，他想先截获日本人要取得的情报。这就是个谜！后者是谜底。或者是诱饵，就像他表现的那样！如果他们想钓她……"萨士克不能往下想了，"那我能做什么呢？"

他越想越明白了，他什么也做不了。

"她如果去上海呢？那他们就会找她母亲，我也没有可能讲清楚了。不行，这不合适。帮她们一块儿离开？这需要钱啊，再说在上海谁能帮她们安置生活呀？那儿的亲戚没多少！很多人都想去，可如今还在这里呢！我该怎么向她们解释，说苏联驻哈尔滨总领事馆一个工作人员偷偷告诉我的？"

萨士克想不出来了。

"那好，我解释！我没什么可怕的！可如果这需要救助她们呢？"萨士克上来一股勇敢劲儿，浑身都感到发热。"那如果不相信，不想去呢？"他的思路又断了，"好吧，没什么！解释归解释！只是对谁解释呢？"冷静下来之后，他明白了，既不用对索妮娅解释，也不用对她妈妈解释，她们不能理解，也不会相信，一定会惶惶不可终日的……结果怎样，那只有上帝知道了！

"那我为什么这样焦躁不安呢？她们大概是从邮局收到的这封倒霉信，不然是怎么收到的呢？那该怎么办呢？坐着傻等吗？要知道日本人也不是傻瓜，如果他们认真对待此事，那怎么会不了解呢？那这件事就没救了,这不是明摆着的吗?"

"天主之母啊!"他想起妈妈的祷告。"救救我们,帮帮我们吧!"

他的心情一下稳定了!

"拉比谢夫!当然是拉比谢夫!"

萨士克心里感到温暖,思绪也平静了许多。

"天主之母也不是无缘无故地从天庭俯视众生,妈妈求过她。"这时萨士克又打住了,"为什么跟我谈呢?"在这个节骨眼儿上他的思绪又停住了。

"我为什么以为拉比谢夫只同我谈过此事呢?他本来自己说过,"他这里回想起谢尔盖·彼得罗维奇·拉比谢夫说过的话,"日本人问过许多人,尽量秘密进行,但是常常碰上我们的人。""意思是,"他猜想,"除了我……还有人与他谈过此事!"

萨士克想来想去,突然想起拉比谢夫给他提的第一项任务,如他表述的是战斗任务。

"这就是为什么需要我的个人阵地!"他得出了结论,喝了最后一口白兰地,喝干了已经凉凉的咖啡,于是决定步行从这里往家走,到家的时候什么都准备好了,跟平常一样。

第八节

房门砰的一声开了,有人在冷冰冰的前厅用力跺脚,在擦鞋垫上擦鞋。

"库吉玛·伊里奇,"安娜·柯萨维里耶夫娜放下针线活,心里想,"有什么不满意的事?"

"冲茶吗,库吉玛·伊里奇?"她边往前厅走边喊。

杰里诺夫从前厅进了走廊,边跺脚边用鼻子大声出气和擤鼻涕。安娜·柯萨维里耶夫娜从厨房看见老人已经脱下帽子,取下围巾,他满脸通红,满头大汗。

"这是怎么了?"安娜大为吃惊,问,"您莫不是跑步了吧?"

杰里诺夫的两只眼睛从浓密的眉毛下面愤愤地看了看她,理了理胡须,这胡须乌黑发亮,一根发灰发白的都没有,他气呼呼地说:

"我这把年纪了,还在哈尔滨跑步!您想得可好!我说什么也习惯不了这儿的天气!"他喘着粗气,停顿一下补充说,"这败家的气候,妈呀,站在那儿就把骨头冻透了,可还没走几步就满头大汗,像耗子掉在水坑里!瞧,后背全湿了,直到膝盖。"

安娜忍不住,笑了。

"瞧,腰也湿了!"他画了个小十字,"原谅我吧,上帝!腰都湿了,当然是!到主显节了,还冷得要死,出不了门,可到了夏天狗都能热死……"

安娜又扑哧笑了。

"我这是怎么了?又是狗,又是在夏天,又是从腰到膝盖的!一切都是因为在异国他乡!已经在这儿住多少年了?可十七年了,就是习惯不了。"

杰里诺夫脱了外衣,只剩下竖领衬衫和毡靴里面揉皱的裤子。他没穿拖鞋,只穿一双白色的毛袜子来到客厅,累得一屁股坐在主人的安乐椅中。安娜·柯萨维里耶夫娜惊奇地看着杰里诺夫,看得出他情绪已经失控,因为家里有个规矩,在任何时候,除了亚历山大·彼得罗维奇谁都不能坐这把藤编的摇椅。

"现在,太太,让我喘口气儿,我马上就把椅子让给尊敬的亚历山大·彼得罗维奇。"

杰里诺夫又坐了片刻,然后双臂重重地撑在扶手上,摇了一下,站起身来。

女佣已经下班,但茶炊里的水还热着。安娜·柯萨维里耶夫娜倒了杯茶放在桌子上。

"您怎么有点儿不对劲呢,库吉玛·伊里奇?"

"不这样还能怎样!"他绕过桌子坐在他那把嘎吱嘎吱直叫的藤椅上,喝了一口热气腾腾的茶水。

杰里诺夫心事重重地坐在桌旁。今天中午他在傅家甸买小画笔,因为在中国人那里买东西都便宜。他看见萨士克从一家中国小旅店出来,慌里慌张地在街上走,几分钟后那个"红蘑菇头"也出来了,就是苏联驻哈尔滨总领事馆的工作人员。当然,这可能是件偶然的事,不过也可能不是偶然。这件事本该和亚历山大·彼得罗维奇谈一谈,但是杰里诺夫害怕谈及此事。

其实,谈话本身没什么可怕的,也不会有什么。但是家里人谁也不知道,各方人士早就给萨士克打上楔子,什么俄语事务局的人,什么君主主义分子,什么法西斯分子,许许多多,你都记不住。所有的人都是一个问题:阿代伯格家怎么样,阿代伯格家出什么事了?大家都纠缠不休,非刨根问底不可。弄得你说也不是,不说也不是,外界就传出许多恶意中伤的坏话。然后你还得收拾这个烂摊子。苏联人还没上来,看见了吧,萨士克自己送上门了。

老头子怒不可遏,觉得自己对不起亚历山大·彼得罗维奇,因为自己对这一切默不作声,以为一切都会过去。

"安娜·柯萨维里耶夫娜!太太!亚历山大·彼得罗维奇答应什么时候回来?"

安娜只是摇摇头,又接着做她的针线活,后来停下了,抬起头来,突然发问:

"库吉玛·伊里奇,您以为会出什么事呢?"

"您指的是哪方面,太太?"

"什么在哪方面?就是我们会怎么样?"

"我们能怎么样呢?该怎么活着就怎么活着呗!"

"您以为我们和您能在这儿过一辈子吗?哈尔滨,当然,是俄国风格的城市,可国家是别人的呀——毕竟是在中国!"

"一辈子,不一辈子!那也许就一辈子!"

老头子连珠炮似的回答,然后喘了口粗气,又啜了一口凉茶。

"一辈子,不一辈子,"他重复着,不知如何回答,然后想了想说,

"您刚才说得对,这是中国,而不是俄国。瞧发生的事——苏联人拿下了中东路,占上了,想的是将来还继续占领。可是日本人来了,苏联人走了,铁路也卖了,现在是日本人当家做主,"他沉默一会儿。"他们早晚也得被赶走。他们只有区区几个小岛,随便拿张地图看看——巴掌大点儿的地方,妄想吞下这么大的地盘。中国人终究会站起来。满洲——多肥的一块肉啊。赶跑,一定得赶跑。欧洲正在干什么,周围开战的条件日趋成熟,战争一触即发?我们也得逃亡,各奔前程。不知道亚历山大·彼得罗维奇是怎么想的。还有什么扯着他的腿儿?"

他拿着那个空杯,沉默良久,然后站起身来,出了房间几分钟后又拿着麻袋回来,放在桌上,取出圣像,摆在桌上。

"这就是我们应该想的。在这里只有和平与安宁。在这里还可以建功立业!如果不建功立业,还可以建立爱情,真正的爱情。还有美,也是真正的美!"

安娜看着圣像。

"我认为想什么都没用,这就是个怪老头。"她心想,"他们这些人都有些怪脾气,而他的心眼……是好的。"

"太太,我已经是第三天去我们的修道院了,喀山圣母男子修道院……"没等安娜想好呢,杰里诺夫又继续说下去,"修道院真壮美,令人肃然起敬。那里上了年纪的修士做得也很完美:印了劝善书,小册子。我们这些人都花很长时间耐心研读,还有中国人中的东正教徒,非常虔诚,比有的俄国人还虔诚……"

"库吉玛·伊里奇!"安娜·柯萨维里耶夫娜打断他的话。"您问亚历山大·彼得罗维奇怎么想的,您想说我们得换个地方吗?"

老人不满意地看着她,但安娜继续说:

"这我也想过了,只是去哪里呀?可以回国,回俄罗斯。"

"开玩笑啊,太太,俄罗斯已经不存在了!只有一个НКВД!"他停了片刻，补充说，"我已经不能再看到莫斯科了，您也不会看到圣彼得堡了！世界大着呢，我听说各处都有俄罗斯人。"

她放下针线活儿："我自己也知道，俄罗斯我们是回不去了！我至今还不敢相信尼古拉·瓦西里耶维奇·乌斯特里亚洛夫在那里被枪毙了。您记得，"她的两只眼睛有点惶惶然，看着库吉玛·伊里奇，"就是在这儿，在这间客厅里，他讲述赴莫斯科……读自己新书的手稿，还劝我们……"

"是啊，真可惜，尼古拉·瓦西里耶维奇教授是个睿智的人，别看还那么年轻。他为国家做出很大贡献……他向我提起莫斯科一所大学的一位客座副教授，名字我已经记不清了，也是个满怀激情的人……他和大学生们一起为反对极端反动的种族歧视者，甚至不惜打架。有一次闹得太凶了，进了局子关了一天也不是三天。但还是发表演说，支持新俄罗斯。记得我参加过他们的会议，他在会上与一位教授就五十年后俄罗斯是什么样发生了争论！"

库吉玛·伊里奇想了片刻：

"顺便问问，太太，如今是什么年份了？"

"一九三八年，一月。"安娜·柯萨维里耶夫娜感到吃惊。

"噢！看见了吧？那些有学问的人真是先知先觉！那是在一九〇三年，也是冬天。确实，他们也有错，十年之间犯了点儿小错。是这么回事，他这个人是跟尼古拉·瓦西里耶维奇一样的客座副教授，大声疾呼在俄罗斯一定会有议会和民主，比英国、法国和美国都好。而另一位性格沉稳、老成持重的教授则引用费奥多尔·米哈伊洛维奇·陀思妥耶夫斯基的话斥责他。"

安娜点头称是。

"这位教授总是引用《恶魔》中的句子，这样说：'沙托娃提醒我，您跟他一样是完美无瑕的俄罗斯人。您突然被一种强烈的思想击中，一蹶不振，说不定永无翻身之日。要想让他们恢复常态，如您一样，已经无力回天，因为已经走火入魔。您的生活就这样过去了，就像被坠下的巨石砸成两段，垂死地痉挛。'这就是他引用的段落。'到底什么样，'这位教授又说，'他妈的民主和议会？您在走的路！或者您已经走过了！'说到议会，请您相信，那位客座副教授不惜展示拳脚，并为此进了局子。当然，都叫人笑翻了天。那个客座副教授，名字叫什么来着？"库吉玛·伊里奇皱着眉头，冥思苦想。"想不起来了，反正酷似尼古拉·瓦西里耶维奇，我们的乌斯特里亚洛夫，那位过世的人，上帝，拯救他的灵魂吧！这样一来，这位客座副教授，脸红脖子粗，肚子都气炸了！而那位接着往下说：'就说，走过那条路，最好去特维尔或卡卢加，去看一看，算一算！我们那些同胞中，有些农民现在三十岁，跟您一样，或者四十岁，跟我一样，五十岁后还会有曾孙子，如果一切顺利，会有玄孙，那他们能为子孙后代做什么呢，能够给他们什么呢？文化？教育？那他们利用这种文化和教育能在你们的议会里做什么呢？打架、酗酒和骂娘，因为彼此什么都谈不拢。那里没有社会契约，民主又从何谈起？'"

库吉玛·伊里奇从空杯中啜了一口，皱了皱眉头，接着说：

"太太，那我们的客座副教授会怎么样呢？脸红脖子粗，声嘶力竭地大喊大叫：'那我们是为什么呀？我们应该教会他们自己，以及他们的儿子和孙子！你们自己抱着什么目的阅读陀思妥耶夫斯基作品的？只为审美享受吗？如果是这样，那就白瞎了。他不是为你们写的。'而教授这样回答他：'是为您写的！我这就给您引证一段，请看吧！"当时你们中有一个天真无邪的、赏心悦目的、纯粹俄罗斯的、令人欣喜若狂的、自由主义的谎言。"而"崇高的自由主义者，就是没有任何目标的自由主义者，这只能在独一无二的俄罗斯出现。尊敬的，如果您想从原地往前挪动一步，这就必须发展经济基础和思想教育，而这需要一百年或许更长时间。否则，俄罗斯的庄稼汉——他们已经存在一千年，而且还将存在一千年——那就得给自己造出另一个沙皇,或另一个暴君,让他打你一拳还为他祈祷,还让他敲打你的脑袋!""库吉玛·伊里奇抽噎了一下,"太太,这样一来他们不动手打起来,问题是解决不了的。这已经反复多次了。那些受过教育的人,遇事也是如此。后来,我就不再参加他们的会议了。"

他停顿一会儿补充说:

"我不知道,安妮史卡,红俄那地方我没去过,只是听说罢了,怎么又出现了尼古拉·瓦西里耶维奇那档子事呢?那就不需要五十年,可能时间更短。事情就是这样!"

"他的确在莫斯科被捕了,半年之前,这不是谣言。"

安娜和杰里诺夫一回身,看见亚历山大·彼得罗维奇已经脱掉大衣和帽子,穿着拖鞋站在那里。

"萨申卡!你进来我们完全没听见!"

亚历山大·彼得罗维奇进卧室换上在家穿的衣服,安娜跟着进去看见丈夫的眼睛里布满忧愁。

"出什么事了?"她边问边坐在床沿。"是公家的事吗?"

安娜·柯萨维里耶夫娜很少过问丈夫的事,可她此刻心里发慌。

亚历山大·彼得罗维奇看着她,平静地回答:"是的,总的来说,一切还算正常!难民委员会正在自消自灭,可惜我们还得尽己所能帮助他们。"

"那侨民局呢?"

"侨民局,安娜,不是为这件事建立的!侨民局不过是个幌子,实际上……"

安娜·柯萨维里耶夫娜特别想问亚历山大·彼得罗维奇是否因此而苦恼,但她还是忍着没问,焦急地等他回答。

"你吃饭了吗?"

亚历山大·彼得罗维奇慢条斯理地换了衣服,走到妻子身边,帮她把一缕总是不听话冒出来的头发捋好。

"饭不吃了,和日本人一块吃的,他们请客,还是喝点儿茶吧。"

安娜再没问什么,起身去了客厅。

亚历山大·彼得罗维奇看了看她的背影,他觉得自己的确心情欠佳,看得出这也让她很苦恼。

喝茶时大家都沉默不语。库吉玛·伊里奇几次鼓足勇气想打破僵局说点儿什么,但克制住了,最后还是亚历山大·彼得罗维奇打破了沉默:

"我无意中听到了你们的谈话,"他一边揉松一支香烟,一边说,"我也不完全喜欢这里的一切,但是日本人,宪兵队在那,在俄罗斯又有НКВД。正好说说,这里也有НКВД,"他久久地注视着库吉玛·伊里奇。"还有这样那样一些人都有自己的打算,应该加倍小心,特别是一些流言蜚语……"

他又看了看库吉玛·伊里奇,那位想说什么,但又打住了。

"甚至在家里也一样!"亚历山大·彼得罗维奇总结说,"日本人肯定搞不好。正确的想法是情况不会好转,很可能更坏。"

安娜整个人精神一振,而库吉玛·伊里奇对亚历山大·彼得罗维奇的旁敲侧击一时摸不着头脑,但是听了和他完全一致的评价后,他挺直了腰板,引以为豪地捋了捋自己的胡子。

亚历山大·彼得罗维奇见他如此这般,颇为不满。说:

"小心,再小心,尊敬的库吉玛·伊里奇。我想野村,他虽然叫康斯坦丁,没读过尊敬的费奥多尔·米哈伊洛维奇的著作,没听过你们的教授同客座副教授的辩论,但在他的刑讯室里同样阴暗、潮湿和寒冷,跟莫斯科猎物市场的地窖和冷库可有一比。他有很多耳目,特别其中不乏我们的人。不少人都失踪了。"

"天主之母啊！"安娜·柯萨维里耶夫娜不由得感叹道。

亚历山大·彼得罗维奇听到安娜的反应，心想，自己说得太残忍了。库吉玛·伊里奇坐着一动不动，然后皱起眉头，犹如吃了一瓣没加糖的柠檬，用手擦擦脸，想说点儿什么。

"对不起，库吉玛·伊里奇，别不高兴，当然，在这里没人会帮我们，但是……"

"是啊，是啊！亚历山大·彼得罗维奇，我明白，大概，您说得对。周围尽是日本人和НКВД，这些谈话有什么用，什么也改变不了。"

"算了吧！那就一切正常了！"他很可怜老人，遂用一种和解的口气问，"萨士克在哪呢？"

第九节

在与库吉玛·伊里奇谈过话，又听亚历山大·彼得罗维奇讲的那些话后，安娜开始忧心忡忡。

客厅里的时钟嘀嘀嗒嗒，差一刻十点，窗外夜色正浓，城里的公司早就下班了。萨士克一般在这个时候早就到家了，就算下班后再去会会朋友什么的也该回来了。

爷爷一动不动地坐在那儿，看得出他不知道自己该如何是好。亚历山大·彼得罗维奇一边吸烟一边看书。安娜看了看他："天哪！自从他回来已经十七年过去了，而他几乎一点儿没变，没见老，没出白头发，没谢顶，可我呢？"她心里感到一种莫名的惆怅。为了掩饰这种情绪，她起身去收拾茶具。一时间她想起刚刚结束的谈话，不禁心惊胆战，心想："天主之母，我在想什么呀？"正在这工夫，门砰的一声开了，接着萨士克在那儿往客厅里窥视，他知道大家在等他，没等换衣服，就先跟大家打了个招呼。

"各位好！"他笑嘻嘻地说，"我这就过去吻你们，我得把这身行头换下去，免得把冷气带进来，外面真是奇冷无比……"他摘掉皮帽，开始解衣扣，看着父亲、妈妈和老人，"你们怎么这样鸦雀无声，出什么事了吗？"

"没有，好儿子，"亚历山大·彼得罗维奇代大家回答，"我们已经喝过茶了，那你呢，想喝的话……"

"谢谢，爸爸！妈，你别担心，我要什么，自己弄！"

几分钟之后，都各自进卧室了。安娜走到丈夫面前问：

"萨申卡，什么事叫你担心？如果愿意告诉我，那就说说吧！"

亚历山大·彼得罗维奇沉默一会儿，微微一笑：

"安妮，有你在身边没什么可担心的！"他走到衣柜前，开始找睡衣。

"我明白，你有什么话不想说……不想说，是因为怕我担心，可我看出来了……"

"你明白，我什么都不对你说，但这已经几乎不是什么秘密。事情是日本人正在组织人马在远东搞反苏活动。当然了，都是秘密进行的。但是能藏得住吗？那个地区在他们那边，他们利令智昏，妄想把远东从苏联割出去，想要赤塔与伊尔库茨克之间，或者从伊尔库茨克西部开始，直到符拉迪沃斯托克（海参崴）都成为他们的领土。他们一九一九年、一九二〇年就企图这样做，但当时实力不足，或者还未下定决心。"

他取了两件睡衣，一件是纯棉的，一件是丝绸的。

"穿纯棉的吧，家里烧得很暖和。"安娜看了看他说。

亚历山大·彼得罗维奇点头同意，又把那件丝绸的放了回去。

"你讲到日本人的事。"安娜提醒他。

她脱掉长衫，挂在衣架上，走进化妆间，打开上层抽屉取出睡衣。亚历山大·彼得罗维奇见她天天如此，在卧室就这样准备入寝。她脱掉睡衣,取下胸罩和腰带,再脱长筒袜;她把一只脚放在床边的小软凳上,脱了一只,再脱另一只;她不会让袜子打成卷儿,而是脱下来抖搂一下,放好,等明天再装到待洗篮子里。隐隐闻到她身上的香味,她从化妆间许许多多香水瓶子中拿了一瓶喷洒,然后走到镜子前面,解开头发,开始梳理。取下发卡之后,长发在后背一直垂到腰际。亚历山大·彼得罗维奇喜欢欣赏她的沉稳、从容和女性的自信。正因为这样,遇事能够处变不惊。他常常心不由己,每天都等着这美妙的几分钟。

"什么日本人,你在说什么呀?"他轻声地脱口而出,然后走到她身边,双手放在她的肩膀上。她转头从下到上看了他一遍:

"不,今天我们要谈日本人,"她笑了。亚历山大·彼得罗维奇看着她的眼睛,微笑着说:

"那好吧,说日本人,就说日本人!"他走到床边的床头柜前,取了一支烟,长时间默默无语地看着地板,然后若有所思地说:

"现在他们在满洲驻扎了一支庞大的部队——关东军。他们随时能够动用它发动战争,"他说得很慢,每个句子之间都停顿一下,"我不知道他们还在等什么。苏联在这里的势力暂时不是很大。斯大林在最近两年除掉了自己优秀的军官。他的军队没人指挥,年轻的军官还没经验,没有经过大战的锻炼……"

安娜坐在化妆台前继续梳头,同时全神贯注地听丈夫讲话。她从镜子里看着他,她明白了,丈夫现在讲的一切并不是他担心的理由。至于日本人的计划,他不说,大家也心知肚明,谁也不隐讳这一点。就是说,发生了别的事使他惴惴不安,而这件事大概连她都想瞒着,但是她不想打断他。又沉默了一会儿,他最后终于说了:

"他们开始对我们感兴趣……更准确地说对我们的年轻人感兴趣!"

安娜的心脏一下抽紧了:"原来是这样!能出什么事呢?"亚历山

大·彼得罗维奇盯着她的眼睛看。

"暂时没有理由恐慌。目前他们只是在招募志愿者。正好去年你到过一次上海,你觉得那里怎么样?"

安娜都明白了,问:

"你觉得我们到时候了吗?"

"至少我们应该考虑这个问题了,大概应该了。"

"萨申卡!请告诉我,咱们会出什么事呢?"

亚历山大·彼得罗维奇后悔说走了嘴,不过这也无法挽回了。

"我们倒是不会出什么事。但日本人可能会发布动员令。"

"动员谁呀?"她小心翼翼地问。

"我们的年轻人!那样的话……"亚历山大·彼得罗维奇把没吸完的烟放在烟灰缸的边上。

她不用听他说完了,那样的话……威胁的正是她的儿子,他们会动员他加入日本军队,或者是满洲军队,她对这些事还不太明白。这将是一场灾难:他们生活在别人的国家,而且他们的儿子还会加入别的国家的军队,介入别人的战争,脑子里想不出比这更坏的事了。

"我想这与我们没什么关系。"亚历山大·彼得罗维奇最后说,"我相信这一点。"

安娜·柯萨维里耶夫娜认为她全明白了,她起身吻了他,便把灯熄了。十五分钟前,她进了卧室,开始准备睡觉,听完丈夫的一番话,觉得忙碌一天,着实困了,应该睡觉了。可是头一枕到枕头上,睡意却全都烟消云散了。

库吉玛·伊里奇脚踏地板,发出轧轧的响声。

"要么跟萨士克谈一谈?"他给自己提了个问题,但自己却回答不出来。"谈什么呢?从何谈起呢?他一个才二十二岁半的毛头小伙子,知道个什么呢？"

他拧了拧煤油灯的灯芯，按照老规矩拿到自己的房间，坐在还没整理被褥的床边，开始看那些圣像。他顺手碰到那幅最厚的，看都没看，就机械地把它翻过来，然后惊奇地看着，好像从来未见过一样，接着用指甲把背板抠开。叠几折的一张陈年旧纸从里面掉出来，折痕处已经出现灰色的毛。为了不损坏纸，他小心翼翼地将它展开，然后戴上老花镜，开始细读那些紫色墨水写成的字。这是他的手迹。开始他是按行跳着读，有时是读上面的，有时是从中间读。后来突然停住，接着仔细读起来：

……所有的俄罗斯人都心知肚明，当然，也有全俄罗斯都尊敬的阁下您。每年十二月六日冬季圣尼古拉节这一天人们集体跪着祈祷，大家同声齐诵《拯救我们吧，上帝！》就是在一九一七年十二月六日这一天，军队开进来了……

库吉玛·伊里奇一边读着，一边仿佛看见许许多多人在红场跪着祈祷，之后开始诵《拯救我们吧，上帝！》，广场突然开来军队，士兵们驱赶祈祷的信众，用步枪和其他武器射击……库吉玛·伊里奇看见克里姆林尼古拉塔的圣像显圣，画上是左手拿着十字架，右手握着一把剑。

……暴徒的子弹落在圣徒的周围，没有碰到上帝的侍者，可是炮弹，更确切地说应该是炮弹的碎片击中了圣像的左侧，手持十字架那部分全被炸毁了。那天，当局安排反基督行动，这个圣像被带有魔鬼标志的红旗包围，下面和两侧都是红旗招展。在克里姆林宫墙上写着大标语："打倒宗教——麻醉人民的鸦片。"

库吉玛·伊里奇读着，不用看那张纸，因为他早就背下来了。

……在下一年……又聚集了许多人来祈祷，没有任何人出来阻止，一直到结束！但是，当人们跪下，开始齐声高唱《拯救我们吧，上帝！》时，一面旗帜从圣像前倒下去……到场的士兵驱赶祈祷的人们，用枪炮向他们射击……

库吉玛·伊里奇潜心阅读这些段落，同时想起，大概是数月之前哈尔滨大街上出现的场景：罗扎耶夫斯基的法西斯队伍正步走在街上，他们身着黑色制服、白色的真皮军官武装带，袖标上画的是令人费解的"卐"。这伙人的形象令人感到不安、不舒服，甚至是不祥之兆。因为天冷，湿透的衬衫使他们不得不蜷着身子。他当时还想，在这群黑衣之徒中如果出现他孙子那真是太可怕了。

库吉玛·伊里奇心里想着，眼睛盯着煤油灯的火苗。

这些年他跟萨士克的关系已经处得跟亲爷爷和亲孙子一样。

这孩子小时候也是个淘小子，跟他这个年龄的其他孩子一样，见什么都好奇。库吉玛·伊里奇自己没儿女，他觉得奇怪，萨士克见他就叫爷爷，而不是老爷爷，叫的就是爷爷。令库吉玛·伊里奇奇怪的还有他在家里的称呼——萨士克。后来他明白了，安娜·柯萨维里耶夫娜这样叫他，是因为家里有两个亚历山大：父亲亚历山大和儿子亚历山大。库吉玛·伊里奇自己一下就把萨士克看成是自己的亲孙子。萨士克长这么大，几乎有三分之一的时间是在他的膝头上度过的。

在他眼前，又出现法西斯分子的队伍在街上行进的场景。

库吉玛·伊里奇一生对政治，党派都敬而远之，可是在哈尔滨他对这些东西却兴趣倍增。对于他这个老莫斯科市民而言，一切都是固定不变的，只能分成好的与坏的，信神的与不信神的，根据费奥多尔·米哈伊洛维奇·陀思妥耶夫斯基说的"赞成"，也根据费奥多尔·米哈伊洛维奇·陀思妥耶夫斯基说的"反对"来衡量,对他来说,法西斯也好,正统派也罢,其实没什么两样。

对于在俄罗斯——苏维埃俄罗斯发生的一切,库吉玛·伊里奇也持同一看法,他的想法是,来呀,革命吧!这时候一无所有的人们起来反对要啥有啥的人:农民受够了地主的剥削。永远是如此这般:在阿列克谢时代也好,在彼得时代也好,在叶卡捷琳娜时代也好,在亚历山大改革之后也好,更不用说尼古拉一世、尼古拉二世了。总是"红火鸡"在俄罗斯的地平线上报晓。那十二月党人呢?他们有什么价值呢?他们只不过是自己人之间内讧而已!意思是各揣心腹事。不然国内战争怎么会流那么多血呢?其实大家几乎心里都明白,就是一些人要剥夺另一些人的财产,据为己有。

这不是据为己有是什么!布尔什维克把土地分给集体农庄,也就是给自己,而不像后来答应的那样分给农民。工厂也没归工人所有!有过莫罗佐夫工厂、普吉洛夫工厂,而现在还有吗?

如今,斯大林把自己人都整死了!为什么要整死自己人呢?是因为他们造反了吗?不过那也太多了!不可能都造反啊!

库吉玛·伊里奇记得他和亚历山大·彼得罗维奇·冯·阿代伯格怎样强忍住泪水,当得悉他的前指挥官——外阿穆尔军区边防军司令马丁诺夫将军的遭遇时。将军给他的怀表至今还保存在身边。一年前契卡人员在卢比扬卡总部把他枪毙了。也可能不是在卢比扬卡,这个还不清楚。但清楚的是马丁诺夫那时在红军中已经无职无权,什么都不是了。在此之前照年龄他也该退休了。谁会可怜一个老头子呢?没人会可怜!他都七十三岁高龄了。请问在俄罗斯这是什么政权?为什么那么多人互相残杀,而且至今仍在继续!

库吉玛·伊里奇回答不出来,他只懂得不该这样做。

他对政治常识的认识始于一九三四年,也许是一九三五年。日本人唆使法西斯分子杀害了三个哈尔滨人,全城为此发出了警报。其中一个叫奥格涅夫的受害者,人头被割下来扔进苏联驻哈尔滨总领事馆。但这些人,他们都是谁呢?连老天也不知晓!反正谁都不知道!为什么把头扔进总领事馆呢?一句话,就是野蛮的暴行。处置哥萨克的场面虽然已经过去多年了,但库吉玛·伊里奇怎么也忘不了,他得记一辈子。在那个连上帝都遗忘了的西伯利亚小站发生的惨剧,使他对他生活中及他周围的人生活中经历的许多事情有了新的认识和评价。

"大家都在谈论美好的未来!法西斯分子是什么,是美好的未来吗?或者 НКВД 才是美好的未来?美好的未来——没有的!瞧,这俄罗斯思想是什么德行,它像一块石头想把我们所有的人都压死。"老头子想。

他把装圣像的口袋放进橱柜里,这是安娜送给他的礼物:"谢谢她!这才是美好的现实!这是无偿给予的,这个地方叫满洲,只有在这里,俄国人才能像俄国人那样活着。"然后,他脱了衣服,躺下,灭了灯。

睡不着。

安娜·柯萨维里耶夫娜也睡不着。

她吻过丈夫,灭了床头灯,转身侧卧,可怎么也睡不着。惦记着萨士克的事以及大家的命运,她难以入眠。

她早就失去了与双亲的联系。一九一七年七月十七日以后与他们的通信就断了。她非常担心,甚至想去看看,可从俄国传来的消息,又令她止步不前,带着那么小的儿子去那儿是不可思议的,而把孩子扔在这里,自己不计后果一意孤行,也是不可以的。所以还是不知如何是好。家庭和儿子是她的唯一,她活着就是为了他们。而如今呢,他长得那么英俊,那么聪明,已经完全长大成人,现在竟然被日本军队或者其他什么军队招募!跟谁打仗呀?如果亚历山大·彼得罗维奇说的话当真,那必得与自己人,俄国人打,就算是与苏联打仗,也是打俄国人啊。

她是波兰人，贵族出身，天主教徒，但早就认为自己是俄国人了。满洲成了她的非俄罗斯故乡，斯拉夫语系的俄语、波兰语——都是她的语言，尽管俄语说得更多一些。而她的萨士克——一半波兰血统，一半德国血统，他自己甚至连想都没想过他究竟是谁。他是俄国中学生，俄国大学生，和一位姓斯堪的纳维亚的姑娘交朋友，他说俄语、波兰语、汉语，而且已经掌握了日语。他是俄国贵族家庭的儿子。她知道，他自己就是这么想的！

她早就一动不动地躺着，因为怕惊醒了丈夫。在她头顶上挂着两幅与亚历山大丈夫的结婚照。他们没多长时间便找到了举办婚礼的地点——新娘是天主教女子，新郎是路德教男子；亚历山大·彼得罗维奇去迎接新娘，他们在涅瓦大街的圣·叶卡捷琳娜波兰天主教堂举办了婚礼。一张照片是在高耸的教堂拱门旁拍的，另一张是在照相馆拍的。在亚历山大·彼得罗维奇回家，回到哈尔滨时萨士克给她看的就是这张照片。

她躺在那儿还没睡着，但仍一动不动的，怕惊动丈夫。而他也轻轻起身，怕惊动她，找到香烟和火柴后走出了卧室。

第十节

亚历山大·彼得罗维奇也睡不着。

今天日本关东军驻哈尔滨军事使团副团长浅草大佐往难民委员会打电话,请他吃晚饭。正赶上要下班,电话铃响了,亚历山大·彼得罗维奇已经没有理由拒绝。

亚历山大·彼得罗维奇办完公事,出门就看见大佐那辆黑色高级轿车停在门口,副官忙出来侍候打开车门。

亚历山大·彼得罗维奇坐在后排座上,他们来到教堂广场,在新哈尔滨旅馆门前停下。这家旅馆建成没多久,整个五层楼长方形的大窗户里灯火通明。

亚历山大·彼得罗维奇就住在附近,他目睹了这个旅馆从开始建筑到竣工的全过程。日本人占领哈尔滨之后,开始了建筑热潮,在拆除脚手架之后,新的建筑确实令哈尔滨人耳目一新。五层高的灰楼突兀而起,按哈尔滨人的理解,这就是摩天大楼了。不过看着枯燥乏味,且与周围的房屋完全不协调。在哈尔滨中心的大直街上坐落着现代风格的宅第：葛瓦里斯基公馆，奥斯特洛乌莫夫公馆，斯奇杰利斯基公馆，吉别洛-索科公馆，都有漂亮的院墙和精雕细刻的窗饰，莫斯科商场装饰有圆头和尖顶。在广场中心矗立着圣·尼古拉教堂，好像是用从俄罗斯北方运来的小圆木一根一根拼合而成的。

门童跑到车前，开了车门，见到从车里出来的是一位欧洲人，有点吃惊。

亚历山大·彼得罗维奇一眼看见在不算太大的大堂远处坐着的浅草大佐。他坐在一张小桌前，背后是一排十分漂亮的木柱栏杆。领班鞠躬之后，精神十足地用小碎步走上前。亚历山大·彼得罗维奇边走边心里琢磨，浅草又一次出其不意地安排了见面。

浅草起身欢迎客人，请他坐在对面。亚历山大·彼得罗维奇知道餐点已经订好了。侍者来到桌旁时，他俩客套了一番。

日本人照例用娴熟的俄语表示歉意。

浅草大佐在哈尔滨是一个知名人物，从日本占领哈尔滨的第一天他就露面了，也就是一九三二年二月份。亚历山大·彼得罗维奇知道大佐在这之前也来过哈尔滨，是在土肥原大佐之后。他主持和布置满洲和俄国的情报事务，更确切地说是苏联的情报事务。浅草积极拉拢俄国侨民的头面人物，像阿塔曼谢苗诺夫、柯西明将军、法西斯党首领罗扎耶夫斯基等许多人。那些想取得他帮助的人巴结他，趋之若鹜，但多数俄国人对他避之唯恐不及。

晚饭是日餐：木桌上不用桌布，用木质上漆匣子代替桌子，食物就放在上漆的小盒里。竹木筷子放在兽形筷架子上。侍者送上清酒，每位客人面前放一个比顶针略大一点的酒盅。

客人拿一块湿毛巾擦手之后，侍者给斟满酒，端上切得很薄的生鱼片和饭团儿。

"我们喝第一杯,敬祝我们日本的太阳,天皇陛下。但是我们可以认为我们有两位皇帝,更确切地说是三位皇帝:我有我的天皇,您有您的沙皇,还有一位共同的'皇帝'——'满洲国皇帝'溥仪。"

起身为皇帝干杯。

"正好,我们可是好久没见了!如果我没记错的话,是从一九三五年吧!"浅草边说边坐下。

亚历山大·彼得罗维奇点点头。

浅草吃了点东西,说:

"过去的事以后再说吧,"他没什么铺垫,直奔主题,"亚历山大·彼得罗维奇,您对未来有何高见,不是遥远的未来,也就是两三年吧?"

问题有些突如其来,亚历山大·彼得罗维奇觉得这不是他们谈话的主题,所以只是耸了耸肩。

"您究竟有何高见?"

"我说不准。具体在哪里?"

"在这儿!"浅草说。

"在这儿,我想没什么特别的,哈尔滨毕竟是整体的一部分。可能在满洲,要有战事。"

"您为什么这么想?"

亚历山大·彼得罗维奇看了看对方:

"大佐先生,"他双臂一摊说,"请您原谅,不过……您这是不是在考我?"

"不是!"浅草微微一笑。"不过,很有趣!您是一位智者,尽可能远离政治……您对东北地区的发展前景有何高见?"

亚历山大·彼得罗维奇不急于回答,掏出一支香烟开始揉软。

"又是战争!"

浅草给他递来划着的火柴。

"谢谢!"亚历山大·彼得罗维奇伸了伸腰。"欧洲想叫希特勒按着《凡尔赛和约》赔偿,归还不太愿意归还的部分,于是就推到斯大林那里,让他们双方打起来。难道您,日本人,能放过这一点,或者需要美国吗?不,我想不会的!你们的关东军屯兵在这里,而不是阿留申群岛。"

浅草盯着亚历山大·彼得罗维奇。

"好吧!"他说,"这个问题就留给门捷列夫的门徒或植物学家出身的后备役士官生吧。您因难民委员会的公事常常在整个边境地区巡视,在阿穆尔河一带,乌苏里江一带,或如您所讲的,在整个国境线,什么都看见了,全部一清二楚……"

这回轮到亚历山大·彼得罗维奇看着浅草了。那位没说完便大喘粗气,喝完酒,操起筷子夹了一片生鱼片。"有趣的民族,这些日本人,"亚历山大·彼得罗维奇心想,"不管吃什么鱼,都要新鲜的,甚至没加一点盐的,不管喝什么酒,加在一起就都觉得香,至少也是好吃!"他也夹了一片生鱼片,蘸着辣根和酱油,喝酒,吃鱼:

"一清二楚,大佐先生。"

浅草嘿嘿一笑,表示赞赏:

"亚历山大·彼得罗维奇,您用筷子太熟练了!您就简单叫我浅草君好了!"

"悉听尊便,浅草君,我感谢您的盛情邀请,真的有些受宠若惊。一九三二年之后,您只能邀我去您的办公室或者去宪兵队见野村,最多去一趟侨民局。因此,如果您不介意,我想请问,为什么要进行这次谈话?第二次问您!"

"那也好,咱们就直来直去吧。如果像您所说的一问一答,那您会怎么样呢?"

"我不能回答所有的问题……"

"我也不会问所有的问题。您将会怎么办,亚历山大·彼得罗维奇·

冯·阿代伯格男爵,沙皇陛下近卫军上校军官,情报部门副主管?这够具体的吧,您?"

"这个我倒没想!"亚历山大·彼得罗维奇没有停顿,继续回答。"而'冯'这个贵族封号在亚历山大三世时就已经被取消了!"

浅草佯装没听见:

"那您不打算离开此地吗?像您的朋友尼古拉·瓦西里耶维奇·乌斯特里亚洛夫和其他一些人那样!如果不去苏联,就去上海或者美国的某个城市,或者澳大利亚。"

"像乌斯特里亚洛夫那样,当然不会的!在那里我的下场会跟他一样,而去您提的那些地方……那是需要资金的,所以现在还没什么打算。"

"说到资金有问题,那您可是当着真人说假话了,资金对您来说不应该是问题,别看您的生活还算简朴!真的假不了,假的真不了嘛!"

"您指的是什么资金?"

"您不是护卫过装黄金储备的最后一辆专车吗?难道……"

"大佐先生,"亚历山大·彼得罗维奇挺身靠在椅背上,"此时非彼时,至于捕风捉影的话……"

"明白,明白!"浅草放声大笑,也往椅背上一靠,两臂张开,把手放在桌上。"'回答!我要求决斗!'我们俩同是近卫军人,但是,亚历山大·彼得罗维奇,恐怕现在这的确是不可能的!"他的话中有一种嘲笑和威严的味道。"别吃惊!我曾在陆军第一近卫团服役,像您一样,我们驻防首都,就在天皇附近。对于荣誉的理解我们双方没什么两样,所以请别介意。如果您打死我,我的同事也不会抓您……现在不谈资金问题,我们今后可能再谈。"

亚历山大·彼得罗维奇有点僵住了,他开始明白了,这也不是谈话的主题。而浅草也从战术上考虑改变谈话的方向和语气,时而平静,时而紧张。

"众所周知的方式是需要让步时不要马上就让。"亚历山大·彼得罗维奇心里决定:

"那您说的究竟是什么资金?本来当时你们把整个列车都缴获了,您总不能指望人们认不出您是日本人还是捷克人吧!记得吧,在济马和伊尔库茨克之间的一个车站上,是你们指使捷克人干的!只不过当时年轻罢了!"

"那时候大家都还年轻……"

亚历山大·彼得罗维奇没等他说完:

"而大家都面带土色!"

在谈到这里时,别看浅草穿着便服,仍是不由自主地把手伸向左臂,那是日本军官佩带军刀的位置。可他还是立即回过神儿来,不过瞬间两眼还是现出了凶光。

私吞了!还没忘记,他是活着从地里被挖出来的!

浅草喝了一小口酒,嘴唇连动都不动,从牙缝里说:

"你们的军列被红军炸毁,掉进了贝加尔湖。不过这黄金,上校先生,反正也救不了你们,所以你们是输掉的一方。现在我们还给你们,一点点。"

他没干杯,自己喝了,并开始吃起来。亚历山大·彼得罗维奇也拿起筷子,不过说他护送的列车被红军炸毁的事他是前所未闻,这令他心里感到冰冷和空虚。"算了吧,"他心想,"这件事还得全面想一想,不过往后再说吧。"

"好吧,亚历山大·彼得罗维奇先生,"浅草的口气是枯燥的官腔儿。"那咱们就进入正题吧!所有被我邀请的俄国人都扮演着某种角色。众所周知,这就使人们不那么自由。您没参加任何党派和运动,因此可以认为您会公正地评价形势,其中包括政党和运动。更准确地说,他们还有什么能量,您对他们是什么看法?"

"如果可以,您具体说!"

"作为开头,您先说说对白色运动的看法?"

"从远处开始!不过,这显然接近主题了!"亚历山大·彼得罗维奇心里想,也用枯燥乏味的腔调回答日本人。"没有白色运动,在这里,没有!而且任何地方都没有。它已经结束了。有许多人,俄国人和非俄裔俄国人,还幻想他们过去的祖国,俄罗斯!可俄罗斯同样不复存在。那个俄罗斯没了,也不会再有了。有一个新的俄罗斯——苏联,它拿起武器,脱离了我们,占据了广阔的土地,并在那儿站稳了脚跟儿,而且建立起自己的生活。好,还是坏,这无须我们评说。可这是事实。那里不需要我们。俄罗斯的农民对地主老爷恨之入骨,就是对我们这些人,所谓的先生们。因此在革命和国内战争中血流成河。我们已经被永久分开了。"

亚历山大·彼得罗维奇用筷子夹了一片生鱼片,在放酱油和辣根的小碟中蘸了蘸:

"如今一切都平静了!我们在这喋喋不休地争论,人家在那里种地、盖工厂,当然业余时间也打架斗殴、自相残杀。"

"这又怎么样呢?"浅草脸上出现惊奇的表情。

"您不可能理解!"亚历山大·彼得罗维奇得意一笑说。"斯大林消灭了几乎所有与乌里扬诺夫和托洛茨基一起发动十月革命的人士。这本来不是新鲜事,当一个人一旦攫取了权力,那就得消灭送他登上权力宝座的人们。不过这是他们的事。浅草先生,国家很大,人很多,不能全整死,消灭一批就有另一批顶上来。"

"那您是怎么想的,斯大林为什么要消灭他们呢?"

"这就太乏味了,武士道先生!是您在做情报工作,而不是我!难道是为了这个才邀请我来吗?"亚历山大·彼得罗维奇心中抱怨,不过还是以原来的腔调继续说,"这很简单!那些与他出生入死打巷战的人——他们有自己独立的思想,即与领袖不同的观点,有自己的主张和立场等等。对斯大林来说,这肯定是不可容忍的。他在被清洗者的位置上换上新人,他们就会誓死对他感恩戴德,忠心耿耿地为他服务。然后再消灭这一批,在他们的位置上换上更忠诚的新的一批人。这样会延续多年,可能四十年,或者更长。正好说说,摩西正好用了四十年和许多考验,才使以色列再次走向世界时记住了在埃及的日子。"

"这的确很简单,这是你们从圣经中引证的!这我们知道!"

"可是在尘世中也没有什么新鲜的,浅草先生!"亚历山大·彼得罗维奇在酱油里加了辣根儿,搅拌搅拌。

"这我们也知道。"浅草注意听着亚历山大·彼得罗维奇讲话,他一点点变温和了。

"我们曾站在斜坡上!正如您的慧眼所见,我们是输家。我想更确切地说我们是失败的一方。就连一个共同的事业都不能把我们俄罗斯人团结起来,也未能使我们在这块土地上集合起来,集中一切力量,形成一个拳头,夺回我们的家园。这是远东,不是那么事关大局。克里米亚也好,库班也好,顿河或者白海地区也好,在什么地并不那么重要!"亚历山大·彼得罗维奇换了口气儿。"几年前在我们最后一次见面时您就正确地看出了问题的实质,记得吗?"

浅草点头称是。

"就是这样!甚至在这里,就像在罐头盒里一样保存着俄罗斯的生活习惯和生活方式,俄罗斯在世界任何地方也没像在这里一样得到珍视,可我们都不能以任何思想统一起来。别说统一思想,就连西伯利亚大铁路都被两三支部队瓜分,各自为政,称霸一方。你们的谢苗诺夫在大连养尊处优吧?在这里也是你争我夺,内讧不止!那些哥萨克本来是土生土长在阿穆尔河流域或乌苏里江流域,现在也不想挥舞军刀了。为十个美金便追随涅恰耶夫将军去为中国的军阀卖命,而不去为恢复家园而战!"亚历山大·彼得罗维奇说这些话的时候两眼露出凶光。"您如此感兴趣的白色运动是存在的，但是只是一种宣传而已。写得倒是不少：什么回忆录啊，怀念文啊，报纸啊，评论啊，不一而足。来自苏联方面的言论早就销声匿迹了。对于斯大林来说，这不过是蚊子叮了一下而已，无关痛痒。他是动真格的，加强军队、边防，建设国防工业，建立契卡或现在所谓的 НКВД！大家都在励精图治！您也许听说过库切包夫将军，还有米勒将军！他们在哪里？您知道吗？我们——不知道！下面的事也就不难猜了！"

浅草一边听一边点头。

"因此我确定白色运动根本就不存在！所以我没有参与此事的任何想法！参加战斗，怀着一颗美好的心灵，虽然我已经年老力衰，已经跳过战壕前的胸墙。反正战斗就是战斗，不是阴谋暗算，也不是溜须拍马。"

亚历山大·彼得罗维奇停下了，关于这个暂时还没人问他。

"喘口气吧！"他对自己说。

浅草坐在椅子里摇摆着身子，明显很满意。真的，也不知是为什么：也许是亚历山大·彼得罗维奇说的话，也许是他的口气。

"还是多加小心为佳！"亚历山大·彼得罗维奇看着对方的表情，心里想。

浅草动了动嘴唇，他早已拿着一杯茶坐在那里。

"我们都是老头子了，这明摆着！"他温和地微微一笑，摇着头说。"我们的确不愿意在跳胸墙了，这已经不是我们该干的事了。但是到最后我们可以领导、指挥、培养徒弟嘛。"

"领导谁呀？培养谁呀？"亚历山大·彼得罗维奇明白谈话的目的了，现在已经清楚日本人把话题往何处引，但是还要等他最后摊牌！

"青年呗！"

"什么青年？哪里的青年？我们的？在这里的俄国青年？"亚历山大·彼得罗维奇在"这里"加重语气。

"是啊,我们的,意思当然是你们的……这里的!"

"您指的是哈尔滨市区和郊区的工人?"

"就是这些人!不过,亚历山大·彼得罗维奇,基本上还是你们的人,你们的青年。他们在俄罗斯失去了某些东西!"浅草说这些的时候加重了语气,有些步步紧逼的意思,最后长出了一口气。

亚历山大·彼得罗维奇两手放在桌上,注视着浅草的眼睛,问:

"您是想拿我们的青年'拼版'吗?"

浅草惊讶地扬了扬眉:

"您说什么?'拼版'?'拼版'是什么意思?"

"他不知道这个词,那就教教他吧!"

"'拼版',浅草君,如果简单解释,就是吸收的意思。在印刷厂里印一本书,需要排版,就是把文字排在一个框框里,把部分排成整体,是吧?在排完之后,文字全部准备好了,就组成了完整的一本书。"

"拼版!好词儿,应该记住!"浅草没等听完,已表露出有点不耐烦,这还是头一次碰上他不认识的俄语单词,这一点谈话对方已有所觉察。

"拼版,"他慢慢地重复着,"正是拼版!"他盯着亚历山大·彼得罗维奇的眼睛。

"往哪儿拼啊?往军队里吗?"亚历山大·彼得罗维奇也那样不紧不慢地问。

浅草沉默了一会。

"那您为什么谈及此事呢,您是情报官啊?难道这也是您的事?"

日本人一时语塞。饭店总管突然出现,到他背后窃窃私语几句,给他解了围。浅草仰起脸,问了句什么,差一点打个口哨,最后长出了一口气,不知是因为可惜,还是因为心里的一块石头落了地。

"这样吧,亚历山大·彼得罗维奇!我们的谈话刚刚进入佳境……

拼版！"他莫名其妙地哼了一声,"这是长官的要求！领导嘛！不过这无关紧要！咱们简断截说吧,公事公办嘛！"

他用手指在桌上敲出鼓点:

"我不得不停止我们这次在各方面都非常有趣的谈话。不过,我相信我们会有更合适的时间接着谈。我对您只有一个请求……"

"当然,当然！不论对谁,不论何时,不论何事！大佐先生,这是不言自明的！还有什么事？在土耳其,给苏丹传坏消息的信使立即被砍头示众。我不会把您的消息告诉俄国人。"

浅草与亚历山大·彼得罗维奇起身离桌。但是,提到土耳其,不知为什么日本人又停下了。

"土耳其！真说到点子上了！下次咱们就谈土耳其的亚内恰尔精兵。要用车送您吗？"

亚历山大·彼得罗维奇惊讶地看着对方,他已经开始告辞。

"瞧您说的！我只有两步远就到家了！"他边回答边想,"亚内恰尔！谈亚内恰尔干什么？"

步行到家很近,但他不想在安娜面前露出这种情绪,也不想故意装作无视杰里诺夫那种刨根问底的眼神儿。他贴着篱笆墙走过去,从窗幔看见客厅亮着灯,决定走一会,定定神儿,让思想恢复常态。现在清楚了日本间谍为什么约见他。日本人几年前就曾建议与他合作,他用各种借口推脱了所有党派及政界人士的相邀,这样才保证了自己的安静生活。那些自认为是所谓白色运功领袖的人物终于懂得,他们无论怎么极力表现都是徒劳的。一些人没有资金,另一些人没有影响力,还有一些人的思想是空中楼阁,转瞬即逝。在哈尔滨有足够势力的只有罗扎耶夫斯基的法西斯党。这是一个神经有毛病的人,天生的辩才,心狠手辣又精力充沛,吹嘘三岁时就与俄国布尔什维克做斗争,并吸引很多追随者,可是跟他走的根本没有白色运动的老战士,基本是一些青年人。那些投靠他的军官是因为落入内战漩涡时还年轻,在血泊中摸爬滚打已是战争的尾声。他们早就在心中播下复仇的种子,他们梦寐以求的是不管建立什么组织,只要能与布尔什维克斗争就好。不过,这种积极性很快就冷却了。特别是一九三九年之后,日本人组织法西斯分子在西伯利亚铁路沿线搞破坏,这个代号叫"步行去"的加强小分队以失败告终,在苏联国土上几乎全军覆没。无论罗扎耶夫斯基和日本人怎样掩盖这次失败,全城已无人不知,无人不晓。此后法西斯分子的威望也逐渐式微。

在一九三五年八月组建这支队伍之前,浅草和罗扎耶夫斯基进行过一次谈话,日本人意外地请他参加,这件事他还记忆犹新。

那天他们在哈尔滨帆船俱乐部摆了三桌,旁边的窗子大开着,下面就是奔腾的松花江。浅草没说明会面的目的,只说请他吃午饭,友情相聚而已。

正是中午,大厅里空荡荡的。两名侍者懒洋洋地走来走去,用毛巾赶着落在餐具上的苍蝇。他们的桌子是按俄国方式布置的。浅草还要等一位客人,那位还没到,大家就先喝了点冰镇矿泉水。

这时一个留着卷曲洁净大胡子的青年走进大厅。他穿一套灰色西服,里面是带浅蓝色条纹的白衬衫和黑色领带。亚历山大·彼得罗维奇觉得他不是走进来的,而是一下冒出来的,他的行动像一阵风。他看见浅草走上前,突然停下,因为他看见有一位陌生的俄国人。

"康斯坦丁·弗拉基米洛维奇·罗扎耶夫斯基!"浅草跟他打招呼。
"请!"

年轻人用臂肘做了一个动作,暴露出一种排斥感,然后悄悄朝桌子走去。

"请坐!"浅草说,同时朝亚历山大·彼得罗维奇示意,用礼貌的手势介绍给客人。"请多多爱护和关照,康斯坦丁·弗拉基米洛维奇·罗扎耶夫斯基,哈尔滨的名人,就不必特别介绍了。"

亚历山大·彼得罗维奇欠身,两个俄国人互相致意,亚历山大·彼得罗维奇等着浅草介绍自己,可他立即与罗扎耶夫斯基谈起法西斯党,谈到党的第三次代表大会成绩斐然,回想起给罗扎耶夫斯基一把武士刀,然后话题又转到几个俄侨身上。罗扎耶夫斯基回答问题时有些不连贯,神经兮兮的,不时地看看亚历山大·彼得罗维奇,因为浅草还没给他介绍呢。这样继续了十五分钟到二十分钟,后来侍者给上了菜,并给每个人斟满了白兰地。浅草首先举杯,为天皇干杯。大家都喝了,但席间的焦躁气氛并没有散去。亚历山大·彼得罗维奇仍感到很不自在,尽管一切服务都是地道俄式的,但是在桌上发生的一切都与俄式无关。很清楚,这是浅草故意安排的。

"大概这个年轻人碰了钉子!"不知为什么他心里这么想。的确如此,浅草喝第二杯时没有祝酒,然后就变脸了,表情冷酷,用凝视的目光盯着罗扎耶夫斯基,用冷漠的口气说:

"大家都知道,罗扎耶夫斯基先生,我想这也是尽人皆知的事,苏联内部矛盾加剧,形势非常复杂。您不觉得贵党若继续与苏联为敌,但不走出哈尔滨以及郊区,那决定俄罗斯命运的列车就会把您甩下吗?"

"看来,开始了!"亚历山大·彼得罗维奇心里想,看看浅草如何翻脸。

但是罗扎耶夫斯基像是正等着这个问题。他把手从桌子上拿开,放在膝头的餐巾上,亚历山大·彼得罗维奇发现他的眼神表现出他正在一点点下定决心。他的脸本来表情丰富,变化多端,此时一下凝滞了。他觉得此时此刻罗扎耶夫斯基的眼睛看到的只有那个日本人。

"也好,浅草君!"他没有任何表情,口气也和日本人一样冷冰冰。"在召开'三大'之后,您不能再指责俄罗斯法西斯党消极了,"他的口气很坚定,开始在椅子里摇晃身子。"我们对您感激不尽,今年在您的同意与支持下,我们向阿穆尔河那边派遣了我们的两名战友,还有一名表示愿意完成危险的任务……"

"战友,"亚历山大·彼得罗维奇心想,"这意思是说,他们自己称呼为战友!"

"那结果呢?"浅草冷冷地问。"您在等他们的情报,可哈巴罗夫斯克(伯力)电台广播说这三个人已被 ГМУ 擒获……"

谈话的口气越来越激烈。亚历山大·彼得罗维奇听着,一时还没弄明白浅草究竟让他扮演什么角色。浅草继续说:

"他们之所以被歼灭,是因为您对苏联的反间谍能力估计不足。"

他停顿一会儿,罗扎耶夫斯基当即利用这个空子:

"除此之外,大佐先生,我可以提醒您,不久前从阿穆尔河那边返回一个战斗小组……"他看了看亚历山大·彼得罗维奇,停顿了一下,用询问的目光看了看日本人。

"说吧,实话实说!这张桌上没什么秘密。"

罗扎耶夫斯基脸色苍白:

"我们还有位战友,他经您批准已经过去很长时间……"

浅草微微地,但毫不掩饰地笑了:

"罗扎耶夫斯基先生,您的那个战友,"浅草说到这个词儿的时候,令人感到赤裸裸的嘲笑味道,"以及小组的潜入不仅得到我们的同意,也用我们的资金。可他们做什么了?没与人接触,没进村子,离军事目标很远很远,花的钱等于打水漂,这次行动的开销都是我们负担的,目前是贵党欠的一笔债。"

"噢,这得还一辈子啊!"亚历山大·彼得罗维奇脑子里闪过这个念头。

"但是,"罗扎耶夫斯基企图反驳,"照我的观点来看,这笔债已经由我们那些一去不返的战友偿还了……"

"罗扎耶夫斯基先生!"浅草向前弓着身子,拖长声音一个字一个字地反驳说。"你们的损失自己算去吧,我们得算一算自己的钱花得冤不冤,我们有权让我们的投入得到更多的回报。而贵党对这些资金的依赖是不争的事实。我们的投资得到的回报如此之低,我们完全可以拒绝贵党的服务。"他喝了一小口热茶,降低了声调,继续说:"咱们敞开说吧,俄罗斯法西斯党目前还没有证明对它的投入有什么回报,请想想这个问题吧!"

席间一时陷入沉默。

在整个谈话过程中,日本人一次也没朝亚历山大·彼得罗维奇这面看一眼。

"起身告辞?"亚历山大·彼得罗维奇心里想,但是谨慎为佳的想法占了上风,于是他伸手拿起白兰地酒杯。浅草在说完之后,转身开始望着窗外,显然是让罗扎耶夫斯基整理整理思绪。

"真激烈!"亚历山大·彼得罗维奇心想,"大概这还不算完!"

罗扎耶夫斯基不再往下说,目光转向自己正揉搓餐巾一角的手指。他样子很凶,没发现浅草已不再看窗外,而是注视他,显然决定帮帮他,问话已经是比较温和的语气了:

"您怎样评价自己所谓的三周年?"问了这个问题后,浅草靠在椅背上。

罗扎耶夫斯基抬起眼睛。

"积极和大批量地往苏联投放三年的宣传品,培养出秘密的反对派,各自为战,也无须请示中心,法西斯党支部亦是如此,等一声令下,便揭竿而起,反对布尔什维克。我们相信这次代表大会的演讲肯定会得到广大居民的支持。"

"请问信心从何而来?"

"俄罗斯逃亡者的叙述,侨民出版物的资讯以及贵使团的有关情报。"

浅草深感遗憾，但表情温和地看着对方：

"情况完全不是这样，康斯坦丁·弗拉基米洛维奇·罗扎耶夫斯基。首先，侨民出版物的特点就是漫画式地宣传苏联现状，苍白而无说服力。其次，你们那些战友，或小组，或个人去执行仓促突击，企图建立丰功伟业，"浅草在说到丰功伟业时，明显是冷嘲热讽，"其实是一事无成。利用这些行动不能推翻苏联，而且您和您的那些大量的支部是以卵击石。再说这些支部还远未建立起来。不过，罗扎耶夫斯基先生，根本的危险是您及贵党的其他领袖并没有认识到敌人的军事潜力。这里，"浅草停顿一下，用手指敲打着桌子，"在远东，您未能帮我们获取到有关这方面的可信的秘密情报。而这才是最根本的。顺便说说，建立小分队的事情进展如何？"

罗扎耶夫斯基跃跃欲答，但浅草没让他打断，继续说：

"在明年七月之前小分队必须组建完成，准备参加战斗。我们将派一位同志与您直接联络。到时候我们会告诉您他是谁。我们这位军官在苏联工作多年，对阿穆尔一带非常熟悉，而俄语水平也不比我差。"浅草沉默一会，然后补充说，"部队组建及派往俄国的问题都由他来拍板。"

罗扎耶夫斯基默默点头，显然明白了。日本人下一步有关组织外籍人员反苏的工作要掌握在自己手中。

亚历山大·彼得罗维奇正是这么理解的。

浅草沉默了一会儿，然后微微一笑，用完全和解的口气说：

"康斯坦丁·弗拉基米洛维奇·罗扎耶夫斯基，我不想再耽误您的时间了。如果您不介意，我和亚历山大·彼得罗维奇·冯·阿代伯格男爵还要稍坐片刻，"他在"冯"和"男爵"上加重了语气。

罗扎耶夫斯基听后一惊，看了看亚历山大·彼得罗维奇，什么也没说。谈话结束得如此突然，以致叫他只能起身告辞，别无选择。他把椅子放回原处，又看了亚历山大·彼得罗维奇一眼。

亚历山大·彼得罗维奇与浅草默默坐了一会儿，还是亚历山大·彼得罗维奇首先打破沉默：

"您对他太严厉了！该当如此吗？"

"何止该当如此！"浅草一说起这个便气不打一处来。"本该把他们都赶跑，像你们所说的去他妈的妖婆！严厉！您知道他们祸害我们多少钱吗？这简直是个无底洞！一种危害！"

亚历山大·彼得罗维奇做出听了浅草的话感到吃惊的表情。

"您知道，"日本人较平静地说，"他们是一群骗子。说你们白俄有什么力量，这不过是一种假象。危害就在这里，表面上好像有什么力量，其实什么力量也没有，我们指的是实际力量。而从东京下达的指示是利用这种力量。你愿意不愿意，反正得利用它！"他长出了一口气。"还不如不知道有这帮家伙，那我们就靠自己了。我们跟他们打交道，真是大错特错。"

亚历山大·彼得罗维奇惊讶地看着对方：

"浅草先生，大错特错的是我们与布尔什维克战斗的时候，你们没有供给我们足够的枪支弹药。"

"就算给你们充足的枪支弹药，"浅草打断他的话，"你们也将一事无成。你们那儿有高尔察克，这里有执政政府，这里又是谢苗诺夫……"

"你们已经把他吸收了。"这回轮到亚历山大·彼得罗维奇打断他了。

浅草沉默片刻，低声补充说：

"你们这些人，不可能团结一致。过去是那样，如今也一样。倒霉就倒霉在这里。你们的每一位中尉都需要一匹白马和教堂的钟声。但是列宁先生把这个都给安置好了，就是那位乌里扬诺夫。"

亚历山大·彼得罗维奇没反驳，也没什么话可说了。

"算了吧，吃点东西，谈谈我们的事吧。"浅草举起酒杯，补充说，"我愿与十位像您这样的人士共事，也不想与一千名像他这样的废物打交道。请回答我一个问题，这可能令您感到奇怪，您，亚历山大·彼得罗维奇,想骑着白马荣归故里俄罗斯吗？"

亚历山大·彼得罗维奇看了看日本人：

"我可不是中尉！"

"那究竟想不想呢？"

"想是想回去,但是不是骑着白马,而是平平常常地回去。"

"那是怎么回事呢？'

"您是想叫我做你们的间谍回去吗？"

"当然不是！"浅草深信不疑地看着亚历山大·彼得罗维奇。

"那又怎么样呢？"

"假设我们打败了苏联,直打到贝加尔湖,也可能更远,当然得有你们的帮助,那您就可以还乡了……"

"身份是……"

"我们的代表之一……"

"您有信心在一场公开的战争冲突中战胜苏联吗？你们的间谍看见了,一九二九年他们怎样在中东路打败中国人的,彻底击败！"

"过去的事已经过去了！但是,我想,我们可以做好充分的准备。"

"那您以为他们会对此一无所知,不看地图,不准备与你们开战吗？"

"问题就在这里嘛！这就是我为什么对与您合作感兴趣,而不屑与这些'领袖'打交道！一切问题都在于我们必须得到情报,了解他们在阿穆尔河左岸正在干什么,而您在这方面能帮助我们。"

"怎么说呢？"

"我们需要优秀的专家……"

"？？？"

"譬如教官,万无一失地偷渡……"

"我是摆渡者吗？"

"不是,当然不是！我们安排年轻人摆渡……"

"那我就谢谢了！"

"别胡闹了,亚历山大·彼得罗维奇,您清楚要谈什么。我们需要有文化的人。他们能够领导挑选和培养间谍的工作,教育他们,领导他们在复杂的条件下……"他沉默片刻。"那您知道你们犯的极大错误在什么地方吗?"

"在什么地方?"

"胜利后的自相残杀!只有结果是最重要的!"

亚历山大·彼得罗维奇差不多绕了一个街区,他走在冰冷的、无雪的哈尔滨街道上,他没觉得刺骨的寒风从四面八方打在他的脸上。

很清楚,大家都需要俄罗斯:苏联,日本,和被俄罗斯抛弃的俄罗斯人。但是如何达到目的呢?确切地说,如何能使俄罗斯人生活在俄罗斯人的治理之下,而日本人却无法染指?

在一九三五年的那次谈话与今日的谈话一样,都是无果而终。亚历山大·彼得罗维奇对帆船俱乐部那次谈话的细节仍历历在目。最后是浅草请他出山,担任俄国侨民局的一个领导职务。亚历山大·彼得罗维奇答应考虑考虑,就此告别了。浅草没就这件事再找过他,实属怪异,但很快亚历山大·彼得罗维奇得悉,这中间浅草回东京述职了。

他又出其不意地在哈尔滨露面是在一年前,就跟他走时一样。亚历山大·彼得罗维奇几乎不再想他了,而今天他们又在新哈尔滨旅馆会面了。

亚历山大·彼得罗维奇绕了一圈,拐入交通街,看到家里的灯还亮着。

"现在让我们来琢磨琢磨!苏联过去存在,现在仍然存在。日本人想做全亚洲的主人,现在仍然不死心,并且准备下手。在满洲的俄国侨民坐吃山空,无事可做。问题就在这里。就是说,"亚历山大·彼得罗维奇心想,已经走到篱笆前。"日本人的计划有些变化。他们需要领导人才和新生力量,他们正在准备重大事情。他们大概要挑起冲突。但是,我们还有多少时间可以逃避这场冲突呢?必须得救出萨士克呀!他不能做他们的雇佣兵啊!"

第二章

第一节

库吉玛·伊里奇猛地从嘎吱嘎吱响的床上坐起来,被子一直推到脚。坐在那儿发了一会儿呆,然后开始用拳头揉眼睛,擦去脸上的泪水,想使劲儿回想起点什么,可是他还没有完全醒过来。他掀起被子,用被子的一角擦了擦脸。

"眼泪吗?怎么会有眼泪呢?我在梦中哭了吗?我梦见了什么?我梦见了什么?"

屋子里还很黑暗,墙上的挂钟嘀嘀嗒嗒地走着,但看不见钟点。

"几点了?"

他不想打开电灯,于是探出身子,找火柴,想把煤油灯点上,因为油灯的光线不那么冰冷和昏暗。挂钟显示出差几分六点,时间还很早,可又不想再躺下。库吉玛·伊里奇起身,没穿袜子,走到桌前从水瓶里倒了点水;在这工夫一只手碰到了什么,一看原来是那装圣像的麻布口袋,一下感到后背冒出了凉气。

"莫斯科！梦见莫斯科了！"

库吉玛·伊里奇两腿发软，一下坐在床上，想回忆起到底做了什么梦。

"青苔路！"

他想起来了，梦见自己走在青苔路上，然后向着猎物市场走去，从大剧院旁边过去，来到小剧院拐角，开始往上走，朝卢比扬卡广场走，不知怎么地，一下置身广场上。他看见了，这就是莫斯科，他的莫斯科，可不知为什么又认不出来了，这是卢比扬卡广场，广场空空荡荡的，到处是脏兮兮的积雪。突然，顷刻间挤满了人群，人们在那儿奔窜，黑压压的，身穿大衣，头戴棉帽。或者这不是卢比扬卡？当然，这不是卢比扬卡广场，这是红场——条石铺地，这是尼考尔斯塔楼，上面是哥特式透花塔尖，拱门上是圣徒尼古拉的圣像。人们仍然在跑，不过已不是在跑，而是乱窜。哥萨克猛扑过来，好像又不是，这是红色哥萨克，头戴红军的尖顶盔形帽。他们在挥刀大杀大砍，雪都染红了。在红色的雪地上有一个高大的底座，上面竖起一个纪念碑。在红场中间从来没有为一个高个子、身穿军大衣的人立过碑。米宁和巴扎尔斯基的纪念碑的确在红场中央，可是这个不像。这是为谁竖的碑呢？库吉玛·伊里奇认不出来。突然间就地冒出一个火红的骷髅头。人们在哥萨克的战马中间奔窜，纷纷倒在雪地上。尼考尔斯塔楼的尖上已无圣像可寻，在白色护罩里只能看见红砖墙，其他什么都没有。火红的骷髅头从石碑上慢慢地飞下来，后面跟着一道逐渐消失的亮光。这骷髅头在广场和人群上空飞来飞去，并向一动不动站在骚乱人群中的库吉玛·伊里奇飞去。这东西飞得很慢，离他越来越近，已经感觉到它很热，烤人了。库吉玛·伊里奇想避开它，骷髅头直接在他面前停住了，那个骷髅头大得叫你什么也看不见，把眼睛都给你晃花了……

库吉玛·伊里奇把头一摆："哎，鬼东西！原谅我吧，上帝！怎么能做这种梦呢！"他浑身发凉，两手麻木，他试图用双膝支撑站起来，但是两条腿不听使唤。

"骷髅头！"库吉玛·伊里奇费很大劲儿转过神儿来。"骷髅头！亚历山大·彼得罗维奇不是也说过骷髅头的事嘛。他也梦见过它，在哪儿？密林里……在受伤的中国人身边。对了，就是它！可现在我也梦见了！"

煤油灯的小火苗发出了亮光。

做了这个梦之后，亚历山大·彼得罗维奇的倒霉事便接踵而至。一九二四年铁路被红军占领，他失去了工作……还有萨士克的肺炎……

库吉玛·伊里奇看了看挂钟，时间是六点一刻。

"如果我现在就穿上衣服，那去早祷还来得及。"他喘了口气，画了十字，便开始穿衣服。

库吉玛·伊里奇顺着交通街往下走到花园街。到喀山圣母男子修道院本来很远，库吉玛·伊里奇已经习惯了，他走遍哈尔滨从来不乘电车、出租车，上帝救救我吧，更不会坐人力车。

天还很黑，脚下的条石马路也黑黢黢的，稀稀拉拉的路灯照着地上脏乎乎的冰水。

哪怕下点小雪呢，也不至于这么阴冷！

库吉玛·伊里奇已经快走到交通街与河沟街交叉口了，往前该向左拐过桥，下面是灰暗的、冰冻的马家沟河。走上宽阔的哈尔滨公路就到了，修道院就在那里。

哎呀呀！周围一片漆黑，什么也看不见！

库吉玛·伊里奇穿着打了掌儿的毡靴，不慌不忙地走在哈尔滨的夜色中。

"万物皆空啊！"不知为什么脑子里冒出这句话。

他已经从人行道上下来，上了马路，突然在离他大约半米处冲过来一辆锃亮的黑色轿车，这辆车没打前灯，刹车时发出刺耳的响声。转弯时几乎没减速，打了转向，贴着发呆的库吉玛·伊里奇朝交通街疾驶而去。库吉玛·伊里奇一时呆若木鸡，不知往何处去。他认出来这是苏联驻哈尔滨总领事馆的汽车。

又过了片刻，库吉玛·伊里奇站在原地还是什么也听不见，他下意识地退回人行道，瞬间，紧随第一辆车，第二辆车又一闪而过。同样发出刺耳的刹车声，库吉玛·伊里奇认出来了，这是日本宪兵队的车。

"该死的东西！"脑子里闪过这个念头，"纯粹是该死的东西！"

他又站了一会儿，怕又过什么车撞了自己，左顾右盼，迈着小碎步穿过马路，到了路对面。

人们你追我赶，大清早不睡觉，到底追的是什么呢？这本来既不是日本，也不是俄国。

教堂里祈祷的人已经很多：既有修士，也有教民。见此库吉玛·伊里奇心里温暖多了。

早祷正在进行，教堂各处都点燃着蜡烛。一个个黑乎乎的后背挡住烛光，但是圣龛下面很亮。库吉玛·伊里奇来到圣像前面，背朝圣像往后退，点了一根蜡烛在那儿放好。蜡烛是真正蜂蜡制作成的。教堂里弥漫的气味令他不由得泪珠流在没修过的面颊上。这味道令他回到了自己的童年，莫斯科的姨妈们带着他这个孤儿去谢列梅杰夫宫的先兆教堂，就在大学后身。库吉玛·伊里奇就是在那里闻到这种气味，见到这种烛光的。

唱诗班正在唱圣诗。

从祭坛的左门出来一位神父，朝圣障走去，并开始唱赞美诗：

"耶稣基督，天父之子在上，为圣洁的圣母和圣父祈祷！"画了十字便朝右门走去。

库吉玛·伊里奇清楚地记得他的姨妈们怎样祷告。她们总是一块去教堂，跪下，用大幅度动作画十字，恭恭敬敬地祈祷。那时候他还很小，看到这些有些害怕。她们叫他跪下，照她们的样子祈祷，完了之后他看见她们对骂，喝各种果酒，然后再喝些白开水，为的是不被别人发现酒味，以及去掉口里的酸味。他还记得从猎物市场商亭来的商人喝醉打群架，相互痛殴直到唱诗结束。

库吉玛·伊里奇祷告：

"……可怜可怜我们吧！"

从唱诗台传来了颂祷声，望见指挥舞动的手势，库吉玛·伊里奇回过神儿来，好像他自己在说，在升华，他听见唱诗的声音，声音很轻，想到永远令他苦恼的一切，现在正在苦恼着他。

"基督死而复活，救苦救难……"他听到唱诗班的颂诗。

"上帝啊！原谅我！我为何物？此时此刻也没唱祭祷歌！"库吉玛·伊里奇颤抖一下，随着唱起来：

……愿万众之子，大家和个人的儿子，实现我们的愿望，充实信徒的精神，缔造我们的生活，贯穿我们的肌肤，永驻我们的心灵，清除邪念，远离罪恶，拯救我们吧，善者，我们的神圣天主，圣·瓦西里，万古流芳！

库吉玛·伊里奇画了十字，左手拿着正在融化的蜡烛，已经烫手了。他又陷入沉思。

上帝啊！你为了什么罪过才惩罚我们！我们罪恶深重，多年来打斗不止，互相残杀！我们是些逃亡者，逃亡者！外来的逃亡者！

库吉玛·伊里奇不喜欢侨民这个词儿，能不用就不用这个词儿，听起来冷冰冰的，是书里用的词儿。

外来的,逃亡的,被赶跑的一群人!

一字一句,一呼一吸都颂扬上帝……

唱的声音和谐一致,优雅动听。

"颂扬上帝……"库吉玛·伊里奇重复念诵,同时看见神父出来领诵:

"光荣属于您,您为我们指出光明!"

合唱班跟诵:

"光荣属于上帝,全世界、全人类都以慈悲为怀……"

库吉玛·伊里奇怀着忧伤的心情听着这些话:"没有人心向善。没有向善!在这个世界上,没有向善!"

早祷结束了。库吉玛·伊里奇把蜡烛放好,为亡灵祈祷安息,然后在喀山圣母像旁驻足片刻便随群走出教堂。天差不多亮了,还静悄悄的,没有风,下着雪。

"上帝听到我的祷告了!"看着慢慢旋转的雪花,他心里想。

库吉玛·伊里奇心情平静了,开始往家走,虽然一想到他看见的汽车追逐,心里会不时感到不安,但路上还是忘掉了。

米哈伊尔·卡皮托诺维奇·索罗津在他身后悄悄地跟着。

第二节

浅草皱着眉头,头也不抬,看了一眼客人,然后看那个塑料台历。这是他在日本驻苏联大使馆的同事从莫斯科寄来的;撕下昨天一九三八年二月二十三日那一页,放入已经打开的俄国侨民局卡片盒里,然后问:

"读完了吗,野村君?"

野村抬了抬手指,表示请稍等,然后摘下眼镜,把读过的文件放在一旁。

"是的,浅草君,读完了。不过了无新意,跟我们的情报完全一样。"

"根据您的资料,现在罗扎耶夫斯基周围的情况怎么样?"

"也没什么特别的。清楚的是他对自己所谓的美国战友旺夏斯基极度不满。"

"那不是什么战友!"浅草满脸不快,从椅子上站起来,一瘸一拐地走到办公室的另一角,那里的茶几上刚刚放上一壶开水。"战友,这应当理解为在一起为某种目标而斗争的人们。这个脑满肠肥的美国百万富翁为什么而斗争呢？对他来说，这只不过是演戏和哗众取宠而已。没想到吧？还带着自己的传记作者来到上海。您瞧这就是他们的所谓全部斗争！"浅草沉默片刻。"在美国法西斯的生活并不好。他们的组织非常涣散，正如他们自己所说的，一个像旺夏斯基这样的俄国侨民能有什么作为呢？"浅草说着，也没动地方，用俄语招呼对方，"给您倒茶，使用茶碗还是托杯？"

"托杯好了，大佐先生。当然了，是带托儿的杯，如果方便，如俄国人所说的，就着块糖更好了。"野村用俄语回答。

"就着块糖！"浅草若有所思地重复一遍，在小碟里放了几块糖，开始倒茶。

野村又拿起文件，接着抬头问：

"浅草君，您怎么会如此钟情俄罗斯的茶、带银托的茶杯和茶炊呢？对我而言，全都一样。我在桦太出生，是在俄国人中长大的，我在哈尔滨已经生活了差不多二十年，妻子也是俄国人，这大家都知道。那您呢？"

浅草微微一笑，转身对野村说：

"不必那么拘于礼节，特别是当您想喝茶，而且和一位土生土长的萨哈林人对斟对饮时，他可是在俄国人堆里生活了十二年之久啊。"

野村听了对方的玩笑很满意，笑得露出大牙，然后又戴上眼镜，翻了翻文件，从中取出一页。

"您这里有个通知，说罗扎耶夫斯基的法西斯分子要开例会，还提到索罗津。您对他还感兴趣吗？或者您的年轻中尉光一会感兴趣吗？"

浅草把杯子放在桌上。

"我曾经感兴趣，我拼版了。"他转用俄语说，"我把这个索罗津拼到罗扎耶夫斯基手下干了。有一段时间他俩走得很近，我必须知道的是我在俄国侨民局的助手在那表现如何。"

"那拼版成什么样了？"野村与大佐在进行俄语知识竞赛,两个人的俄语都可以说非常了得,"这里又出了个小丑'彼得鲁什卡'。"

"这个小丑'彼得鲁什卡'是个卷毛的。"

"不过毛卷得更厉害……"野村尽力不叫浅草赢得这场舌战。

两个人都笑了。

"那么,如果认真地讲,"野村皱着眉头,"最近我不太喜欢索罗津。不喜欢!"他沉默片刻,继续用日语说。"您把他交给我们,并要求利用老关系继续工作,是这样吧？"

浅草点头。

"这不结了！我们交给他一个任务,就是监视阿代伯格一家人的行踪。"

当野村提到阿代伯格家时浅草有点警觉。

"这是今天早晨的事！在接近早晨六点钟的时候,他起身到监视点,看见那个老头从家里出来。"

"杰里诺夫。"浅草悄悄地提示。

"对,杰里诺夫!"野村跟着浅草重复他的俄文姓氏。"索罗津不知为什么跟在他后面。不是走,而是跑,而且不止是跑,为了跟上杰里诺夫,还赶过一个街区,跑到与其平行的那条街上……"

浅草惊讶地看着野村:"可这有什么大惊小怪的？早晨六点钟,城里空荡无人,大概索罗津也不想叫杰里诺夫看见他！"他说这个杰里诺夫姓氏的时候可以准确地发出"Л"这个音,他知道野村像大多数日本人一样,一着急就把"Л"发成"Р"的音,这是野村说俄文时的唯一缺点。

野村遗憾地皱了皱眉头:

"他不须去任何地方,完全不用！他应该站在他家附近监视就

111

行了。"

"那目的呢？"

"什么目的？这就是目的。"

"???"

"我们跟踪苏联驻哈尔滨总领事馆的所有人员……"

"知道！"

"勒（拉）比谢夫……"

"我们知道拉比谢夫！"

"勒（拉）比谢夫，"因为着急野村更重重地把"Л"音发成"Р"音，"勒（拉）比谢夫已经好几次了，夜里在各处停留，但总是在交通街离阿代伯格家不远的地方。开始时，他的车从总领事馆出来，全速驶往市区，我们的车紧追不舍，尽可能靠近停下……靠近！而那里，您知道，篱笆很矮，是用木条做的，小花园什么都看得一清二楚！那儿不可能藏身！"野村喘了口气。"我们不能紧跟在他身后，只能在一定距离处监视他，当他的汽车停下，进入盲区，我们就看不见了。所以叫索罗津在离房子不远处隐藏，可是这个畜牲却尾随在杰里诺夫身后，我们又一次放过了勒（拉）比谢夫停下来的机会。"

"是啊，真不顺利！"浅草用俄语说。

"不兴（行）！不兴（行）！"野村没发现被嘲笑，继续用俄语说。

"那么也没看见为什么拉比谢夫停下来？"

"确实没看见。可特别应该……"

"这也是你活该！"浅草心里想。不过还觉得满意，碰了碰锃亮的热茶炊，说：

"我想，野村君，是该把这个'彼得鲁什卡'变成'木头人'的时候了。"

这时候野村用他那大牙咔吧一声嗑下一块砂糖，没听见大佐说的是什么。

"变成什么？"他又问一遍。

"变成'木头人'！"浅草重复一遍。

"您是想我们把他送到731部队，为什么？"

"那就给他接种天花、鼠疫或者梅毒，叫他给我们的医生做试验品，如果他连这么简单的任务都完不成的话。"

两个人沉默了一会，浅草从杯子里取出小勺，放在装糖的小碟里。

"野村君，我们跟这个索罗津工作时间很长了，那时他还在中国警察局供职，结果至今一事无成，"浅草停了片刻。"给自己带来后患，自己还浑然不觉！饮酒无度，说话口无遮拦，就因为这个罗扎耶夫斯基拒他于千里之外……"

野村喝了口茶，洗耳恭听。他感觉大佐所言并非全对，但他不想与他闹对立，因为这对自己没什么好处。多年前皇军刚刚占领满洲，野村就在哈尔滨掌握日本秘密宪兵队，一九三二年之后他就任实质上的队长，尽管仍担任翻译一职，因为这样可以获取丰厚的收入。鸦片交易和拥有一些烟馆使他发了大财。满洲被占领之后，大量日本官员拥入，为了保住自己的生财之道，不得不一次次忍受不与他们发生冲突。开始时浅草委派他当俄语课的课长，后来做日本关东军驻哈尔滨军事使团团长的副手。再后来禁烟的斗争有些消停了。浅草对此却毫无兴趣。

"所以，"大佐接着说，"或许没必要再交给他这类任务了，"他啜了一口茶，"或许把他送到731部队还早点，不过，野村君，我们想一想，能不能让他的多嘴多舌为我们所用。您知道我说的意思吗？"

在结束两周一次的与浅草交流情报的例会之后，野村坐上汽车回答司机请示的眼神时说：

"咱们转一转。"

司机给了信号，值班员打开使团大门，车向右拐，上了碎石铺路的大直街。

索罗津叫他寝食难安!

与大佐谈话后,野村心情很不平静,这让他颇为气愤。当然浅草并没有把话说透。

"经常给我派来这样一些俄国人,当地的俄国人。这些污泥浊水!政治废物!他们本该团结起来,建立一个战斗的、统一的……可他们却争吵不休,各行其事,拉帮结伙,结党营私!臭蟑螂!就是臭蟑螂!只有蟑螂成堆生活,但永远不在一起!"野村心里平静不下来。"而从另一方面说,他错在哪里呢,我曾不止一次提醒索罗津!"汽车在马路上轻轻地摇晃,野村越想越气愤:"他做了正确的事,把俄侨统一起来,建立了БРЭМ,尽管БРЭМ也打滑空转,不过这和БРЭМ有什么关系?废话!问题不在这里!"

他已经明白了,问题的确不在这里,而问题在哪里,他并不知道,而这叫他无法忍受。

"阿代伯格这个老军官对他有什么用呢?没有用啊!这里还有什么更加重要的缘由?应该在一个安静的条件下好好想一想!"

过了跨越铁道的霁虹桥,司机拐进地段街。

野村很少被直觉驱使,但他最终深信不疑,在浅草主管的部门的确出了大事,但究竟是什么事呢?他将向东京如何报告呢?只有鸦片一事是交不了差的……

"朵拉·米哈伊洛夫娜!"

野村欠身,慌张地用手拍拍司机的肩膀:

"去傅家甸!十六道街!找朵拉·米哈伊洛夫娜!"

"她会让我平静下来!"他自己对自己说。

第三节

野村走后,浅草思前想后,自处多时。他一会离开桌子,一会又坐回去,拿起又放下那杯凉茶:"该跟尤什克夫谈一谈了。"他终于决定了。

大佐想好了,便起身走出办公室,下地下室。楼梯很陡,浅草那受过伤的腿在昏暗的灯光下往下走颇不方便。往下,紧靠门旁有一张小几上放着电话,还有一张桌子,旁边坐着值班军官。看见大佐,军官忙起身,立正。

"你这儿怎么样?"浅草边走边问。

"一切正常,大佐先生,只是十五号那家伙一命归天了,见上帝去了。"

浅草停下来。他想起来了,十五号囚室关押的是一名中国大学生,有人举报他不是买,就是卖收音机零件。

"见上帝就见上帝吧!如果真见了上帝,那还享福了呢!"大佐边说边心里想。"说来说去这是宪兵队的事。可中国人的信仰是什么呀？去见的是哪个上帝呀？咳，这些俄国人才见上帝呢！"

"谁最后处理这个案子？"

"廖翻译！"

"哼！"大佐哼了一声，心想："翻译！把人从一个世界翻到另一个世界去了！不是吗？"

"我也不知道怎么回事，大佐先生，只听到这个中国人大喊大叫，最后已经声嘶力竭，没看见，多半是呛过去了……"

"廖带来的大茶壶吗？"

"大茶壶，我还没见过这么大的茶壶呢，想必是从家里弄来的！对不起！"

内部监狱的值班员是前沙皇军队中的上尉，差不多是个老头子了，他画了个十字，低下头，换了只脚站着。

"十五号囚室里的人你觉得可怜吗？"

"一点也不，大佐先生！一个共产党的败类！怎么会可怜他呢？"

浅草注视着他：

"这是廖对你说的？"

"那可不是，大佐先生，廖什么也没说！"值班员已经立正站在那儿了。

"那你怎么知道是共产党呢？"

值班员倒吸了一口气：

"因为他们都是中国人……"

浅草突然感到很没趣。

"算了吧，"他嘟囔了一句。"其他的呢？"

"都很安静，大佐，跟鸽子一样。"

"那个特号里的鸽子有什么特别的？"

"打鼾啊！已经打鼾打了一个礼拜了。没人找他，白天夜里都打鼾，要不就在那里一直哼哼。"

"那就是觉睡足了。最后一次给他看医生，已经很久了吗？"

值班员开始手忙脚乱地翻记事簿。

"第三天了，大佐先生！"

"也好！也好！"浅草戴着薄薄的白手套，亲自翻了几页。

"你在我们这儿很久了吗？"

这个问题把值班员给问住了，他大张着嘴站在那儿，下意识地掐指算起来。

"到团里来之前在哪儿供职？"浅草说得更明白了。

"在符拉迪沃斯托克（海参崴）那边，梅尔库洛夫斯卡雅。"

"那是在什么时候？"

"在一九二一年。"值班员弄不明白到底想叫他说什么。

浅草突然明白了，这次谈话继续下去没什么意义，但情况又不允许这么简单地说开头就开头，说结束就结束：

"在那您不打鼾吗？"

"绝对没有！哼哼归哼哼，可打鼾绝对没有！"

"那在今天之前在梅尔库洛夫斯卡雅做什么呢？"浅草不知为什么开始有点生气。

值班员嗅到上司的语气有点不对味，慌了神儿：

"绝对没有，大佐先生！"他又站直了身子。"在一九二二年十月之前我在梅尔库洛夫斯卡雅，当时红军还未掌权！"他有点前言不搭后语，"在一九二三年就到这里，到满洲这里来了，和游击队还干了一年，他们这帮人也不怎么样，都是些走私的黑帮……"

"这是怎么回事？就算他们这帮人不怎么样，为什么又出现走私黑帮了？"

"野兽,大佐先生!纯粹是些野兽!"

"您说是在梅尔库洛夫斯卡雅之后?"

值班员冷冷一笑:

"在梅尔库洛夫斯卡雅,明白吧!反间谍机关,它就是反间谍机关。与红色败类做斗争,还能有什么?"

"我跟他纠缠个什么呢?"浅草心想,不知如何结束这次谈话。"不过,话又说回来,谈话还算有趣!听他的言谈,他如果不是个农民,就是个普通的小市民,那红军怎么能整他呢?"

"可是这些人,"值班员继续说,"不论老小都不可怜,说这些事没有见证人……要知道全是我们的人,东正教的人!"

浅草坐在小凳上想:"在当沙皇上尉之前他是干什么的呢?"

值班员好像听到他的无声问题:

"我是哥萨克人,外贝加尔的……我姓翟可夫,伊万·翟可夫,"他用一只拳头在桌上撑了一会儿。"真抱歉,大佐先生,受过伤啊……游击队,红色下三烂,祖父、父亲、兄弟……全都是。那以后我连他们的墓地都不找……娘们儿连碰都不碰。高尔察克被枪毙了,谢苗诺夫投靠了你们,我的确想消停消停了!而在这里,"他沉沉地吐了口气,"……咳,东方。沃洛恰耶夫斯克血战之后伤员都运到乌苏里斯克-尼古拉斯克,在那儿治好了的不多,旁边的一个军官治好了,是一名侦察员,他需要选一个合适的人,于是我就从哥萨克上尉变成了俄军上尉,同时换了服装。"

"那怎么……在反间谍机关吗?"

值班员没吱声。

浅草不耐烦,不停地抖着靴子头儿:

"怎么……在反间谍机关?"

"怎么,大佐先生?众所周知怎样?手臂放在后脑勺上!而血都一样——全是红的,别管是俄国人的血,中国人的血,或是……"

"或是日本人的!"

浅草在脑子里替他说完了。

"那在这里怎么样?也帮他们吗?红色的人在这里……也不少啊!"

俄国人的目光变得凶险和冷酷:

"绝对不会,大佐先生!如果继续叫我在小桌旁干这差事,就已经很好了。"

在开始的沉默中,远处囚室传来老鼠吱吱吱的叫声。浅草一惊,脸色煞白。他对值班员的经历的兴趣索然消失。

"把走廊的灯都打着,叫我的副官过来。我去特号看看。"

他起身从口袋里取出他专用的特号禁闭室钥匙。

"遵命!"值班员精神十足地回答,知道他不知所以然的谈话已经结束。突然他高喊说:"大佐先生,马刀!带马刀进囚室万万使不得,对您的安全不利!"

浅草气哼哼地打断了他的话:

"这不是马刀,哥萨克上尉!干好你自己的事吧!"他一句话没说完,便手握武士刀的刀把,往下面的囚室一瘸一拐地走过去,在他背后的值班员拿起电话开始拨号。

"马刀!俄罗斯的傻瓜蛋!"

到了远处的囚室,他把钥匙插进锁孔,这个笨重的木门包了隔音层,钥匙一转,没有一点动静门就开了。

"上油了。"他自言自语。

囚室很暗,大佐用他那空着的手摸到门框上的开关,一拧,屋里全亮了。

"把小凳搬过来!"他向值班员喊道。

囚室里从地板到墙壁都贴着布料,拱顶很低,地上躺着一个脱得光光的人。他侧身蜷作一团,脑袋、颧骨和下巴都刮得光光的。浅草坐在送来的小凳上,喘了口气。嗓子里感到恶心,想吐。

"值班员!"

身后有动静了。

"副官在哪儿?马上过来!"

那个赤身裸体的人一动不动,只见塌陷的肋条骨均匀地起伏、喘气儿。

浅草没从小凳上站起来,用刀尖戳了戳他的肩膀,那人仍然不动。浅草又用力戳了一下,那人一颤,睁开眼睛,头也没抬,想看看是怎么回事。而后两眼闭得更紧了,全身活动着往角落里挪动。

"起来,爱德华·谢苗诺维奇·尤什克夫!"

那人两眼低垂,用一只手掌久久地遮住强烈的灯光,看看来的是什么人。几分钟之后他认出来了,便用两只手换班撑着,用膝盖往前移动,艰难地站起来,用手掌挡住眼睛。

这个瘦骨嶙峋、虚弱不堪的大个子,轻轻摇晃着站在浅草面前,他自称是远东地区 НКВД 局长,是偷渡国境过来的。

瘦成皮包骨了,变成了又长又瘦的口袋了。

"现在给您送衣服来,请问您的身高。"

那个人紧张地沉默着。

"我问您,爱德华·谢苗诺维奇,记得自己的身高吗?"

"一米八。"那人用干巴巴的嘴唇冒出这句话。

"值班员!"浅草喊道。

"我在,大佐先生。"值班员冲着他耳朵答道。

浅草一惊,没看见那人就在背后。

"你他妈的,对着耳朵吼什么!告诉我的副官,他的身高是一米八,赶紧!"

第四节

大佐走出使团大楼，穿一身欧式服装，俄式挂面海狸大衣和海狸帽子。这是哈尔滨二月份的平常天气——阳光、干冷和一个调门儿的刺骨寒风。他看了看大衣的下摆，心里觉得很不满意。他用手拍打拍打，因为长时间挂在库房里已经不像样子："沉甸甸的，一点不舒服，或许该换件新的了？"他心里想，当他看到那双黑色漆皮兔毛手套时又有点兴致，手背上有三道亮线。"英国造，"他活动活动手指，欣赏那皮面的亮光，"这东西完全不一样，"他又看了一眼皮大衣，"俄国熊。"

大佐已经在大楼门口高高的台阶上等了一会儿汽车了。他手里握着一根粗笨的手杖，手柄是用珍珠母镶嵌的。这样穿戴总是令人扫兴，穿西装佩带武士刀总觉得驴唇不对马嘴。

总不能穿着制服、挎着剑去秘密宿舍啊！

在这个时候，他那辆锃明瓦亮的奔驰悄悄地溜过冰冻的石路，在他面前停下来。

"像我的手套一样,锃明瓦亮。"浅草坐上车又一次感到欣慰,"只有德国造能这么棒!"

大佐进了暖烘烘的衣帽间,脱掉沉重的大衣和皮帽,心情才为之轻松。他的客人已经在大厅用过餐。

从走廊尽头的小厨房飘来红菜汤的味道和嗞嗞声。

大概是在煎肉饼。

"再一次问你们好!"他进了客厅,没转身便冷言冷语对女仆说,"你们是怎么回事,想吃顿午饭就把他喂成木头墩子吗?马上把这盆子给我撤了,只上茶!笨蛋!"

浅草进的那间客厅很大很亮,摆的都是柞木家具;沙发和安乐椅都罩着白色亚麻布套,桌子上也是这种白桌布。白色墙壁配以水晶壁灯,天花板中央挂着水晶吊灯,高大的窗子配上浅驼色的窗幔,客厅里有两扇这样大窗,任何天气都会令人感到是阳光亮丽的日子。一经来到这种俄罗斯式的环境中,不知为什么总给人带来好心情。

在吊灯下面的大圆桌旁坐着一个脸刮得光光的人,穿一条帆布裤子和一件翻领运动衫。这身行头显然不合时令。他就是一个小时之前在内部监狱特号里与浅草谈话的那个囚徒。听到浅草和女仆说话,他惊得打了个冷战,接着便用他那瘦骨嶙峋、苍白的手指抓住盛红菜汤的大汤盘,汤里还漂着一块没化开的酸奶油。他目光凶狠地看了看浅草,但脸上的表情很快就呆滞了,目光也暗淡下来。

浅草在客人对面坐下:

"把食物送到您面前又拿走,不是我打算折磨您,您不能一下吃那么多,您……会撑坏的。"

他差点说把胃撑坏了,不过他及时冷静下来。

"把这盘里的汤给他倒掉三分之一,而且不带酸奶油,只要汤。稍微活动活动，否则就会像工兵似的，一只脚在这边，另一只脚在那边，站着不能动了。"

不一会儿，茶已端上桌，是用滚开的水冲的，手都不能碰。

"顺便说一下，爱德华·谢苗诺维奇！我向您打招呼了，可您还没跟我打招呼呢。"

桌上的白色桌布已经撤掉，客人坐在桌旁，手抓着桌沿儿。

"我知道您在我们的地下室里受了些罪，更准确地说，我们的确虐待了您。不过您也该正确地理解我们……"

浅草用温和、委婉的口气说了这些话，他对笨头笨脑的女佣已经发完了怨气，因为她把刚才还是囚徒的人差点给撑死。

"我们觉得您带来一个美丽的、非同一般的传奇。"

"这不是传奇。"那个被浅草称为爱德华·谢苗诺维奇的人慢慢地说，声音单调，干巴巴的嘴张也不张。

"这不是传奇！"这口气是在重复浅草的话。

这工夫，刚才那个大汤盘又端回来了，不过里面的汤只剩个底儿。

"把面包拿走，"浅草用疲倦的声音支配着。"您还会吃胖的，爱德华·谢苗诺维奇！您边吃边听我说，别不好意思，一个半小时之后我们还给您，就是这样！您所讲的关于自己逃出苏联的原因，对我们来说，"他沉思片刻，想找到合适的说法，偶然闻到从厨房散发出的气味，"这味道太香了，连做梦都没闻到过……难道可以就这么简单一拿过来就信以为真吗？"

客人用呆滞的目光盯着那汤盘，手指的动作像锻炼似的活动着，然后拿起很重的银汤勺，他这些拘谨的动作一直没逃出浅草的视线。

他那双手……不听使唤了！

他们彼此注视着，浅草突然为自己的助手们感到不好意思。他们最开始差点没打死他。看得出，客人仍然为自己的一双手感到很不自在，连怎么拿汤勺这么简单的动作都忘了。

"那好吧！我不再打扰您了，吃吧，过后再谈。我出去十分钟，得打个电话。卫兵！"他对着门。喊了一声。

他出去了。电话在走廊远处的另一个房间。

"我打不打电话他反正也听不见，叫他尽管吃好了。"

这间办公室又高又窄，宽度只占一个窗子，就像一个铅笔盒。他进来便坐在一张破旧的咖啡色鹿皮沙发上。房间的墙壁刷成柔和的赭石色，窗幔是几乎不透亮的深绿色。阳光明媚的天气你能看出矩形的窗框。与客厅相比，这里的灯光暗淡、柔和，就像他叔叔家一样，夏季台风过后就移动拉门儿。把整面墙的拉门打开，从草房的屋檐下可以尽览花园的景色，针叶树延伸到黑黝黝的远方，从地面上涌升的蒸汽与刚才还乱云飞舞的天空融为一体。

在办公室里不讲俄语，这有助于他好好地思考，他尽可能回想这个人的形象，他刚才还坐在他对面："他那双怎样的……眼睛啊，"他的思想流动得很慢。"空虚或是饥饿？饥饿！"

"饥饿！"他自言自语，确定地说，"不然还有什么呢？"

第五节

浅草坐在咖啡色沙发上,听到他的客人在远处房间显然是用勺子敲空盘子。

这件事发生在去年十月,使团的值班员直接打电话到他宿舍,声嘶力竭地向他报告,说在兴凯湖的"山羊角"哨所有人越境,与其遥遥相对的是中国城市密山……至于详细情况,值班员断然拒绝在电话中报告,下面就不说话了。

"什么?是谁越境?"

值班员重复说,在电话中他不便透露。

"这是什么意思,怎么不能说?"浅草还没完全醒过来,用嘶哑的嗓音恶声恶气地说。

"大佐先生!"值班员恳求说。"今天就我一个值班,很为难,请允许我派车接您好吗?"

"你这是怎么回事,你想让我大半夜的……"

"大佐先生！"值班员的声音半死不活。"您过来就行，就算毙了我也没关系。报告我已经准备好了。"

半小时之后浅草已经来到使团值班室，读那份字迹七扭八歪、滴得到处是墨水点子的报告，他真不敢相信自己的眼睛。

"这怎么会呢？"他下意识地摸了摸手杖柄，以为这是他的武士刀呢。

他读这份报告的时候，脸上和后背都冒出冷汗，尽管办公室的暖气烧得够热。值班员在报告书中指出，在过去的二十四小时，满洲边防值勤人员黎明时分在边境逮捕一名苏联越境者，他自称是苏联国家安全委员会远东边防局 НКВД 局长，三级政治委员，爱德华·谢苗诺维奇·尤什克夫。

这很难令人相信。

浅草的目光离开这份报告，明确地问那个吓得直打哆嗦的值班员。

"这报告是怎么到我们这里的？是电话吗？"

"绝对不是，大佐先生，是一份急件。"

"书面还是口头？"

"口头，大佐先生。密山边防警备队队长小山派他的翻译官来报告的。"

"俄国人吗？"

"俄国人，大佐先生。事情太急，找不到别人。他正在睡觉。"

"叫醒他！"

"叫不醒。给您打完电话我就试过了。睡得跟死猪似的！"

"是啊！"浅草想起来了，"翻译的确在天亮之前睡得跟死人似的，我们就像一群冬天的狼在他周围走来走去。"

浅草又想起那个人的样子，此时此刻他大概还在那喝稀溜溜的菜汤呢，等着下一步怎么处置他。他看了看表，过了正好十分钟。

还有五分钟上茶，该走了，不然凉了。

他想起自己坐着奔驰在尘土飞扬的乡村道路上疾驰，在平原上穿过山隘驶入小镇密山，那里有半连驻守，其中一半是日本人，一半是中国人。刚一下车都没认出来，因为到处是满洲特有的飞扬的尘土。

在连部迎接他的是两宿没睡的连长小山大尉，是位老军人，壮硕的身躯，跟士兵一样穿着军鞋，打着绑腿。让浅草惊奇的是这位老军人手里握着一把剑，但是当时他也没时间问个究竟。

大尉只是朝墙那边点点头，意思是说人在睡觉，用手指了指放在一堆文件上面的一本红皮证件。

当时的情况是浅草放弃例行的礼仪，像给天皇肖像鞠躬以及警备区指挥官循例向他报告等，而是往凳子上一坐，就打开了这个小红本。证件照片上此人身穿军装，戴肩牌，菱形章，一头浓密的鬈发，蓄有小胡子，签名用的黑墨水。浅草读道："远东边防局 НКВД 局长，国家安全委员会三级政治委员……有效期至……印章……允许携带和拥有武器以及……"其余的就在眼前一扫而过了。浅草在他的职业生涯中还是头一次见到这种证件呢。

"是的！您就这样给了我们一个任务，三级政治委员，爱德华·谢苗诺维奇·尤什克夫先生！"

他又看一次表，起身走出办公室。他见尤什克夫精神饱满，正坐在安乐椅里吸烟。

"您感觉怎么样？"

尤什克夫没什么反应，看样子不打算跟他谈。浅草明白了，必须从头开始。

那又如何！开始吧！

"爱德华·谢苗诺维奇，您可以不相信我，不过我马上就会让您

127

相信！"

尤什克夫嘲讽地扬了扬眉。

"缓过来了！要咬人了！"浅草心里想，"现在若是把你右胳臂吊起来……"他看了看尤什克夫举着香烟的右手，"不，吊左胳臂……不！不行！会挣脱！左臂右臂一块绑！"

"谁与您一起工作？"他问。

"您不知道吗？"尤什克夫说这话的时候连嘴都没动。

"是啊，您说得对，当然，我知道。"

"当然，我知道！"浅草又自言自语重复一遍。他看着这位客人疲惫不堪的样子，从袖口和裤口露出的胳膊、腿已瘦成皮包骨。

不过他刚来时也不胖啊！

在密山的时候，浅草看了这个非同一般的越境者的证件，就命令警备队队长把他带到办公室。别看队长又矮又胖，可他迅速跑到隔壁强行把那个穿蓝色马裤和套头军便服的越境者揪了过来。他敞着领口，没系皮带，没穿靴子。这人没等站稳，也没等把背着的手伸到前面，便一头栽倒在地上。

浅草疑惑地看着队长。

"大佐先生！就这个东西！"大尉骂了一句，恶狠狠地喘着粗气，他的上唇上面粘着汗的小胡子直抖。"这只俄国狗……他快不能喘气了……是他自己越过边境，谁也没叫他来！他差点打死我的司务长和扭断一等兵的胳臂……"

这工夫，已跌倒在地的越境者恢复了知觉，想要站起身来，先是跪着，用手臂支撑着，侧身倒在队长的腿旁。小山挥起手中的剑，浅草虽然手疾眼快，可是大尉的动作出其不意，他朝越境者的膀子上踹了一脚。

"大尉！"他喊道。

小山举着剑愣住了。

"对不起,大佐先生,刚才他还咬了我的手呢,就是刚才!"

大尉退了一步,把剑插入鞘中。

"出去!我要和他谈一谈!"

又老又笨拙的小山转了一圈,他那大兵的皮鞋掀起一股灰土,咣当一声关上破旧不堪的木门后,出去了。

越境者跪在那儿,军便服从肩上到脸颊都是血渍。浅草用鞋跟儿一脚踹在越境者的脸上。

"对不起!"浅草遗憾地用日语说。"您为什么还咬大尉?"

越境者抬起眼睛,大佐明白了,他不懂他说的话。

"那好!我用俄语来问您!您为什么咬小山大尉?"

"我能咬遍你们这些日本猴子才好呢。"

"原来这样,"浅草想,"我救了他,现在只好自己取一把剑砍掉这俄国人的狗头了。还好,我把大尉赶出去了。"

越境者这时爬到墙根儿,背靠墙坐下了。

大佐从桌上拿起小红本儿,打开后,指着照片问那个越境者:

"这是您的吗?"

"是!"那人简短地回答。

"您的确是苏联国家安全委员会远东边防局 НКВД 局长吗?"

"已经不是了!"

"这很明白。可在昨天之前呢?"

"在前天之前是。"

叛逃者回答问题的时候用藐视的目光笑对浅草。

浅草突然产生一种仇恨心理,真想撕碎他,抓住他的脑袋往墙上撞,这个粗鲁的俄国人……

"好,前天之前!请问怎么称呼?"浅草试图冷静下来。

129

"爱德华·谢苗诺维奇·尤什克夫。"越境者说。

"啊？"

"在我的证件上都写着呢，都是真的！"

浅草合上证件，扔在桌上。

"越过满洲帝国国境的目的是什么？"他一点点消气了。

"我没别的选择。"

"解释一下！"

叛逃者碰了碰受伤的脸颊，转过去了。

浅草重复问了一遍，俄国人默不作答。

"尤什克夫先生，如果您真是尤什克夫的话，"浅草把军刀立在两腿之间用手撑着，"那我就不明白了，您为什么偷越国境，投靠我们呢？现在为什么又一言不发？"

叛逃者还是沉默不语。

浅草往左侧看了看，在唯一一个低矮的窗户上，透过蒙上一层灰尘的玻璃看到一名卫兵的背影，他把目光转向屋门，从门缝可以看到一个大块头，浅草知道那是小山大尉。

"他跑不了！"浅草出了门，心里想。

小山在大佐面前立正。

"终于明白了！"浅草心里想着，一边小声命令：

"尽可能叫你的部下赶快忘掉这个叛逃者。你们有什么安眠药吗？"

"是！有鸦片！"小山不解地说。

"给他用上。等他睡着了，我把他带走。所有的人都放假学习。"

"遵命，大佐先生。"小山的脸上浮现出满意的表情，他全明白了。

"奖励大家尽职尽责。"

一个劲儿地让他享用红菜汤、茶和香烟,尤什克夫真有点招架不住,感到浑身无力。他坐在安乐椅里,睁大眼睛看着大佐。

"尽可能别睡。一个小时之后还给您送吃的。暂时先住在这里,有我们的人看管,不能放您上街。但是在这个大宅院里每天可以散步半小时。"

尤什克夫听着。

"喜欢看什么报,我们侨民的还是苏联出版的?"

"对我全都无所谓。"

浅草又有点生气,但自己压住了火:

"爱德华·谢苗诺维奇!"他说。"要知道!您有两个选择,或者是死,这我们有很多方法,满足您这个要求,或者活下来。您越过国境不是为了活下来吗?现在我先离开,留您在这养足精神,好好睡个觉,明天我会来看您。从今天开始我们会经常见面。"

浅草回到使团驻地,心情愉快地换上制服,把手杖放在书架一角,军刀还是习惯地拿在手上。

这家伙够犟的了,这个爱德华·谢苗诺维奇·尤什克夫!

他取出审讯记录,放在桌上,别说读一读,甚至连翻一翻的兴致都没有,因为他已经记得滚瓜烂熟。"今天,"浅草看了看台历,"噢!"他一惊,"二月二十四日了!昨天是红军节呀!二十周年!我怎么没祝贺他呢?不及格,大佐先生,不及格!"

他抚平那页发灰的台历。

"一九三八年,二月二十四日,星期四!记住这一天!"

浅草又回想起有关这个人的一切。

"那么,尤什克夫是一九三七年越境的……"

在密山边防警备队第一次审讯之后,他们把睡过去的这家伙塞进奔驰运到哈尔滨。

浅草凭职业嗅觉猜想这次越境是否与俄国人什么狡猾的军事计划有关，如此高级的官员叛逃可不是开玩笑。苏联报纸至今对远东边防局局长的失踪保持沉默，只提及他调任他职。仅电台播报任命新的局长。

一直困扰浅草的主要问题是"大记者"行动。列托夫哪里去了，高列洛夫怎么样了，同他们的联络断了，而东京一直坚称尤什克夫在哈巴罗夫斯克（伯力）工作一年，而且来自莫斯科，来自 НКВД 总部，不可能不知道此事。

但尤什克夫就是三缄其口。

"嗯，那好吧！"浅草下意识地逐页翻着密密麻麻的审讯记录。

应该仔细考虑考虑！

他心里想，不可以犯错误。这段时间一直在想，他从十月初至今既没向奉天关东军司令部汇报，也没向东京汇报，而这是很危险的。

在哈尔滨他最大限度地把尤什克夫的存在保密起来，安排在郊区的宿舍，不是近处的宿舍，而是更边远的宿舍。一开始他亲自与他工作，女仆也住在那里，不允许擅自进城。尤什克夫转移到内部监狱之后，女仆就被发配去了 731 部队。他的全部情报人员，包括野村的宪兵队人员在内，有关十月叛逃者的传言浅草都一网打尽。情报人员都噤若寒蝉。这就是说消息目前还没透漏出去。他估计小山大尉身处高位，应该可信，而警备队其他人员又都被调到中国中心地区为天皇捐躯去了。第一次通知关于尤什克夫消息的值班员在家里中毒身亡，密山警备区的翻译官把情报汇报给哈尔滨之后，钓鱼时溺水毙命。

"我还能做什么呢？"

实际上全做了！尤什克夫到来那天密山南部山岗上发生了枪战，精明的小山大尉在自己管区组织了一场乱局，一个当地的中国居民逃往苏联,他看见从警备区抬出一副担架,脚朝前躺着一个人,身穿一件血迹斑斑的苏联大衣。

那么,就剩小事要办了:谈话。

可尤什克夫就是不开金口。

问到局的领导,作战成员,反日,也就是反满工作的部署,他一概不是语焉不详,就是躲躲闪闪。

叫浅草大佐特别讨厌的是翻译官的嗅觉极其敏感,实际上就是哈尔滨宪兵队的领导野村。他有自己的与东京联络的渠道。

第六节

在二月二十五日,星期五这天,浅草早晨起来从家里直接去秘密据点。

女仆报告说,客人在院子里已经散步二十分钟了。

没什么,他还有十分钟!

尤什克夫没穿大衣,没戴帽子进了客厅,毡靴带着雪水在打蜡的地板上踩出一道污渍。

"还是俄国人抗冻,他们那儿就是这样!"浅草不由得这么想,没作声,示意请他坐到桌旁。

"您在这里还习惯吗"

"很好,"尤什克夫回答,"只是太亮,晃眼。"

"咱们去办公室吧。"

"不,谢谢,在这里更好些,像夏天一样!"

浅草这时才发现牌桌上放了一堆报纸,有哈尔滨的,也有苏联的。

"这些报都熟悉吗？"

"太多了,还没来得及浏览一遍呢。现在是几月份,我问您的卫兵,他总说这不该问！是不该问吗？"尤什克夫欠了欠身,凑向牌桌。"可以吗？"

"当然！"

他走到桌前,在报纸堆里拿了一份。

"这是最后一期《消息报》,上面有日期,"他把报纸摊在光亮处,"十月十九日。"

"正好！"浅草想起来了,"爱德华·谢苗诺维奇,祝贺您,红军节！"

"今天是二月二十三日吗？"

"二十五日,但是前天我给忘了,对不起！"

"可惜啊,本该喝一杯！"

"你们在二十三日都喝酒庆祝吗？"

"是的,尽管我们的节日是十二月二十日。"

"契卡日！"

"正是！"尤什克夫说这话时带着讥笑。

"也喝吗？"

"当然！隆重的场合嘛！"

"你们的节日很多,不影响工作吗？"

"不影响,对工作还有帮助呢。每次都像最后一次。"

浅草觉得谈话已入佳境："该瓜熟蒂落了吗？"他已经迫不及待。

"您大概怕我现在再一次三缄其口吧？"尤什克夫的回答颇为突然。"在那儿,密山边境,我只能猜测您是何许人。"

"那现在呢？"

"我已经厌倦了。"

"什么意思？"

"我已经无所谓了,何时何地都是死。"

"现在也是吗?"

"现在不然了!昨晚的红菜汤太好吃了。"

"像童年妈妈做的一样?"

"我妈妈在敖德萨种族大屠杀时被打死了,我第一次喝红菜汤是在革命以后。"

浅草点头表示理解,知道俄国人多愁善感,遂以同情的口吻问:

"那您妈妈给您做什么呢?"

尤什克夫脸色阴沉下来。

"对不起!"浅草发现自己问得欠妥。"我的意思是在哈尔滨有犹太人侨民会,想从那请一位厨师吗?"

"然后把他和侨民会的所有成员都送到731部队?不用了。他们现在已经够惨了。"

浅草不出声了,而后还是重复问:

"那您是在何处第一次喝红菜汤呢?在俄罗斯吗?"

"不是,早先。在敖德萨。"

"在契卡?"

"还能在哪儿?"

大佐想起自己下属俄罗斯军官讲的故事,他们在一九一八年逃过了在基辅、敖德萨、彼得堡、罗斯托夫的屠杀。

"屠杀之后特别适合喝红菜汤,因为它也是红色的。再配上伏特加!革命大餐。"

"顺便问问,您用过早餐了么?"

"用过了,谢谢。"

浅草起身,走到大木钟前面,打开精雕细琢的玻璃门,取下挂在银链上的钥匙,开始给钟上弦。

"这就好了,爱德华·谢苗诺维奇。我看出来了,您终于信任我了。我没说错吧?"

尤什克夫不置可否,只是耸了耸肩。

"我想叫您轻松地完成任务!"

"现在我们可以试试是否瓜熟蒂落,什么时候这瓜能落在我们脚下?"

"列托夫,这是真姓么?"浅草问,一边把照片正面朝下放在桌上。

"那您的确是浅草大佐吗?"尤什克夫笑嘻嘻地把手伸向照片。

现在我就整死你!浅草蹦出这么个念头,急忙把照片拿起来:"三级政治委员先生,现在我们还没有调换彼此的位置……"

尤什克夫用力往安乐椅里坐一坐,这样他那干瘪的身材显得越发瘦小了,而椅子更大了。浅草接着尖刻地问:

"他长什么样?"

"谁呀?您是问列托夫吗?"

浅草听到客人说了这句话之后,眯起眼睛,感到自己不该这样粗鲁,脑子里像是等待对方的回击。可这个半死不活的家伙多么放肆啊!看来这瓜已经熟了,又似乎不到掉下来的时候。浅草下意识地摸了摸手杖。

"可惜这不是您的宝刀吧?"尤什克夫的口气是在挖苦。"您可以用这支手杖……一棍子打死我啊!这是桃木的吧?打死我是够了!只怕镶嵌的珠子要撒一地……"

"您从哪得知我的……"浅草又想撕碎他,因为他最恨战刀这个词,尤其是宝刀,可突然脑子嗡地一下:"他毕竟知道列托夫!'大记者',这是他们玩的大把戏!"

"如果有谁和浅草大佐对着干,那他怎么能不知道……"尤什克夫停顿一下,"战刀呢?"

137

最后一个词,浅草几乎没听清,热血一下子冲上了脑袋,大厅变得一片苍白,这一刻他只看到他对面的一个人影,他那剃得光光的头,瘦小的肩膀,与安乐椅的白布罩融合在一起,看见的只是长长的鹰钩鼻子下面那撮小胡子。

"天狗!"脑子里冒出这个词。"跟我的小雕像完全一样——天狗,树精,狼人,只是手里没拿把扇子。"

那影子坐在安乐椅里,用报纸扇风。

"正是!手里还拿着扇子呢!"

"大佐先生!您闷得慌吗?"浅草听到了声音,像是从旁边传过来的。

他两眼发呆,直勾勾地看着,好像影子又变成尤什克夫,坐在那儿,脸色苍白,唇挂冷笑,并没停下扇报纸。

"这里太闷,大佐先生!叫他们把暖气关小点,这房子墙皮厚,保温很好。这是俄国人建的吧?"

浅草手心出冷汗。他把双手放在膝头,用异样的声音说:

"第一,在秘密据点我从不穿制服。这一点,尤什克夫,你应当明白。可除此之外,我带着它,就是您所说的战刀,去过您的禁闭室。"

尤什克夫把报纸摔在桌子上。

"您以为我在牢里还能看清什么和听懂什么吗?当把您放在摩托车屁股后,一直吹您,您的视力会更锐利吗?"

浅草真想给自己浇一盆冷水或者一捧雪。

"就这样吧,尤什克夫先生,全部解决了。您大概已经明白了,从您对列托夫一姓的反应看,您自己是不情愿回答我的所有问题,因而我们就再不需要您了。"

尤什克夫坐在安乐椅里,在浅草的眼里他开始变成正常大小,已经看出他没什么可害怕的了。浅草明白了,一切正好相反。实际上不是他,而是尤什克夫达到了自己的目的。

"列托夫,高列洛夫,还有与你们驻萨哈梁的情报人员一起工作的其他人,这一切都是我们差不多执行了十年的"梦幻罂粟"计划,而'虚假情报'使你们荣获许多奖状,得到多次提升。我知道熊泽少校从你们所称的列托夫那里收到每份情报,然后他从萨哈梁亲自去您那里。实际上列托夫就是拉扎尔·伊兹拉依列夫斯基,我能向您详细描述一下熊泽在一九三二年马占山暴乱后,他经常去萨哈梁码头,在清澈的黑龙江(我们叫阿穆尔河)里洗澡,码头正对着我们,在布拉戈维申斯克(海兰泡)江边的瞭望台,我们都给他拍片了,可惜不能放一放给您看!体形可笑,跟我一样,瘦得像麻杆儿!"

尤什克夫说得很自信,一副自鸣得意的样子。还在继续往下说,轻松,愉快,一会儿用报纸扇风,一会儿又把报纸横放在安乐椅的扶手上。浅草看着他那样子,听着他说话,但是看不透坐在面前的这个人。他时而听不见他的话,只看见他那瘦样儿,时而能听见他的话,不过听见的也是只言片语。

"而现在,已经不是一年,对,不止一年,在哈巴罗夫斯克(伯力),例如,在管理局,会没人工作……"

"为什么?"浅草下意识地问了一句。

"在那里实际上不是托洛茨基——季诺维也夫集团,为首的是这位老爷——德里巴斯,他们相互包庇……您知道,怎么样……狼狈为奸……您懂我的意思吗?波格丹诺夫、希洛夫,几乎所有的人都是一丘之貉!"尤什克夫摆了一下手。

浅草听他这么一说,开始清醒了。他已经不再忽冷忽热,现在他最想一个人待在自己的办公室里静一静。若能在屏风后面的茶室才好呢,当然最好在叔叔家的榻榻米上,夏天,雨后,从敞开的活动墙无休止地欣赏水滴像一串串珍珠从屋檐上落下来……

"您根本没听我讲话！"

浅草回过神来，精神为之一振，已经不能再听下去了，应该快点回机关，一切必须好好想一遍。

他骤然从椅子中起身。

"尤什克夫先生，您的情报，当然了，很重要，不过您自己明白，我们从来没有把它看得那么重要，像你们自己在莫斯科和哈巴罗夫斯克（伯力）时想的那样。"

尤什克夫带着讥讽意味把两手一摊。浅草猛一转身，那条受过伤的腿咯吱响了一下，回头甩了一句：

"休息吧，把一切都回忆回忆，给您送笔和纸来，把记着的都写下来，明天继续。"

大佐走到门前时，突然听到背后轻轻的、压低了的唏嘘声：

"不该在我迈上你们土地的第一步时，就用皮靴踢我的脸！"

"柿树吗？长着牙齿，想咬谁就咬谁！"他边想边走出客厅。

第七节

  茶室是用屏风从办公室隔出来的,办公室里暖气很热,茶室里却清凉得多。
  浅草怕跪下会把宽大的丝绸裤子压出褶子,便在炉旁蹲下。木炭还有点冒烟,但是已经均匀地闪着蓝火,烧着那只周围已经熏黑的小锅。无论是裤子还是无袖的和服穿在贴身的肌襦袢上都不热,不过浅草并未发觉。身上感到凉爽,索性把手伸过去,在火旁暖一暖,看着小锅里的水冒出若有若无的水汽,好像冬季在海面上的轻雾,一会吹走了,一会又出现了。
  他有时会把天狗放在手里把玩。这红木雕在手里热乎乎的,浅草仔细地看着这雕像的脸,活像个小胖孩儿,穿着一身鸟衣,还垂着两个大翅膀。这是他从五岁时就拥有的小雕像,他从记事起就在父亲的哥哥——伯父家。伯父把这只雕像送给他,总说只有坏人怕它,它能帮助好人克服骄傲和虚荣。小熊那时不懂什么是骄傲和虚荣,但他相信伯父的话。当家中最老的长者去世时，除了天狗木雕，他又有了一把祖传的武士刀。这是浅草熊大佐拥有的最大财富。

浅草还有一个雕像福禄寿。他是按照古老的风俗过继给无儿无女的伯父的，母亲把这个雕像给了他。这个中国寿星如今就摆在屏风后面那个办公室的写字台上，而茶室中的天狗放在武士刀与肋差的托架上。不久前武士刀和腰间的两把刀放在一起，如今短的肋差准备单独摆在托架上，与小拇指大小的、忠诚的天狗放在一起。天狗的光头从脖子开始伸向肩膀，确切地说，是伸向翅膀，令人想起挂在神龛里的那幅水墨画，也就是那只乌鸦。

浅草望着炉火，可以在那蹲几个小时，只是腿伤叫他挺不住时才站起来。他照伯父家的样子布置了这间茶室。伯父，也就是过继的父亲在那里教他茶道，讲述古代的日本武士如何建功立业，浅草想到自己的战绩。

尤什克夫为什么要对他提起天狗的事呢？这个向善向恶的木雕树精，照古代的传说，它是保护森林的，用哈哈大笑吓唬伐木工，让他们在林中迷失方向。他自己为什么要离开秘密点，已经到了这把年纪，又跑到这里来，与小神像在一起独处呢？

大概，在这一切之中，在这间神秘的屋子里和祖辈的古老的仪式里，在这个小小的天狗中中天照大神又赠给他一个天狗——尤什克夫，这里必然隐藏着什么不可知的东西。

茶室已经昏暗，差不多黑下来了，这更有助于他静思。浅草拿起小勺搅了搅已经烧开的水。

"也好！"他抚了抚天狗的大口，然后把它放在自己面前。"我输了。我面对天皇没有尽职尽责。出路呢？"他用右手从架上取下肋差，放在膝头，刀身映着炉火闪着蓝光；左手掀开裤子露出肚皮。

"既然这样，这就是出路！很简单，该怎么办就怎么办。但是得给天皇上书。"

他把放砚台和卷纸的小桌挪过来，取了毛笔，然后取下脖子上的毛巾,把靠护手的刀身底部包裹起来。用胁差切腹有点长,如果照常规办,左手握住刀把,而右手握着裹着毛巾的刀身——这样更舒服些。

"可惜现在没有介错人(注:剖腹自杀之后割其头颅的人),那就保有头颅吧,而介错人由宫泽光一来担任就好了。"

他用柔软的棉布慢慢地缠好刀身,看着天狗,没有任何想法。

他颤抖了一下,突然觉得鸟人,这个从童年就与他相随的百变树精,给他使了个眼色。在他受伤但并未死的情况下,不知是走私者还是游击队把他活埋时,正是它曾奇迹般地救了他,把他从地里拖出来。

大佐把木雕握在手里。"你想对我说什么呢?什么?"他目不转睛地盯着皱着眉头、面带讥笑的木雕。

"你想问吗?我的心灵已经得到解脱,下一步怎么做呢?我回答你:我输了!我输了!你问,输给谁了?我回答你——输给这个俄国狗了!"

雕像在手里暖乎乎的。

"你想问我彻底承认输了吗?"浅草感到自己浑身发冷,下意识地拉上肌襦袢的下摆,"你想说我还没开始交手就败下阵来吗?我交手了呀!"

浅草目光涣散了,他闭上眼睛,在听到锅里的水沸腾时又睁开了。

"你这么想吗?那咱们一块儿想一想,再来一次,从开始那时想起!"光滑的天狗突然从浅草的手中脱落,掉在裤褶里。

他一边机械地搅和锅里的水,一边下意识地摸索那个小红木雕。

"怎么,你不总是给我指点迷津,做出正确决定吗?"浅草把开水倒在精致的茶杯里。"这么说列托夫,就是与我们停止联络一年多的'老头子',在一九三七年初与军区司令部的高列洛夫也失去了联系。尤什克夫秋天把他逮捕了,如今他们可能把他给毙了。而现在哈巴罗夫斯克(伯力)地区的局长德里巴斯、侦察局局长希洛夫及其助手波格丹诺夫可能也被毙了。而后,他本人,尤什克夫在十月末也越境投靠我们。从他越境那一天到今天已经过去三个月了。苏联把他丢了,而'大记者'行

143

动,或者如他所说的,他们叫"梦幻罂粟",也中断了。什么时候,"罂粟"是什么,应当问问尤什克夫,还有一个问题也得问问尤什克夫。"

浅草仔细端详天狗那张咧着嘴的脸——雕像在微笑。

"如果是这样,他们把自己的间谍从行动中排除,也许那些人同样被逮捕或枪毙了。"

"这——样!再重新来一次!"浅草对天狗说:"契卡人员波格丹诺夫和他们的头头德里巴斯一起在游戏中出局,尤什克夫本身不想关心这件事。他在这里,如果列托夫和高列洛夫已经不在人世,那就意味着从苏联得到虚假情报的见证人已经不存在了。谁都没有了!是啊,是啊,是啊!"

天狗在微笑。

"换言之,不会有人知道'大记者'是一个严重的假情报了,至少我们日方认为那是不可能的。莫斯科不起作用,那里没有我们的阵地,这我一清二楚!剩下的还有什么呢?剩下的除了尤什克夫,只有我知道苏联的这个把戏。"

浅草喘了口气儿。

"没什么!"他大声说。"从此刻起,一切都重新来,只是得从反面开始!"

他严实地掩上肌襦的下摆,将胁差放回刀架,在一旁放好天狗,往小锅里倒了些凉凉的水。过了一会儿水又在小锅里静静地沸起来,绿茶的细末开始在水中翻滚。浅草把搅拌器推开,往杯里倒了烧开的开水。这一切他做得很慢,像真正做仪式那样,而并没感到自己有错,因为自己此刻并没有思考仪式和欣赏茶具、茶、水和火,而是想尤什克夫,确切地说是想自己,而这是有违传统的,可是别的进不了脑子啊。

"是的!"他痛苦地出了口气。"不过在十月末这一切我都会了如指掌的。这算什么——用皮靴踢敌人的脸。在小山刀下救他一命,踩碎的瓜是不宜吃的!"

第八节

　　翌日，浅草没到使团驻地，直接去秘密点，心情已经平静，从此尤什克夫不管怎么样，他随时都可以采取应对措施。

　　"必须从他嘴巴里把一切都掏出来，要他……踩碎的瓜也能吃！不是还有瓜籽嘛，让它再长一长吧。"

　　"客人在哪儿？"他问看守。

　　"还睡着呢。"

　　"怎么还睡呢？"

　　"他，阁下，大佐先生，他不知写什么，写了一整夜！"

　　"这样啊！"

　　"我没看，只听见他闭了灯，躺下，就在这里。应当叫醒他，送他去卧室。"

　　"为什么？"

　　"把这儿弄得太脏了，抽了很多烟。这里可以先通通风，窗户正对着院子。"

浅草看了看看守。

"清楚了,谢谢!"

"愿意效劳,阁……大佐先生!"

"你看这么长时间过去了,还在那儿阁下阁下地叫呢!这些东西钉在脑子里已经根深蒂固了,什么军官先生,什么全俄至尊的沙皇陛下。不过很动听!"

"您已经到了?"从背后传来那个刚刚醒来的人发出的懒洋洋的声音。

浅草回身。

尤什克夫睡得脸上出了褶,只穿内衣站在大厅门口。

"十五分钟您能收拾好自己吗?"

"急着去哪里?"尤什克夫还是用懒洋洋的声音说,同时挠了挠光秃秃的后脑勺。大佐没反应,尤什克夫迟疑一会儿,转身出去了。

浅草吩咐看守拿来那些写满左斜体大字的白纸,坐在安乐椅里。

大厅的桌子上摆着两个人用的餐具。十五分钟之后尤什克夫已经在他的老位置落座,并开始吸烟。

"的确抽得很多。这样他非得把我们的秘密据点给弄得臭气熏天不可!"

"睡得怎么样?"

"有啥不一样?我写的您读了吗?全部都明白?"

浅草没有立即回答,眼睛不离开那些纸张,用平静的声音说:"您有些紧张,尤什克夫先生,您的举动……不像一个投入敌营以求自救的人……"

"为了活命?"

"我想说是救自己的命。可能您的纠正更为准确。那您达到了什么目的呢？"浅草停下继续读他写的东西。

"哈！我！无所谓！我是叛徒，没什么可失去的了！还达到什么目的呢，大佐先生！您读过我写的东西了吗？"他又重复了一遍。

浅草把报纸推开：

"那您不害怕吗？"

"死吗？"尤什克夫猛然起身，"哪一次？"他手中的咖啡洒在桌布和他的白衬衫上。他声嘶力竭，几乎在吼叫。他把便鞋和袜子一起脱下来，使那只脚裸露无遗，因为受过烧伤，脚趾佝偻蜷曲，脚面浮肿皮肤发亮，一个个小肉包泛红。尤什克夫两眼布满血丝，瞳孔发灰，看上去很可怕。他用那只闲着的手把还冒着火星的香烟碾灭在烟灰缸里："是第十四次还是第十五次？"

"我们遵照指示侦察，尽可能小心谨慎！"

"应当遵照指示侦察，而且更加小心谨慎！我死后，列托夫、高列洛夫最好还会长久地活下去！"

浅草起身走出客厅，这种安静让他更为紧张。

在厨房，看守已经全身换上白色的工作服坐在那儿。

"有伏特加吗？"

"正好有，"他扯着大嗓门儿喊了一声，浅草给了他重重一拳，他应声倒下。

"拿一瓶酒，再拿点橄榄和鱼"。

尤什克夫坐在安乐椅里，又吸上了一支烟。便鞋和袜子都已穿好。几分钟后看守扛着托盘进到大厅，托盘挡着他的左脸。刚才这一拳打得他满眼泪水，什么都看不清。

"为什么打他？"尤什克夫问，被烟呛着了。"总得有个啥理由吧！他大概是白军败类吧！"

他等不及给他往高脚杯里倒酒，自己站起来拿起一个酒杯就倒了

147

满满一杯伏特加,一饮而尽。几分钟后他便觉得浑身发软了。

垮了!这很自然!浅草若有所思,把目光从客人身上移开,叫看守。

"能把他弄走吗?"

看守一脸不愿意,一声没吭,走到椅子前面,轻而易举地将那个瘫软的家伙托起来。

浅草一个人留在客厅里,他突然想去洗洗手。他把尤什克夫写的东西集中起来,去了办公室。

大佐坐在鹿皮沙发上,暮色透过窗帘照进来,屋内便呈现一派浅绿,如同一个水下王国,大佐的心情好了许多:"确实,像他们俗语中说的,怎么和这种人站到一块地里……"他开始看他写的这些东西,头一页是这样开始的:"我,爱德华·谢苗诺维奇·尤什克夫……

浅草开始读了,尽可能了解话里话外的意思,可突然间,开始觉得他对于尤什克夫这个像变性人似的外形、声音、举止所产生的坏印象,甚至反感,都开始化解和消失。供词写在优质白纸上,让人感到此人认真、沉着,一行行写得很工整,行距均匀,每个字母大小都一致,左侧留空边,每页右上角都注有页码,而且没有任何涂改。

《武士道》——《叶中书》——《武士法典》,用俄语说像是见树不见林,浅草确认中间的逻辑关系,遂想起自己的伯父,他能活用《武士道》一书,都很正确:先战后胜,重要的只有结果。

他看着这一页页写得工工整整的文字,想到这应该有草稿,便去厨房问看守:

"草稿在哪里?"

看守不解地端了端肩膀。

"我问的是他用过的废纸在哪里?"

"没有,大佐先生!"

"'没有'是什么意思?他在哪儿写的?"

"报告,大佐先生,在客厅里!"

浅草转身去客厅,牌桌上只有报纸,他翻了翻,其他什么也没有,餐桌也干干净净,桌布上也没有咖啡的污渍。

明白了,桌布已经换了。

他又来到厨房:

"你收拾桌布的时候没拿什么纸张吗?想一想!"

"什么也没拿,大佐先生,只收了碗碟、桌布,这不还在抽屉里。"

"打开!"

"还来不及从这里带出!"

浅草毫无怜悯之心地看了看看守,想了想,回到办公室。

我,爱德华·谢苗诺维奇·尤什克夫,于一九〇〇年出生在敖德萨一个裁缝家庭,犹太人。一九一七年七月加入共产党。

一九〇八年——一九一五年——六年制公立初等学校;

一九一六年——普通教育夜校班;

一九一六年一月——一九一七年二月——苏哈诺夫(敖德萨)车行助理办事员;被开除,受长兄(一九一九年在马赫诺前线牺牲)影响参加革命活动;

一九一七年——一九一八年,社会主义青年联盟半百委员会成员,敖德萨;

一九一七年——一九一八年,红军列兵;

一九一八年——一九一九年二月——在德国人与白军中从事地下工作,敖德萨;

一九一九二月——被捕,逃逸后经尼古拉耶夫到叶卡捷琳娜堡;

一九一九年六月—七月——中央政治学习班;

一九二〇年——人文社会学院;

下面是在敖德萨,基辅及契卡,ОГПУ,НКВД等机关任职列表……

一九三五年八月二十九日——一九三六年七月十日——亚速海-黑海地区НКВД局长;

一九三六年七月十日——一九三七年七月三十一日——苏联国家安全总局特别处副处长;

一九三七年七月三十一日——一九三七年十月二十一日——远东地区НКВД局长;

浅草把这一页放到一旁,立刻又重新拿起来。

"这样!这有意思—— 一九三六年七月— 一九三七年七月——苏联国家安全总局特别处工作。我知道特别处是情报处。昨天他说"梦幻罂粟"一案他还在莫斯科时就知道,也就是在那时就知道,再加上在哈巴罗夫斯克(伯力)工作时就同执行这一任务的人共事!"

第二页以及剩下的全部页都写得字迹匀称,同样工工整整,没有涂改:"草稿在哪里呢?"他还在想这个问题。

"在完成'梦幻罂粟'之前已经开始了"猕猴"行动,接着是'罂粟'……"

"'猕猴'",浅草沮丧地想,"我给你看看,咱们谁是'猕猴'!"

"……一九二六年在萨哈梁的宫山奇和熊泽的间谍机关工作人员中吸收了达妮娅和鲍里斯……"

"原则上讲我可以不写这些。"从背后传来尤什克夫的声音,浅草一惊,"对不起,大佐先生,我很久没喝伏特加了,所以喝了之后很快就晕过去了。"

尤什克夫坐进安乐椅,摇了摇头,用手掌使劲搓脸。

"您可以把我写的东西放一旁,我亲口讲给您就是了!"

"那好啊,爱德华·谢苗诺维奇·尤什克夫。"浅草说。又想到瓜的事:"熟了!"

"就是这样!这个阶段,在一九三〇年业务实际上已经都停止了,因为无论达妮娅或是鲍里斯可用的侦察条件都枯竭了,虽然你们的军官熊泽不小心写的日记细节我们读过了,请不要怀疑,全部读过!对不起,我可能记不全你们日本姓名的发音……"

"没关系,我理解您。"浅草说。

尤什克夫点头,突然他向隔墙的进门那边喊道:

"唉,好心人,你在那儿闲着干吗?给送点矿泉水或是果汁吧!对不起,大佐,因为不习惯,嗓子发干。就是这样!这之后我们把达妮娅派出去……"

尤什克夫说完这一切,没注意到大佐把拳头握到没了血色。

"现在我回忆一下巴利斯是怎样描述熊泽的特点的:熊泽本人小心谨慎,诡计多端,精力充沛,但不能说他很聪明。他的弱点是酗酒和口无遮拦。在家里对老婆唯命是从,一切古怪的要求他都满足,骂他个狗血喷头也能忍气吞声……"尤什克夫哼了一声,"顺便说一下,"他吐出一缕烟儿,"他老婆,您注意到了吧,在日本有个老婆,这个朵拉·米哈伊洛夫娜·丘里柯娃,在他之前是阿塔曼雷切夫的情妇,在他之后,就我们所知,她到了哈尔滨,并且开了一家妓院……这您就自己琢磨去吧!这个我先按下不表,说说后面的事,那么后面就说说他的外表,我不说您也知道,瘦瘦的,欧洲人的脸型,等等和如此这般。"

浅草注意听着,细节都完全一致。

尤什克夫坐得很随意,又开始捻下一支烟,脸色红扑扑的,举止肆无忌惮。

"我认为您的基干工作,即处理同老军官的关系,有严重错误。在远东萨哈梁这个穷地方,您对熊泽信任有加,有二十年吧?确实,此人有足够的经验,也尽职尽责。您还记得马占山将军叛乱时,我们弄清楚了,马将军占领萨哈梁,把你们日本人从那里赶出去……于是熊泽在我们那边待了近一年,就是在日本驻布拉戈维申斯克(海兰泡)领事馆。虽然他十分小心谨慎,我们仍然得到一些关于他的情报。在这个穷乡避壤工作期间,他全身地投入地下工作,确切点说,就是接收那些人给他的情报。"

浅草用奇怪的目光看着尤什克夫。

"哈,您有什么奇怪的?他不能严格地检查收到的情报,又得不到你们的帮助,所以送来的东西他都得原封不动地送给上面,他只剩下等待您的反应和待在这穷地方无所事事。无论在奉天,还是在东京他都没有重要关系。谁应该关心人,确切地说关心一个军官的升迁?所以当我们安排给他奥斯特洛夫斯基,按你们的叫法'老头子',这个人又给他带去了一些所谓'真货'——如果您明白,这可是远东军队招募计划的一部分,而后是加强国防系统图等等,顺便说一下,有些文件是我在莫斯科批准的。有了这些,熊泽就松了一口气,而您又不能查对这些东西!我说得对吧?"

浅草动了动僵硬的手指。

"继续说下去!"

"继续说什么?下面的事您一猜就知道了。"

"那现在'老头子'在什么地方?"

"被逮捕了。对他的判决已经通过了。现在怎么样,不知道。不过,不会消失的!"

"那高列洛夫呢?"

"什么高列洛夫?"

"高列洛夫在什么地方?"

"高列洛夫对您没有危险!"

"你们把他们逮捕了吗？还是已经给枪毙了？"

"没有！为什么呀？"

"你们不是都枪毙了吗？"

"是,都枪毙了！可是他没被枪毙！"

浅草心里开始激动,难道还有"大记者"这个见证人留下？

"您别激动,大佐,根本没有什么高列洛夫。"

浅草莫名其妙。

"没有！没有什么高列洛夫。希洛夫和包格丹诺夫就是高列洛夫,他们都是捏造出来的,杜撰罢了！"

浅草坐着,纹丝不动。

尤什克夫注意看着他：

"那在你们可靠的间谍和军官中有人亲眼见过高列洛夫吗？"

浅草沉默不语。

"就是这么回事！"

"这是他的条件,高列洛夫只跟'老头子'联系。"

"这不是高列洛夫的条件,而是我的部下,契卡人员包格丹诺夫和希洛夫的条件！你们的'老头子'是我们的间谍,你们的阵地处在ОКДВА司令部的包围之中,趋于零,所以根本没有什么高列洛夫。"

尤什克夫平静地说,看着自己的指甲,或者接着吸一支烟,或者用报纸扇风。

"大佐先生,请少烧点暖气吧,热得喘不过气来,您还不许打开窗幔透透风。"

下面关于"大记者"的谈话就没什么意思了。尤什克夫供词中的一些细节等以后再分析吧,虽然已经明白这也没什么意思。

浅草听了尤什克夫的谈话,他提供的情报令人震惊。不过他感到心情已平静下来了。他喊来看守,叫他再送些伏特加和小菜。

153

他们一声不吭地喝着,显然,今天的工作已告一段落,于是浅草站起身来。

"大佐先生,可见从今天开始您可以全面考虑考虑这个行动是怎么都翻过来了吧?请注意,我没用彻底失败一词,彻底失败只是在那种情况下才用,就是如果这个行动计划的结束与我逃到另一个世界有关,而这样的话……我准备帮助,在'满洲'我的间谍很多。"接着直截了当地补充说:"给我弄个娘儿们!"

浅草在门口踏步不前:"健壮的汉子,两周不挨训就想娘儿们了!"

"您会有个娘儿们的!"

第九节

三月二日早晨浅草坐在自己的办公室。

春天的第一个星期三,窗外几乎依然是冬季,空气湿冷,飘飘下来的清雪,没等落地,就已经融化在空中。

泥泞的街道,朦胧的晨曦。

天气很快转暖,却又刮起哈尔滨特有的暴风雪,卷着黏糊糊的雪片,夹杂着甜丝丝难闻的灰褐色煤渣的味道弥漫全城。一年中令人不快的时间到来了。一到这个时候浅草就得为腿伤的酸痛而苦恼,疼得无处钻无处躲。不过今天心情还算平静,天皇亲自寄给他……

他看着放在面前桌子上的福禄寿,这个智慧老者身躯挺拔,一个大秃头活像一个大灯泡,一根拐杖比他身体还高,腰间挂着一只空葫芦。福禄寿——福:幸福,禄:富裕,寿:长寿——这就是他母亲的全部愿望。这是母亲从她的父亲那儿传下来的,他是一个有学问的人,收藏了很多钟表。

在格罗杰克沃受伤后,年轻的浅草被人从地里挖出来,在符拉迪沃斯托克(海参崴)的一家军医院住了差不多一年,痊愈之后便放他回家。从那里回来他就带着这个雕像,一个知识渊博的钟表匠和围棋手的守护神。

"在尤什克夫写他们地下工作人员名单时,应该……"浅草取下电话筒,吩咐值班员,迅速找到宫泽中尉,叫他快到驻地来。

宫泽傍晚时到了。

"可以进来吗?对不起,大佐先生,我不能无缘无故扔下学习班的课业,也不能向学校领导随便请假。"

"我理解您,进来吧。您说得对,履历是要继续的。请坐吧!"

宫泽坐下,这次他也是很满意地环视这间办公室。

"我发觉您很喜欢这儿呀!"

"是的,大佐先生,尤其是您的雕像。"他朝福禄寿点点头。

浅草很满意,哼了一声。

"算了,来谈正事吧!您与……的关系进展怎么样?"

"小阿代伯格?"

"是啊!"

"进展得很好,他简直是一只小鸟,还活在妈妈怀里……"

"或者上帝怀里。"浅草纠正他。

"他不信上帝,虽然他去教堂,他非常爱他的父亲和母亲,还有他认为的自己的祖父,杰里诺夫,他们也非常爱他。他的家就是他的上帝!"

"好,这对我们有利。您同他关系怎么样?"

"我们并不经常见面,见面的话有时是两个人,有时是三个人:他、他的女友和我。我们什么都谈,跟所有的同龄人一样。他跟我学日语,我跟他学俄语,他对政治几乎没什么兴趣。"

"没说什么布尔什维克夺取了他们的祖国,或者有这个意思的什么话?"

"没有,索妮娅偶尔说过这些话。因为她有个姨妈在哈巴罗夫斯克(伯力)。这个我们都明白……"

"我记得!"浅草点头。

"不过这个话题可不是开玩笑,尤其是我们三个人在一起的时候,我尽可能避免谈及这个话题。"

"小心是对的。"

"就是这样!暂时就这些了。"

"那好。"浅草想了想。"那你们去城郊玩过吗?"

"没有!上那儿去干什么?第一,现在是夏天,夏天可以去松花江对岸。第二,我不会滑雪,这会闹出笑话的,一个日本人穿上俄国滑雪板。而……"

"找个机会……"浅草打断他的话,宫泽明白,大佐在琢磨什么。"把他带到我们的某个训练营地,比如,浅野部队,第二松花江站或者更远的地方,途中可以有时间和他谈话!"

"以什么名义呢?"

"想想就是了!比如说,在俄国学员中选拔一些人,在他们结束军训之后,在下一个学期去你们学院学习。"

"这不行,我们不会从那里招收任何人。"

"这没什么可怕的,一切都可以改变。顺便也骂骂我们那愚蠢的领导,说他们居然能交给您这些愚蠢的任务。"

宫泽想了想。

"去营地得有使团,也就是您的许可!"

"是的,当然,那里的头儿是斯米尔诺夫上校,我给他打个电话,不怕他指责我们两个。想想,这没什么复杂的!明白吗,中尉先生?"

"明白,大佐先生,我明白,可这又有什么意义呢?"

"意义是应该不仅仅在咖啡里或在茶水里,而是看整体情况。当政治不能不谈的时候,可以琢磨他的情绪。"

宫泽陷入沉思。

"在那里有一半像他这样的俄国青年,他们身穿'满洲国'的军服,不仅学习正步走,还学习射击、爆破等等!如同无意中说说而已,看看他有什么反应。如果这时候有我们的军官在场就好了。见证人嘛!"

"浅草,聪明又有经验!"听了上司的话,宫泽心里想,"这是招募很好的基础,不过我一旦这样做,作为一个朋友,一个与我敞开心扉的人,我会失去他!作为一个招募对象,也是如此!"

"别怕您不小心暴露政治观点,如果发生这种情况,就不招募了。你们可以继续保持友谊,这对我们来说也是需要的,因为实际上您已经完成了一个任务。"

宫泽凝视着上司。

"我是指您弄清楚了索妮娅·尼古拉耶夫娜·拉尔森在哈巴罗夫斯克(伯力)有个姨妈,这很有价值,所以我们应该继续小心地往下进行。明白吗?"

宫泽起身鞠躬:

"明白!"

第十节

　　火车到达松花江与铁路第二次交会的车站,行驶了三个小时。这是一趟普通客车,不是特别快车,行驶速度慢,又经常停车,刚刚加速,又开始减速,所以在车里很枯燥无味。窗外两侧是绵延而去的谷地,覆盖灰白色的积雪,融解处露出一块块、一点点褐色土地。

　　萨士克已经几次企图进行交谈,弄清他们到第二松花江站的目地,以及那里有什么有趣的东西。

　　前天宫泽在快下课时突然用日语问:

　　"你能帮我一个忙吗?"

　　"能啊,说说是什么事?"

　　"现在不能对你说,不过我需要你陪我去一个地方!"

　　宫泽说完之后把课本摞成一摞,用两手托着,像狗一样用下巴顶着,等待萨士克回答。

　　萨士克有点摸不着头脑。

"去哪里？"

"我以后告诉你，一切费用由我出。"

"去很久吗？"

"不！当天往返。"

"好玩吗？"

"我保证。那妈妈能让你去吗？"

萨士克抬了抬下巴。

宫泽笑了：

"对不起，我开玩笑呢。你不用跟单位请假，我们星期天去。去吗？"

"决定了！就在这个星期天吗？"

"是的！"

萨士克透过雾水迷蒙的车窗望着融入天际的冷漠大地，为了不失自尊，忍着不问宫泽去哪里，干什么。宫泽一路上一言不发，只顾翻阅俄语和文学课程大纲，只是到达前十五分钟他突然问：

"象征派和未来派的差别在哪里？"

萨士克一惊：

"问这个问题，你不该和我，而是和索妮娅一起来就对了。关于爵士乐我完全可以讲一讲，而谈到勃留索夫和马雅可夫斯基的差别，那就对不起了！反正你们俩都是诗人！"

"这你已经回答了。"宫泽静静地收拾好自己的讲义，装在书包里，心平气和地微笑着。

"算了，我不跟你故弄玄虚了！我们是到浅野少佐的部队去，听说过吗？"

"听说过！去那儿干什么？"

关于前不久才组建的浅野部队，口碑欠佳，据说已经开始征召俄国人加入"满洲"部队。这叫很多人感到恐惧，在谈及这个部队时连父亲都皱眉头。

"得了！"宫泽总结说，用手拍了拍公事包。

"那我能帮你做什么呢？"萨士克问。

"我自己也说不清。周一叫我去见系主任，说要在那里选几名俄国人进入我们学院学习。"

"那他们自己不能进入你们学院吗？"

"你知道，到那里的青年都不是你那样的家庭，他们都比较一般。"

"那你们为什么要他们呢？"

"你自己想一想，如果一个人自愿加入军队，意思就是对我们有好印象，也就是我们可以信任……"

"那又怎么样？"

"为什么不选一些人，让他们提高教育水平，而后能做高层，为帝国服务，而不是作为普通兵呢？"

"那我对你们有什么用呢？……"萨士克又问，差一点说出帝国一词！

"听他们回答我的问题，帮我确定他们的修养程度。我可能有些事弄不明白！"宫泽说得很慢，拖长声音，看着窗外的景色。灰乎乎的树影和深褐色的房屋一点点拉长。萨士克也望着窗外，除了模糊的建筑依次而过，别的什么也看不见，于是他又把视线转向宫泽：

"你的俄语比许多俄国人说得都好。你要在那儿发现什么？"

"你瞧，你说发现！而我会说，如老师教我的，看清或者看透，如果在你的位置是另外一个人，那这个发现我就该挑错了。"

萨士克用惊异的目光看着同伴，宫泽正要大笑。

"你们是用另一种思维方式，不像我们那样体会自己的语言！你只须在旁边坐着，有时还得需要你帮忙。有什么事我不可能与大兵们商量呀。他们会出些什么主意！"他又靠近窗户，萨士克也望着窗外。

161

"应该会给我们派一辆汽车。"宫泽说着便开始整理东西。

萨士克穿上衣服,戴上帽子,围上围巾:"有趣,拉比谢夫会怎么看这次旅行呢?"

在低矮的站台上有两名俄国人在等他们。一句话也没说,用手势叫他俩跟着走。车里很挤,后座坐三个人:接他们的一位俄国人,中间是萨士克,他右边是宫泽。

在坑坑洼洼的乡村道路上颠簸了很久,终于在一个大铁门前停下来,司机给个信号,大门就开了。

浅野少佐的部队设在一个中国旧兵营里,周围是高高的砖墙,墙上装有带倒刺的铁丝网。这墙好像哈尔滨监狱的大墙。

开始刮起暴风雪,空气密度增大,天色变暗,近看雪、建筑、道路和行人是黑色的,远看是灰色的。

"不像监狱吗?"宫泽问。

"那还用说!"

别看天气恶劣,而且还是星期天,营地的训练活动仍然热火朝天。一排排营房前的操场上正在进行双排队列训练。在最远处围墙前面寒气升腾,雪花飞舞,只见有人穿着大衣,戴着棉帽在单杆上做引体向上,在单杆旁边互相顶着戳立着一些上刺刀的大杆枪。

萨士克和宫泽走在一条冰冻的、平滑的小路上,迎面过来两个俄国人。他们提着圆形的大铁盒子,好像鲱鱼罐头。其中一个脚下一滑,险些跌倒,肩膀靠在宫泽身上:

"对不起。"他小声说,让开了路。

萨士克看着同伴:"这是什么?"

"不知道!"

走在前面的那个俄国人回头说:

"防步兵地雷。半小时后进行爆炸试验。"

"这还需要受高等教育吗？"萨士克心想。

他们进入唯一一栋新建的二层楼兵营,里面采光就靠一扇窗户。

"这里是我们的指挥部,"陪同他们的一个俄国人说,"到团长办公室吧,在那儿可以宽衣。在十二号教室接待二位,走廊顶头上二层。"

宫泽边走边问:"你们哪位领导出席？"

"教育督察松冈少佐。"

在十二号教室门口,两侧靠墙站着十五或二十个俄国年轻人,穿着军服,但没有肩章。萨士克没发现在他们中间有哈尔滨熟人。

教育督察,日本少佐,已经站在教室门口,微微点头,示意请进。接待候选学员很快,很正式。宫泽读了二十分钟听写,然后和萨士克一块儿检查课文,很快把大部分淘汰了。对剩下的考生,宫泽又提出几个问题,听了回答,既没有什么未来派,也没有什么象征派,宫泽与少佐和一名考生又谈论一会儿。这是个漂亮的高个子青年,是铁路技师之子,其父在革命前不久来参加铁路建设,一九三二年松花江发大水时不幸遇难。

这年轻人有个响亮的名字:阿波里纳利,他嗓音洪亮,口齿清晰。他的先父是教堂唱诗班领唱,他本人从童年便开始在唱诗班唱诗,最后一段时间担任指挥。在回答为什么加入浅野部队时,阿波里纳利回答说,想站在第一线从布尔什维克的统治中解放自己的祖国,除此之外,他还要挣钱养活老母亲和给她治病。

当最后一个应试者出去之后,屋里只剩少佐、萨士克和宫泽三个人。宫泽说,最合适的人选就是这个年轻人。少佐摘下眼镜开始擦,并回答说可以认为问题业已解决,只等军训结束,总之,他推荐此人。根据他的文化水平和声音条件,建议他去哈尔滨广播电台俄语部当播音员。

"这互相没有影响,"宫泽做出反应,"那你怎么想呢？"

"我想,"在短时间沉默之后,萨士克说,"他应当投奔到康斯坦丁·

弗拉基米洛维奇·罗扎耶夫斯基麾下。正好那位也想在你们的刺刀下打回老家俄罗斯。"

萨士克说完这些之后，教室里鸦雀无声，少佐继续机械地擦着眼镜，咬着嘴唇，宫泽聚精会神地看着萨士克，觉得有些不以为然。

团里建议，在这里吃晚饭，住一宿，明天再乘早班车离开，宫泽和萨士克婉言拒绝了。

翌日早晨宫泽向浅草大佐报告了这次出行的经过。

"没说的！很成功！您与他搞好关系够快的了。我交给您这个任务，"大佐翻了几页台历，"是周三，二号！"

"是，大佐先生！"

浅草一边听报告，一边踮着脚在办公室里踱步。

"我对您很满意。你们谈话时发生的一切我已经知道了。我要求松冈少佐打一个书面报告，介绍小阿代伯格的行动。现在您可以自由活动了，下面的一切活动按我们早些时候定的去做。"

"大佐先生，我可以提个问题吗？"宫泽的声音充满焦虑，没等人家允许，便问："您打算利用这件事招募他的亲属吗？招募他父亲？"

浅草居高临下地看了看自己的下属：

"火候不到，资料先放一放，看看怎么利用他对我们的事业有利。"

宫泽走出办公室。

我又得到了什么！只有这些吗？应该尽可能接近这个年轻的主人公和那愚蠢的刺刀！

第三章

第一节

萨士克在办公室里往周围看了看,四个日本人和一个俄国人还坐在桌前,每个人都在处理自己的业务。有的正在写什么,有的正在翻阅文件,有的正在打算盘。谁都与他没什么关系。

日本同事工作就像机器,午饭也在这里吃,一般都是木盒装的自家饭菜。晚六点整,他们褪下套袖,把文件整理好,放在办公桌一角,友善起身,说声"再见,萨沙君!"和"再见,瓦夏君!"便离开办公室。

萨士克喜欢看他们,他们让他想起幼儿园,从五岁开始妈妈就带他去那里。在那里教师对孩子们说:"好吧,孩子们,一块儿起立,向厨师表示感谢!"孩子们一下起来,碰得小板凳腿噼里啪啦响,在老师指挥下鼓足勇气大声喊道:

"谢——谢!别拉盖娅·彼得罗夫娜,谢谢您的美味午餐!"

他们在说最前面的词儿和最后面的词儿时,开始和结束的时间不一致,但是不太好念的"别拉盖娅·彼得罗夫娜",孩子们尽力发音清楚和准确,就连"P"这个音发得也很正确。当教师明白这一点时,就把"别拉盖娅·彼得罗夫娜"当作作业,给那些发音不准的孩子练习用。

萨士克又一次看了看周围,工作日才刚刚开始,日本人就埋头工作,而年纪大的瓦西里·考尔涅耶维奇,办公室里的第二个俄国人,正在若有所思地取下自己计算器上的小旗。

窗子开着一道缝,萨士克走过去,窗下是一张放电话的小桌,窗外是街道,树叶簌簌作响,一方面这会影响他,另一方面,屋里人也听不清他说什么。

他拨了107,话筒里沙沙响,后来发出嗡嗡声,一个女人的声音回答:"哈啰!市问讯处!请讲!"

"早安,姑娘!"萨士克压低嗓音说。"劳驾,请问在哪里能买到花边?"

"花边?"问讯处那女子不作声了。

"您需要什么花边?"

萨士克感到有点激动,他还从未在电话中与人交往过,他长出一口气:

"我想要漂亮的花边,比如抠花边,就像您今天领子和袖口上的那种!……"

"嗯?"

"您今天领子和袖口上的花边很漂亮,而且与您特别相配,还有您那件蓝地儿、粉花、黄叶的布拉吉!"萨士克连珠炮似的说完之后,不出声了。

"现在就听天由命了。"他心想。

突然,问讯处的姑娘用柔和的声音回答:

"您喜欢吗?"

"是啊,特喜欢,我想再看一次。"

"如果您想再看一次,那您还给谁买花边呀?"

萨士克有点慌,又脱口而出:

"我们是邻居,我家离电话站不远,就是您工作的市电话站,今天早晨还看见您上班……那种花边……"

"那您从哪儿知道是我呢?"

必须撒谎了。

"我听见您在路上说话,现在从电话里听出是您的声音。"

"年轻人,我看您是耍流氓,我在工作,您该挂线了。"

"等一等,我真想看看您的花边,您几点钟下班?我可以去接您吗?"

问讯处不出声了。

"既然您都清楚,见就见吧!"

听筒里发出咔嚓咔嚓的响声,然后是呜呜声,萨士克放好听筒,在裤子上擦了擦手心的汗水。站了片刻,回到自己的座位上,立刻碰上瓦西里·考尔涅耶维奇责备的目光。他这时放下计算器,轻轻地咬着嘴唇,从圆形眼镜上边看着他。萨士克气呼呼地从他桌旁边走过:"他想干什么?已经生了四个女儿,我怎么了?怎么也没怎么的呀!"他回头看着瓦西里·考尔涅耶维奇,不过那位已经转过去,坐下了。

工作日终于结束了。

日本人友善地开始动作,从自己座位上站起来,取下套袖,把文件摞起来放到桌角,走到门口,习惯地说一声:"再见,萨沙君!再见,瓦夏君!"

萨士克没什么地方急着要去,话务员穆拉奇卡在八点钟换班,也就是说还得过两个小时,至少拉比谢夫是这么说的。

"回窝吧!回窝吧!"瓦西里·考尔涅耶维奇模仿日本人的怪样,但是没起身。

日本公司的老板们,其中包括萨士克工作的这家公司,只要雇员不是日本人，下班时走得稍稍晚一会儿，比日本同事稍稍耽搁一些，就会表扬他们，认为这是对自己的尊重，他们这个民族是胜利者，是"满洲"的主人。所以俄国职员都接受这个不成文的规定——早点来晚点走。

萨士克的同事瓦西里·考尔涅耶维奇，日本人称呼他为瓦夏君，就总是等几分钟再走。日本人都很尊重他，因为他是一位白发老者。但给他的工资并不多，所以他还给自己的一个熟人干点私活。那人是建筑承包商，他给他画画图，搞搞预算什么的，这样可以补贴瓦西里·考尔涅耶维奇养活一大家子人。他好心地建议萨士克也干点私活，说那个老板也同意，因为他需要与日本开发商进行谈判，所以熟练的日语非常有用，萨士克的日语水平是足够的，可是萨士克拒绝了。他早就发现老人对他很热情，就像亲属关系一样，但他尽量不理睬。

瓦西里·考尔涅耶维奇是搞建筑的，老中东路职工，一九〇二年就来到"满洲"，参加附属车站建设，在中东路改为苏联和中国共管之前一直在铁路工作，在严格意义上说他不是侨民，因为没接受苏联国籍而被开除。一九三二年关东军占领"满洲"他才找工作，就在这家运输公司为日本建筑项目运送材料。他告诉萨士克说，拉比谢夫也是工匠出身。

去年夏天萨士克在松花江左岸见到他们全家人在沙滩上，他走上前跟他们打招呼，说了几句客气话，便离开了，却没注意到在说短短几句话的工夫，瓦西里·考尔涅耶维奇的一个女儿脸红了。可瓦西里·考尔涅耶维奇发现了。

萨士克一直坐在自己办公桌前，翻着那些文件，也不看内容，偶尔看看瓦西里·考尔涅耶维奇。那位则盯着看他，然后叹口气，取下套袖，放在抽屉里，起身，学日本人的样子，鞠躬，说：

"回窝吧，回窝吧，萨沙君！"

萨士克欠了欠身,礼貌地点了点头,看他走后总算松了口气:"老头负担太重了,四个女儿还一个没嫁出去。真该同情同情!但这是他自己的错——没好条件还养那么多。"

当时,在松花江沙滩,瓦西里·考尔涅耶维奇的女儿们,坐在一块大毯子上,都穿着轻薄的及膝短裙,不过还算是布拉吉,四个人各把一角坐在那里。萨士克离开他们,回到几百米之外自己那伙人里。这伙人也不少,大约十五~二十人,有男有女,都穿着泳装,皮肤晒得黝黑,个个都像运动员的身材。欢笑、玩耍、游泳,你追我赶,或者拼体力——顶水游,玩排球。许多朋友都是从童年时期就认识的,还有就是在大学新交的。他们总是在大浪冲积的沙地上掘洞,埋下啤酒和柠檬汽水,使其更凉,什么垫子都不用,从水里出来直接躺在沙滩上。

萨士克想起与瓦西里·考尔涅耶维奇一家见面的情景,不过这回忆刚浮现在脑海里立即就消失了。

穆拉,穆拉奇卡!再了解一些情况就好了!真的,那不是有领子和袖口的花边吗?也许,袜子上还有什么呢?也带花边!

出了办公室,他好像落到蒸笼里。别看是晚上,而且离松花江不远,却没有一点凉意。人力车从旁边跑过去,散发出一股汗臭和大蒜的气味。小汽车、公共汽车和大卡车喷出尾气,疾驶而去。"现在去市立公园或者沙滩该有多好啊。"萨士克脑子里闪出这么个念头,可这万万不可以,应该立即往回走,跨过被烤得炽热的铁路去南岗,因为电话站在那里。

他看了看表,还有两个小时他可以去什么地方打发时间。

他经过索菲亚教堂,走进长排的南市场,中国人的炉子散发出来的热气和味道让他鼓足了劲儿。

"不行!我可受不了啦!"脑子里立即浮现出一个挽救的办法:"我去检查一下记号!如果一切顺利,我放上自己的标志。"他信心十足地迈着大步穿过市场,沿着新城大街朝江边走去:"还有时间!"

十分钟后他已经来到松花江畔。那里人很多,沿着那排栏杆来乘凉的人在狭窄的人行道上熙熙攘攘。岸边已经少见小船,差不多都摆到对岸缓坡,大概全城有一半的人都在水边休息。

一半在江这边,一半在江那边,那还有谁在城里呢?

他走到人行道中段那栋像比利宾画中的小商亭前,售货员给他拿了一瓶冰镇矿泉水,他便在长椅上坐下了。坐在长椅上看护栏的石柱清清楚楚,右侧第二根在斜坡上往下伸到水中,那上面没有记号。

意思是说,轮到我了。如果穆拉奇卡没撒谎的话!

江畔的游人拥挤不堪,萨士克根本没法看清人的面容,可在流动的人流中突然认出了薇拉奇卡。她在人群中舔着一根冰棍缓慢前行,和她在一起走的宫泽光一侧着身子和她有说有笑。薇拉奇卡全神贯注地听着,不时点点头,完全像个成人。萨士克的视线在人群中搜寻,看见在薇拉奇卡前面几步远有她的一群同学。他脑子里冒出的第一个想法,就是如果她母亲得知她没跟索妮娅——她大姐一起来江边,那非得狠狠斥责她不可。他随即又冒出另一个想法:

宫泽在薇拉奇卡身旁干什么呢?

这个想法使他十分不快。

他回想起两年之前那个冬天的晚上,他和索妮娅在铁路局礼堂听维尔京斯基演唱会,中间休息时在小食部喝咖啡,索妮娅用胳膊肘轻轻地碰了碰萨士克,叫他看看在那边喝果汁的一位英俊的日本年轻人。他正一边回想一边用鼻子哼哼中间休息前演唱的那支歌曲的旋律。这看起来未免可笑。索妮娅是个"胆大妄为"的姑娘,走到日本人背后,随着他唱起那支曲子,不过比他声音更高。日本人开始没出声,后来把头转过来,最后整个转过身来。索妮娅笑了,日本人手里拿着杯子,愣住了,当他笨拙地鞠躬时把果汁洒在他们之间的地板上。情况由可笑变为尴尬,弄得索妮娅很不好意思,他们就这样对视而立片刻。萨士克知道自己得挺身出来救场了,于是上前表示歉意。大概日本人全身的血液都涌到脸上了,他那白皙的皮肤瞬时变深,他把杯子放在一旁,不知如何是好,只能快语连珠表个态:

"瞧您,瞧您!这是我的错!我真是笨手笨脚!好在没有洒在您这位漂亮姑娘的连衣裙上!太太!"日本人的脸更红了:"我是那么热爱俄罗斯音乐,太入神了,这才做出不得体的事!我可能唱得声音太大了。请您原谅!拜托了!"

日本人的俄语讲得热情洋溢,快言快语,不再感到难为情了。

"亚历山大·亚历山大罗维奇·冯·阿代伯格,"萨士克自我介绍,同时介绍索妮娅。"索妮娅·尼古拉耶夫娜·拉尔森。"

"索妮娅。"她自我介绍,把手伸过去。

"宫泽光一。"日本人自我介绍。

萨士克和索妮娅喝咖啡,日本人喝果汁,三个人同时都喝完了。

音乐会结束之后,宫泽光一在存衣处找到萨士克和索妮娅,约他们一周后去日本餐馆。

光一在人群中走得很慢,全神贯注地同索妮娅的妹妹谈话,以致他们两个人谁也没注意到离他们两步远坐着萨士克。

"奇怪呀,"萨士克心里想,"一个情报官竟然没发现自己周围的人,大概是走火入魔了。"

他看了看表,该走了。

萨士克并不急于到电话站。他在路上买了一束鲜花,盘算着怎么与穆拉谈话。这个市电话站的接线员穆拉是拉比谢夫给他接上线的。他是这么说的:"亚历山大·亚历山大罗维奇,请原谅,我把这个姑娘介绍给您,不过她对我们非常有用……"萨士克问这个姑娘的情况,拉比谢夫有些含糊其词,说她现在一个人住,为了逃避日本人征兵,父母带着小弟弟移居上海去了。她目前在哈尔滨市电话站问讯处工作,看来很有用。他还说,鉴于萨士克"个人阵地"是自由的,所以委托他照顾她,就是说再不会委托其他人。要跟她搞熟关系,摸清她的情绪,其中包括她的政治态度,这之后可以介绍给别人,就是转给他们自己认识的朋友中的某个人,至于哪些朋友,拉比谢夫没有明确。

关于这个姑娘的谈话还是在冬天。

他站在离电话站正门不远的地方,等着八点钟到来。他不太确定她是否从这个门出来,也可能有别的职工出入口。为了确认穆拉是从这里出来,他没有按照拉比谢夫的建议那样等穆拉白天换班。

尽管还不算晚,街上的人已经不多。萨士克拿着一束花站在那儿,很明显这让他感到难为情。他手里这束花真的很漂亮:紫色、蓝色和黄色的小花配上尖细的绿草。若是把它们拿给妈妈看,她一下子就能叫出这些花的名字,还知道应该如何放在水中,让它们开得时间更长,可萨士克此时生怕遇上妈妈。电话站离家只有几条街,在这个时间妈妈常常散步到这里,因为秋林公司就在这边。如果叫她看见他手捧鲜花站在此处,那问题可就大了。

"个人阵地,自由处理,"拉比谢夫的话在脑子里转来转去,"大概他指的是索妮娅吧!索妮娅对我来说不过是姐姐而已!和妈妈又有什么关系!"

前年他介绍索妮娅与妈妈认识。她很欣赏这个年轻、漂亮的才女,但是对她的评价却三缄其口,她不太喜欢索妮娅热衷于特别的舞蹈,而经典的芭蕾舞在哈尔滨很难生存。索妮娅的父亲是一位军士,战争中受伤,阵亡。索妮娅的妈妈是贵族出身,在阿尔奇舍夫斯卡娅夫人制帽沙龙做设计师,这家沙龙就在中央大街上。萨士克很少为这种陈规戒律而激动,可妈妈还是继续关注。爸爸对这件事处之泰然,老头子杰里诺夫很喜欢索妮娅这姑娘。妈妈不知为什么以为萨士克会娶索妮娅,希望他们能结成美满的一对。在哈尔滨解决个人问题比较困难,他们这个圈子人很少,而大部分很穷,或身处不同的政治阵营,彼此心存芥蒂。

年轻人对此漠不关心。

可是妈妈呀,按照她的设想,她的儿子行为举止都应得体,她虽然没这么说,但潜台词是:碰到了就结婚,什么家庭出身都好,不能欺负人家。

糊涂!妈妈脑子里一塌糊涂!这和索妮娅有什么关系呢?

萨士克谁也没打算娶,想到这里,他记起几个小时之前看见索妮娅的妹妹薇拉和宫泽光一在一起就浑身发冷,他对此极为不快。

他向四周看了看。

他站在一个大广告柱子旁边,那上面贴满了广告,靠近柱子站着一个姑娘,像是在聚精会神地看广告。萨士克晃了晃头,这就是她,穆拉:中等个子,栗色的头发,粗大的辫子,浅蓝色的布拉吉,粉红色的小花,黄色的叶子,领子、袖口上有抠花刺绣的花边,穿一双便鞋,但没穿袜子。

萨士克朝她走了一步:

"穆拉!是您吗?"

姑娘看了看他,鞋跟一转,就朝秋林公司方向慢慢走去。

"这不是——是她!"萨士克心里想,很有信心地跟上她。姑娘走得很慢,腰上的包包晃来晃去,萨士克决定不着急。就这样走了几步,她悄悄在前,他悄悄在后。他仔细看了,觉得很养眼,那身材,那双腿,都很匀称,腰很细,步态轻盈,布拉吉的颜色与款式对她正合适。当然了,还有那花边,这她是知道的。萨士克兴奋地端详着她,差不多赶上她了。

"穆拉!"

"您这么看我,不觉得难为情吗?"

当然难为情,不过已经很难堪了呀!

"可能,您是对的,也可能,不好意思,不过您出现得太突然了呀!"

"如果您在等我,怎么能说突然呢?"

"请原谅我,等是等,不过我当时有点走神儿!"

"想这花边对谁合适吧?"

萨士克很狼狈,他准备了又准备,等了又等,结果还是弄得狼狈不堪。这该死的拉比谢夫!

"那您不想去凉快凉快吗?现在去江边……"

"想去,不过我住马家沟,我得往反方向走……您是从哪里知道我的名字,是不是在跟踪我?"

穿帮了!萨士克无意中想到拉比谢夫常用的词儿。

"瞧您说的!早晨我就看见您,和您一起走的女友这样称呼您!"他在说谎,早晨没见过这姑娘,但是他给拉比谢夫打过电话,说穆拉今天在班上,并告诉她今天的样子和穿戴。他还提醒萨士克不要穿帮。

"那不是我的女友,我们只是在一起工作!"

"对不起!您毕竟是穆拉,穆拉奇卡呀!"

"现在,当然,是穆拉!您高兴了吧?"

"是啊,非常高兴!"

他们默默走了几分钟。

"工作一整天,刚刚下班,您可能累了吧?"

"那您呢?"

"我六点下班,一直等您下班,我还去了一趟江边,那里现在可能凉快了……"

"我这是怎么了,凉快了,还是凉快了,江边,还是江边!应该说点什么呢?"他在心里责备自己。

姑娘好奇地看了看周围,她在前面,和他差半步,他们就这样走着。萨士克无意中赶上来,开始和她并排走,突然鞋跟儿踏在马路上,他好像听到有节奏的踩踏声:

咯噔!咯噔!咯噔——咯噔——咯噔!

"我立即涂抹掉碌碌无为的生活画面……"

他突然听到她的声音,随即无意识地跟上:

"……倒了一杯饮料……"

穆拉又看了看周围:

"……画了一盘鱼冻……"

萨士克又跟上:

"……大海的歪斜颧骨……"
"……在罐头鱼的鳞片上,我读出新生的呼喊……"

她说着说着停下了……
"鱼唇,"萨士克接着诵读,"而您能演奏一支小夜曲吗?"
"用排水管当长笛!"穆拉朗诵完,笑了。她放慢脚步,萨士克与她并行。
"您喜欢马雅可夫斯基?"她看着萨士克,露出嘲讽的笑容。
"是啊!"萨士克回答,心里有点慌。"我还知道维尔京斯基……"他想接着说出另外几位诗人的名字,而穆拉皱起眉头。

"您不喜欢维尔京斯基吗?"

"您怎么称呼?"

"萨士克!"他不知为什么说出在家的称呼,突然想起来,"对不起,亚历山大。"

"是妈妈这样叫您吧?萨士克!"

"是啊,我们家有两个亚历山大——我和爸爸!"

"那您喜欢我怎么称呼您呢?"

"看您怎么称呼方便!"他回答说,没注意他们已经走过整整一个街区,来到圣·尼古拉教堂广场。

"好吧,萨士克,"她突然停住脚步。"咱们就在这里告别吧。我下午一点上班,什么时候下班您知道。"

她转身朝教堂的栅栏走去。

萨士克像被钉住了似的站在人行道上,看着穆拉穿过马路,消失在教堂的树丛中。

他在脑子里闪过一个念头:"特立独行的姑娘!多漂亮啊!"

他又站了一会,才去公共汽车站,可以去江边画记号了:见面成功了!但不知为什么,已经没什么兴趣了。

第二节

　　他在自己的房间斜倚在沙发上,已经换上了运动裤和白色便鞋。窗子半掩,燥热的空气吹拂着窗帘,涌进屋里。与电话站的姑娘穆拉见面之后,萨士克去了江边,做了记号——在栏杆上用蓝色粉笔画上竖条,然后把粉笔扔掉了,因为再也没用了,下次再做记号得用另一种颜色的粉笔,下一次见面时拉比谢夫会带给他。

　　脑子里一直在回响:

　　　　我涂抹掉碌碌无为的生活画面!我立即涂抹掉碌碌无为的生活画面!我立即……

　　在与这个特立独行的姑娘见面之后,他产生一种莫名的感觉,他仿佛仍然能见到她的背影,她那平稳舒缓的步态,肘间挎的小包有节奏地晃动着,浅蓝色的布拉吉随着平稳的脚步摆来摆去……七月的暑热和在城里的奔跑令他昏昏欲睡,可一下子醒过来了。

哎呀!怎么这么热啊?

窗子开着,可一点凉意也没有。

是不是该洗个澡?

他想起江沿,伸向水里的台阶,船站,想到没有一次是自己去沙滩,总是与朋友结伙或是和索妮娅一起。

"我立即涂抹……"

宫泽今天在那干什么呢?

这个念头又令他十分不快。想起冬天与拉比谢夫谈到的索妮娅的事。

"真有意思,这段时间拉比谢夫怎么一次也没想起索妮娅呢?"他心里想着,一边用毛巾擦胸前和腋下的汗水。"已经差不多半年了,可能,他们自己已经……行动了。到哪时……"萨士克不知道到哪时,所以尽力回想,"或许,拉比谢夫在这段时间有什么变化,可是没有呀。好像没有啊!那索妮娅呢?也没什么变化呀。他认识她几年了,开始什么样,现在还什么样。"

心里怎么也平静不下来。

"出什么事了呀?天主之母啊!我的'个人阵地'是自由的,索妮娅就是姐姐,她本人也称呼我为老弟或者萨沙先生。难道是有什么我还没发觉,或是理解得不对?"

萨士克从沙发上站起来,走到窗前,看看花园的景致。离窗户不远有一棵苹果树,离房子很近。这是一棵老树,树皮上长满麻点,在树干齐腰处长出粗壮的枝子。从前它的枝干还很纤细,他差一点把它给毁了。他想往树上爬,叫爷爷把他给抱下来了。杰里诺夫责备他,用手指指给他看他那坚硬的鞋跟留下的深深的划痕。于是他再去爬另外一些苹果树,那些树长在花园不显眼的地方,在灌木丛后面,不易被人看见。

就在几天前,天气热得人昏头昏脑的,他和索妮娅与爷爷还在那棵苹果树下乘凉呢,几乎是默默地坐在那儿。爷爷照旧读他的《生活报》,萨士克在看刚从上海寄来的乐谱,而索妮娅在写什么。她很快将在诗歌协会上演讲,内容是俄罗斯诗歌比较,之后她想展示自己的诗作,是新作,但那天晚上她没搞成。

"萨——沙!"她突然拉长声音叫道。"瞧,这是些什么词呀?"于是朗诵道:

……灵魂就这样从高处

俯瞰被它们抛弃的身体!……

萨士克边问,边继续看自己的乐谱:

这是谁写的?"

"萨沙!谁写的,还有什么区别吗?你听听,这是些什么话?"

萨士克怎么也离不开这篇乐谱,所以没听清索妮娅的抱怨。他只是感到索妮娅和爷爷都在看着他。他看了看他们:杰里诺夫两只脚穿着白色的毛袜,脚伸在小板凳底下,鼻子尖上卡着老花镜,正看着他。索妮娅突然从草地上站起来,裙子上粘了些干草,她也没来得及将其抖搂下去,合上书本,表情尴尬,说了声"我给你们打电话!"就朝栅栏门那边扬长而去。

萨士克还拿着乐谱傻坐在那里。

"哎呀,你呀!"当栅栏门在他身后咔嗒一声关上,爷爷边说边拿着小板凳进屋了。

他与索妮娅在两年半前,也就是一九三五年圣诞前夕,在哈尔滨诗社"年轻的丘拉耶夫卡"的最后一次会议上相识。那天晚上萨士克什么地方也不想去,讲座结束后他打算回家,但在衣帽间他的同年级同学廖瓦·马尔奇佐夫走过来,此人以诗人自诩,造访城里所有的诗社和诗人聚会。他领导学院青年诗人小组,并应邀去参加"丘拉耶夫卡星期二"活动。此人性格孤僻,腼腆,他觉得孤身一人参加全市最有名气的诗人聚会有些难为情。萨士克很快说服了自己,晚上来到基督教青年会中学门前与他会合。

在登上楼梯进入礼堂时,廖瓦说:"年轻的'丘拉耶夫卡'已大不如以前,甚至一年前,不过仍然很有意思。"

的确很有意思。舞台上立着一棵装饰好的新年枞树,在主席台的桌子上有一盏绿色玻璃罩的台灯,环境很舒适。与会者带来自己的作品,朗诵《急转弯》诗集中的诗作,这是诗社出版的,内容多是抱怨艺术专业的学员不得不离开哈尔滨去中国南方,宣读他们从上海、天津和其他城市寄来的贺信。当宣读瓦洛佳·斯洛波得奇可夫从上海寄来的贺信时,萨士克激动不已。"丘拉耶夫卡"的常任主席阿列克谢·阿恰依尔带着自己的作品参加会议,还有其他人。萨士克特别喜欢一位诗人的贺年信:

新年之夜没有欺瞒
我相信美好的期盼,
因为心灵要求
美好生活的诺言。
把手伸过来!……
握手比任何语言都更加强悍,
爱情让我们相拥
堕入温柔之乡珠光炫炫!
把双唇凑过来吧!
让亲吻闪耀海誓山盟的光焰……

今夜让我做个诗人骚客

是上帝让我们欣喜狂欢！

礼堂响起掌声，一位漂亮的金发女郎走到桌前，主席说她不用介绍了，她便开始朗诵马克西米兰·沃罗申的作品。这些诗萨士克还是头一次听到：

我能抛一块石头砸在你身上吗？

我能谴责那激情燃烧的火焰吗？

我没用一张脏兮兮的脸俯向你，

没用光着脚板的足迹祝福你，

你呀，浪迹天涯，醉生梦死，

臭要饭的丑八怪呀——罗斯！

最后一行读得有些悲惨，声音高亢而铿锵。姑娘朗诵完之后站了一会，在第一排坐下了。在朗诵完沃罗申的新年抒情诗之后，大堂里甚至有点压抑：窃窃私语声安静下来了，萨士克觉得主席都有些惘然若失，令人感到如一颗炸弹把以往的苦难炸开了，在这里又出现了被打死的、打伤的以及被驱赶的人们。坐在桌旁的阿列克谢·阿恰依尔慢慢地站起来，不知说什么是好，不知道自己那双瘦骨嶙峋的手往哪里放，索性为这个姑娘，这位有一个意想不到的斯堪的纳维亚姓氏——拉尔森的金发女郎鼓掌，沉默的大厅里立刻报以掌声。这时他向诗歌爱好者和客人们朗诵了一首即兴之作——"拙作"，大家开始活跃起来，互相观望，耳语，议论。萨士克看了看自己的同伴，那位脸色苍白，咬着嘴唇，一副蓄势待发的架势，只是继续坐在那儿，好像被绑在板凳上了似的。突然萨士克自己也没料到竟站起身来。他自己并没有打算起身，不

183

过有一种力量把他给抬起来了。他在主席的目光注视之下走上舞台,用左手撑在桌子上,开腔道:

别了,莫斯科,

蹑蹑不堪的俄罗斯。

别了,遗留在旋涡中的爱情,

别了,不会降临到我们面前的

救世主,

别了,还有我这个尚未出生的牛犊,还未哞哞叫!

请原谅还未出生,

请原谅还未哞哞叫!

不要想起我还未祈祷,

未给谁留下遗嘱。

别了,

请原谅!

当萨士克刚走向舞台时,大厅里便窃窃私语,继而倒换着脚站着,大家屏息静听他的即兴朗诵,而当他回到座位时,大堂里鸦雀无声。萨士克只见廖瓦·马尔奇佐夫用惊恐的目光看着他。他回到自己的座位上,大厅里哄堂大笑,笑声震耳欲聋。他看见大家起立,转身向他致意,而那位姑娘挤到他坐的第一排。大家长时间欢呼雀跃,伸过手来紧紧相握。这使萨士克很难为情,这种场面是他始料不及的。他本来并无所图,只是在朗诵完沃罗申的诗歌之后,他脑子里响起一支曲子,他只不过填上一知半解的词儿罢了,这诗便进入他的脑子里,再说,算什么诗吗?

晚会完满结束,主席十分满意,走到萨士克面前,也和他握了手,并邀他下次聚会再来。那姑娘没挤过来,站在过道等他从与人们的握

手中解脱出来。萨士克在那个用钦佩的目光看着他的廖瓦的陪同下走过来时,她伸出手来说:

"您可把我们救了!请问大名?"

问题有些突然,萨士克一时没想好怎么回答。

"这是我们自己人,自己人!"廖瓦高兴得不知如何是好。"索妮奇卡,这位是亚历山大·亚历山大罗维奇·冯·阿代伯格,我们诗社的成员。"

廖瓦因为高兴撒起谎来,不过萨士克没发现,因为突如其来的成功让他冲昏了头脑。

"那您还有什么大作让我们一睹为快吗?"姑娘问。

"看您说的,索妮奇卡!他的诗多了去了,他在我们这里最……"萨士克看了他一眼,廖瓦自知牛皮吹太大了,于是溜之大吉。

索妮娅两人来到衣帽间,在穿衣服的工夫,人们还过来拍萨士克的肩膀以示赞许。

阿恰依尔再次过来:

"真不错啊,年轻人!牛犊该下生了,也该哞哞叫了!当然您未必非得赶上米哈伊尔·尤里耶维奇·莱蒙托夫不可,可我知道这是即兴之作,您的成就我们是需要的!新鲜血液呀!索妮奇卡,请您全面了解我们的青年才俊,把他的诗作……"阿恰依尔微微一笑。"让牛犊下生和哞哞叫编入我们的诗刊!"他拍拍他的肩膀,"年轻人!"

他们从中学那里上坡,走到秋林公司公共汽车站,看来索妮娅家住道里。萨士克在路上一直沉默不语,有些不好意思,只有索妮娅在说话。城市简直冷透了,索妮娅坦然地把手伸进萨士克肘下的手闷子里取暖。今天对他来说是一种新的体验,有生以来头一次与一位年轻、漂亮,大概还是一位天才的姑娘单独并肩而行。

索妮娅在路上告诉他,朗诵沃罗申的诗让她想起自己的父亲,他是在斯巴斯克附近与红军的战斗中受伤的。那时她与妈妈住在符拉迪沃斯托克（海参崴），她的姨妈从俄罗斯内地投奔她们，但是还没到地方就中枪毙命了。索妮娅当时还小，这些都记不得了。她还讲阿列克谢·阿恰依尔是一位天生的诗人，真姓是格雷佐夫，过去是白军军官，在二十世纪二十年代中期他便组织了这个诗社，并取名"年轻的丘拉耶夫卡"，纪念自己在西伯利亚的同乡丘拉耶夫卡兄弟。她讲了两位丘拉耶夫卡诗人格拉宁和谢尔金于一九三五年双双自杀的事。格拉宁和康斯坦丁·弗拉基米洛维奇·罗扎耶夫斯基过从甚密。萨士克记得这一件事，是瓦洛佳·斯洛波得奇可夫对他讲的，他对这两个人都非常了解，城里对此事也议论纷纷。

在站台他把她送上冷冰冰的公共汽车。

他还站在窗台旁看着那棵苹果树，一个小时或一个半小时之前它还投下一片影子，可现在它已经立在影子中间了，而且没有风，炽热的空气烤得青草都低着头。突然间他感到屋里并非只有他一个人。

"你怎么悄没声地进来了呢？"

站在他身旁的爷爷呼哧呼哧喘着粗气。

"谁悄没声地进来了？你就说我偷听得了！孩子！"

萨士克回身：

"得了，爷爷，别生气。"

库吉玛·伊里奇站在屋中央，手里拿着一个带棱的高脚杯和深褐色的小药瓶，瓶上是一个大玻璃塞子。

"谁也没生气呀，就是太热了！连这个药酒都不管用。"

"这能管什么用？"萨士克惊讶地问，"这不就是酒精或伏特加吗？"

"哎——哎，好孙子，可别这么说，这不是普普通通的白酒，而是药酒，加了草药的。"

萨士克放下窗帘，坐在窗台上，用奇异的目光看着库吉玛·伊里奇。"这么热的天,看你怎么用?"

"就是这样,好孙子!正是这么热的天才用得着呢!这东西有治病的功效!这是药酒!是从我们的修士那儿弄来的。是中国人从兴安岭采集的各种野草,如果不是你妈妈,福星高照的安娜·柯萨维里耶夫娜,我会自己泡药酒,我知道几种草在这里也生长,但是你妈妈不允许!说这些草味不好闻。说句不入耳的话,那什么味道能允许呢?"爷爷端起小瓶,"纯粹是小麦,还有满洲的什么草。在凉爽的地下室,在深色的小瓶里!"库吉玛·伊里奇吧嗒一下嘴。"还有我们的教授亚历山大·德米特里耶维奇·沃叶依柯夫也告诉我一些草药。就因为这些东西他可遭罪了……"老人的低语使人平静下来。"他被红胡子给逮去了,关在他们的地窖里好几个月,受尽拷打与侮辱,差一点消失了。"库吉玛·伊里奇坐在沙发上,把高脚杯和药瓶,放在自己的脚下。"一位崇高的人啊!几年连一顶新帽子都舍不得给自己买,全身心投入科学研究……瞧一瞧,别说,这就是教授。一切尽在其中!最聪明的人在……"

"……植物学领域!"萨士克接下来。

"是的!植物学领域。他还从事本地气候的研究,至于待人接物,已经身为教授的他,是我平生见过的最朴实的人。我同他相识是在松花江南岸,他在采草药,我也在采草药,你晓得,这是打鱼的碰上打鱼的……"

萨士克听着爷爷的讲述。全城都知道沃叶依柯夫教授,植物学家,气象学家,被红胡子抓去关在地窖里半年多,他的姐姐带两个女儿也住在哈尔滨,曾募捐要把他赎出来。日本宪兵队不抓这些土匪,而是和他们串通一气。可爷爷为什么讲这些呢?

"这就是说他曾请我到他家里去喝草药泡的茶。是——啊!我敢说他过的日子不是简朴,而是贫穷。冬夏就那件大衣,那顶帽子,脱下来就搭在门上,也不钉个钉儿挂起来,就这样连门都不用关了。从街上回来就往屋里一钻。他的书可多了去了!"库吉玛·伊里奇兴奋地吹起口哨。"墙上都是书架,架上满是书,多得连针都插不进去,可是,"爷爷压低了声音,"有一半都是工农兵苏维埃出版的,可能不止一半。从那边,就是从莫斯科,从圣彼得堡……呸!从那个……"

"列宁格勒,爷爷,列宁格勒,该习惯这么叫了。"

库吉玛·伊里奇用沉痛的眼神看着萨士克。

"我会习惯的!或者习惯不了!这反正都一样!可亚历山大·德米特里耶维奇暗示说都是给他邮寄过来的。"他过去拿小玻璃瓶,往高脚杯里倒了点深褐色的药水,本来准备喝下去,可又把手放下,说道:

"那就算了吧!谁能从邮局收到这些书,谁就能把它们摆在书架上保管起来。谁没收到,谁也就不能摆上。"库吉玛·伊里奇眉头一皱,握着拳头,一饮而尽,哼哼唧唧地出去了。

只剩下萨士克一个人在屋里。库吉玛·伊里奇最后说的话听得他心里有点紧张。他忘了在爷爷进屋之前他想的什么,于是他开始看那些书架,差不多一下碰上了那本书,它在一排书里斜立着,红色的书脊,甚至不算一本书,只不过是一本小册子,红彤彤的,特别显眼。萨士克过去从书架上取下这本书,书面上红底黑字印着:

工农红军科研规范部

Е.И.马丁诺夫

在二月革命中的沙皇军队

《只要极权还原封不动地保留,那就让俄罗斯灭亡吧》

——赫尔岑

(沙皇尼古拉一世座右铭)

苏联人民委员会军事和海军部革命军事委员会

军事印刷管理局出版

1927 年

他不再感到热了。

去它的吧！

他坐在沙发上，把小册子拿过来："这回给你吧，爷爷！啊？好爷爷！"脑子里闪过这个念头。"而我，比谁都优秀！"他拿着小册子，再一次看看封面：

E.И.马丁诺夫……让俄罗斯灭亡……革命军事委员会……

天主之母啊！琴斯托浩夫斯卡！

在半年前的二月份，拉比谢夫还不想让他把这本书带走，说他只能在领事馆内阅读。但是后来有一天日本宪兵队整夜在城里追捕他们，萨士克成功地在汽车转弯的时候从车里跳下来进入盲区，拉比谢夫这才同意这本书在领事馆久留是危险的。但拉比谢夫说有一个条件：要萨士克保证，用一个晚上读完，立即藏好，等没人的时候立即烧掉！萨士克做了保证，现在该履行诺言了。可烧掉太可惜了，他读了一个冬天和春天，在自己的房间不开电灯，在煤油灯下读。妈妈感到奇怪，说这不伤眼睛吗？哎呀，叫妈妈知道可就坏了！尽管她在这方面什么也不懂，可爸爸要知道了呢？

还有爷爷！

萨士克把小册子坐在屁股底下，寻思着。当然了，这是爷爷把它放在那些书中间的，然后坐在那儿讲述药水和植物学家的事。可他怎么会发现它呢？萨士克觉得这件事搞砸了，但他想不起来在这段时间是谁，在什么时候来过他的房间。

咳！还能有谁没来过呢！

他呆住了。

"我本来是放在书背后的,它不可能自己冒出来呀!宫泽!十天前他来过,问这个词什么意思,那个词什么意思!这个日本鬼子!"

萨士克心慌意乱,回想起来:不可能!这是不可能的!我最后一次动这个小册子是两天之前,看完之后就放在书背后的!它怎么能像现在这样立在那里?难道是我没放?

他又开始看书架和整个房间。

库吉玛·伊里奇从萨沙的房间出来,在门旁停下,倾听屋里的动静:"明白了吧?还没明白?"门后的地板被踩得吱吱呀呀响。"明白了!让上帝保佑吧!"

第二天早晨他去萨士克房间叫他吃早餐。房间里没有人,窗户开着。

"空气新鲜,出去锻炼身体去了。好样的!"爷爷心里寻思着,看了看屋子,感觉有些奇怪,他看见沙发头上放着未灭的煤油灯。

"好样的,是好样的!一文不值的蜡烛能烧毁整个莫斯科呀!"他心里想着,觉得很不满意,过去灭了灯,看见枕头底下压着一本书,露出一角。

"这又是那姑娘的事吧?这个傻丫头!"库吉玛·伊里奇心里想,看了看窗外,萨士克还在花园深处锻炼身体。库吉玛·伊里奇小心翼翼地拿出那本书,看看封面,一下子心都凉了半截,"天哪,行行好吧,这就交给你了,天主之母啊!马丁诺夫·叶甫盖尼·伊万诺维奇,正是他!革命军事委员会,苏联,"他读着封面上的字,"这可怎么办呢?"他甚至忘了就在花园的不远处,萨士克正在用毛巾擦身子。

"他马上就过来了!"库吉玛·伊里奇心慌意乱,看看周围:"怎么办?怎么办?"

他没想出什么法子,走到书架前,把马丁诺夫的小册子插在书中间,红色的书脊露在外面。几分钟后,库吉玛·伊里奇看见萨士克拿着毛巾去了浴室，一段时间后，又去这屋那屋，去自己的房间，去客厅，没吃早餐，只喝了一杯咖啡，跟妈妈说对不起，怕上班迟到，说了声晚上见就走了。

库吉玛·伊里奇注意观察他，见他心事重重，急冲冲，但并不惊慌。

就这样！忙中出错嘛！

早饭后，库吉玛·伊里奇在安娜·柯萨维里耶夫娜和中国用人进萨士克房间之前先进去看了看。

"就是这样！"沙发套随意扔在那儿，亮着的煤油灯快熄灭了，还有一点点火星，那本书照样还立在书架上：马大哈！库吉玛·伊里奇想到萨士克，他灭了灯，红色的灯芯还没完全熄灭。

屋里一片昏暗，萨士克坐在沙发上，腿底下压着马丁诺夫那本小册子，视线却停在写字台上，那上面放着一个打开的笔记本和插着一支钢笔的墨水瓶。门外有点动静，接着是轻轻的敲门声。

"进来吧，爷爷！"萨士克起身开门。

库吉玛·伊里奇夫站在门口。

"休息吧，好孙子，休息吧。"库吉玛·伊里奇没迈过门槛，朝他背后看了看，转身无声无息地走进黑黢黢的走廊里。

"老头子还跟我玩潜守呢！"萨士克想起在什么书里读过的狩猎用的老词儿。"真的——潜守！"

沙发，黄昏，花园里一片寂静，敞开的窗子以及终于开始的凉意令人感到身心舒解："今天是多么疯狂的一天啊！我认为我今天看到了我能看到的所有人，没看到的也听到了和想到了：拉比谢夫也好，薇拉也好，光一也好，穆拉也好，可能没想到妈妈、爸爸和爷爷……这一切究竟是怎么回事呢？"他心里想着，把手伸到枕头下面，摸到那本小册子，拿出来。

他已经明白了，他与马丁诺夫的秘密对爷爷来说已经不是秘密。爷爷找到了小册子，但只字未提，而是把它放在都能看到的地方……

"孩子一个！"他想自己，"还不是一个秘密侦察员！"

在花园深处有个地方，每年秋天在那儿烧枯树叶和干枝："明天等家人都走了，我就把它烧了。一定得烧了。"萨士克拿起小册子——在昏暗的屋子里红色变成了黑色，而黑色的书名已经看不清了。他随便翻开，从段落的排列认出是第十页："废除农奴制……实行全国义务兵制……改变……军队的规章制度。取消军官学校过去的贵族性质……"他完全背下来了。"……补充兵源，吸收下级军官、神职人员、商人、小市民和农民子弟参军……"他坐在沙发里，思前想后，分析这些文字，嘴里轻轻地叨咕着："社会高层代表在某些时候应该穿上士兵服装！"对此，他总是不理解："这是怎么回事？还是应该问爸爸！"

天完全黑下来了，马丁诺夫的小册子在他手里没有多长时间了，他尽可能全面理解本书的精神实质："似乎已经消灭了……在军队改革之前士兵与军官分裂，必然会消失……"

"对！"他心里想。但是这位作者，爸爸的老上司马丁诺夫将军却得出相反的结论："但是政府为了加强纪律和提高领导的权威……明确划定军官与低级人员的界限。"

"而这一切都是白费！贵族、城里人、宗教的相关人员都是一丘之貉，他们就是那些军官以及低级官员，都是政府的爪牙。"他第一次打开这本书就想到了这个问题。他用手指翻看着书页，逐渐明白了，在从前阅读的时候，作品的这个思想还没进入他的脑子："他们经常给士兵灌输，士兵这个名称是崇高的和光荣的。"在他的记忆中又出现了这样一段文字："但实际上又把他们置于贱民的地位……更不要说已经丧失了公民的权利……"

"这的确是惊人之谈，但现在谁都不记得了。"他不知不觉说出声来了。"禁止进入市立公园,据说这是指定为衣冠楚楚的公众服务的。而什么是衣冠楚楚的公众呢?我们是在印度还是怎么的?"

"禁止乘坐电车,在一些城市不许走人行道!"

"在一些城市里,"他心想,"在那些城市里大概也有卫戍部队吧!那位拉比谢夫呢?他来自哪个阶层?大概不是宗教人士或贵族!手艺人!那么他……"萨士克估摸了一下外交官的年龄,他想起了在加里西尼亚战壕里的叫声。"那么他也不能乘坐电车和走人行道吗?那杜浩宁呢?"萨士克感到浑身一阵发凉。"当然在刺刀下!而邓尼金呢?农民的儿子!克尔尼洛夫呢?哥萨克,不是富家子弟!一步登天!单凭嘴脸就以'你'相称。这就是完蛋,信念膨胀和爆裂了,这就是血肉模糊和遍体脓疮!"他想到库吉玛·伊里奇的话:"农民的子弟和……法国大革命……罗伯斯比尔和马拉!克伦斯基和乌里扬诺夫——同是一个中学的校友!还有谁企图弄明白革命的原因:扇耳光!扇耳光!以'你'相称。"

书放在膝盖上,他翻了几页,并没有读:"那是谁号召把尼古拉拉下帝王宝座呢?是他的伯父!尼古拉·尼古拉耶维奇陛下!"又翻了几页,已无力读下去:"我能把它背下来,全能!"

"就这样吧!"他决定了,"烧,只是不能在炉子里烧,夏天,烟从烟囱里冒出去……明天,在花园里烧,和别的东西一起烧!"

他打开灯,看了看书架,看见书架旁的纸篓:"还有这些草稿。这些东西都会叫人知道我写过什么,计算过什么,干了什么工作……"

纸篓里装满了揉碎的废纸团。

谢谢上帝,谁也不知道这是什么。

萨士克把小册子放在枕头底下,俯身把苇秸编的小纸篓拉到身边,拿出最上面的一个纸团,在膝头将其展平,开始读那些铅笔字:

"哈——哈!我也写诗,诗人——屠格涅夫,作家——普希金!"

他把这张皱巴巴的纸拿到灯前,一下就看清楚了:

我们曾娓娓对谈

一束鲜花为伴。

日子还没开始便已过去,

事情就是如此这般。

生活一日千里,到早晨只剩一个点!

命运默默不语,但在精挑细选,

瞄准的就是我们!

夜撒下它苍穹的披风,比云雾更幽暗。

眼前皆是树,

所以不见林!

因为我们置身在林间?

"很有意思,如果我告诉她这就是我写的,她会怎么想。大概,会像听维尔京斯基那样皱起眉头?"

库吉玛·伊里奇正在偷听萨士克房间的动静,他早已养成习惯偷听孙子在干什么,即便他一个人在房间里,就算他人不在家,他也要往里看看。

萨士克从小受的教育就是爱心和严守规矩:他必须自己整理床铺,擦皮鞋,自己的东西要放得井井有条;他自己也好,家人也好,除了库吉玛·伊里奇,对此已经习以为常。在亚历山大·彼得罗维奇他们到哈尔滨的最初几周,库吉玛·伊里奇觉得自己无事可做。他完全可以生活在衣食无忧之中:亚历山大·彼得罗维奇有薪资丰厚的差事,安娜·柯萨维里耶夫娜可以不去工作而在家里料理家务,厨师做饭,中国用人跑腿,他能为自己找到的唯一一件事就是照顾萨士克,这在阿代伯格家谁都不反对。

他知道亚历山大·彼得罗维奇和安娜·柯萨维里耶夫娜回家了,听见他们的脚步声和说话声了。

"又没机会和主人们谈了。"老头怀着一种奇怪的平静心情想,这种平静让他有点害怕,于是把自己关在房间里。

睡觉吧!

不过,万千思绪仍然使库吉玛·伊里奇无法释怀,他坐在吱吱呀呀响的床上,然后又起来走到长明灯微光照亮的圣像前面。

"上帝啊!神圣的天主啊!神圣万能的天主,神圣不朽的上帝啊!帮帮我们吧!教诲我这愚不可及的老头子吧!引导我走向光明!让我的灵魂更坚强……"

第三节

宫泽把汽车停在离教堂广场不远的大街上,到使团的驻地也不太远,还有七分钟,他来得及。他关上车门,看了一眼教堂,心里又想,他为什么要派外勤跟踪萨士克呢?

今天一大早他就在城里活动。

昨天晚上回家,使团值班员打电话告诉他,明天,也就是今天,七月十七日十九点在礼堂召开军官会议,全体人员必须参加。宫泽感到奇怪,忘了问他怎么去。

"好在提前通知了,如果他们今天想找我,很可能找不到了呢!"他心里想。他要去看看被严密监控的对象究竟表现如何。

被监控的对象是一个年轻的俄国人,是他在一个月之前招募的,他应该通过长长的经纬大街,确定第一梯队之后有没有第二梯队跟上。第一梯队专门由宫泽亲自率领,他挑选了一些其貌不扬之徒,指定他们要表现得肆无忌惮、毫无礼貌:比如,让路时,用手势或者使眼色表示无所谓,或故意礼貌让路,再几次赶过去,然后走到他面前提一些荒谬的问题,再赶过去;让女性队员上去挑逗等等。今天宫泽训练的一个青年就很合适,他仇视苏维埃政权,意志坚决,擅长攻击行动。但是在预先的训练中表现得不是那么机敏和过于慷慨激昂。

第二梯队是宫泽和特务队长一块从他的队员中选的,不同年龄、不同种族有俄国人,中国人,朝鲜人;男性和女性,他们外貌平平常常,经验却非常老道。

这样的训练是很有必要的,让被监控的对象从容易觉察的现象中分析出不容易觉察的东西。不要让背后有人喘气分散你的注意力,不让他们察觉你在分散他们的注意力。长话短说:不要鼠目寸光,不要脑袋三百六十度大转弯,在这方面他已经事先提醒。今天跟随他的是第二梯队。日本关东军驻哈尔滨军事使团很少有这样的先例,这样危险性很大,被监控的对象会分散密探们的注意力,并记住他们的模样。不过结果是有分量的——训练可以确定受监控者能否在复杂的条件下胜任工作,如果不能胜任,那就给他换别的任务。

到一天快结束的时候,宫泽已经看出他的被监控的对象没能经受住心理压力,认输了,便自己开始与第一梯队周旋起来。这样他作为一名谍报员骨干就被放弃了。谁在外勤面前暴露了,那就是他被发现了,因为一般人脑子里都不会想到有没有外勤在跟踪他!因此,宫泽把队长叫来,命令他撤下第二梯队,自己从经纬街转到炮队街,决定在帆船俱乐部附近与被监控的对象见面,并结束训练。

沿着炮队街他用了几分钟就到了帆船俱乐部,把汽车停在那儿,他还有四十多分钟的空闲时间,到时被监控的对象和监控人员都来这里集合。他决定到江边凉快凉快。在江边比在城里更舒服些,从江面吹来的微风,虽然不是凉风,多少能吹动暑热,让热气流动起来。宫泽穿过熙熙攘攘的人群和成双成对的情侣,突然有人碰了他一下,他回头看了看，想也许是自己有什么不当之处，应该道歉，但站在身旁的却是索妮娅的妹妹薇拉奇卡，一脸不满意的表情。他们彼此认出来以后，相视笑起来。

宫泽最后一次见到薇拉已经过去很久了，令他吃惊的是她已经长成大姑娘了，差不多和索妮娅一样，是个已经成熟的美丽姑娘。薇拉正舔着一根要吃完的冰棒，汁汁水水流在手指之间，不由得笑起来，他这个总是非常细心的人竟然踩了她的脚。和她一起的是一些中学女友，都是些家庭并不富裕的孩子，因为有钱的同学不会在城里活动，早到疗养地避暑去了。薇拉奇卡也好，她的女友们也好，穿着都十分朴素，她们不注意穿戴，或许故意不在乎这个。宫泽看着这个花季的薇拉奇卡不免觉得可惜，她穿着一件不合适的布拉吉和一双咖啡色的普通长袜。

薇拉问他为什么仍在哈尔滨而不回日本或去大连和别的地方。她的女友们迈着闲散的步子，在人群中继续前行。宫泽看见她们目送着那些衣着讲究的男男女女，知道此刻她们在评论一位太太的挎包，过一会又在议论在这个季节穿这种便鞋在江边散步有多么 move tone（掉价）！

薇拉奇卡对此毫无兴趣，不是因为她没跟女友们在一起，主要是宫泽发现她对她们议论的东西无动于衷。

"聪明的小姑娘！"宫泽听她侃侃而谈时心里这样想。

薇拉奇卡讲到索妮娅新的诗作，抱怨最近一段时间她们很郁闷，她朗诵了几首，甚至还做了点评。宫泽走在一旁，稍稍落后，注意听她讲话，对她的言谈举止的成熟感到惊讶，与去年夏天相比变化太大了，那时正在此处与她偶遇。

他们紧靠江边护栏前行，宫泽突然看到萨士克坐在长凳上。在他旁边还坐着别的什么人，显然他们是偶然相遇，因为凳子上坐满了人，根本找不到空位。宫泽发现萨士克心事重重的样子,腿搭着腿坐着,鞋头摆来摆去,眼睛注视着高涨的松花江水。一开始宫泽的想法是上前打招呼,但是又不想打断和薇拉的谈话,他想听听索妮娅的情况,这样会像索妮娅就在身旁一样高兴。他决定,如果薇拉也发现萨士克,或者萨士克发现了他们,那时再过去。宫泽从旁边走过去,斜眼看着萨士克,萨士克没发现他们。

　　走过十五米的样子,萨士克已经落在后面,这时谍报员从旁走过,使了个眼色,意思是有话要跟他说。宫泽不无惋惜地与薇拉奇卡告别,离她而去。谍报员报告说,被监控的对象的表现完全不当,经过穿堂院摆脱了监控,最终自己判断下面的训练已无任何意义。队长看了看表,说十分钟后他会到帆船俱乐部小广场。对这个情况宫泽已经有所准备,但多少还是有些失望。他偶然回头,见萨士克已经从凳子上起身,经过他身旁向城里走去。宫泽转身吩咐队长跟上这个金发美男子。队长头都没回,十分专业地从头到脚打量了萨士克一遍,点头答应。"晚上报告!"宫泽吩咐说,回身朝帆船俱乐部走去。

　　他边走着边对自己的考核对象没能顺利过关感到不满意,考虑着对他采取什么措施才能使其学会在这种特殊的条件下正确行动。尽管他明白,这未必行之有效,如果他就是这么个人。他同时想到他为什么叫外勤去跟踪萨士克呢?

　　啊,这样!预防万一!谁知道什么事呀!他一个人在晚上干什么呢?

　　宫泽看了看表,差二十分钟七点,意思是他有五分钟跟考核对象谈话,五分钟回家更衣,他住的地方不远,十五分钟到达使团驻地。

第四节

　　浅草坐在办公室里，等待下属们在对面大楼的礼堂里集合。九名使团军官被调到军队任营长和连长。他本人就曾三次从情报机构被调到军队中服役：第一次是一九二〇年初调往驻防赤塔的第五师任职，经过一年半时间，在滨海边区格罗捷科沃领导一个营，到了一九三四年占领满洲后，他受命指挥一个边防特别区，部队驻在乌苏里江边苏联小城伊曼对岸。安排在日军中服役，是使情报军官不致与军队脱节，体会军人的精神，懂得是在为谁工作，感觉到自己的劳动成果。

　　浅草从椅子上起身，走到墙上挂的大图版前，他那只伤脚有点瘸，疼痛让他想到自己的状况，于是握住军刀支撑自己的身子。

　　有一次外调的经历使他感到十分沉重。

　　"当然是一九二一年！我怎么能忘记呢？……我想是，一九二〇或一九二一年，五月份，不过我为什么念念不忘呢？"从那时候起他就恨这些中国人，尤其是有武器的中国人，在原始森林中那个哨所与一些走私者不期而遇，然后是在军医院养伤一个月，一切简直愚蠢透顶。

大佐打开帘子，图版上是北满地图，一九二六年中东铁路经济处出版的。

"那时我为什么要放弃连队呢？谁下的命令？"他站在地图前面，看着那条令人费解的弯弯国境线——苏联狭窄的领土，两边是和朝鲜的海岸线，再往北是大块空白——兴凯湖。

这就是格罗捷科沃！

"大佐先生，都准备好了！现在是十八点五十八分！"

值班军官悄没声地打开门，突然报告，令浅草一惊，他在心里用俄语骂了一句，一语没发走出办公室。

在足够大的礼堂头一排，九名年轻军官跷着二郎腿说说笑笑，七名身穿军装，两名穿便服。在第二排坐的是处长们和人事部部长。

浅草出现时全场起立，他走到主席台前，仔细地检视了到会者。

"请坐！"

全场一动不动，直到他自己坐好，放下自己的军刀，这可是使团军官羡慕的物件。浅草又看了看到会者，他想说几句开场白，不过看看这一张张年轻的面孔，只是问：

"都接到调令了吗？"

第一排的军官们默默地点头。

"那好！希望你们为帝国的荣誉尽职尽责！"

礼堂里的人起立，鞠躬。

"希望你们都能完成任务，回到使团。但我得提醒诸位，这取决于你们的指挥官给你们的评语，取决于你们的成绩，乃至战争经历。"

最后几句话他自己也没料到怎么会说出来，他的下属们所在之处都远离任何边境，要立战功那是做梦，除非关东军司令部对他们有特殊安排。

201

"会后请山本中尉和光一中尉到我这里来一趟。"

浅草又站在地图前面,这时两名军官已进到办公室。他俩并排站在门旁,等着请他们或者命令他们进屋,但浅草还在那默默地看着地图。沉默了很长时间,然后大佐回身,示意叫他们到自己身边来:

"看见了吧,山本!"大佐用手指指着地图。"这个地方叫虎头。在这个方向对皇军什么是最重要的?回答前好好想一想!"

山本鞠躬,请求允许他到地图前面来。

"我想,大佐先生,"他看了看浅草指的地区,"进攻部队的主要任务非常明确,调防要做到非常保密,聚集打击力量。部队官兵换防要化装成平民百姓!"

浅草看了看中尉:

"简单,但明了!"

山本脸红了。宫泽注意听着他的讲话,见他信心十足,甚至有点冷酷的样子,便低下头。

"进攻部队的任务是明确的——在他们的伊曼北部地区控制住铁路两侧,比如,就是这里:破坏哈巴罗夫斯克(伯力)与符拉迪沃斯托克(海参崴)之间的运输与电话、电报联系,保住从敌人手中夺得的地盘,直到确定总体任务。"山本举手放在胸前,像是发布长篇大论的命令。"主要任务是什么,在什么地方,投入多少兵力是需要决定的,我可能不知道,不过,虎头边防特别区决定任务,在强渡乌苏里江和发动进攻之前,集中兵力时必须进行伪装。"

"那还用说!"浅草用赞许的目光看着山本。"就是这样!"他停了一会,仔细地看着地图。"就是这样!您去过那个地方吗?"

"绝对没去过,大佐先生,不过看一眼足够了!"山本已经像一名优等生那样对答如流。"我们的作战后方是平原,荒凉的沼泽地。用高倍望远镜从国境线高地我方一侧,譬如,就是从这儿,伊曼的东北方,可以看清数十千米。如果天气晴朗,从边境哨所的塔楼能看见许多东西。我想俄国人对此很清楚,肯定早有准备。所以主要任务就是搞突然袭击,给予毁灭性打击。为了确保行动成功,在部队转移与集中过程中必须最大限度地保密才行。"

"就是说您的士兵必须明白这一点。"

"做到人不知鬼不觉。"他长出一口气。"执行任何命令都丝毫不能差!"

"那军区的情报人员和我们的任务是什么呢?"

"在他们的强化区域有我们的间谍。"

"那太好了!"浅草心里想。

"那您的任务呢?"

"完成指挥命令!"山本穿着十分讲究的便装,他的公开身份是在一家日本大商行任职。他挺直腰板,像是在练兵场上站在队列里。

浅草点头表示同意。

"我多少知道一些军区指挥部的计划,他们会派给你们半个连的猎手。自由行动吧!"

两个年轻军官惊讶地彼此看了一眼。

"山本中尉,自由活动吧,光一中尉留下!"

浅草坐在桌旁。

"您知道派遣你们去的地方吗?"

"是的,大佐先生,师团长尾高龟藏中将的朝鲜第十九军。"

"他是一位优秀军官,我们彼此在岛内就相识,他非常了解我们的事业。您如何看待他的任务?"

光一像之前的山本一样,看了看地图,第十九军在北朝鲜,正对苏联东南边境末端。

"挑起边境事件!侦察敌方的兵力或挑起大型军事冲突!"

"很容易,中尉,很容易!挑衅!我们就这么说定了……敌人的侵略意图明显增加,我想我应该这么说!"

"大佐先生!"光一用抱歉的口吻,但语气非常坚定地说,"我认为这个词汇适合外交家和政治家使用,他们善于用一层薄纱伪装起来,"他一时语塞,忙着搜索恰当的词儿,接着突然用俄语说,"敏感部位。所以如果想刺激敌人采取我们需要的某种行动,那就要挑起边境冲突,或者频繁活动,或者随便叫什么……外交家会找到合适的词儿……"

"好吧,中尉!"浅草拿起毛笔蘸了点墨。"您说得对,也不对。不久前我们称为使团,现在我们继续自称为使团——日本帝国军事使团,虽然众所周知,我们已经改名为情报局。两个名称都对!我们永远从事情报工作,使团的作用更广一些。赋予我们的不只是情报工作,还有许多其他任务,战略方面的任务。"浅草在另一张纸上写了"使团"与"任务"两个词,"迫使敌人显露自己的实际力量和战斗力。"

浅草不慌不忙地说着,一边用蘸饱墨汁的笔尖瞄准原先那张白纸旁边的另一张白纸。

"到地方会给您分配具体任务,我不怀疑您能胜任。不过,中尉,您还必须做另外一件事。"

光一这时正在看地图,想着心事,没注意到大佐写出的小字"敏感部位"。

"您在听我讲话吗?"

光一一惊。

浅草皱着眉头看着他:

"就这样吧,明天乘火车去大连,到菜家沟车站,离哈尔滨两个半小时的车程。"

宫泽感到奇怪,原来说终点站是绥芬河,对面是苏联的波格拉尼奇内车站,下一段乘汽车到达。

"在您的车厢里还有两名俄国人也去大连。一位您认识,是我们的看守伊万·翟可夫,和他一起的还有一个瘦高个儿,不要与他们接触,对此,事先已经提醒翟可夫。在大连车站要监视接站的人。那也是一些俄国人。此后继续按指示行动。随身携带的补充文件,"浅草从办公桌抽屉取出一个信封,"就在这里。您全明白了吗?"他突然用俄语问,"我们的小字辈日子过得怎么样?"

在开完会并与大佐谈话之后,宫泽离开使团驻地,他从后门走出办公室,很快来到喧闹的箭街。往右拐,朝大直街走去。他刚刚知道,人事部已收到两封电报,催他尽快去十九师团报到。

"急什么,反正三四天之内我也到不了。我随身什么都不带,这是小事。"他心里想,"到那里反正得发军装。和萨士克见一面……真有意思,他今天在江边做什么呢?……马上我们就知道我们的小字辈生活得怎么样了,现在收拾行装,去饭店。"

这些变化令他兴奋,脚步轻快,两分钟之后已经置身于人来人往的大直街。到阿代伯格家的交通街步行最多五分钟。宫泽经过圣·尼古拉教堂,穿过大直街时突然想到几个小时之前他还不知道他明天必须离开这个城市,就算不会太久,不过他究竟得离开多久,前面的命运如何,一切都无从得知。很明显,没有这次外出是不可能的,这是必须要经历的。光一本身早就想看看这个国家,看看一些新人,想成为一个见证者,也可能是某些事件的参与者,而不是一个坐视的旁观者。

他心里想着这件事,连走带跑,也没注意路上的行人,只是看到有人在柏油人行道上奔跑,突然觉得情况有些异样,也就是有些不对头!他的思想有些混乱:"出什么事了?区区小事吧!"他想,一年来他取得了许多成绩,建立了自己的活动地盘,结识了若干俄国青年,可以招募他们,其中一位已经招募进来,现在距离外派已经为时不远。"这才是真正的事业,这个小伙子对苏联的一切都恨之入骨,至于他在监控中的表现没那么尽如人意,这倒不要紧。这件事就算了吧,把他交给另一位军官,这也都正常,事情就是如此这般。但是……"

离阿代伯格家越来越近,他开始放慢脚步,心情也越发沉重。他看着自己脚下的人行道逐渐退去,突然……

"考斯佳!"他听到旁边有人叫他,便抬起眼睛,站在他身旁的是安娜·柯萨维里耶夫娜。

"您好啊!考斯佳!您不是来我家吧?"

光一愣住了,停下脚步。

"您好,安娜·柯萨维里耶夫娜!是去您家,明天我要走了,这不,想来看看,道个别。"

安娜·柯萨维里耶夫娜一惊:

"是吗?去哪里?很久吗?"

她按俄国习惯,称呼他为考斯佳。

"目前还不清楚,大概得到新学年开始吧!"他迟疑片刻,"……去大连!几周后我的老师从东京来,我想与他见见面。"

"如果这样,那可太好了!那里有海,晒晒太阳,游游泳。那可不是我们的松花江啊!"

还好,没有不慎说出公出的事!

光一做出急匆匆的样子。

"跑几步,跑几步!我看出来了您着急,萨士克在家呢。祝您旅途顺利!"

他又开始往前走了。

"她还是那么漂亮!"光一不由自主地想到这一点。

离阿代伯格家的篱笆门已经不远了。

"索妮娅!"他一下定住了,又站在人行道上。"索妮娅怎样了?她那位哈巴罗夫斯克(伯力)的姨妈呢?今后谁将做她的工作呢?浅草为什么没考虑这个问题呢?"

从去年冬天他就开始研究这个问题,并基本上取得了进展,他已经决定进行深入的分析。

从一开始这项工作就打下了很好的基础。与她偶然相识以及后来的一切,总的来说,结果与预期的是一致的:索妮娅的姨妈住在哈巴罗夫斯克(伯力),并且和姊妹,即索妮娅的妈妈保持通信联系。他同索妮娅以及她的朋友小亚历山大·阿代伯格相处得也不错,只是……

只是索妮娅!问题就在索妮娅身上——她跟一般人不一样!

光一一到哈尔滨就喜欢上了俄罗斯姑娘,甚至更早,在大学读书期间,看到屠格涅夫、托尔斯泰、布宁、契诃夫作品中的女主人公——优雅、端庄、高挑和高傲,对这样的女孩你不可能一下就接近的。

从与她第一次相识,就没有一天不想她……

光一发觉自己已经到了篱笆跟前。大概,从旁看他一定表现怪怪的——一个人站在篱笆门前发傻……他又不想进去了,但又不可能离开了,尤其见到安娜·柯萨维里耶夫娜之后。他叹口气,推开篱笆门,敲门。

"进去吧,站着干什么?"一只柔软的手轻轻地拍在他的肩上,光一一惊。

"扣尼诺切哇!(库吉玛·伊里奇把日语'你好'的发音说得像俄语中的'马睡觉'的发音)"光一没发觉库吉玛·伊里奇在身后,"请进,站着干什么?"库吉玛·伊里奇再次请客人进屋。

"这些俄国人真见鬼!"光一很生气,"一个晚上都在吓唬我!一会是萨士克他妈,一会是……"但一转身,笑了,好像正是他所期待的见面,于是便问候老人:

"扣尼诺切哇,库吉玛君!扣尼诺切哇!"他也像库吉玛·伊里奇那样说。

库吉玛·伊里奇乐了：

"你好像是来找萨士克吧！他不在家。"老人开门，做了个请进的手势。

走廊里黢黑，老人摸索墙上的开关，嘴里叨咕着：

"我总是学不会你们的……嗨-嗨-嗨……"库吉玛·伊里奇微微颤动嘴唇，"你们怎么说'你好'？"

"昆尼奇哇！"光一帮他说了一句。

"这就对了！"他竖起手指。"我一说就是'扣尼诺切哇'，像俄语的'马睡觉'！"

老爷爷在找开关这工夫，光一才回过神来：

"您不用为此折磨自己，库吉玛君，这有什么担心的呢？"

"真的，没什么可担心的。你请进，请进！真的，萨士克不在家！"老人注意看着客人，最后那句话说得调门很高，怪声怪气。

第五节

宫泽站在一等车厢的狭窄过道里,没穿上衣,只穿着衬衫,敞着领口,车窗半开半闭,他把脸冲着吹进来的凉风。他在一个小时之前上了这趟列车中间的这节车厢,从火车头冒出来的黑烟吹不到这里,能吹到这里的只是热烘烘的烟气,以及从铁轨表面散发出来的刺鼻的酸味儿。

列车行驶很快,窗帘在他面前飘来飘去,但是宫泽并没有转身躲避。脑袋隐隐作痛,从后脑勺直到额头,还像线一样牵着眼睛,从里面的某个地方拉伸,好像就在大脑下面深处。

这该死的烧酒!

昨天晚上真是妙不可言。

此时此刻他站在自己包厢旁的过道里,还在回想从浅草那儿开会之后跑到萨士克家的情景。

"真怪!"宫泽心里想。

他想起怎样与库吉玛·伊里奇见面,他在背后出现。"我从来没见过这样的老头！"在他的眼里库吉玛·伊里奇的面容仍然徘徊不去，本来是迎接客人的微笑，结果成了阴不阴、阳不阳的怪相。"我知道他不太欢迎我，甚至是怀有戒心。"

当爷爷让他进了走廊之后，还说萨士克不在家，微笑也从脸上消失了。

"也许萨士克在家，但不是一个人。而老头在……保护他！保护他们！"宫泽心里想，"母亲说萨士克在家，而老头说……真怪！"他把前额对着清凉的气流，头疼得呻吟起来："都是中国老白干儿闹的！"这工夫他感到车轮的隆隆声让他头一跳一跳地疼。"大概，萨士克在跟谁告别。"产生这种想法令宫泽有点过意不去："算了！等回来再弄明白吧！"

他在阿代伯格家待了总共几分钟，他还得回宿舍收拾东西。一个小时后他已经到了田中先生的菊花餐厅，他的同事们相聚一起为他调任部队表示祝贺。关于交给外勤队长的任务，他给忘记了，这时突然想起来："很有意思，在他之后他们又找到什么了，在萨士克身上？"

晚上九点多钟大家聚到了一起。

九名军官约好来到这不很方便的日本饭店，因为没有椅子，大家都得跪着，客人都穿着贵重讲究的西服，只有一个人穿帝国海军舰队中尉飞行员制服。陆军与海军之间不太和睦，不过大家对第十位客人都很友好，因为他是浅草大佐的表侄——森喜郎。他对自己穿制服表示歉意，因为公出来哈尔滨，所以没什么衣服换。浅草请领队带着他，免得他在这个人生地不熟的城市出事。

田中先生的餐厅的单间灯光暗淡，军官们聚集在这里。火盆里的炭火烧得不是太旺，旁边坐着几个脸上涂了一层白粉的艺伎，正在弹拨三弦琴。姑娘们穿着夏天的和服，把摆好餐具和食品的小木桌送到每位客人面前，她们在榻榻米上走动一点声音都没有。

人们吃得很多，喝得也很多。

刚开始谈话还算平和得体,等到几大碗清酒下肚,嗓门就高起来了。

他记得最后一次这样的小型聚会是在一年之前,参加者是几位都像他们这样的到日本军事使团任职的军官,庆祝到任。

宫泽站在窗前,回想着昨天发生的事,头已经不疼了,只是发现右手背有点擦伤。

昨天上的最后一道菜是砂锅牛肉丝。

大理石花纹牛肉和蔬菜过油,真香!

宴席已接近尾声,结完了账,谁也不记得碰过多少杯,喝了多少酒,这中间整晚都在窃窃私语的两个人,突然建议:

"现在,先生们,去傅家甸!这只限于军人。文职人员可以睡觉了!明天还得早早叫他们起来。"

还说些什么,声音很大,大家都哈哈大笑起来,并且看着宫泽。

"哼!"想起来他自己也笑了。

在狭窄的过道里一位列车员端着托盘摇摇摆摆地挤过去,十几个玻璃杯里的茶水直晃,宫泽往一侧让了让。列车全速飞驰,风打在脸上有点疼,他用肩膀靠在烦人的窗帘上,把窗子又关上点。

在去年这样一次小型聚餐上他喝多了,当军官们按惯例去逛妓院的时候,他已经睡了。

"这是发生在去年的事,可这一次,军人先生们,你们不能得逞了!昨天几个文官在你们门口准备好要收拾你们呢!"

"想用茶吗?"突然有人在背后问了一声。因为正在想心事,没注意到同屋的旅伴从列车员手中端过四杯热茶,里面插的镀银小勺碰出叮叮当当的响声。

宫泽回身,便闻到刺鼻的烟味。

"妈的!"他只是心里这么一想,好像那边就听到了:

"猜到您会不高兴。请原谅,现在我就通通风!"

窗帘呼呼啦啦飘得更近了,清风吹得更劲了,烟味吹走了。

"请坐!"邻座旅客边说边放下二郎腿,以便让他过去。两眼注视着宫泽。

他离开窗子,突然像一个没主见的人,人家一叫就进去坐下了。天鹅绒的弹簧椅一下陷下去了,后脑勺靠在高高的椅背上。从一开始他就不打算与任何人说话,本打算入夜之前一直站在走廊,然后进屋就睡觉,早晨一醒就到大连了。

宫泽坐下之后,那人又跷起二郎腿:

"麦克·包考夫。"他自我介绍,"您可能感到奇怪,我怎么同您这位日本人讲俄语呢?我不想让您觉得奇怪。"

包考夫先生把手放在抬起的膝盖上:

"我看见您怎么进入车厢,听见了您偶尔与列车员交谈。"

宫泽听着,觉得对方的谈话叫人不太明白,尤其是"麦克"与"包考夫"的奇怪组合。

"可能,昨天您有什么小聚会吧?"

宫泽突然听到车轮声在他脑子里回响。

让这家伙见鬼去吧!

这人的声音有点嘶哑,有一种令人感到安慰的感觉。

"您怎么的?喝茶呀,别不好意思!别看这对您没什么用!"

"那您能建议我点别的什么吗?"宫泽对此没抱什么希望,只是为了接上话头。

"不能,因为我相信给您什么建议您都会拒绝。"

宫泽等他往下说,但他没接着说。他脚上穿了一双鹿皮便鞋,裤子熨得平平整整,与桌上的茶杯一个节奏地摆动着。宫泽不再看,有点恶心。

那个人打开身边的旅行袋,取出一个包着深色皮套的玻璃水壶:

"那您喝茶,喝茶吧!"

宫泽忘了在车窗前都想了些什么。

邻座理了理被过堂风吹乱了的头发。

"您通晓俄语,但我想您不至于英语也运用自如吧。"

宫泽对自己在大学二年级就不再学习英语感到可惜,但他已经明白坐在他对面的这个人……

"麦克·包利!"邻座边说边浅浅鞠躬。

"???"

"设想一下,如果我们俩喝上一杯,随即以'你'相称,也就是称兄道弟,彼此直呼其名……"

宫泽明白了:

"本人光一,姓宫泽。宫泽光一!"

"不过宫泽君,我们还没喝一杯呢!"

后脑勺仍然很疼,一直疼到眼睛。于是他伸手取茶。

"昨天我也参加了一个小聚会,不过和您不同的是,我是和一些俄国人,"邻座把水壶放在桌子上,"都是些重要人物。虽然合同签得不错,之后只睡了两个钟头,但是……"他把桌上的水壶转过来,两手一摊,表现出对自己身体健康、精力旺盛扬扬自得的样子,然后拿过水壶,拧开壶盖,"就是这样!您瞧见了!"

这英国人看上去的确身体健康,精力旺盛,头发留得不长,打了发蜡,唇上留着小胡子,脸刮得干干净净,身穿高领薄衬衫,外衣熨得平整。他是个金发男士,穿着这些显得非常得体。只是领带太花哨,是黑白相间的竖条。

麦克·包利打量着宫泽:

"最新款。只是我不喜欢领带系得太短,什么体形都显得敦敦实

213

实的。"

"见鬼！那就漂亮了！"宫泽脑子里闪出非日本的什么念头。

"我父亲曾任英国轮船公司的代表。我在俄罗斯圣彼得堡出生和长大。我的奶妈怎么也叫不出麦克这词儿，她只能叫我米士卡。而圣彼得堡契卡很快就把我的姓从包利改为包考夫。"

邻座又轻松自如、快言快语地说：

"别太在意，我们只不过是闲聊。您乘车，我也乘车，我们一块乘车去什么地方，随便聊聊而已。"

他边说边拧下壶盖当杯用，张开双臂，用肘部抵在桌上保持平衡，跟着列车行驶的节奏，往里倒酒：

"我作为世纪同龄人在一九一九年落到契卡手里，不过因为是女王陛下的臣民才具保释放。"

"那您的双亲呢？"宫泽终于在某种程度上觉得自己参与谈话了。

"我的双亲？"他一声冷笑，"感谢上帝！妈妈在他们政变前去了摩洛哥度假，爸爸在远东这里谈生意，把我叫来了。妈妈回家了，爸爸回家了，可我呢，您瞧见了，奇不奇怪！问题是我在圣彼得堡大学读书，还有一项兼职工作。"麦克·包利举起水壶冲着亮光瞧了瞧，接着倒酒。"给伦敦《泰晤士报》写通讯。"

这时候宫泽终于把手伸向杯子，拿起来喝了一口，觉得很辣。

"瞧您！"对方微微一笑，轻松地推开酒杯，给宫泽的感觉稍微……

不！他没有皱眉头！只是挥了挥手。可能只是妒忌他的熟练程度。日本人在喝酒之前大声吸气，然后大声吐气，好像干什么重活或者对什么感到惋惜似的。而这位仅仅是挥了一下手。

"瞧您，"他重复说，"这东西并不辣口！威士忌！真正的苏格兰货。我向您推荐！像咱们俩这种关系应该喝两杯，最多三杯。然后再喝点茶。这就是规矩！"

英国人说着,宫泽有些放心了,两个不期而遇的旅伴闲聊,若在英国太愉快了,在日本也……

说到最后,麦克·包利仍请他再喝一杯,宫泽恭恭敬敬地鞠躬,英国人拿着酒杯、壶盖,但宫泽摆了摆手。

"哎呀,这已经是你们日本人的礼节了!我还以为您受诱惑了呢!悉听尊便了!"

他把头探到走廊喊列车员。那位立即出现了,回答英国人的问题,说餐车在列车行驶方向的第三节车厢。

"午餐不想一块去吗?"他问宫泽,听说不去,便礼貌地鞠躬,咣当一声关上门,径自去了。

包间里只剩宫泽一个人。他环视周围,折叠桌上三只杯子和小勺还继续叮叮当当响个不停,第四只杯子他拿在手中,已经拧好盖儿的小水壶放在桌子上,已经磨损了的皮套在阳光下闪闪发亮。他喝了口茶,把杯放在小桌上,把窗帘拉开一些。窗外闪过的是几乎不变的荒凉的满洲平原。

这之前宫泽是乘中东路的特快列车,但每次都是匆匆忙忙,既不去观察自己的邻座,也不观察周围的环境。现在他终于能仔细看看那深蓝色天鹅绒沙发、粗重的铜拉手,以及门上挂的那块镶着铜框的镜子。这些东西让他产生了安全感。在列车行驶中与不期而遇的邻座一路闲聊,像在船舱里晃晃悠悠,谈话的内容开始在脑子里消失,车厢在平稳地左右摇摆,现在只想把窗子关上一点,让窗帘别再呼呼啦啦摆个不停。宫泽开始昏昏欲睡,头不再疼,他闭上眼睛,感到拳头有点刺痒作痛。

是啊,当然了!我怎么能忘呢?这不,英国人也说起这事了!

开始时他们坐在田中先生的日本餐厅,那里的厨师优秀,待客亲切细致,服务周到,柔和的光线半明半暗。木质家具和榻榻米,一切都是从日本运来的。

在宴会快要结束的时候,宫泽突然感到郁闷和心里发慌,这种感觉在去阿代伯格家和想到索妮娅时就悄悄地逼近他。他已经听不见同事们的喧闹,看不见炉中燃烧的炭火和蓝色的火舌舔着刚刚放上的黑色炭块,以及下面将要熄灭的红色的火炭儿。他就这样坐着,大概坐了很久,突然森喜郎从侧面碰了他一下,本来已经平静的脑子突然迸发出兴冲冲的醉言醉语:

"去傅家甸!!!"

"只有军官能去!!!"

"文官可以睡觉去了!明天早晨让妈妈桑把他们叫醒!!!"

人们哄堂大笑。

森喜郎又碰了一下,大家瞬间没声了,但宫泽已经全听见了。他盘腿坐着,胳膊肘顶在膝盖上,手指交叉托着额头。他没变换姿势,稍微睁开眼睛,静静地说:

"在一九一六年,军人先生们,有一个地方你们谁都不知道。"

周围的人都目瞪口呆地看着他,酒过三巡,烟雾迷漫,呛得人眼睛直流泪。他突然撑着森喜郎的肩膀,猛地站起身来,可着嗓门儿喊:

"我要用森喜郎那把新军刀发誓!"

森喜郎被突然推倒了,用短带挂在腰间的军刀被压在身下,他可笑地胡蹬乱踹想爬起来,含糊不清地骂人。

"畜生!臭狗屎!畜生!"

大伙眼珠子都瞪出来了,声嘶力竭地喊。头一个看来是忘记了自己穿的是名贵服装,跳到田中的背上当马骑,笑得前仰后合,上气不接下气。

大家咕咚一声都跌倒了。像山本一样喝醉的人,在地上滚来滚去,你撞我,我撞你,乱作一团。年轻人喊得喉咙发痒,一个抓着一个,有的拉着,有的扯着衣服,用手指着站在那里装腔作势的主角宫泽。穿着夏天艳丽和服的姑娘们,隐没在饭店黑暗的角落中。

过了几分钟大家冲入等着他们的使团大客车,一路狂笑驶入傅家甸,依然对宫泽的粗暴和森喜郎的尴尬感到奇怪。

宫泽动了动,想用手够着车窗上面的窗框。

他们跟着宫泽从车里冲出来,来到一幢二层楼前面,宽阔的台阶上面悬挂着两个红灯。

"我选择的这家还不错。"他心里想,睡眼惺忪地看着窗里。

几周之前他来到这里,后院一直延伸到松花江边,是傅家甸的郊区。他到那里是研究苏联总领事馆工作人员所走的路线。在这一带的几个地方他多次摆脱了宪兵的监控。野村的同事陪他考察,指给他确切的地点。

"夜里他们中的一个人就在这儿失踪了,"他指了指一条死胡同,经过比较仔细的研究,这是一条可以通过的曲巷。

"白天,就在这儿!"

宫泽迷迷糊糊地看了看表,自从英国人去餐车吃饭已经过去十五分钟。

还得多长时间呀……包考夫先生的午餐。兰奇——林奇——这两词太接近了!

突然出现的近音异义词令他发笑。

宪兵队一名军官所指的那个地点他很感兴趣。这是中国的傅家甸,十六道街北头,路面很宽,尚未修整,打了沙子基础,是为了将来铺

217

设电车路轨,这后面是傅家甸的泥土地,一直延伸到松花江边。这是路旁最后一幢房子,再往前就是破烂的棚户了,一个接一个几乎快到了江里。宫泽与伙伴在房子周围转了一圈,房子旁边是花园和高高的红砖墙,只有一个门。不明白俄国人还能到哪里去。这里有些什么不对劲。

宫泽与伙伴们进了房子里。

见到的情景令他大吃一惊。这座中式青砖小楼怎么也不会让人想到会是这样的陈设:深色、笨重、包天鹅绒的家具,厚实的窗幔,方桶里的棕榈树,中央是通向二层的楼梯,铺着浅蓝色的地毯。这时出现一位年轻的中国女子,身穿红色紧身旗袍,开襟直到臀部。她见有客人来,惊叫一声,消失在一扇门里。不一会,从这扇门里出来一位留辫子的中国年轻人,卑微地鞠躬,嘴里滴里嘟噜地说了些什么。他现在出去办事,姑娘们昨天下班后此刻还在睡觉。"宪兵队的军官翻译给大家听。

"告诉他我们什么都不需要,我们看看房间和花园,然后就离开!"

"妓院!"宫泽明白了。"在十六道街,我觉得这里一定很贵!"他慢悠悠地看着墙上挂的欧洲风景画。

突然从上面什么地方传来低沉的女人的声音:

"先生们有什么需要?"女人用俄语问。

宫泽及伙伴们看了看。

顺着楼梯从二楼下来一位不算年轻的俄国女人,但身材极为标致,容貌尤为姣好,胳膊上挎着一个小包,她边走边拉紧手上的手套。

"您好,夫人!"宫泽稍微鞠一下躬,"要检查检查你们妓院。找些有用的东西!"

"那你们日本军官先生为什么不在道里找什么合适的东西,而到傅家甸这儿来呢?"女人站在楼梯中央,盯着他们,甚至不太礼貌,明显不想离开那儿。

从二楼传来女孩子的声音：

"谁在那儿呀，朵拉·米哈伊洛夫娜？"

"睡吧，亲爱的，这不关你的事！"

包厢门突然开了。只见那个英国人叉着双腿，随着列车的节奏摇摆着。他瞄了一眼宫泽，一屁股坐在沙发上，坐了一小会儿，然后毅然拿起酒壶，拧下壶盖，倒满了酒，又倒满了一杯。

"怎么样，饥肠辘辘、苦不堪言的先生，说说吧，怎么抓心挠肝把自己的拳头都擦破了！"

宫泽明白，再拒绝是不可能的，拿过递给他的玻璃杯，一饮而尽。这酒很辣，卡在嗓子里，只咽下一半。

现在是吐出去还是咽下去呢？

他挺直身子，明白了，如果吐出去，那非吐在英国人的那条浅色裤子上不可，那可真谢谢了！

英国人还满精神地坐着，但视线没从他那儿离开。

"应该这样坐着！"宫泽心想，仍然挺直腰板坐着，慢慢地用鼻子喘气。

过一会酒已经全咽下去了，但是味道还全留在嘴里，有些发烫。

英国人轻松地哼了一声，取过另一只茶杯，里边是凉茶。

现在就是这个了！

宫泽的眼睛有点发湿，他眼里的英国人变得五光十色，但对递给他的玻璃杯还能分辨清楚。

"只是得慢点喝，"英国人说，"别着急！应该发生的事已经发生了。"

宫泽用拳头拭干泪水，喝了口茶，茶有点甜。

"好了，这样再过五分钟我就可以抽烟了，而您连一点感觉都不会有。"

喝了甜茶之后嘴里有点发酸,但肚子里感到非常好受。

麦克·包利看着暂时还不能说话、光眨眼的宫泽,失望地说:

"很难令人相信,当代来自文明国家的人没喝过二十五度以上的酒精饮料。"

"那白酒呢?"宫泽脑子里蹦出这个想法,但马上把其抛到脑后,"白酒确实是坏东西。"

英国人又倒酒,看到旅伴惊吓的表情,就说:"算了,这些您已经够了。"

宫泽的故事占了二十五分钟。

英国人倾听着,差不多没打断过。

只打断过两次。

这房子很怪。大概这种房子在哈尔滨是绝无仅有的。它用楼梯分成两部分,一部分是俄国姑娘,一部分是中国姑娘,任您挑选。在大花园里放着躺椅,有遮阳棚,甚至还有养鱼池。

这些他并没有对英国人讲,宫泽正打算带同伴到这里来。他有一个愿望,是察看察看周围,弄清楚苏联总领事馆的人在何处出没。

这伙人兵分两路察看两部分。

"那你们对营业许可证不感兴趣吗?"

宫泽惊讶地看了看麦克·包利。

那位觉得很扫兴,说:

"不感兴趣!懂了。"

"我为什么对营业许可证感兴趣呢?我不是为这个目的去的。在一个中俄妓院里,我们日本人能出什么事呢?"

宫泽真的不明白他为什么对营业许可证感兴趣。全城里的所有店铺、诊所、妓院老板都知道,如果日本人,无论军官还是士兵,对他的服务不满意那意味着什么。这可是没商量的!

"就这样吧!我们就到此为止吧……"他打住了,想选择一个贴切的词儿。

"结束在那里的逗留。"英国人给他提了个词儿。

"对!在那里的逗留。"宫泽重复一遍,见麦克·包利把酒杯推过来,便给自己斟上。"我就出去看看大客车。"

英国人用奇怪的目光看着对方,像是不经意似的一饮而尽。

宫泽明白了,再推辞是多余的了。

"需要一个大客车!因为我们人多!"

他知道自己话说大了,不知道如何走出困境。

"你们那是什么聚餐呀?你们的确有那么多人,得一辆大客车吗?"

轻松的闲聊对宫泽来说是一门复杂的艺术,他似乎完全不能驾驭。他没有讲这次聚餐的缘由、出席人数,还有许多其他情况也没讲,不过英国人来帮他解围。

"你们多少人并不重要!对不起!您的拳头是怎么弄伤的?"

"见鬼!能读出我的想法!"宫泽打算接着说下去,但又不能说谁在他身旁,当中国人攻击他的时候森喜郎已经拿着军刀站在街上。

"对不起,麦克,我要去厕所!"

英国人知道他什么意思,于是点点头。

"带着毛巾吧,那里不知道为什么没有手纸!"

宫泽来到走廊。列车摆动得很厉害,窗户开着,风吹进来。应该站在这里透透风,但是,如果英国人往外看,并且看见他,那情况就会很尴尬。他用手扶着墙,摇摇晃晃地走到列车的尽头,在走廊里看了看列车时刻表,只是出于好奇过去看了看,又看了看表,过了一会儿感到有点凉。二十分钟后到了一站,站上……

醉意已经过去,过了一会儿他呼的一声关上厕所门,开始用冷水洗脸。

"他从哪里知道的呢?这个包考夫——包利!连毛巾都没忘!"

几分钟之后宫泽已经回到包厢。故事该结束了,得让邻座不再提什么问题了。

"谢谢您还提醒我别忘带毛巾!"宫泽表示感谢,没露出由于自己吞吞吐吐的谈话而尴尬的表情,说:

"我出去看看是什么汽车时,一个醉鬼从后面倒在我身上。我也没看清这究竟是谁,只是打了一拳了事,他就躺下不动了,这就是完整的故事。"

英国人盯着他看,表示他完全可以猜到,这个故事远不止于此。他打开壶盖,随着火车颠簸的节奏,一滴一滴地往杯子里倒,直到差点溢出来。

"为胜利者干杯!"

麦克·包利这样说显然有嘲讽的意味。

这时候列车正在过桥,下面是一条宽阔的大河。车窗外高耸的钢架在列车的隆隆声中飞驰而去。

"再过两分钟我们会到一站。"他拿起一本磨损了的老铁路手册,翻了翻说:"这个站从前中国名字叫蔡家沟,"他停下来,关上包厢门,"现在都要拿下箱子,往里放东西,我们最好关上门,您不反对吧?"

宫泽坐在那不知如何回答。他恰恰是反对,因为在这一站他需要坐在包厢里,浅草说的那两个人要经过他的包厢走过去。他必须确认他们上了车,并且进了相邻的包厢。

"不,不反对。"宫泽尽可能平静地回答,心里想:"如果这个可恶的英国人做的这一切事都是偶然的,那就让雷神劈死我!"

列车刹车发出刺耳的响声,开始减速。怎么也得报复一下。

"看，怎么样？"宫泽也没想到自己会是这样。"您自己是怎么认为的？我们喝了一顿酒，现在可以以'你'相称。经不住诱惑喝了第二杯，俄国人说有第二就有第三。"不等邻座反应过来，把空杯又推到酒壶旁边，开始倒酒。英国人没料到这种转变，看了宫泽一眼，立刻拿起酒壶开始倒酒。这时候火车往前动了一下，然后挂钩咣当咣当响了一阵，放开车闸，英国人抖了一下，壶嘴离开了杯沿儿，威士忌的黄浆溅在他的浅色裤子上。

"糟糕！"他跳起来，从酒壶又溅出一些酒，他把酒壶塞给宫泽，抓起毛巾。

宫泽幸灾乐祸。

这时候火车停下了。

麦克·包利一句话没说，冲过去打开门朝厕所跑去。

包厢一侧的站台上，从车窗可以看见车门附近站着几位乘客。在他们中间他认出翟可夫，他手里拎个小皮包。他背后站着一位高个先生，身着浅色西装，头戴宽边草帽。这就是宫泽要监视的那两人。现在一切正常，他用脚踢开门，开始等着。几名铁路工人吧嗒吧嗒从包厢旁边走过，然后又没动静了。任务完成了一半。

麦克·包利几分钟后回来了。他平静得如龙安寺的第十六块石头，进来坐下，裤子从膝盖往下满是湿乎乎的灰点子，他不时地看了又看：

"没什么可担心的！威士忌不会留下什么污渍。"他说着，见宫泽对他的话无动于衷，就给自己倒酒。宫泽已经在自己的铺位上躺下，翻阅日文的铁路手册。

"请原谅，我眯一会儿。喝了您的酒就想睡。"

麦克·包利沉默了一会儿，开始望着窗外。

停车时间很短，列车晃动了一下，金属机件铮然作声，列车开始向前移动。宫泽拍一拍头下的枕头，开始翻阅今年出版的从哈尔滨至大连的南部支线手册。他从心里相信这之后那个英国人不可能再用空洞的谈话烦扰他了。

在一个问题上英国人是对的——威士忌有劲或者说有后劲,宫泽确定不了,用俄语说这是哪一类酒——中度还是烈性,不过头是不疼了。

比烧酒好!

他躺着,差不多睡着了,窃喜没像昨天那样不小心向英国人泄露了秘密。他在半醒半睡、似睡非睡的状态下想起与一位小巧玲珑的中国美女在公园里散步,用俄语表达自己的感情。她用少许俄语与日语混合应对,这时宫泽则在察看后面和侧面的篱笆墙,发现在最远处的一个角落还有一个门儿,不易被人看见,这他就明白了,苏联总领事馆的人员是怎么利用它的。然后他回到屋里,他的一些同事有的还在那里睡觉,有的在那里悄悄地胡闹,姑娘们已经使他们安静下来。后来他真的上街叫大客车开过来,没发觉醉如烂泥的森喜郎在车后,后来也不知哪儿来的四五个中国年轻人,他们站成半圆的包围圈,举起棍子扑上来,森喜郎拔出军刀,但看来这是多余的,因为宫泽已经几拳打倒了两个,其余的落荒而逃。森喜郎只是空挥了几下军刀。宫泽已经抓住军刀护手,可是手一滑没抓住,一下滑落了,当森喜郎身子一晃跌倒时,他的手被军刀划破了。然后,他们回到屋里,一个姑娘拿起一瓶白酒倒在宫泽的伤口上,而宫泽从她手里拿过瓶子,喝了一大口。

"龌龊!"他心里想,一边入睡了。

列车猛然一动,轰隆作响。

宫泽睁开眼睛,火车停了。站台的灯光照亮了昏暗的包厢,麦克·包利坐在自己的铺位上,两手下垂,脑袋扎在那里睡着了。裤子干了,领带挂在下巴底下,失去了原来的光彩,变成了黑、灰、白相间的颜色,从嘴里流出的口水在领带上留下湿乎乎的污渍。

宫泽懒洋洋的，想推一推他的肩膀，结果自己也躺下了，像正经睡觉那样睡下，就不想起来了，只是翻了个身，在临睡着前的最后一分钟想到，等明天早晨起来他的裤子都该揉皱了。

　　管它呢！

　　他开始用俄国人的思维方式总结到大连之前的这一天是怎样度过的。

第六节

列车已经驶过山丘之间的最后一段曲折线路,即将进入市区。

宫泽穿好衣服,脸刮得光光地坐着,看着窗外,英国人坐在他对面。从一大早他就沉默不语,与昨晚判若两人。宫泽有时觉得他俩好像对换了位置——英国人显得郁郁寡欢,不言不语,一脸无精打采的样子,偶尔看看桌上那个空酒壶。

宫泽知道他这个邻座怎么了,昨天早晨他感觉自己也是这样,但是与昨天和英国人不同的是他帮不了他,因为他没带酒。宫泽甚至有点可怜麦克·包利,决定下一次出门一定带点什么,因为喝了之后难免有谁不舒服,他自己就有这种体会——谁也不能保险不出这种事。

他看了看表——到大连还剩十分钟。

麦克·包利也看了看表,到走廊去了。他起身到半开的车窗前,把脸对着涌进的气流。这个时候从车头那边吹来的浓密的黑烟从窗旁飘过。麦克·包利捂着脸进到包厢,扑通一声坐在座位上,呻吟起来。宫泽来到他跟前。

"把毛巾浸湿，递给我。"麦克·包利用细嗓说，好像不是他的声音。

宫泽又迅速看了一下手表，离进站还不到五分钟了，但他不能就撂下邻座不管，所以抓起毛巾就往厕所跑。

宫泽回来，麦克·包利站在窗旁往外看，他一回身，宫泽看见他的额头和左眼被煤烟子熏成了鬼脸，麦克·包利接过毛巾擦了脸，照了照镜子，把毛巾扔在架子上，含糊不清地嘟囔了一句好像是谢谢的话，然后拿起自己的旅行袋朝门口走去。

宫泽奇怪——他的邻座昨晚还与他交谈甚欢呢。他坐下又起来，想出去，但一下又想起来了，不能白去一趟大连，把自己的毛巾扔在英国人的架子上以后开始看窗外的风景。

列车停了。

宫泽听见相邻包厢呼的一声门响，看见翟可夫和那个高个儿男子已走到他的门口。等到估计他们已经上了月台，他便从窗子往外看。英国人站在月台上，看样子是在等人。宫泽靠窗坐下，看见翟可夫和他的同伴下了车，一个俄国人和一个日本人走到他们跟前并打招呼。宫泽满意地拍了一下掌，他的任务已经完成，他可以乘上开往绥芬河的列车了。他伸手取公文包，顺便看看包厢四周，偶然往窗外看了看。他看了最后一眼，站台上基本没什么变化，从其他车厢下来的乘客经过他们的车厢旁边，有的提着皮箱，有的有搬运工陪着，只有麦克·包利仍一个人站在那里。宫泽记得在昨晚的谈话中他说他是独自一人赴大连，没什么人会去接他。宫泽感到奇怪，于是贴着窗子看，英国人站了一会儿，然后融入人流中。宫泽开始觉得没意思了，又环视一遍屋内，突然发现英国人的酒壶忘在桌子上了。

"真糟糕！马大哈！"他骂了一句，取下皮包迅速跑到门口。

他的车厢挂在中部，站台上有许多乘客。宫泽在跳上站台之前在车梯最上一阶停了片刻,想看看麦克·包利。人很多,人们都大包小裹的,走起来很艰难,有人手提肩扛,有的把皮箱和旅行袋像小山似的摞在推车上。抵达大连的旅客走得很慢,麦克·包利紧跟着翟可夫和那个大个子俄国人身后。

宫泽跳下来,一只手拎着公文包,另一只手拎着军用水壶挤过人群。他着急在英国人进入车站大楼之前赶上他,不然过一会儿他可能把他跟丢了,因为站前广场的出租车、马车和人力车会很快把客人接走。

当他终于从人群挤过去来到广场,总算看见了麦克·包利。这时他还看见翟可夫和那个俄国大个子钻进接他们的汽车,呼地一下关上了车门。英国人在那辆汽车几米之后站着。宫泽向他走去,在离英国人几步远的时候,他真不敢相信自己的眼睛,他看见那个人拧上钢笔帽儿,连小笔记本一起放入上衣口袋里。英国人往周围看了看,宫泽躲在一个肩宽体阔的俄国人背后,然后英国人向前迈了一步,站在翟可夫和那名俄国人乘的那辆车之前停的地方,他一招手,一辆人力车过来了,麦克·包利坐下之后对他说了些什么,人力车夫便卯足劲儿,拉着车融入街上的人流中。

宫泽看到的一切让他呆头呆脑地站了几分钟,他相信麦克·包利是在小本上记下了翟可夫及其伙伴所乘汽车的车牌号码,但他不明白这对他有什么用。

站前广场,宫泽周围人声嘈杂,他乘坐的那趟快车几分钟之前抵达,下车的乘客有数百名之多,现在都在乘坐出租车和马车离去。宫泽在这里已经无事可做,他需要买返程去绥芬河的车票,再找个饭店或小吃部等几个小时,忘掉大连和在这里看到的一切,但结果却是他看到的比应该看到的更多。他精神一振,环视一下四周就该买票去了。

人们很快散去了。宫泽回到车站直接向售票处走去。他想到麦克·

包利记下那辆车的号码，上车的人似乎是他的头儿，浅草大佐的人。

他走到售票口前还在想这件事。

开始，他回忆昨天在包厢中的相识。他觉得似乎看见过此人，可当麦克·包利谈起话来，宫泽觉得自己想错了，就再没有这么想。现在他回想起今天睡醒时的场面。他醒得早，看见邻座穿着衬衫和裤子睡在那里，他那件皱巴巴的上衣放在架子上。宫泽还想，麦克·包利看见自己那件那么高档的衣服糟蹋成这个样子一定会非常伤心。可是这并没有发生，英国人翻了个身，睁开眼睛，立即坐起来。他睡眼惺忪地看了看，含糊不清地嘟囔了些什么，拿起酒壶晃了晃，确认空了之后，现出一脸愁容。他没看宫泽一眼。宫泽对英国人说了句"早晨好"，也没听到对方有什么反应。

宫泽有点生气，英国人的所作所为好像旁若无人，屋里只有他自己一样，后来他想算了吧，他们毕竟是偶然相识的旅伴。

麦克·包利确信酒壶空了，没从座位上起来，而是把身子探出包厢，喊列车员要一瓶柠檬茶，然后起身关门，照着镜子理顺自己的鬓发。这似乎也不是那么简单的事，昨天抹了发蜡的头发就是不听话，理不顺，都在那儿竖着，宫泽偷偷看着他在那儿白费事，心里暗笑。看着蓬头垢面的麦克·包利，他突然又想起在什么地方见过他，但是这种想法没继续下去，被麦克·包利一个接一个的失败动作给打断了：他那条不寻常的黑白相间的领带的结系得很紧，他呼哧呼哧用力想解开，可是手指不听使唤，无论怎样都解不开。最后他把衬衫领子翻上去，这样看上去显得自在一些。然后他在手指上吐了些唾沫，抹在裤子上，想把裤线压直，又用手掌在衣边上把褶子抹平，可惜一切努力都白费，显然他的衣服得用熨斗熨。后来他又用热水杯压烫，结果车头冒出的黑烟弄了他一脸。

宫泽来到售票口，把钱递进去，说了站名，一下想起了什么。

他想起这蓬头垢面的英国人像索罗津。

他没看见售票员怎么给他票,也没听见零钱放在盘子里发出的哗啦啦的响声,便不由自主地离开售票口。

这可能不是麦克·包利,也不是包考夫,而是米哈伊尔·卡皮托诺维奇·索罗津。所有的想法都对上号了。如果这是索罗津,那就清楚了,他的确会记录汽车号码,因为汽车里坐的是浅草的人。宫泽知道已经把索罗津转给跟野村联系,知道这是怎么回事了。早在他刚到哈尔滨当见习生的时候就感到吃惊,在哈尔滨竟然有近十名间谍。除了使团作为领导机构,还有宪兵特务,警察特务、甚至海关特务。他们既在一起工作,又钩心斗角。在使团里关于这个问题都不直说,但是同事们谈话时都倍加小心,例如使团做什么,有些不能让宪兵队知道。这个野村就像一个变形怪物,有的情报让他知道,而另一些情报则对他保密。宫泽刚开始听到这些谈话,也不由自主地分析起来。也许并不偶然,有时连浅草也会说走嘴,这对他来说有些奇怪,甚至是一种情绪表达,尤其和野村开会之后。有时宫泽在文件的批示中发现分发时对其中的信息是有特别限制的。

宫泽想起与浅草的最后一次谈话,说到他暗中监视这两个人的任务是保密的,他们虽然坐相邻包厢,但绝对不能接触。而这里又是索罗津。

宫泽想起他见过索罗津的个人档案照片,这很像今天早晨那个蓬头垢面的英国人。那么索罗津的档案照片是在他喝醉以后照的吗?

售票员叫住他,他鞠一躬,看了看窗口,后面排队的人啧有烦言,他拿走车票及找回的零钱。

不过,怎么会发生这样的事呢?索罗津,如果真是他的话,竟然与他睡一个包厢,这太奇怪了。

宫泽看了看新买的车票,他那趟车离开车时间还有三个小时,他把票放在兜里，又上了站前广场。他坐上一辆出租车向使团大连机关驶去。

值班员很快为他与哈尔滨取得联系。

"大佐先生，我是宫泽光一！"

"出什么事了，光一君？"浅草吃惊地问。

"大佐先生，我可以去大连分部主任的办公室与您通话吗？"

"可以，那就去他那里打吧！"浅草回答，"把话筒交给值班员。"

两分钟之后宫泽与井上少佐打了招呼，对方什么也没说，只把话筒递给他。

"大佐先生，索罗津与我在同一个包厢，就是他抄录了我们的人乘坐的那辆汽车的车牌号码，"宫泽停住了。"……客人们。"

"您可以确定吗？"

"确定什么，大佐先生？"

"确定那就是索罗津，我记得您还没来得及与他认识呀！"

"的确是这样，大佐先生，但是我记得他档案照片上的样子，虽然我没有一下子认出他来。"

"那他认出您了吗？"

"我相信他没认出来，我相信他对我的假履历信以为真，此外他还喝醉了。"

"那就全明白了！他穿的什么衣服？"

宫泽把索罗津的外表描绘了一番，得到浅草的命令，忘掉发生的一切，完成这次公出的下一个任务。

"今天是个多么有趣的星期天！"宫泽心里想，同时听到井上少佐的建议，叫他不要急着去车站，留下跟他聊一会儿。

"刚才，"少佐说，"我刚和大佐谈完话！"

231

第七节

  向浅草汇报完之后，宫泽把话筒交给大连分部主任手里，然后走到窗前。

  从海上飘过来的清凉已经被白日的暑热取代，这个海滨城市的中心从早晨的忙乱中平静下来，行人们从院墙、房山和洋槐树的阴影中匆匆而过，街上汽车渐少，精力旺盛的人力车夫也放慢了脚步。

  在今晨意想不到的风波和忙乱之后，宫泽感到浑身无力，真想坐下来好好休息一下，可屋里只有一张欧式深色安乐椅虎虎生威，那是大连分部主任井上的交椅。

  "中尉先生！"他听见后转过身。"您是否收到去见朝鲜尾高龟藏中将的命令，去第十九师团司令部报到？请过来！"少佐叫他到遮着挂帘的地图前，拉开挂帘：

  "您没有多少时间了，请看吧！"

  宫泽看地图。

"大连！"分部主任用没削尖的铅笔指着，"今天是星期日。"

"已经是七月十九号了！七月十九日——十九师。"宫泽对这一巧合感到吃惊。

"您可以乘火车到三姓，然后去吉林，"他用铅笔在地图上指着这一路线，"然后再到绥芬河站……您已经买票了吗？"

宫泽点头。

"下面就是乘车了。但是在那乘什么交通工具，道路怎么样我就不得而知了，我知道最近两天那里有雨。因此我建议您选择另外的路线！您可否选择海路？"

宫泽听到这话，想起从日本到满洲晕船的经历，于是皱起眉头。

"看出来了，不太愿意！"少佐笑了笑表示体谅，"但是现在天气预报显示那里很好，海上差不多是风平浪静，半小时到码头，我派车送您去，我们的船前往这里，"他用铅笔指了指朝鲜的南浦港，"位置在大连湾对岸。到那的距离大约是160海里，在那坐火车，在元山换车，就在这儿，到七十五步兵团司令部所在地。最主要是那里有些情况，所以去师团司令部就没有必要了。到洪仪里再翻过山路还有几十千米就到驻地了。"少佐又用铅笔指了指，"一昼夜就到了！您觉得合适吗？"

宫泽听到"最主要"一说，精神为之一振，然后想到可能是某种大型演习，也就放心了。接着看看地图和表，大约是十一点钟，就是说明天中午之前可以到达目的地。

"我可以给您一个建议，中尉先生！"

"深表感谢，少佐先生！"

"如果下到底舱，任何颠簸都可以扛过去！"

海上航行时间超过预期，轮船抵达南浦港已经近夜里三点。从南浦至元山的火车是早晨七点出发，这之前宫泽想在车站警卫室找个地方睡一觉,结果徒劳。

在火车站他还有在海上坐船那种飘飘摇摇的感觉,他甚至没感觉到给他的不是卧铺车票,而是普通包厢的车票。不过上车后令人高兴的是,同行的有三个小女孩和她们三十岁左右的妈妈。这比与一个好说话的或者喝得醉醺醺的乘客面对面好得多。

同车厢的女孩中最大的看起来十来岁,见了他便将头埋在妈妈的怀里,妈妈用白白胖胖的手臂抱着她,并用疑惑的眼光看着客人。宫泽感到奇怪,但做出没看见的样子,只是微微一笑打个招呼,先是对妈妈,然后分别对每个女儿,甚至还读了童谣,还为每个人定了茶点。之后,宫泽自我介绍,说自己是哈尔滨一所大学的教师,去大连与俄国老师见面,现在想在朝鲜山区休息休息。这位夫人叫克谢妮雅·谢苗诺芙娜·托普利亚考娃,说带着孩子从南浦姐姐家回来。

从穿着看,这位夫人家境并不富裕,孩子们穿得也很朴素:是妈妈或者奶奶用浅色亚麻布缝制的布拉吉,白色的罩衣贴着大兜,脚上穿的是布面平底凉鞋。

火车开动了,她们的胆子大起来,开始玩耍,孩子们把兜里的宝贝也拿出来了,花花绿绿的糖纸、小串珠、彩带,还有一些别的什么东西。她们总是一会什么丢了,一会又找什么,找到之后,捡起来,在衣服上擦擦小手,相互交换,大姐姐指挥两个小妹妹,看着别滚到铺位底下,而老二也不欺负老三。一开始妈妈不时看看宫泽,管教孩子,后来也就任她们自己玩了。

喝完茶以后,小女儿,大约五岁的样子,把嘴贴在妈妈耳朵上,斜眼看着宫泽,开始说悄悄话。宫泽假装没看见,妈妈也看着他,对女儿小声说了些什么,然后母女相视笑起来,妈妈温情地抚摸她的后背,女儿也忘了包厢里还有外人。

在到头一站之前,女客对他讲了自己是乌苏里江地区的哥萨克人，丈夫是朝鲜与中国边境林区警卫，从前他们住在满洲，当时丈夫在穆棱煤矿当警卫。她的两个兄弟住在乌苏里江北岸，因为未来得及逃出布尔什维克的掌控，所以与他们失去联系。她还讲他们以种地和在原始林打猎为生，偶尔帮帮中国商人。宫泽明白了，他们是走私者，因为不信任妹妹所以不跟她联系。

孩子们玩累了，小女孩靠着妈妈，头埋在妈妈白白胖胖的胳臂里睡着了。老大一边看着上铺的老二，一边听着妈妈与叔叔谈些什么。老二要看书，妈妈给了她，而她没翻几页就睡着了。宫泽尽量把说话声压低，但克谢妮雅·谢苗诺芙娜看了看孩子们，只是摆摆手：

"不用管她们！一坐火车她们就想睡觉，玩够了，也玩累了。现在你叫都叫不醒！拿她们有什么办法呢？反正还小！"

他们谈着，宫泽问她过去的生活，她说：

"国内战争吗？记得……我几岁来着……十四岁！"

"就是说现在三十岁，"看着她，宫泽不由得想，"不过看外表像四十岁！"

"记得子弹飞来飞去，人们大喊大叫，时而是你们的人，时而是我们的人，时而是游击队，时而是林子那边着火了，时而是另一边……"她摆了摆手。"当爸爸和妈妈在那里安顿下来之后，算是醒悟了，"她向北挥了挥手，"就在这个牡丹……呸，俄国人说这个字就觉得丢人！"

"牡丹江！"宫泽在心中替她说出来了。

他用好奇的目光看着这个旅伴。她给人留下有点奇怪的印象。她有一头浅褐色的头发，梳得光亮，在脑后编了一条辫子，宽大的脸盘，两颊和鼻子周围有些雀斑，又白又大的胸脯，白胖的手臂在宫泽看来如同一对翅膀拢着自己的孩子们。她穿的是城市服装，城里人的衬衫，上面扣到第二个扣子。她不时地碰一碰，好像要确认扣得牢不牢；裙子刚刚及膝，脚上穿的是麻纱袜子。在她的无名指上戴着一个镶宝石的戒指：一个是红宝石，另一个是蓝宝石，还有一个粗大的订婚戒指，耳朵上戴的是镶大红钻的耳环。如果不用通俗的话和表达方式，如"哥萨克人骂架时说的——娘们儿就知道臭美"，她最多不过是哈尔滨郊区清河或马家沟的城里人。孩子们的衣服也没农村味儿：每人耳朵上都戴着耳环，手指上也戴着戒指。后来才弄明白，她丈夫是个地道的城里人，国内战争期间就是中尉军官，年龄比她大许多，在她还是姑娘时就把她占有了，他是真爱她——凭良心说。

宫泽还有一点感到不理解，她对自己的孩子们的淘气管得不严，好像不管不顾，任她们在二层铺上爬上爬下，在她的膝下爬来爬去，她只是一会安顿这个，一会安顿那个，对俄国人而言，这有些不太正常，俄国妈妈，尤其是爸爸，通常都是及时制止孩子们的淘气，孩子们总会认错。不过和所有的孩子们一样，认错后该淘气还淘气。克谢妮雅·谢苗诺芙娜像日本妈妈一样，在孩子八岁之前不会碰自己的孩子们一下，放任他们想怎么淘气就怎么淘气。

经过几个小时的交谈，女孩们都睡着了。克谢妮雅·谢苗诺芙娜也用手掌捂上嘴，宫泽觉得自己最好是离开包厢，于是便到走廊里去了。

在谈话最后她无意提到，她丈夫说不久前，在满洲离穆棱煤矿不远的地方日本军队与中国人发生了可怕的冲突，活活烧死了许多人，说完这些她画了个十字，用恐怖的目光看了看宫泽，他一声没吱，点头表示默认。

当他站在窗旁，列车在丘陵地带弯道上摇摆，他甚至有点轻微的头晕，这令他想起昨天的海上旅行，他没有享受到任何乐趣。

脑海深处又听到了同车厢女旅伴刚才说的话，这令他突然感到一种刺痛。但是她的话，还有她的情绪都是对的，因为事实就是这样，事情是这样的，中国农民不想离开他们耕种和收获的土地，新的日本政权开始一直劝说，后来是增加税收，再后来是军队包围，一切都给烧光。当然这是很残忍的，不过从另一方面看，为什么要占领满洲，并且迁来大批开拓移民呢？这就是战争的逻辑。不过他不能忘记，在宽城子这个中心会车站，他坐在人力车上看见日本警察怎样用棍子打碎一个偷偷向俄国人卖牛奶的中国人手中的牛奶罐子，然后让中国人跪下，用那根棍子打他的脑袋，直到把他打倒在地，多半是打死了。对俄国人养奶牛有限制，而对中国人则是完全禁止，因为这样对日本商人有利。这是"大亚洲政策"。俄国人背过脸从被打死的中国人旁边走过，但是从他们的表情上看出，中国人随身带着牛奶卖，甚至学会搅拌鲜牛奶和制作西米旦，这是他们俄国人的过错。

不过刚刚说过的不愉快感觉已经过去，从半开的车窗吹进令人惬意的清风。宫泽想起前天同样的情况，他也是站在车窗旁，不想与同包厢的旅伴进行途中的闲聊。他想到这里意外地抖了一下，接着看了看表。是的，这才是整整两昼夜之前的事：他喝酒直到头痛难忍，坐上火车，本想谁也不认识，可包厢里出现了这个索罗津。现在宫泽准确地知道，那个自我介绍是英国麦克·包利的人不是别人，正是俄国警察和日本宪兵队特务米哈伊尔·卡皮托诺维奇·索罗津。

宫泽往四周看了看，走廊里只有他一个人，在他脑袋里又冒出那个问题："为什么？"

昨天他就打算把这一切好好想一想。但是在船长控制室他转移了注意力，突然觉得好奇，不知道海员们是如何控制这个笨重的庞然大物的。

"他为什么对我说自己是外国人呢？"他低声说，"他在为谁服务呢？"

宫泽对索罗津为谁执行任务已经不怀疑了。如果是为日本人服务，不管是哪个间谍系统，这也就算了，大领导们之间去处理好了，而如果……

从二月末或三月初开始在城里的某些地方已经悄悄地掀起抓人的浪潮。浅草开始频繁地与野村会面，几乎是一天没间断过。宪兵队的汽车时而开到这家，时而开到那家，俄国人开始消失了。浅草在三月中旬召开了一个会议，只有日本军官参加的会议，宣称整个满洲的НКВД间谍被彻底歼灭了。浅草在四月末又召开了一个会议，也是只有日本军官参加，野村又出现在他们面前。他报告说他的部门已经逮捕一百多名苏联间谍，而且，他加重了语气，几乎全是白俄，这些人受过布尔什维克的迫害，本该仇恨苏联。野村激动时连俄语"Р"和"Л"的发音都分不清，还向与会者吹嘘他们宪兵队同僚与苏联间谍进行的英勇斗争，宫泽看见浅草在那暗自窃笑不免有些吃惊。

宫泽清楚地记得这种窃笑。

于是他便对从各方面取得的情报进行分析，首先是同事们说的，结果很明了，他们说的那些先进事迹都是子虚乌有。他没接到过关东军情报部的特别指示，东京也没下达过令人瞩目的命令。

无疑，这一切还是个秘密！这个秘密还没有被揭开。

此外，宫泽还注意到一点，即浅草几乎不再对他主导的"大记者"行动，以及招募小阿代伯格的事感兴趣。宫泽记得很清楚：此事发生在他与萨士克一块乘车去浅野训练营几周之后。他原指望向他报告之后，会接到新的指示，关于阿代伯格父子的工作会有新的转变，但浅草只读了报告中目标的活动情况，并不急于招募。索妮娅·尼古拉耶夫娜·拉尔森和她在哈巴罗夫斯克（伯力）的姨妈完全被遗忘了，他再也没想到那女孩，也没再提索罗津的事。

简单说，他的工作在四月中旬进入正常状态，但是他长时间记得在完成浅草大佐交给他的任务时体验到的那种引人入胜的感觉，简直太有趣了！

在窗前站久了，脚都麻了，于是换换脚，往边上靠一靠，让列车员

238

过去，从列车员端着的托盘上拿了一杯茶，用小勺搅了搅糖块。一片柠檬漂在水面上，他用勺子把它压在玻璃杯的内壁上，压碎之后，它就沉下去了。

那索罗津现在如何呢？

从一些比较有经验的同事谈话中他已经得知，当一个国家的间谍由于敌方的反间谍工作而受到损失，并非所有潜伏人员都停止活动潜入水底，而且相反，那些没受到监控的人会更加积极地继续自己的工作，以便尽可能挽回已经受到的损失。索罗津没有受到监控，因为他是宪兵队的特务。

那么，他难道给苏联做事吗？

这个问题宫泽一定要弄清楚，不过等回哈尔滨再说。

他放弃了这个想法，开始观望窗外，密布的森林、无边的丘陵闪过，感觉火车在减速。开始出现住宅和厂房。他看了看表，离抵达他换车的元山站还剩二十分钟。

在同本车厢那位女乘客谈了半天话之后，时间不知不觉过去了，这正是前天他坐上哈尔滨–大连列车所期望的。他微微一笑，用俄国人的方式想起了索罗津。

他回到车厢内，准备拿起自己的手提包，这时妈妈和孩子们都醒了，她们也准备下去换车。他悄悄地与克谢妮雅·谢苗诺芙娜告别。

第八节

"我傻站在这儿干什么？今天她不上班，今天是星期天呀，她前天星期五工作，她的下一个班只能是后天！"

萨士克站在市电话站门前宽阔的人行道上，肩膀靠在广告柱上，像第一次等她时那样。

"穆拉奇卡！这个名字多傻——穆拉奇卡，穆拉……她就是这么个穆拉，就像我这个萨士克"，他冷冷一笑，"请原谅，妈妈！……她是玛丽亚！玛丽亚，就是玛莎……"

脑子里胡思乱想，就像裤兜里的一串钥匙，手伸进去下意识地搜寻，可怎么也没找到。

不是时候呀！她在晚上八点下班，现在才七点。

在台阶和广告柱中间的人行道上几乎没有行人，人们在炎热的星期天晚上都不愿出门，只有他像个无所事事的人走来走去。

他看了看表。

电话站正门有个门斗，里面的门一开，外面的门就动一下，就是说门就要开了，有人要出来了。有三个进出的人——两个出来，一个迎面进去，正好擦肩而过。他们过去后门随即关上。萨士克没注意这个，他已经谁也不等了，路过的行人还在与他擦肩而过，这时他看见穆拉站在门前的台阶上。他看见她只是一瞬间而已，就感觉她站在那里，但她却直接向他走来。

　　"幻觉！"他一边想一边摇头，不过这不是幻觉。穆拉一边向他招手一边走过来了。

　　"我在窗口看您四十分钟了，可就是不能出来，因为'明天的电话（即人们在休息日结束时约定下一天事的电话）'铃声响了。"

　　萨士克继续站在那儿没敢动，穆拉咧着嘴笑，她穿着一件又轻又薄的灰色布拉吉，系着一条深红色的漆皮细腰带，戴一副也是深红色的网眼手套，手上拎一个红色的漆皮包。萨士克不知道怎么注意到她没穿袜子。她穿一双深红色的平跟漆皮便鞋，与戴在后脑勺上的那顶红色贝雷帽搭配起来显得非常协调，前额垂着一绺栗色鬈发。

　　"醒醒，亚历山大·亚利山大罗维奇！"穆拉好像跺了跺脚，"我包里有游泳衣，您可能没有。我现在去秋林，您可以跑回家去拿游泳裤。"

　　萨士克继续在兜里找钥匙。

　　"您不会跑很远吧？您不请我去……好了，那儿很凉快吧？是不是？"

　　萨士克记不得他说了"这就去"，还是只是想了想。

　　他迅速行动，像子弹一样往家里冲，妈妈在他身后只来得及喊一声"什么时候回来呀"，门已经砰的一声关上了，她觉得房门和离她四步远的篱笆门也同时关上了。

　　"疯狂的年龄，疯狂的速度！"她心里想。

　　萨士克经过七到八分钟，手里拿着一卷报纸又来到广告柱跟前，穆拉还没出现，人行道上也没人。

这是什么城市！晚上七点钟就没人了！

穆拉来了，他离老远就看见她了。她轻轻地摇着小包，宽宽的裙摆在腿畔飘来飘去。她走近了，现在他仔细看了看她。两天前他从后面和侧面看到她，而现在是她直接向他走来。包包挂在臂弯，随着她的脚步，布拉吉和那绺浓密的鬈发摇摆着，如同他记忆中初次见面时那样她放慢了脚步。随着她的鞋跟儿踏在柏油路上的节奏，脑子里不时想起那句诗："我立即涂抹掉碌碌无为生活的画面……不，不，不是那句。"又想起另一句："您不需要花朵，您这已经很好！您有一双公主的眼睛，王后的步态！"他一边想，一边傻笑，"萨士克！您是一匹骏马！"

穆拉走近了，他脑子里浮现出另一首诗，把前面的全驱散了：

今天你独自翩然而至，
我没见过这些人间奇迹。
在高耸的山麓后面，
森林高低错落，绵延而去。

森林葱茏茂密，
这山路
融入未知的荒远之地，
你的兰花绽放在那里。

"喂，同名人，"他想到这些诗句的作者亚历山大·布洛克（萨士克的大名也是亚历山大），"谢谢你！"

穆拉走过来，说：

"亚历山大·亚历山大罗维奇，您现在的样子像亚历山大·布洛克，不过您更像克拉克·盖博，只是没有小胡子。"

他站在那还是一动不动，穆拉戴着网眼深红色手套，在他眼前一会从左到右，一会从右到左晃悠几下：

"您睡醒了吗？"

"是啊，是啊！当然醒了！"萨士克精神为之一振。刚朝马路转过去，一个年轻的中国人力车夫两只脚像鲇鱼在沙地上似的啪嗒啪嗒跑过来，在他俩面前停下。

"不！不！我可不坐人拉的车，去坐电车吧！"他听到穆拉在背后说。

"你这只小鹿啊！"

在人力车那个位置一辆深红色锃光瓦亮的小福特戛然停下。

这个才合适。

从南岗他们很快过了霁虹桥。穆拉打开车窗，一股热浪吹乱了她的头发。一上车她就从后座把贝雷帽扔给萨士克，他闻到一种过去从未闻到过的香味。

在通向帆船俱乐部的经纬街上车还很多，他们乘坐的小福特也慢下来，萨士克开了窗。他手里拿着贝雷帽，心里想应该说什么，但脑子里什么都没有，因此有些发窘，于是突然问她：

"'明天的电话'是什么意思？"

穆拉坐着往后背靠了靠，显然是不想回答，她眯着眼睛把脸朝向从车窗吹进来的清风，感到一股清凉。

萨士克没得到回应，只有坐在那里，手里摆弄着那顶贝雷帽。

在帆船俱乐部广场，汽车向左急转弯，然后向右倾斜，停下了。萨士克开了车门，自己先跳下去，又给穆拉开了车门，然后把手伸给她。穆拉的高跟鞋踩着福特车的踏板往车外移了移，然后把手伸给萨士克。她的裙摆滑向上边，露出了膝部。

"不能撒手，让她再多露点！"他想着她的裙摆，同时也看见她注意看着他的那双眼睛。萨士克把另一只手递给她,眼睛开始往一边看。

帆船俱乐部下面江里停泊了许多小船,船尾碰得噼噼啪啪直响。他挑了一个俄国小伙子,他的船很窄,很长,样子很威武。萨士克朝他点了点头,小伙子便跳到相邻的另一条船上,拍拍一个中国人的肩膀说:

"我的不要它了。"他说完,两个人哈哈大笑起来。

"看我怎么收拾他!"萨士克想着那年轻的船主。"等回来的!"

船夫们用很大的力气把那条船从排得紧紧的舱位中拉出来,船在污浊的松花江中溅起水花。萨士克拿起船桨。

江里很空阔,只有两三条小船,为了准确地停在帆船俱乐部前面,便逆流朝对岸划,离对岸还很远。萨士克奋力向前划,几乎没看穆拉,但他感到她正在注视他。他逆流划了十分钟,回头向左看见太阳岛的一端,于是急转船头,几分钟就克服了逆流,开始顺流划行。

他沿着太阳岛往前划,已经不用费力,小船就顺流而下了。

穆拉两膝紧闭,用手把着船帮,坐在深陷在水中的船尾,刚一风平浪静,她便说:

"您问我,什么是'明天的电话'?就是人们在休息日结束时约定明天的事。电话很多,有时候就不得不叫我们帮助下一班的姑娘们,因为她们实在忙不过来。"

她环视四周,见萨士克往岛上划。萨士克的确是往太阳岛平缓的江岸划去,岛上有几个小饭店和更衣室,还有沙滩,他和伙伴们常常来这里休息。

"我们去那儿吧!"穆拉用手指了指顺流方向上的船坞,这是太阳岛左岸一块荒凉地带,那里只有几家别墅。

靠岸边附近几乎没有水,在浅滩上江水变成鱼鳞般的涟漪,齐腰深的江水清澈透明,沙底有小鱼追逐嬉戏。

"为什么去那儿?那儿连换衣服的地方都没有!"

萨士克又划了一下船桨，船头轻轻地扎在沙子里，离岸还有几米距离。他放下船桨，开始脱鞋。穆拉在他之前已经脱了鞋，跳过了船帮。

"坐着吧！我拉您！"

她再次把那顶贝雷帽和包包扔到他手里，提着裙边，光脚在水里踩得啪嗒啪嗒响，跑到船头，那里拴着一根缆绳。

萨士克把帽子放在膝上，还在解鞋带，他从座位上刚一欠身就失去了平衡，因为穆拉两脚陷在沙子里，正用力把船拉向自己。

"咳！您怎么搞的？"萨士克喊了一声，笨拙地用手撑住低低的船帮，只有用这种半蹲的方式才能站稳，帽子从自己的膝间落到船底。

"叫您别骄傲，以为自己划得多么好。"

她笑了，把船拖到更浅的地方，她继续往前拽，萨士克还是用原来那个令人不舒服的姿势双手抓住船帮，想要站稳，但还是没站稳，因为穆拉猛力把船往岸上拖，又猛力把它扔在那儿。小船一头扎入薄薄一层水皮下的沙地里，萨士克一屁股坐在座位上。她把缆绳直接扔在水里，这是所有船夫不喜欢的。她跑到萨士克面前，从船底拿起贝雷帽、包包和鞋，往岸上走去，光着脚板，踏着暖暖的江水，水花四溅。

她越过邻近的沙滩，登上不高的堤岸，那里灌木丛生。这时萨士克已经追上她。她回头说：

"您不许往前走了，也不许偷看。"

他回到小船前面，坐在湿漉漉的沙滩上，竟没注意底下没垫子，他穿的又是驼色裤子。

过去半小时发生的一切，就像从墙上掉下来的一幅画，它在那儿挂着挂着，突然就掉下来了。从周五开始他就心神不定，完全没想去电话站，也就是今天，星期天，毫无希望地在那等，没想到穆拉真上班了，并且在窗户里看见他了。她的话语和服装的颜色在他的脑子里混在一起，浅蓝色小花和白边，还有灰色、深红色，以及这顶贝雷帽。他看见她好像在不停变幻的空气中,而现在她又消失不见了,虽然近在咫尺。

经过这一切,他完全忘记了前天还令他不安的事:马丁诺夫的小册子的状况,以及库吉玛·伊里奇出其不意地发现了它,江边记号,宫泽与索妮娅妹妹在江畔散步,以及拉比谢夫还在等他的信儿。

穆拉从他背后出现了,把两块皱巴巴的单子扔在沙地上,说:

"您真的没偷看吗?"

萨士克抬眼看着她。

"拿着单子,搭在树丛上,像我一样,换衣服吧。我也不偷看。"

他起身,穆拉从前面看着他,同时对着拳头哼了一声。萨士克回头看了看她,然后看看自己,见他那条浅色裤子已经在沙滩上湿透了,大概他看起来像底片上的狒狒,全身都是亮色,只有屁股是暗色。他拿起单子,步履蹒跚地朝灌木丛那儿爬。

灌木丛齐他腰部那么高,他把单子搭在了上面,这时瞬间对离开有些后悔,虽然她换衣服时他一眼也没看,但当时坐在潮湿的沙地上,也不知想了些什么。

现在穆拉就在他面前几步之遥,像孩子一样蹲着,拿一根树枝在沙地上画着什么。她身上穿一件黑褐色泳装,系着白色腰带,袒露着后背。太阳已经落山了,后背上撒着金色的余晖。

"那您去游吧,我马上就来。"萨士克从草丛中喊道。

穆拉起身把树枝扔在水里:

"您就换吧,我不急!"

单子很薄,穆拉折成四折,面积很小,他俩坐得很近,差不多是身贴身,时而碰到肘,时而碰到背。

左岸的热气已经消退,开始凉快了,小风一吹,甚至还有点冷呢,穆拉贴着萨士克的肩膀,两人便都暖和了。他要把他的衬衫给她披上,但她拒绝了。

他们默默地看着江水，落日的余晖照在城市的上空，树木有高有低，城市像一排错落的屏障，被暑气折磨一天的城市算是安静下来了，在明亮的、近乎静止的江面上映出城市的倒影。

"我去洗了……"

"已经很凉了！"萨士克脑子里闪出这个念头。

"您看着点船和东西，要知道，周围都是红胡子！"她回身向他挥挥手。

穆拉慢慢地在浅水中走着，不时俯身用手捧水撩在肩上，有一次是双手交叉把水撩在胸前。太阳就要落山了，她的身影在明亮的江水映衬下格外清晰。在江水没到臀部时她坐下了，然后回头对他喊道：

"真像在温乎乎的牛奶里！"她开始往前游，只能见到她的肩膀和浓密的美发。

萨士克坐在那儿，好像他会永远坐下去一样。穆拉已经游得很远，在江岸与浅水之间水流不急，对她没什么影响。

萨士克突然听到身后有轻微的簌簌声，他想回头看看，但来不及了，因为有人从后面扑向他紧紧地捂住他的嘴，抓住他的手、脚往上边的树丛里拖。他企图蹬腿，但有一只手从后面伸过来，用胳膊肘卡住他的脖子，令他喘不过气来。

从他刚刚换衣服的树丛把他拖出十五米远，啪的一声把他扔在一堆荆棘上，面前是一个跪在地上的中国人，他用手指掩住嘴叫他别说话。

"不然你的姑娘……"他用手掌当刀在自己的喉咙上抹了一下，"你的谁的是？姓什么？"那中国人小声说，也看不出年龄大小，他穿一身浅色条纹西装，系着蝴蝶结。萨士克见他戴着一顶细毛礼帽，帽子下面是打了发蜡的偏分头，其余的人在萨士克背后，他根本看不见。

"说你姓什么！"中国人抬高了嗓门，但依然很低。

"阿代伯格！"

"阿代伯格？"

萨士克点头。

"你爸爸是亚历山大·彼得罗维奇·冯·阿代伯格吗？"

"是！可……"

"你的别问！我的说！你的好,我们认识你爸爸,好银(人)。你我的不会抓,不会绑票！跟你爸爸说,我的安多士卡！他记得的！"

叫安多士卡的中国人从上衣内兜里拿出一个小本,撕了一页纸,拿出一支钢笔,把纸放膝头上写了几个字。

"你不要看！真的,答应！你的爸爸的交给,一切都忘记！不要看！"他又一次用手掌往自己的喉咙上比画一下,然后在萨士克身后的人又吓唬他一声,他们又像刚才一样,迅速把他拖到树丛中的单子上,然后只听见他们在沙滩上远去的声音。

他又坐在草地上,刚才发生的一切是那么快,就像根本没发生一样。他坐在那儿,头脑很清醒,只是往穆拉那地方看看,她还在往远处游,然后把手举得高高地向他招手,再往回游。

他继续用那个姿势坐在单子上,喉咙被掐得又痒又痛,手里还拿着那个纸条,想不到是用这种出其不意的方式交给他的。萨士克毫不怀疑那是个中国人,因为说俄语的中国人谁都不会搞混。他从出生就听他们这么说:在哈尔滨和中东铁路全线一带的人力车夫、小贩和商人以及家里的用人小李及厨师老赵都这么说俄语。这名字怪怪的安多士卡也"你的""我的"这么说。

应当把小纸条藏起来,萨士克真想告诉她这个秘密,让她看这个小纸条,不过他想,万一中国人突然监视他俩怎么办。他看了一眼江水,穆拉已经出来了。她刚刚还说过红胡子的事,他们一下子就出现了和消失了。

她在沙滩上跑着,从水里出来,身上湿乎乎的感到有点冷,她和萨

士克并排坐下,双手抱着膝盖,嘴唇发僵,咬着牙说:

"现在您的衬衫正好有用。"

萨士克拿起衬衫披在她背上。

他们默默地坐着。过一会儿穆拉牙开始打战,几分钟后暖和多了。

对萨士克来说这个时候来得正好。讲刚才发生的事根本不可能,只能落个疯子的臭名,就是当傻瓜也没必要划船到这岸来当。

那个穿条纹西装、系着蝴蝶结的奇怪的中国人给他的纸条很快就能弄明白,倒是安多士卡和爸爸的事更加深奥难解。不过,这以后再说吧。

"我们为什么游到这里呢?"他问道。

"我不愿意在人多的地方换衣服。"上公共更衣室还得排队。总之,我这人喜欢独来独往。

太阳落到地平线,天空变成青色,对岸的城市开始亮灯,江水潺潺,亮如明镜。

"您会送我吗?"

"当然!"

穆拉身子晾干了,便把萨士克从单子上推下去,把他那湿漉漉的衬衫扔在沙地上,喊道:"别偷看!"

他还没来得及警告要小心,她已经跑到高处灌木丛后面去了。

几分钟之后,她已经穿好衣服下来了,光着脚,把泳衣拧干,扔在船尾。

"身上还没干呢,不过多少有点干。您别太急,您明天八点之前能到吗?"

萨士克单腿跳着,因为另一条腿还伸在裤子腿里。

"别奇怪,我是在电话站工作。"

"可能拉比谢夫也不是傻瓜!"萨士克想。

她又坐在船尾,双膝略微倾斜,把手指伸进水里,就像小鱼的背鳍划开水波,呈辐射状扩散开来。

萨士克默默地划着,他已经明白了,现在什么也不需要他做了,不论是诗歌,还是机敏的言谈。大概穆拉只是需要在身边坐一个人就行了。

"萨士克,我能向您提个问题吗?"

他点头同意。

"您是从谁那里知道我的?"

应该快速回答,不需想了又想。如果实话实说,就算不全说出来,对萨士克而言也是很容易的事。冬天,拉比谢夫交给他一个任务,就是认识穆拉,他给他一篇从新年号《霞光报》剪下来的文章,是一篇介绍一个姑娘——电话站接线员的报道。文章把她描写得温文尔雅,但最后提到穆拉近来有点郁闷。萨士克保存着这张剪报,后来在库吉玛·伊里奇搜集的剪报里找到了这期报纸,现在对穆拉只谈这些。

"这么说您等我半年了?"

这是个很难回答的问题,回答时应该耍点小阴谋,但脑子里什么都没有。也不能解释说因为太忙他半年没在门口等她。应该撒个什么谎,一时还想不出来。

"一切都明白了,整整半年直到前天一直站在严寒中,而且您还不穿棉大衣。"

穆拉做了个鬼脸,甚至转过身来,往他身上泼水,并哈哈大笑起来。萨士克觉得自己有点怪,只要跟她在一起,总想对她说点什么,讲点什么,与她交流交流,她却总是抢在他的前面,这不又来了:

"您知道我当时为什么郁闷吗?"穆拉问道,同时用一种卖弄风情的眼神瞄着他,"那您有女朋友吗?"

她跟他玩猫捉老鼠,而不是相反,这里必有一定的吸引力,萨士克还什么也没来得及回答,脑子里又出现了拉比谢夫和他的那个"个人阵地"的自由。

"全明白了,您现在就告诉我您没有女朋友!"

右手握的桨掉在水里,水花溅湿了穆拉的裙子,她抖掉裙子上的水珠,严肃地看着亚历山大·亚历山大罗维奇。

"亚历山大·亚历山大罗维奇,我没给您理由这么干!"

萨士克又没说什么,除了说一句,"对不起!我不是故意的!我也没想这样!"

"知道!知道!您不是故意的,您没想这样。算了,这次我原谅您。瞧,这大江多美呀。"

他不再看她,而是看江水,城市已经在他的身后。他划过湍流时,一点风都没有,水面平静得跟光滑的英国巧克力一样。在他们刚刚从那里划过来的左岸,灌木丛稀疏,一片棉絮似的红云高悬在淡青色的天空中。太阳已经落在地平线下面,余晖映照在他们身上。

巧克力,天空蓝色披风和粉红色的水果软糖!

"您喜欢吗?"

"喜欢!"

"哎呀,您总算是说话了。"

她把手从水里抽回来,甩掉手指上的水珠,从包包里取出手帕。

"在我们那儿工作的有一位姑娘,年轻的丽扎。不知为什么文章里没有写她。她比我们大几岁,几年前认识我们的一位俄国诗人。他叫格奥尔基·格拉宁。"

萨士克明白了她想说什么。

"格奥尔基·格拉宁!他和谢尔盖·谢尔金在宾馆里吞枪自尽了!您认识吗?"

萨士克得有所回答。

"这件事全哈尔滨都知道,而我是听康斯坦丁·弗拉基米洛维奇·

罗扎耶夫斯基讲的。"

穆拉用严肃的目光看着他。

"您认识罗扎耶夫斯基吗？"

"认识！"

"哼！"穆拉嘟囔了一句,久久地沉默着。

萨士克也没吱声,不过几分钟之后问道：

"您也认识他？"

穆拉看着江水,又用手指划水,静静地回答：

"曾经认识！"然后补充了一句,像是总结："我不喜欢歇斯底里,特别是男人！"

萨士克已经划到岸边,离停泊位还有几十米远。

"萨沙,如果您不累,我们再划一会儿呗！"

这建议正好,萨士克不想回家,他又往岸上靠了靠,开始在静水中逆流慢慢往前划。

"这就对了！"穆拉奇卡说道,脸上浮现出灿烂的笑容,"丽扎认识格奥尔基·格拉宁。他写诗,交给她抄写——她的书法很棒。刚刚过去的这个冬天,她让我读了集子里的东西。您若高兴,把我喜欢的诗句念给您听好吗？"

"当然！"

"这首诗叫《丹东》。您听着,然后告诉我这像谁,好吗？"

萨士克点头称是。

"好,那就听着吧——《丹东》。"

穆拉直起腰板,久久不知把手放在何处,后来放在胸前,深深地出了口气,于是道：

丹东！

将生命虚掷。

在疯狂之中

革命的巴黎

陷入离析分崩,

断头台的霞光

撒满它的屋顶。

野蛮的匈奴人,

传说变成现实真情。

世纪的传奇,

已经建成。

在古老的讲坛上

震撼了

衣衫褴褛的底层。

震撼了

死脑筋的

吉伦特派诸公。

就像那些独眼巨人。

在林荫大道里

升起灌木丛生的山顶,

及

有一次

一下子,

被撕破,

直接跌入

死寂的

黑暗之中,

直接跌入那里，
绣花绷子在幻想，
先辈在故纸堆里苦思冥想，
那里出现精心保养的
柔软的
手指
理顺
流浪汉丹东
那头乱发蓬蓬。
思考：
没有你
什么也不行。
谁也不能
这样呐喊
面向群众。
丹东有一次
与情妇约会，
革命可以
等一等。
又一次，
一觉醒来，
看见，
灰色的
巴黎晨光朦胧。
再没有什么
指望。

因为
在门口
带着罗伯斯比尔的命令
站着
国民卫队的士兵。
再看一眼
熟悉的广场
喧闹的民众
突然间
寂静无声,
于是想了想,
这就是人生,
其实
这比想的更简明,
和
看见不加粉饰的
死亡幽灵
赤裸裸的
吐出一口
向世纪无与伦比的简明
——罗伯斯比尔,
把我的头颅
拿去示众。
低头吧!鞠一躬!
就是它!
这个头!

就在这里示众!

萨士克停止了划船,让小船随波逐流,穆拉高声念完最后的诗句,静静地坐在那里,看着他。

"马雅可夫斯基!"明白了,"节奏,步伐,激情!革命!也可能是勃洛克——《十二个》,也很像!"萨士克又抓住船桨,静静地说:

"风啊,风啊!"

穆拉接着说:

"白雪!一个不用脚站着的人!萨士克,您真聪明!对您来说这不是'淡紫色的黑人'。"她笑了,在说到黑人的时候很油腔滑调,"P"的发音不准,像维尔京斯基一样。"算了,本来没什么可比性!对吧?"

没什么可回答的,事实的确这样,怎么能拿马雅可夫斯基和维尔京斯基比较呢,他们是风马牛不相及,虽然勃洛克……

萨士克收起船桨,放在膝盖上,轻轻地唱起来:

奇迹有前兆,
子夜关河杳,
幽暗中的矿石,
在那里炼成金刚钻宝。
自己在黑暗的大河后面
你开始大步奔跑,
你让金子的蓝光
万世永照!

穆拉听着,然后晃了一下那绺鬈发,执着地说:

"最好是革命!格奥尔基·格拉宁也好,马雅可夫斯基也好,勃洛克——《十二个》也好！"

后来她理了一下布拉吉，双手抱膝，下巴放在膝头。

"可惜的是这一切都没有我们，而现在我们也没有在那里！总之，我们该行动了！靠岸吧，告诉这个讨厌的船夫，关于他，您都想些什么？"

江畔已经空旷无人，他们很快过去了。直到通往中央大街的广场才见到两个俄国姑娘，她们和萨士克与穆拉去的是一个方向，不过走得很慢，于是他们俩很快赶上去。一个姑娘身材丰腴，穿着朴素，另一个萨士克甚至没看她的穿戴，不过那苗条的身段和一条过腰的红褐色大辫子着实令他心动。他尽可能在穆拉面前掩饰自己的想法，而穆拉好像什么也没看见一样，只是当他们走过去的时候，穆拉突然说：

"萨士克，您那眼神真不客气，"她停顿一下，又补充说，"我真想用您的眼睛观察世界和观察自己。"

他送她到马家沟一幢小房子前面，什么也没约定，他只说他知道在什么地方找她。

当他回到家时，大家都坐在桌旁，喝完了茶，他想不能当着大家的面把中国人安多士卡的纸条交给爸爸。等库吉玛·伊里奇回了自己的房间，妈妈开始帮用人收拾茶具时，他才把纸条放在爸爸面前。亚历山大·彼得罗维奇惊异地看了看，戴上花镜，打开纸条。萨士克看清了纸条上写的字："阿斯别强面包店，中央大街，B7 п.п.安多士卡，明天。"

"你读了吗？"亚历山大·彼得罗维奇问。

撒谎是没有意思的。

"就在刚才，现在才搞清楚，之前没看。"

"好吧！谁也别告诉！"

午饭之后萨士克去园子里，坐在苹果树下。地上散发着热气，他觉得被太阳晒得干枯的野草像绸缎一样，脑子里搅和着革命、丹东、穆拉和她那顶红色贝雷帽上的香水味道,以及他投在那位棕发女郎身上的直勾勾的目光。

"她为什么提到拉比谢夫?"

萨士克已经明白拉比谢夫为什么需要一个在市电话站工作的姑娘了,穆拉自己曾无意中说她知道明天八点之前他不会到。

"她们可以听所有的谈话,所以她知道我明天早晨八点之前不会到。谢谢考尔涅依奇,打电话说明天可以九点钟到,她们有电话簿,当然会有的。"

萨士克已经明白了,今天得知有关穆拉的一切消息,特别是她关于革命的谈话,她的情绪,都很像拉比谢夫。他需要的正是这样的人,而恰好又在电话站工作。

"这又怎么样呢?我会告诉他,而后他要求我把她介绍给他的朋友,那我再也见不着她了。"

萨士克不喜欢这种想法,他想象中又见到穆拉在江岸上,只是在她换衣服的时候他又转过身去。不,他没转身,因为盖在草丛上的单子挡着,他什么也没看见。他从中国人安多士卡坐着的那个地方看见她了。他从她的背后看见她的双臂交叉,把裙摆提到膝部。

"萨士克,可以打扰你一下吗?"

爸爸站在身旁。

"讲——讲吧……"萨士克见他手里拿着一个小纸卷,猜它就是中国人的那个纸条。

父亲久久地沉默,吸着烟,然后说道:

"尽量忘掉这件事。合适的时候我会告诉你的。"

在他离开的时候,萨士克望着他的背影,明白了。从今天开始他们家的生活将有所改变。

是的!而明天是星期一,又得做记号!

第九节

亚历山大·彼得罗维奇从公事包里取出一个中国漆盒，放在墨水瓶和家庭照的旁边。

总算全搬过来了！

电话铃响了，他拿起听筒："是，大佐先生！当然！我已经开始了！谢谢，很好，您的美好祝愿是必须的！"亚历山大·彼得罗维奇说完，放下听筒，翻了一页台历："没什么大不了的，你的自由自在的生活结束了！"他揉了揉太阳穴，靠在椅背上。"然而选择余地并不大，已经无处躲无处藏了！所做的还不算太巧妙！"

两个小时前，他结束了在难民委员会的工作。

他站起来，拿了一支烟，把烟灰缸从桌上拿到窗台，望着窗外，开始吸烟：

"不巧妙！不巧妙！但是很有效！"

透过烟雾，他看见窗户底下的行人：他们提着皮包、手袋，还有人挂着网兜，大葱和中国菜从网眼支出来；一个年轻女子在对面牵着一个男孩子走过。亚历山大·彼得罗维奇虽然听不见，但是看见孩子紧紧抓着妈妈的手哭着发脾气，妈妈蹲下和孩子说着什么。孩子站着，一边听着，一边用拳头擦眼睛；妈妈拿出手帕给他擦干眼泪，又亲吻孩子的嘴唇儿。这位妈妈穿一身轻薄透气的布拉吉，孩子穿的是水兵服和漆皮凉鞋。

像萨士克！

三天前，上星期五晚上，回家时浅草大佐给他打电话，邀他见面，说得很简短，是这样结束的：

"是这样，亚历山大·彼得罗维奇，星期一，七月二十日早晨九点我在办公室等您。"

今天早晨，当他已经准备好去医院街时，安娜对他的穿戴持有异议。与浅草的会见只剩下三十分钟了，她给他拿了一套驼色新西装，带蓝色细条，同样颜色的手帕和软翻领白色衬衫。他很快换上，又用巴黎式的系法系上丝巾，又娴熟地把手帕装在上衣口袋里。一切都显得光鲜甚至喜庆，再配上一双漆皮鞋和白色意大利宽边草帽，更是相得益彰。亚历山大·彼得罗维奇照了照镜子，安娜站在一旁，看着他俩一起在镜子里，他感到吃惊。

"别让人以为你把这一切当回事了。"她回答他询问的眼神。

接完电话之后他对她讲了与浅草会见以及谈话的事，一开始她还有些担心，后来她想了想。说道：

"反正没有萨士克我们哪儿也不去，别说他还不愿意。你是在威逼之下给他们干事的，以后我们会知道结果的。"

亚历山大·彼得罗维奇对她的睿智感到高兴，因为他也是这么想的。

他出门来到街上，早晨还是有点凉丝丝的，城市已撒满七月的阳光，令人感到几小时过后会是一个热天。亚历山大·彼得罗维奇怀着对妻子的感激之情看着自己的这身浅色西装，心想这很好，显得更鲜亮和休闲。

和平时一样，他在交通街和大直街拐角停下，得决定是从右边还是左边拐出去。

他想了想。

如果走左边，那他得经过莫斯科商场，在对面经过广场就是新哈尔滨饭店，中间是圣·尼古拉教堂。如果走右边，他就经过新哈尔滨饭店，教堂在左侧，在它们中间就是莫斯科商场。不管怎么走，距离、时间都一样。于是他决定先走莫斯科商场。

亚历山大·彼得罗维奇穿过对面大街右侧那幢五层灰楼——新哈尔滨饭店。这幢混凝土大楼总是会令他驻足仰望和心情激动，但现实就在眼前——他知道浅草大佐为什么叫他到这里来。

几年前他曾随尼古拉·阿波罗诺维奇·拜可夫去东京。一九二三年地震曾把这座城市夷为平地，他们去时已经重新建立起来。新建的房屋风格令人吃惊，就像新哈尔滨饭店一样——灰色的混凝土庞然大物，加上体现欧洲美的过分装饰。拜可夫在可怕的地震之后到过那里，并称其为"帝国风格"。为了做比较，他领亚历山大·彼得罗维奇参观了皇宫，对比很有意思，在皇宫前面是绿茵茵的草地，空气十分新鲜；经过一个水池，或者河湾旁的城堡石墙，延伸至一座带雕栏的石桥。草地上稀稀拉拉地长着枝叶繁茂的幼松。拜可夫对他说这些小树朝气蓬勃，充满生机，又用不以为然的狡猾表情说：日本人是侍弄花草的高手，谁知道这些树有几岁还是几十岁。在草地上，水池和高墙后面就是高耸的皇宫，只能看到墙头最高那层，屋顶美轮美奂，屋脊上有弓着身子的龙饰，屋顶铺红瓦。皇宫及周围的一切只能用一个词来形容——

精美绝伦，这一切与新东京的风格一点也不相称。

亚历山大·彼得罗维奇回忆起在东京见到的一切，又看了看新哈尔滨饭店，他又想起不久前在道里经纬街和大桥街角上建起的一幢日本建筑——日本报纸《哈尔滨时代》编辑部大楼，枯燥乏味，像个能伸缩的单筒望远镜竖在那里，侧面的立柱十分醒目。想到这里又一次停止呼吸——日本人建造的两座大楼与哈尔滨精巧富丽的俄国建筑风格绝对不同。很显然，在哈尔滨日本的东西不能融入其中。他相信日本的一切都不能融入进来。他现在去见日本间谍浅草大佐，而且知道浅草想招募他这个俄国上校间谍。

他像一个悠闲的人那样不慌不忙地走着，穿一身亮丽的浅色西服，戴着蓝色的丝巾，前胸口袋里装着一块同样颜色的手帕。他几次发现在这期间忙着上班的行人在看他。在这个阳光灿烂的日子，他去艰难赴约，心存感激地想起安娜，她把一切都做得滴水不漏。他气愤地看了看这个笨重的灰盒子——新哈尔滨饭店，心里明白，去见浅草得有一个正确的心态。

他穿过车站大街，来到斯奇杰利斯基宅第院墙前面。在日本占据这座宅子之前，他和安娜都很喜欢它。在这条名字不太吉利的医院街有两栋房子，一栋是斯奇杰利斯基宅第，一栋是葛瓦里斯基宅第。它们只有一墙之隔，墙后是花草树木。亚历山大·彼得罗维奇与他们两家历来都认识，他有时会来做客，每次路过都会站一会儿，欣赏那漂亮的建筑。

"美如珍珠！"亚历山大·彼得罗维奇在心里重复这个词儿，这是安娜他们俩唯一能说出的赞美之词。

不远处，在大直街对面，还有一颗"珍珠"——吉别洛-索科公馆。别以为在哈尔滨只建了这三座建筑，就构成了哈尔滨这座城市。可是还有啊！中央大街上的马迭尔，教堂广场旁的奥斯特洛乌莫夫公馆，同在中央大街上的松浦大楼,两座秋林大楼:一座在道里,一座在南岗。这些建筑具有洛可可风格的立面,流畅的线条,富丽堂皇的门窗,就连日本当局俄国侨民局也在这样的建筑里办公,可以想象,他们在这里能懂些什么。

"这样说,可能不太公平,"亚历山大·彼得罗维奇笑了,站在斯奇杰利斯基公馆门前几米之外,想起东京皇宫一层层清晰的分割线和屋顶,"现在他们是占领者,因此很愚蠢,不过他们也有另外的时代。"

日本卫兵放亚历山大·彼得罗维奇进去。使团值班员坐在一个样子奇怪的木质传达室里。他是一个老哥萨克少尉,亚历山大·彼得罗维奇记得曾与他有一面之识。他也没问他什么,刚开始点了点头,后来做了个手势请他停下,然后开始打电话。过一会儿他放下听筒,问亚历山大·彼得罗维知道阁下叫他去哪里吗。亚历山大·彼得罗维奇摇头否定,少尉从传达室出来,像在椅子上坐着时一样弓着后背,指点亚历山大·彼得罗维奇从漂亮的楼梯上二楼。在主梯的缓台往上分左右两侧,亚历山大·彼得罗维奇碰了一下驼背老少尉的腰,用点头的无言方式问他是否往右走。值班员会心一笑也往右侧点点头。

原来这进出口处没有木板搭的传达室,楼梯旁站着两个穿制服的仆役,他们什么都不问,接过大衣、帽子、手套和拐杖,鞠躬问好。来的人他们都认识。亚历山大·彼得罗维奇清楚记得几年前从这个楼梯上楼的太太们用右手扶着榉木护栏,左手提着裙子,在她们上楼的时候,没人敢超过他们。

两个年轻的日本军官用小碎步经过楼梯,一个大概是急着去接班,一边走一边往上抻手套,另一个握住军刀的刀柄,两个人鞠躬致意。亚历山大·彼得罗维奇也点头回礼。在楼梯缓台的壁龛里有一尊美人鱼大理石雕像,殷勤地张开手臂,把楼梯分为左右两侧,这雕像至今还立在那里。

建了值班室,美人鱼也没移走,这很好!

"亚历山大·彼得罗维奇,请这边来!"

亚历山大·彼得罗维奇往上一看,见浅草正从二楼的栏杆上俯身招呼他。

新主人浅草占据的办公室几乎没什么变化:右侧和过去一样,是直顶天棚的大书架,在书架中间从前挂画的位置也挂着什么,有丝帘遮着。"可能是地图!"亚历山大·彼得罗维奇想。在右侧靠窗台放着一张大写字台,上面挂着天皇的肖像和"满洲皇帝"溥仪的肖像。在写字台和书架之间是六扇镶着珍珠贝的屏风。亚历山大·彼得罗维奇看见在最后一个窗子下有一个小桌子和两把圈椅。

"想坐什么地方?"浅草问道,略微躬身,像美人鱼一样张开双臂。

亚历山大·彼得罗维奇也张开双臂:"悉听尊便!"

"那就坐在茶炊旁边吧!"浅草决定了,请客人坐在圈椅里,"碳酸矿泉水还是'小靴子',要么喝咖啡?"

"'小靴子'是什么?"

"泡茶呀,亚历山大·彼得罗维奇!现在就会给我们送来真正带小靴子的茶炊(小拐脖,火烧得更旺,俄国人的做法),用碎木屑烧水。啊!我看您今天心情跟过节一样!加果酱,还是金银花?"

"带皮的金银花果!"看着浅草让亚历山大·彼得罗维奇想到这个。

浅草打了个电话,做了一些安排,回来对客人说:

"我不能耽搁太长时间,所以,如果您不反对,咱们现在就谈正事。亚历山大·彼得罗维奇,您还记得我们最后一次谈话,结束时谈的是什么吗?"

"我承认,记得不太清楚!"亚历山大·彼得罗维奇耍了个滑头。

"怎么会呢?我记得可是很清楚,我们谈的是你们的青年,记得吧?关于招募的事!"

264

"是的,好像是!"亚历山大·彼得罗维奇同意。

"就是招募问题!您的公子对'满洲'当局犯了点小错误,虽然……如果正确地说,就是对我们日本当局。"

亚历山大·彼得罗维奇惊讶地扬起眉。

"不用吃惊,错误不太大,但是反日的表现足够坐牢了。"浅草又站起来,有点瘸,跐着脚走到写字台前。这工夫有人敲门,他吩咐来人进来。那人端了个大大的托盘,上面有个烧开水的茶炊、盛果酱的高脚盘。进来的是一位值班军官。浅草点头示意放什么地方,那军官当即出去了。

他从桌子上拿起一份薄薄的文件,坐在圈椅里,把封面让客人看了看。亚历山大·彼得罗维奇看见有"A·A·冯·阿代伯格"字样,括弧里有小字。

"那怎么样?还有老的吗?"

"当然!所有俄国侨民都立了这种档案。您大概也知道这都是'满洲'俄国侨民局的工作人员编出来的,这也不是秘密了!"

"那我想问一问,我儿子究竟犯了什么错误?"

"您知道,亚历山大·彼得罗维奇,其实这没什么意义,不过是一个条件!"

"什么条件?"

"如果我们谈成了!"

"谈成什么?"

"我们不要着急!我们先尝一尝这美味的金银花果酱,我听说在您的家里这也是最爱之一,不是吗?"

"您说得对,我妻子的确很喜欢,我们养成了吃这东西的习惯,有点酸,又不太甜,配着喝茶还是蛮好的,不是吗?"

"不是什么?这一切都很简单,我们可以拿出证据败坏贵公子的名誉！"

"为什么？"

"为了与您更容易沟通！"

"难道我还拒绝过您什么吗？"

"暂时还没有,但是我也没有向您直接提出过什么建议。"

"那就提好了,您就是为此叫我来的吗？"

"是我请您来！好吧,亚历山大·彼得罗维奇。我请您出山,主持俄国侨民局的特别情报处工作。"

"БРЭМ！"

"是,БРЭМ！"

"三处？"

"瞧,您自己都知道。"

"不是米哈伊尔·阿列克谢耶维奇·马特柯夫斯基在主持吗？"

"他是在主持,不过那是在正式场合,实际上这个部门什么事都没有,您明白吧？正式工作只是登记从俄罗斯来到'满洲'的侨民。"

"懂了！这意思是说我将隶属于马特柯夫斯基？"

"完全相反！我们把您藏起来,把您藏在马特柯夫斯基身后。实际上他在您的领导下工作！"

"也好吧,线条很清楚。"

"是的,没什么新东西,我们需要一个比现在人员更有经验的人。正好,罗扎耶夫斯基也将在您的领导下工作,过后我介绍您与他认识。"

"没必要,这两个人我都认识,虽然不是很亲密。"

"是的,我记得我们在帆船俱乐部的那次谈话。"

"您当着我的面把这个年轻人给狠狠地修理了一顿,这不会影响我们的工作吗？我多少还记得他的反应,他是一个神经质的人。"

"他没地方可去，您怎么连问都不问我们怎么为贵公子洗刷罪名的事呢？"

"我要问他究竟错在哪里！不过，我想没这个必要了，大佐先生！如果您说的是不实之言，这个问题我就不打听了，不然……"

"不，我们说的不是不实之言，贵公子的确是非常不谨慎地向我们的一位军官表达了真情，对我们的远东政策颇有微词，但我发现他最近开始收敛。"

"是在长大，也可能懂得了我们周围的生存环境！"

"没什么，您作为父亲，看法肯定是正确的！不过，您也有疏忽之处。"

"那现在您没必要破坏我的名誉了吧？"

"不，当然，如果我们谈妥了！"

亚历山大·彼得罗维奇稍稍停了一下，摇一摇那双白色的漆皮鞋，回答说：

"我们可以认为是谈成了吧！您和罗扎耶夫斯基当时准备往苏联派遣人员，成了吗？"

浅草把茶杯放在小桌上，想了想，然后起身，走到书架中间，拉开丝帘，挂着的是"满洲"地图。亚历山大·彼得罗维奇看着他的一举一动，没离开座位。浅草站了一会，然后拉上丝帘，又回到座位上。

"记得我和罗扎耶夫斯基的谈话吗？"

"我想是记得的！"

"那时我就说过，他的工作不会有什么成果。"

"是的！"

"结果就是这样：小分队过江——登上苏联江岸，一半人跑散了，另一半被苏联边防军消灭，只剩下几个人回到了哈尔滨。您对此感兴趣吗？"

"大概感兴趣吧！"

"行动很不成功,但现在形势完全不同了,细节我们过后再探讨！"

亚历山大·彼得罗维奇与浅草谈完话便回家了。

他从医院街使团驻地出来,沿着尼古拉耶夫胡同到大直街,在彼得·伊万诺维奇·吉别洛·索科工程师公馆前停了一会。

突然,他听到一声"您好"的问候,看见索妮娅站在他面前,因为实在出乎意料,所以向她提了一个荒谬的问题：

"您好,索妮奇卡,这么早在这里做什么呢？"

实际一点都不早了,他与浅草谈了差不多三个小时。索妮娅听了有点困惑：

"想去趟商店,同时……排练……不远……"

"怎么这么久没去我们家呢？"

索妮娅更加困惑,笑了。亚历山大·彼得罗维奇看到这样子,明白了,可能自己说得不对头,可惜安娜没在,否则她会迅速找到办法走出窘境！他想了想说："您要经常来家里,您知道家里人都爱您！"

他看出索妮娅想回答什么,但假装咳了两声,把话岔开了,说表示感谢,请转告对全家人的问候。亚历山大·彼得罗维奇不想耽误她,便鞠躬告辞了。

不一会儿,索妮娅就消失在行人中。他回头看了看索妮娅,心里想："她有些发窘,还转身往回跑了！难道说错话了？应该跟安娜说一说,她大概知道实情。的确,这个漂亮姑娘很久没到家里来了,几周之前她还来过呢,我记得他们和爷爷一起坐在花园里……或者是萨士克怎么了……如果那样的话,可就不好了。"

他又看了一会那宅邸,然后穿过大直街朝新哈尔滨饭店那边走去,经过它便到了交通街,在这儿他可以选择回家,安娜还在家里心神不定地等着他,或者是去 БРЭМ,稍稍远一点,在下一条与交通街平行

268

的海关街街角上。他想看看自己的新工作地点，但是路上被别的事吸引，开始是欣赏宅邸建筑，后来是与索妮娅的谈话。

亚历山大·彼得罗维奇猜到了，确切点说，他知道浅草大佐为什么叫他去见面。他很久以前就等着这次谈话，因为三年前在帆船俱乐部和今年冬天，一月份或二月份在新哈尔滨饭店，结束得很突然，就像约好了似的；不过两次浅草都清楚表明，非常需要他。亚历山大·彼得罗维奇要了个滑头，佯装不理解，但很明显，事关反苏的情报组织工作不像日本人期望的那么好。大概他们没能在俄侨中找到坚定的支持者。一九三六年夏天，城里人都在担心由马斯拉柯夫和阿库洛夫领导的倒霉的小分队的命运，他们被派去中国的漠河以北，侦察和破坏苏联的边防工事。任务的名称是"步行"和"去那边"，半数人员途中开小差，另一半只有他们两人得以幸免于难。的确，后来有几个队员勉强回到哈尔滨，他们讲述了整个过程，当然是秘密地，但是瞒也瞒不住！日本人把他们抓起来，后来就消失了。不过，他们讲的故事细节好长时间让哈尔滨人浮想联翩：小分队有六十多人安排在浅水炮舰上，白天沿着黑龙江向上游航行，考虑到保密，只有夜里停泊，不允许任何人上甲板，这死亡之船连续航行数十日之久。这就像非洲运黑奴的英国海船，或者西班牙的轮船。

亚历山大·彼得罗维奇在帆船俱乐部与浅草见面之后，就注意有关这个问题的消息，最后得知小分队并没有完成任务。这是日本间谍机关的重大失败，浅草今天证实了这一点。诚然，他尽可能岔开这个话题，在谈话最后还嘴硬，说一切并没有那么坏，说"过去的这个事件令人能够对未来的发展前景寄予希望"。听了这些话之后，亚历山大·彼得罗维奇有点闷闷不乐，他知道这次阴谋以失败告终，因此在会见的路上情绪很矛盾：一方面，他的平静生活开始被打破了，让人担惊受怕，惶惶不可终日，一涉及萨士克，就觉得早晚要出事；另一方面，感谢安娜,她了解他,她控制着全家的生活,定了乐观的调子。

亚历山大·彼得罗维奇转身离开窗户,环视自己的新办公室,又坐在桌旁。

与浅草谈话之后,他回家把一切都对安娜讲了,觉得早晨那种愉悦的心情夹杂着对日本人的仇恨已经消失了,他换了身衣服,怀着略感失落的心情去难民委员会给自己的工作收摊儿。把文件订好后交给办公室,没与任何人告别,因为他哪也不用去,也不必向任何人解释——反正早晚大家都会知道。这种情况经常发生,一个什么上校或者什么将军突然成了你的同事,甚至成了 БРЭМ 的领导。他对此已经习惯了。他只拿走那个镶着铜框的全家福照片,那是他刚回到哈尔滨与安娜、小萨士克照的,还有那个小漆盒。

亚历山大·彼得罗维奇看了看那盒子,里面放着一颗子弹,他把它拿出来,立在自己面前,看了看那摞文件,到现在他连动都不想动一下。他碰了一下子弹,它倒下了,开始在桌子上滚,这颗子弹弹身长长的,弹头尖尖的,杀气十足,经过多年在手里把玩,已经磨得锃亮。他突然觉得子弹下面不是光滑的红木写字台,而是灰色潮湿的木板,好像船底一样,在这些木板上旋转的不是锃亮的子弹,而是灰色的不带拉环的手榴弹。

他用手掌拍了一下,叹了一口气把子弹放在漆盒里,盖上盖子。为了转移注意力,看了看桌子。突然电话铃响了,他为之一振,摘下听筒。

"喂,亚历山大·彼得罗维奇,我是马特柯夫斯基!"

"是的,米哈伊尔·阿列克谢耶维奇!"

"我现在去浅野部队分队,在郊区,直到晚上都在这里。请问还需要给您送档案吗?是哪个字母?"

"明白了,暂时还不需要,'А'与'Б'我还没查呢!去吧,当然啰!"

"好吧，明天见！"

亚历山大·彼得罗维奇放下听筒。

今天快结束了！去吧，去吧！只要这中间浅野部队别消失！

他起身，拿起烟灰缸又走到窗前。

在他的新办公室里有一架大木钟，敲了半点。亚历山大·彼得罗维奇跟自己的怀表对了对，的确是午后六点三十分。他回到桌旁，看了看办公室，把文件也不分"A"和"Б"锁在防火保险柜里，便出去了。今天他还有一个约会。

他坐出租车来到阿斯别强面包店。还有五分钟，安多士卡从不迟到，但到了七点零五分，替他来的是张胖子。他穿一身讲究的西装，他们的谈话可以在街上或者任何一家够档次的咖啡馆里进行而不会遭到怀疑，甚至也不怕浅草和野村的外勤跟踪，所以张胖子同意在面包店里谈。他说日本宪兵是一群野兽，安多士卡已经南下，那里真正进行真枪实弹的战争，说黄金应妥善"保管"，它"还有用"，但亚历山大·彼得罗维奇也可以使用。从谈话中可以得知，他受到安多士卡的完全信任，但是为什么得到他的信任呢？

"现在人们都信任我！"他郁郁地自嘲。

在回家的路上他想起与索妮娅见面的事："真是个好姑娘！难道是萨士克骗她了吗？得跟安娜谈一谈！"

第十节

  索妮娅在几步之外见到亚历山大·彼得罗维奇，差点撞个满怀。他背朝她站在人行道上，看着对面大街的情景。她甚至闪过一个念头，他在欣赏宅邸对面那个高耸的、华丽的多面体塔楼。她本可以装作没看见，又怕亚历山大·彼得罗维奇回身看见她从旁边走过，这可不合适。

  她停下来，站在右边，她甚至觉得亚历山大·彼得罗维奇真要转身，所以她赶紧说了句"您好！"，她见他回身，心里有些紧张。

  "看看有多壮美啊！"他边说，边用手指着那豪宅，一下缓过神来，"您好，索妮奇卡，这么早在这里做什么呢？"因为太突然，他提了一个荒谬的问题，当时表上明明指的是中午十二点半了。他们的谈话时间只进行了几秒钟。不过亚历山大·彼得罗维奇那句"出于礼貌"的很短的问话碰了她的痛处，因此她的表情有些笨拙。他不想耽误她，说了句"万事如意"，最后请她别忘了他们，常到家里来玩儿。

  她已经几周没去他们家了，最后一次是他们坐在花园里准备参加诗社的资料。她那次因为萨士克不冷不热而悻然走人,后来她有点懊悔,所以一直在等他的电话,可他就是没有打。经过多日之后,她妈妈接到从上海来的信,说一家报纸的校对员要休假,索妮娅可以打替班。对妈妈和妹妹来说,这无疑是个好消息。妈妈在阿尔奇舍夫斯卡娅夫人的制帽工作室当设计师,但是工资不够花。薇拉长大了,得给她交学费,还有交房租,以及其他开销,妈妈和索妮娅两个人的收入也应付不了这些开支。所以前天她们决定让她离开哈尔滨去上海,为妈妈和妹妹去上海做准备。她心想行前一定得和萨士克见一面,如果见不到,那就让爷爷或者其他人把自己的日记交给他。这不,就放在包里,黄色胶面、印有英文"日记"字样的笔记本。萨士克的爸爸刚刚还站在面前,而她什么也没做。

她看了看周围,突然跑起来。泪如泉涌,眯住了眼睛。她边跑边从包包里掏手帕,怎么也没找到。她透过泪水看到这模糊的城市里人们回头张望她,她对此无动于衷,她只想亚历山大·彼得罗维奇可别回来,看见她往来的方向跑,这是她亲自告诉他的,还用手指给他看了。她终于找到了手帕,擦干眼泪,擦净鼻子,她想肯定哭得像一个熟透的李子。这么一想,索性哭出声来,并且一个心思地想:"唉,萨沙呀,萨沙!"

过了三十分钟,她已经到家了。她时而奔跑,时而快步疾走,穿过半个城市,在霓虹桥上鞋跟不时陷在柏油路面的缝隙里或小坑里,把脚崴得很痛,也不知是一位什么男士扶住了她。到家把鞋一扔,筋疲力尽地一头栽在床上。

她心里空荡荡的,躺在床上,旁边是她的手提包,把它拿过来,取出日记本,摸索着打开:

一九三八年三月七日

我们好久不见了。和妹妹都认为离开哈尔滨比较好,那我为什么心慌意乱呢？我为什么闷闷不乐和郁郁寡欢呢？

索妮娅下意识地翻过一页，那里是一首诗，是得知这个消息之后写的。她想翻过去，不过又读起来：

> 星星仍将升上屋顶，
> 那是我熟悉的风景，
> 我将再次温暖忧伤，
> 看一眼蓝色的远方。
> 我把痛苦深埋心底，
> 我自己猜度，一定成功。
> 我不再回忆，活在梦中，
> 不去苦苦追寻！
> 我知道不会狭路相逢！

在诗的下面写着：

> 这是老的，而这是新的：
> 我能否保住爱情？

下面的几行被画掉了，笔道密密匝匝，一些地方把纸都戳透了，留下的只是最后几行：

> ……
> 我不再说一句话，
> 你心知肚明！

对我来说没有更苦的话——

　　你——走吧！

　　她合上日记，放在膝头。刚才崴了脚，脚踝还在疼，眼睛又泪水涟涟，她擦干眼泪，又看了看这个黄皮胶面的日记本，这是萨沙送给她的。那天他偶然参加她们诗社的圣诞晚会，朗诵了他自己的即兴作品《不下小牛犊，也不哞哞叫》。大家对他的即兴朗诵赞不绝口，他则有些受宠若惊。十二月的寒风夹着酷寒尽情肆虐，他俩一块从学校出来，到教堂广场是同路，后来他俩竟然发现没各走各路，萨沙送她一直到家门口。路上她向他讲了"年轻的丘拉耶夫卡"的事，讲到许多哈尔滨诗人，对一些人多有溢美之词。他好像认识诗社成员瓦洛佳·斯洛波得奇可夫，他们两家在帽儿山的别墅彼此相邻。一路上他给她讲流行的爵士歌曲和作品，并讲解这种随意的即兴音乐的发源地和在世界流行的情况。她甚至没发觉她挽住他的手臂，他则紧紧地挎着她。

　　"我们当时怎么能挺住那酷寒呢？"

　　已经到她家院子前面了，开始她拒绝接受送她的日记本，但萨沙解释说，这个日记本对他一点用处都没有，也是人家送给他的。他需要的是乐谱本，他往后是不会写诗的。到家她坐在写字台前，拿起钢笔和墨水瓶，蘸了墨水，不过用新的日记本写日记还是几天以后的事。

　　索妮娅把日记本放在胸前，她一下回想起这一切。

　　一九三五年十二月三十日

　　在新的日记本上写新的篇章。摇唇鼓舌够了，无病呻吟够了。只需要事实与思想。坐下来翻翻自己的日记——全是胡说八道。

　　万象更新，新年伊始！圣诞已过，光阴似箭。新年将带给我什么呢？

我喜欢这个节日，但也陷入困境——去哪里过节呀？奥莉佳叫去她家，可我不太喜欢去，因为 A·Ⅲ。令人厌烦！可惜这也惹奥莉佳不高兴。吉利尔也叫去，我不想得罪他。我们这些朋友都这么热情，叫人如何是好呢？吉利尔对我关怀备至，爱护有加，那以后我们好像有些疏远。总的来说，我还是感激他。如果不是他，我恐怕连头也抬不起来。正好一周前看见了 A·Ⅲ，好像什么事都没发生过。不，这是说谎，我心里还是有鬼。

得了，躺下睡觉吧。

薇拉在催了。

这些都是她从使用新日记本时开始时写的，时间是去年——一九三五年。那年夏秋之交，她深陷感情的旋涡，原因是她对另一个中学的男孩——A·Ⅲ 动了心。他和同学一起来到她们学校——奥克萨科夫斯卡亚中学，参加新春舞会。她看见他与其他男孩在对面靠墙站着，她注意到他看她。晚会结束后，大家都朝她家方向走，他在附近的商校读书，住得也不远。后来他去童子军夏令营，但是回来后，瞒着父母在朋友家住了几天，他们约会，逛市立公园，去松花江，她喜欢他。但是新学期开始他回到哈尔滨，他们竟一次没见面，他看见她，她看见他，谁也没靠近谁。她非常苦恼，甚至睡不着觉，想写诗，但这一切都毫无结果，这的确很奇怪。晚些时候她明白了，他妈妈不知为什么坚决反对他们交往。去叫他……不！叫他也没用，他听他妈妈的，他妈妈不允许呀！后来的情况是他认识了她的女友奥莉佳，当索妮娅对他的感情开始冷却之后，他又开始抛头露面，得知索妮娅去奥莉佳家，他也尽可能去她家。

索妮娅叹口气："我的上帝啊！我当时还年幼无知！那年秋天是多么美好啊！"

她久久地铭记那个秋天的每个日子！也可能,不是！当时她觉得夏天很漫长,就像永远不会结束似的。她盼着绿荫变成金黄,在市立公园里的树叶刚刚泛黄,炎热的日子已经被凉爽、风平浪静的天气取而代之,蔚蓝的天空平静如水,一抹薄云,犹如油工用刷子蘸了白漆一涂而就。她心里很惆怅,因为那男孩 A·Ш 把她给忘了。所以只好等待秋天——普希金日那一天了。她觉得大自然应当站在她这一边,她一样的感觉。她总是对他念念不忘,心里放不下,有怨恨,也没注意到舞蹈班的另一名男孩——吉利尔,正在注视她。

一九三五年十二月三十一日

一切都应该从这本日记的一月一日开始。决定去吉利尔家与他共度新年。

一九三六年一月一日

他很亲切、温柔……我该如何对待他呢?过去可完全不是这样啊!只是现在我的感情更集中、更冷静了。

回到家里,妈妈的熟人来做客,后来奥莉佳来了,有些生气的样子。算了,会好的。客人带来小红莓酒,我和奥莉佳都喝高了。

晚上吉利尔来电话。

妈妈注意到她俩偷偷地倒了少许小红莓酒,的确很少,然后就去卧室了。薇拉奇卡已经睡了,客人们还在,她们俩说了半夜的悄悄话,到早晨妈妈严厉地说:"正经姑娘是不会这么做的。"

索妮娅下意识地抚摸着放在膝头的日记本,透过泪眼迷蒙笑了:可能薇拉当时并没睡!

一九三六年一月三日

跑去找吉利尔。我不再认识自己了。好像说的和做的都不是那么回事。

他写了封信,里面有些哀诗。

一九三六年一月十一日

不知为什么感到疲惫。只有他的信才会给我力量,妈妈在生气。薇拉每次见到我都会冷笑。对待吉利尔应更加谨慎。

一九三六年一月十七日

我们的通信很奇怪,除了不满就是抱怨。那我有什么错,因为时间少,加之自己不喜欢给谁写信。见了他妈妈,她说他变化很大,要我支持他。他对她全说了。我家的人都喜欢他。他的确是个好人。从来没人对我这么好。

一九三六年一月二十二日

在床上写东西,特困。由于我的行为,和妈妈吵了一顿。

已经精疲力尽。我想一走了之。我为什么要逃跑呢?

秋天她开始与吉利尔见面。新学期开始,放学以后他们去城市公园看电影,但吉利尔的情况有点异常:每一次见面,甚至放映可笑的美国"查理",像他们所说的查理·卓别林和其他笑星的影片,吉利尔也是很苦闷。这令索妮娅不快,甚至痛苦。她看得出这个英俊、沉稳的男孩儿爱上她了,这使她高兴不已,她也特别想与他交朋友。

一九三六年一月二十五日

得了重感冒。嗓子疼，咳嗽。

同吉利尔见了面。他的情绪怎么样？又交给他一封信。我们现在是书信往来。谈话是前言不搭后语，充斥着长嘘短叹。他遭受什么不愉快的事了呢？

索妮娅又叹了口气，读了下面这些话：

一九三六年一月二十八日

吉利尔过生日。夜里写东西。在他那里没待多久。

当他用真诚的充满忧愁的眼神注视着我，我不能再撒谎了。在这种沉重的目光下我会死去。什么样的眼神都好，就是别让我再看见这种眼神。说起来也是咄咄怪事，我可以恣意支配他于股掌之中，对他有无上的权力，可就是受不了他的眼神。这种眼神就跟垂死的羚羊那种眼神一样，眼珠黑中透蓝，充满柔情，眼白则微微泛红，像一双阿拉伯人的眼睛。这令人难以忍受！说给我写信。我现在还什么都没回答他。

一九三六年一月三十一日

与吉利尔见面。

应该说办了一件蠢事。他拿了姨妈家的钥匙，从他哥哥那里拿的。我们在那儿待了一个晚上，他坐在窗台上读自己的诗，诗写得很美，临走时忘了带钥匙，砰的一声把门关上了。天哪，他这是怎么回事啊？当然这一切我都能理解，不得不向人家解释，请人家谅解。这不是犯神经病吗？

我一时不知如何是好。

一九三六年十一月十二日

什么也没对他说,他自己会明白的。这件事总得出头。在他面前我是有大错的,但我并不后悔,我会做得更糟。是的,他把我当成一个可怜的人,让我振奋起来,让我感到温暖。他爱我,我也接受了爱情的重生。也许什么时候我会为此付出代价。

"我也接受了爱情的重生……"索妮娅推开日记本,对那时写的东西,现在没什么补充的了。

一九三六年十一月十四日

今天不再写吉利尔的事了。这个日记本也不是他给的!在圣诞节认识了萨沙!

她是诗社的正式成员,基督教青年会中学的讲台上还不曾出现过萨沙这样的才俊。他的出现产生了意想不到的影响,使大家久久不能忘怀,连阿恰依尔也走到他面前,赞不绝口。

索妮娅擦干刺痛的眼睛,翻了几页,找到那个晚上之后写的头一篇:

面部轮廓极具贵族气,圣徒般的眼睛,知识分子的风度尽显无遗。第二个男孩廖瓦普普通通。我已经见过他,他常常参加我们的聚会。

后来她没见过萨沙,他参加完了冬季考试。吉利尔又露面了,不过这时大家都感到很沉重,他沉默不语,他写诗,并献给她,一般都是多愁善感、焦躁不安之作，因此并不总是成功。而每次见面他都盯着看她的眼睛。她感到很痛苦。

二月末萨沙把电话打到邻居家，邻居同意借电话给他用。萨沙请她听维尔京斯基的音乐会，关于这次通话她是这样记载的：

一九三六年二月二十二日

星期六，看演出回来。有电话，是萨沙打过来的。他会怎么样自我表现，还是那么有魅力吧。

这是从何谈起呢？我为什么心虚呀？是他提议见面的。

她叹口气，合上日记本，把手放在刚刚读过的那一页上。她看看眼前的一切，目光在对面墙上的肖像上面移动：基普林斯基的作品——普希金的鬈发头像、表情骄傲的托尔斯泰肖像。他之所以骄傲，可能是由于有那把大胡子，几乎把那件衬衫都给遮住了。拜伦勋爵的同班同学为他画的肖像，他穿着件斗篷，宽边草帽拉得很低，直到眼睛上。娇小、丰满、美丽的首席舞蹈演员马琳卡·马蒂里达·克舍辛斯卡娅；半透明的那幅画出自谢洛夫的手笔，画的是骨感的、裸体的伊达·鲁宾史坦，因为这幅画，妈妈与她产生很大分歧。妈妈看了看著名舞蹈演员肖像的复制品，仅仅手臂由薄薄的轻纱盖着，她生气了，说在一个正经姑娘的房间里不可能挂裸体女人像，而且在索妮娅房间里还有未成年的薇拉。妈妈把画摘下来，薇拉则默不作声，笑嘻嘻地拍手，而索妮娅总是把画挂回原处。妈妈只好同意了。

当索妮娅找到这幅复制品之前，爸爸已经不在了。他活着的时候，常到她和薇拉的房间里来，和她们一起做功课，也像索妮娅现在这样欣赏画像。那时墙上挂着他喜欢的肖像：鲁勉采夫、斯科别列夫、库图佐夫、苏沃洛夫和拿破仑。他还喜欢悬挂一八一二年的英雄肖像，但是遭到索妮娅的反对，因为她热爱的诗人、作家和舞蹈演员的画像没地方挂了。那年春天过复活节，萨沙介绍她与他的妈妈认识，当安娜·柯萨维里耶夫娜得知索妮娅在学舞蹈时，曾送她一帧舞蹈家瓦茨拉夫·尼任斯基的肖像。照片是他和安娜·巴甫洛娃的合影。

　　房间和挂着肖像的墙壁开始浮动，索妮娅的眼睛里满含泪水："天啊，天啊，一切为什么是如此荒谬啊！"

　　在维尔京斯基音乐会开始之前，萨沙在教堂广场接她。他们跑到铁路俱乐部。她对他的邀请感到害怕，觉得自己很拘谨，不过当他们走在大直街上的时候，她像第一天晚上一样，感到他们相识已久，谈话无须顾虑，可以畅所欲言。当时还发生一件可笑的事：幕间休息时他们去小吃部，她哼着维尔京斯基唱的小调，那天晚上来听音乐会的人都和索妮娅一样，要么学着哼唱，要么重复舞台上刚刚回响的曲调。在小吃部一个日本人的果汁差一点洒在她那唯一的一件布拉吉上。这是妈妈认为她最得体的一件衣服。那个日本人非常过意不去，十分难为情。她也感到不好意思。她本来站在日本人背后模仿他的动作，正在此刻他一回身，他杯子里的果汁便溅出来了，萨沙这时来救场。他的动作简单而得体，这一点她十分喜欢。他们甚至结识了这个日本人。原来他是个很热情的人，他还有个俄国名字，她索性就称其为考斯佳。这以后他们三个成了好朋友，只是索妮娅受到了影响，因为考斯佳爱上了她。他极力掩饰这一感情，但怎么掩饰得了？就算是给他两个脑袋也做不到啊。后来，到了春天。

　　多么美好啊！

　　索妮娅放下日记本，从床上爬下来，因为蜷腿时间长了，走起来有点瘸，到了窗前，把窗户打开。热气从小花园里迎面扑来，她打开房门，穿堂风吹得薄薄的纱帘飘动不已。家里没人，妈妈还在工作，薇拉这个夏天长大了，变得不听话了，表现不太得体，整天和女朋友们在松花江畔闲逛，要么就去市立公园玩耍。妈妈很担心，但索妮娅安慰她，因为她知道薇拉奇卡是和同班的姑娘们在一起,而且里面没有坏孩子。她的薇拉奇卡,她的小妹妹,别看她俩年龄有差别,与索妮娅正好相反,是个聪明和认真的小姑娘,并且嘲笑姐姐热衷于诗歌和舞蹈。

这是什么时候的事呀?

索妮娅回想起他们四个人在一起的事。她、薇拉、萨沙和日本人考斯佳——好像在江边。"我想这好像是去年年末的事,"索妮娅想了想,"或者是前年春天!她念完五年级,也许是四年级,是的,是五年级,意思是一年前的春天,当时她还用那个旧书包呢!"薇拉从中学出来,看见他们在江滨路的入口处,并且紧跟着他们。

索妮娅微微一笑。

他们是在那散步,考斯佳也和薇拉谈话。

"真奇怪,薇拉怎么会那么轻易地记住了日本人的名字!"索妮娅拿起日记本看了看结尾处。"这里写着——宫泽光一。"她读道,"没什么复杂的,宫泽光一,甚至比中国人的张万良读起来更容易,而且好听,宫泽——光一!"

那时她是和萨沙在一起散步,他们看着这奇怪的一对,可以解释为是一位日本老师与俄国女中学生。后来薇拉让他们坐在长凳上,索妮娅坐在萨沙和考斯佳中间,她自己则站在考斯佳面前,在膝头打开书包,取出一个笔记本,把书包扔给考斯佳,他差一点没接住,她认真地说:

"作诗也没什么复杂的!我也作过!"

天气很热,在他们坐的椅子前面行人来来往往,薇拉一点都没注意他们,咳了一声,吸了口气。

"她朗诵的小诗既可笑又伤感,讲的是麻雀、猫和蚯蚓。"索妮娅心想,"就连题目都非常有趣。"

最后一滴眼泪！
白桦树上小鸟栖，
害怕阴险小猫咪。
别在它面前现身影，
否则傻鸟被它一口吃。
蚯蚓弯曲曲，小鸟馋涎滴！
诱惑难抵挡，愿望无非议。
我纵身而下抓蚯蚓，
命运从此难为继——
再不能飞上枝头回到家！
小鸟才知生命不过一刹那。
甜蜜的诱惑多可怕！
最后一滴眼泪流下来。
魔爪死死把它抓，
粉身碎骨何其惨，
无辜小鸟就是它。

这是一首儿童诗，天真到让人流泪，所以有时候令人感到可笑。萨士克笑喷了，索妮娅用胳膊肘顶了他一下，使他及时忍住，假装要咳嗽的样子。薇拉紧张得脸红脖子粗地站在那儿，等着他们的反应。如果发现有谁发笑甚至微笑，她都觉得受辱终生，索妮娅也永远不会原谅。突然考斯佳用低沉的声音郑重地请求薇拉再朗诵一遍。薇拉一时茫然，不过还是点头同意。这样她那两根小辫子就像两条鞭子又开始飞舞起来，又吸了一口气，开始朗诵起来。

朗诵完最后一行，她向前低头，睁大眼睛，紧张地看着考斯佳。那位则表情严肃，若有所思，跷起二郎腿，停了一会，说他非常喜欢这首诗，很像日本诗，但有几处改变了韵脚和节奏。薇拉听得那么认真，聚精会神，乃至张着大嘴都不知道闭上。萨沙则坐在那用拳头抵着嘴唇，为的是控制住自己别笑出声来。薇拉没看到这一幕，她把笔记本贴在胸口，不停地看着考斯佳的眼睛，靠他身边坐下。然而索妮娅看到了情况仍然很危险，如果萨沙笑出声来，那可能是一场灾难。她没有把考斯佳从薇拉旁边引开，小声说她和萨沙要去商亭买水。薇拉用恶狠狠的眼神看着她，挥了挥手。她和萨沙起身，开始是慢步走，后来是跑步冲向商亭。萨沙边跑边笑得弯了腰。然后他们跑到商亭后面，开始放声大笑。当索妮娅缓过神来，她问道：

"你笑什么？"

萨沙用拳头擦干眼泪，惊讶地看着她，笑声更大了。索妮娅自己也继续笑着，用疑问的目光点头看着他，他喘了口气，说道：

"我不是笑她的诗！你看见她朗诵的样子了吗？怎么张开双臂了呢？"

索妮娅想起薇拉朗诵的样子，尤其是读到特别感人处，她张开双臂那优美的姿态，她又不禁大笑起来，只好捂住自己的嘴。

经过几分钟之后，萨沙脸上的笑容才收敛，他手里拿着三个水淋淋的瓶子，里面是冰镇果汁和冰激凌，他把瓶子在肩膀上擦了擦后拿着回来了。

薇拉也侧身坐着，认真地听着考斯佳平静地诉说：

"一位日本古代诗人，名字叫松尾芭蕉，写过一首诗，和你刚读过的一样，只是更短一些，你们听一听。"

雄蜂
花蕊里打个盹儿。休惊动，
麻雀小朋友！

薇拉静静地听着,然后突然跳起来,从他手里拿过书包,把笔记本塞进去,看了看萨沙,接着又看了看考斯佳,说道:

"我写的不是一群雄蜂,也不是一只雄蜂!你们大伙儿,"她看着所有的人,"都是疯子,颠倒是非的人!"

她用手把右边的辫子一甩,那辫子便绕在左边的辫子和细脖上,她把沉甸甸的书包傲然地往肩上一挎,径自走了,又急回身,以致裙子飘起来了,大家都看见她的袜子太短。她便跑了。

索妮娅到现在还觉得难为情:"所以我得去上海!"她把手臂交叉在胸前,压着那本日记:"他们至今都不明白她说谁是疯子和颠倒是非的人。好像在说我!"她回家以后妈妈奇怪地摊开双手,什么也没说,朝她们的房间的门点头。这以后薇拉足足有两周没和索妮娅说话。

索妮娅随便翻开日记,这是一篇的中间部分,没有日期,上面的一行也不是开头:

"也许,我喜欢他。在他面前我感到无法解释的激动……"

她盘起腿,拉过洗净的床单盖上,好像有点冷。

"我们散步,我不知道为什么,我不能把这件事的一切都写出来。大概是因为这是我过去赖以生存的真实的一切,我是为此而生的。他那可爱的颂扬冬妮娅的歌……这是多么巧合啊!"

就是这首歌——萨士克开玩笑时唱过:"冬妮娅,快把煎饼从热锅上取下来!冬妮娅,快来吻吻我,你的吻真热,就像刚出锅的煎饼。你的吻使我不再苦闷……"

一九三六年三月十五日

又和他在一起。我在飞翔,飘着。我再不能说什么。

一九三六年四月十日

已经一个月没写什么。发生过什么事呢？反正我不能解释。整个星期天都与他一起散步。

天已经很暖和。

上个星期天我们去马迭尔看了一个画家的画展。我无所谓，他去哪里我跟着就是了。回家很晚，妈妈生气了。薇拉没说话，我也不再帮她准备功课。

我的亲人们！我的心情是多么好啊！我要抓住星星点点的时间跟他在一起。

一九三六年四月十八日

我病了。嗓子有点疼。

一九三六年四月十九日

我没去看病，而是冒雨跑到他那里，管什么嗓子，管什么雨？从来没有过这样的春天。这么暖和，来得这么早。后来他送我，我们差不多一直走到马家沟，然后又去道里。

一九三六年四月二十八日

想介绍我认识一个人。我不想写是和谁认识。为此我得跟妈妈一起去人家做客。这是从妈妈谈话中偶然听到的。我以为她不知道我已经知道此事。这老太婆真是疯了！

一九三六年五月九日

刚刚回家。还病着。

索妮娅读着这两年写的日记,她不再感到脚踝的疼痛,花园里的热气从打开的窗户吹进来,她再看不见自己的房间,这是在她朋友那里,这是他们在松花江彼岸划船,这是……

"索妮娅,你怎么啦?"

索妮娅一惊,不再看日记,薇拉站在门旁。不知为什么她在门槛那把鞋脱了,光着脚走到床边,坐在床上紧紧地搂着索妮娅。索妮娅合上日记,日记本从膝上滑落,她靠在妹妹身上,大哭起来。

"看你,索妮奇卡,你这是怎么回事?一切都会好起来!你已经见过他了吗?"

索妮娅在发呆,闪过身子,用鼻子大声呼吸,用弯曲的手指拭去下眼皮上的泪珠,看着薇拉。

"那你是从哪里知道的?"她断断续续地问。

薇拉故弄玄虚地微微一笑,抚摸着她的头发,像个小大人似的说:"这个嘛,记得爸爸是这么说的,'只有炉子后面的蟋蟀不知道,因为它有自己关心的事'!"

她拿起日记本,索妮娅也没反对,随便翻了一下,哪页也没打开,然后把日记本放在索妮娅膝盖旁边,她就从床边站起来了。

索妮娅看着她。

薇拉热得给自己扇风,说了句什么,提起裙摆,把腿放在小板凳上,用手指抓住长丝袜的松紧带将其脱下。松紧带太旧了,太松了,索妮娅看见有一处用粗线缝着,为的是更紧一点,所以在大腿的皮肤上留下一个红色圆点压痕。薇拉没注意到,所以抬起另一条腿,把另一只袜子也脱下来了。她继续说着,只是索妮娅什么也没听见。索妮娅看着妹妹一点一点长大,薇拉从不久前还是个"平板",到今天已变成一个既有腰身又有丰臀美腿的大姑娘。她有运动员型的肩膀,已不再梳小姑娘的长长的大辫子。索妮娅忘了什么时候她剪了自己的辫子,把头发卷起来了,但是妈妈不同意薇拉这样做,说她现在这么做不合适。薇拉把手伸到背后,解开布拉吉的长长的一排纽扣,脱下去,走到衣柜前,取出睡衣,扔在自己的床头上。索妮娅在家的时候,每次都能看到这个场面,因为她和薇拉从小就住在一个房间里,所以没注意。

薇拉从柜门后面出来,拉上摆来摆去的窗帘,然后两只胳臂像翅膀一样交叉到背后,解开乳罩的扣子。这是些老的白色纽扣,表面粗糙,很难从扣眼里掏出来。薇拉双唇紧闭,好像两个肩膀一用力扣眼就会裂开,扣子就会洒落一地似的。但她还是解开了,她肩膀一放松,取下乳罩,发狠地用手使劲揉搓几下,抛到床上。乳罩很紧,还是妈妈去年给她做的,就像丝袜上的松紧带也是去年妈妈给缝上的。索妮娅想起几年前在图书馆翻阅美国的《纽约时报》,欣赏时装画:连衣裙,女式便鞋,特别是衬衫。那时日本人刚来,报亭里还出售各种报刊。在索妮娅脑海中又闪现出美国电影,里面是不可思议的美女,纤细的腰身,宽阔的裙摆……薇拉这时穿了一件短裤,裤腰刚及肚脐,她不太轻盈地来到窗前,拉过摆来摆去的窗帘,围在自己腰上。她的右胸像希腊的阿玛宗女人一样袒露着,左胸则用半透明的窗帘盖着。

索妮娅瞪大两眼看着妹妹。

"我的天啊!她怎么长这么大了!真是长大成人了。她已经不能穿这种内衣了!应该换换了!"

薇拉用这种大胆的姿势站了一会儿,脸也红了。索妮娅也觉得脸上有点发热。薇拉由于自己的大胆行为感到不好意思,便从窗帘后面走出来,穿上花俏的睡袍。她只用了几秒钟便做完了这一切,笑了一会儿,停了一会儿,而索妮娅则为自己的妹妹成了一位美女而吃惊。

"应该走,应该去上海!她不能再戴这种破乳罩和令人闹心的老松紧带!"

这工夫薇拉穿上睡袍，系上腰部的一个扣子。睡袍也小了，腰间挤出一个弧形的褶皱。她靠近索妮娅，坐在吱吱呀呀作响的床上，又拥抱她，并嘟嘟囔囔地说：

"他人很好，又漂亮，心眼又好，而你……你别感到委屈了……我感觉他对你如对姐姐一样……他爱你……如爱姐姐，就像我……"

索妮娅抱着她坐着，她说的话她全听见了，她觉得这一切的确如此。她的心肠软下来，身子也放松了，鼻子开始发痒，两眼又涌出泪水。薇拉紧紧地抱着她，用前额贴着她的面颊。今天本来是索妮娅轮班做饭，但薇拉吻了她以后，说她现在就去厨房，妈妈快下班回来了。索妮娅默默地点头，用那只瘦弱的手抚摸着她。

薇拉出去之后，索妮娅又拿起日记本，没看一眼就打开了。

一九三七年五月十七日

这是一个好日子！

是薇拉的生日！

而我从早晨开始便分秒必争地想要见萨沙。

一九三七年五月二十四日

一切又那么美好！我感觉那么美好。和朋友们其乐融融。丢掉一切幻想，一切愚蠢的想法。小傻瓜一个，一切都会好起来的。

一九三七年五月二十五日

今天真冷。与他的朋友们一起去做客，主要是法律系大学生。小姑娘娜塔莎是主人，她业余教授印地语，还向我们展示印度舞蹈。回家路上大家都开玩笑，我甚至想抱怨萨沙。

而娜塔莎对我说："别抱怨，他爱你。"这很叫人痛心。因为从来没听他说过。我觉得这件事他连提都不提,我真的弄不明白他究竟对我什么态度。

一九三七年六月八日

刚从马迭尔回来。大家向我表示亲切的祝贺,我们六个人度过了一个美好的聚会。

而我更喜欢另一种形式:两个人相聚,我不知道在什么地点,但只要两个人,可能有一天会实现。是啊,他的生日不是也快到了吗?我们可以共同庆祝,不过只能是两个人!

还想什么呢?

一九三七年六月二十一日

一夜没睡。怒不可遏,大哭大叫,翻来覆去睡不着。算了,一切都会正常起来。

昨天是萨沙的生日。我非常期待这一天。

这不,我就去了。给他送了礼物,给安娜·柯萨维里耶夫娜送了玫瑰花。

我到地的时候,还只有安娜·柯萨维里耶夫娜一个人。我向她表示祝贺,她与她家的那位呱呱叫的厨师老赵忙前忙后,我也帮一把手。后来他的朋友们来了。不一会他也回来了。她慌里慌张地上去吧唧一声亲了他的脸,为此她自责不已。客人们到了,父母就不管我们了。在客人中有一位叫达吉雅娜。我比较清楚地知道她,在松花江沙滩上见过。我真不知道他为什么要请她来。

而我这里根本没人搭理。后来到快回家的时候,他才表示愿意送我。

一路沉默不语。一句话没说,好像不愿意第一个打破什么游戏规则似的。我的确弄得什么也不懂了。也许我惹他生气了,也许我让他讨厌了,也许他的确爱上这个达吉雅娜了。

我想当他妈妈老了,我将陪她散步,当她一个人行走困难,我就在他的生日为他烤拿破仑蛋糕。真愚蠢!

索妮娅用手指无声地翻过一页。

一九三七年六月二十五日
我什么也不想!
我什么也不想要!

如果哪怕有人对我解释解释,我就会大哭一场,一切都接受。可我什么都弄不明白。我像一只被追赶的小野兽整天窝在家里,什么地方都不去,头也不梳一梳。薇拉时而发火,时而嘲笑。等了妈妈一天,晚上与她散步二三个小时。以前我们总是一起散步,最近她一个人,现在我突然又拽着她一起出去,她会明白一切的。我试着把一切对她讲清楚,回想起过去相见的一些细节。

我还问她:"妈,出什么事了?"而她则说,只是她得知道发生了什么事。

我真把她吓坏了。我这一混蛋!
她不该承受这些。

一九三七年七月六日
去看电影。片子怎样我不在乎。这是我的一根稻草。不过我觉得会失去它。

我跟着他走,他的双亲在家里。他妈妈从来没有像这样热情地与我谈过话。可能想缓和现状或者想补偿一下她儿子对我的冷淡。我像一个听话的灰姑娘顺从地等他穿好衣服。

一九三七年七月二十四日

我去巴里木别墅,是妈妈的朋友邀请的。我自己的事情是一事无成。关于这一点我对他说了,做到平静以对。他去帽儿山休假。

好好过日子吧……

现在我要让时光倒流。昨天晚上我读自己所有的日记。我为什么没把一切都记下来,为什么没把每一天都记下来呢?这样便落得,——回忆,回忆。就像临终前一切再闪现一遍。

不久前去了市立公园。不,这是很久以前的事了,因为那时一切都顺风顺水,当时我还……总的来说,我在那坐在长椅上,更准确地说是我坐在长椅上,而他躺着,把头枕在我的腿上。丁香花盛开。一切都那么温馨,那么亲切。突然这种静谧、这种沉寂令我害怕。心里为之一颤,确切地说不是心里,而是灵魂为之颤抖。而我,不会控制自己,说道:"萨沙,我觉得自己快死了。"他则对我说:"别说傻话。"心情很平静。

于是,我就死了。

走路,呼吸,吃饭。在我的体内只有生物学的腐烂过程,而我本人实际已不复存在。

一九三八年八月一日

明天就走了。今天我想和所有的所有告别,还有和你。你教会了我怎样生活,我现在好像年长了二十岁。

算了,够了。一切都会好起来。

小老太婆……

一九三七年九月五日

今天晚上在马尔斯，巴里木的朋友们聚会。不知为什么萨沙也去了，虽然我完全没有期待他出席。

"是啊！我当时并没有期望你来！"索妮娅小声叨咕。

日记只写了一半，她随意翻开：

我又非常苦恼。不过这是事出有因。本来他可以早走的。我甚至写了诗，还要求再写一首。

这是半小时之前翻开的那一页：

一九三八年三月七日

我们很久没见面了。他说他父母说最好离开哈尔滨。我为什么恐慌呢？我为什么忧郁和苦闷呢？现在我想弄明白自己的情绪为什么如此脆弱。

下面是诗句，第一首：

星星将升上屋顶……

索妮娅越过这首诗，想起她自己删掉的下一首，这些诗句好像从记忆里迸发出来的一样：

……我像最后一片落叶，
在秋风中旋转，
我像一个落水的路人，

祈求得到救援。
我不再说一句话，
因为说你也不懂，
对我没有更痛苦的话：
你要走啦，
你要走啦！

一九三八年三月十五日

只翻了一页……

昨天还想把这一切都写在纸上，但没做成，现在妹妹已经睡了。我利用这点时间……

索妮娅合上日记本，心想永远不会再打开。
是的，从第一页到今年三月的最后一页，已经过去了两年……
阿代伯格家在二月已经决定离开哈尔滨，从那时开始萨沙发生了很大变化。她从上海回来了。他们在咖啡馆见面，她讲了自己的观感，当时她觉得萨沙情绪很低落和苦恼。开始她很高兴，因为他们又能在一个城市里，但是他家却拖着不启程，于是她又开始苦闷起来。怎么会这样，她走，他却不走？到了冬天，妈妈的上海朋友有些事还没安排好。那时候库吉玛·伊里奇老人安慰她，说他们哪里也不去，他是这么想的。她真的感谢他。
两周之前，她因受到萨沙的冷落而痛苦，从他家花园出来听见人家说她什么，后来她觉得错了，发自内心的声音告诉她，是爷爷埋怨孙子萨沙对她不理不睬。

他真是一位大好人,库吉玛·伊里奇!

总之,去年夏天她从巴里木回来,和萨沙去马尔斯见面,她都认不出来他了。他的镇定自若、平时进退有据的克制都不知哪里去了。天气那么热,他还穿一身黑,衬衫、裤子全是黑的;肩上斜挎着白色的武装带,固定在同样白色的真皮腰带上,并装有粗重的铁环。他的眼睛冒火,说话大喘气,他说为自己找到了有意义的事业,说他热爱法西斯分子及他们的领袖康斯坦丁·弗拉基米洛维奇·罗扎耶夫斯基,只有他们知道如何解放俄罗斯,摆脱布尔什维克和犹太人的统治。萨沙的这身行头,使她都认不出他了,她甚至认为他干坏事了。萨沙要她参加青年法西斯协会,说法西斯分子如何关心下一代,他们组织了法西斯儿童协会;说他们现在应经常见面,因为法西斯党俱乐部就在他家附近,他建议她阅读他们的报纸《我们的道路》。他说头一次听到罗扎耶夫斯基的名已经是很久以前的事了,那时他还是个孩子,一天夜里,在一个神秘的地方,那时候他的谈话就对他产生了强烈的影响。这年夏天他的朋友请他参加了他们的会议。索妮娅对城里发生的这一政治事件一无所知。打她记事起就有这种会议,爸爸就参加这种会议。哈尔滨的政治活动多得不得了,但许多人,乃至家庭都尽可能与之保持距离,其中就有索妮娅的妈妈与索妮娅本人。有一次薇拉回家瞪着两只大眼睛说"对这帮布尔什维克应该有所作为",但家人都沉默以对,后来她再不提这个茬了。

萨沙为此惶惶不安已有半年之久。

这个冬天,他又出了点事。从上海回来以后,她对他讲了所见所闻,问他与法西斯党的事。他沉默一会说与他们断绝了关系,不能用肮脏的手从事高尚的事业,说他早就结交了另一批诚实的人。他表现得很成熟,说话很简练,说他的生活将发生巨大变化。

让索妮娅吃惊的是库吉玛·伊里奇的解释,他说萨沙和康斯坦丁·弗拉基米洛维奇罗扎耶夫斯基之间产生了严重的原则性的分歧。

库吉玛·伊里奇是从哪里得知这个消息的呢？他真是个好人啊！

从春季中期他们见面次数开始减少，而且更有节制。索妮娅什么也不问他，他没听明白她在他家花园里对他讲的话，她真的觉得很委屈。她一连数日等他的电话，但一周之后她明白了，她的灾难发生了，对此她是如此害怕。于是写了一首诗。

索妮娅翻开那一页，她的诗结尾是：

脱离原来的河道，
不在原来的路上。
找到另外的河岸，
另外的路和桥。

大河深处暗流涌动，
焕发出蓬勃的生命，
它把一切都卷走
跑得无影无踪。
河流获得力量，
冲破无言的现状。
有朝一日或将至，
河水回归旧河床。

别让另外的灾星，
在那里咆哮横行，
我们共同面对的一切，
就在原地浴火重生。
她从这里听见

远方惊涛澎湃,

　　河水突然倒流,

　　原是否极泰来。

这就是一切,而她要走了……这是决定了的。

她合上了日记。

索妮娅听到薇拉在厨房忙活的动静,揉了揉干涩的眼睛,不露声色地从床上起来,出了门进入走廊,打开炉门,把日记本放进去。如果路上她没遇上萨沙的爸爸,如果她没回家,那就不能遇上她想遇上的人,如果薇拉不来,而且不那么偶然地开门——不是的,并不偶然,薇拉已经成人了——她看见了,她会继续想,甚至不是想,而是幻想,这可能更坏。

薇拉站在桌子旁边,用一把中国大菜刀切菜,想熬汤。她已经被洋葱辣出眼泪,洋葱已经在平底锅里炒,她正把甘蓝切成块,回身看见索妮娅,微微一笑。

"你听!"

　　女主人从市场回来,

　　开始用小刀切菜:

　　土豆,胡萝卜,白菜,豌豆!

　　菜汤已做成——味道还不赖!

索妮娅听过这首戏谑诗,或是儿童诗,正打算笑一笑,后来忍住了,只是问:

"哪儿来的?"

薇拉也笑了笑,没放下手中的刀,用拳头擦擦鼻子底下的菜渣,说:

"菜市场买的呗,想想中国人,这多可笑,瞧他们卖的这菜!"

298

索妮娅没忍住，笑了，说要去找妈妈，让她去日本当局给她开外出证明和买票。

　　薇拉挥一挥手，她像听到了什么，于是砰的一声关上门，放下菜刀，解下围裙，走到炉前。她打开炉门儿，取出索妮娅的日记本，去年的尘灰已经让它由黄变灰，她用围裙把它擦干净：

　　"女人是生活和爱情的保管员。因此这既不能丢失，也不能烧毁！"

第十一节

宫泽终于到达洪仪里车站。

他跳下木头铺的月台，往四周看了看，那里有众多的军人令他吃惊：一排一排的士兵席地而坐，军官们站在旁边闲聊。宫泽没听他们的谈话，只是问司令部在哪里。

司令部的房子紧挨着站房，其实它是站房的延伸。根据挂在门上的长方型木牌，他进去后很快辨别了方向。在狭窄的走廊，紧靠司令办公室门口站着三个下级军官。他跟在他们身后，从旅行袋里取出一个大信封里装的文件。

司令见到年轻的中尉有些吃惊，迅速看了文件，证明真实无误，拿了一张白纸，在上面写了些字，便交到宫泽手里，接着又看了看下一个军官。宫泽明白了，正式接待已经结束。走出司令部，宫泽打开那张纸，对上面只是一些数字感到奇怪。他看了看周围的情况，只见不远处有个军官，在发令，一个蹲着摆弄步枪扳机的士兵起身加入队列，这支队伍正朝窄窄的小路走去,这条小路从月台通往站台后面。士兵们扛着枪,背着背包,去找自己单位的车。宫泽想那张纸上的数字应该就是车牌号码,他将坐这辆车去他的目的地。

  他最后一次看了看站台,赶上了这支队伍的尾巴。这个排的指挥官是一个中尉,看了看他,发现在他手里的那张纸跟自己的一样,什么也没说。站房后面是一个大广场,那里停着十来辆带帆布篷的卡车。中尉命令站住看一眼自己那张纸上的数字,便去找车。宫泽看到了自己要坐的那辆车,便随中尉过去了。

  太阳落在山岗后面,广场已经暗下来,柱子上的灯还没亮,只是站房的几个窗子亮着灯。司机打开车灯,因有灯罩遮挡着,露出的灯光像剑锋一样射向天空。宫泽把中尉给丢了,他能找到自己的卡车,因为听到了他发令的声音。宫泽看见站在那里待命的队伍动了一下,拿起步枪,慢步跑向一辆车的尾部,司机在尽力把帆布篷放低。

  "先生,您找谁?"宫泽听见背后有人说话,他转身一看是一位戴着白袖标的准尉:本车的车长黑木准尉!

  宫泽把字条交给他,准尉拿到卡车大灯下看了看,指着一辆车说:"就这辆车!您可以坐。"

  宫泽说了声谢谢,陪他的准尉来到车前。到现在他才明白,可能是自己的外表令他惊讶。的确,他想起自己一走上站台,就没看见一个穿便服的人,也就是没一个不穿军装的。现在他一边走近马达突突作响的卡车,一边听到车站没什么动静,尽管那里有十几个人,他们扛着步枪,钉着铁钉的军靴踏在站旁的条石路上。他往周围看了看,广场上又来了另一支队伍,士兵们穿着矮勒军靴轻轻地踏步;然后停下一会儿把步枪放在条石路上;听到小声命令,几乎是一点声音都没有地靠在车帮上;在上车之前允许士兵吸烟,他们用火柴点烟,烟冒出的一缕缕青烟划破车灯的亮光。他们想必是一边吸烟一边闲聊。不过宫泽什么也听不见。几分钟之后又听见小声命令，士兵们扔了烟，爬上车厢，放下帆布篷，卡车开始静静地从那排车中开出去。

"您坐吗，先生？"

"怎么，要开车走了吗？"

"是，车厢里有些装文件的箱子，还有几口袋军装和四个司令部的人。正等着您！"

"都就位了吗？"

"正是，您坐哪儿？驾驶室吗？"

宫泽看着准尉，想了片刻：

"得走多长时间？"

准尉看了看表：

"应该是天亮之前到吧！"

这时候宫泽觉得过了一天，真有点累了。

"车厢里能躺下吗？"他问的时候也没什么指望。

"驾驶室那里可以躺下，里面有几个装军装的口袋，很软，不过您的西装……"

"可以换套衣服吗？"

车长黑木走到车尾，轻轻喊道：

"若松，给我一套军装！"

"这个吗？"车厢里有人动作，车在晃，弹簧压得直响，准尉接过递给他的一个鼓鼓囊囊的大口袋，拿到驾驶室，打开门，放在座位上，从兜里取出皮鞘里的匕首，割断缝袋子的麻线。

"这是军装，中尉先生……这是裤子！"他拿着在宫泽的腰上比了比，"有一点长，可以直接套在自己的裤子上。这样您的新裤子就不会弄脏了，过后可以熨一熨嘛！军装我给您挑了一件最大号的，披上就冻不着了，夜里山上很冷啊！"

宫泽拿过军装穿上后想把鞋脱了,那样两脚就不得不踩在石头道上。

"那您为什么不坐在驾驶室里呢?"准尉问道。

"坐着睡明早会头疼、脖子疼。"

"我知道,我也得把头靠个地方,一路上左右摇摆脖子都会断的。"

"路很不好吗?"

"哪里来的好路?这是朝鲜!"

天已经黑了,宫泽冷冷一笑,显然准尉是个日本的大爱国者,对朝鲜的道路没好感:从南浦港宫泽乘火车走过半个国家,从车窗望去全是好路啊。

不过宫泽再没说什么,明天至少等待他的是一种新生活,他在向往它……现在他感到遗憾的是身边没带哪怕一小瓶酒。

他跳上车厢,身后车帮关上了,放下车篷,在黑暗中他听到对面有人给他让座位,他想起准尉叫的那个人:

"若松先生,您不必特别关照了,我坐在这儿,尽可能让你们别太挤。我们会走很长时间吗?"宫泽随便问问。

"我们……先生……"

"中尉!"

"我们,中尉先生,可能很快就到,不过有两个困难……"

宫泽等着他往下说。

那个叫若松的人沉默片刻等着提问。但宫泽没出声。"黑木准尉说车厢里的其他乘客是司令部的管理人员。"士兵说,"第一,中尉先生,夜里,路可不怎么样;第二……您还没睡吗,中尉?"

"没睡,若松,没睡,第二个困难是什么呢?"

若松压低声音,近似说悄悄话,回答:

"不允许我们说这些,但是,如果您非知道不可……"

"说吧,若松……"

"游击队!"

"为什么不让说呢?"

"长官就是这么命令的,再说,眼看夜里了,谈这个不是什么好事!"

过了半个钟头,宫泽摸黑怎么折腾也睡不着,他从未在行驶的车里睡过觉,虽然车在平坦的好路上行驶。他觉得奇怪,黑木和他邻座的那个士兵说的是什么坏事。根据若松有些发颤的说话的声音,他判断他一定是老兵。"这很好,如果他是老兵!"宫泽心想,"因为老兵有经验,出什么事都能摆平!"后来车不断放慢速度,一会又掉在坑里,往一边倾斜,闹得很危险。发动机轰隆轰隆响,好像要从保险杠冲出去。

"还好没睡着!"宫泽心想,"如果睡着了,现在也震醒了,这一夜都别想睡了!"

他逐渐适应了在坎坷的路上颠簸,不像在海上航行那么艰难,在海上一个破船飞速航行,颠簸得厉害,像一盏纸糊的灯笼迎风飘摇。大浪和小浪从四面八方向你袭来。

在两个坑的中间一段,车行驶得相对平稳。宫泽突然闻到一种气味儿。他闻了闻,这气味儿很熟悉,一会儿有,一会儿没有。"这是什么味呢?"他心想。他相信从童年就闻过这种气味儿,但现在就是想不起来了。"从童年或是更晚一些时候?他想起来了。"这是普普通通的日本腌萝卜味。"他立刻想起了他的浪人先生,他丢掉了自己的将军,跑遍日本寻找归宿,最终也没有任何收获。当父亲收留了这个腰上佩了两把剑的糟老头子,他的第一个要求便是腌萝卜。父亲聘请他教小宫泽念书,从头一天开始,直到他进城读书,腌萝卜的味道就超过老师露面的次数,直到他走了之后,这味道才没有了。

宫泽躺在军装口袋上翻来覆去,身底下的口袋早已经滑到两边,他开始把它们归拢到一起,可是又滑开了,他已经躺在地板上,自己

险些滑到右侧的椅子底下,或鼻子擦在木箱上,这时突然听到上面若松说:

"中尉先生,您睡不着,不想和我们一起闲聊吗?"

就这么躺在滚来滚去的口袋中间是没有道理的。当然,随便接受下级的邀请也不对,但屁股在粗糙的车厢板上蹭来蹭去更愚蠢。

"谢谢您的邀请,若松先生!"宫泽说,这工夫打火机打着了火,他看见刚才若松在上面说话那地方有四个士兵看着他,他们坐在一个子弹箱上,箱上铺着一块从纸筒上规规矩矩撕下来的一张包装纸。宫泽坐在长凳上。在纸上坐了四个或五个士兵,宫泽数了数,是四个,因为有四个铝质饭盒。宫泽看见坐在中间的是一等兵,看外表他是最年长的,他的耳畔还回响着他的声音。在脚下又碰到第五名个士兵。然后他用胳膊肘碰了碰左边的邻座,也是名老兵,一等兵,但年轻些,他明白了他的意思,看他一眼,从腰带上解下水壶。这之后若松看了看坐在最边上的那位年轻士兵,他正半蹲着,挪走刚才宫泽感到不适的口袋,于是,若松请宫泽到他们这个刚即兴做成的活动桌子前面。

"米酒!"若松拧下壶盖,闻了闻,遗憾地说,"朝鲜酒!很烈!"

往搪瓷杯里倒了一点,味道又强烈,又刺鼻,完全不像日本的清酒那么柔和、绵软。士兵们看着自己的杯子,看得出他们内心里是多么想痛饮这烈酒。车里不时变暗,确切地说,是偶尔出现亮光。若需要办点认真的事,如往杯里倒酒,不让酒洒出来,士兵们就一会儿是这个划根火柴,一会儿是另一个打开打火机照亮,其他时间都是完全黑暗。就这样眼睛已能适应这种黑暗,能分清人的形体,手是白的,围在脖子上的是白毛巾。这些士兵昨天还是农民,习惯把毛巾拧个劲儿,系在额头上。在黑暗中又放在纸上什么东西,打开后腌白菜的酸味充满车厢。这时候一个士兵打着打火机,于是刺鼻的胡椒味、酸白菜味夹杂着打火机的汽油味混合成呛人的味道。

"我们这里，中尉先生，"趁着打火机还亮着，若松赶忙说，"都明白，喝了朝鲜酒，应该吃朝鲜辣白菜。"这就是说："我们喝米酒，那就得配泡菜。"

火灭了。

火光忽明忽灭，黑暗更加浓重了。若松说：

"拿稳您的杯子，现在又要开始摇晃了！"

宫泽摸到自己的杯子，举了几秒钟等着说干杯，或者等人们请他这位长官按传统提议为帝国干杯，但是他只感觉到烈酒烧得嗓子嘶哑，呛得鼻子喘粗气，还听见筷子在铝质饭盒里碰出的响声。他喝完了，摸索着放好杯子。这时候打火机打着了，照亮了中间那个士兵和若松的脸，若松递给宫泽一双筷子。

"拿着！还有这个。"他推过一个饭盒，"您的饭，这个是泡菜。"

他用胳膊肘挡住打火机，使其不至于熄灭。

"尝一尝，这味道有点不习惯，如果您不在乎，尽管吃好了。"

当若松重新给大家倒酒，请大家拿好自己杯子时，打火机灭了，这真是时候，因为这时车往一边倾斜，深深下沉。宫泽把杯子放在嘴边，酒溢在他的脸上，他总算把一多半喝到了嘴里。这工夫，车开始减速，后来马达开始嚎叫，车便蹿上去了。

"他妈的！"士兵们齐声骂道。

"混蛋！"若松确认是这么回事，也开始骂娘。

宫泽从侧面看见，车篷颤动一下，闪现出一轮满月，刹那间照亮了所有的人。

"能把车篷卸下来吗？"宫泽问，"那会更亮一些！"

"会更亮一些，中尉先生，但灰土会呛死人，万一下雨就更糟糕了！"

"如果下雨，那根本到不了啦，这路刚刚才晾干。"坐在若松旁边的士兵说。

"这有可能,中尉先生,看来您还没习惯夜里干活?"

问题提得有道理,宫泽的确还没习惯摸黑辨别物件在什么位置,他无法确认他的杯子、饭盒和朝鲜辣白菜都在什么地方。

"您瞧!"若松总结道,"还有两个土坑,往前路就平坦多了!"

"常走这条路吗?"宫泽饶有兴趣地问。

"每天一趟或者隔天一趟!"

"很久了吗?"

"两周?或者三周?"若松问他的同伴们。

"两天半一趟,差不多二十天了。"

宫泽还有问题,但他克制住没问。他知道尽管每个士兵都知道很多事情,但并非任何时候他们都能对他敞开胸怀,因为需要保密。另一方面,士兵又不能不回答一位上级,特别是军官的提问。

宫泽用筷子搅了搅,随便夹了一块菜叶,结果掉在下巴上,现在没有酒,单吃朝鲜辣白菜才知道它有多辣。不知什么碰到了他的手,原来是冰凉的壶底。估计这是若松递过来的,他听到他说:

"中尉先生,这里是凉茶,喝了吧,这是他们的辣白菜,可不是我们的腌萝卜,可惜已经没有了,真是辣得要命。"

宫泽接过水壶,表示感谢。壶盖已经打开了,喝了点润润口,感觉很舒服。就在这时,卡车又往前蹿了一下,宫泽又倒了点茶水,他用袖子揩了揩嘴,心想谁若领到这件军装,带着酒味、辣白菜味,还有茶水味,真是够受的。

车行驶得比较平稳了,宫泽有了点睡意,心想应该把装军装的口袋再好好摆一摆,也好躺着舒服一些。就这工夫,在他身边,爬过一个年轻的士兵,开始翻腾什么。

"把这东西都放得规规矩矩的,用绳子绑好,把它们固定在口袋脚上,懂我的意思吗,水佬?"

"明白,清清楚楚!"若松称"水佬"的那个士兵回答。

"为什么叫'水佬'?"宫泽心想,"他就那么穷吗?应该跟他谈一谈。"

当划着火柴和打着打火机的时候,宫泽看见了坐在若松右边的一个年轻士兵。还见他总是大喘气,嗓子发痒,一般人一着凉,或者舌头上扎了根鱼刺,又拔不出来,才会这样。

"谢谢!"宫泽表示感谢,开始在已经连在一起的口袋上舒舒服服地安顿下来。

"喂,你还在那忙活什么,水佬?"

若松粗声粗气地向那个士兵喊道:"别叫中尉先生心烦!"

"您叫什么名字?"宫泽轻声问。

"北岛。"士兵也同样轻声回答。

"是啊,中尉先生!北岛为什么恰恰叫'水佬'呢?"

宫泽怎么也回答不了若松的话,他只是想:"这有什么好奇怪的呢?北岛就是北岛呗,就像我是宫泽一样!"

"喂!水佬,来坐下!别影响中尉先生!要么,可能你有什么要事想告状,是吗?你看着我!"

宫泽听见若松一个劲叫他外号,奚落这个可怜的人,他没钱喝茶,只能喝生水,他坐在长凳的一端,靠近车篷,他的三八枪就放在凳子底下。

"应该弄明白,若松为什么对他这么粗鲁?"他想。他现在就可以这么做,但午饭后他的心情平静而和顺,因为北岛把他身后的口袋都整理得井井有条,他就无意刨根问底了。再说,若松已经喝得醉醺醺,问他,他也说不清道不明。

"那好吧!"他又听见若松用嘶哑的破嗓子说话,"我接着讲这个故事吧！"

"什么时候他才能讲呢？"宫泽心里想，"因为酒壶在他手里拿着……这里伸手不见五指，他会给自己多倒一些。"

"我，士兵先生们，我头一次听到这个故事，我都不信，但总的来看，这事发生在我们那地方。我来自鹿儿岛县，在九州岛最南部。我们那里就是故事中所讲的，李子树是二月开花。大概在别的地方也是二月开花，但我不知道。不过，在我们那里，它的的确确是二月开花！"

"李子树那时还没开花，若是开花的话那也是七月。"宫泽觉得这是另一个老兵说的。

这个玩笑开得好，把大家都逗乐了。宫泽没听见那个年轻士兵北岛的笑声。

"是啊！这是朝鲜，这和我们那里完全是两回事。"又一个声音说，宫泽根本不熟悉这个声音。

"那你从哪里来的？"若松问。

"我？我从札幌来。"

"从哪——哪来？"

"从札幌来，北海道！离札幌不远，一天的路程。"

这回全车里的人都哄堂大笑。宫泽甚至觉得从北岛坐的地方也传来似哭似笑的声音。

"去你的吧，乡巴佬！谁见过北海道开花，你们那里连水稻都不能种。"若松的嗓门儿更高、更沙哑。

北海道人不吱声了，笑声也静下来。

车厢里又响起马达的隆隆声，卡车把鼻子撅得老高，差点把宫泽连人带口袋滑到后厢板，好在他一只手抓住了长凳的扶手。

"笑够了没？哈哈大笑！现在经过最危险的路段，中尉先生，您没睡吧？"

宫泽没睡,但不愿承认。他不想谈话,他们大概会问些他不懂的问题,推脱又不合适,那样士兵们不会相信他,他们会想,开始他喝了他的酒,而后又翘鼻子。相反他更有兴趣听听这些普通人说些什么。他来到陌生的环境,不仅是加入了军队,而且来到异国他乡,日本人是最不愿意离开亲人的,这是众所周知的。

宫泽仰卧着,头靠着车厢,看见车厢的挂帘强烈地摆动,士兵北岛离大家较远,自己单独坐在角落里。月光突然照进来,他的表情很怪——时而睁大眼睛,直勾勾地看着一点,时而紧闭双眼,如果不是道路坑坑洼洼颠簸得厉害,人家还会以为这个人已经睡着了,在做梦呢。

在黑暗中吃过晚饭之后,收拾起剩下的食物,用当桌布的纸包起来。士兵们,甚至连若松一时都沉默不语。宫泽觉得有人在打鼾,汽车震动一下,打鼾停止了,听到若松低声说:

"怎么样,弟兄们,接着讲我的故事吧,只不过……"他没说完,宫泽听见他嗓子咕噜咕噜叫,然后长出一口气,用沙哑的声音抱怨,希望天照大神明天把黑木准尉从他身边调走。后来宫泽听到另一个老兵,他的邻座怎样吃东西,嗓子哑哑拉拉地喘粗气,然后第三个伙伴又吃了两小口,这是一个从北海道来的年轻士兵,他的名字一次没提过,谁也没说过;车厢里散发着刺鼻的朝鲜辣白菜味道,这时若松开腔了,开始是小声说,然后是大声,最后是大嚷:

"情况就是如此,弟兄们!可能还有什么地方李子树二月开花,可我不知道,只是在我们那儿,九州岛的鹿儿岛真是这样!"

他的话说得不是那么硬气,可能因为卡车晃得厉害,也可能夜已深,也可能朝鲜烧酒劲儿太大。不过,尽管有这一切影响,他的话,几乎没有停下来。宫泽听着,有时若松的话与马达声和其他杂音交织在一起,偶尔他在完全静谧中叙说。宫泽看一眼旁边的北岛,尽管很黑,他觉得他也睁大眼睛坐在那听若松讲话。

"爷爷对我讲过,那时我还很小,但记得很清楚!这是一个关于忠诚的故事!我们日本人的忠诚!讲的是一个仆人鞋童对自己主人武士的忠诚,而实际上讲的是日本人民对天皇的忠诚。喂,水佬,你听见我说的了吗?"

"你小点声,若松,别吵醒中尉……"

"不,不用吵醒中尉,他还是只小鸟,城里的黄口小儿,他甚至有点可怜,让他睡好了。"

"也不要碰北岛,如果他已经睡了。你折磨他一整天了,亏你还是教师的孩子,有文化的人,你可真不像个样子!那你说说吧!"

宫泽惊奇地听见第二位老兵说的话,他也和若松一样是个一等兵。宫泽甚至冒出一个想法,他们几个人究竟谁是组长?他发现谁也没叫过这个一等兵的名字。"明天应该打听打听!可是为什么呢?这次同行之后还能见到他们吗?"

"你是不是噎着了?"

"我才没噎着呢!那水壶里还剩点酒吗?喂,北海道—札幌老乡,那还剩点没有?"

"什么都没有了,一等兵先生,什么都没剩。"

"是吗?太叫人失望了!你叫什么名字,北海道—札幌老乡?"

"我吗?二等兵……"

这工夫卡车马达又开始轰鸣,卡车连续往上蹿,宫泽听不清从北海道来的士兵叫什么名字。

"这还有一个壶,里面还剩一半,但你不必特别卖力气……"宫泽听二等老兵说,显然是对若松说的,"你讲的故事千万可别偷工减料,你是不是睡着了?"

"没有!怎么可能呢?"若松说道,咕嘟咕嘟地喝着,"现在就……"他声音沙哑地说。

宫泽听着他们的谈话，他想起童年在农村的夏夜，听到的此起彼伏的犬吠，于是想起：

农夫不嗜酒！

就算遇到难关，

也不借酒浇愁！

很早以前，当他在初年级头一次听到这首俳句，他还一点不懂。他看见农民过节时喝酒，他不能想象他们拒绝喝酒的事怎么会发生。但这时若松在喝酒，而别人却没喝。

"简单地说，这个故事讲的是鞋童北岛，如何在武士饭岛家谋了一份差事，但他并不知道饭岛二十年前买了俊朗祥光的一把剑后，就杀死了他的父亲。他父亲也是一位有名的武士，是一个酒鬼和吵吵闹闹的人。这件事发生在郊外，这位武士——北岛的父亲家就在这里，而饭岛只是路过而已，谁也不认识他。"

"那饭岛为什么要杀死他父亲呢？"第二个老兵懒洋洋地问。

"他父亲喝醉了，打了饭岛的仆人，对武士来说，这是不应该的。"

"那父亲应该怎么样呢？"

"应该由武士自己处置仆人，明白吗？所以我说北岛受雇于杀死他父亲的凶手……"

"他想杀死他吗？"那位外号叫北海道—札幌的年轻士兵忍不住问。

"别打岔，北海道—札幌老乡！你怎么总是这么没礼貌，像个蛤蟆似的。想从井里蹦出来看看世界吗？再忍一忍吧！他不知道饭岛是杀他父亲的凶手啊！"若松重复一遍。

"那为什么他要给他打工呢？"老兵忍不住也要问这个问题。

"后来饭岛成了击剑专家。"宫泽在心里替若松回答了这个问题，并立刻想起在东京上演过的这个古典歌舞伎，这种戏剧差不多有二百年的历史了。

"后来饭岛成了最有名的击剑学校的击剑手。其实最有意思的是另一回事:当北岛讲述了他为什么想给他当仆人的原因,饭岛立刻想起了正是他杀死了他父亲,而且……"

"杀了北岛!"宫泽听出第二个老兵的激动情绪。

"完全不是那么回事!正好相反……他教他学习剑术!你怎么总是打断我说的话?壶里还剩点吗?"

"剩点!不过你还是先喝了再接着讲吧!"这一次宫泽听见第二个老兵在嘲笑他。

"你太刻薄,一等兵先生。"

"北海道—札幌老乡,让他喝一口。"

宫泽听到喉咙发出的沙哑声和喝酒声,好像若松喝的不是流质的酒,而是他自己的干嗓子。

"是!就这样吧,这更好些!"若松出了一口气,"后来就有趣了,北岛得知这个饭岛先生的女仆和他邻居的一个亲戚乱搞,也是一个武士。"

"那他的妻子干什么呢?"

若松沉默一会,显然是这烈酒堵在嗓子眼儿,叫他费很大劲把它哕出来:

"她死了。在死前不久才把这女仆领到家,等她死后,这个女仆就像妻子一样跟他过起日子来,她便成了他家的女主人……无耻的娘们儿!"

"那饭岛不知道这事吗?"

"你们总是跑在我前面,看你们这些人!"

"那你就别讲了,就像银河里的神鲤,在那游吧!"

"给我也找个比喻呗!他是条神鲤,那我是什么?"

"而你,若松,是个令人讨厌的说书人,你就是这么个人!"

车厢里一片寂静,宫泽小心地咳了一声。

"就这样吧！把中尉也叫醒！中尉先生，您睡着了吗？"这是若松的声音。

宫泽沉默一会儿。

"那你还讲不讲？"他心里不高兴，小声地问。

"快点！我们还得一直开到天亮，不要睡了！"

"那就别挑事了！"

"算了，我不会的！"

"就这样，北岛受雇给饭岛当了仆人，他则教他学剑术。北岛是个非常忠诚的仆人，热心为主人服务。有一次，当他夜里围着主人家的院墙巡逻时，看见花园的门开着，门口放着一双外人的木屐。顺便说一下，主人这时是公爵的执行队长。北岛开始偷偷地搜查，发现女仆房间有人。他听到里面的人在谈话，原来是女仆和她的情夫，他偷偷地来到这里，打算杀死主人……"

宫泽从小就听过这个熟悉的故事，他去过歌舞伎剧院，剧名叫《牡丹花灯》，他记得有那么一幕，当鞋童北岛发现在院子后面有外人的木屐，偷听了女仆与其奸夫的谈话后，感到非常生气。他们也发现了北岛，开始在主人面前说他的坏话，甚至诬陷他偷了主人的一百个金币。他们非常想让主人辞退北岛，或者是最好杀了他，到时候，就没有人能阻碍他们俩收拾主人本人了。宫泽听着，时而昏昏欲睡，时而醒过来再听若松讲的故事，士兵们在寂静中也听他侃侃而谈：

"简单地说，北岛知道他拿不出证据，证明自己的无辜，于是决定杀掉不忠的女仆和与其通奸的奸夫，然后切腹自尽。于是他从墙上取下一根老扎枪，枪头已经锈蚀，他开始磨……"

"好样的！"老兵小声说，"你听到了，北海道—札幌老乡，应该如何对待兵器，你擦过自己的步枪吗？"

"又打断我的话！"若松抱怨说。

"这么说吧,在北岛磨那个上锈的枪头时,叫主人撞上了,主人问他这是干什么呢?北岛说在磨扎枪枪头,如果有强盗闯进来,用这个来对付,他这样骗主人说!主人冷笑一声说:'如果你不能用一杆上锈的扎枪刺死一个人,那你还有什么用?再说,你正该用你上锈的扎枪刺死你恨的人,让他更痛苦,而你更高兴……'著名的武士饭岛如是说!饭岛知道他与北岛有杀父之仇,必须让北岛把他杀死,因为他杀了他的父亲,但北岛本人并不知道此事。"宫泽想起他曾为武士的这种建议感到吃惊,尤其是想到它的后果。

"这位饭岛先生有多聪明啊!用生锈的扎枪刺死敌人!"老兵又一次打断若松,"失败的敌人死前该是很痛苦的。"

"瞧!你又打断我的话。把整个气氛都搞砸了,把壶给我,相泽!"

"对不起,若松君!"相泽道歉,显然这是第二个老兵的名字。

"把壶拿过去吧,喝干了吧,你是个出色的说书人!"

"这就对了!"若松说道,宫泽听到他咕嘟咕嘟喝酒的声音。"这回好了,我喝干了!"

"你先别着急,我们还得走很长时间呢,对吧,北海道—札幌老乡?"

宫泽没听清年轻士兵的话,但睁开了眼睛。这工夫,车篷开始呼呼啦啦地响,在月光下,他看见北岛的眼睛,他仍然坐在长椅的一端,还是老姿势坐着,用两只眼睛盯着车厢中间,他的眼神里,充满痛苦,以至于使宫泽觉得不太自在,因为在偷看他。

"饭岛先生是真正的武士,谁都不知道他心里想什么。"

"是!"相泽忍不住了。

"去你的'是'吧!晚上当大家都躺下睡觉,北岛自己躲起来,突然看见一个男人的身影接近女仆的房间,就跳起来用扎枪刺他,一看原来是他的主人,真叫人害怕!"

"原来是这么回事!"相泽长出一口气。

315

"往下听！女仆的情夫已经在那了，所以北岛白等了。主人完全知道他们的事，他知道北岛想干什么，他也需要让北岛，这个有杀父之仇的敌人杀死自己，但是只有这样做，北岛才不致因为杀害自己的主人而被处死。北岛冲向他，并且使其受了致命伤，可主人已经立好遗嘱，让北岛做他的继承人！饭岛家的继承人！不过还有一个条件，那就是向通奸者复仇。受伤的饭岛把北岛打发出去，自己来到女仆这个下贱娘们儿的房间，要打死她的情夫，先是重伤了他。尽管他自己的伤也有生命危险，但他毕竟是饭岛剑术学校的剑术师，他还是刺伤了敌人。"

若松沉默了。

在车里听他讲故事的所有人都等着他接着讲，可是他却沉默不语。相泽又忍不住了：

"这些事怎么会这样呢？"

"哎呀，你呀，你的脑袋就是农村的木头疙瘩！对我们来说，这很简单，而对他们武士来说，一切都得按章法来。"

"当真吗？"

"什么'当真吗'，饭岛没有继承人，他想立自己的忠诚仆人北岛为继承人，他是名门武士出身，不过是他的仇人，虽然谁也不知道！现在懂了吧？"

"不懂！"相泽诚实地承认。

"我也看出来了，你不懂！他给北岛机会伤害自己，从而让他报了血亲之仇，但同时也报复了那奸夫。当然，这个受伤的奸夫还是带着奸妇逃之夭夭了。大家都以为饭岛真的杀死了奸夫，武士在他家中这样杀死对手是可耻的行为，如果不是为了报仇，我的祖父对我这样解释。所以北岛应该为他报仇，把敌人的脑袋割下来，拿到他的坟上祭奠。那样，他就根据饭岛的遗嘱成为合法继承人。复仇之后，这个家便会重新恢复它的合法权利。于是最终的结果是，忠诚的北岛追上奸夫、奸妇，杀了他们,成为武士和饭岛家的主人。就应当这样为主人服务,而我们这些普通士兵,就应当这样为天皇服务。我就是这么想的!而不是那些被禁止挎两把剑的人,以及两年前被指定的黄口小儿。天皇——这是他们的私有财产,你在听吗?水佬,哎!北岛……"

宫泽高兴地听了若松转述的这出戏,也非常不高兴地听到他最后的话,这些话令他非常讨厌,实在忍不住了:

"若松先生,我没听说过你刚刚说过的那些事,现在天已太晚了,如果你不打算睡觉,那就命令值班的士兵换班,别在这喊了。您懂我的话吗?"

若松被中尉这意外的话吓了一跳,立刻起立,脑袋撞在车帮上,说了声:"是!"

之后车里长时间鸦雀无声,只听到卡车马达在坏路上的轰鸣声,和行驶在好路上时车轮的唰唰响声。宫泽躺着,他睡不着,也不想睡了,用胳膊肘撑着头侧卧着,眼睛已经适应了黑暗的环境。看着周围的人们,他发觉若松已经睡着了,脑袋放在膝间的两只手上。年轻的北海道—札幌老乡仰脸朝天,用一杆三八大盖儿撑着头,只有老兵相泽没睡,他也是用自己的三八大盖儿撑着,刺刀事先已经卸下去了。

还有北岛。

"没关系,明天就弄清楚这帮人谁是头,为什么会喝这么多酒了!"宫泽心想,"不过若松真是好样的,知道在天皇面前应尽的义务,而且成功地选择了这个故事!只是他没有讲全,没有讲到结尾。"

卡车很长时间行驶在比较平坦的路面上,宫泽舒舒服服地躺在软和的口袋上,回想着《牡丹花灯》的细节,这是一个半真半假的故事,其中包含了凶残的结局、优美的爱情和一个诚实的仆人对主人的一片忠心。

宫泽有时翻翻身,看看北岛,也不知道他睡没睡。

第十二节

宫泽在寂静中醒来。

车厢里已空无一人,他坐起来。车厢里的味道浓重,热乎乎的,酸溜溜的。他觉得他的状态比这车里的空气也好不到哪里去,看看自己那揉皱的衬衫心里不是滋味,脑子里又冒出一个可怕的想法,还不知他的那条西裤变成什么样了呢。

"是啊!"他心里想,"我现在的情况比索罗津好在哪里呢?"

从车篷与车帮中间的缝隙洒进一线阳光,投在车厢里,变得半明半暗。突然车篷动了一下,强烈的光线射入车厢,使宫泽眯起双眼,用手遮住亮光。

"中尉先生,您已经睡醒了吗?"

在车篷与车帮的缝隙,一个戴帽子的人说。

"谁呀?"宫泽时而往左,时而往右,低头躲避亮光,问道。

"是我,中尉先生,二等兵。"

"北岛！"宫泽从口音听出来了。

"正是我！司令部的人在等您，我被派来给您当勤务兵！"

宫泽感到青年士兵的口气里有一种高兴的味道，这个消息他听了也很高兴，为了准确起见，他还是问道：

"那是谁派的呢？"

"是黑木准尉，中尉先生。"

"准尉和其他人都在哪里……"他想说"我们车里的人"，但卡住了，只说，"士兵们！"

"其他人都派走了……"北岛停顿了一下，"其他人都去仓库取锹、镐。"

"挖土吗？为什么你不跟他们一起去呢？"宫泽半倚半卧，用胳膊肘支撑着身子，一边跟他说话。他本想舒舒服服地伸个懒腰，但北岛这时已经哗啦哗啦地放下车厢板儿，宫泽只好起身，躺着与士兵谈话毕竟不成体统。他扶着长椅的立柱，弯着腰往前蹭，觉得后背和脖子酸痛。"还是压麻了！"他心想。这时北岛已经进了车厢，拿着叠得规规矩矩的制服。

"怎么没派我？我，中尉先生，可能我给人的印象是又多病又弱，不过，我并不驳斥他们，让他们爱怎么想就怎么想吧！"

"您是什么时候应召的？"

"今年三月。"

"今年三月！"他心里想，感到奇怪。一九三八年公布的总动员令，这是众所周知的，司令部通知准备大演习，不过，显然那时候他没听到有关消息，也没看见什么书面的报道。动员指的是整个部队，还是住在日本之外的部队也不清楚。所以他未动声色。

"这是怎么回事，为什么给他们发锹、镐呢？加固边境工事吗？"

"我知道得不确切，我从旁边听说是加强炮兵阵地。"

319

"原来是这样。"宫泽想,"有意思,在边境布置炮兵,为了支援步兵。"他又陷入无法确定之中。

"我,中尉先生,说实话,在黑木准尉说叫我给您服务,当您的勤务兵时,我真是高兴极了。"

"为什么呀?您是不愿意干重活吗?"宫泽已经起身,开始活动活动后背和脖子,这可不那么容易,因为车厢太低,夜里甚至没注意到。他故意用严厉的口气问他,以致北岛一时语塞,用惊讶的目光看着他。

"绝对不是,中尉先生!"他像平时士兵回答上级问题时那样,清清楚楚,高声回答。"对我来说去哪儿都一样,我已经习惯了,"他突然像一个普通人而不是士兵耸了耸肩膀,"只是若松……对不起,一等兵若松……"他不出声了,只管站在那,像宫泽那样,因为帆布篷太矮,只能低着头,一会一换脚站着,"他这人……总拿我的名字耍笑我……而今天黑木,对不起,黑木准尉把他灌醉了……"

"耍笑!"宫泽心里跟他想法一样。"这个北岛是个怪人,"他听着士兵的话,心里在想,"总的来看,是个有文化的人。"

"我高兴的是没跟他们在一起,而跟您在一起,中尉先生,一眼看出您是武士之后,我愿意像一个真正的仆人那样为您服务!这是您的军装!请换上,我在那边等您。"他往帐子那边挥了挥手,便跳下车去了。

北岛在跳下去之前,从袋子底下取出一张包装纸,铺在长凳上,放上那套熨得平平整整的军装。做完这件事之后,他在帆布篷底下稍微弯下腰,笨拙地转过身,与其说是跳下车,不如说跌下了车。宫泽看在眼里,不免微微一笑,想起那句俗语"若着急——绕着走"!他开始脱掉那条裤子,心里想:用日语说这句话真好听——若着急——绕着走!而翻译成俄语说就怪怪的了。

"中尉先生,这是您的靴子!"宫泽听见北岛的说话声,只见从帘子与车厢板中间的缝隙伸进一双手,拿着一双刷得干干净净的皮靴。

"谢谢！"宫泽对这样殷勤的服务有些不自在,嘟嘟囔囔地说,"那您怎么得知……"

"这是您的便鞋,"从车篷下又伸出一只手,把一双鞋放在车板上,"直接试一试,看合不合脚。把您的随身物品都交给我,我都送到您的房间。"

"什么……"因为出其不意,宫泽只说出半截话,不过他沉默片刻,心里想:"我问什么呢?最好他能完全了解我的意思,尽管他还年轻!"

"来,来吧,中尉先生,别不好意思,我是您的仆人!我会做您的真正仆人!"

"仆人——这很好啊!只不过仆人不能穿裤子(可你穿着裤子),大腿上的绷带、短和服和裤子只适合武士,难道在什么地方见过武士身边没有仆人?"宫泽喜欢北岛玩的这一套。

他穿上刚刚熨好的内衣、内裤,干干净净,还散发着暖烘烘的热气。使劲穿上紧绷绷的马裤,坐在长凳上,感觉这厚呢料令人不太舒服,但膝部还算合适。他拿过右脚那只靴子,开始用力往里穿,可因为靴筒太窄,脚后跟怎么也伸不进去。靴子散发出松节油、仓库和新皮子的味道。

"请您站起来,用脚踩一踩,脚后跟就踩下去了!"北岛从车篷外边喊道。宫泽改变方式,不弯腰,站起来,伸直脚,用手指掐住靴筒的布里子,一下就踩下去了。脚上穿着干净的丝绒袜子,所以往里一伸,便顺顺当当穿好了。他轻松地出了口气,腰也直起来了。

"怎么样?成了吧?我头一次穿这倒霉的破靴子也没弄好,后来就没什么了,习惯就好了。"

"在军队里感觉如何,北岛君?"宫泽喘着粗气,开始穿第二只靴子。

"这是件偶然的事,中尉先生!我本不该入伍,因为我妈就我一个儿子。但我们村的村长拿我父亲在一九三六年参加政变未遂剖腹自杀说事。尽管我父亲不是武士,只是学校教师。村长却说我父亲和我们全家是帝国的敌人,所以派我替他大哥的儿子入伍。"

"原来是这样,那妈妈怎么样呢?"

"她一切都心知肚明!我母亲还年轻,而且有头脑。她知道我在我们村里怎么也待不下去了,所以就没有反对……等我回家,就带她到她堂姐那儿,去大阪,就是我姨妈那里……可能她自己先去,等把房子卖了……我好久没接到家里的信了……一个月了!"

第二只靴子很顺当穿好了,宫泽踩了踩,又拿起北岛给他的军装穿上了,新马裤、新马靴都非常合适,有一种焕然一新的感觉。浑身臭汗、不停颠簸的黑夜总算熬过去了,他现在穿的衣服都是质地精良,熨得平整,干干净净,又入时的。新军装的扣眼很紧,扣扣的时候甚至发出轻微的咔咔声。他穿好军装,感觉肩膀硕壮有力,斜眼左右看看红地金杠还带一颗金星的肩牌。宫泽扣上立领的领钩,觉得双肩端起来了,若不是车篷太低肯定会挺起腰板。他又轻松地长出一口气,穿上靴子走了走,北岛还在外边说着什么,这时候他听到有节奏的声音,好像是有很多鼓在同时敲击。他仔细一听,这是许多人一起跑步的声音。响起吹口哨的声音,然后又是一声,脚步停止了。宫泽猜想这是一队士兵,队长发了几个口令,士兵又开始跑。

"是在换班!我那个连队快到了。"

"不,北岛,我不会放你回连队了,你若是步兵,那你怎么能给我当仆人?你是真正的仆人鞋童北岛,像故事里讲的那个北岛一样,是饭岛家真正的家仆,尽管我不是饭岛!"

"您的武器,中尉先生,必须亲自去司令部领,团长田中先生已经在那等您了。团长手里有给您的文件,除了这些您还得用早餐呢!"

宫泽满意地听着北岛的汇报:说得有道理,他从前听说过这事,但不太相信,士兵们对任何情况都得了解,而且比当官儿的有先见之明。

他看了看自己这身打扮，整了整武装带，紧紧腰带，抻平军装上的皱褶，开始朝前挪了挪。阳光又晃眼了。

北岛手里拿着帽子站在下面。

"中尉先生，摸着黑，我也没比大小，我觉得这顶可能合适。"

宫泽从车上跳下来，从北岛手里接过硬遮儿软帽，戴上试了试。他觉得他的仆人北岛做得不错，不，是鞋童做得不错，帽子正好合适。

"请等一下，中尉先生，我先把车厢里您的东西拿下来，然后告诉您去司令部怎么走。"

宫泽看见北岛正高兴地看着他。

"难道不像一个真正的军官吗？"宫泽骄傲地在心里想。

几分钟之后他已经来到参谋长的办公室。

"团长不能接待您，他跟炮兵和边防宪兵考察现场去了。这是您的文件，看一看吧，到第三个营房，您有什么问题，他们人都在那里。虽然……"参谋长说话的时候头也没抬，看得出来，他太疲倦了，已经几天几夜没合眼了，"一切您都来得及办成！先去吃早饭，周围看一看，有什么问题随时可以问，好好睡一觉，夜里您尽兴玩！您可以自由活动！"

宫泽转身朝门口走去。

"站住！"

宫泽回身。

"忘问了！浅草大佐身体怎么样？他的腿还疼吗？稍稍坐一会儿，这有凳子！"

半小时之后宫泽走出办公室。

参谋长尽管很疲劳，但他是一个喜欢交际的人，高兴地听完宫泽讲的情况。浅草大佐是他的亲密战友，他俩一起进入第一近卫师，开始了军旅生涯。参谋长把哈尔滨看成首府，一九三二年他率领日本首批先遣部队进城。他谈到他熟悉的街道和机关，宫泽有些不知道，或者经

323

过过，但没注意……

"不过，"参谋长在谈话最后总结说，"哈尔滨任何时候都不会离开我们。浅草君对您的评价很高。不过您还稍稍有点没达到……您的任务差不多完成了，派您审讯从那边过来的人，您做出了报告，这对团长和我都非常有用。我们不会让您感到寂寞，很快就开始了！苏联在那边儿已经集结了几个步兵小分队，正像我们的法国朋友所说的，'战争得像个战争的样儿'……"

参谋长说着，给他展开一幅画。宫泽简直高兴得难以自制："在战争中怎么样？在怎么样的战争中？莫非……"

"等晚上团长先生从阵地回来，我们开个会，您就一切全明白了！早先没通知您，我指的是浅草大佐，您走过的路线很复杂，很长，什么事都可能发生，因此也没对您说。不要吃惊！我们将消灭游击队，他们是奇怪的人，我们会击毙他们，吊死他们，烧死他们，而他们随时都能再冒出来，一些还成功地跑到苏联去了，老地方又冒出新的一批……这些朝鲜人像蝗虫一样飞来飞去！在这里打击，在那里又出现，所以您完全可能落入危险的境地。"

宫泽跟着北岛向第三个营房走去。听了参谋长一席话，他脚上好像装了弹簧，恨不得连蹦带跳，把北岛拖到拐角后面，把刚才所见所闻都从肚子里掏出去，可惜做不到。那只好忍耐吧！

第三个营房是新上瓦的长方形平房，横向的窗户直达屋檐，很像一个牛棚。他进去以后，看见狭窄的过道两旁是双层铺，前面站着一排士兵，一个矮个子的军士与他们谈话，他腰上还挎了一把军刀。宫泽甚至想，如果把军刀立在军士一旁，他们的个头恐怕不相上下。

军士见了宫泽，转身向他精神抖擞地立正：

"军士河野！我领您……"

"好，好，军士先生！"宫泽没让他继续说下去，"这有我住的地方……"

"有,中尉先生!"这回轮到军士打断他的话了,"在营房最后我们给您隔出一个房间,您可以……"

宫泽点点头:"带我过去吧,把住那边的人员名单交给我!"

"马上完成!"军士后退一步,站到队列里,让开路让宫泽能过去。

从士兵前面过去,宫泽注意到有的人穿着军装但没有标志,有的则穿着便服。宫泽点头向他们致意,然后进入给他隔出的房间。面积大约三米见方,一张写字台,两把椅子,一张铁床上放着士兵的被褥。又窄又长的窗子顶到天棚。他解下佩刀,放在桌子上,坐下之后,他明白了这一切都是他的长官浅草大佐安排的。也好,总算有个榜样!

在军士写名单这工夫,宫泽读信。这是换装的士兵们转给苏联边防首长的一封信。

信中是这样写的:

驻扎珲春的日军长官致苏联边防首长。

贵国边防军人在哈桑湖附近地区进入"满洲"领土。他们不仅建筑工事,并射击日本人,我们不得不对此感到愤慨。

我们负有保护本地区安宁的责任,无权对违犯行为置若罔闻,要求贵方立即退回原地,如贵方不能满足我们的要求,我们将采取必要的措施,以维护必要的秩序。您必须明白,您将对产生的一切后果承担全部责任。

本木

敬上

一九三八年七月十八日

开高村

有人敲门。宫泽相信这一定是军士,决定让他进来。但是站在门口的却是北岛,他一只手拿着熨好的衣服,另一只手端着一摞饭盒。从他的肘下可以看到小个子军士。

"他什么时候把这些事都办了呢？"宫泽怀着感激的心情想着,真正的仆人虽然不是,但也是真正的鞋童!

"北岛,把东西放下,让军士过去!"

北岛没回身,往床边移了一步,放下衣服,并没给军士让路,然后走到桌前,把饭盒放在桌上。北岛做完这些往旁边挪了一步,转身出了房间。军士用轻蔑的,同时又理解的眼光目送他出去,默默地把用大字写成的名单放在桌上。宫泽请名单上的第一个人过来见面。

时间已经过了中午,宫泽结束了问话,开始写报告。他现在才明白,自己置身在世界上最有趣的地方。他脑子里充满幻想,靠在椅背上,把手放在脑后,想象在一九三八年,星期二将发生更有趣的事情。看来没什么地方有事。只是他的国家处在紧张的战争之中。不,当然,任何地方发生冲突,那都是小事。当然,日本人像他一样现在正在中国南方作战,但中国这算什么敌人!中国人不是士兵,中国人是一群农民,是的,不是士兵!他几次听说,日本一个连可以轻松打败中国一个师。俄国说他们的一支小部队就可以制伏这一大群"蝗虫"。现在在他们面前真正的敌人是苏联!在浅草办公室讨论挑衅一事时,显然他的意见是对的!当然,今天开始的行动,明天不一定造成严重的后果。边境冲突很多,将来也难免发生。不过这场冲突……数个连的士兵两个小时一换班挖工事,说明炮兵的工事挖得很深,就是要把大炮隐藏得很深,这样射击的时间就长,而且要知道这可不是小口径轻型野炮。如果是那样就不用挖工事了,现在给他们准备木排和驳船就行了。就是这么个意思。

宫泽拍了一下巴掌,又搓了搓手,直到感觉手热了。这时目光落在桌边饭盒上,他感觉真的很饿,于是看看表,正好下午三点十五分,就是说他如果吃十五分钟,那正好如参谋长所说的,在晚餐之前还可以睡一会儿。

团长那的会开完了。田中大佐很胖,但个子不高,罗圈腿因为穿着马裤与马靴就显得更明显了。在参谋长的脸上宫泽看不到一点笑容,地图铺在一张专用的大桌子上,他们向各分队讲解战斗任务,其中包括炮兵营。这个事件什么时候开始,取决于炮兵什么时候挖好战壕。根据团部的安排,炮兵营的指挥官本人晚上必须到来,向他发布主要命令。根据大佐的命令,其他边防分队在自己的阵地原地待命。

在参加这些会议的军官中,宫泽觉得自己有点奇怪。这是一个大型会议,与会者直至指挥官,其中包括炮兵连指挥官。他被任命为第二营侦察连副连长。在宣读完命令之后,大家陆续走到桌前,参谋长讲解任务。

宫泽和大家一样都穿军装,不过其他军官穿的已经不是新的了,他穿的则都是崭新的,他觉得自己如同一个刚转到老班的新生。许多军官,包括年轻的军官都满面倦容,宫泽看着自己无忧无虑、容光焕发、觉睡得足的样子真有些难为情。

在团长处的会议之后,负责侦察工作的付参谋长召集军官们开会,这是一位样子很神气的年轻大尉,他有一把军刀,现在就握在手中,宫泽非常喜欢。

总之,他觉得自己是个幸运的人。从一大早一件接一件新事接踵而至,令他开心不已:新军装散发出好闻的气味,如量身订制一样合体;崭新的南武牌手枪,刚刚用油擦得锃亮,枪套的皮子很厚,翻折时得用点力,枪管往里插时有点紧。他往两个肩膀各扫了一眼,左边也好,右边也好,都有一个装饰着一颗金星的肩牌。现在肩牌上是一颗星,谁能说他参加这场战斗之后会从这里带回几颗星呢?他的"鞋童"叫他非常高兴,他与古老故事中的北岛简直一模一样。这个北岛跟他在歌舞伎剧院看见的那个人物何其相似!

宫泽总是想到那把军刀,还有翻译官。

他终于看到的那把军刀是工厂制品,它也不可能是别的制作方式。今天皇军所用的军刀数量之巨不可能是铸剑师傅在作坊里手工造得出来的,就算每个师傅带成百个徒弟也不行。总之,军刀很精致,但是刀锷有点松,几乎发现不了,不过刀入鞘还是有点旷;缠刀把的细绳是新的,很硬,握起来手心、手指都能感到。其实刀刃不是很锋利,但还不是一只"火腿",可没有锻造的纹样还算什么军刀。这是一把好刀,甚至招人喜爱,但它是全新的工厂制品,因此就失去了灵魂:匠人的灵魂,主人的灵魂。宫泽想起自己留在家里的那把军刀,他想起老师把它拿在手里观赏的激动目光。在这个时候,甚至从他身上不再散发酸萝卜的气味儿。先生很少洗澡,因为村子里的妇女都拒绝帮他洗澡,他总是大喊大叫,辱骂她们。宫泽想起浅草大佐的那把军刀,还有不知为什么想起黑木准尉的那把艾库特短刀,一眼即能看出那把短刀是古货。

那么关于翻译官呢?

这个翻译官是边境宪兵队的,朝鲜人,他像多数朝鲜人一样姓金,他说俄语一点口音也没有。宫泽发现朝鲜人比中国人说俄语说得好,特别是比日本人说得好。但是这个金一书写就错误百出,宫泽甚至怀疑他是故意而为。为什么呢?

在负责侦察工作的付参谋长的会议上,他给宫泽一些苏联边境地图,比例尺很小,非常详细,这种地图双方代表会面时用于交换给对方——金这样解释。宫泽请他解释地图上的苏联标志及边境线的走向,因为边境线在这里非常复杂。在哈桑湖西北的一个点上俄国地图上出现了三条国境线：朝鲜，"满洲国"和苏联。宫泽请金翻译指出有问题的地段，跟他用日语交谈，老金说日语跟说俄语一样流利自如。他侧着身子来到桌前，桌上正摊着地图，他几乎是连看都没看一眼，就用铅笔在一个点上戳了一下。宫泽甚至当时还没弄明白这个点是什么意思，但是铅笔嚓的一声，留下一个大红逗号。宫泽吃惊地从上到下打量老金，但那位已经走开了，好像什么都没问他似的。

"奇怪呀！"宫泽心里想，可能朝鲜人都这样。这时候宫泽拿出日本版地图，开始与俄国版地图对比，原来始于苏联的边境线从西北向东南，沿着两个狭长的高地中间地带，也就是顺着长长的哈桑湖西岸延伸过去。这些山丘的西部俄国人叫扎欧泽尔纳西亚和别兹缅纳亚，那是绵延至图们江岸的一片平原，那里还有一些山丘，其中一个在俄国地图上叫包高毛力纳亚。它的东边山脚与扎欧泽尔纳亚亚西边的山脚紧挨着。

七十五团就驻扎在河的两岸，这里既可屯兵又可展开队列，俄方都没有这样的场地。

"没什么！苏联在这地方很困难！"宫泽很确定。

当他从地图上掌握了他认为一切必要的情况时，他就决定再不求助于老金："让这只浪漫的火鸡去他的吧！"他这么想，没有一点恶意。负责侦察的付参谋长还说再派给他十个志愿者，是连里最优秀的士兵，他们的任务是抓苏联军官俘虏，宫泽负责审讯他们。志愿者训练一周，即在七月二十八日——不晚于二十九日，各个小组必须准备就绪，付参谋长也称他们为"你们小组"。

"十一名！"宫泽心想，"我也带着北岛！"

其实他心里也不愿意。北岛这人很老实，虽然是个识文断字的农村青年，可除了挥铁锹什么也不会。宫泽这么想，但是好像北岛的枪法还不错，会包扎伤口，还有他说话让大家都感到刺耳。到最后他嘟嘟囔囔囔地说，若中尉不带他，他就请求回连队，因为听说许多列兵回家都是上士。说白了就是他可以穿一身军装衣锦还乡：戴有红箍的帽子，穿五个扣的立领制服、马裤、裹腿和高勒皮鞋，还有戴上士肩章，好让村长、村长的哥哥和他儿子，他是和他一块入伍的，让他们个个受辱，也算为父亲报了仇。

"这才是真正的北岛！"这之后宫泽心里想。

付参谋长没有异议。

后来的日子他是同小组一起参加训练度过的。为此在团部后方很远的地方开辟了一个训练营地，志愿者们练习射击，挖战壕，夜里突击，埋地雷，不出一点动静切断电线，捉俘虏。北岛的表现很优秀：他夜里在一个生地方定位能力很强，他手指非常灵巧，能熟练地拆除反步兵地雷的引爆管。他是一个快乐的、坚韧不拔的、永不灰心的青年。父亲留给他的黄貂鱼尾制的护身符从不离身。

宫泽看着他，怎么也决定不了，他是仆人还是鞋童？训练结束后，北岛给他准备吃的，收拾帐篷或整理他的衣服，这时他是鞋童，而在训练中展示他的技能时，无疑他又是一个士兵兼仆人。宫泽决定在他部队试用期结束时，他一定写封推荐信，越过士兵阶，让他直接升为上士。有一次他问北岛：

"您不是害怕您母亲收到的不是一张上士儿子的照片，而是战死疆场的英雄儿子的照片吗？"

北岛笑了，默默地从怀里掏出了护身符。

七月二十八日，星期三早晨，负责侦察工作的付参谋长来到训练营地。他看起来一脸倦容，眼窝深陷，手有点发抖。他叫大家展示一下，如他本人所说的，最重要的是要会伪装。为此，他在山脚下选了一个不方便的多石平地，并记下了时间。在志愿者们挖工事的时候，把石头摆

在周围,再用树枝盖上,他满意地看了看表,说道:

"不要弄出动静来,铁锹碰到石头别擦出火星来;石头要用手搬出来,放在自己面前,把土挖出来堆成胸墙的样子。"然后他把宫泽叫到一旁,说:

"训练结束以后带全体人员回营房,先休息,"他又看了看表,"到二十三点。您在二十二点来团部。"

宫泽对自己的小队很满意。开始时,当他收到命令,为战斗准备一周,离开团队时真有点失望。他生怕一切开始时没有他的份儿。但是战斗已经打响,和志愿者们讨论如何伏击、抓俘虏的时候,这才来了兴致,来了激情。他很满意向有经验的老兵们学习了射击、埋伏。有一次他还扮成俄国俘虏,用俄语骂人,让大家熟悉俄语,分清"我投降"与"我不投降"的差别,他也挥铁锹,挖战壕。尽管北岛在他之前已经把战壕挖好,每次都把自己漂亮的让给他。北岛总是挖得整整齐齐,前面筑起一堵像样的胸墙。

训练结束的时候,他和小组返回驻地,他说俄国人把日本人叫猴子。这是真的,他这是从有经验的老军官那里听来的。他们在二十世纪初同俄国人打过仗,更早些时候他们曾在旅顺口和奉天城下和俄国人交过手。士兵们开始还不相信!为什么呢?难道他们真像猴子吗?后来他们那一张张疲惫、狰狞的面容显得更尖瘦了,所以再没议论下去。宫泽只要见他们紧握双拳,直握到发白没有血色时,就知道还有一个任务,就是提高他们的战斗精神。

在团部总结了今天实战训练的结果。团长用教鞭指着湖西岸的山顶高地,宫泽拿过苏联地图,很快找到这个点,田中团长叫的名字他没听懂,俄国名字叫无名高地。

"双方都有伤亡,但我想请诸位注意,军官先生们,我认为现在不可能占领高地,那里还有六名士兵在打保卫战!翻译先生,检查一下,那个被打死的尉官身上有什么证件,我记不得他姓什么了,好像是马哈林吧……简而言之,弄明白!"

"很可能是马哈林!"宫泽心想。在说到翻译的时候,他离开了地图,看了看大佐,与金翻译的目光相遇。他起身向他大鞠躬,把身子拔得比学生的格尺还直,扫了宫泽一眼便走出办公室。这时候付参谋长嘴唇紧闭,双手一摊。通常面对什么事无能为力时都是这样做。他对此也是无能为力。会后对下一个昼夜的行动做了指示,军官们分头去落实本部门的任务。宫泽这个小组要从位于朝圣山下的朝鲜村庄潜入湖后山下,沿着陡坡爬到山顶越过边境——这是确定无疑的——苏联的边防人员就在新挖的战壕里值勤,捉一个回来就完成任务了。必须在天亮之前回到朝圣山西坡。宫泽觉得任务过于简单,甚至没什么意思:去那里,爬上去,再爬下来,再走回来,他想:"我怎么给北岛写推荐信呀?如果是这样的话,他也无法建立什么功勋啊!"

河岸显得相当热闹,不只是他们小组在准备登陆。在大山的南坡,图们江的右岸草丛中,照宫泽看至少有三个连隐蔽在那里。

在上小船之前他看了看士兵:他们把多余的物品都留在营房,随身携带着武器、工兵锹、水壶和急救包。宫泽几天以来头一次看了看自己的样子,发现已经大变样:军装变得灰突突,胳膊肘已经揉得皱巴巴,马裤正好相反,磨亮了,尤其是膝部;汗水把武装带和腰带都浸湿了,已经不像刚从仓库拿出来时那么新鲜。因此,在最后一次会议之后,他再不觉得自己是个新人了。

他和士兵们都发了钢盔,很大,戴上去很不舒服。碰上步枪或水壶等铁器就咣当咣当响。他们商量好把这些东西放在湖后山的山脚下。

立即有几个侦察小组赶往河对岸。

把小船推入河中正好是二十四点,整整二十分钟划到对岸,快步移动到朝圣山最近的山脚下,夜色晦暗,空中飘着细雨,脚底下的泥水被他踩得吧唧吧唧直响,天黑得和一周前在大卡车里那夜一样,此刻宫泽又开始注意北岛在咳嗽,喉咙里咕嘟咕嘟叫。他想起来了,在大卡车里就听到过,他还想问他是不是得了什么病,后来就忘了,因为再没听到咳嗽声。

"您怎么了,北岛?"他轻声问,这时他们正离开河岸,停下来,把鞋里的水倒一倒,整理好武装带什么的。

"每当我为同伴们担心的时候……我总是这样!"北岛回答说。宫泽觉得有点奇怪,但没来得及追问。

"您别担心,中尉先生,我现在轻轻唱几句,一会儿就好了!"

宫泽又是什么也没来得及问,什么也没来得及说,他就轻轻唱起来了:

军刀挂满白霜,
枪林弹雨何妨,
大兵只要跺脚,
地动山摇,倒海翻江。

这是一首著名的军歌,唱起来精神饱满,是战斗的进行曲。但北岛唱得很慢,故意拖长,咳嗽还真止住了。歌唱完了,他便在宫泽左侧跟着走,尽管其余士兵都一个跟着一个鱼贯而行。他开始解释,在他说话和唱歌的时候,如果非常静,那他就不再咳嗽,喉咙也不再卡了。宫泽想再问下去,但后来想,现在他们还在自己的领地上,如果对他来说这样更好受些,那就让他说吧,或者唱吧。

"风从那边来,"北岛平静地说,"从东方,从山丘,从他们那边吹过来!夜里,烤热的空气落在河面上……这是一首好歌,对吧?而您,中尉先生,您看过关于林中尉的那个电影吗?片名叫《足智多谋的林中尉》!"

北岛已经悄悄靠前,从这条河到朝圣山脚下的地段是沼泽,生满低矮的草丛,照地图上看,从河岸直接到山脚不会超过半小时,但是现在天黑,伸手不见五指。北岛有时用手拉着宫泽,他们在沼泽和水洼的边上前行,所有的士兵都跟着他们。这时候他也没停止说话,好像没有走在不熟悉的地方,而是走在北岛家乡的村路上。宫泽一次又一次确信北岛像猫一样夜里能识路。北岛接着说:

"这就到了!一直往前走,偏东方向有个村子……"

"黑木积。"宫泽想起地图上标的那个居民点。

"村子后面就是湖,看见雾了吗?马上往右拐,顺着山脚走……我和父母到了大阪,去我姨妈家,一开始妈妈不允许我看电影。有一次有个傻瓜戴着一顶可笑的平顶礼帽,像所有的外国傻瓜一样。他站在海报面前,画面上是林中尉骑着战马,这个傻瓜高声喊道:'林中尉战功卓著!日本军官落入红色哥萨克的集中营里!俄罗斯后宫的秘闻!'说实话,妈妈一听这个,便更加严格地禁止我去了,只有爸爸能说服她,让我去一睹日本英雄的本色。这是一个歌颂勇敢的林中尉的著名影片!那么他是怎样夺回花枝的呢?记得吧——红色哥萨克偷了'满洲'参事的女儿……村子和湖在左侧,中尉先生,前面是山地……"

宫泽什么也没看见。

"记得吧,他们人很多,个个膀大腰圆,留着大胡子,他们用扎枪和军刀攻击林中尉。他们既蠢笨又凶狠,可就是抓不住中尉。他挥舞军刀令对手眼花缭乱。仆人说得对吧?他的动作疾如闪电,而俄国人笨得如树墩子!他知道花枝藏在门后等着他!花枝的脸蛋上是细皮嫩肉,珠泪泫然,是吧?她正在弹奏三弦,在她身边这个傻乎乎的俄国佬拿着酒瓶子手舞足蹈,出尽洋相。那后来呢?您记得,整个屏幕满是大胡子俄国佬,他们手中的枪支都变成了木棍。他们的人数如此之多,令中尉指挥官为他的连队担心。他们的腿很粗壮,冲锋时他们张着血盆大口!而林中尉打仗回来就晋升为少佐……"

他东拉西扯,宫泽听得兴致勃勃,偶尔也打断他,问他现在在地图上的什么位置。宫泽命令大家都坐下,北岛没坐下,用手指着,说,讲完了,还有几分钟他们就到山脚下了。听了之后,宫泽决定,如果北岛弄错了,他就把他留在原地,再不用他随身往前走。然而,当他们往前走了百十来步,便听见从左边传来青蛙的呱呱叫声,北岛扯住宫泽的袖子。

"我们往右走!"

往前,在南坡的山脚下是田地。整个一周,宫泽都在团部驻地,冷雨凄凄,士兵说这之前也是细雨绵绵。好像只有他到来那天才有太阳。雨水浸透了土地,因为宫泽带队在南坡的边缘地带行进,踩得地上的水吧唧吧唧直响。朝圣山光秃秃的,大大小小的石缝中长出野草,正常迈步前行是不可能的,无论走山坡,走田地,都得弓着身而行。宫泽生怕谁的步枪从肩上滑落,碰着石头发出响声。

"这算什么侦察,去他的吧。全团夜里要在这里集中,从早晨开始发动进攻,最好是在天亮前两个小时那些大胡子俄国人,"他微微一笑,"都睡觉了!一切任务都完成了!"他看着北岛的背影,他像一只猫一样一声不响地前行。

当然他看过讲林中尉的那部影片。

那时这片子在全日本上映,宫泽十二岁,或许更大一些。他还看过其他片子,北岛是看不到的。北岛比宫泽小三岁,也可能小四岁。读完初年级以后宫泽便去东京叔叔那里上学了。一些地方的影院孩子们只要买票就允许进去。他记得成群结队的小青年儿,穿着欧式格子小夹克,呼朋唤友,在街上吵吵嚷嚷装傻帽。那时候模仿外国人是一种时髦,那些尊重老传统的日本人,叫他们"洋傻帽",并非所有的日本人穿上格子的或者紫色的夹克都好看,有些人穿上显得又瘦又短,丑死了。

北岛突然停下,小声说:"中尉先生,应该严格地往东走,靠近田地,草很密,听不见我们的动静。"

"他说得对!"宫泽想。

"您带路吧,北岛!"

他不再想电影的事了,不知道为什么想起政变,他在卡车里听说北岛的父亲,一个普通的乡村教师为此剖腹自杀了:"父亲让北岛接受了很好的教育,若松总排挤他是没用的!"一九三六年二月二十六日清晨第一师的第一团和第三团的一千五百名士兵以警报为信号发起对首相府、藏相府、内务相府、军事训练总监院及院长的进攻。暴乱者杀死了掌玺大臣、藏相、军事训练总监,重伤了宫廷侍卫长。首相冈田启介由于自己的办公厅主任小林芭蕉提前告诉他政变的消息,他躲藏起来才免于一死。暴乱分子占据了警察局、朝日新闻出版社大楼,还企图攻入防卫省和参谋总部。到了晚上东京的市中心首相府和国会大厦已经在他们的控制之下。谁也不相信天皇得到了暴动的消息后对自己的副官说:"他们打死了我的顾问,现在想把绞索套在我的脖子上。我永远也不会原谅他们,这是没有任何意义的,不管他们用什么方式掌权。"此后天皇向自己的防卫相发布命令,立即镇压暴乱。然而,别看有这个命令,却没有采取任何行动抵制这场暴乱。暴乱者加强了对东京市中心的控制,发布了宣言,立即解散国会,任命宫崎将军为首相,组建新政府。晚些时候他们的要求有点软化,要宫崎任关东军司令。二月二十七日天皇召见帝国近卫军司令本庄繁,向他宣布,如果不采取积极行动对付暴乱,他将亲自挂帅近卫军予以镇压。军队的高级将领此刻正在与叛军通过宫崎顺三郎谈判,劝他们停止暴乱。这时海军第一分遣舰队进入东京湾,陆战队进入首都。

二月二十九日早晨通往东京的道路全部被封锁,建议疏散中心地区居民。在陆军部部长通过广播发出呼吁后,士兵和士官开始返回兵营,而暴乱军官则赴陆军部长官官邸,在那被解除武装并被逮捕。在军事法庭审判了十七名军官和两名平民,他们均被判以死刑,在东京代代木公园广场绞死。所有的日本军官,不论是支持暴乱或者反对暴乱的,都对这个事件的过程与结果感到惋惜。大家都知道,那个时候谁腰上挎两把刀,就有去无回了。宫泽当然知道这一点,虽然他当时还是一名普通大学生,并没想升官之道,但是古老的精神,古老的日本精神,体现武士的贵族"双剑"传统,与他、他父亲,以及他的老先生都是一致的,谢天谢地这位老先生没有活到这个耻辱的时代。

"中尉先生,瞧,这雾有多大!"

宫泽深深地陷入沉思之中,以致一时没转过神儿来。

"什么?您说什么?"

"我在想,我们到了两个山丘中间的鞍部,我们把这些倒霉的尿盆钢盔干脆扔在这儿得了,这有一块大圆石,我记住了……"他摘掉挂在腰间的钢盔。

宫泽看见那块插在地上的巨石。

"回来的时候,一定拿走……"

"那下一步呢?"

"下一步?完成既定的任务!"在北岛的声音里有惊讶的味道。

"那好,继续领路吧。"

在朝圣山和湖后山中间的洼地弥漫着大雾,从地上蒸发的暑气迷迷蒙蒙。北岛趴在草地上匍匐前行,辨认方向。宫泽不知道东南西北,只有依靠自己的仆人了。他觉得翻袖口的腕部特别痒,他真想停下来歇一歇，挠一挠。他知道没有办法治这些小蚊子，而这里蚊虫一直很多很多。宫泽觉得这些家伙不仅往袖子里钻，还往眼睛里、耳朵里、嘴里钻，让你只能跳起来大喊大叫，拍打自己的脸、手，一下跳入河中，长时间在水里游，然后到干热的河岸，长时间躺下不动。浓重的雾气使黑夜更加模糊不清，他们觉得已经到了湖后的山脚下。

宫泽看了看表，算了一下，已经走了将近三个钟头：他们从河岸往东走，到朝圣山，绕过山脚，现在他们已经置身在山脚底下。

"好！"

宫泽发现北岛在自己面前穿着矮靿皮鞋一会儿左一会儿右地摇摆，其他士兵按照他的命令没跟在他的后面爬，而是分散在两侧形成一个横排匍匐前进。宫泽用胳膊肘撑着，看着前面，高地在前面只有几米远。他们爬到那儿，雾已经落在背后。差一刻四点钟。"这就算到了！"他心想，"差不多四点了，快天亮了。那我们估计什么时候往回爬呢？"他心里有些不安，又用胳膊肘撑着身子在高地远眺，通过清新的空气看到远方的地平线，上面的一抹曙光，把天上的云层底部映成玫瑰色。北岛躺在旁边，也往前看。似乎只是从他们这边看才是黑暗的——从西边看，东方已经亮天了。下面是陡峭的绿色山坡，底下是波光鳞鳞的湖泊。银光闪闪的湖水有点怪异——深绿色的岬角像尖舌一样嵌入湖水中，这湖水又如一个狭长的楔子打入深绿色的湖岸。水面因为靠近尚未苏醒的、深绿色的草木，也泛出浅蓝的色调。这很美，宫泽被惊呆了，心里想，这可能就是精神得到升华与平衡吧："这有多难啊——在天河中用手逮一条神鲤！"

宫泽扫了北岛一眼，他正伸手指什么东西给他看，这时在他们头顶跳过一个黑影。宫泽听到像狗发威似的低沉的吼声，在向谁攻击。黑影从左边扑来，北岛在宫泽右侧，他们很快搅作一团，宫泽旁边两个黑影在互相撕咬。他还没来得及弄明白，一个庞然大物从上面落下来，他觉得是在旁边。他冲上去,蜷着身子,摸到枪套,取出那支南武手枪,像装了弹簧一样转身躺在地上,从下往上开枪。苏联边防军落在他身上,抽搐了一下,软了,绿色的军帽从头上掉下来。宫泽把他从身上推下去,站起来,在这工夫轰然一声巨响,火光腾空而起,烧红的碎铁刺破他的肩膀,他倒下了。一分钟后,那些能起来的苏联人从地上爬起来,想寻找被打死的日本侦察员,把他们从边境推到苏联一方,两个自己人他们带走了。他们来到宫泽面前,开始解开他的军装的领子。他已经听不到这些,也听不到从图们江传来的两声炮响。在朝圣山底下,他们刚刚爬过的地方,传来射击声。苏联边防军都听见了,也看见了,他们放弃了日本人,用手拉住同伴的制服和军犬的脖套,在苏方山坡的掩护下往下滚。军犬的肋部已被北岛的刺刀刺穿。两分钟之前宫泽并没看见北岛抓住撕裂的喉咙,在地上打滚,最后一动不动了,从他那五个扣的军装口袋里掉出一个用象牙雕刻的神鲤,这是妈妈在自己的儿子过节时送给他的礼物。

第二部分

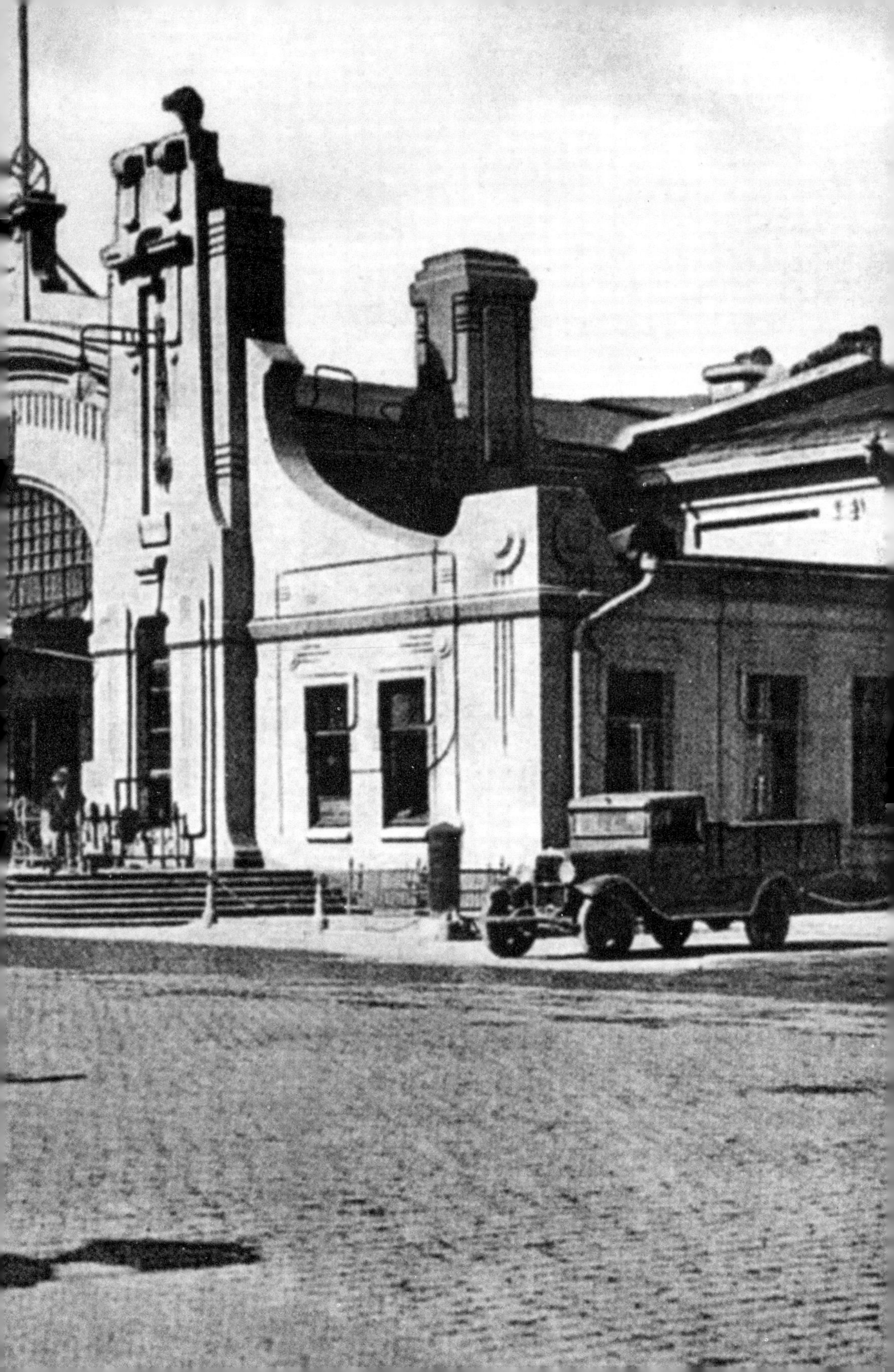

斯切潘·菲多罗维奇伸了个懒腰，活动活动肩膀，往后靠在椅背上。然后摘下近视镜，把自己的工作先放一边，在桌子上伸一伸胳臂。然后起身，走到窗前。从五楼的马利采夫办公室窗户，可以看见乌苏里林荫大道，一直通到普留斯宁卡购物中心。如果从窗户探出头去，往左看，大约能看见他家的老房子，那是他的出生地，不过，多半是看不到了，因为周围盖起许多高楼大厦，把它给挡住了。

优秀的侦察员，"铁人"马利采夫，几页发黄的纸，包含着这么多的事。

他已经不能读下去了，太多的回忆纷至沓来，虽然有些档案他刚开始翻了翻，可现在他想出去散散步。他收拾好文件放在写字台抽屉里，出了局办公楼。

城市还空空荡荡的，有些人行色匆匆，赶往舍隆诺夫电车站，有个人朝气蓬勃地在卡尔·马克思大街上跑步。斯切潘·菲多罗维奇坐上开过来的一辆电车,过十五分钟下车,来到叶罗菲·哈巴罗夫纪念碑广场,前面是像鞋盒子一样的火车站。

"是时候了!该重建了!真可惜那老车站——美轮美奂,那不是车站,而是节日的盛装!"他心里想,"从莫斯科走啊走啊,周围是荒野、山丘、原始森林和沼泽地,突然,这台阶、石雕的门框!神奇呀!而这个……"

在空旷的车站广场,有些好像是被遗忘,或者被抛弃的汽车落满灰尘扔在人行道边上。出租车司机还在打盹,此地看来无客可拉。他索性向右拐,走上列宁格勒大道。

他沿着自己熟悉的街道走着,看看两边,什么也没认出来。在左手一侧建了些硅酸盐材料的赫鲁晓夫五层楼,灰绿色的橡树一直长到房顶。另一侧划为铁路用地和高高的西伯利亚大铁路的路基。他走着走着明白了,这已经完全是另一个城市,兴建时他已不在这里。

认出来或是认不出来,这就是对你的回答!

他突然在右侧出现的大铁门前愣住了,小便门半开半掩。大门里面耸立着蓝色的老教堂。他看了看小便门,教堂前面的院子干干净净的,空无一人,看样子是刚刚打扫过的,因为柏油地面上边还留着弧形的扫帚印儿,和蒙着灰土的大颗水珠。

神父,你还站在那儿吗?

他想起母亲那时在车站做清洁工,挣点儿外快贴补家用,从车站回来就站在这个便门前面,把头巾系得紧一点儿,再整理整理裙子,用那只大手撩开妹妹额头上的一绺头发,然后画十字,祈祷……

那时,他对这一切都不喜欢。

他常带妹妹接妈妈下班。她有时卖点什么给旅客,或者和他们以物易物。那时候他就顺着这条街走,走到教堂。妈妈从未白白地越门而过。他对此倍感无聊,甚至害怕,一旦叫人发现他这个少先队员上教堂那可不得了,还不叫唾沫淹死你!可与母亲没法争辨,只能听之认之,东张西望,别叫人家看见就是了。

斯切潘·菲多罗维奇停住脚步,他觉得这一切早已杳然远去,就像从未发生过一样。他想起妈妈进入教堂,买了蜡烛,点燃后插好,鞠躬,然后久久地祈祷,画十字,接着再次插一根蜡烛,之后,娘儿俩便离开教堂。他回想起那里的气味、静谧、昏暗和黑乎乎的圣像……

他穿过院子,教堂的门敞着,里面站着一些人,不多,总共就是几个人,都低着头。斯切潘·菲多罗维奇看看周围,什么都没变,或许这只是他的感觉,还是那样的气味,那样的静谧,那样的圣像……

他买了三支蜡烛,轻声问:

"在哪儿为亡灵祈祷,大妈?"

卖蜡烛的胖大妈系着头巾,指着左门对他说:

"在侧祭坛,那间长方形的屋子里,在十字架底下!"

斯切潘·菲多罗维奇走进一间又长又窄的房间,那里竖立着耶稣受难的大十字架,他没画十字,分别给母亲、父亲和一个小妹妹点一支蜡烛。

"是的,斯切潘·菲多罗维奇!你有良心,还是有良心!"他听见从自己内心深处发出的声音。

这声音他听出来了!当然,听出来了,这是彼得·伊万诺维奇·马特维耶夫的声音,是他们侦察小组的老资格。

"对不起,彼得·伊万诺维奇!"斯切潘·菲多罗维奇在心里回答彼得·伊万诺维奇。

"说实在的,连蜡烛往哪里放我都不知道。"

他突然又转回柜台,买了十六支蜡烛,站着想了想,又退回一支。系头巾的大妈看了看他。

"我还活着,用不着!"他回答说,又回到十字架那屋,逐一点着蜡烛并插好。

彼得·伊万诺维奇——给你！安息吧，上帝啊，保佑你的灵魂吧！瓦尼亚·萨符瓦杰耶夫——给你……

他看见他们大家,他的侦察员战友们,他们一字排开,站在夏夜的原野上,身穿迷彩服,肩背降落伞背包和自动步枪：彼得·伊万诺维奇,萨沙·格罗莫夫,廖什卡·斯利亚宾,别佳·高劳夫尼亚,万尼亚·毛兹高沃依,考利亚·彼得罗夫斯基赫,维克多·卡尔努克夫,尼基塔·别列维尔杰夫,谢尔盖·彼丘果夫,普罗福·卡拉切夫,德米特里·菲多卢克,瓦尼亚·萨符瓦杰耶夫,安德列·斯切巴申,安德留沙·亚力山大罗夫,瓦洛佳·张。

"上帝啊,让你们的灵魂安息吧！"斯切潘·菲多罗维奇在心里念叨着不熟悉的祷告词,点燃最后一支蜡烛,并且插好。

"瞧,彼得·伊万诺维奇,没良心就没良心吧,一切都听天由命好了！一切都木已成舟！你总算没白叫我到这里来！"

他伫立多时,凝视着摇曳的烛光,应该画个十字呀。

"可是我不会呀！"

然后,又来到柜台前面,不理大妈无言的询问目光,又买了第十六支蜡烛：

"这支给你,三哥,尽管你不是俄国人。"

他最后一次进教堂并点上蜡烛,说了声"您好"。那是一九四五年八月五日在哈尔滨圣·尼古拉教堂与谍报员"叶尼塞"接头。

1945 年
4 月 25 日星期三

索罗维约夫大尉卷起一张崭新的一九三八年版哈尔滨地图,拿过一摞文件开始翻阅,突然大声出口气:

"妈的!我说过……你不要把这些脏话塞给我!……我既不懂中文也不懂日文!"他往前推了推桌上的台灯,"喏,三哥,你怎么还坐着!早该把一切都转移了!磨磨蹭蹭浪费了两周时间!"

突然在黑暗中啪的一声厚厚的一摞文件落在他的桌上,因为出其不意,吓了他一跳:

"如果您已经读过有关这个城市的介绍资料,那再看一看这些文件,是您的哈尔滨联络员'叶尼塞'的。"

对面桌上的那盏灯射出圆锥体光柱,一张满带倦容的脸正注视着他,那人皮肤黝黑,像个中国人,身穿国家安全局大尉的军装。

索罗维约夫双唇紧闭,默默地拿起文件放在自己面前:

个人档案　NO　14562"叶尼塞"

副本

"为什么是副本？"他问，"那正本在哪里？"

"正本在中央！"

索罗维约夫打开夹子，开始翻阅，后来合上，说：

"今天不看了，脑袋已经不好使了，明天再坐下来好好看，或者一会儿看，但是得等你走了之后。"然后想了想，问，"那么，您为什么通过翻译那么长时间没完没了地谈格拉西莫夫的事呢？"

"就是跟他们闲聊，才耽误事了。在那翻译关东军司令部的一项命令，在你这也有一份，得翻译出来！着急要！"

索罗维约夫解开制服领子，把台灯推到原位，起身得意一笑，说：

"要赶快！要——赶快！三哥，你如果愿意，我给你看看战争时期中国的司令部怎样工作，好吗？"

大尉惊讶地看了看索罗维约夫，那位正用一只脚在他们的桌子中间飞速穿行，像个小丑似的转了一圈，转到他的身后，俯身在他的桌子上，像是看作战地图，双手插在裤兜里，把马裤撑到最宽，回过头笑嘻嘻地问：

"怎么样？像不像？"

大尉一时间动也不动，接着从后面猛推索罗维约夫一下，那位没站稳，往前冲去，双手仍在裤兜里，他仰面朝天，下巴和胸脯越过桌上的一些文件，鼻子触到墨水瓶和大档案匣。

"坏蛋！"他刚喊出一句，就因为一只胳膊被扭在背后，疼得哎哟一声，"日本鬼子！日本总参谋部的打手！吊眼梢的小日本儿！"

"哎呀！瞧你那张嘴脸！秃头！"大尉喘了口气，用闲着的那只手抓住索罗维约夫的衣服领子，把他给薅起来。

"日本总参谋部——更好！"

索罗维约夫直了直腰，喘口气，懒洋洋地活动活动肩膀，突然转身，用双手抓住大尉的右臂，抬起来，猛一蹲，想把它扭到背后，从大尉的腋下钻过去，却哎哟一声，自己抓住裤裆，蹲下了。

两人喘了一会儿粗气，又不作声了。

索罗维约夫慢慢地加把劲儿，抬眼睛看看大尉，低声问：

"如果你加点力气，会怎么样？蛋蛋直接掉在鞋子里煮熟了吧？"

大尉在索罗维约夫前面蹲下，面对面对他说：

"日本总参谋部，漂亮的有！你的蛋蛋不是还在你身上吗？"

"算了，去你的吧！"索罗维约夫突然轻轻地直了直腰，那双大脚穿着皮靴走过办公室，"谢谢你的厚爱！一辈子忘不了！"

大尉好像什么事都没发生一样，回到自己的办公桌前。索罗维约夫踩得木地板咯吱咯吱响，走了一会儿，显然不想坐下：

"唉，你呀！你这个杀死我子孙后代的凶手，你这么干净利落地在背后把人家的胳膊给拧过来是跟谁学的？"

这位像是中国人的大尉，索罗维约夫叫他三哥，深深地吸了一口烟，然后吐出一股浓烟，坐下开始看文件，说：

"你在莫斯科受训的时候，我在这里也没闲着。中国人武艺高强，他们练功，我跟着学习。"

"中国人，中国人！"索罗维约夫一边沉思，一边开始梳理光秃的后脑勺，"据说还是日本人善于格斗。"

"日本人我不知道，中国人我了解！"

"在什么地方能找到这样的中国人，教一教我那些年轻人。"

"他们用不着！他们需要学的是射击，拼刺刀，而最重要的是会沉默。"

"你见多识广！会沉默，会不听闲话！全都会！全都应该会！那里

349

没什么多余的！你听着！"他突然眯缝起眼睛，狡猾地问，"中国的大官儿都这样走路吗？"

他腆着大肚子，双臂垂在两胯，两腿叉开，在屋里迈开小碎步，三哥用威胁的目光笑嘻嘻地看着他。

"算了，算了！我知道日本武士就这样走路！我想问你的就是这个。这个格拉西莫夫是个爱说话的人吗？跟他有没有来往？"

大尉陷入沉思之中，靠在椅背上。他的脸消失在黑暗中，在灯光下只能看见他那刮得精光的下巴颏、锃亮的制服铜扣和放在桌上的手臂。

"这事发生在你来之前的两周，在三月末。是啊，这是报告，读一读吧！"

索罗维约夫从他手中接过签了字的文件，开始读起来。

关于向苏联领土派遣白匪头目萨宗吉耶夫·И·И一案

一九四五年三月二十五日，在布拉戈维申斯克（海兰泡）—萨哈梁地带向对方派为数十人的秘密突击小组，目标是抓捕在"满洲"的白匪头目之一 И·И·格拉西莫夫……

索罗维约夫阅读这份枯燥乏味的文件，第六感叫他看见那天夜黑风高，在中国城市萨哈梁发生的一切，有一种亲身经历的感觉。他看见人影幢幢，走在砾石岸上，发出轻轻的沙沙声，他们分别坐上四条小船，一个人压低嗓音说："走！"四对船桨开始悄无声息地划水。一小时后，船已划到离萨哈梁一千米处，从船上下来六个人，小船继续顺流而下。这伙人从西郊绕过城市，自城南进入黑暗的街区。大约过一个钟头，一辆四轮马车在一栋木克楞二层楼不远处停下。马车夫在车上吸着烟斗，鼻子底下哼着中国小曲。一个醉汉扶着篱笆墙边走边骂娘。他靠近房子，走进吱吱呀呀响的篱笆门里，一条狗开始汪汪叫，接着变成狂吠。

"该死的狗崽子！"醉汉狠狠地呵斥狗，然后又好声好气地补充说，"安静，安静，你这长毛狗，看看这是我，你的主人呀！"

他从室外木楼梯登上二楼，推开房门。进去后又推开一道门，笨重的靴子踩得地板吱吱呀呀响。从临街的两扇窗户照进昏黄的亮光。马车夫把大车赶离原地，靠近篱笆墙。那条狗又叫个没完没了，小窗开了，有人从楼上大喊，吓唬狗：

"叫什么叫！不让人睡觉啊！"

小窗仍然开着，过了约五分钟，听到进去的那个人醉言醉语地唱歌，然后灯关了，消停了。马车夫不再打呼噜，紧靠在篱笆墙上。就在这工夫，夜色中出现五个人影，他们跳上大车当跳板，接着翻墙而过，那条狗又叫了一声，就再也没动静了。

"滚！就知道叫个没完！给我闭嘴，我不是对你说过吗？哎——哎——哎呀，日子就这么转来转去，没完没了……"那汉子在二楼骂骂咧咧之后，从敞着的小窗传出他打鼾的声音。

那几个人影直奔二楼，屋门悄然而开，那个家伙拼死反抗，横蹬乱踹一阵之后，便不得不就范了。这一切很快停止，灯亮了，又灭了。几个人影抬着这人下楼，过小门，把装人的大口袋撂在大车上，在黑暗的夜色中渐去渐远。马车夫又哼起小调，这人压得车轴吱吱呀呀直响，大车隐没在与黑龙江平行的那条大街上。

索罗维约夫在文件末尾看到：

УНКВД　СССР　ДВК　一处　行动处长
大尉　　张　文　祥

他看看对方。

"全在这儿吗?"

三哥耸耸肩:

"全在这儿!不过去了三次。头一次没得手。一个队员在船上就吓出屎来了。"

"怎么的?"

"怎的——怎的!吓得屎都拉裤兜子里了。一个胆小鬼!"

"我们想肯定会有胆小鬼!"索罗维约夫明确指出。

"喏,你的,聪明的,大尉!"三哥深深地吸了一口烟,"第二次埋伏两宿。他没来。后来,到了第三次,你的报告的读了的,就是这么回事!"

"他怎么样了?"

"他开始一声不吭,吓得脸煞白。不相信我们把他从萨哈梁弄出来了。说我们是日本奸细,要检查检查再说。只好去哈巴罗夫斯克(伯力)绕一圈:从车窗看见车站楼,看见悬崖上的瞭望塔……只有那时他才不得不相信。还是一言不发。然后破口大骂。"

"真是英雄好汉!"索罗维约夫若有所思地说,"你们把他玩得真漂亮!我还以为只有我们在西线出生入死呢。"他把文件推开:

"怎么,老兄?你的也去西部前线了?"

三哥不快地哼了一声:

"你的,不聪明的,大尉。读漏了的有!我的去了的有!怎么能没有?"

"你用大车穿过萨哈梁全城,运到黑龙江边,他就一动没动吗?"

"他已烂醉如泥,脑袋疼得死去活来——连手枪把都拿不动,他已经完全不省人事,一直到布拉戈维申斯克(海兰泡)才醒过来。"

"是啊,是啊!你真勇敢,老兄,"索罗维约夫拉着长声说,"如果日本人逮住你,放老鼠咬你怎么办?"

"开始抓你,然后放老鼠咬你!我不是个勇敢的人。你老兄胆儿大,

352

连降落伞都敢跳。我的永远的不敢。"

"敢是敢,有什么不敢的。天那么高,那么冷。大风在耳边嗷嗷叫!"

索罗维约夫若有所思地看着三哥,问道:

"三哥呀,三哥!你干吗带瘪脚中文腔说话呢?你写俄文向来比我好,你是总得五分的好学生啊!"

大尉露出东方人特有的神秘微笑,从桌上拿起一瓶官酒,用桌子边蹭去火漆,把酒倒在杯中:

"还记得青蛙的事吗?"大尉用正常的俄语问道,没有一点中国口音。

"哈!那时我们刚认识不是,那还用说,这种事还能忘!"

"你那天为什么没上学?"

索罗维约夫拿起酒杯:

"那你自己干什么了,离开你们的洗衣店那么远?"

三哥切了一块洋葱头,把面包一掰两半:"明天还不能见处长!"两人碰杯后,一饮而尽。

"你马上到我地下室来!"索罗维约夫嘎吱嘎吱嚼着洋葱,"你还没回答我的问题呢!"

大尉长时间吃着面包,闻着酒味,用制服袖子擦眼泪。

"我回答你,先吃点东西再说!"他拿了一支烟。"我回答你,但从后往前说:首先我得上楼见校长,请他给你批条子领服装,那里有各种便服裤子和衬衫;其次,那天我拿着洗干净的内衣回家了,你还在那玩青蛙。"

"对,是那么回事。"索罗维约夫若有所思地说。

斯切潘卡那天逃了最后一堂课。作为二年级学生,他已经知道在最后一刻钟不会有什么新内容了,他什么科目都得了及格,他没得过不及格,如果他在这阳光明媚的五月的最后一节课出去玩耍,也不会出什么事。父亲不在家，他上班了，而妈妈又不可能发现。

他蹲在那里，一个布面书包抵在胸前，他折了一根树枝赶青蛙玩，那树枝的末梢还留着一片树叶晃悠着。青蛙跳进水里，斯切潘卡便在它前面拍手，它又跳回原地，斯切潘卡又在它面前拍手，它又跳到水中……这让他感觉忒好玩了，他知道，如果青蛙跳到水里，它会消失在普留斯宁卡河浑浊的春水中。那他什么事也没有了，只有站起来，把书包往肩上一背，登上摇摇晃晃的木楼梯回家了，而家里怎么样呢？那里有一个小妹妹，得给她擦鼻涕，妈妈一天到晚手忙脚乱，哪里是过日子，只是操心！

突然，有人从斯切潘卡身后一脚把青蛙踢到水里。斯切潘卡憋住一口气，连看都没看一眼，像身上装了弹簧，一下蹦起来，冲向那个捣蛋鬼儿。

斯切潘卡得手了，这个欺侮人的家伙不是红军士兵，不是学校的植物老师，或动物老师，不是朝鲜的菜农或健壮的马车夫，而是个和他一样，十来岁的孩子，只不过是中国人，也可能是朝鲜人——他们的脸长得都一样。斯切潘卡一声不吭地搂住他，尽量用膝盖碰着哪儿就使劲儿顶哪儿。一只手掐住他的喉咙，另一只手抓住他的耳朵和脸蛋，可结果并不怎么样。斯切潘卡虽然不是班里最大的，但非常强悍和机敏，他不怕打架，凡有打架斗殴的事他都好参与其中，就是有比他大的孩子他也不在乎。但这次挑事那个小子也非等闲之辈。那小子突然发力，手脚并用，时而控制住斯切潘卡，让他无法有效地攻击，用手指直捣他的眼睛。斯切潘卡只好避开他，没占什么上风，两人算是打个平手。

突然有人抓住他的脖领子，把他拉开。斯切潘卡继续挥拳耍横儿，那个孩子倒在地上和他较劲，眼睛睁得溜圆瞪着斯切潘卡。

父亲把斯切潘卡拽起来狠狠地抽了一个耳掴子，他一下不敢吱声了，只是盯着看父亲的眼睛。

"我对你说过多少次了,狗崽子,不要为一点小事就打架。也不想想,青蛙不就是待在水里的吗?"爸爸抓住斯切潘卡的脖领子把他薅起来,他喘不过气来,不是由于被扇了耳光,那是常事,而是因为他没打赢中国佬。谢天谢地,那个普留斯宁卡的孩子没看见我被爸爸狠狠揍了一顿,否则那该多掉价呀!

他被抓住脖领子,站在那儿,两眼冒火,瞪着那中国孩子,别让他跑了,这事得说清楚才行。父亲在手指上沾了点唾沫,擦掉斯切潘卡脸上的血迹,重复说:

"不能为件小事就打架!"他转向那正要跑的中国孩子,逮住了他问,"你叫什么名字?"

"三哥!"

"三哥,第三个哥哥,其他兄弟在哪里呢?"

"我自己也不知道在哪。"

"那妈妈、爸爸在哪?"

"不知道,"中国孩子朝一个方向挥了挥手,"中国!我就自己一个人。"

"就是说,就一个人在这里!"父亲强调一句,又问道,"就一个人?"

"一个人!是的!"

父亲看看斯切潘卡:

"'是的'这是中国话,就是'是'的意思!好好记住!"

"还怎么的?能记住!你只要放开我,我会记住的。"斯切潘卡心里想,皱着眉头,沉默了一会儿。

"几岁了?"

"不知道,斯(十)岁。"

"十岁,斯切潘卡,听见了吗?跟你同岁。"不知为什么,父亲很高兴。

斯切潘卡由于仇恨和愤怒,又不出声了。

"干什么活呀?"

355

"洗衣服,送货。"

"在中国洗衣店,分送衣服,住在哪里呀?"

"哥萨克营地。"

"在哥萨克村,也就是哥萨克高地。是这样!他们,中国洗衣工都住在那里,他们没——有——房——子!"

"中国人是好人。"中国孩子说道,他的火气消了,安静地站在那里。

"好的,好的。"父亲重复道,转向斯切潘卡说,"记住了,儿子,就是'中国好人'救了我,我才活着出了大林子。这事千真万确!他们这些人都没有房子!"

斯切潘卡听了这句话之后,不知为什么呆住了。当然,他想把这个中国小子撕成碎片,但他没有那样做,而是突然提出:

"放开我,爸爸!"

父亲松开手,往房门看了一眼。离这里十来步远有一栋红砖楼,室外木楼梯通到二楼,他大声吆喝一声:

"他妈,孩子他妈呀!"

不一会儿,二楼门开了,小缓台只够一个人转身,顶上带个遮阳棚,从屋里出来一个女人。她系着一条围裙,两只手湿漉漉的,通红。她的头发紧紧地挽着,用手帕扎着。

"你们在那干什么呢,菲多尔?斯切潘卡,快回家!"

"他妈呀,给三个可怜的孩子烙点饼好吗?"

"叫你舌头生疮才好呢,林子里冒出来的树精!那就快上来吧,还等什么?"

她并不十分满意,耸了耸肩膀,进了本来就敞着的房门。

他们三个人登上木楼梯。

母亲把他们三个人都安排在桌旁坐好,从瓦盆里舀出一勺白色的

356

面糊摊在烧热的平底锅上，几分钟后煎饼就一张摞一张出现在桌上。

父亲和孩子们坐在桌旁，他看着他们吃热烘烘的煎饼，煎饼散发出葵花籽油的香味。斯切潘卡突然停止吃饼，边咀嚼边问：

"爸爸，那你是怎么从林子里活着逃出来的？"他知道父亲对中国人有特殊的感情，妈妈说他们救了他的命。

问题提得叫父亲措手不及。

"怎么逃出来的，怎么逃出来的？就这么逃出来了，因为中国人是好人呗！"

斯切潘卡什么也没听懂，不过，看见父亲在沉思，便叹口气又开始吃起来。

第二天，父亲去学校请求校长接受这个中国孩子入学。校长是位老中学毕业的知识分子，他说不能接受，说学年即将结束，中国人不可能跟上俄语课的进度，而俄语不行，其他课程都学不了。然而父亲作为一名红军游击队队员，坚持自己的要求，去区执委会申诉，也说不定是威胁，对于"革命前的坏蛋"这就够了，最终的决定是对三哥有利的。但是有两个障碍：他是哪年出生的和姓名、父名是什么。父亲想了想，说为了给他登记，出生年月就和斯切潘卡一样，一九一五年六月二十日，姓名是亚历山大·菲多罗维奇·安东诺夫。他是这样解释的：中国人安多士卡把他从日本人手中能解救出来，所以姓安东诺夫，这孩子说自己叫三哥，就是三卡，也就是亚历山大，至于父名就用他的菲多罗维奇。于是斯切潘卡，就有了个兄弟，或者像中国说的兄弟，三卡——三哥。

斯切潘卡只顾埋头在小瓦盆里吃饭，父亲说完之后他谁都不看一眼。在他身后，那个中国孩子也在闷头儿吃饭，还一边转头。他是头一次在俄国人家里吃东西，过去谁家都不准他迈过门槛，不论什么东西他都觉得有趣。斯切潘卡看了他一眼，见他东张西望和傻笑，用拳头擦

357

着脸颊上的油污。他盘算着还能不能伺机报仇,不过这得以后再说了,看时机吧。

斯切潘卡没什么可看的,他在这里土生土长,这幢大红砖楼的每个角落他都了如指掌,革命前这二层楼是哈巴罗夫斯克(伯力)富商巴克舍耶夫的房产,后来他跟随白军跑中国去了。房子坐落在普留斯宁卡河右岸,这条河流入黑龙江。这住宅是作为产业继承的,妈妈还是个小姑娘的时候就去巴克舍耶夫家当用人。她嫁给乌苏里斯克一位猎人菲多尔·索罗维约夫为妻。富商逃亡之后,他们仍住在仆人房,她就在这里生了斯切潘卡和玛申卡。

斯切潘卡家生活不错,不是特别富有,但是不愁吃穿。菲多尔是个手艺人,夏天在城里打工,秋天鱼汛期捕捞鲜鱼和采鱼籽,冬天去密林中打猎,直到第二年四月。

城市建在三个平行的山脊上,中间有切尔得茂夫卡河和普留斯宁卡河流入黑龙江。山脊上的居民主要集中在三条主要大街上:山脊中间的是中央大街——穆拉维耶夫—阿穆尔伯爵大街,从红砖豪宅环抱的空地开始,直到大教堂广场和峭壁结束。教堂和峭壁中间是公园,而峭壁下面则是码头和短短的阿穆尔河滨街。

在远东居住,甚至在遥远的年代也是不错的。那时候,从饥饿的俄罗斯迁来的移民刚刚开发阿穆尔河和乌苏里江流域,缺乏常吃的食品时,为了抵抗饥饿和坏血病,只能在林中采集野果、打猎或者去捕鱼。

斯切潘卡的祖辈是从曾祖父潘克拉特开始的,他是一个布良斯克地主的职业猎人。从潘克拉特开始,索罗维约夫一家虽然身为农民,但森林比土地更吸引他们,更喜欢渔猎生活。

斯切潘卡的祖父马特维,马特维·潘克拉多维奇,生于一八六一年,正值改革时期。他出生时的情况已经记不清,家里传说好像猎人潘克拉特用枪打死了老爷,因为他强奸了他的老婆,十个月后她生了马特维。警察已审问过猎人，但什么都没问出来，有一次在一个地方发现了两个死者——老爷和一只熊。熊的确是潘克拉特打死的，但谁打死了老爷呢，这一直是个谜。周围的人众说纷纭，因此，当猎人被宣告无罪之后，便携家带口迁移到西伯利亚，再往前——到了外贝加尔。旅途非常艰难，妻子没挺住，中途死了，抛下潘克拉特和小马特维。在贝加尔湖东岸森林中一个村子，他逮住了一只小狍子，后被人追赶沿着石尔卡河逃跑，开始用木筏，后来和一群移民来到哈巴罗夫斯克（伯力）。他们花了很长时间寻找一个更荒凉和更自由的地方，最终在流入乌苏里江的比金河畔安顿下来。猎人在移民们平整的土地边缘挖了个地窖，刨了一块菜地，就带着马特维进大林子里去了。

一八九〇年在马特维家诞生了菲多尔。那时猎人潘克拉特已经不在人世，他在山林里失踪了，没有留下任何痕迹，只有宿营地附近的乌德人传说他跟人们一起采人参去了。

菲多尔也是在山林和村子中长大的。他长大后，先是跟父亲打猎，后来就自己干。夏天打鱼，种菜，冬天就在西海台—阿连的林子里打猎。他是这一带家喻户晓的优秀猎人之一，过着小康生活，不过因为邻居依然欺生而十分苦恼。由于忍无可忍，不得不领着疾病缠身的老母迁到哈巴罗夫斯克（伯力）。一九一五年，在菲多尔过了二十五岁的时候，他们家生了个儿子，猎人潘克拉特的曾孙——斯切潘。

一九二〇年菲多尔参加了游击队，当时日本人和白匪控制着乌苏里江地区，他们烧杀劫掠，令百姓惶惶不可终日。他们对原始林中的动物进行赶尽杀绝式的围猎，任意杀害他们怀疑的无辜山民。菲多尔也当过日本人的俘虏，虽然时间不长，可是永远不会忘记。

菲多尔看着孩子吃煎饼，心想他一旦有空儿，必得把在林中得救的故事讲给儿子听，虽然中国人没有房子，可他们是好人。

他的侦察任务是监视格罗杰克沃至尼考利斯克区段日本军列的

运行情况。日本人从后方过来，见到他们五个人便开枪射击，三个人当即被击毙，两个被打伤：张伟的膝盖和肩膀被子弹打穿，菲多尔的肋部被子弹擦伤，手榴弹把耳朵震聋了。醒来后，他感到自己被反绑在一根粗棍上。呼吸很困难，在他身上还有几具尸体。口里发干，细麻绳勒着嘴丫子，疼得难忍，舌头没处放。

当他醒过来之后，才知道在自己身旁还躺着一个活人，他什么也听不见，脑袋里嗡嗡响，但觉得有人时而小哆嗦一下，时而大哆嗦一下。他竭力往侧面转脑袋，转眼睛，鼻子顶到中国布鞋。

"张伟！"菲多尔明白了。

张伟的脚抖了一下。他和菲多尔一样被绑在一根又粗又长的棍子上，顺着山脊放在那里。菲多尔看了一眼，认出那是榛木。在菲多尔的上面还有三个尸体，都死透了，所以他们身上没绑绳子，只是被随便地扔在他和张伟的身上。他们都脸朝下，老马尔凯内奇满脸胡须，差不多一直长到眼睛底下，旁边是从伊曼车站来的铁路员工维尔霍图洛夫，而海参崴的码头工人谢列格·马雷舍夫的靴子头顶在张伟的脸上。

"扔在这里的只有我和张伟还活着！"菲多尔有些感伤。他知道日本人会长时间地折磨游击队员直到死才算完。这是最令人害怕的。

当他们扔马尔凯内奇尸体的时候，他的胳膊肘正好戳在菲多尔的心口上。这时根本喘不过气来，遇上坑坑洼洼，大车一晃悠，疼得真叫人受不了。

过了些时候，大车停下来，菲多尔看见日本士兵抬起死人扔在地上。然后他们抓住绑着他的榛木棍两端，从大车上抬走了。菲多尔翻了个个儿，像头野猪头朝下耷拉着，日本人齐步走，榛木棍颤颤悠悠，一个绳子疙瘩磨着他有伤口的肋条骨，疼得火烧火燎。在他的眼睛下面野草闪闪而过。

"这是往哪抬呀？"他想，"立刻扔到炉子里，还是就这么抛在哪儿，或者想再谈一谈？"没等他想好，已经被抬到一间黑屋里，扔在干燥的木地板上。他鼻子撞在地上，冒出一股血，就失去知觉了。

日本人给他浇了凉水，使他醒过来，他明白了，让他后背靠墙，站在那里。他站着，腿不能弯，腿被紧紧地绑在那根榛木棍上，使他既不能弯腰，也不能倒下。

三个日本人把步枪放在黑暗的过冬室那边，他们正在那儿收拾张伟。他躺在地板上，脸和头发，直到全身都湿淋淋的，看来日本人也给他浇水了，他的腹部和膝部都从破衣服往外渗血。张伟处于昏迷状态，不清楚发生了什么事，只是闷声闷气地哼哼和转了一下充满血丝的眼睛。

菲多尔看见第四个日本人站在远一点的地方，那是一名军官。他两手握着拄在地板上的军刀的真皮刀柄，刀身有点弯曲成弧形，他在看着其余三个人怎么行动。

"难道他们只有四个人吗？"菲多尔心想，"不太可能，他们少于十个人是不能行动的。"

这工夫又有两名军官进入小屋，向第一个军官报告什么，他给那两个人下了命令，这时一名士兵放下中国人，操起自己的步枪跑出去了。进来的两名军官行过军礼也跟着出去了。菲多尔听见断断续续的高声命令，他一点没听懂是什么意思，几十人的脚步声渐渐远去。他心里盘算，就算抓不住五个鬼子，抓他三个和四个也不叫人遗憾。此刻，他发现站在角落的那个军官注视着他，目光阴险恶毒。菲多尔压低视线，转向张伟。看得出他瞬间醒过来了，环视这间小屋，那军官发现了，从角落里出来，站在他脑袋旁边，问了话。张伟瞪着眼睛，但只是含糊不清地哼哼着，否定地摇了摇头。

这个过程菲多尔全部看在眼里。他靠墙站着，房门在他右侧，亮光通过这扇门直接照在张伟的身上，他两脚朝门躺着，那个日本军官在他头顶上低矮的炉子旁边，用刀背抵着张伟的额头，刀刃顶着张伟的鼻梁。

"明白了。"菲多尔想,"为什么他们首先收拾他,因为他伤得更重,血流得更厉害。看来,军官是用俄语问话,声音不大。"

日本军官又重复问了那个问题,张伟又一次否定地摇摇头,军官便用刀尖把张伟的鼻梁刺破了,张伟突然抽搐了一下,尖叫一声。军官没动地方,拿开军刀,就像在裤子上擦手一样,在张伟的肚皮上擦了擦刀尖的两面。然后,日本人拖着他那两条短短的罗圈腿,从菲多尔和张伟中间走过去,靠在低低的门框上,几乎完全挡住了光线。他向外面喊了些什么,几秒钟后两个士兵进来,从他身边过去,他们抬着一口盖着盖的铸铁锅。下面的事发生得很快。士兵走到张伟身旁,把锅扣在他肚子上,然后拿掉锅盖,里面的东西就落在日本人刚刚擦刀的地方——肚子上。

瞬间,大家都不出声了。

过一会儿,锅里发出吱吱叫的声音。菲多尔看见张伟的身体开始抽搐,然后挺直身子,想让锅从自己肚子上掉下去。但他被紧紧地绑在榛木棍子上,两只眼睛瞪得溜圆。从颚骨到锁骨的血管涨得鼓鼓的,绳子勒着脖子,喉结突出很高。锅里面仍是什么活物乱抓乱挠的声音,然后是吃东西的动静,菲多尔听到吱吱叫声。

"大老鼠!"菲多尔一阵揪心,"饥饿的大老鼠!"

士兵一声不吭地看着。军官站在张伟的身边,对着菲多尔,后背紧靠墙上。

"然后就该这样对待我了。"菲多尔不由得这样想。

大家都不作声,只有张伟瞪着眼睛,全身抽搐,肩膀和脚后跟在地板上乱蹬乱踹。他出了一口气,鲜血喷溅而出,在阳光映照下呈红宝石色。军官退到一旁,从马裤兜里取出白手帕,擦掉溅在身上还没干的血污。

菲多尔把眼睛转向张伟。他还活着,喉咙和胸中翻腾着,从嘴里吐出一个个有时发亮、有时发白的碎肉块。菲多尔明白了,是他咬下的舌头和咬碎的牙齿。

日本人取下锅扔在山洞里。

大家都看着中国人挣扎的身体。菲多尔也在看,他所看到的一切使他忘掉了自己的痛苦。张伟的肚子剧烈地颤动,像个大口袋,里面好像装着一个小猪仔或是刚刚捉来的兔子。肯定是里面空气不足,老鼠一直在里面乱动。日本军官用军刀拍打肚子,士兵则用枪托猛砸。

就这样过了几分钟。

张伟没动静了,又过一会儿肚子也不动了。然后又动了动,抽搐两下,但已经有气无力了。

军官命令他们把张伟抬出屋子。军官挂着军刀站立了一会儿,机械地用那还没干的手帕擦脸,在额头和脸颊上留下红色的血道道。

菲多尔见日本人朝他过来了,走过刚才放张伟的那地方,两手握住军刀从下往上举到齐眉高,轻轻地顶着菲多尔的鼻孔。日本人差不多是紧挨菲多尔站在那,用俄语低声问:

"其余的人都在哪里?"

菲多尔听明白了问话,但没听见正在此刻门外爆出的两声巨响。他只看见了两个黑影逆着阳光跳进屋里,出现在军官身边。菲多尔没听见枪声,但是感觉到屋里的空气震荡起来,只见军官全身发抖,眼睛直勾勾地盯着菲多尔,全身瘫软,两腿蜷着,仰面朝天栽在地上。

这一切都在眼前闪过,菲多尔还被绑在棍子上。两个脸蛋黝黑、吊眼梢的人用沾满两个日本兵鲜血的匕首割断绳子。清新的空气在屋中荡漾,他随之醒过来。太阳落在原始森林上面,开始凉快了。他被松绑之后,躺在门前一块小空地上,肋上的伤口又痒又痛,菲多尔试着往上摸,摸到干了的绷带。

当他稍微动了动,一个年轻的中国小伙,手里拿着一个杯子来到他面

363

前。杯里装的东西香喷喷的,已经凉了,菲多尔用两手接过来,开始喝。

一共三个中国人,都留着胡子,头上缠着绷带,身上衣衫褴褛。他们用日本人的刺刀熟练地掘地,掘了很多土坑。被扒光的日本人一共三个,两个士兵的脑袋被打碎了,军官躺在旁边。

菲多尔转眼一看,看见张伟。他还躺在那,绑在榛木棍子上。给菲多尔送吃的那个中国人与他的目光交会,朝张伟那边点了一下头,突然用俄语说:

"是兄弟吗?"

脑袋里还嗡嗡叫,大脑仍然迟钝,森林在他面前晃晃悠悠,但嗅觉和听觉开始恢复,菲多尔听见日本人的刺刀掘地和碰着石头的声音,碗里的汤味也是他熟悉的——人参的土腥味。

"人参!中国人想用这个使我很快站起来。"他想象着,同时把目光转向张伟。他开始以为是梦境,但感觉到手中的热乎乎的参汤以后,知道他见到的不是梦境。张伟脸朝天躺着,在夕照中他一会儿发青,一会儿发黑,轻微地动着。菲多尔晃了晃头,看见张伟确实动了。腿动了,肚子动了,他好像全身都轻微地动了动,像是有什么东西在体内撞他。

大耗子!还活着呢!

不多时,他看见像针一样的指甲刺破一个小口,然后旁边伸出了鼻子,接着整个头伸出来。大耗子吱吱叫,庆祝总算获得了自由。又一瞬之间,它从死人的尸体上滑下去,像一个黑影消失在草丛中。菲多尔哎哟了一声,一直盯着死去的张伟和大耗子,那个说"兄弟"的中国人随着他的视线,看见那只大耗子,然后从腰里掏出驳壳枪,也没瞄准,打了一枪。

大耗子的脑袋就地开了花,血浆喷溅,一命呜呼了。

"活着,那些狗东西,日本人的大耗子活了很久,把哥哥给全吃了。"中国人说道,然后转向菲多尔补充说:

"我的是张的,安多士卡,俄国人这样叫我的。"然后朝张伟那面点点头,又说,"兄弟,喝茶长力气!"

在天黑之前中国人把日本人的尸体埋了,葬了老张,中国人还弄了一根棍子给菲多尔当手杖,然后,便朝格罗杰克沃方向走去了。

大家走得很慢,以便让他跟得上。他敷上了中国药末,喝了参汤,感觉浑身有力,肋条骨也不疼了。在路上中国人安多士卡说,他是张伟的弟弟。一年前日本人烧毁了他们的村子,哥哥就投奔了游击队,而他则落草为寇,走私越货,伺机报复日本鬼子。

这些有关张伟和他弟弟张小松的回忆已经铭刻在心,永世不忘。他看着这小伙子,停止了沉思,抚摸着三哥的头,看见他正狼吞虎咽地大口吃煎饼,同时心想:"这些中国人心眼儿真好啊!"

斯切潘卡又放下煎饼,看了一眼父亲,感到有点委屈。

索罗维约夫摇摇头:"去他的大耗子吧,重要的是爸爸活着!"

"那又怎么样?或许该把这个 И·И·格拉西莫夫叫到这里来吧?时间正在过去,我们该开始了!"

三哥从黑暗处往外看,又看了看索罗维约夫。

"来!先看看'叶尼塞'的档案,里面有装在信封里的照片,然后再读其他资料,那里会有你感兴趣的东西。他领你参加了中国的地下工作……爸爸怎么对我们说来着?'中国人是好人啊!'"他很自信地翻开档案,找到需要的那页,走到索罗维约夫的桌子前面:

"这就是!"

索罗维约夫看了他一眼。

"他还说过没有房子。"

"是的,这是他说错了,'没有法子'他说成了'没有房子','房子'就是'家'的意思,而'法子'是走出困境的办法!"三哥微微一笑,从信封里拿出照片。

这是些革命前的老照片,也不是很老。有些还能看清题字,有的摄于圣彼得堡、莫斯科,有的在特维尔,有的在哈尔滨,其中有单人照,也有合照。

三哥指了指一张合照:

"就是这张!"

总的来看,这是一张全家福,也就是全家合影:穿礼服的男子坐在圈椅里,女子把右胳膊肘支在圈椅的扶手上,小男孩站在女子前面,男子的右侧。索罗维约夫抬眼看看三哥,他已经蹲下在保险柜里翻腾东西。他掏出厚厚的三大摞文件,从底下拿出来,扑通一声放在桌边上。

"这是叛徒尤什克夫的案子!他的事你听说过了,而这个是日本关东军驻哈尔滨军事使团头目浅草的档案。他,你也听说过。下面是罗扎耶夫斯基等等,所有的白匪坏蛋……往后看吧。"

索罗维约夫点点头。

"而这是'哈尔滨人'行动小组的材料,第一卷'子弹',就是这位大叔,"他又在照片上指了指,那是一位穿礼服的男子,"材料从一九二一年开始,当时他身为高尔察克的侦察部门副总监,前外贝加尔地区边境保安情报官,就是沙皇时期中东路保卫部,后来他却意外地'从天而降'出现在哈尔滨,平安无恙。这令人们大跌眼镜,因为谁也没想到,无论是哈尔滨人,还是我们的人。他无声无息地过日子,爱护妻子,教育孩子,和侦察——反侦察毫不沾边儿。凡是来向他提出建议的人,他一概以俄国人的方式婉言谢绝。他们甚至派柯西明将军出面,当时他是哈尔滨主要的法西斯分子……"

索罗维约夫惊讶地看了看三哥。

"是的,是的!别吃惊!当你在西方打德国法西斯分子时,在我们身边出现了自己的法西斯,不过这是俄国的法西斯,整个是一个党,日本人豢养的……"

索罗维约夫摇头。

"阿塔曼谢苗诺夫也派人来,请他出山。"三哥接着说,"你不能相信,来的人都被拒之门外。日本人也严密地控制着他。虽然他们都各有所图。"

索罗维约夫听着三哥的话,有两件事令他吃惊,首先,他的中国腔哪去了?说到"子弹"的时候只稍稍地带了点口音,轻微地将C发成了山的音,那是因为没有门牙,一九三七年门牙在地下室被打掉了。第二,他为什么把这一切都讲给他听?

"就是这样!"三哥接着讲,"这里有意思的是我们在格拉西莫夫那儿找到了他的照片。如果这张照片在格拉西莫夫这个日本间谍、刽子手、宪兵队行刑者手里,那日本人与'子弹'的关系就不那么简单了,多半是不太愉快的。是什么关系呢?"

"你问我吗?或许还是去问格拉西莫夫吧。"

"会问的!不过怕他撒谎,想方设法迷惑我们。那首先我们得弄清楚,然后再听他说。如果我们搞清楚了,他再对我们撒谎,我们就一目了然了。"

"什么一目了然?"索罗维约夫没理解。

"你知道,石头有两端!"

"石头何来'两端',照俄国的说法,'棍子有两端'。"索罗维约夫纠正说。

"索罗维约夫,你的俄语很烂。说石头两端,意思是一块石头在喉咙里,另一块……"他支吾一会,"在屁眼儿里!"

"原来如此啊!我知道你们说的'屁眼儿'是什么!可照我们的说法是……"

"对,"三哥打断他,"就是这样!当两块石头都在自己的位置时,它们之间就会产生超压力,也就是格拉西莫夫对我说的,这是一块石头!而你如果自己读了这些档案,自己会理解……"

"意思就是我成了'屁眼儿'里的另一块石头!那就谢谢你吧,老兄。你的俄语学得很棒。那就行行好派我去……"

三哥失望地看着索罗维约夫,怎么也没想到他会这样理解自己的话。

三哥在夜里两点钟回家了,他的工作日结束了。索罗维约夫脱了靴子和制服,躺在皮沙发上,准备读点什么东西。他可以脱了衣服,铺上床单,像个人似的正儿八经睡,但在前线养成了和衣而眠的习惯。儿周之前他与自己的侦察小组从哥尼斯堡市郊的前线撤下来,被派到哈巴罗夫斯克(伯力),准备去执行新任务。

在躺下之前,他用几分钟时间选择读什么。"子弹"卷宗很厚,三百多页,其他卷宗——尤什克夫和浅草的——也不少。"叶尼塞"的材料要少得多。

他掂量掂量,拿起了"叶尼塞",翻了翻目录和正式材料,最后决定读简历部分。

亚历山大·亚历山大罗维奇·冯·阿代伯格。

父亲——亚历山大·彼得罗维奇·冯·阿代伯格,男爵……

"开头很好!——既然父亲是男爵,那'叶尼塞'也是男爵吧?就从'子弹'开始称男爵呗!"他把"叶尼塞"推到一旁,"明天再说吧!"

"子弹"

亚历山大·彼得罗维奇·冯·阿代伯格,男爵。

出生年——一八八五年。

出生地——米塔瓦。

出身——奥斯特泽世袭贵族(日耳曼世袭贵族)

教育程度——莫斯科第二士官学校,亚历山大罗夫军校。

一九〇四年六月——近卫军步兵团一营三连准尉,服役地点——圣彼得堡市。

一九〇四年十一月——一九〇五年二月——"满洲"第一军第一步兵旅狩猎队长。(旅参谋长——Л·Г·克尔尼洛夫中校),服役地点——"满洲"。

受奖:在日军后方——三级乔治十字勋章,"为抗日而战"奖章。

一九〇五年二月——近卫军步兵团司令部准尉,服役地点——圣彼得堡市。

一九一〇年——外阿穆尔地区边境独立保安司令部情报侦察处军官,上尉,服役地点——"满洲",哈尔滨。

索罗维约夫在台灯下看清了履历表右侧空白处铅笔写的斜体批注:

А·А·П根据外贝加尔地区独立保安团团长Е·И·马丁诺夫的请求调往哈尔滨。在日俄战争期间任"满洲"第一军总军需官。Л·Г·克尔尼洛夫的第一步兵旅也在他的领导之下。

马丁诺夫这一姓氏两次用粗笔红字画了重点,下面的批注是:

一九三七年被处决。Ст.58-10 УК。

索罗维约夫读完后便想:

"克尔尼洛夫,我知道,马丁诺夫我不知道!算了吧,往下看!"

一九一四年九月——一九一七年十月——西南战线(布鲁西洛夫)司令部情报副总管。

一九一七年——一九一八年九月——所在地点与从事的职业不详,未经证实的资料,称其一九一七年十月隐居在彼得格勒、莫斯科和特维尔(说法需要查证)。

"查证!"索罗维约夫再次放下,停止读下去,"说得轻巧,查证!去查证好了!人已经没了,那些人离得又很远!"

一九一八年九月——一九二〇年二月——上校，高尔察克部队侦察部门副总监。负责押运黄金储备专列……

这样！现在明白了，为什么大家都往他那里钻，而他都给赶走了！

一九二〇年二月——一九二一年六月——所在地点不详。

一九二一年五月—六月——通过秘密渠道，估计是利用走私者的布拉戈维申斯克（海兰泡）—萨哈梁路线逃到中国。

目前住在哈尔滨。

俄国侨民局三处副处长。（БРЭМ）

配偶——男爵夫人，安娜·柯萨维里耶夫娜·冯·阿代伯格（娘家姓拉杰茨卡雅），一八九三年出生，出生地——圣彼得堡，波兰贵族世家，母亲是俄国人。芭蕾舞蹈班毕业。从一九一〇年常住哈尔滨。

儿子——亚历山大·亚历山大罗维奇·冯·阿代伯格，男爵，一九一五年六月二十（七）日出生在哈尔滨……

"多么有趣呀！"索罗维约夫心里想，"真想不到！都是纯粹的男爵！在我的朋友和熟人堆儿里还没有一个这样的人呢，跟我同年同日出生的三哥也是一样。虽然对中国人来说生日并不重要。往下看吧！"

哈尔滨工业大学毕业生，建筑工程系。掌握的外语：英语、汉语、日语、波兰语。

不少啦，波兰语自然会说了，妈妈是波兰人嘛！

索罗维约夫没从沙发上起来，探过身子从桌子上拿过阿代伯格家的相册。

"是——啊！真是的！竟有这样一家子！爸爸代号为'子弹'——上了膛的！曾与克尔尼洛夫和布鲁西洛夫共事，这些人我们知道，而什么马丁诺夫，我们还不知道，还有沙皇陛下的黄金储备！而这我们得弄明白！不管怎么样！"

七月六日　星期五

早晨，索罗维约夫和三哥从局办公楼右翼侧楼梯下来，在每段楼梯转弯处，都围有铁质圆形护栏。

"我问你，这个楼梯什么时候使用过？"

"记不得了！"三哥惊讶地看着索罗维约夫，"这个记不得了，只是没忘，我获释时顺着这个楼梯从地下室上去听局长的最后一次审讯，你说得对，我再什么也不记得了！"

"可能忘了！你是一九三七年获释的吧？"

"是啊！"

"对了，而现在是一九四五年！"

"时间过得真快。"

"那到现在牙为什么还没镶上呢？"

"让我记住不忘！"

"那还有谁呢？"

"没有,当然了,不过……"

"那没什么,你本人认识这个尤什克夫吗?"

"我对你说过……把我押到他那审讯……怎么不知道呢?知道!不知道就好了……"

"他是不是折磨了许多人?"

"其实全都给收拾……"

"结果他溜之大吉,这畜生!"

"打掉门牙这个仇非报不可。"

"意思是,得打掉他一颗牙呗……那我如果抓不住他呢?"

"那就一枪打死他,得确认他的确死了!"

"这我明白!"

"好!书面任务书在起飞之前要读一读。"

"明白了!虽然……"索罗维约夫沉默了一会儿,三哥打开地下办公室的门。

"虽然什么?"

"我想我们在那并不孤单。"

"你想得对,但是你有自己的任务,抓捕尤什克夫,而日本人和白匪的档案要监控好……这就不用我解释了。其他人员从前线直接飞去,也就是晚一些。不过要知道,这个秘密是作为兄弟告诉你的。据我所知,你是我们局派出的首批人员。"

索罗维约夫停在地下办公室的门口看着三哥。

"点头啊,还是怎么的?主要任务是中央局长和主席下达的。一周后起飞。"

七月十日　星期二

"一切顺利！"索罗维约夫心里想,他看清了几个身影已经平静地进入后门。

"谁也没弄出什么叮叮当当、哐啷哐啷的响声！不然我自己就把所有人干掉了！"

他最后一个进了飞机。

"圣·尼古拉教堂。身高一米八,刮了脸、黑头发、薄嘴唇,微笑,平静而开朗,双手软绵绵,没有骨感。大概,我不能不说,照片上很好看,正面、侧面都很好看！我认出来了,好了,睡吧！"

飞行员把梯子拉上来,关上舱门,他听到为他送行的三哥在外面用手拍打机体的声音。当马达启动以后,索罗维约夫习惯性地感到从手腕到指尖通过暖流。

两分钟之后,他就入睡了。

有人碰了碰他的肩膀,他醒了,小灯开始闪,舱门打开,一名飞行员站在门旁。他抬起一只手,摸摸卡宾枪,感到手掌有钢丝绳的味道,向右转身,和大家一块纵入黑暗的空中,寒风袭面。

索罗维约夫下降几秒钟,又往上升了一下,噼啪一声,抻得裤裆生疼:

瞧,感谢上帝,打开了!

他动了动胳臂、腿,觉得自己还挎着降落伞的背带,他喜欢背带的撞击感觉,这意味着伞已打开。

好啊,还能活着了!

他环顾四周。高射炮弹在头顶上爆炸,开出灰白色的烟花。在二十米远的地方,可以猜出是一个大城市。

"为什么这么近?他妈的!"索罗维约夫心里犯嘀咕,"我们应该降落在郊区,或者干脆降落在站前广场,不用问你们这帮人从哪里来,直接去宪兵队报到算了。如果有北风就好了,再往远飘一飘,那就该换装备了。不过飞行员往哪看呢?为什么离城市这么近?我回去让除奸队跟他们算账。有意思,我们有几个人飞到地方了,最好是都到了!"

八月五日　星期日

他站在圣·尼古拉教堂里,观察这里发生的一切。他看见一位穿着体面的高个子金发年轻人走进来,开始买蜡烛,他一下就认出来了。年轻人按约定买了三支蜡烛。

"叶尼塞!"

索罗维约夫走过去,也买了蜡烛——六支。他们交换了眼神儿,索罗维约夫不慌不忙地向出口走去。

在教堂的小广场瓦尼亚特卡站在那里把肩膀随随便便地靠在围栏上。

混账东西!怎么这个样子站在教堂旁边!这就是共青团教育出来的货色!

瓦尼亚特卡看见索罗维约夫,便穿过教堂广场。

教堂周围的转盘道上行驶着各种汽车。索罗维约夫的侦察兵瓦尼亚特卡头一个过了马路。索罗维约夫向"叶尼塞"点头示意,那位跟在后面随行，索罗维约夫殿后。他们走上车站大街，彼此之间逐渐拉开了距离，十五到二十米的样子。他们到了霓虹桥，彼此还能遥遥相望，一直转到经纬街街口。索罗维约夫跟在"叶尼塞"后面，看见他不时停下来和行人打招呼，他的熟人忒多了：俄国人、中国人和日本人都有；有时是寒暄两句，有时只是点点头而已。

"失败，"索罗维约夫心想，"半个城市的人都认识他。"

在头些日子，索罗维约夫与瓦尼亚特卡不止一次走过这条大街，找个地方考察与监视"叶尼塞"。在他们走的那条人行道上，前后左右的行人都注视着他，观察他们这伙人周围发生的一切。

经纬街还是那么热闹，"叶尼塞"常常遇上熟人，索罗维约夫走上对面街道，位置在瓦尼亚特卡和"叶尼塞"中间。瓦尼亚特卡拐入一个门口，里面有一家不大的裁缝店。索罗维约夫进去在橱窗前面站住。他看见"叶尼塞"稍微迟疑了一下，也进屋了。一位年轻漂亮的中国女子站在柜台后面，看他一眼，微微一笑，温文尔雅地指指柜台后面的一扇门。"叶尼塞"也还以微笑，跟着进去了。索罗维约夫与瓦尼亚特卡也随他们进去。

里边是作坊，房间不大不小，有几张桌子放着缝纫机。

"您好！""叶尼塞"问好，有些紧张。

"你们为什么在全城考察我，到晚上妈妈都知道我去过哪里，都跟谁打招呼了。"

索罗维约夫边走，脑子里不由得产生了这个问题，但他不能对"叶尼塞"讲，正是在这个时候，开始建立秘密据点，不过还没完全准备就绪，特别是从教堂开始他们就受到监视。没什么可说的，只能把手伸过去。

"来认识一下吧！"索罗维约夫说，他们互相问候了一下。

"我们在这谈话不太方便，所以咱们简短截说……我建议选择两个地点：菜市场和傅家甸。"索罗维约夫在"叶尼塞"面前放了两张类似糖纸一样的纸，"这是路线图和详细地址。"

"傅家甸可以，而菜市场，我觉得离我们家太近，不方便。"

索罗维约夫一想，支持"叶尼塞"的选择：傅家甸是中国人居住区，人口稠密，但住的不只是中国人，不过中国的地下工作者可以保证他们的安全。菜市场在南岗，离"叶尼塞"家几个街区，他在那儿出现会吸引人们的注意。

"我们与他一起工作很好，他懂得保密！"索罗维约夫这么一想，放心多了。

他们说好明天仍然在午休时间会面。

八月六日　星期一

早晨,"叶尼塞"从家里一出来,索罗维约夫小组的四个人就开始监视他。

"咱们俩是同一天生日,您不觉得奇怪吗?"索罗维约夫打招呼之后微笑着问"叶尼塞"。"叶尼塞"进了秘密处所,坐在指给他的椅子上。他用错愕的目光看着索罗维约夫。"作为一个侦察员他太外露了吧?""叶尼塞"心里想,回答说:

"关于这个问题应该问我的父母。家父一九一四年赴德参战,好像是九月份……"

"得了,清楚!"索罗维约夫说。

"下一步怎么办?""叶尼塞"没留空,接着说。

"下一步?在哪下一步?在这里,'满洲',还是我们和您?"

"在'满洲'。"

"这个现在我不能说。"

"军事秘密？"

"可能是吧,是秘密！"

"秘密,这我明白了,那我们呢？"

索罗维约夫沉默了,思路有些乱。

"叶尼塞"打破了沉默："可能您觉得很复杂吧！我想您在这里是办大事的,不过我现在还不知道办什么事,如果您同意,我来开始……"

"真机灵！我确实觉得很复杂！首先我想,观察观察你,白党小羔子！不过挺有礼貌的！"索罗维约夫想了想,点点头。

"我们等着您,您可能对我们是谁感兴趣吧？"

索罗维约夫又一次点点头。

"我们……就是那些人……他们……""叶尼塞"久久地选择措辞,"如果简单地说,我和我的朋友们属于'护国主义者',如果您……知道这是什么意思。我们在哈尔滨的青年大多数是'护国主义者'。还有另外一部分,很少一部分,我们叫作'失败主义者'……"

还是在哈巴罗夫斯克(伯力)的时候,三哥就给索罗维约夫讲过"护国主义者"和"失败主义者"的差别。

"我知道'护国主义者'和'失败主义者'的差别。"

"那就容易了！这么说吧,当红军击溃了德军,我们这些'护国主义者'就想你们来的时候,我们可以消灭日本人！"

索罗维约夫惊讶地扬了扬眉。

"不要吃惊。首先,你们的先遣队已经到了呀！"

索罗维约夫点头,表示理解。

"其次,我们跟踪了解形势发展,我们知道打败希特勒之后,苏联不可能容忍在自己身边有日军存在。铁路问题无论如何也得有个说法,它是我们的,俄国的。俄国人建设了它,我的父亲保护过它,""叶尼塞"看着索罗维约夫的眼睛,"我们清楚,在这里谁都受不了日本人

379

的压迫,无论是你们还是美国人,中国人也明白,他们受日本人的苦太大了。"

"你妈的,用整个一个政治宣传蒙我,去你的吧!"索罗维约夫心想,不过,也同意对方的观点,于是又点点头。

"我们已多次谈到这个问题,就是当你们到达'满洲'之后,我们能有什么作为?"

"那得出什么结论了呢?"

"关于这个稍后再说,如果您同意……我们许多人都想回到祖国,上前线,甚至有人还试图与你们的代表谈,虽然与他们只是一面之识。但全部被拒绝了,这是很明确的,因为日本人监视所有与苏联领事馆的工作人员有联系的人,结果是一些人不明不白地消失了。至少是被宪兵队跟踪!"

索罗维约夫非常认真地点头,在哈巴罗夫斯克(伯力)就知道日本反间谍部门是怎样工作的,从地下工作者那里得到许多这方面的情报。

"因此我们在这里等你们,都想做个有用的人。"

"用什么方式呢?"索罗维约夫问道,尽管已经猜到"叶尼塞"会说些什么。

"用什么方式?"他没有一点吃惊的意思,只是重复一遍问话。"这很简单,这里的一切我们全知道,许多人是在这里土生土长的,我们熟悉每个角落,我们眼看着日本人怎样到来,其中许多人一见面就能认出是谁……"

"那我们的人呢?"

"除此而外,""叶尼塞"平静地继续说,"关于他们的司令部、兵营、宪兵队、警备队、武器库、装备库等我们都知道得清清楚楚……"

"啊?"

"叶尼塞"点点头:"我们也知道我们的……"

索罗维约夫把手臂交叉在胸前说:"许多俄国移民,"他想说"白俄移民",不知为何简单地说成"俄国移民","在日本的军事使团、宪兵队工作,或在浅野部队,在 БРЭМ 供职。你们那里也有法西斯分子——俄国人。"这使他不免想起"叶尼塞"的父亲,但他明白,现在还不能那样做,在一开始,对一个人还是多寄予希望为好。

"您指的是,""叶尼塞"慢条斯理地说,"康斯坦丁·弗拉基米洛维奇·罗扎耶夫斯基及其一伙吗?他们的事我们也知道。正好,我父亲……"他在"父亲"一词上加重语气,"与浅草将军共事,我想这一点你们也清楚。"

索罗维约夫问道:

"您指的是,我们是否掌握了令尊在日本情报机关干事吗?"同时回答说:"当然掌握了!"

谈话开始变得很激烈。索罗维约夫不明白这个年轻人为什么让他气得发抖:"说话很正常,有礼貌,善解人意,不知在他身上有什么东西……不是我们的,只是——那是什么呢?"

"少爷?不是少爷!"听着"叶尼塞"说话,索罗维约夫心里想他没赶上有"少爷"的那个时代,他还是个孩子的时候,他们已经逃走了。"一举一动循规蹈矩,不摆架子!"

噢!索罗维约夫突然冒出个想法。"血统纯正",他听听他讲话,再听听自己讲话,于是选了这个词儿,正是"血统纯正",但不是门第、爵位,就像在学校里老师教的,就是说,有距离感,也就是……索罗维约夫明白了,是他搞错了。

"有一段时间我和罗扎耶夫斯基关系很好。他年龄比我大,是从苏联跑过来的,我们都把他看成英雄,他讲话很有煽动力……""叶尼塞"停下不说了,从兜里掏出香烟,索罗维约夫不由自主地伸手拿打火机。

"停!"他心里想,并停住手。"我还要请他吸烟是怎么的!"于是把打火机放在桌上。

"叶尼塞"拿起打火机把烟点着了,表示感谢:"您吸吗?"

"不,早戒了!"

"好,那我就接着说!他的主导思想,我指的是罗扎耶夫斯基,心中总是充满仇恨,像是仇恨人类,穷凶极恶,谎话连篇。这究竟是怎么回事呢?我们开始不明白,我自己也不明白。他是个能说会道的演说家,我们听得津津有味……是妈妈首先敲起警钟,后来是库吉玛·伊里奇·杰里诺夫。您知道谁是库吉玛·伊里奇·杰里诺夫吗?"

"当然知道。"索罗维约夫说。

"老头儿有一次看见我们的法西斯分子列队在街上游行,高喊口号,当时他就说这些人没有仁爱之心,谁要落在他们手里,只有死路一条。"

"我们的法西斯分子"一词刺痛了索罗维约夫的神经,但是他还是忍着继续听下去。

"后来父亲说出了自己的看法,当时他还供职于 БРЭМ,在这之前经浅草介绍认识了他们,那时他还是大佐。"

"叶尼塞"一直在说,几乎没停。

"父亲只是说应当对他们敬而远之。顺便说说,罗扎耶夫斯基非常敬重家父。他一直把我父亲看作最高执政亚历山大·瓦西里维奇·高尔察克的情报副手。"

"哼!"索罗维约夫边听边想,"亚历山大·瓦西里维奇·高尔察克,而不是简单地说高尔察克,亲爱的朋友!是这样!"

"叶尼塞"继续说:

"不过,爸爸去 БРЭМ 工作的时候,那是一九三八年的事,他们还没有什么关系。当然,爸爸当时并没露面,顺便说说,他不愿意为日本

382

人干事,但他们逼他。而罗扎耶夫斯基像人们说的,暗算他,在他背后搞阴谋,浅草又支持这阴谋。"

"原来这样,他妈的!敌人那里也是钩心斗角!"索罗维约夫暗中幸灾乐祸。

"结果怎么样呢?"他问"叶尼塞",但突然自己打住了,因为这样下去,谈话就不对路了,他还得与这个人合作呢,有可能与他们父子俩共同办事。这种可能性不能排除。

"算了,咱们还是谈别的事吧。在你们那些'护国主义者'中,您可以信得过的都有谁,有几个老铁?然后咱们再谈谈对手。"索罗维约夫边说,同时把市区地图摊在桌上。

在谈话结束时"叶尼塞"提了个问题:

"请问'祖国'电台是在哪里广播的?"

"不知道!"索罗维约夫回答,看着"叶尼塞"的眼睛。最终索罗维约夫很满意,他甚至觉得开始对"叶尼塞"有了感觉,他对他的关注点很满意。索罗维约夫感兴趣的日本人目标,他都清楚地对他讲了,如何接近,甚至日本人和俄国工作人员的数量他也有所了解。他拥有关于日本警备队指挥成员、宪兵队的领导与工作人员,以及日本军事使团的情报。不过索罗维约夫还不急于掌握有关具体任务的情报,谨小慎微不致误大事。应当跟踪他,还有他父亲,看看有没有人在他们周围活动,其中有"我们的人"或者"不是我们的人"。同时安排人员在俄国侨民局、宪兵队和军事使团附近蹲点。

萨士克在见面之后回到班上。但他心情不太平静,不太好。昨天的见面叫他不太高兴,今天的见面也引起他的不安,甚至失望。客人对"我们的人"的兴趣很明显,但这有什么办法呢?哈尔滨反对苏联的组织是很多,但是都很小,很分散,实际上没什么力量,只是纸上谈兵而已。就是日本人企图通过这个搞出点什么名堂来,也是一无所获,全部是小菜一碟。这个情况他,或者他们从何得知,他们一直都是生活在那边。他很想在"生活"一词之前加一个"幸福地"。不过谈话结束得比较好,所以并不想去办公室,看日本人那一张张冷脸,现在很明显,这都即将成为回忆了。

今天客人说的话他觉得并不多,给他的印象是他们在这里不止他一个人,而是一组人,他们有具体的任务,时间一到他们会立即采取行动,马上动手!所以他哪也不想去。现在最好发展自己的人,立即开始,可从哪里入手呢?最近还吩咐大家要好好上班,不要分散注意力。

萨士克心事重重,边走边反复考虑刚才听到的那些话,情绪起伏不定。时而高涨,想到当前事业,时而低落,想到"我们的人"、家庭,尤其是父亲。他从小记得客厅里的谈话,那时高朋满座,都是各阶层的侨民精英。父亲刚回来时,谈话七嘴八舌,吵闹不休,争论焦点是下一步怎么办,如何战胜布尔什维克。

他走在人行道上,他没注意熙熙攘攘的行人,以及几十米之外有一辆出租车与他并排行驶,车轮轧在马路上发出轻轻的沙沙声。他刚刚想起家庭,突然有人喊他的名字。因为突如其来,他不禁颤抖了一下,开始往周围看。有人从行驶的出租车中向他招手,萨士克大吃一惊,甚至摇了摇头——原来是宫泽光一。

"怎么,没想到吧?"宫泽喊道。"坐吧,我送你!"

萨士克的确没想到,上车坐在他的身边。

"你从哪来?"

"从哪来?不告诉你!"宫泽向司机点点头,笑容满面地回答,"军事秘密!"

"又是军事秘密!"萨士克不由得心想。

"现在去哪里,自己猜吧!"宫泽大笑,整个身体紧靠萨士克,"算了,没什么秘密。我又回到哈尔滨了!"

由于太突然,萨士克无心再猜了。

"我们几年没见了?"

宫泽哼了一声。

"从一九三八年吧!你不高兴吗?"

"高兴,当然高兴!"

"我们什么时候会一会?"

宫泽刚下火车,和刚从办公室出来的萨士克意外邂逅后,宫泽继续乘车在这个阔别了七年的城市里赶路。恰好与萨士克不期而遇,他很高兴,这次相逢令他激动不已。

他终于到了这家日本旅馆,他从心里感谢使团同事的安排。他进入蒸汽浴室,一位日本中年妇女用丝瓜瓤给他搓完身子,冲了温水,默默地递给他一件棉质和服。宫泽出来后换上干爽的衣服,满意地坐在漆面的小桌前面,午餐已经摆好。一小时后,他来到街上,该是去使团机关报到的时候了,不过他想先看看周围的情况。

浅草将军正坐在办公室阅读野村上报的文件。

"那架飞机的情况怎样?"他问道,头也没抬。

"关于这件事您最好问军方,他们为什么没把它打下来?"

"那您相信没有一批人员跳伞下来吗?"

"您尽力保卫桥梁和其他目标了吗?"

浅草抬起头:

"您怎么可以这样指责我呢,野村君?"

"我没生气,只是应当清剿这一地区,只要有可能发生这种情况,要做到万无一失,不能打死几万中国人,焚毁一些农田吗?"

"为什么,野村君?我不懂您的意思!"

"将军先生,因为这需要士兵,您不能给我提供士兵,而以后,情况就不一样了!"

浅草感到很遗憾,摇摇头,重又投入看文件。

"城里怎么样?索罗津呢?所有的目标他都掌控了吗?顺便说说,我要把他弄到我这里来,以及他的整个团队!"

"是这样,将军,您还问我为什么生气!那我该干什么呢?"

"今天是几号?"浅草抬头问。

"日历在您桌上,八月六日,星期一!"

"明天七日,叫他到我这来,"浅草看看表,"不能晚于十点整,如果他醒酒了!"

"您对他的警告确实有效,让他参观731部队之后,我的谍报人员就再没见他喝醉过。"

"这很好,就是说我们七年前没白说,记得吧?"

野村走后,浅草打电话给值班员。

"派车去接宫泽大尉了吗?"

"是,将军先生!"

"叫翟可夫到我这里来。"

浅草走到窗前。从他的办公室可以看见邻近的一幢漂亮宅邸,可他看了却像没看见。

"我们有七十万大军,布置在整个边境地区。"他离开窗子,走到地图前面,这地图已经两三周没拉上帘子了。

根据"北满"的地理形势,沿着阿穆尔河与乌苏里江的边境很容易入侵,用重炮轰击,符拉迪沃斯托克(海参崴)与哈巴罗夫斯克(伯力)之间没有任何联系。西部实际上都是没有森林的平地,从满洲里车站可以急行军到赤塔。这地方他非常熟悉,记得很清楚。

"请允许拜见！"翟可夫敲门打断了他的思路。

"可以进来！"浅草看看周围，"请进！"

已经老态龙钟的翟可夫迈着碎步走到桌前，停住。

请他坐下还是就让他站着？

"请坐！"

浅草回到自己的座位上。

"爱德华·谢苗诺维奇的情况怎么样？"

"阁下，他正坐在那儿看一份文件，我们没细看！"

"做得对，没细看就对了！坐执勤汽车把他拉到吉林街，我在那里等他，"他看看表，"过四十分钟，不，过一个小时吧！"

"遵命，阁下！"

"去吧！"

翟可夫转身朝门口走去，浅草又回到地图前面。

"狗——杂——种！"他说，看着西伯利亚大铁路离阿穆尔河那么近，而东部靠近乌苏里江。

"什么？"翟可夫问道，他还没走到门口。

"去吧，翟可夫，去吧！我不是对你说呢！"

"是，阁下！我觉得……"

"快去吧！"

翟可夫走了，宫泽上尉还没到，浅草不想离开，仍然站在地图前。在他的脑子里有个谜团久久不得其解，现在却代之以一句俄语骂人话"狗——杂——种"！

"他们为何对美国宣战呢？其实，这就是进攻基地呀！远在一九二八年的'大津'计划的策划者多么正确啊！这位神田正种少尉真是智慧超群！当然，应该在这里开始！在这里！进入'满洲'，保证了后方基地，清除了中国的共产党人，暂时与农民搞好关系，和打击……"他看着地

387

图。他用铅笔在地图上画上重点,忘记了腿疼,踮着脚,尽量靠近地图,仔细地审视那些符号:"符拉迪沃斯托克(海参崴)——封锁住半个舰队!另一个是阿穆尔河河口。从鞑靼海峡炸毁阿穆尔河上的共青团城。集装箱基地,就在几十海里以外的桦太!从边境到乌苏里江,有铁路,几十公里……总共……轰炸哈巴罗夫斯克(伯力),用炸弹摧毁布拉戈维申斯克(海兰泡)……通过草原急行军直取赤塔!在这里安顿下来,取得煤炭、矿石,在共青团城恢复飞机制造厂,还有这儿——制造舰艇的造船厂!在这之后,亚洲还有谁胆敢吭一声?然后就可以收拾美国了。而我们已经陷在这里,开始是中国人这个蚂蚁窝,我们应该把中国烧它个寸草不留……'满洲'变成我们的殖民地,这里成为我们可靠的后方……可美国人一下子把我们的舰队全给击沉了。畜生!"

浅草离开地图:"俄国母——狗!比日本的畜生更厉害。帝国舰队的指挥官不是畜生,他本人了解这一点,他们本来已经向天皇证明了这一点,首先应当战胜美国,成为太平洋的主人。必须以陆地为基地,就算日本周围全是海洋,那日本不也是住在陆地上,而不是生活在水面上呀!他们怎么就不能明白这一点,他们对陆地同行的方案大加挞伐,在天皇面前坚持偷袭珍珠港方案。这是犯了战略性的错误!拉网打鱼、刨地种田的这些畜生!这些人正是那些母——狗!穿着漂亮的黑色军装……"他说出声来。

"对不起!"突然听到有人在门外说话。

宫泽从旅馆出来去使团,一路上观赏着这个城市,一闪而过的房屋、街口、教堂,七年之间长高的树木,确实有一种回家的感觉。

"哈尔滨!"他心想,"我在这里经历过多少事呀?"

很多行人走在两侧的人行道上。他仔细地观察他们的面容。他觉得有的认出来了,有的还在辨认,一切都一闪而过,一切又是那么熟悉。他觉得现在好像见到了索妮娅，或者安娜·柯萨维里耶夫娜，或者亚历山大·彼得罗维奇，或者自己的学生们，或者使团的同事，闪过的可能还有老杰里诺夫，如果他还健在。人们来来往往，并不熟悉。但从另一方面说，又是熟悉的。他们几乎没什么变化，不过宫泽觉得大部分人的脸上都浮现出惶恐的表情，行动张皇失措。他们有时摇摇晃晃，神经兮兮，像人们特别激动时那样两手发抖……

他不想被这些事情吸引。

所幸见到了萨士克。真的，这多少冲淡了他对抵达哈尔滨的神秘和浪漫的期待，这次见面太出其不意，简直是惊人的意外。索妮娅当然没见着，她早就去上海了，偶然得到她的一点消息……也可能还有其他人……但那都是些外人！

他没想到，自己在军队中的第一次实习期会这么长。他走了也就是一年，而且离这比较近，几天之后就受了伤……长时间在军医院治疗和在家休养……当轰然一声巨响之后他惊醒了，他不明白为什么周围一切都是白茫茫的，手腕和脸上都不痛不痒。在他的记忆里还是浓重的潮湿、黑暗，突然出现了地平线、灰茫茫的湖水和淡淡的曙光。后来想起了北岛，立刻明白了，他是在医院里。是一个苏联边防军士兵冲上来，打伤了他。他两次受伤，一次是炮弹炸的，一次是苏联边防军士兵开枪打的，当时北岛被打死了。

在结束治疗之后他回家疗养了一年，关东军情报部给他颁了奖，晋升了军衔，建议他在情报分析处工作。他的伤很重，医生建议，如果他愿意，可以留在军队，但只能担任非战斗职务。

关东军情报部的领导中谁也没对他说叫他回哈尔滨的目的。

汽车在医院街向左急转弯。开到门口，司机给了信号，门开了。宫泽从值班员身边过去，上楼梯，这里没什么变化，摸着楼梯扶手仍然令人觉得那么舒服。他与那伊阿德水神的大理石雕像打了招呼，她继续

站在壁龛里,招手指引人们走上楼梯。浅草办公室的门意外地半掩着,他推了推门,看见……不,听见一句俄语:

"母——狗!"

这真是出其不意。从门缝可以看见将军的身影,他偏左站在那里,看着书架中间挂着"满洲"地图的地方。

"可以进来吗?"宫泽用俄语问道。浅草急转身,表情很凶,见了他,立刻变脸,欲微笑以对,宫泽觉得是这样。但是浅草忍住没变,还是习惯性地板着脸。

"对不起,大尉先生,我还以为翟可夫没走呢,进来吧!"

宫泽后来这几年在沈阳服役期间,浅草几乎每年去关东军司令部两三次,不过他们见面的时间都很短暂。在宫泽康复后,他曾祝贺他恢复工作和担任新的任务。宫泽一直期盼请他回到驻哈使团工作。

"再次请您原谅,请坐吧。"

这不是请他了吗?

"路上还顺利吧,大尉先生?"

"谢谢,将军先生,一路很顺利。"

"没多少时间,所以您准备好,我已经吩咐备车了。"

几分钟后他们到了吉林街。浅草沉默不语。从侧面车窗看见了教堂,宫泽心情有些激动。在一九三八年七月他几乎是奔跑着从教堂旁边经过,当时连看都没顾得上看一眼。

宽敞的客厅几乎是白亮白亮的,如一间手术室,翟可夫像影子一样跳出来,大圆桌上已备好午餐,一个瘦高大个子坐在旁边吸烟,在一张纸上用钢笔画来画去。

"您好,爱德华·谢苗诺维奇!"浅草停在门口,说完又向厨房喊,"果汁或者布扎,你们那儿有什么?"

宫泽感谢将军的这声命令,因为太热了,他环顾四周,看见厨房门里闪出一个人影。那人穿着厨师的白色工装裤,蹲在地窖口,他听见开窖盖的声音。

"拿点冰块来!"浅草朝那儿喊了一嗓子。

坐在桌旁的那个人回过头来,他叼着一支香烟,从牙缝说话:

"非常有趣的资料,同事们!一读就欲罢不能!"

浅草点头,转身用日语小声说:

"现在他会建议我们先坐下!"

"请坐,同事们!"坐在桌子后面的那个人叼着香烟,边吸边说。

厨师端着托盘,上面有一玻璃缸碎冰加布扎,冒着沫,发出轻微的咝咝声。

浅草说:

"那么,先生们,来认识认识吧!"

"尤什克夫!"坐着的那位欠身,把手伸向宫泽。

"我们面临的工作并不轻松啊!"没等宫泽自我介绍,浅草就说了。"从今年二月份开始,'满洲'就遭受苏联的炮击,现在有个自称为'祖国'的地下电台在广播……"他不出声了,看着宫泽和尤什克夫。

司机给个信号,门就开了,汽车便驶入使团的院子里。

"去我的办公室,钥匙在这里,几分钟后我上楼。"

宫泽登上二楼,小心地打开门锁,开门进去了。他知道,一九四一年和一九四二年浅草没在哈尔滨,一年在东京间谍学校任教,还有一年在欧洲度过。他在德国、匈牙利、罗马尼亚和意大利,研究了同盟国在占领地区的工作经验,可能亲自去了那里,可能去了俄国,也就是苏联,不过宫泽对此并不知情。

他头一次自己一个人进浅草办公室。他环顾四周，看到在过去的这些年里这里什么也没变：绿呢子面的橡木写字台仍然放在原处，金属台灯和从前一样放在桌上，墙上挂着天皇的肖像和国旗，墙左侧立着六扇的黑漆屏风，面上镶嵌着珠母，后面该是那间秘密茶室了，那里他曾经去过一次。

难道还保留着吗？

宫泽走到屏风前，往里看看：从两扇屏风中间的小缝里看见昏黑的门洞，看来那屋子还在。他正抬手，要动一动屏风以便看得更清楚，但听到将军的脚步声。浅草进来，没看宫泽一眼，说道：

"我们也没时间谈一谈，不过我想您已经清楚自己的任务。宫泽觉得浅草令人感到意外：他几乎不瘸了，快步在办公室里踱来踱去，拉开窗帘，打开保险柜，从一个格子里取出文件，放在桌上。宫泽没能跟上他。

"我明白了，将军先生，我得和尤什克夫研究研究电台的广播稿。"

浅草朝桌子走去，半路停住，手里拿着文件，看看宫泽，奇怪地摇摇头，把文件扔在桌上。

"这个是第一项！"他停住脚步，再次用那种令人难以忍受的目光看着宫泽。在过去的一个半小时，浅草和尤什克夫他们三个人讨论了苏联地下电台的广播稿。他认出来了，尤什克夫就是那个俄国大个子，一九三八年夏天索罗津秘密地陪他从哈尔滨去大连，还偷偷地给他拍了照。尤什克夫的任务是根据播放内容确定情报来源。还是在沈阳的时候，宫泽在关东军司令部就看过有关这个电台活动的报告。这个电台从今年二月开始播音，出现得很突然，每天播放数十分钟，对哈尔滨以及"满洲帝国"其他城市发生的一切事情报道得都非常准确。针对俄国侨民，广播使用俄语，晚上报道当天早晨发生的事情，早晨则报道昨天白天发生的事。播音的主角都是著名的移民和日本行政部门的活跃人士；播报从西方前线和太平洋传回来的最新战况，日本电台与报纸都对此装聋作哑。这家电台甚至给影院上演新片以及中央大街饭店的套餐做广告。不用说，俄国人从这个电台第一次开播就把耳朵贴在日本当局半禁未禁的收音机上偷听。对日本人而言，这是非常令人不快的丑闻：他们不能确定是谁如此快速和高效地把最新的消息提供给"祖国"电台。宪兵的措施和特务的手段全没有奏效。这样就提出一个任务——找到为"祖国"提供情报的人。

"那么第二项呢？"

"第二项嘛，"浅草走到保险柜前，从里面取出几本文件。"第二项！"他若有所思地说，"第二项晚点才能得到，现在您将每天从早到晚与他一起工作。最好您能夜里睡在那儿。您没结婚吧？"

"没有！"

"那就可以在那过夜了。"浅草继续在屋里踱步，"您想在哪睡就在哪睡，看您高兴，反正您没结婚。男人得结婚，哪怕临时的也行啊。明天开始工作，今天可以自由活动了。"

关于"叶尼塞"和一个日本人在一起的事，有人报告给索罗维约夫大尉了，同时提到"叶尼塞"在办公室门前下车后，那辆车载着日本人继续向前行驶。日本人在中央大街与交易所街的街角处下车，进入一家不起眼的旅馆，这里离松花江的沿江路不远。索罗维约夫亲自出马跟踪"叶尼塞"的熟人。经过一个半小时，来了一辆汽车接这个日本人，从旅馆接他去南岗，驶入医院街日本军事使团的大门。

"正在出来！"瓦尼亚特卡冒出一句话，摆出那种流氓姿态：肩膀靠在房子的墙上，一条腿叠在另一条腿上，两只胳臂在胸前交叉。

"来，跟上他！站住！"索罗维约夫抓住瓦尼亚特卡的胳膊，"他好像朝我们这边来了！我们赶快消失！"

瓦尼亚特卡退了五米左右，又靠着墙，掏出一盒老巴夺牌香烟。

"我不是叫你戒烟了吗？而且又像个流氓似的站着！"

索罗维约夫等那个日本人从使团驻地大门走到尼古拉胡同，并拐进去。只有几十米长的尼古拉胡同和医院街与教堂广场相连。日本人向教堂走去。索罗维约夫离开原地，从瓦尼亚特卡身边过去，说：

"赶快到我们的人那里，弄清楚'叶尼塞'是否在工作。监控他们直到晚上，不要撤，一直跟到他家，我们在基地见面。如果有什么事，我在这儿留个记号。"

瓦尼亚特卡点头，他戴那顶帽子很不习惯，一下磕在鼻子上。

"很好，三哥，当然得谢谢你，如果一个人从来没戴过礼帽，给他戴顶便帽也好啊！"索罗维约夫想了想，看看瓦尼亚特卡，心里嘀咕，他几个月之前才脱下水兵呢子外套和军便帽，在他短短的人生里从未戴过礼帽。

日本人不慌不忙地走过胡同，来到教堂广场的人行道上，停下了。

"查看情况！"索罗维约夫心里想。

其实，他戴礼帽也不舒服。这之前，一九四二年在德国戴过，在艾伯斯瓦德市，搞监控和反侦察。

他盯着看，日本人停下了。索罗维约夫在平行的人行道上走，也走上教堂广场，日本人停住了，看看广场周围的情况。索罗维约夫也跟着停下，趁日本人还没动，他用几分钟看看周围的情况。他对这个广场了如指掌，他非常喜欢它，在中心有一座像玩具一样漂亮的木结构教堂，他曾在这里与"叶尼塞"秘密接头。他觉得正如三哥所说的，这是一座俄国风格的城市；这里没有什么中国东西，许多房屋都跟哈巴罗夫斯克（伯力）的一样，甚至像列宁格勒的建筑一样美轮美奂。从一九四一年开始哈尔滨成为他的第二个城市，当然除了莫斯科，这是当然的。一九四二年他去过德国城市艾伯斯瓦德，但是，那里没给他留下什么印象。有一次经过一座漂亮的宅第，后来问队长，这是什么人的大宅，那位说是戈林公馆。

"原来是这样，是啊！"当时索罗维约夫说。"那我经过的时候怎么没带手榴弹呢？"队长向他吼道："带着手榴弹逛街不是你们的任务。"

哥尼斯堡可以不必拿下，因为它已经被摧毁了，斯索罗维约夫被招往远东，但法西斯仍在那里死守。

日本人站一会，然后围着广场向右转。

"去莫斯科商场，"索罗维约夫想，"那里正在办动物展览！"

日本人围着教堂广场走了半圈，已经靠近与大直街的交叉路口。他从容地走着，目无旁顾……不，他环视周围，但不是为了查看什么，索罗维约夫觉得他像一个旅游者在观光。偶尔站几秒钟，时而看看教堂，时而看看莫斯科商场，时而看看新哈尔滨饭店，然后继续走下去。

"不，不是在考查什么！不像！"索罗维约夫已经相信这一点，"要有人在后面跟踪他就坏了，那样我就被发现了！"

这个想法让他更加认真审视自己。

好像没什么问题！

日本人穿过大直街，长时间站在大直街与交通街交叉口，往下面，即花园街方向看。几分钟过后，索罗维约夫不知如何是好，他不能就这么毫无道理地站在这里。他一个人独往独来，没有替换他的人，违反一切规则，对这个日本人紧跟不舍，会引起人家注意。

不要紧。

日本人站在那想了一想，几秒钟后沿着交通街往下走。交通街空旷无人。日本人走下去，他沿着右侧人行道走，看着左侧的情况。索罗维约夫对那里很熟悉，从交通街头上左侧走一百五十步便是阿代伯格家，他在哈巴罗夫斯克（伯力）就从地图和照片上熟悉了这个地方的情况,在他们小组着陆以后,几次经过他家门口,而且看得清清楚楚。

突然间,索罗维约夫看到日本人的脚步有变化,不再是一个观光者的疲惫步态,而是迈着轻盈的步伐,胸有成竹地奔向既定的目标。斯索罗维约夫看他看得一清二楚,没必要跟着他。不过又出现了一个问题,如果日本人沿着这条街走到头,到了花园街是否不用跑过去追他。但是日本人在阿代伯格家对面停下了,吸了口烟,站了五分钟,看看那房子,然后踩灭烟头,又往回走了。

离开阿代伯格家,他便迈着平常的步子往回走了。索罗维约夫怕他打辆出租车扬长而去,那他也得打辆出租车,并且要向司机解释清楚。这可不太好,因为城里人们已惶恐不安,叫司机跟着别的车是很危险的,而且不清楚,他是否会遇上宪兵队的警察与特务。索罗维约夫也不能叫一辆人力车,三哥对他说过,这很自然,当俄国人坐上人力车,在城里跑一趟,那车夫全家一天就可以吃饱肚子了。但是那个日本人步行往道里方向走,他的路线很明显,是走斜纹街,去旅馆,只是在一个地方他没拐向松花江,却在斜纹街与交易所街拐角处的院墙旁停下了,里面有一幢带花园的房子,有两个耳房,是用砖和土坯建造的。日本人走近院墙,在靠近土坯房的地方停下了,从窗户和台阶来看,已经没人住了,他在那儿站了一会。他接连吸了两支烟,这之后才进入旅馆,斯索罗维约夫在旅馆附近离开他,便回基地了。

周一的工作结束了,亚历山大·彼得罗维奇准备下班回家。几分钟之前浅草来电话,问他听没听到"祖国"电台的广播和听到了什么新消息。他亲自给老阿代伯格下达任务,简而言之,就是这样:尽可能搞清情报来源。

亚历山大·彼得罗维奇照惯例,及时打开收音机,不过今天播报的是苏联的情况:被德国人破坏的城市,工厂正在恢复,还说到阿穆尔河已经进入捕捞鲑鱼的汛期。

一个小时之前米哈伊尔·卡皮托诺维奇·索罗津曾来过,他已经完成了任务。他说照野村的说法,从明天开始,他将在浅草和他——老阿代伯格的领导下工作。还说给阿塔曼的雷切夫布置了任务,他把自己最信得过的哥萨克百人队的队员召集到花街柳巷,他们在那里可以小酌和仔细听训话。

"那为什么是百人队呢?"

"他们轮班坐在那里,不然该睡着打呼噜了!"索罗津笑呵呵地回答。

"胡说八道。搜集这些情报的人还是自己坐那儿听吧!"亚历山大·彼得罗维奇站起来,拄着手杖看了看桌子。桌子上几乎是空的,有一盏台灯、墨水瓶、镶着铜框的全家福照片和上漆的小盒,盒里放着一颗三俄分口径的子弹,他取出来立在桌上。

"是我没来得及……我当时没及时赶到!"他拿着烟灰缸朝窗子走去。

从窗子能看见那条街。

上帝啊!上帝啊!他当时为什么那么着急,在一九二九年仲夏,米士卡给他发了一封电报到帽儿山别墅,那封电报现在还叠着放在子弹和熊掌底下。

他是多么害怕赶不及呀!

那时从苏联逃过来一些饥饿的农民。这些消息他也常有耳闻,当时,难民委员会的工作人员,便不得不参与他们的命运之中,不得不与中国当局谈判,为每个人能留下来进行斗争,因为并不是每次都顺利地让他们入境,留在"满洲"。

他回到桌子旁,把文件展开,但他的手停下了,接着拿起子弹。而米士卡的文件,他甚至都能背下来了,亚历山大·彼得罗维奇叹口气,

397

擦了擦前额。

尊敬的亚历山大·彼得罗维奇,上帝的仆人米哈伊尔请您救救我们,一切希望寄托在您身上,凯士卡那个狼心狗肺的东西……

"狼心狗肺……"亚历山大·彼得罗维奇重复一遍,"凯士卡,狼心狗肺……"米士卡的话在他脑子里转来转去,"一开始他朝我开枪,后来他们遇到了米士卡!"

当时他在哈尔滨坐上了"满洲"特快,几个小时以后抵达齐齐哈尔,在那儿换乘难民委员会齐齐哈尔分会的汽车直达嫩江,从这儿到萨哈梁的路有三分之二都是坑坑洼洼的,根本无好路可走。在次日晚上总算到了,这时才弄明白,他的电报根本没交给任何人。他在分会遇到唯一一个志愿者,他两手一摊什么也解释不清楚,他真想为此整死他。这帮难民由几个家庭组成,有四十余人,其中有老头和儿童,晚上之前中国人把他们装在驳船上,打算把他们送到布拉戈维申斯克(海兰泡)。

来不及了!

他想起,由于绝望不得不求那位志愿者带他去难民过夜的地方,就在那里,在储木场光秃秃的墙壁上,发现了这颗墙里边一半、墙外边一半的子弹。他并不是一下子就发现的,甚至不是一下子就注意到它,后来他才发现这怪事,在圆木之间的缝隙打泥子的地方,齐腰处有一颗子弹,打进去一半,露在外面一半。当时,他还问志愿者,问他中国人对难民如何。志愿者感到吃惊,不知所云,亚历山大·彼得罗维奇知道,中国人几乎不使用三俄分的莫辛步枪;警察用的是勃朗宁手枪,而在墙上露出半截的是7.62口径的俄国步枪子弹!于是他明白了,这是来自米士卡的"问候"和来自凯士卡的子弹。他拿一棍桦木棍子,插在下面左右摇晃。志愿者惊慌地看着他怎么把子弹撬出来。当撬出来后,他看着志愿者的眼睛,说这可以作为证据。然后什么也没解释。志愿者耸了耸肩膀,把他安排在旅店住下。亚历山大·彼得罗维奇至今还记得那一夜他喝醉了。

来不及了!

他把子弹放在烟灰缸旁边,它就开始滚,在头上弹了一下,它就开始旋转,不过速度逐渐慢下来,于是他又弹了一下。子弹很长,很锋利,由于多年在手中把玩,已经尽显亮铮铮的真铜本色。子弹在旋转,但速度在减慢,他又弹了一下,接着又弹了一下,他觉得子弹下面不是刷了白色油漆的窗台,而是灰色的木板,板子上旋转的不是闪闪发光的子弹,而是没有拉环的手榴弹。他觉得腿有点痛,离开窗子,把子弹放回到盒子里,放在抽屉中,关上办公室的门,走出大楼,回家。他挂着的拐杖很重,他不喜欢,但不能扔掉,这是浅草两年前离开哈尔滨之前,特意为他定制的,是一根镶有贝母的樱桃木手杖。

在大直街上,一个五短身材、头上怪模怪样地扣着一顶礼帽的三十岁左右的家伙差点与他撞个满怀,那人说声对不起,老阿代伯格觉得那人是在跟踪。

还没走到街口,亚历山大·彼得罗维奇有点困惑不解,于是停下来,看见宫泽光一正沿着交通街往上走,但没注意到他,直接穿过大直街。安娜在家里曾说过一件奇怪的事,她偶然一次在阳台窗子前面,发现在对面人行道上站着一个日本人——考斯佳。

索罗维约夫跟着日本人来到旅馆,把瓦尼亚特卡留下蹲坑,他向基地走去。晚上八点半钟左右,部分没事的小组人员集中在一起,索罗维约夫开始听取汇告。

汇告显示宪兵队和军事使团周围的情况在索罗维约夫来到这个

城市四天以来没什么变化,一切照常。人们来来去去,没有任何准备疏散和销毁文件的迹象。БРЭМ周围比较敏感,很多人进进出出,其中常客有罗扎耶夫斯基、弗拉西斯基将军、米哈伊尔·马特柯夫斯基、老阿代伯格,以及其他领导人。

"'叶尼塞'有消息吗?"

"一切照常,十八点十五分离开办公室,坐上公共汽车到秋林,下车后步行回家。

"谁跟踪他回家?"

"马杰亚和瓦洛佳·张。"

"马杰亚得换掉!"说完又补充一句,"他块头太大,太显眼……"

"什么时候换他?"

"如果没什么特殊情况,在宵禁之前,也就是十点之前……"

索罗维约夫把大家放走,把瓦尼亚特卡也撵走了,可这小子自己又回来了,想说说自己的观点。最后他一个人留下来了。

"今天是多么丰富多彩的一天啊!"他想,"八月六日……使团……这是谁?看得出来,来哈尔滨没多久!傻呵呵地张着大嘴在街上走着……他在阿代伯格家附近干了什么,在斜纹街那幢土坯房,他在那儿有什么事……还有在吉林街官邸!他们在吉林街干什么呢?他和浅草在那里度过一个半小时呀!"

马杰亚和瓦洛佳·张回来了。

"怎么去这么久?"

马杰亚哼哼唧唧地褪下湿透的套头衫。

"这鬼天气,已经半夜了,江就在旁边,还这么闷热!"

"别跟我说天气了,你还是说正事吧,为什么这么晚?"

马杰亚喘口气,抿了口热茶,坐下:

"时间长吗,你说?跟着我们的监控对象闲逛呗!"

400

"这是怎么回事？又喝醉了吧。"

"没——有！可不是照我们的方式闲逛。"

"别卖关子了……"

"跟一个姑娘见面，在电话站等她，市电话站，见面后便陪她走，后来在她家坐了一小时……也可能是躺着……这我可说不清楚，后来出来了：一会笑呵呵的，一会又很郁闷……"

"你说他在电话站等她，是吗？就在这里，市中心，对吗？"

"是啊，二十分钟前广告柱的照明灯都熄灭了！"

"后来呢？"

"我已经说了，陪姑娘走了，很漂亮，或者是位少妇……"

"去哪里了呢？"

"拿地图来！"

索罗维约夫掏出地图，马杰亚立即用手指指出。

"就这儿！"

"马家沟，私人住宅吗？"

"是啊，带花园。"

"怎么，她一个人住吗？"

"从窗户里没有灯光来看，她是一个人住，他们进去之后，灯就亮了！"

"遮挡不是很严吗？"

"有一指宽的缝隙！"

"灯亮了很长时间，还是当即关了？"

"根本没关！"

"噢，真是老手！"

"艺高胆大！"

"算了，开个玩笑，是走去的吗？"

"步行,当散步了!"

"那回来呢?"

"坐人力车!"

"你这是怎么回事,共产党员……这不是骑活人吗?"

马杰亚支支吾吾:"那你,索罗维约夫,来分析分析,不步行,也不打车……"

"而且是花我的钱。"这之前一直沉默寡言的瓦洛佳·张插了一句。

"这是真的,一会超车,一会停车,不是如同吩咐司机一样吗?我们打了车,付给中国人钱,瞧,全家一周就有吃的了。"

"是一天。"索罗维约夫想起三哥说的话,"算了!去休息吧,明天七点起来,早餐后分头活动。马杰亚,你留下!"

索罗津砰的一声关上门,上了锁,打开走廊和房间的灯,轻松地脱下外套。他看了看礼帽,因为出汗帽子已经湿乎乎的,变成了灰色。

"什么时候才能习惯呢?"他自己问自己。

小穿堂没装门,通向一个没窗的小屋。索罗津点燃了煤气炉。

这会儿若来点伏特加就好了,可是……

他照照镜子,心里还满意:"四十五岁的人了,看起来还不错!反正喝酒是有害的!真理就是真理!"

趁着烧开水的工夫,他过去打开收音机,开始拧旋钮儿,在一阵吱吱嘎嘎和叽里呱啦的声音中他听出了英语发音。

"这个他妈的'祖国'电台!"他下意识地想。"工作日结束了!"他从开水沸腾的声音中听到播音员的声音。

声音忽远忽近:

16时前美国飞机向日本的军事基地投掷了炸弹……

壶盖儿呜呜响,往上跳,索罗津仔细听是什么基地。

402

……本州岛,炸弹……

"真见鬼!"索罗津上前一步,走近煤气炉,取下壶盖,有些烫手,一下子把火给闭了,再往下听就不那么时断时续了:

……炸弹具有更大的摧毁力……超过两万吨炸药。这种炸药的摧毁力超过美国"大满贯"炸弹的摧毁力两千倍之多,是历史上使用过的最大炸弹。在一九三九年之前学者们认为理论上可以使用原子能,但谁也不知道如何将其用于实践。不过,我们得知一九四二年,德国人疯狂地研究如何将原子能用于武器开发,想从此令全世界臣服在其脚下,但他们无果而终。

他们想说这是战争结束了吗?

他忘了茶壶和饮茶的事,没有躺下睡觉,而是拿起礼帽上了街。

罗扎耶夫斯基秘密住所的门半掩着。索罗津走进这幢带小花园的房子,看见所有的窗子都亮着灯,而且窗帘遮挡不严,感到有点奇怪。为了不让任何人打扰他,罗扎耶夫斯基经常在这里工作,对索罗津来说,这个僻静的角落总是通行无阻的,索罗津靠近房门,倾听里面有没有动静。他感到有点怪,听见里面有人打鼾,站了一会儿,推开门。真怪,连走廊都亮着灯,鼾声更大了。

"既然能打鼾,那就是还活着。"索罗津嘟囔着,一脚踢开房门。

罗扎耶夫斯基的工作室在下一个房间,窗子对着花园,屋子很小,放着写字台、书报架、打字机和安乐椅,整个屋子里只有温德伍德牌打字机旁边的一盏台灯亮着。现在,在索罗津面前展现出一个不寻常的画面:在大穿堂的圆形餐桌上放着四沓打字纸,罗扎耶夫斯基总是先写在纸上,然后打字或交打字员处理。在桌子里边有一瓶苏格兰白兰地,索罗津真想抓过来一饮而尽。

罗扎耶夫斯基躺在沙发上,他的右手耷拉在下面,地上放着一只空的水晶杯。

索罗津从沙发旁边过去,推开通往小屋的门,那里也亮着灯,烟灰缸里有烟头,装在温德伍德牌打字机上的白纸滚过了半张,而且是空白的。莫非,一个字没打出来?他走近一看,的确没打一个字。

索罗津回过头来看看瓶子,已经喝了一些,但不超过半杯。他往厨房扫了一眼,那里和平常一样,收拾得干干净净,摆放得井井有条,给人的印象是罗扎耶夫斯基根本没进去过。

罗扎耶夫斯基鼾声很大,不时喘着粗气。

"不是卡住了,就是噎住了!"索罗津心里想,把虚弱的罗扎耶夫斯基翻个身,使其脸朝墙侧卧。罗扎耶夫斯基蜷缩着身子,收拢手臂,一言不发,只是嘴唇动了动,好像嗅到鼻子底下有什么气味。

索罗津走到桌前,把那瓶酒从边上往里推,盖上瓶盖,然后回到沙发这边,拿起杯子送到厨房,接着把瓶子也送过去了,免得惹祸。

"你这是怎么了?罗扎耶夫斯基,醉成这个熊样儿,还是你不会喝呀?怎么灌成这样?这倒霉的消息闹得满城风雨,你却烂醉如泥地躺在这儿,连个商量的人儿都没有!"他在桌旁坐下。地面上散放着数十页四裁办公纸,他拿了最近的一页,上面左边留白,其他地方用匀称、漂亮的字体写满文字。索罗津完全没有心思看写的是什么,把这页又放回去,看到页码是25页。

"这样!"他想,"那第一页呢?"

他翻了翻其他页,看见第三页和第七页。

"哈哈,第一页在这!"

第一页可把他吓蒙了:

　　致人民领袖

　　苏联人民委员会主席

　　红军最高统帅

约瑟夫·维萨里奥诺维奇·斯大林

这一页并没结束,开头几行笔道很粗,字迹清晰、饱满,索罗津熟悉罗扎耶夫斯基的笔迹。他翻过来看看,背面没写什么,而在"致人民领袖……"称呼之后是:

每一名工人、每一名农民都可以致函给俄罗斯人民的领袖——苏联人民的领袖,斯大林同志。大概,这也允许我,俄罗斯侨民,以二十年的生命投入本人及追随者们献身的斗争……

索罗津扔下那页稿子又拾起来。罗扎耶夫斯基轻轻地打鼾,有时像一匹马在草地上被牛虻叮咬了,不时哆嗦。

……我们的祖国——俄罗斯的解放与复兴。

第一页结束了,索罗津看了看其他那些页,看见第二页,里面也用粗体字突出重点:
上帝,民族和劳动
画掉的几行因为没用粗体字,所以索津金辨认不出来:

我想解释所谓的俄国法西斯党的动机和活动,以及找到俄罗斯侨民苦难的根源……在一九二五年我进入哈尔滨商学院法律系,找到了一批热衷于俄罗斯法西斯组织的积极分子……

莫非副本已经交上去了?这一念头令索罗津精神更集中了,他开始按页码整理稿子,大约超过四十页。索罗津将其摞成一沓,读起来:

我毫不犹豫地抛舍家庭骨肉，义无反顾地把他们扔在苏联那边，参加了这个所谓的俄国法西斯党，与共产主义进行斗争，我认为是为了俄罗斯的伟大与光荣献身……

啊，真够个勇士！

……在共产主义中，当时不可接受的便是国际主义，我们理解为对俄国人的蔑视，对俄罗斯人民的否定，自然科学与历史唯物主义宣布宗教是麻醉人民的鸦片。

我们选择的口号是：上帝，国家，民族，劳动。由民族主义与宗教相结合，承认精神的意识形态性，确认智慧和体力劳动的价值……

对我也是一样，乌瓦洛夫伯爵！东正教、君主政体、人民性、上帝、沙皇和祖国"！

……我们构想出未来的模式——新俄罗斯，那里既没有人剥削人，也没有国家剥削人，没有资本家，没有共产党员。不退回到资本主义，而是向前到法西斯主义。我们大声疾呼，在"法西斯"一词中注入权威的阐释。既不同于意大利法西斯主义，也不同于德国的国家社会主义……

"真有趣！那你挂谁的肖像呢？在办公室，在桌子后面的墙上！难道挂柴可夫斯基的肖像吗？或者挂上大司祭阿瓦库姆的肖像？"索罗津咬着嘴唇，摇摇头。

……在外面的基本纲领中引入自由选举、苏维埃的思想，在一切居民支持的基础上建立职业的民族联盟。在本人的著作《俄罗斯民族国家》一书中，在一九四一年，我试图阐述了，实现我们设想的这个乌托邦新俄罗斯的具体计划：民族苏维埃和起主导作用的民族党。我们当时没有发现民族党在当时已经成为苏联的俄罗斯所发挥的作用，而这是由全苏共产党"布"所实现的，而苏维埃是随着新的、年轻的俄罗斯知识阶层的成长而逐渐成为更加民族的、神话般的"俄罗斯民族国家"的，实际上就是苏维埃社会主义联盟……

索罗津觉得他的脑门发热。这很简单——拿起酒瓶子往他朋友罗扎耶夫斯基的脑袋上砸一下就解决了，可他没有这个力气。

"你这个下三烂！亏你想得出写个悔过书！把这条子给你的战友们看，那就不是摔碎这装美酒的杯子了。"

"给我看也行！"索罗津嘟哝着，他特想去厨房，倒一杯，像往常那样一饮而尽，他挥了挥手。"不，"他想，"我不能！我得清醒地看到这一切怎么结束！"

……失去正确的情报以及来自四面八方的虚假消息，使我们看不到在苏联发生的不只是进步变化，而是更加深刻的生活过程——深化革命的过程，这里包含着对人类本性的美好追求。我们没看到这种本来的和自然的过程与斯大林的天才息息相关，与斯大林党的组织角色，与俄罗斯红军加强的意义……

"什么，什么，什么？'失去正确的情报'？那又是谁把那些人赶去送死，搞情报，顺便说说！又是谁参加对红色间谍的审讯？'失去正确的情报！'"索罗津没注意，已经读到第十页了。

……宗教被统治阶级利用，在消灭这些阶级之后，得到了基督教最初的思想——成为劳动人民的宗教。东正教教堂不可避免地与苏维埃国家和解，成了俄罗斯劳动人民和教徒有组织生活的支柱，结成教会与国家的坚强联盟。而我们为之奋斗的恰恰不是国家与教会的依附，而是类似于自由联盟，由教会选举大牧首，这已经于一九四五年在斯大林领导下实现了……

"这——是啊！这真叫我们大家万分惊讶！"索罗津嘟哝着。
……犹太问题困扰我们……
"这我记得，一九二九年准备冲击苏联总领事馆时……半夜时就谈过犹太问题……"
索罗津记得那一夜，从那时起他与康斯坦丁·弗拉基米洛维奇·罗扎耶夫维基相识并建立了友谊。

　　……斯大林主义使共产主义与宗教和解，使共产主义与民族和解。这就很清楚了，爱国主义与民族主义从前是统治阶级的御用工具，已成为无产阶级战胜的强大工具。

　　不过，犹太问题长时间困扰着我们。在哈尔滨犹太资本家投机倒把，剥削劳苦大众，已经到了登峰造极的程度。就像在苏联及资本主义国家一样，各个国家的犹太人组成一个犹太人协会，为国际和国内的本阶级和本民族的利益服务。我没有用种族主义的态度对待犹太人和犹太民族的出身。研究犹太人的历史之后，我们得出结论，犹太宗教灌输给每个犹太人的是，只有犹太人是上帝挑选的优秀人种，其余的人都不过是徒具人形的动物而已，这种极端迂腐的塔木德主义，使每个犹太人都变成独立民族的反社会敌人……

是的,是的！正是那些独立民族的代表割掉钢琴家西蒙·卡斯佩的耳朵和手指,寄给他的父亲,说:"给钱吧,我们就把儿子还给你。""这时候我在哪呢？"索罗津想了想。"已经记不得了,但是只记得特别想不是割下而是揪下这些'天生'流氓的耳朵！不过,因为这件事我原谅考斯佳！"

……我们认为表现为马克思主义的共产主义就是犹太资本夺取世界政权的武器之一,我们抱有成见,我们在苏联统治机构中找出的犹太姓氏,已经证明我们的国家被犹太人占领。不久前我们还得出结论,正是排除犹太资本家以及一切其他生产资料和生产工具,金融、资本、世界性的社会革命才能为了共同的利益,一劳永逸地解决犹太人问题,及旧世界其他那些无法忍受的矛盾。同时我们也发现犹太人的影响在苏联早已式微……

索罗津扔下这页稿子,没有读完。他把没读的文稿用扇形排好。发现其中一张的白边上用粗体字写着:"昏暗中的迷失"。他抽出来读道:

由于对祖国的热爱导致确实反对祖国！像迷失的孩子。

他读到其他的话:

虚伪的信念,不惜一切代价将祖国从犹太共产主义的统治下解放出来,这就铸成了我的大错。俄国法西斯党在对德战争时期执行了错误的总路线。

我们祝贺德苏条约的签订,认识到对德苏双方的积极影响,这削弱了犹太势力在俄国及全世界的影响，削弱了我们的夙敌——美国的势力。然而，我们也祝贺德国对苏联的进攻，认为应不惜一切代价把祖国从"犹太人的压迫中"解放出来，不再做他们的"俘虏"。

我置党的最高会议、绝大多数俄国法西斯分子的反对于不顾，坚持执行俄国法西斯党的总路线并贯彻始终。

所以我请求全体独裁组织成员，不要谴责亲德派，因为公正地说应由我一个人负责。不是为了自我辩护，而是要解释清楚，我认为必须申明我关于德国问题的宣传都来自于虚假消息，我们所有的消息来源，包括日本人和苏联逃亡者提供的情报都向我们保证，"俄罗斯人民只是等待外部推动，他们无法忍受犹太人的压迫"。与此同时，德国的代表也确信，希特勒没有任何入侵俄罗斯的计划，战争很快会结束，并建立起俄罗斯民族政府以及签署对德和约。

我发表了《致未知领袖的呼吁书》，号召苏联内部的强势分子，挺身拯救国家和保护千百万俄国人的生命，在战争中他们注定是要被消灭的，推举出"X"集团军军长，"不知名的领袖"，推翻"犹太政权"和建立新的俄罗斯。那时我还没注意到，天才的人民领袖 И·В·斯大林同志，才是众望所归的无名领袖。

索罗津读完了。

"天——啊，"他看看熟睡的罗扎耶夫斯基，"你的呼吁书里都是些什么鸡毛蒜皮啊！连我都弄不懂，谁能听你胡说八道啊？那里的体制已经形成，就像毛象拉的一泡屎！斯大林为此付出多少心血……特别是德国人在那里作恶多端之后，谁会要你的法西斯主义……"

索罗津靠在椅背上，想起那瓶酒。他已经七年不喝酒了。有一次野村手下的人潜入他的房子,他已经烂醉如泥,便被裹上毯子抬走了。醒了之后发现自己躺在病房的干净床上。病房只有一个窗子对着走廊。窗子很大,几乎占了一面墙。他看见人们穿着白大褂走来走去,有些是蒙古人。索罗津在"满洲"生活多年,学会了区别中国人和蒙古人的相貌,蒙古人和朝鲜人,甚至朝鲜人和日本人的相貌。在走廊里走动的日本人也穿着白大褂。他开始明白了,自己为什么身处此地。他触摸自己,没有发现什么骨折和外伤,突然门开了,用担架抬进来一个人,放在相邻的床位上。"两个人更愉快一些!"索罗津心里想,然后看了看那人的脸上尚未愈合的溃疡和裸露的伤口。索罗津知道自己落到什么地方了。他找到医生,请求他与野村联系,那位告诉他,他要么戒酒,要么留在七三一部队,直到永远。

索罗津从椅子上起身,灭了灯,便出去了。

他也想说战争结束了。

在回家的路上,他仔细观察这个已经灯火管制的黑暗城市。现在他不慌不忙地走着。他想一拿到钱就去道外,到十六道街的朵拉·米哈伊洛夫娜·丘里柯娃太太的妓院去,这家最为体面的妓院已存在多年,除此之外,索罗津还知道它究竟属于谁,甚至知道这里有特殊的包间,装有特别的设备,可以听,可以看,可以拍照。这是为特别顾客服务的。

索罗津边走边哼着小调:

祈祷吧,亲人,在异国他乡,
祈祷吧,亲人,在远离故乡的土地上,
为心地善良的人们祈祷吧,
让上帝保佑他们永远安康。
就算现在我们失去了
骨肉亲人,故国家邦,

也深信那一刻必然降临，
阳光普照众苍。
祈祷吧，亲人！让我们
战胜一切险阻，上帝给我们力量，
让我们迎接和平与爱情，
在祖国的大地上。

来到房子前面，看见院子门前停着一辆汽车。他顺手掏出那把勃朗宁手枪，松开保险，扣下扳机，这时从汽车上下来一个男子。

"不必了，索罗津，您的枪还是加上保险吧。"这是阿塔曼雷切夫。

"您为什么这么害怕，谢尔盖·阿凡纳希耶维奇！"

"您早就这么胆小如鼠吗？"

索罗津在黑暗中看见雷切夫在讪笑。

"那车里还有谁？"

"这是我。"

"朵拉·米哈伊洛夫娜！我想去您的妓院玩一玩，这不是去取钱吗？"

"晚了，米哈伊尔·卡皮托诺维奇……"

"怎么晚了呢？正是时候呀！"

"朵拉·米哈伊洛夫娜把妓院关了，姑娘们结账走人了……"

"费用由我们负责。"朵拉·米哈伊洛夫娜纠正雷切夫的说法。

"这不重要，"雷切夫替她把话说完，"都打发到大连去了。"

"为什么呀？"索罗津问道，当时就明白了。"我们为什么在街上说话呢？咱们上楼吧！"

"那里我们已经去过了，您为什么这么着急？"谢尔盖·阿凡纳希耶维奇·雷切夫问。

"连茶壶还没闭火呢,一点就全着了!"朵拉·米哈伊洛夫娜补充说,"咱们走吧,先生,走吧,不能让您白来,白来一趟。"

索罗津回身对朵拉说:"如果我没把钱忘在家里,也就到您这里来了,那还不得等上一夜?"

"嘻,什么一夜不一夜的……"雷切夫支支吾吾。

"算了,先生……"

原来,他不但没闭煤油炉,还没关房门,是想赶快找罗扎耶夫斯基,告诉他这些新闻。

雷切夫坐在床边,朵拉·米哈伊洛夫娜坐在唯一的一张椅子上。索罗津背靠他们站着。他多大年龄了?这个雷切夫也就65~67岁的样子,可看外表……干瘦,但健康,身材匀称……挎着一把军刀,能把对手一刀劈成两截……而朵拉·米哈伊洛夫娜呢,既无哥萨克女人的泼辣,也无姘妇的风情……他扫了一眼:房间里一个开始人老珠黄的美人坐在椅子上,她穿着及膝的丝袜,手上戴着薄薄的手套,隐约可见金戒指和绿宝石指环,膝头上放着一个贵重的蛇皮手袋。衬衫胸前别了一个两个高雅的希腊美女相拥在一起的象牙雕饰,长袍拖到脚下。

"好吧!五分钟后您可以喝茶了!"索罗津说完,转个身。

"茶是米哈伊尔·卡皮托诺维奇或知识分子享用的!而我们喝伏特加就行了!"雷切夫回应说。朵拉·米哈伊洛夫娜狠狠地斜了他一眼。

"早就忍不住了!"

"是啊!大家都心知肚明!反正我们随身带着呢!"雷切夫说着,从后裤兜里掏出一个锃亮的小酒壶。"能找个杯子吗?"

"在这儿!只是酒菜不怎么样,天儿热,怕酸了。"

"这不要紧,可以抽烟吗?"

"要多少?"

雷切夫对着壶嘴,把浆洗好的手帕在嘴唇上粘了粘。索罗津把没

413

用完的杯子放在桌上,想起那个艾恩小姐送他的酒壶,心情不免黯然神伤。

"怎么样？那就谈正事吧。"

雷切夫点头,吸了口烟,朵拉·米哈伊洛夫娜也拿了一支细杆香烟,放在烟嘴里。

"这么晚了,你到我这来不是为了'祖国'电台的事吧？正好,关于'祖国'电台的事,人们没有注意到,在广播中提到的那些与日本人关系密切的人并非包揽无遗。"

"没注意到呀,"雷切夫摆摆手,"现在还没涉及……"

"那涉及什么,涉及谁了呢？"

"阿代伯格！"

索罗津大吃一惊:"阿代伯格？"他又问了一遍,"哪一个？"

"老的！"

"怎么,是老的？他做什么叫你们不满意的事了？"

"我知道一些情况,他在日本人那里有一定威望……"

雷切夫透过烟雾看着索罗津。

"对我吗？什么也没有！我们要谈的事,您还是见证人呢！"

索罗津闭了煤气炉,坐在椅子上。

"我？我在这里有什么关系？您说的是什么事？"

"回想一下吧,二十年前您是和他一起押送黄金吧？"

索罗津琢磨了一下:"啊,那有什么说的呢？一切都非常简单,黄金叫捷克人给抢去了,连火车头、车厢。只不过,我想,他们并不知道那里装的是黄金。后来我得知他们需要的只是运输工具。如此而已,我清清楚楚地知道！"

"那老阿代伯格凭什么这段时间活得那么滋润,要知道,一九二五年红俄就把他从铁路赶出来了,俄侨难民委员会,又能给他开多少钱呢？"

"就我所知，是一点也没有！"

"问题就在这里嘛！"雷切夫又用嘴亲了亲酒壶，朵拉·米哈伊洛夫娜撇了撇嘴，问他："谢尔盖·阿凡纳希耶维奇，你能接着往下讲吗？"

"好啦，朵拉·米哈伊洛夫娜，我就不再多说了，"雷切夫回答，把酒壶塞进口袋里，"给您讲一个故事，大概您不知道，但我知道，在一九二四年夏天，老阿代伯格与小批人在小兴安岭与一伙中国的走私分子有一段奇遇，他们本该把这批黄金交给我，这是我的黄金，那之后老阿代伯格没挣过一个戈比，显然，他不需要挣钱，他那漂亮妻子连舞蹈都不教了，日子过得简朴，但并不困难。"

"大概是这么回事，可与我有什么关系？需要我干什么呢？"

"非常简单，米哈伊尔·卡皮托诺维奇，就是需要你寸步不离地盯着他。如果我的黄金在他那里，他一定会去取，红军来了，他不会留在这里……"

"谁来呀？"

"开玩笑吗？我们从边境这边看得一清二楚，他们有大批的军车装着士兵和武器向这边开来！也许是他们加强远东的防务。因为他们在西方的麻烦够多了，战后与德国的关系需要修复和重建。而身体强壮且有战斗经验的汉子们就在这里！让他们在阿穆尔河里钓鱼或者在原始森林里采五味子吗？"

"是啊，是啊！"索罗津边想边说，"这符合逻辑！可对我有什么好处呢？"

"我们保证您的好处。"朵拉·米哈伊洛夫娜说。

"我们保证您的好处，请不必担心！"雷切夫强调一遍。

"不过，这些想法究竟是怎么来的呢？关于老阿代伯格的这些想法！"

"这很简单！"雷切夫深深地吸了口烟，眼睛转来转去找烟灰缸。索罗津从桌子上拿过来递到他面前。"是的！谢谢！就这样吧！这很简单！走私分子活下来的没有几个，他们互相射击，其中有一个头儿，我记得他姓什么……"

朵拉·米哈伊洛夫娜从烟嘴儿取下吸完的香烟，仔细地灭掉，摇着头说："他的俄国名字叫安多士卡，后来在哈尔滨、大连什么地方见过他几次。他是个特务，不是共产党，就是国民党。"

"那他和老阿代伯格有什么关系呢？"

"我告诉您，米哈伊尔·卡皮托诺维奇，我估计老阿代伯格与这个中国人有联系。"

"如果是这样，谢尔盖·阿凡纳希耶维奇，您过去怎么没跟老阿代伯格把这事弄清楚呢？"

"浅草老早就牢牢地控制了他，而和日本人有联系，您知道那意味着什么。"

"这还关系到日本人！"索罗津心里想，但没问，后来又想，"大概，除了我之外，所有的人都知道要结束了。不过，今天这个日子怎么这么长啊？"

八月七日　星期二

浅草看了看表，正好十点。"还好没迟到！"他心里想，点点头，索罗津坐在沙发上。

"关于广播的事有什么新消息？"

"您说的是什么广播，将军？"

浅草抬起眼睛。

"我不懂您的问题！"

"我昨天听了美国广播。"

"难道我指示您这样做了吗？是您自己找到的，听到了什么？"

"您可别说了，将军先生，美国的广播非常有趣……"他突然停住了，"很重要的消息……"

"什么消息？"浅草的声音有些颤抖。

"他们正式宣布用特别的炸弹轰炸了本州岛的军事基地。"

"什么炸弹？"

"我没听清,当时壶水烧开了,听得不是很清楚……"

"我问什么叫'特别的炸弹'?"

"叫什么原子弹……"

"什么?"

"原弹,或原—子—弹,英语叫'新核弹'。"

浅草直起腰。

"……美国广播说投下的炸弹威力比毁灭性最大的炸弹还强二十倍,英国……"

"在什么时候?"

"我打开收音机那工夫,他们说在十六个小时前!"

"你打开收音机是什么时间?"

"大约夜里十二点……"

"他们还讲了什么了?"

"还说这种炸弹是德国人开发的,但他们没有完成。"

索罗津见浅草对桌子上的文件和他都没什么兴趣了。

"算了!"浅草说,"这我们会弄清楚!您的任务是调查'祖国'广播电台的线索,在吉林街设置暗哨,您知道我说的是什么吗?"

"是的,知道了!我可以走了吗?"

浅草点了点头。索罗津出去之后,他把文件推到边上。看来,他们搞成了,而我们没有!去年他去东京参加军事情报年会,被授予将军官衔,并受邀参加一个秘密会议,东京大学物理教授正在对一种尚未出现的武器进行研究,它能够……

"这么说他们搞成了,而我们还没有!"这个念头一直在脑子里徘徊不去。浅草起身走到保险柜前,取出盟国的波茨坦最后通牒文本,这已经在广播中针对日本领导予以公示。他知道在七月二十八日,周六,铃木首相收到后予以拒绝。

"他们搞成了!剩下的就是弄清楚究竟在什么地方!索罗津说在本州岛!"

安娜送走丈夫,关上门,从阳台窗子望着他的背影:他已经是六十岁的人了,如果不拿着这根拐杖,绝对不会有人说他这么大年纪了!她回到客厅,喊道:

"库吉玛·伊里奇,出来喝茶吗?"

"是的,安娜·柯萨维里耶夫娜!不过您别等我,您先喝,我一会就过去!"

老阿代伯格出了家门,向使团驻地走去。几周前,从七月开始,亚历山大·彼得罗维奇的每个工作日都是从与浅草见面开始。

从四月开始,哈尔滨就人心惶惶。五月份苏联接受德国投降,大多数俄国人都盼望这一胜利,高兴地松了一口气。但在很多人心中这种情绪很快就消失了——那些经历过革命和国内战争的人不知道等待他们的是什么。俄国人战胜了德国人,但这不是那些俄国人,而是苏联俄国人,指挥他们的是列宁的战友斯大林,他们是国内战争的胜利者。那时"满洲"是他们的"第二故乡"。

老阿代伯格已经绕过广场,右侧是吉别洛-索科工程师的宅邸,它位于城市中心,距离教堂几十米,在去秋林商店的路上,这里可不能一走而过。安娜和他经过这里总会驻足欣赏那高高的多棱形塔楼。吉别洛-索科像阿尔卑斯山一样耸立着,这没什么悬念,因为主人就是意大利人,是"满洲"著名的山地铁路桥梁建筑师,还是一位魔法建筑师,这幢住宅就是他自己设计建造的!

亚历山大·彼得罗维奇停下脚步,用几分钟时间欣赏这座建筑:奇妙的植物雕刻,旋转的爱神神像。有一次他对妻子说,当他看到这座小楼和哈尔滨其他现代派风格的建筑物时,脑子便开始回响拉威尔"波莱罗"的旋律。安娜笑了,在音乐修养方面,两人肯定不在同一水平线上,她说"波莱罗"是从最初那些音符发展起来的,开始平静,逐渐增加旋律、节奏,变成现在这样巨大的……"摸不到的庞然大物",亚历山大·彼得罗维奇悄悄对她说。而在这里眼睛首先看到的是整个宅邸:其比例,其体量,而后才注意细节,它们交错着,像音符一样分散成局部,几乎没有重复,就算重复,相邻的细节也彼此不同,或者只是部分相似。照她的话说,如果"波莱罗"与现代风格的建筑有什么相似之处的话,那也是逆向的。而对亚历山大·彼得罗维奇来说,反正都是一样,彼得·伊万诺维奇·吉别洛-索科的宅邸在他的脑子里就是"波莱罗"。

宫泽光一在去吉林街找尤什克夫之前,顺路先到了使团驻地。在楼梯上遇到了索罗津。别看七年没见,他还是认出他来了,但也不露声色,并没跟他打招呼。看索罗津下楼的样子,他明白他也认出他来了,只是也没跟他打招呼。

去见将军之前,他看了看办公室,没有发现一个老熟人,于是敲了敲浅草办公室的门。

"进来。"他听见。

宫泽进去后,谁也没看见。

"进来,大尉,进来!我马上过去。"

浅草从屏风后面出来,没说什么问候的话,问道:

"没听见轰炸的消息吗?"

宫泽一惊。

"索罗津刚才来过……"

"是啊,将军先生,我在楼梯上遇见他了……"

"他说,从昨天美国广播中听到美国用原子弹轰炸我们本州岛军事基地的消息……"

"我没听美国广播,我不懂英语。"

"与奉天联系,请通知我们,给他们发密电。"

"现在?"

"去找密电员,我已经提醒他们了。我就不耽误你了。"

半个小时后他报告奉天的回电,称这个问题日内瓦会议有消息。

他从楼梯往下走,想这究竟是什么炸弹呢,里面有什么东西让浅草如此惊慌。美国轰炸东京以及其他城市和港口,不管怎么令人痛惜,毕竟已经习惯了。显然,这次一定非同一般。

他走到值班室,从正面玻璃门看见亚历山大·彼得罗维奇·冯·阿代伯格从外面向他走来,并且已经握住门把手。

"这可真巧了!"宫泽心想。为了避免碰头,他便躲进旁边一个走廊,"可能我在那边会遇上萨士克吧?"

老阿代伯格上楼去见浅草。

将军坐在桌子旁读文件。当老阿代伯格进来时,他摘下眼镜,用拳头揉揉眼睛,请老阿代伯格坐下。

"有什么新闻吗,亚历山大·彼得罗维奇?"

"我正要问您呢!"

浅草把手放在桌子上。

"照我的想法,您是没有什么新闻喽!"

"昨天晚上听广播,在阿穆尔河正全面捕捞大马哈鱼,还建设什么工程和修复些什么。"

"是啊,"浅草边沉思边说,在台历上翻了一页,然后想了想,说:"今天……"

"八月七日。"老阿代伯格告诉他。

"七日,星期二……我,亚历山大·彼得罗维奇,我猜想您的档案一定井然有序,但是,请抓紧筛选分类。我的意思是把一些主要档案,应当准备销毁,以防万一……"

没等他说完，电话铃响了，浅草拿起听筒，开始接听，老阿代伯格见他有些慌张。

"大概，这电话很重要！"老阿代伯格心里想，开始从沙发椅上起身。将军扫了他一眼，点点头，表示不再耽误他。老阿代伯格在门口遇上值班员，他手里拿着文件，这是一份打字稿。

"正是这个！"

值班员进屋把文件交给将军。

浅草开始阅读：

一九四五年，八月七日。

昨天早晨八点以后数架 B-2 飞机袭击了广岛，投下数枚炸弹。轰炸烧毁了大量房屋，在各个城区引起大火。

炸弹是新型的，用降落伞投下，肯定是在空中爆炸。目前正在研判这种炸药的威力，总的来说是强大的。

利用这种类型的炸弹消灭大量无辜平民，再次暴露了敌人的冷酷和罪恶本性。可见敌人处于困难的境地，力求尽快结束战争，正是为此目的他们开始使用新式武器。

估计在不久的将来还会使用这种新式武器。因此舆论界将定期取得一切有关情报，免得遭受这种新型炸弹的攻击。目前官方尚未向群众公开相关措施，必须最大限度地加强现有的防空措施。

我们对此经常重复，我们不能轻敌，就是在他们用很小力量攻击我们时也好。敌人加强了对新型炸弹的威力的宣传。但是，如果我们采取现有的措施，保护人们免受这一新式武器的攻击，我们会把它造成的损失降到最低限度。

无论如何我们不能向这些阴谋让步……

"广岛！但是，为什么呢？那里只是一个警备区、几个军用仓库……那里实际上除了居民什么都没有……"他想起东京，美国经常轰炸那里，他想起最后一次乘飞机经过它的上空……这是一个明显遭到破坏和被轰炸得伤痕累累的城市。然而，东京——这是首都、政治中心，而横滨，那是工业中心……作为军人，他深知为什么要进行这些轰炸。

"为什么轰炸广岛呢？……大量的房屋被烧毁……他们轰炸这座在整个战争中不曾被炸过的城市……"

他觉得自己开始懂得其中的道理了。

"用威力可怕的新型炸弹轰炸，就是将其从地球上清除，如果在原来轰炸过的地方进行轰炸，那结果能看到什么呢？大概，什么也看不见：它已经被炸坏了，只不过炸得更厉害一些，而如果炸一个完好的城市——那会怎么样呢？难道……难道他们轰炸是为了看一看……是为了确定它的威力吗？为了进行研究？"盛怒之下他脑子里冒出个想法："如果来得及，也应该轰炸！轰炸一切！然后也进行研究！"

他从安乐椅里站起来，走向地图板。

在"满洲"地图上这诱人的楔子直插俄罗斯远东的身体，阿穆尔河和乌苏里江在此汇合……

"就该炸这个地方！狗杂种！"

索罗津从使团驻地出来，去往秘密地点，他的小组人员已经在那里集合。他把人员布置在吉林街这座楼房的周围，一个老密探给他帮了忙，这老家伙怎么让他退休也不肯退，不管给他什么建议，他一概回答："如果不让我跟谁，那就只能跟您了！"

"你是怎么想的，米隆内奇，夜里我们还要设岗吧？都应该设在什么地方？"

"必须的，米哈伊尔·卡皮托诺维奇，必须的！至少有三辆汽车，每两个小时换一次位置,免得眼睛看花了,我想我们应该换个视角。"

索罗津看了看他。

"我想我们应该把整栋大楼保护起来,如果主人布置这个任务,而……"

"而什么?"

"空气呀!这大楼周围的空气呀!"

"怎么是空气呢?为什么?"

"为什么?米哈伊尔·卡皮托诺维奇,不是为了楼内的人需要看……"

"那为谁呢?"索罗津问,虽然他已经开始明白为什么和为谁……"

"而是为了那些可能出现的人,就像我们一样,在周围!"

"你想呢?"

"噢!"

"好,那就从明天开始吧!主人过来看看,看根本问题是什么!"

"为什么从明天开始?"米隆内奇感到奇怪,但还是同意了。

早晨,索罗维约夫把人员分配到各处:宪兵队、БРЭМ、使团驻地和旅馆——就是"叶尼塞"的日本熟人住的地方,然后就去见中国的地下工作者了。那个翻译俄语说得不错,译出了他的话:

"我们需要设几个秘密监控点,我们人数太少,很快就会被认出。"

"那该怎么办呢?是什么样的监控点呢?"领头的地下工作者问。索罗维约夫觉得这个人很像他的三哥,瘦瘦的,腰板溜直,目光里透露着聪慧,与三哥不同的是,他穿了一身贵重的西装,留着修剪整齐的小胡子,不时用真丝手帕揩拭湿润的嘴角。

"最好是找个房子,在我们监控目标的对面。"

"这可以,"中国人说,"只是把地址给我。"

索罗维约夫把城市地图摊开:

"就在这儿,这儿,这儿和这儿。"他开始在街道上画来画去。

"这个不能很快办到。可能的话,利用阁楼不行吗?尽管这不是最佳的办法……现在还得安排几辆小汽车……能安排吗?"

索罗维约夫想了想:

"能安排,暂时……"

"有好司机吗?"

"我们自己就是好司机。"

索罗津在安排好队员们之后,又让米隆内奇去巡视一下街口和吉林街那座大楼的门口,自己则去找罗扎耶夫斯基去了。人力车也不左摇右摆,还不用鞭子赶,这真有趣。索罗津想象自己拿着鞭子坐在车夫背后,自己美滋滋地笑了。他并没把中国人当畜生对待,当然也没把他们当人,他不赞成日本人对中国人的态度,太残酷了,太凶狠了——他觉得毕竟不是畜生,不过也不是人。

他体面地坐在人力车上,他的特务小分队设在老哈尔滨公路的中间,因而需要从南到北,经过南岗,经过霁虹桥,从斜纹街过去。西边是纳哈洛夫卡村,那幢小房子——康斯坦丁·弗拉基米洛维奇·罗扎耶夫斯基的秘密住宅就坐落在这个村里。

房门上了锁,屋里静悄悄的。

"走了,谢天谢地!那怎么办呢,去驻地,还是和米隆内奇检查检查吉林街口?"他放走了人力车,自己在房子周围转了转,这时突然想起雷切夫和朵拉·米哈伊洛夫娜的夜间谈话。

"我怎么把他们给忘了呢?我去十六道街看看,难道她真的缩小了业务,把人员都遣散或者打发走了?"

在出租车里他想起昨天晚上的事:美国广播,去罗扎耶夫斯基处,与老情人的见面,雷切夫讲的黄金与老阿代伯格。在他听到美国轰炸日本的消息和看到罗扎耶夫斯基给斯大林的信之后,一个想法便浮出脑海:"难道战争真的结束了吗?"此刻这个想法又冒出来了。

哈尔滨人,尤其是那些对时事感兴趣的人,都明白如果同盟国"打败"两个罗马-柏林-东京轴心国的成员,那么胜利就不远了,而美国到今天仍然在战争中处于第三方,当然,也必须把它打倒。很少有人会怀疑战争尚未结束,在大结局中会有胜利者。可能又是斯大林。雷切夫不是瞎说,苏联正在往远东调兵。

出租车开得跟人力车似的,一点不快。开始索罗津还想催司机加点速,后来他也懒得说话,只顾望着人行道上的行人和想心事。已是中午,但人很多,在最繁忙的城市中心照常那么热闹和活跃。不过,索罗津觉得人们已经不是半年前的那个样子了:不仅哈尔滨人人心惶惶,日本人也人心惶惶。

"美国人还能用什么方式对付日本人呢?这到底是什么炸弹呀?原弹或是原子弹——新核弹。"

他翻来覆去地想着这件事,不知不觉中汽车已经过了经纬街,来到霁虹桥。不经意间注意力从日本被轰炸转到了和阿塔曼的谈话、黄金、老阿代伯格及他本人上。他很久没回想一九二〇年二月的那些日子了,命运让他走上这条路,就是现在走的这条通过哈尔滨霁虹桥的路。他已经许多年没想过这件事了。他下意识地看了看自己放在身边的那顶早就不新的礼帽。他每天戴着它,经过昨天的奔跑淋雨以后还未晾干,帽顶的丝带已经被汗水浸成灰色,外边的盐分风干之后变成白色。

"米哈伊尔·卡皮托诺维奇,你帽子都戴破了!可哈尔滨的气候你还没习惯!"

他想起自己在鄂木斯克中学读书的青年时代,他是一九一六年士官学校的毕业生。二月革命前怀着快乐的心情投入对德战争,想到一去不复返的西伯利亚大铁路，注定了今天来到这里，就是这座跨线桥——霓虹桥。

世纪的同龄人——士官索罗津！把大衣都穿破了！

他拿起礼帽，摸了摸丝带上的汗渍，又把它扔在座位上。

行人、房屋和中东路的铁道在车窗外闪过。

"难道我，一位鄂木斯克宪政民主主义者卡皮托·索罗津之子在思考这个问题吗？难道以高尔察克为首逃出鄂木斯克的那些人思考过这个问题吗？……"他得到双亲与祖父荒唐死亡的消息时，已经在伊尔库茨克附近了，当时已经很清楚，白方已无法重新组合，建立防线，阻止红军的进攻，"不管在哪儿，如果我没落入老阿代伯格的专列就好了。"

"后来是越过贝加尔湖的冰雪征战，然后是突破'赤塔楔子'时受伤，然后是长时间坐在专列上，当时中国人决定了卡佩尔分子的命运，然后是红军对符拉迪沃斯托克（海参崴）的临门一脚，再然后就是'满洲'。"

索罗津又拿起礼帽："这帽子我戴多少年了？七年了。正好我这些年戒酒了，我跟它白白浪费了这些年！"汽车开到傅家甸。

"难道真的大势已去？"索罗津心里琢磨。他斜眼看着闪过的房子：他曾在傅家甸住过两次，那之前他投奔涅恰耶夫将军的队伍，两次都是作为"旅客"。

"这一切我是怎么熬过来的？"他摇了摇头，不去想它，"生活的基本意义就是生活本身！因此，当务之急就是快见到阿塔曼和朵拉·米哈伊洛夫娜！

在满是中国大车的傅家甸街道上穿行了十五分钟。还没到南新街和十四道街路口索罗津就下车了："别叫司机看见我去哪里！"他给了车钱，步行向他熟悉的房子走去。

十六道街很热闹。他无意识地观察在他身旁匆匆而过的中国行人。让他有些吃惊的是一种他开始还不明白，可后来明白了的现象——与道里和南岗的俄国人和日本人不同，在傅家甸中国人的脸上能看到笑容。于是他得出结论："这是在等红军啊！确实，战争结束了，所以，不用担心了！"

他加快了脚步，来到门前，红灯笼在上面迎着热风摆来摆去。他环顾四周，确认没人看见，拉拉门，门已经上锁，便取出万能钥匙——这是警察与小偷必须具备的基本功，他已完全掌握。他进入大厅，屋里还留着不久前大家在一起时的快乐气氛：有点酸溜溜的酒精、中国筷子，以及香烟的味道，还有这种体面的地方总得保持的那种优雅的气氛，任何时候都不会令人生厌。

大厅的走廊里黑乎乎的，因为挂着厚厚的窗幔。在半明半暗中闪现出雪青色的家具，镶在铜板画上的玻璃反射出亮光，光斑散在有小孩一般高的白色中国瓷瓶上，瓶上画的是红色的牡丹花和蓝色的大龙，大木桶里栽的是光鲜的大叶青。

"花还没搬出去！"索罗津感到奇怪，"这是什么意思呢？"

他登上铺着蓝色地毯的主楼梯到了二楼，那里是接待贵客的包间。到了走廊头上，推开右侧最后一扇门。这间屋子一面墙无门无窗，对着一条正在铺的路，那条路把傅家甸与松花江岸分开。墙上有一个英国式壁炉，以及烟道和镜子。在大理石炉台上和过去一样摆着那架瓷质大钟，钟上画着两个猎人骑着烈马在森林中飞奔，前面那匹马的前蹄就要踏在一只狐狸的身上，那狐狸弓着腰龇着牙，而猎人……

天啊！索罗津正要发一番感慨。"我那娇小的的艾恩小姐！你多少次呼唤我！多少次给我讲述这个狩猎的故事啊！"他机械地把手伸向后裤兜，裤兜里是空的，于是他想起一个小时前在使团楼梯上遇见的那个日本人，他们在去大连的特快列车上坐一个包厢："小酒壶！那时我把它给忘了，我的小酒壶，艾恩小姐送我的礼物！"

他环视这间挂着厚重窗幔的房间，好像突然从睡梦中醒来：

"我为什么在这里呀？"

他强迫自己什么也不想，出了门，走到十五道街叫了一辆出租车，让司机以最快的速度开到吉林街。下车没走几步便来到秋林商店旁的商市街，先沿着大直街，然后向左拐入阿什河街，从阿什河街往右走上横向的邮政街，从这里再向大直街方向去吉林街，最后几乎是绕了一圈又来到大直街。他知道米隆内奇一定在这一带，必须见到他。如果见不到，那就意味着得在调度室等他。而米隆内奇已经在索罗津背后尾随了十分钟，从阿什河街到邮政街。

"干吗累得满头大汗，米哈伊尔·卡皮托诺维奇？"索罗津听到说话声，回头看了看。

"你这老东西，好在你裤子有吊带，不然……"

满脸皱纹的米隆内奇像一个保卫塞瓦斯托波尔的老战士站在他面前，一会笑嘻嘻，一会皱眉头。皱巴巴的上衣上没有佩戴"乔治勋章"，虽然他真有。

"看过了吗？"索罗津问。

"不看还能怎么的！他们能躲到什么地方，无论是斯拉夫兄弟，无论是中国兄弟，除非是挨家挨户躲藏，可是他们谁能做得到呀？"

"再去大楼看看好吗？"

"不用了，米哈伊尔·卡皮托诺维奇，我们不能提前暴露。"米隆内奇吸完了一支烟，远远地扔在垃圾桶里，这个动作只有年轻人才能做到。"你想怎么办，如果叫我们发现了，是立刻交给日本鬼子还是继续跟踪他们？"

"谁呀？你说这些人……还没决定……"

"对，米哈伊尔·卡皮托诺维奇，你的想法很正确！一旦与他们遭遇了，也不跟他们理论吗？"

"你怕什么呀？你在国内战争时期就在这里了,不是从对德战争回来就到这里的吗？那现在我是为谁服务,难道是为圣徒彼得吗？"

"是啊,米隆内奇,你是对的!"索罗津回答,心里想,"令人信服的思想——为圣徒彼得服务,带着打开天堂大门的钥匙!"

"你这是怎么了,米哈伊尔·卡皮托诺维奇!听我给你讲个小故事吧!"这个老密探拉着索罗津的袖子,来到一幢公寓的背阴处。

索罗津注视着他。

"我想不起来这事发生在哪一年了,七八年前吧。像我们这样的人,记住一个人的容貌,那是我们的特长……"

"职业特长。"索罗津替他说完,知道米隆内奇偏爱那些复杂的词语。

"这就对了!看到问题的本质了!这件事发生在夏天,最炎热的七月,我记得跟现在一样。日本使团有一个军官,非常年轻,精明强干,不知道他叫什么名字,不过他让大家叫他考斯佳,情况就是这样,我们教俄国人反侦察课程。不知怎么的,来了这么个学生,很坏,总是跟我们捣蛋,后来便粗暴地离开了我们,其实他根本不需要走,只是想知道另一个外勤密探是否跟他一起走……"

索罗津仔细听着,他知道老头子不会瞎说。

"我们下课了,就是学生放学了。我在松花江畔找到了那个年轻人。"考斯佳在报告时候突然对我讲,要跟那人走一走,直到晚上,而明天早晨再报告。"

"报告什么?"

"不是,没什么特别的事:我们跟踪那个年轻人,他正在闲逛,我们来到电话站,市电话站,他跟一个姑娘相会,送她到圣·尼古拉教堂,然后就回家了,回交通街,我也就不再跟踪了。"

"那后来呢?"索罗津问。

"大清早也没谁可以报告,后来我们从侧面得知那个日本人被派到很远的地方出差去了,是不是?"

"那后来呢?"索罗津明白了,已经接近真相了。

"这个日本人现在正在吉林街机关里!就是这么回事!"

"他什么样?"

米隆内奇很专业地描述了这个日本人。

"他就是我在机关楼梯上遇见的人,和我坐一个包厢,我把酒壶给弄丢了,因为他,我还和野村闹了不愉快。两只水泡眼。那时我还没发现,在车站他就在我身后!"

"什么时候?"

"他进了机关花园……"米隆内奇掏出怀表,看了看,说出准确的时间。索罗津盘算了一下,一切都对上号了,昨天在楼梯遇上那个日本人,他又去了十六道街……

"他再没出来吗?"

"可能出来了,就我一个人。没跟着他!"

"既然日本人在那儿,我们就不必着急和东张西望了!"米哈伊尔·卡皮托诺维奇心想,经老密探这么一说,他突然想起来了。

"在交通街——就是那个俄国人……在交通街,什么地方?"

米隆内奇说出地址。

哎呀呀!日本人派外勤跟踪亚历山大·亚历山大罗维奇!这是为什么呀?

"以后就不必跟踪他了?"

"年轻俄国人?"

"是啊!"

"不跟踪他了,但得跟踪那个姑娘……"

"从电话站出来的那个?"

"是啊,两人成双成对。只有一次我们跟踪他们两个人,就是苏联领事馆恢复工作的时候……"

"在一九四一年?"

"是的!"

"没出什么事吗?我也不明白怎么回事!"

宫泽在尤什克夫背后已经坐了一个半小时了。这很无聊。尤什克夫让他读最近几个昼夜"祖国"的广播稿。他开始读了,但读不进去,于是将其放在膝头。看着打字稿的小字令他眼皮低垂,昏昏欲睡。尤什克夫背着身子坐着,不时地抽搐一下,整理桌上的文件,一会儿又安静下来,坐着一动不动,几十分钟,像一具木乃伊在那儿发呆。有时宫泽打个瞌睡,不知道尤什克夫发现没有。

中午准时开饭,尤什克夫边吃边看文件。他饭后接着吸烟,抬眼看了看宫泽说:

"您该去散散步,不然,我看您脑子里什么也进不去。"

这是违纪的,而且浅草随时都可能出现。他很想找个借口,宫泽一下找到了:

"是的,爱德华·谢苗诺维奇!我刚到哈尔滨,去秋林买点东西。"

"当然,年轻人,去吧!"

宫泽去食堂,到厨师面前,叫他看着尤什克夫,厨师会意地点点头。

早晨,旭日东升,阳光灿烂,天气晴朗。宫泽走出了院子,大门砰的一声关上。他站了片刻,左右看了看……

"还得检查检查?"斯切潘·菲多罗维奇心里想。他站在报亭前读报。瓦尼亚特卡站在他十五米之外。

看样子日本人有些虚弱,斯切潘·菲多罗维奇明白了:不检查了。

日本人沿着吉林街向大直街走去,然后拐进大直街,进入教堂广场,坐上一辆人力车。斯杰潘·菲多罗维奇有些失望。在他跟在日本人身后开始移动之前,给瓦尼亚特卡一个暗示,叫他跑去换班。接班人在不远的门口,看见日本人招手叫人力车的时候,瓦尼亚特卡已经在斯切潘·菲多罗维奇身后挡住了。

日本人叫到的是一个老车夫,斯杰潘·菲多罗维奇在心里感谢上帝,尽可能快点跑过去。问题是不知道日本人要往何处去,那怕能猜出来也好啊。斯切潘·菲多罗维奇叫一辆出租车,超过他,让瓦尼亚特卡跟在后面——反正他年轻。突然,斯切潘·菲多罗维奇左边有什么动静,往周围看了看,他愣住了,在他身边轻声地跑来一辆人力车,车上坐着瓦尼亚特卡,瞪着两只大眼睛看着他,很吓人。车也没灯,斯切潘·菲多罗维奇便跳上座位,差点把瘦小的瓦尼亚特卡从左边护栏挤出去。木制护栏咔嚓咔嚓直响,但是并没有挤坏,中国车夫回头看看,但啥也没弄明白。

瘦小的瓦尼亚特卡侧坐着,随时准备跳下去。

"我告诉他想流览市容,说好我敲车把,暗示往左往右,转弯就是敲车辕。"瓦尼亚特卡小声说,眼睛一眨也没眨。

"得了,回基地再说吧。没经验的共青团员,现在还是往前跑吧。"斯杰潘·菲多罗维奇说着,往边上挤着他。

宫泽坐在人力车上前行,用茫然的目光看着这个城市。

"浅草为什么叫我来呢?"他想起第一次见面时将军要他坐在那儿分析有关"祖国"电台的资料。

"这有什么用呢?就算是接近罗扎耶夫斯基,或者弗拉谢耶夫斯基,或者冯·阿代伯格,或者马特柯夫斯基的人,了解到他们的什么情况,并告诉给"祖国"编辑部,就是说他应该监控他们,并把这些带给编辑部或者联系人,而他本人也去编辑部,但首先得知道这人是谁!可怎

433

么能知道呢？只有罗扎耶夫斯基、弗拉谢耶夫斯基、冯·阿代伯格或马特柯夫斯基能够说他们怀疑谁，或者应当知道编辑部在何处监控他，他的工作人员就会……"这些想法在他脑子里转来转去。人力车已经来到车站广场。"停下，"宫泽突然说，"在广播稿里我一次也没见过冯·阿代伯格的名字呀！罗扎耶夫斯基、弗拉谢耶夫斯基、马特柯夫斯基及其他人，浅草本人都两次提到，有的名字甚至多次出现，可就是没有冯·阿代伯格！"宫泽用脚踢了一下车辕，中国人回头看了看，宫泽叫他快往回跑。

斯杰潘·菲多罗维奇看见日本人的人力车拐过来沿着车站大街往回走。人力车跑到教堂广场，绕过去拐入大直街与吉林街交口，日本人下了车，付了钱，向机关大楼走去。

"白跟了一阵！"斯切潘很懊恼，恶狠狠地跳下车，扔下追上他的瓦尼亚特卡不管，"付车钱！我上阁楼，明白了？"

宫泽用力关上院门，几乎是跑到楼梯进了尤什克夫的房子。

"爱德华·谢苗诺维奇！"

"怎么回事，出什么事了吗？"尤什克夫回身，从夹鼻眼镜上面看着宫泽。

"我要看所有广播记录，凡是涉及 БРЭМ 工作的人员……"

"那宪兵队、军事使团的呢？"

"不要，那些不要！只要 БРЭМ 的！"

"等半小时，我这就去整理，我都做了记号！"

宫泽坐在挂着绿色窗幔的狭长办公室里，心里想："如果我猜对了，这可不是特别专业的工作。亚历山大·彼得罗维奇·冯·阿代伯格下班回家，把班上的事和家里人说了，萨士克听见了，或者老杰里诺夫听见了，他们把这些情况告诉给编辑部……中国仆人不在考虑之内，因为只会说'你的,我的'——这一切很简单。但是亚历山大·彼得罗维奇·冯·阿代伯格这个名字没听到过,在广播中正是那些他所知道的信息,而他本人并未提到!这太大意和太暴露了!"

尤什克夫拿着一大摞文件过来,宫泽看了看他,心中有些惧意。

"别担心,这里您感兴趣的人我都画了重点……"尤什克夫整理一下夹鼻眼镜,"使团——红色的,宪兵队——绿色的,БРЭМ——蓝色的。您对此感兴趣吗?"

"大概是吧!"

尤什克夫把文件放在宫泽身边的沙发上。

宫泽抬起眼睛看看尤什克夫,没碰文件。

"好了,好了,那我走了!"尤什克夫转身,摆了摆他那又高又瘦的身子,走出了办公室。

在他身后门砰的一声关上,宫泽跳起来,跑到客厅,从桌子上拿了一些打字纸,又回到办公室。他迅速挑选广播稿,把带蓝色铅笔记号的分出来。这已经超过一半。

"好啊,好啊,"他小声叨咕,"罗扎耶夫斯基,又是罗扎耶夫斯基,马特柯夫斯基,罗扎耶夫斯基……他一页一页地翻着,一点点缩小他的怀疑目标。当他翻到最后一页时,不禁叹了口气,把身子靠在椅背上。

其实为什么非盯住冯·阿代伯格呢?或许是罗扎耶夫斯基身边的人呢?或者是马特柯夫斯基身边的人……

不过好像冥冥之中有谁暗示他,他的猜测是正确的。

"那现在该怎么办呢?难道我要给萨士克一击吗?"他想起昨晚与他见面,并且很高兴……

怎么办呢?

他起身,整理整理文件,去找尤什克夫。

435

"怎么样，找到什么了吗？"

"没有！"不知为什么宫泽这样回答。

"那就休息吧，我再干一会儿。"

将近下午四点钟的时候，厨师送来茶点和果酱。宫泽问："爱德华·谢苗诺维奇，您对这一切怎么想呢？"

"哈！我怎么想？已经没什么可想的了！"

宫泽用询问的眼光看着他。

"我想他们是在苏联境内播音，我们这里什么也抓不到。如果在列举的名单中找那么一个，很可能是愚蠢的错误。那样只要下个命令'抓！'就行了，但是判断这个很困难。因为从二月份以后，谁都不允许犯这种错误。这是第一。第二，许多人在工作，情报可以分几类：综合政治方面的，个人方面的，在哈尔滨这里还有日常生活方面的。还有第三，我们很快将面对这个问题！那就是年轻人！我不说得太具体。读读我的材料，自己去猜想。"

不过，宫泽什么也不想猜，他只是情绪太坏了。

日本人出去，把院子门砰的一声关上，便停下了。

"看吧，他现在才检查！"索罗维约夫心想，同时把瓦尼亚特卡叫到天窗前面来。

"我跟着日本人出去透透风，我带着老张，派马杰亚去帮你！"

斯切潘·菲多罗维奇从楼梯跑下去，来到街上，日本人还站在墙边。他站了一会儿便走了。他并没东张西望，而是向左急转，直奔大直街而去。过了大直街，到了教堂广场，绕过广场，沿着交通街往下走，在冯·阿代伯格家对面的人行道上停下来，开始抽烟。

萨士克向下班离开的日本人一一鞠躬，工作日结束了。他怅然地看着考尔涅伊奇那个空位子，在他的桌上还放着镶在日本相框里的遗照，是考尔涅伊奇在十二年前拍的，还有装伏特加的玻璃杯，上面盖着

436

一块黑面包片。大家都在等着这一天,因为考尔涅伊奇近年疾病缠身,形容憔悴,他带什么东西都吃不下去,所以给他下葬时,人们觉得棺材是空的。明天是四十天了。在最后一个日本同事出去时,他不仅对萨士克鞠躬,还向考尔涅伊奇的照片鞠躬。萨士克开始整理文件。快七点了,穆拉今天不倒班,所以下班早些,在七点钟。他想回家一趟,取一本给她的书,早晨忘带了。于是看了看表:"还有四十五分钟,如果我不磨蹭,抓紧时间,步行也来得及——当然最好是跑着回去。"

他把文件一下塞入抽屉里,向考尔涅伊奇的遗像鞠了个躬。

斯切潘·菲多罗维奇在大直街与交通街交叉口,瓦洛佳·张也在不远处。那日本人已经在冯·阿代伯格家对面的一棵树下站半个小时了,一根接一根抽烟。斯切潘·菲多罗维奇环视自己周围360度的状况,他不经意间看见"叶尼塞"从大直街拐到交通街。他走的脚步很快,走了一段便左顾右盼,他躲过了几辆汽车,上了人行道,又看了看表。斯切潘·菲多罗维奇向拐角走了几步,一下明白了,这是没必要的,"叶尼塞"没到他跟前来,而是从他身边过去了。这之后他见"叶尼塞"用脚踢开院子门,登上台阶,那日本人换个脚仍然站在那里,浑身无力地耷拉着肩膀。

"可真奇怪,"斯切潘·菲多罗维奇心想,"下班回家一点也不着急,现在又急着跑出来……"他刚想到这里,"叶尼塞"已出现在人行道上。斯切潘·菲多罗维奇看看日本人,日本人一惊,又藏在树后,盯着"叶尼塞"的背影,看着他沿着交通街向大直街渐渐走远。

"看来日本人不是户外监控的行家里手。怪不得'叶尼塞'那么快就跳出来了。"斯切潘·菲多罗维奇心想。他的想法得到了验证:日本人走上了"叶尼塞"走过的人行道。

的确!是个马大哈!他本该在我这边走,本来有更灵活的活动空间,如果"叶尼塞"回头立刻就会看见他!

对斯切潘·菲多罗维奇而言,这次是最合适不过的了。当日本人离开交通街高岗处的时候,斯切潘·菲多罗维奇给瓦洛佳·张一个信号,瓦洛佳·张就跟在他后面走了。

"叶尼塞"来到电话站,肩膀靠在广告柱上。日本人从背后靠近他,站了一会儿,离开了,又绕到侧面靠近"叶尼塞"。"叶尼塞"没有立即看见他,等看到了,吓了一跳。日本人伸出手,他们俩谈了几分钟。斯切潘·菲多罗维奇清楚地听到一个人开始呵呵笑,然后另一个人也呵呵笑,两个人都看看表,后来就分手了。

看来是今天约好见面的!为什么呢?不管斯切潘·菲多罗维奇怎么费尽心思分配小组工作人员,争取在"调度室"里留两三个可以随时调遣的人,可是由于被监控的对象越来越多,加上这个地下工作者答应提供的交通工具至少在明天之前不能到位,所以问题愈加突出,幸好在吉林街使团对面找到了一个阁楼可以使用。

他站了一会儿,想弄清"叶尼塞"究竟要等什么;斯切潘·菲多罗维奇记得马杰亚报告说那人在此已站立多时,正在等一位姑娘或少妇。天还亮着,人行道上人并不多。斯切潘·菲多罗维奇尽量往后退,只要看见靠在广告柱上的"叶尼塞"就行。他已经有几天都取消了和他的见面,为的是避免不必要的风险。一旦被地方外勤发现他和他的小组,就等着被取缔吧……"叶尼塞"必须得到最大限度的保护。如果需要会面,就如商定的那样,瓦尼亚特卡将在他工作对面的办公室窗上展示暗号,当他看见瓦尼亚特卡,就跟着去斯切潘·菲多罗维奇正在等着的地方。在迫不得已的情况下才能通电话。

等的时间不太长。斯切潘·菲多罗维奇看见"叶尼塞"把肩膀从广告柱上移开,挺直了腰板。斯切潘·菲多罗维奇从迎面而来的女人们中注意到一个女子,她看起来是刚刚从中央电话站的台阶下来,朝"叶尼塞"走过来,斯切潘·菲多罗维奇觉得她在对他微笑。真的,"叶尼塞"迎着她走过去,女子也走上前,两人挽着胳臂朝教堂广场走去。斯切潘·菲多罗维奇一直盯着他俩,绕过广场,走上老哈尔滨公路。他记得马杰亚说的话,昨天他俩在公路上走,然后到了马家沟,他甚至描绘了街道的情况,那个女子的小房子就坐落在那里。

"叶尼塞"送女子回家,在她家待了不到十分钟就出来了。他在老哈尔滨公路上叫了一辆出租车,就回市中心了。

斯切潘·菲多罗维奇在车站街与教堂广场等瓦洛佳·张。

"日本人和咱们这个俄国年轻人……"

"我也有过这时候,怎么了,年轻人嘛!"

斯切潘·菲多罗维奇冷冷一笑,自我解嘲。

"刚刚见面,坐在中国大街咖啡馆里。咖啡馆没有客人,因此我们不能进去,他们见面后继续跟着?"

一天就要结束了,斯切潘·菲多罗维奇的脚疼得要命,可他还得回吉林街,因为那里还有他的两名队员。

他想起怎样从使团驻地开始监视那个日本人。他跟他到公馆,再从公馆一天两次去"叶尼塞"家,现在他独自跟踪"叶尼塞",直到他从中央电话站接年轻女子并送她回家。

让"叶尼塞"自己说清楚这日本人是谁好了!就是这样!明天让瓦尼亚特卡去,让他去见面。

他来到吉林街,登上公寓的阁楼,几个小时前他才从那里出来。

"我们那儿怎么样?"

他和瓦尼亚特卡走到窗前,想看看公馆。

"没什么,那里好像没什么人……"瓦尼亚特卡平静地回答。

斯切潘·菲多罗维奇突然听见背后有人轻声地吹口哨,原来是马

439

杰亚。他看看周围,发现他站在阁楼中间砖砌的烟道后面,正在向他招手,另一只手提示他别出声。斯切潘·菲多罗维奇和瓦尼亚特卡走到他跟前,马杰亚更加用力摆手,于是他们俩便冲过去了。

"怎么回事?"斯切潘·菲多罗维奇叹了口气。

"别出声!"马杰亚用手指了指洞口,他们就是经过这个洞口爬上阁楼的。斯切潘·菲多罗维奇看着马杰亚,他们三个人站着,背靠砖砌的烟道,躲在后面。马杰亚在最左边,靠近出入口,他睁大眼睛,用手抵住嘴唇。

斯切潘·菲多罗维奇什么也没听到,真是活见鬼!他想到虑自己的侦察经验,"我什么也没听见,可他,像一头林子里的野猪!"他闭上眼睛,不露声色,这工夫,不是听到,而是感到出入口的门在打开。

还是早晨的时候,当他们登上这个阁楼,出入口的盖子响了一声,他们从铅笔里取出一根铅芯,磨碎之后撒在合页上。现在打开之后没有什么声音。阁楼的地板也没什么动静——上面撒了厚厚一层沙子混着木屑。

斯切潘·菲多罗维奇掏出勃朗宁手枪,扳开扳机。他们只听见出入口的木盖咔嚓一声,显然有人想打开它,但木盖太重没能撑住,又落下去了。又听见有人沙哑地喘粗气。

"不是个娘们儿,不是床单的女主人!"斯切潘·菲多罗维奇心里想。他看着拴在人字梁上的绳子,上面晾着两张床单。

出入口没什么动静。斯切潘·菲多罗维奇看看马杰亚,他指给大家看,上来的人向天窗走去。然后马杰亚又用手抵住嘴唇,向左指了指。斯切潘·菲多罗维奇在马杰亚和瓦尼亚特卡的中间,把勃朗宁手枪从右手换到左手,做好行动准备。

那人像是在左边,他从烟道往外看,马杰亚一把掐住他的脖子,索性把他提起来。斯切潘·菲多罗维奇冲过去,在背后抓住他两只手。这人又老又瘦,斯切潘·菲多罗维奇立即打掉了他手里的那把手枪。马杰亚还提着这个人没放手,那人脚上穿着便鞋,不停地悠荡,一心想落地。斯切潘·菲多罗维奇见这个人脸色发灰,便向马杰亚摆摆手,他便把他放下来,让他两脚着地,可他的两腿发软,差点跌倒在地,幸亏有马杰亚提着,他浑身瘫软,一声不吭地倒在木屑里。

"勒死了?"

他俩坐在马杰亚旁边,马杰亚从口袋里掏出小镜子,放在那人的嘴上,镜子上出现了水珠。

"没死,还有气。"他小声说。

"拿绳子来,"斯切潘·菲多罗维奇小声告诉瓦尼亚特卡,"快!"

他们把那个人的手脚绑起来,让他背靠烟道站着。

"去找中国地下工作者,一个小时后天就开始黑了,不管在什么地方弄台卡车,把他弄到别的门口。给你一个钟头,最多一个半钟头。快去吧!"

那个人十分钟后清醒过来了。他的眼皮发抖,抽搐着喘着粗气,想用手抓喉咙,但手给反绑着。他只好抖着肩膀,干眨巴眼。马杰亚用手捂住他的嘴。

"咳,别再捂了!"斯切潘·菲多罗维奇小声说。

那人喘着气,眼睛看着四周。

"怎么,小伙子,想偷床单吗?"

因为马杰亚堂妹迪斯尼凯捂着嘴,那人没法说话,只是点点头。

"你想喊吗?"斯切潘·菲多罗维奇吓唬他说。

那人摇头。

"听着,你出声就掐死你!听着了吗?"斯切潘·菲多罗维奇看了一眼马杰亚堂妹迪斯尼凯,他微微一笑,点点头。"我们抓到个什么人呢?"

那人想说话,但马杰亚捂着他的嘴,他咳了几声,然后说:

"我是来取床单的，自己的！"

斯切潘·菲多罗维奇摇了摇头。

"撒谎，高贵的先生！"让他看那把手枪。"叫什么名字？"

"谢列佳！"那人用嘶哑的声音说。

"多大年龄，六十五，六十七？"

"六十六！"

"那你是哪个谢列佳？说出你的父名！"

"米隆内奇！"

"这就是另一回事了，谢尔盖·米隆内奇，得了，我们对你的情况完全了解，过后再撒谎吧。把他整昏过去！"斯切潘·菲多罗维奇说。马杰亚朝谢尔盖·米隆内奇的左耳轻轻拍了一下，那家伙立刻耷拉脑袋了。

他们蹲得太久了，腿都麻了，起身活动活动。很清楚，来者很可能既不是小偷，也非阁楼住客，而是宪兵队或警察局的密探，不排除他与公馆有关系。关于这一点没有直接证据，但是他的行动小心谨慎，佩带中国警察的武器——勃朗宁手枪，看来他们的猜测是正确的。决定留他一条命，用更合适的方式了解详细情况。

"还有多长时间？"

"谁知道！"

"谁知道……"斯切潘·菲多罗维奇走到窗口。天黑下来了，瓦尼亚特卡来得及就好了，来得及就好了！"

将军看了看周围。

桌上空空的。保险柜的门敞开着，他站在一旁，用两只眼睛搜寻：有什么还要往里放。不过，他虽然把什么都放进去了，还是茫然地站在那里。他关上柜门，坐在安乐椅里。

桌上剩下今晨发来的最后一份电报。他拿起来，但没有读。奉天方面确认美国人的一颗炸弹毁灭了整个广岛。他拿起电报,举到桌子上空,然后撒手,那一页纸就如秋天的枫叶似的开始在半空中飘落下来。浅草知道,一切都结束了。可以认为战争结束了。可以回家了。

浅草拿出一张白纸,再拿过砚台,倒点水,开始研墨。他想象着妻子、四个孩子,应该给他们写封信⋯⋯他想象一家四口围火炉而坐,妻子给他端一碗面条,孩子们按岁数大小依次等到自己的碗。他们还小,小女儿只有四岁,很顽皮⋯⋯他很少看见他们,不过妻子每周都给他写信,有时附有照片⋯⋯

现在长子已在军校毕业,他已长大成人。小女儿也上了八年级。他最后一次看见他们是在他被授予将军军衔时,他穿着新的军服,军服很漂亮,儿子很羡慕⋯⋯浅草看在眼里,喜在心里。他希望儿子像他一样,像伯父一样,为天皇效命,像祖祖辈辈一样⋯⋯

为天皇效命!

浅草一惊。

"为天皇效命!"他有意识地想着,但幻想破灭了。

他把毛笔拿开,洗去墨汁,擦干砚台:"为天皇效命!现在我一个人为天皇效忠!"他拿起话筒,叫值班员:

"后院有一辆带篷卡车,叫司机准备好,随时出车,明白吗?"

"是,将军先生,这就去办⋯⋯"

浅草没等他说完,说:"准备好二十个麻袋。"

是准备销毁文件的时候了。在七三一部队焚烧,那里有大炉子。还得解决尤什克夫的问题⋯⋯

他把日历翻到明天那一页——一九四五年八月八日,又拿起话筒叫译电员。在等他到来的工夫,他拟了一份电文:"可能的话将'大叔'接到东京⋯⋯"在关东军情报部门机密通讯中称尤什克夫为"大叔"。"如没可能,那就⋯⋯"这一想法他想不说出来。

443

八月八日　星期三

斯切潘·菲多罗维奇坐在对着花园的窗户旁边。

"热吗？"

"不热，热也不怕，因为我是这里土生土长的，已经习以为常了。"

"您轻松多了！亚历山大，"斯切潘·菲多罗维奇用手掌给自己扇风，"那个日本人为什么一直跟踪您？从您家到电话站的广告柱子那儿？昨天！"

"叶尼塞"静静地听完斯切潘·菲多罗维奇的话，便讲述了他与宫泽光一相识的前前后后，直到前天的偶然相遇，他已经很久不在哈尔滨了。

"他叫什么名字？"

"宫泽光一！"

"他的军职怎么称呼？"

"这我可不知道，也不可能知道。因为我们认识他的时候，他只是俄满学院的一名俄文教员。"

"'我们'是谁？"

"叶尼塞"有些难为情，停了片刻，说："这里有个姑娘，和妈妈及小妹妹一起生活，不过一九三八年她去上海了，以后我再没有见过她。"他又沉默了一会儿，突然发问："我站在广告柱前的时候，您盯了我很久吗？"

"总是这样。好像事情按照他的意愿形成，只不过很简单。"斯切潘·菲多罗维奇心想。他准备好回答："我们不是跟踪您，是跟踪日本人，那么在一九三八年您是从何处听说他是日本情报军官的？"

"您还审查我！""叶尼塞"用带有些微责备的口吻说，同时摇了一下头。斯切潘·菲多罗维奇想解释一下，但"叶尼塞"没等他说话，说："这是谢尔盖·彼得罗维奇告诉我的。我相信您知道他是谁了吧？"

"知道！"斯切潘·菲多罗维奇点头表示肯定，"准确地说他是前天出现的。"

"这我也不可能知道。不过在这次见面之前，从一九三八年七月起我就再没见过他。"

"那您知道他在吉林街公馆里面吗？"斯切潘·菲多罗维奇指出具体地址。

"不知道。尽管这个地区我非常熟，我在那儿上的学，我的很多朋友在那儿附近上学——基督教青年会中学和奥克萨克夫斯卡娅女子中学！还有私人公馆……大概……"他耸了耸肩膀。

"这么说，您不知道他会在那里？他，那个日本人……"

"宫泽光一？"

"是啊，他第二天去那里，开始是从旅馆去使团机关，而后是去那里！"斯切潘·菲多罗维奇停顿了一下。"那昨天您同他都谈了什么？您不是同他约定了见面吗？千万弄清楚了，亚历山大，这对我来说至关

445

重要。"

"不是我和他约定见面的,我也没找他。他是突然出现的。是他招呼我谈话。的确很有意思。"

斯切潘·菲多罗维奇想对他公开"叶尼塞"要参与的任务的详细情况,包括抓捕尤什克夫。他甚至准备了照片,打算交给他,可是"叶尼塞"的最后一句话让他打消了这个想法。

"谈什么话了?"

"开始,如平常一样,'怎么样''好久不见了''爸爸妈妈身体好吗?'等等。后来又谈到'祖国'电台的广播,说了很长时间,没什么头绪。我觉得他是想弄清什么事情……"

"他能从您那里弄清什么事情呢?您又与这事有什么关系呢?"

"其实,没有直接的关系……"

"间接的呢?"

"您对此一无所知吗?"

斯切潘·菲多罗维奇不知道怎么回答,在哈巴罗夫斯克(伯力)人们什么也没对他说。"啊哈,三哥,也是他们的兄弟呀!难道这件事对我也保密吗?"本来应该辩解一番:"我知道……"

"这对您也是秘密吗?这可能影响另一项任务,您目前还不能向我公开?"

"好吧,我对您说!"斯切潘·菲多罗维奇掏出尤什克夫的照片。"就是这个人……必须找到他……"

"尤什克夫旅长,我知道他,不是直接认识的,日本报纸介绍过他的经历。他是从苏联跑过来的。"

"对了!为什么说是'旅长'呢?"

"不知道,日本人在他们的文章和采访中都是这么说的。"

"明白了！必须找到他并逮捕他。"

"就是得抓紧时间，在部队抵达之前？"

斯切潘·菲多罗维奇沉默了一会儿。

"有没有可能抓住他以后，在这里扣押他，比如说一个月？"

"好，亚历山大，跟您办事很痛快。至于部队什么时候开过来，我还不清楚。"

"明白了，军事秘密嘛……""叶尼塞"沉默了一会儿，他突然想起宫泽跟他开玩笑，说这次来哈尔滨的目的是"军事秘密"：秘密，秘密！周围的秘密也太多了！

"关于昨晚您与宫泽的谈话，您认为他是怀疑您什么呢？"

"大概，不排除'祖国'编辑部不太……信息量太大了……"

"那您把它们转交给谁了呢？"斯切潘·菲多罗维奇突然冒出来这个想法，"叶尼塞"一闪即过的眼神令他明白，现在提这个问题是多余的。"叶尼塞"似乎明白了这个意思，故意表现出他并没有听到这个问题。

"我现在想的是，"他把地图拿到自己面前，"这是公馆！还有几幢房子，不知道谁住在那里，这些房子不对外招租。基本是些男人进进出出，有俄国人、日本人……他们彼此关系都不错……"他开始注视着，"我和谢尔盖·彼得罗维奇还决定完成一个任务，在哈尔滨市中心找几个秘密据点。在郊区没什么好处，那里人口稠密，拥挤，容易暴露，就是这样，"他开始在地图上指指点点，"在满洲里街，就是这里，在中国大街，在道里——就在这里；在纳哈罗夫斯卡有一幢小房子——这是康斯坦丁·罗扎耶夫斯基的地点，这个我知道；在斯拉夫镇……其他的还没找到。也可以在这里——吉林街！"

"离使团机关最近，不用跑很远……"斯切潘·菲多罗维奇一便沉思一边说。

447

"是的,当然了!他们早就是这里的主人,不用担心一切有大改变!如果这个尤什克夫在哈尔滨,那肯定是在某一个据点。抓紧时间!"

"如果在哈尔滨,"斯切潘·菲多罗维奇,说道,"我想,过两天我们应该和您最可靠的朋友会一会。"

最好抓紧时间!

"叶尼塞"走了,五分钟后瓦洛佳·张也跟出去了。

斯切潘·菲多罗维奇坐在那里看地图。

"应该把人撤了!我不能把他们分散给五个目标。这就是说他们没人换班,他们不得不在彼此之间轮替:使团机关,宪兵队,必须从宪兵队撤下值班员,那里应该请中国人替代……正好,我把照片交给中国人,叫他们复制一些,发到各处,除了使团机关和吉林街……或许,直觉告诉我们,'叶尼塞'并不适合与我们合作。好吧,"他决定,"保留两个监控点,在吉林街一个,"斯切潘·菲多罗维奇心想。"不,在吉林街已经不可能了,在阁楼里不可能了。因为这个谢尔盖·米隆内奇造访过了,他有个多么有趣的名字和父名!算了,别分散注意力,就是在使团机关附近,还有两个活动哨:跟踪'叶尼塞'和这个日本人,宫泽光一……"斯切潘·菲多罗维奇想起"叶尼塞"的秘密活动,其中把宫泽光一的暗号定为"年轻人"。他自己嘟嘟哝哝着:"我们也叫他为'年轻人'!我们也得变更活动路线图!分散!"

斯切潘·菲多罗维奇和马杰亚走出"调度室",一下置身在暴晒的阳光下,坐上汽车去找中国人。在松花江畔,中国人的房子紧靠江边,一个房子挨着一个房子,一个院子可以通到另一个院子,可以从十二号进入,从八号出来,那里是一个地下工作者基地。斯切潘·菲多罗维奇叫汽车停在两间屋子后面,注意到一个暗哨坐在远处的一个门口,他看见马杰亚他们俩,便引领他们过去。

当他们进去之后,翻译说谢尔盖·米隆内奇从昨天到现在还没醒过来。昨天瓦尼亚特卡把他从阁楼弄到中国人这里，就要酒菜，一下子喝得烂醉如泥。客人没料到会这样对待他，三杯过后便打开话匣子了。他先是说，当时就明白了，早就等这一天了，说政权反正要更换了，说准备出一把力，尽其所能，但昨天他基本什么忙也帮不了，因为他睡着了。

"拿酒来可以吗？"斯切潘·菲多罗维奇对翻译说。

翻译有些吃惊，看了看表。

"您不知道俄罗斯人是怎么醒酒的吗？"

翻译冷冷一笑，耸了耸肩膀，便出去了。

谢尔盖·米隆内奇又伸了个懒腰，哼哼两声，斯切潘·菲多罗维奇在他面前放了一杯酒和一个中国的白面馒头。

米隆内奇看着那杯酒，皱着眉头说："当然，这肯定有利于健康，没坏处。不过我不能久留，你们还得帮帮我！"

"是条硬汉子！"斯切潘·菲多罗维奇心想。

"那您能帮我们什么呢，谢尔盖·米隆内奇？"

"怎么说能帮什么呢？这里的一切我都熟悉，我跟这里的每条狗都熟，更不用说看院子的鞑靼人和中国人力车夫了……怎么的，您还不信吧？"米隆内奇的口气有些不快。

"谢尔盖·米隆内奇，别不高兴嘛！看看这个吧。"斯切潘·菲多罗维奇把尤什克夫的照片放在他面前，"认识这个人吗？"

米隆内奇接过照片，觑着眼端详：

"怎么？这是你们的人呀！"他突然停住。"我指的是从苏联过来的，一九三七年或者一九三八年，确切的我记不得啦……"

"一九三七年。"斯切潘·菲多罗维奇确切地指出。

"尤什克夫旅长，如果我的记忆没背叛我的话。"米隆内奇开始吃馒头。

应该喂饱一个人!

"尤什克夫,您先在这儿想着,我马上就回来……"

"是啊,是啊,是尤什克夫!只是叫中国人别给我熬小米粥,我吃那玩意儿烧心。在街上买些馒头就行,再来点菜,我就满足了!"

斯切潘·菲多罗维奇回来的时候,米隆内奇正坐在椅子上,把手伸进衬衫里左摇右摆地挠痒痒。

"我不知道该怎么称呼您……"

"你可以叫我菲多罗维奇……"

"菲多罗维奇,我相信他就在哈尔滨!……"

"为什么?"

"……日本人给我们一个任务,开始给我们布置这个任务,没撤销,就布置另一个任务,但是又什么也不对我们解释!"

"是什么任务?两个?"

"是,并不复杂……"

进来一个中国人,送来一笼屉馒头和包子。米隆内奇深深吸了口蒸气,满怀希望地转着眼睛。

"是不是来点伏特加,谢尔盖·米隆内奇?"斯切潘·菲多罗维奇问。

"不,我挺不住了!就这么干吃吧!"米隆内奇抓起一个热馒头,啃了起来。

"一个任务是找到谁为'祖国'提供素材,听说过吗?"

斯切潘·菲多罗维奇摇头。

"第二,保护好吉林街的那幢房子,这是他们的据点,即秘密据点。"米隆内奇说,很认真地看着斯切潘·菲多罗维奇,"这个地点对……"米隆内奇想了想,"对大家都很重要!索罗津对这幢房子也非常热衷。"

"索罗津？"

"米哈伊尔·卡皮托诺维奇！您不知道吗？"这是我们的上级,我们整伙儿人的头儿,也就是我们这个小队！"

"啊,啊,啊！"斯切潘·菲多罗维奇点头,像是想起来了。

"米哈伊尔·卡皮托诺维奇,一条真正的汉子。我猜想他正在找我！只是没找到,继续找,终究会找到的！在松花江边的这些中国人的房子,跟蚂蚁窝一样密密麻麻的,一把火就把它们烧得精光,烧了中国人,顺便烧了我们。"

斯切潘·菲多罗维奇大吃一惊。

"什么,菲多罗维奇？你以为我不知道我们在什么地方吗？您,嗅一嗅这味道！水就在旁边,中国人只能住在这里,紧靠江水！"

"一切都说得对,既然米隆内奇已经到那里了,公馆就不能再设岗了,他们会准确标出方位！"斯切潘·菲多罗维奇想。

早晨索罗津先到 БРЭМ 找冯·阿代伯格,没得到什么新消息,就去使团机关了。在楼梯上遇上那个日本人,他们曾经是一个包厢的邻座,他点头示意:"应该找个时间认识一下！"日本人也对他点头,然后就各走各的了。浅草看起来有些郁闷,正在忙着,也没说什么新情况,于是他就去吉林街了。

他绕过这个街区,想遇上自己的助手,穿过横街和与大直街平行的街道,但是没遇上米隆内奇。他在公馆院墙前面停下,稍稍想了想,又走上大直街,叫了一辆人力车去基地。今天值班的人员已经在那儿等他,说米隆内奇还没露面。

"他能到哪里去呢？"他安排了值班人员,去米隆内奇家里,家里也没有。他老伴说那个"糟老头子"昨天一宿没回家。

是不是喝醉了？米哈伊尔·卡皮托诺维奇摇了摇头,赶快回到公馆,撤下几个人,叫他们去南岗、道里和马家沟警察局。

他站在公寓楼门洞前，路对面就是公馆院墙。他抽着烟，琢磨这老头子究竟去了哪里。突然从上面掉下一个熟透了的梨，在地上摔得稀碎，溅了他一裤腿。他骂了一句，看看窗子。在三楼一个窗台上闪出一支胳臂，并传来孩子的笑声。一个路过的男子见掉下一个梨也急速闪开，并骂了一句。索罗津气坏了，他哪有那么多裤子可以天天换。他迅速上楼，敲那家的房门，他认为这一定是耍流氓。屋里有小孩子们跑来跑去的声音，后来就没动静了，没人开门。他站了一会儿，又开始敲，又点了一支烟，把胳臂靠在楼梯栏杆上。索罗津明白了，要想跟这流氓孩子理论是不可能的，只有等他们的父母晚上回来再说，一想也就算了。他下意识地看了看楼梯缓台，一想这个门正对着公馆，这栋楼比公馆更高，他立即想起米隆内奇说的，除了在阁楼可以监控公馆里的活动之外，大约还得保卫他，再无处藏身。"也许米隆内奇就在那里？"这是突然冒出来的一个念头，于是他爬上去。他从阁楼的出入口探进半个身子，看见阁楼空空的。再仔细往里看，两个相隔十米远的砖砌烟道直通屋盖，而且所有天窗都敞开着。他估算了一下，离烟道最近的一扇窗子正对着公馆。

原来他说的是这么回事啊！

阁楼的地板上铺了厚厚一层沙子和木屑。索罗津只见干燥的床单像破纸板一样散落在木屑上，拴在人字梁上的绳子挂着破碎的床单，飘飘摇摇。奇怪！他感到吃惊，一般人偷床单都会把绳子留下啊！从出入口到最近的烟道留下一串脚印。他仔细看了看，然后为了不让自己留下脚印，走到屋顶下面，蹲了下来。木屑被踩得很乱，但脚印是新踩出来的，很深。在出入口边上他发现登上来的那个人的脚印，他踩着地板，留下普通皮鞋的脚印。在走过的路边留下臂肘或膝盖压中的清浅的弧形印记。他迈了一步，就不怕有人跟着了，因为路已经被踩得正常了。

看着他开始认为是胳膊肘的印记,他突然想起米隆内奇不管什么天气都穿着那双中国布鞋,他开始仔细观察。

不,这不是胳膊肘也不是膝盖,如果是,那么印迹会很浅,这更像穿布鞋踩出来的!

索罗津不打算画图或做石膏模,像破刑事案件取证那样,他只是看了看那条路及烟道的窄木条旁边清楚地留下的另一个脚印,他判断那也是穿布鞋留下的脚印。那个留下脚印的人从那条路向左迈了一步。如果是另一种情况,索罗津会想到这是中国孩子留下的,但中国孩子爬到俄国人住宅的阁楼不大可能。他蹲下看了看,再没有这样的脚印了。索罗津起身走到烟道前:顺着宽宽的墙挖了一个大洞,那里什么也不能放,里面除了砖垛还有几双鞋后跟儿的印迹。好像有几个人背靠烟道屁股坐在木屑上留下的印迹,没离开小道,他回到出入口,用手撸了一下铁链,手指上留下黑色的痕迹。他嗅了嗅,那不是麻油味也不是香油味,精打细算的房客会给吱吱嘎嘎的盖门上这种油,免得响声令人讨厌。这些残留物没什么味。他明白了,棚盖的铁链上撒的是石墨粉。

石笔上削下来的。索罗津点了一支烟。他相信布鞋印是米隆内奇留下的,这里一定发生过什么事。

他们并不需要床单!他们只是剪断了绳子!

在阁楼再也没什么事可做了。一切都是巧合:米隆内奇需要观察附近的房屋、公馆周围有没有可疑的人,天窗对着需要的方向,对了,还有脚印。没什么可疑的。

不可能打死了,看来弄到什么地方去了,弄明白在这个公馆里究竟有什么,或者有什么人!可是,谁干的呢?需要什么呢!

这个问题让米哈伊尔·卡皮托诺维奇感到突然,在他从浅草那里接受这个监控任务时,甚至没考虑这有什么必要。

看来是有什么人在那里或者有什么东西在那里,而且不止日本人感兴趣!于是他又想起雷切夫说的,斯大林已经把自己的部队派往远东边界。

他看了看表——一点三十分。可以下去了,不过他又改变了主意。他看看周围,想找个坐的地方,但立刻又站了起来,因为从街上能看见他。

出去检查检查岗哨?又懒得去。阁楼让他想起了自己的童年。他的大家庭住在鄂木斯克自家的大宅院里,马厩上面也有个大阁楼,他和弟弟及堂兄弟们经常爬上去;他在那里把曾祖母讲给他的故事再讲给他们听。在她去世的时候,他的弟弟还很小,他清楚地记得她:她大约是西伯利亚古楚汗的第七世后代。

她知道许多故事,其中一个就是叶尔马克·季莫费耶维奇大战西伯利亚汗国,她讲述那些身材高大的汉子在额尔齐斯河上拼杀的情景,他对此至今记忆犹新。曾祖母在讲到叶尔马克与古楚汗时总是压低嗓音,小声讲述:

"……叶尔马克·季莫费耶维奇把自己的人用平底船运到额尔齐斯河岸,他的身材是如此高大,头比岸边的峭壁还高,他向上眺望,头盔比整个西伯利亚森林中最高的雪松还高。而古楚汗也是一个身材伟岸的汉子,骑在那匹高头大马上可以看见整个西伯利亚,往西能看见乌拉尔山的石壁,白海的冰雪路,贝加尔湖后面的西伯利亚群山……"

在这里他也像曾祖母一样压低嗓音。听他讲故事的孩子们都害怕了:

"叶尔马克·季莫费耶维奇用左手抓住大树,登上陡峭的河岸,而古楚汗跳下战马,挥起战刀,但是叶尔马克·季莫费耶维奇一跃而起,闪在一边,他一跺脚,额尔齐斯河岸便塌了。这时叶尔马克·季莫费耶维奇从腰间拿出短把铁锤挥动起来,可古楚汗迅速闪开。叶尔马克·季莫费耶维奇就把身后的森林都砸倒了。就这样他们相互斗了一天一夜,又两天两夜,也没分出胜负……

小米士卡听着曾祖母讲的故事,看着无边的额尔齐斯河,看不到河对岸,森林像大海一样无边无际。屋里点着一支蜡烛,而木屋角圣乔治像前点着一盏小灯,两个金光闪闪、全身披挂的巨人在搏斗,刀光剑影,熠熠生辉……

"叶尔马克·季莫费耶维奇的铠甲碎了,古楚汗的钢刀断了,飞向四方,插入地下,撒上泥土就成了马格尼特山。但古楚汗打碎了叶尔马克·季莫费耶维奇拴在铁锤上的链子,铁锤就飞到西伯利亚密林,落地砸出一个坑,后来成为无法通过的沼泽地……于是两个大力士赤手空拳地搏斗,置对方于泥塘里,开始过膝,后来过腰……"

"喂,亲爱的米哈伊尔·卡皮托诺维奇,我觉得您不是搞混了,就是完全忘记了:这讲的是伊利亚·穆罗梅茨和毒蛇图加林的故事,或者还有别的什么人,而不是叶尔马克和古楚汗。"他心里叨念着,突然听见背后有动静。他看看周围,他们的小组长从打开的出口探出身子。

"干吗像条蛇一样伸出半截?干脆上来吧,有什么新闻吗?"

"没有。米哈伊尔·卡皮托诺维奇,没什么新闻,什么动静都没有!"

"没什么人进进出出,"他往公馆那面点点头,"我在这工夫……"

"进来一个'小斜眼儿'。瞧,那不是他吗……"

索罗津看向窗外,一个日本人正从公馆花园往院墙走,就是那个跟他待在同一个包厢的人,今天已经是在使团机关第二次遇见他了。

"那就快下去吧!"

当他从大门口跑出去,那个日本人已经到大直街口了。索罗津近到离他十五米远,不声不响地来到使团机关,站了五分钟,顺便进了值班室,要求给浅草打电话。

值班员递给他话筒。

455

"将军先生,我是索罗津,可以上去在您那儿待几分钟吗?"

"索罗津?正好您来了!上来吧!"

将军坐在桌后。当他进来的时候,便中断了与坐在对面的客人的谈话,叫他坐在一张空着的沙发椅子上。

"看来,你们彼此应该认识一下?"

索罗津与宫泽点头同意,彼此鞠躬。浅草用日语同对方谈妥了,转向索罗津说:

"索罗津,我想把您从冯·阿代伯格那儿调出来,在我和宫泽上尉的直接领导下工作。他俄语说得流利,我想你们彼此能很好地沟通。然后再谈细节。宫泽君,我再让尊敬的米哈伊尔·卡皮托诺维奇耽搁五分钟。"

宫泽起身向索罗津鞠躬:

"我在十五号办公室等您。"

只剩将军和索罗津两人。

"有什么新闻吗?"

"没什么新闻,将军先生。从今天开始岗哨二十四小时值班,周围一切平静,没什么特别的。"索罗津在说谎,他认为说谎是对的,因为现在他并没有弄清楚米隆内奇的失踪,以及自己在阁楼里的发现会不会引起议论。

"那您怀疑在公馆内部有什么事情或有什么人存在吗?"

"我连想都没想这件事。每个门口都按梯队安排岗哨,除了您的下属……上尉,没有其他人……"

浅草摆一下手,从桌子后面起来。索罗津欠身,将军又摆摆手。

"在那儿有……一个人在工作……一个对我们来说很重要的人,宫泽上尉一直同他在一起,"将军说得很慢,边说边思考,但索罗津知道将军说的不是他想的,"您知道,中国共产党人开始表现出积极性,但这不是主要的,他们的人数不多,而最主要的是国民党的地下工作者。因此你们的任务是加强对他们的监控,免得在复杂的情况下这个人落到他们手里。"

浅草还没说完,索罗津已经明白了。他内心开始紧张,惊讶地看着他说:

"您指的复杂情况是什么?"

浅草看了看他,转身在屋里踱来踱去:

"美国人在日本投下的不是一般的炸弹,而是破坏性惊人的炸弹。"

"新核弹!"索罗津确定地说。

"原子弹!大概您还不知道那是什么东西。"

"如果他们还有几颗这样的炸弹,他们还会使用。"

"这意味着战争要结束了吗?"

"我想,不完全是这样,但是会很困难。"

"能保住海岛吗?"

"我们不会让他们进入海岛。"

索罗津无语了。

"不过我们已经与基地切断了联系。"

"是否应该有所准备,将军?"

"所以我给您两个任务:在公馆周围安排几个最可靠的人,派一个与宫泽上尉从内部保持联系。"

"我亲自在那儿坐阵!"

"那好,要检查通往平房的道路,保证它干净和通畅。"

"到七三一部队吗?"

"是的。没有我的命令任何人都不能放过去!"浅草在办公室中央停下了,咬住下嘴唇站了一会儿,突然说,"好吧,可以走了。"

索罗津敲十五号办公室的门,他本可以不这样做,但是照与日本人打交道的老习惯,得礼貌周到,小心地敲门。宫泽上尉过来开门。

"进来吧,请坐!"

在办公室并排放着两张写字台,靠窗户的屋角有两个保险柜,在两个保险柜中间的窗户底下放着一张带扶手的长沙发。索罗津坐下。宫泽坐在写字台后面,从抽屉里取出一个玻璃酒壶,外边的真皮套已经变得发紫。

"认得吗?"

索罗津拿过去,双手立即感到皮套的温暖、酒壶的圆润。他兴奋得想痛饮一顿,但还是控制住了自己,只是点点头而已。

"瞧!总算找到主人了!"

索罗津点点头。

"浅草将军都对您讲了?"

"是啊,我本人就坐在您这里,这样更保险。"

"您随意,您决定好了,我怎么样都行。"宫泽微微一笑,"我们可以继续车厢里的谈话吗?记得不?"

索罗津也微微一笑,不过没吱声。

亚历山大·彼得罗维奇下班出了办公室,叫辆出租车去斜纹街。昨天晚上,八月七日,有人把电话打到家里,中国话说得很快,叫他接裁缝师的电话。这是一个暗号。

这个小裁缝店在一所大公寓的院子里,中国女主人正在等他。这是张胖子的女儿。她给他一张纸条,请他喝茶,并说他必须立刻读一读。亚历山大·彼得罗维奇坐下,纸条上写的是明天他必须把一定数量的金锭送到这家店,安多士卡或张胖子会将其取走。他把纸条还给女主人,她便把它在烟灰缸里烧了。当亚历山大·彼得罗维奇出去时,她略带羞涩地说：

"你的儿子很好，一表人才！"

亚历山大·彼得罗维奇微微一笑，便出去了。

只是到了街上，他坐上人力车之后才想起那句话："你的儿子很好，一表人才！"这和他儿子有什么关系呢？

"去平房！"

司机胆战心惊地看着索罗津。

"忘了路怎么走吗？"

司机转动汽车钥匙，点着火。

"有什么新闻？"索罗津想起半个小时前进入浅草的办公室时，他问的问题。"新闻……"他摇摇头，开始看人行道上一闪而过的行人和树木，"新闻多得不得了，张嘴就是，最好是抓到米隆内奇！现在他们不明白，意思说他不明白！从另一方面怎么对他说事情已经过去了！他又说什么？不会有任何好话！那样去七三一部队就是最后的下场！不！必须找到米隆内奇！我立刻去找他们。因为他们都在公馆周围，公馆里面的人需要他，他是重要人物。下面就简单了！只要找到米隆内奇！"

汽车在老哈尔滨公路上行驶，正好经过马家沟。

"停车！等着我！"他对司机说。

一分钟之后他已经置身在"调度室"的房子里。

"谁是接班的组长？"

"是我！"大桌子后面站起来一个上了年纪的中国人。

"是你，很好！带两个伙计，去两个地点！"

"什么地点？"

"一个在这儿，在马家沟，一个在傅家甸，在松花江边！明白了？"

"明白了！那找谁呢？"

"谁也不找。检查那里的保安有什么漏洞,向我报告!公开检查,不要隐蔽!明白了?"

"明白了!"

"明白了就好。叫他们到各个中国人监控点看看有什么情况。"米哈伊尔·卡皮托诺维奇想着这个善解人意的中国人。

从哈尔滨到平房十七千米,一路畅通无阻。他没到大门口。铁门紧闭,只见卫兵的钢盔晃来晃去,枪刺晃来晃去,行进的部队扬起大片烟尘。

回来的路上索罗津顺便到了吉林街的公馆,与光一匆匆交谈了几句,说定晚上替他值班,便回家了。他把汽车打发走,想步行回去,路上还可以想事。

他穿过教堂广场,沿着长长的满洲里街往前走。因为有时间,他决定换换衣服并休息一下。

他很久没来过这里了,就想不带什么任务,在这儿随便走走!

他不慌不忙,迈着闲散的步子,看着来往的行人。

"他们无忧无虑地在那儿行走!"他一边走着,一边不假思索地看着迎面而来的哈尔滨人,他超过一位,也有人超过他。前面有几个大孩子,四个一块儿半走半跑……

"他们大概也就十岁到十二岁吧?"他心里想,又回忆起自己听曾祖母讲故事的那个年龄。

一个孩子在玩滚铁环,另一些孩子已经跑到前面,要用脚踢倒铁环,这孩子在极力避开,他们都笑了。行人看着他们,给他们让路,也笑了。突然这些孩子插进走在他们前面的两个或三个姑娘中间,姑娘们没看见他们,没来得及躲避,铁环就从她们的腿边滚过去了。她们一惊,提起自己的裙摆。孩子们当时被打了后脑勺,惹得姑娘们大笑,其中一个姑娘把雪糕掉在人行道上,她停下来舔自己黏糊糊的手指,看着融化的白色雪糕在道牙子上流淌。她跺着脚吓唬那个惹事的孩子。孩子们吓得望风而逃。她则做个鬼脸闪到一旁。

"放了他们吧,马妮娅,我知道他们是哪个中学的。到那儿把他们的耳朵揪下来……"一个金发姑娘喊道。她们又挽起手来继续前行,就像什么事也没发生一样。她们给米哈伊尔·卡皮托诺维奇的印象是靓丽、欢快和喜乐。

"我现在就追上那些孩子,给他们一脖子拐!"米哈伊尔·卡皮托诺维奇微笑着想到那些孩子。姑娘们走过去了,她们欢快地彼此开玩笑,因为她们把孩子们吓跑了。孩子们已作鸟兽散,看来这帮孩子很脆弱,不是铁板一块,那个玩铁环的孩子早已逃之夭夭。米哈伊尔·卡皮托诺维奇看了看那些姑娘。大概她们早把那些孩子给忘了。他看着她们的背影,想抽支烟。她们是那样年轻、漂亮、俄罗斯味十足,他久久地望着她们远去,有些不好意思,于是转过身去。

当他看到这个城市的人饥饿、没鞋穿、酗酒,他就痛恨这个城市。他觉得现在他在这里不过是过路和休息,很快就会回到俄罗斯,或许不是俄罗斯,而是澳大利亚的什么地方,或许是洛杉矶,或是蒙得维的亚。他觉得哈尔滨只是个"驿站",他需要在这里调整自己,安排下一步的计划。他感激娇小的艾恩小姐,因为她与他走过了伊尔库茨克到东京的道路。她抛弃了他,因为他没有很好地规划自己的生活和进入正常状态。于是他又来到这里。他曾多次想到应该掌握住自己,并企图逃离这里,可是他像掉在漏斗里的刨花,又被卡在这里不能自拔,只能窝在这个人没鞋穿、酗酒和饥饿的城市里。

应该走到满洲里街的街头上,他在那里租了一间小屋子。

他在这条路上走着,看到了多次看到的景物。现在他一边走一边看着那些俄国人,以及俄国人亲手建造的房屋。中国的人力车夫在这儿看起来都是怪怪的。还有中国的报贩,牌匾上的中国字与俄文字并列。他常常梦见鄂木斯克和额尔齐斯河,有时看见自己家的房子和房前人行道上的那棵椴树。米哈伊尔·卡皮托诺维奇突然发现这里顺着人行道栽的也是椴树。那些椴树开的花不久前谢了,于是他回忆起两周前他深夜回家,椴树花散发出醉人的芳香,鞋底黏在人行道的石板上。那时他也没注意这个,不过他记住了,现在又想起来了,心里想:"怎么回事?这也即将结束了吗?那会怎么样呢?你不爱这座城市!结束就结束吧,你想去哪里……"他停住脚步,因为他明白,自己已经不能去"哪里"了……简单地说就是他不知道去哪里。

索罗津看了看表,快晚上六点钟了,应该休息一下,换换衣服,去替日本上尉值班。他走得更快一些,望着大街,看到这条宽敞的大街与任何俄国大街都没有差别。在一九二〇年白军撤退时,他跑过新尼古拉斯克,跑过克拉斯诺亚尔斯克、伊尔库茨克,当时正值冬季,街就是这样。他觉得自己真的痛恨这个他生活了二十多年的城市,就是这个俄国城市。

阿塔曼和朵拉·米哈伊洛夫娜站在板栅旁边。他简单地打了个招呼,大家就上楼去他家。阿塔曼说:

"我知道您很忙,米哈伊尔·卡皮托诺维奇。不过,我们的事怎么办呢?"

"我们的事!"索罗津心怀嘲讽地想,没回答。

"从边境传来惊人的消息,一切都随时可能发生!"朵拉·米哈伊洛夫娜又强调了一句。

"那你们这是忙着去哪?"他冷笑一声,想起妓院里的那些盆栽。"那花甚至有人浇过,就是说你在等客人,哪里也没打算去!"

"好吧,先生,我明天派自己的人去。"

索罗津很想与客人告别,开始从衣柜里取出西装和干净衬衣。

阿塔曼握着他的手,朵拉则礼貌地拉阿塔曼的衣袖。

索罗津也没休息成,四十分钟后已经到了"调度室"。

"怎么样?"他问那个中国人。

"我查了很多地方,松花江有很多卫兵!"

又过了二十分钟,索罗津已经站在公馆大厅。宫泽穿上上衣:"您在这儿过夜吗?"

"有地方吗?"宫泽对那个厨子兼保安说,"这位先生今晚在办公室过夜,给安排一下。"

"床铺,明白。"

"好吧,必须提醒您,不能与这里的客人接触!我们同时也向他提出同样的警告。"

索罗津坐在麂皮沙发上,在昏暗的灯下看报纸。那个房客在大厅里翻动纸张发出哗啦哗啦的响声,两个人吸烟致使厨子开始咳嗽,厨子要求允许他打开哪怕是厨房的通风窗。后来他没动静了,索罗津过去看,他在一个大木箱子上睡着了。

在快十二点的时候,他听见客厅里有人活动,有人轻声说:

"您在那儿待很久了,我听见你哗啦哗啦看报纸的声音。不管怎么说我们都是俄国人,还要单儿干啥?过这儿来吧!"

索罗津可不想受到浅草的斥责,但是厨子睡得很死,这他听见了,于是起身。

他进去了,一个又高又瘦的上了年纪的男子从椅子上站起来。他有一头花白、浓密的鬓发,穿着便服和拖鞋,指着沙发椅请他坐。

"您坐一会儿,我这就过来!"他说完就悄悄出去了。

两分钟后他端着托盘回来,上面有一个酒瓶和两个高脚杯以及一盘咸花生。

"如果您饿的话,我还可以再弄点吃的……更实惠的……我知道放在什么地方,这里我完全了解。"

463

米哈伊尔·卡皮托诺维奇点头同意："可我不能喝酒！"

"哈！怎么会呢？"那人大吃一惊，"喝就喝，不喝就不喝……悉听尊便！今天是几号？"

"八号……"

"八月？"

"快结束了！"

当他把托盘放在桌子上又出去的时候，索罗津回想起那次过去很久的大连之行，日本杂志上的照片和考斯佳·野村的指示。"这个尤什克夫旅长，我不记得他的父名！看来，现在有人把他藏起来了，而苏联正在追捕他！"

尤什克夫回来时拿了一盘肉，面包，蔬菜和两根黄瓜。

"那么，既然您不喝酒，对不起，我只好自斟自饮了！不过看样子您也是一个有酒量的人，我说对了吧？"

索罗津微微一笑，点头表示同意。

"我们这不是正式会见，就不用自我介绍了，叫我爱德华吧，叫爱迪也行！"

"可以叫我米哈伊尔！"米哈伊尔·卡皮托诺维奇对人家的好意作答。

尤什克夫切了肉，顺便把黄瓜切成四份，说忘了拿盐。他取盐回来先给自己倒了一些，又用询问的目光看了看索罗津，他摇摇头，尤什克夫就喝了一杯，再给自己满上。

"不喝第二杯酒军官老得快，"他边说边干了第二杯，"这下好多了！"他咔嚓咬了一口黄瓜，也没嚼。问道："外面有什么事吗？听没听着什么风声？"

"您指的是什么？"

"我想您很清楚我在问什么！苏军很快就会到这里，难道您不明白吗？"索罗津想起阿塔曼说的话。

"您是从哪里知道的？"

"啊哈，年轻人！这可以不知道，但是不可能猜不出来！"

"您说吧，没人对我们说什么！"

"没人说，那谁和您说这件事？"

"这您可错了，雷切夫都知道，已经说了！"索罗津觉得很好笑，心里想。

"您笑了，您是不想说出来，就是说……"

"您所说的，大概能猜到，但日本人没出声，除了他们还有谁能说呢？"

"对了，对了！我只是想，日本人会沉默下去，可是当他们想说的时候，为时已晚。相信我，我本人了解斯大林！不用多长时间，他的军队就会开到这里。到那时您该怎么办呢？您得留一手，准备后路了吗？"

"我暂时还没考虑这个！"

"您想想，我的机会就更少了，我被困在金丝鸟笼里，一个人从未上过街。如果明后天我没被送到大连，再到日本，短时间内我就会被埋葬在日本墓地或者落入'锄奸'行动的魔爪。您知道什么是'锄奸'行动吗？"

索罗津听说过苏联军事反侦察系统有这么个机构，但是这一切对他来说还很遥远。

"听说过，但是详细情况不了解。"

"上帝保佑您！就您的年龄来说，年轻时经历过国内战争吧？是卡佩尔分子吧？"

"是的！"索罗津很佩服大厅主人的眼力。

"对不起，我问一个不太礼貌的问题，您哪年出生？"

"一九〇〇年。"

"世纪同龄人?！我们俩都是世纪同龄人。"索罗津表现出凉讶的样子。

"您别惊讶,我们,我们的民族开始看似精力十足,然后很快就不行了！我爸爸坚持到四十岁,然后变样了,头发花白了,腰也弯了,只是到大屠杀之前还找女人！大屠杀,您知道谁也不放过,老年犹太人也逃不掉。"

听了这些话以后,索罗津脑子里集聚了所有东西:花白的鬈发,鹰钩鼻子,凸出的双眼,只剩下耳朵上的纹路还是老样子。

"最理想的是,"爱德华·谢苗诺维奇边说,边喝了第三杯,"弄辆汽车,备好汽油,就是到大连也好。赶快从这里逃走,去投靠蒋介石,因为他亲美。就像在敖德萨人们常说的:赶快拔腿就跑,免得叫人把腿捆在脑袋上。"

"爱德华·谢苗诺维奇,"索罗津想起了尤什克夫旅长的父名,"您应立即采取行动,您是不是还不太信任我,因为我给日本人做事？"

"您知道,虽然您不知道我们欧洲人的智慧,我们有一个谚语,'应该与漂亮姑娘谈上帝,而不是相反'。您当然不是姑娘,但我的意思您已经明白了。"

宫泽到了使团机关,通过值班员给浅草打了电话。

"进来吧！"

办公室空空的。

"过这边来吧！"屏风后面传出声音。

浅草坐在火盆旁边,正用长柄木勺搅动开水。

"来得正好！"

宫泽脱了鞋,在对面坐下。

"接到东京来电,我召集了军官开会,因为您在值班。今天是八月八日,苏联外交部向我驻莫斯科大使宣布,明天,也就是九日向我们宣战。"

八月九日　星期四

今天,亚历山大·彼得罗维奇比平时起得早。因为他得赶到松花江对岸,然后去张胖子的铺子,完了及时上班。他从来没迟到过,这已经成为习惯了。

他尽可能不惊动别人,在走廊里却遇上了库吉玛·伊里奇,他小声问他:

"这么早,天还没亮,起来干吗?"

"有事,库吉玛·伊里奇,您怎么没睡?"

"该祈祷了!"

"去修道院吗?"

"是的,很久没见阿金菲神父了!"

"他还健在?"

"上帝保佑您,亚历山大·彼得罗维奇!"

"那好,上帝保佑!"

在空空荡荡的帆船俱乐部，江水波光鳞鳞，一条条舢板船摇来摇去。他来到小板房，用手杖敲门，走出来一个上了年纪的中国人，他与这个干瘦的船夫谈好了摆渡的事。

船划得很远，那里是破产的格鲁吉亚银行家哈因德拉瓦家的别墅，它多次转手易主，坐落在同一名称的河汊子旁；在左岸它是首批建成的别墅之一，河汊子也就习惯性地叫了同一个名字。这个别墅多年来都是亚历山大·彼得罗维奇一位熟人的房产，他是首批建设者之一尼古拉·阿波罗诺维奇·拜可夫的朋友，道路工程师马耶夫斯基；他住在上海的女儿家一年多了，别墅也没卖，便把钥匙交给拜可夫保管，而后者又交给冯·阿代伯格一把钥匙。

小船停在左岸岸边，亚历山大·彼得罗维奇走了大约半公里；打开院子门。这是一幢很坚固的砖结构平房，带杂物间，不知为什么还放着老式家具。亚历山大·彼得罗维奇打开锁进屋。杂物间昏昏暗暗，唯一一扇小窗布满蜘蛛网和灰尘，苍白的亮光斜射在地板上。房间被家具占满了，还很完整，看得出主人是想全卖了，但是还没卖出去。靠墙摆着一个带玻璃拉门的碗橱，旁边摆着两把破旧的绸面的折叠椅，还有一对圈椅，其中一个上面放着一撂空烟盒，靠墙立着滑雪板，还有一根木棒。他每次进来，都会想起捷克人的车厢，他随着那些车厢一直到了伊尔库茨克，连地板也跟车厢铺的一样，平平整整的，于是他真的准备听到瓦茨拉夫和沃依杰赫的声音；想起捷克苦酒的味道，他们好像没这种酒，而是用酒精浸泡甘菊做的。只是没有钢琴。

亚历山大·彼得罗维奇走到窗户底下，把一个木箱推到一边，下面有一个用粗木板钉的盖子，他拿起一个沙袋。里面还有几个小沙袋，装着一些带沙皇纹样的金币和形状不规则的金块。他掏出几个小口袋，直到把最后一个也掏出来；底下有一颗英国造手榴弹和用满是油渍的抹布包裹的瓦尔特军用手枪。

亚历山大·彼得罗维奇打开手提包,装了一个小口袋。

在帆船俱乐部给这个船夫结了账,便去斜纹街了。

商店的玻璃门上挂着一个牌子,用俄文和中文写着"关门"。他按了门铃,安多士卡亲自开门。

"请进!"

张胖子的女儿端上一杯茶,用一种奇怪的眼光看了看亚历山大·彼得罗维奇,便出去了,他觉得姑娘有难为情的样子。

有点不对头!昨天她对他说他有个"漂亮的好儿子",关于他,她想必并不了解,今天她却躲躲闪闪!

"您已经知道新闻了吗?"

"没有什么新闻!"

"俄国军队已经向满洲挺进了!"

"从哪里得知的?"

"所有电台都广播了!"

"苏联电台?很可能,太突然了!"

"我说过,在这里什么都可以听到!您想不想我们把您保护起来,然后把您送到南方?"

"应该想想再说,我还没做好准备!"

安多士卡打开小口袋,看了看他:

"等准备好了,您可以自己拿一些,那里应该还有许多!"

"好的,谢谢。我能问您一个问题吗?"

"当然!"

"您记得我儿子吗?多年前您在松花江对岸曾见过他,让他转交给我一个纸条。他去过您那里吗?那之后你们见过面吗?您或者您哥哥、张胖子,你们见过面吗?"

如果亚历山大·彼得罗维奇不熟悉中国人,那么他会相信否定的回答和安多士卡冷冷的表情,但是他了解他们。

在回去的路上他未能摆脱这个想法,儿子有可能参加了中国人的地下工作。

浅草打电话给野村,叫他来开个小会。当野村到来时,他没有长篇大论,只通知他苏联已经开始进攻,说道:

"事情正在进行中,必须在全城清除一切嫌疑分子,包括收听'祖国'广播电台广播的人。我们绝不能腹背受敌,要不惜采取一切手段,今天晚上就动手……"

亚历山大·彼得罗维奇看见野村关上浅草办公室的门。

"将军在吗?"

"在。不过,他很可能没时间接待您了。"野村喘口气便向楼梯走去。

亚历山大·彼得罗维奇敲门,说:"可以进来吗,将军先生?"

浅草站在收音机旁。

"有点不巧,不过进来吧,如果不需要很长时间!"他压低嗓音回答,"您今天听广播了吗,上校先生?"

"没有,还没来得及听呢。"

"那就是说您还不知道?"

"有什么严重事吗?"冯·阿代伯格假装一无所知。

"很严重!"浅草怒火中烧,照他说话的样子看,他气得更加厉害。冯·阿代伯格看出来了,说:"您?准备好了销毁的文件吗?或是还在准备?"

"我想,将军先生,今明两天我能准备好!"

"最好今天完成!您什么时间用车往外运?"

"您以为在我办公室处理不完吗?"

"所有普通文件在壁炉里烧就可以了,而与我们有直接关系的必须运出去！"

"运到哪儿？"

"您的任务是把一切都准备好！一切！我不耽搁您了！如果不能及时完成,您会后悔莫及的！"浅草口气冷酷。亚历山大·彼得罗维奇从未见过他这样。他走出办公室,心里想:"感谢上帝！看来他不再需要我了！"

他从医院街去海关街,从日本军事使团机关到 БРЭМ 秘密三处,顺道看看这个城市。今天早晨,八月九日,苏联摧毁了伪满洲国的"国境线",可城里好像没什么变化。人们照样走来走去,孩子们照样又跑又跳。很可能是因为天气越来越热,江边的人也越来越多,汽车也照样四处奔驰,他觉得到处洋溢着平静和无忧无虑的气氛。

可是战争啊！像没什么事似的！

他回想起一九三八年初,他与安妮决定搬去上海,而萨士克就是拗着,执意不去,也没说什么理由,也只好留下了。现在弄明白了,他是有理由的,而且很严重。如果萨士克和他一样与安多士卡有来往,有可能不止于此。等到时候得跟他谈一谈,现在还有火车去南方。而日本人在这场战争中至少穷途末路了。多少战争轰轰烈烈,到最后,看吧,接近尾声！对他来说,这已经是第四次战争了,苏军进驻哈尔滨,对他不是什么好事。

亚历山大·彼得罗维奇在办公室里,从书架上取下装着卡片和档案的文件夹,扔进壁炉里。壁炉已经塞满了,文件钉得很厚,烧得一点不旺。亚历山大·彼得罗维奇坐在椅子上,翻开一份档案。

"索罗津·卡皮托诺维奇,"他读道,"还没问他呢,他当时是怎么从捷克人那里跑出来的,或是他们放他出去的？"

"亚历山大·彼得罗维奇！"他突然听到有人叫他,抬眼一看,原来是气喘吁吁的索罗津。

"啊！米哈伊尔·卡皮托诺维奇！"他甚至一点都没吃惊，把一份档案递给进来的人。"我正考虑东西往哪里放！"

索罗津来到冯·阿代伯格身旁，从他手里拿过档案，扔进壁炉里。

"您可以不相信，但确实是坏消息！"

"什么坏消息？您别激动，先坐下！"冯·阿代伯格指给他一把椅子。

索罗津告诉他已经宣战的消息。冯·阿代伯格默默地听他说完。索罗津没听到他什么反应，便走了。

屋里只剩亚历山大·彼得罗维奇一个人，他决定按照自己的想法完成浅草的指示销毁三处的档案。БРЭМ 的档案数量巨大，包括所有居住在伪满洲国的俄罗斯人，这些只能留在那里了。他这里的档案是日本人感兴趣的，都是些特殊人物，苏联反侦察机构一经虏获，就会迅速分析，很多人就会倒霉了。所以他决定不挑不选，一律烧毁，不留一张纸，只是这壁炉不得力。这时他想到了儿子，想到他的一些怪异行为。因为爱子心切，对于他年轻气盛只能睁一只眼闭一只眼了。于是又想起宫泽光一。他想起很久以前同浅草的一次谈话，他说萨士克有点名声不好，而他的朋友宫泽又是个情报官，是浅草的下属，这一切就明白了。明白的是萨士克正在被日本人考察之中，但是如果日本人招募萨士克，那他们就会利用他对付中国的地下工作者，那就会伤害到安多士卡和他的兄弟，或者招募他们为日本人服务。但是他们现在仍然该怎么工作就怎么工作，没有投靠日本人的迹象。这就是说，萨士克与中国人来往与日本人完全没有关系。而由于他的过错——小阿代伯格的错误——日本人招募了亚历山大·彼得罗维奇。那么，按逻辑推理，萨士克与中国人合作，其实就是为苏联办事。苏联需要的人不是在上海，在澳大利亚，而是在这里，在哈尔滨！于是，亚历山大·彼得罗维奇回想起从三月份开始，甚至更早，萨士克突然对 БРЭМ 的事感兴趣。

"萨士克！萨士克！"他心里想，感到很痛苦，而安妮说："好啊，你为日本人服务！我们会了解得更多！"一切都得弄清楚！我们得赶快离开……只要弄到足够的……

他往已经塞满的壁炉里又扔进一份档案，从煤油灯里倒了些煤油。

得离开这里！带着萨士克离开这里！不惜任何代价！逃离所有谍报人员！叫母亲劝说。要有足够的……

索罗津从亚历山大·彼得罗维奇那里出来，便往教堂广场方向走去。一个不显眼的人走到他身旁，大约几步远。索罗津朝他点头示意，那人就走了。他穿过马路，来到大直街对面，坐上离 БРЭМ 几十米远的一辆公共汽车。

米哈伊尔·卡皮托诺维奇乘车去傅家甸。

"关于米隆内奇我对浅草只字未提对吗？"这个问题在他脑子里已经折腾了一天一夜了。"还是不对呢？我上那里去干吗呢？"

他相信必须得这么做，但又害怕由此产生的后果。从苏联侦察员那里丢掉的东西他很清楚，那他又去傅家甸干什么呢？甚至中国地下工作者正在那里组织苏联情报基地。那他还能在什么地方呢？

"如果真丢掉了，该怎么对他们说呢？"

应该冷静地想一想！否则他该头脑发热了！

"去十六道街！"

整个十六道街妓院鳞次栉比，一派歌舞升平的景象。索罗津心无旁骛，一直往前走，也不东闻闻西嗅嗅，没使用鼻子，只是两眼朝前看，两脚朝前走。

他走着，有点东倒西歪，像一个有点醉意的人。脸上浮现出笑容，像是有什么喜事到来。他眯缝着眼睛看着在这"红灯区"驻足的、行走的和乘车的所有人。视线所及，他看到中国人熙熙攘攘：磨刀的，看热闹的,卖菜的……有个人朝帮工的半大小子使了个眼色,那孩子便跑进十五道街,从那向松花江跑去。

"呆头呆脑的家伙!"他心想。他穿过街道,到右侧人行道,来到丘里柯娃太太的妓院。他边走边人不知鬼不觉地从口袋里掏出万能钥匙,挑出一个合适的,很快打开了门,便消失在过道里了。

他环顾四周,一切都原封不动地放在那里。他走近一个大花盆,里面栽着一棵枝叶垂地的菩提树,地面上潮乎乎的——浇水了!这妓院在准备接待谁呢?接待苏联人吗?他上了二楼,进入有英式壁炉的那间屋子,那台带猎狐雕塑的座钟正指向十二点。

"我来这里干什么呢?"他想了想,不能回答。他没脱衣服,直接躺在弹簧床上。

野村结束了与区警察局和宪兵队长们的会议:

"……现在我们也没什么不好意思的了!几个月之前我们就没什么不好意思的了,四月五日苏联单方面撕毁了不进攻协议,我们表现出足够的克制和忍让。而现在,当他们进攻我们,我重复一遍,我们也没什么不好意思的。所以我命令把现有的人员派到全市各处,特别是南岗、道里和马家沟;至于清河,关达基耶夫卡和纳哈罗夫卡放在第二步处理。从红狗和所谓同情的护国分子中首先应挑出我们信任的人!所有的!懂吗?叫所有的特务,看院子的,马车夫,出租车司机,澡堂服务员,卖布扎的小贩,送报的,而主要是邻居,隔墙有耳!挨家挨户查,"他用手指了指,"照这张地图!今晚零点抓捕下列人员……"

"斯切潘·菲多罗维奇!"翻译跟那个上气不接下气的中国半大小子说完刚进屋。孩子说在十六道街出现了一个人。

斯切潘·菲多罗维奇和谢尔盖·米隆内奇看着地图。斯切潘·菲多罗维奇看看周围。

"不是!"翻译有点发神经。"这条街总是人来人往,这里有很多妓院,不过很多我们都熟悉。我们也知道这个人,一天前他还在这里露过面呢,可当时并没有这位先生。"翻译朝米隆内奇点一下头。

"这翻译真有趣!"斯切潘·菲多罗维奇离开地图。"妓女"这个词他们知道,而"妓院"这个词是从"妓女"来的,他们不知道!没有法子!不过他又大声问道:

"如果知道,请说说这是个什么人?"

翻译用询问的目光看着微笑的米隆内奇。斯切潘·菲多罗维奇见他这种眼神,果断地说:

"说!"

翻译开始描述这个人的样子……

"妈的!"米隆内奇举起双手轻轻一拍。"这是索罗津!我说什么来着,斯切潘·菲多罗维奇?他一定得找到我!"

斯切潘·菲多罗维奇放翻译走了。

"您怎么想的?他要干什么?谢尔盖·米隆内奇?"

"我说过,问过他了,我们抓您还是不抓您,他一直什么也没说。他也知道,新政权很快要来了,否则已经……"斯切潘·菲多罗维奇留米隆内奇一个人在屋里,他出去问翻译:

"这个人现在在哪里?他一个人吗?"

"见到时他就一个人。他在丘里柯娃妓院,十六道街最后一家,离我们最近,过道就是。"

"等他出来,可以跟踪他吗?一直跟到底?"

"得问一问!"

"问吧,只是得快点。"

汗水流到眼窝,索罗津一下醒了。他想睁开眼睛,可汗水浸到眼

475

里,他猛地从床上起来,抓起床单擦脸。

见鬼!他怎么睡过头了呢?本来是打算躺一躺,想想事,结果往床上一趟,睡着了!

他看看表,已经是六点四十二分。

"应该快点跑,把……给放了",他突然打住了,"放谁呀?放米隆内奇吗?或者日本人呢?妈的,全乱套了!"他甩开床单的一角,感觉有些头疼。

要知道,傍晚睡觉没什么好处!

他起身,活动活动身子,摇一下手臂,又看了看表。

他跑到这里来的想法又出现了:

"如果米隆内奇在附近,中国人到我这里来,那就是他们商量过的;我睡了三个小时,他们安排尾巴,继续跟踪我!他擦擦眼睛,知道来到这里自己给自己的任务,现在还没考虑回答这个问题,所以不知道该怎么办。

"如果我去公馆,他们会跟我到那儿。在这种情况下,他们会进入这个公馆,就是说,有人注意这里,他们不会白白在阁楼里蹲坑?浅草还能把尤什克夫关在哪里呢?这我可不知道。就是说可以假设他们想控制日本人的所有秘密处所,必须具备以下两点:有足够的人力,或者使团内有了解一切情况的人。这样的人只有浅草一个人。那就是说,这是不可能的。也就是说他们在凭直觉行动,而不是根据偶然取得的少之又少的情报。那样,情况就会是这样,如果我领他们到公馆,他们会包围公馆,把他逮捕。红军的进攻今天便开始了!他们会有多少人攻进哈尔滨?日本人能够抵抗多久?这就是问题了!"

他来到对着花园的窗前。想道:

"那么,我就别马上去公馆,而是先去浅草那里。即使他们去使团驻地,他们也知道那里。明确的是,尤什克夫在浅草那里只有两种情况:第一,送往南方,然后转往日本,不过办此事得有一个日本人,那就是宫泽光一。第二个方案,消灭他,这件事便永远石沉大海!而这对我来说就有意思了!只是现在帮不了他,往后就清楚了!至于米隆内奇,暂时就让他待着吧,他什么事也不会出,他们不需要他解释我的行动!"

萨士克来到广告柱前面,在旁边站好,往四周看了看。下班过来的路上,他东张西望,看着商店的橱窗,什么也没发现。

表上的时间是六点四十七分。离穆拉下班出来还有十五至二十分钟。他决定就这么傻乎乎地在人行道踱来踱去,他没看见背后有斯切潘·菲多罗维奇、瓦尼亚特卡或者宫泽光一,也就放心了。

他总算可以不当特务,只等自己的姑娘了。

已经七点钟了,可穆拉还没出来。他知道她可能在哪个窗口向他招手,可她突然出来了。

她总是迈着轻盈的步子走出来,挎在胳膊上的小包摆来摆去,看见萨士克,向他微微一笑。

"你好!"

"你的脚步今天非常轻快!"萨士克说道,两人挽上手臂。

他已经养成习惯了,每天都送穆拉回家。他俩步行,只是在天气不好的时候才坐公共汽车或打出租车。

"你听新闻了吗?红军开始进攻了!"穆拉看着他的眼睛,轻声地问。他们走过教堂广场,走上老哈尔滨公路。萨士克停住脚步。根据今天日本人的表现,在工作时间同事们有时两人,有时三人出门吸烟,他知道他们人心惶惶,在听到美国向日本投下可怖的炸弹之后,也就可以理解了,所以也就不再注意他们了。

总之,最近这些日子:六月,七月,和今日——是不寻常的。他与苏联的侦察员见了面，他长时间没讲什么任务，但今天说了，叫他偷听父亲的谈话，他突然提起爱德华·谢苗诺维奇·尤什克夫，并给他看了照片。萨士克还想到，可能穆拉也听说过这个姓氏或父名，譬如，从电话中，他决定在快到她家的时候问一问。

他停下脚步。

"你这是怎么了？"穆拉拽着他的手。"应该高兴才对啊！我们的人快到了。你怎么像埋在地里一样一动不动！动一动！"她高高兴兴，笑容满面。

萨士克听她说话，慢慢地跟着她，什么也没说。

"是这么回事？就是说一切都快开始了！"

他期待着这一刻，但又感到恐惧。

他同斯切潘·菲多罗维奇的所有谈话都令他惶恐不安，有时心里烦躁。他并没感到苏联侦察员信任他，他已经不再考虑这些了，认为这就是他们的行事方式。他记得自己与谢尔盖·彼得罗维奇·拉比谢夫怎么打交道，开始小心翼翼，后来觉得好笑，最后就如自己人一样了。

萨士克有个主要的没有解决的问题：当红军来到这里的时候，他的家庭会怎么样。关于红军占领哈尔滨及赶跑日本人，这是毋庸置疑的。但是他暂时还没有合适的机会谈及此事。可是他为穆拉感到高兴。他俩相识整整七年，他一直为她担心。自从拉比谢夫向他提出与她建立联系时就开始了，而穆拉对此却轻松以对，完成了并不复杂的任务：窃听通话，准确地把内容告诉萨士克。但是在今年二月份一切都改变了，这时"祖国"电台已经开始播音。他被召见，谢尔盖·彼得罗维奇早就不在哈尔滨了，苏联侦察机关的代表经常换人。萨士克被告知，他必须汇报他的日本同事都说了些什么，此外还从穆拉处取得一些文件，把这些文件转交到他知道的，事先准备好的秘密地点；这是些什么文件穆拉并没有告诉萨士克。有一次问到此事，她一笑置之。当然她会把一切告诉他,但是这要等到以后。事到如今,听了这些新闻,他就有理由既担心又高兴,至少是为了穆拉,因为一切都要结束了嘛!至少不用再为她提心吊胆了。

他们进了穆拉的家,她没开走廊灯,回身搂住萨士克,亲吻他,脱了鞋,说道:"不开灯好吗?我去冲茶。就这样好了,好像入夜了。"

萨士克进屋坐在沙发上。

"是啊,"她从厨房喊道,"你问我那个爱德华·谢苗诺维奇的事!昨天有人用 98-02 号电话,叫 46-83 的一个人。"

瓦尼亚特卡给"叶尼塞"开了门,便从屋里出去了。

"有急事吗?"斯切潘·菲多罗维奇问道。

"我想是吧!"

"坐下,喘口气!"

"有个电话,""叶尼塞"进入正题,"名字和父名叫爱德华·谢苗诺维奇!"他坐下。"这种名字与父名的结合很少见,在哈尔滨我还从来没听说过呢!"

"的确很稀少!""叶尼塞"在斯切潘·菲多罗维奇的声音中听到喜悦之情。"能弄清电话在什么地点吗?"

"大概能!我还从来没办过这样的事!"

"我没问您情报出处,不过应该尽力去办!"

"好的,明天早晨见吧!"

五辆带篷卡车停在老哈尔滨公路的路边,掀起帘子和放下后厢板,跳下十几名中国警察。

这队卡车前面是一辆黑色福特轿车,从里面出来的是野村和两名宪兵队军官。

野村看看表。

"零点,零点五分!到时候了!告诉你们的下属,看好收音机使用频率。"

军官走到那些警察面前,叫他们站成两队,带他们到横街。第一队在右侧,第二队在左测。每个门站两名警察。以两声口哨为信号,他们打开门进入花园。

穆拉已经准备睡觉了。她和萨士克刚喝完茶,萨士克便告辞了。是有些不快,但穆拉明白,反正都行将结束,他们也就该过正常人的生活了。不过他走了,她还是觉得可惜。她打开床灯,又看看窗帘露不露缝,萨士克每次临走都提醒她这件事,"别给警察留口实",两腿放在沙发上开始看书。

她听见两声口哨响,声音很远,是从公路那边传过来的,她立刻给忘了。警察每周都检查几次灯火管制的情况,因此必须拉上窗帘,从花园看透不透光。在她送萨士克的时候,他们检查过了。

突然有人敲门,穆拉一惊,下意识地用紫色睡袍的下摆裹上双膝。她坐了片刻,门还在继续敲,敲得很厉害,邻居是不会这样敲的,她起身去开门。几周来,城里就传说要搜捕和抓人的事,穆拉没什么可怕的。

门口站着两名中国警察,他们什么也没说,把她推到一旁,径自进入客厅、厨房和卧室,在那里看到收音机。一个警察也没管已经亮着灯,为保险起见,还是打开手电筒,对准收音机的圆形刻度盘,看看银色的标尺,是否定在野村说的频率位置。

"我的天啊!萨士克总是提醒我并且亲自调……"

警察又叫来另一个,用手指指着银色的标尺叫他看,那个警察就出去,站在台阶吹了三声口哨。

八月十日　星期五

萨士克天还没亮就起床,穿上衣服往马家沟跑。

离穆拉家还有几条街远,他停住了脚步,他看见老哈尔滨公路两旁,停着带篷的卡车,两辆一起,三辆一起,载着全副武装的警察。通往侧街的路都被封锁了,萨士克又往前走了走,但到处都封路了。他回来,看见卡车中间有一辆轿车,野村张着嘴,低着头,坐在后座上睡大觉。

"只要他们的包围圈不撤,我是去不了的!应当赶快去城里向斯切潘·菲多罗维奇报告……"萨士克突然想,"需要找宫泽!"

有人敲门,斯切潘·菲多罗维奇揉了揉眼睛,他刚睡醒,叫人进来,翻译出现在门口。

"老张请您去一趟。"

中国地下工作者的领导老张,和自己的兄弟在一起,大家都简称他为张胖子。他们正坐在隔壁房间吸烟。老张抽香烟,张胖子抽烟袋。

"嘿,鼓烟儿了,眼睛都熏斜了!"斯切潘·菲多罗维奇进屋后心里想。

"有事,卡比丹,大大的事！老张开始说。斯切潘·菲多罗维奇立即想起自己的朋友和兄弟三哥,到了中国仍然叫他"卡比丹",翻译过来的。

斯切潘·菲多罗维奇看看翻译。

"我听着呢。"

"你知道日本在哈尔滨、在整个'满洲'的情报员都由浅草将军领导？"

斯切潘·菲多罗维奇点头。

"这个浅草我早就知道！"

"您认识吗？"

"是的。这是一九二一年的事,当时他还是个年轻的军官。"

"真有趣,一九二一年你才多大岁数啊？"斯切潘·菲多罗维奇早就想知道老张到底有多大岁数,只看面貌,很难确定。

"那时候我很年轻,才16岁。我在兄弟中排行老二,我干走私这行,大哥是红方的游击队员,和俄国人一起。"

张胖子恭恭敬敬地点个头,磕掉烟灰,又重新装一袋。

"而他,"老张指着张胖子,"是老四,最小的。"

张胖子点头表示同意。

"游击队的侦察员落入日本人的圈套,差不多被歼灭,而我哥哥和另一个俄国人被活捉。日本人想从他俩嘴里问出游击队主力在什么地方,以便歼灭。我哥哥就是不说,日本人就拷打他……"

张胖子望着天花板,吐出缕缕青烟,摇着头。

"拷问他们的是两名士兵和一名军官,年轻的军官。剩下的人都走了,我们望着他们的背影。哥哥没挺过去,死了……"

"这种酷刑谁也挺不住……"张胖子喃喃地说。

斯切潘·菲多罗维奇听着。

"他们把饿疯的老鼠放在他的肚子里，它们就吃他的内脏……"

斯切潘·菲多罗维奇听了一惊，在椅子里动了一下。"怎么会这样？父亲对我说过这个！"他直起身子。

"那这是什么时候的事呢？"他问。

"一九二一年春天，快入夏了……"

"在什么地方？"

"离哈巴罗夫斯克（伯力）至弗拉基沃斯托克铁路线不远，格罗杰克沃地区。他们为自己的部队，转移侦察情况……"

"那个俄国人呢？"

"那个俄国人被我们救出来了！"

对了，父亲说中国人是好人！

"那些拷打人的日本人呢？"

"两个士兵我们给毙了，那个军官我们用刀砍了，然后挖个坑给埋了，我想他们大概都死了。"

也是大概！

"那这个俄国人怎么样了？"

"我们治好了他的伤，送他回部队了，他给我们指的路。"

"那您跟他们一起留下了？"

"没有。我又到了另一个地方，在萨哈梁，虽然我待的时间更长的是在你们的布拉戈维申斯克（海兰泡）。结果，这个日本军官活下来了，他被找到并送到军医院，那时，在中国，日本间谍很多，他们开旅馆、理发馆、照相馆，我留在中国很危险……"

"那这个日本人呢？"

"他活着，就是浅草将军！"老张长出一口气，用奇异的目光看着斯切潘·菲多罗维奇。"红军到达哈尔滨，这是很快的事，再行进一昼夜，等到开始进攻，就该到我们老家了……"老张看看自己的兄弟，他点点

483

头,"到牡丹江市了,我们家就是从那里……"

"那您想怎么办呢?"斯切潘·菲多罗维奇问道,其实他已经猜到了。

"我想把他——这个日本大卡比丹浅草……"老张用俄语说。

"我想要的很多,伙计们,谁会把日本的情报将军交给你们?我们也需要他!"斯切潘·菲多罗维奇想了想,大声说:

"这我必须向我的上级报告……"

"报告吧,苏联的大卡比丹,报告吧!"老张说。

"首先,我们的部队到来之前,不能让浅草将军跑了……"

"跑不了!"老张看了看张胖子和翻译,他俩点头表示支持。"在浅草身边工作的人早就在帮助我们……"

这个人我怎么一点也不知道呢?

"这个人是谁?"

"这个俄国人,阿……上校"老张拿过铅笔、一张纸,写了"阿代伯格"一词,给斯切潘·菲多罗维奇看,然后在烟灰缸里烧了。

"这个俄国姓氏很难念……"他说道,斯切潘·菲多罗维奇看见老张给他看纸条时,尽量不让翻译看见。

"这是这么回事?!叶尼塞的父亲!我们知道他父亲给日本人做事,但是,就他现在的状态……应该跟亚历山大谈一谈……"

张胖子这工夫一直默不作声,只是点头,用中国话对兄弟说了什么,对方投向他的目光表示同意。

"我们昨晚在十六道街看见的那个人,是非常危险的人物。他大约是来探听消息的,就是了解你掌握的在我们这里的人。所以我们必须改变基地,赶快转移。"

亚历山大·彼得罗维奇不慌不忙地登上二楼去自己的办公室,打开门。昨天他临走的时候留着通风窗没关,但是屋里仍然弥漫着浓重的烧纸味儿。他看看壁炉,炉膛里仍有一堆黑色的、浅灰色的灰烬,里

484

面还残留着没烧透的整页纸张。他拿起火钩子搅了搅,还有很多在文件夹里的文件没烧完。他搅了搅,又着了。

卡片匣里已经空了,又窄又长的抽屉也没推到卡片柜里,不过在保险柜里还有些俄侨的文件,这些人需要特别对待。这是日本军事使团特务人员的个人档案,这些人都是准备出境工作的。战斗间谍的档案都保存在医院街日本军事使团档案室里,由浅草亲自管理。

剩下的事不多了,烧毁剩下的档案可能需要一个小时到一个半小时。亚历山大·彼得罗维奇把它们从保险柜里取出来,放在桌上:"我要亲自销毁,亲眼看见它们烧完,我要确认它们不会落入苏联反间谍机关。"

他看了看放在上面的档案封面,黑色粗笔写着:

罗曼诺夫斯基·彼得·谢尔盖耶维奇
档案号 NO38456
出生日期——1919 年
出生地——齐齐哈尔市

"1919 年,"亚历山大·彼得罗维奇心里想,"比我的萨沙还小呢!"

他开始一个接一个地翻阅档案:在罗曼诺夫斯基的档案底下是卡普佩尔的军官,律师别斯法米里内之子;卡普佩尔的军官,道路工程师扎哈洛夫之子;赤塔市特别大会议员米隆诺夫之子,外贝加尔部队哥萨克巴斯卡克夫之子,还有……

他翻阅了所有二十多份档案,他明白了,他没有权利对这些人的生死不顾,他们大部分还是孩子,只有几个成年人。当然,他们被日本间谍机关招募,同意在苏联境内搞破坏。他们明白在那里他们有可能不得不打死人,但也同意了;有些人已经通过战斗训练,做好了行动准备。其中就有那个罗曼诺夫斯基·彼得·谢尔盖耶维奇,(档案号

NO38456，1919年出生，在齐齐哈尔市居住）。不过他们还什么都没做，亚历山大·彼得罗维奇绝不能干伤天害理的事。他毅然起身，把档案扔进壁炉里，把煤油灯里的煤油倒进去，焦味散发出来，纸烧得很慢。亚历山大·彼得罗维奇把通风窗开了一道缝，小心地搅动着炉里的纸，让它们完全烧成灰，然后再浇上水。

电话铃响了，他拿起听筒。

"亚历山大·彼得罗维奇，您的烟筒冒黑烟，难道您不知道吗？"这是浅草颤抖的声音。

"我正在烧文件，照您的指示……"

"我说过把重要的转移到我们这里，难道您没听明白吗？"

"怎么会呢，我听明白了。不过现在已经没剩什么了。"亚历山大·彼得罗维奇用平静的，甚至过分平静的声音回答，不等对方说完，就把话筒给撂了。

"怎么？在监视我！"他心里想，并无恶意，开始搅动那灰烬。

当灰烬从黑色变成灰色，火苗变成火星时，便在纸的周边往里面蔓延，然后突然着起来，一下又灭了。于是他拿起火油瓶，全倒进壁炉里，拿起火钩，放在那儿，走到桌旁拿起浅草送给他的手杖，敲打壁炉的铁质炉口。因为常用这个手杖搅和脏东西，所以把它和火钩立在一起。

再没什么事了！

他回到桌前，把那个中国漆盒和镶铜框的照片放在公事包里，把台历从九日翻到十日，走出办公室，没锁门，钥匙放在桌上。

亚历山大·彼得罗维奇心事重重，没注意到阳光洒满大直街，两边的人行道人来人往。他没注意到两个靠墙站着的男子跟踪他，也没发现当他走到交通街口往里走的时候，一辆轿车开动了，后座坐着谢尔盖·阿凡纳希耶维奇·雷切夫。

家里只有库吉玛·伊里奇。

"怎么这么早就下班了？"看见他手里拿着公事包,他吃惊地问。

"因为今天……"

"听见新闻了吗？红军正在向'满洲'挺进……"

"从哪来的消息？"亚历山大·彼得罗维奇用开玩笑的口吻问。

"'祖国'台播的！"库吉玛·伊里奇也报之以玩笑的口气。

"您还听广播？难道还没全明白？"亚历山大·彼得罗维奇笑嘻嘻地说,"您可要知道,千万不要在什么地方留下字条,也别在地图上插小红旗。"

在秋林旁边他上了汽车,去帆船俱乐部。他在等车的时候看到他办公室的烟筒还冒着黑烟。

"我算是把事办完了！"

他在码头找了一条小船,没有船夫。"我自己就划过去了,还要找个人看着你干吗？"

雷切夫看见亚历山大·彼得罗维奇离开江岸,在码头上留了一个人,自己迅速跑去江上警察局。

亚历山大·彼得罗维奇划到海因德拉夫河汊,他脑子里没什么牵挂,轻松自如。他已经做出决定：首先,他今天就去大连,表面上是休假,到那儿之后再把一切都说出来。最大的困难是说服萨士克,所以让他别带任何东西,除了夏天穿的衣服和游泳裤,可安娜得两天才能说服儿子。

锁打开了,亚历山大·彼得罗维奇推开门,进入杂物间,坐在木盖上。他随手关上身后的门,但没插上插销,当他用手抓住木盖时,门突然敞开了,阳光照进来,亚历山大·彼得罗维奇回过身来。

雷切夫站在门口。

"噢,谢尔盖·阿凡纳希耶维奇！您怎么在这儿？想找别墅,那您找我不成,您得找尼古拉·阿保罗诺维奇·拜可夫,你们都认识！"

487

雷切夫进来，带上门，说道："我找您！我不需要拜可夫。"

亚历山大·彼得罗维奇继续坐着。

"我能为您做什么？"

"我想要您把本不属于您而属于我的东西还给我。"

"那是什么东西？"

"那个走私者弄的黄金落到您的手里，您已经保管多年了……"

"如果说这黄金是您的，那您这么多年怎么不过问呢？"

"时候到了，很快就谁也保不了您了，日本人顾不了您，您的儿子在红军面前也不会为您说话，别看他为他们做事。您为日本人服务太尽心尽力了！我想苏联不会原谅您在境外七年的所作所为。"

亚历山大·彼得罗维奇觉得两腿发麻，想站起来，可站不起来。

"好吧，拿去吧。不过您得告诉我，您从哪里得知我儿子为红方干事呢？"

雷切夫离开门口，拿了一把折叠椅，放好坐下。

"您也坐下，谈话时间可能很长，这样腿会伸不直的！"

"没关系，我这样很舒服。如果您的确知道，那就别拖了，直截了当，三言两语说出来，"亚历山大·彼得罗维奇静静地说，一只手撑在灰色的毛茸板子上。

"三言两语，那就三言两语！我和索罗津，您知道他。"雷切夫开始说谎，不过还不是太离谱，那天索罗津只是提到他，说"祖国"电台谈到著名人士在日本军事使团，宪兵队和 БРЭМ 远不是全部；雷切夫当时就向野村要来一些言辞最为尖锐的广播记录，与朵拉仔细阅读过了。

"就这样，我们与索罗津得出结论，所谓的'祖国'电台广播从来不提你们家的人，这不是无缘无故的！您能把这事对我说清楚吗？"

"不能，但是您并非为此而来吧？"

"是的！"

488

"好吧！"亚历山大·彼得罗维奇说完，打开木盖，拿出最上面的一个装金币的口袋递给雷切夫。

"扔过来！"

亚历山大·彼得罗维奇耸了耸肩膀，说声"随您便吧"，便把袋子扔出去。

袋子太重没扔出去，砰的一声落在地板上，雷切夫用一只脚踢过去，放在膝头开始解开口袋嘴。

在雷切夫的话里亚历山大·彼得罗维奇听出最近一直让他闹心的事。他明白，这不是雷切夫为了讹诈编造出来的，而是无意中说出的事实，他的萨士克在为苏联服务。关于他自己，也是简单地说"服务"二字。

"算了，儿子的事我会处理好！"

他掏出底层的口袋，看见雷切夫掏出手枪，而装金币的口袋在他脚底下。

"来吧，还掏什么掏？这事本来很简单嘛！"雷切夫粗暴地说，打开手枪扳机。"你这个败类贵族！"

"而你这个哥萨克少尉呢，谁把你送给将军们的？谢苗诺夫大尉吧？"一股仇恨之情从亚历山大·彼得罗维奇的脑子里闪过。

他慢慢地伸直压麻的双腿，站起来。

"拿去吧！既然来了！"

雷切夫把手枪从右手换到左手，枪口对准亚历山大·彼得罗维奇，并从椅子上站起来。

萨士克若能赶上火车就好了。亚历山大·彼得罗维奇把一个口袋砸向雷切夫的膝部，接着又抛出一只手榴弹。

爆炸的气浪把他推到门上，弹片刺伤了他眼睛，穿进脑袋；飞出的弹片炸碎了橱柜的玻璃门，划破了椅子的布面，震破了窗户，伤了亚历山大·彼得罗维奇。

过了半个小时,朵拉·米哈伊洛夫娜不见雷切夫回来,便乘江上警察的快艇来到别墅。别墅的房子上着锁,只见杂物间在晃动,她便进去了。

雷切夫面如死灰,垂着头坐在椅子上,受伤的亚历山大·彼得罗维奇靠在墙边还能动弹。她从椅子底下拿出雷切夫的手枪,向亚历山大·彼得罗维奇开了一枪:"为了不让他受罪!对于军人来说这样才死得其所"。这个饱经世事的女子还不无聪明地想道:"可惜,这两个老家伙活着的时候更好看一些!"

他把撒在不远处的金币与黄金收集起来,装在亚历山大·彼得罗维奇的公文包里,向快艇走去。

"一丘之貉,中国人弄不明白我们俄国人办的事!"

在快艇靠岸之后,朵拉·米哈伊洛夫娜换乘宪兵队的汽车,门卫放她进去。她来到野村的办公室,把沉重的公事包扔在圈椅里。

"照我这个岁数真拿不动了!"

"现在去哪儿?"野村问。

"回家,冲个凉,休息休息。"

"那这个呢?"

"自己处理吧!"

"暂时放在这儿,以后分一分!"

"放在那儿吧,完了再分!"朵拉·米哈伊洛夫娜学他那样说。

"那他们呢!"

朵拉画了个十字:"上帝保佑他们灵魂得到安息!"

朵拉走了之后,野村把公事包放在保险柜里,叫来值班员。

"瞧,就在这儿,离河汊不远有一幢别墅。"野村指着地图,确定路线。那是朵拉帮他画的。"屋里放着两具尸体,在江岸挖个坑把他们埋了,等到明年春天松花江涨水就冲走了,明白吗?"

"明白!"

490

"那就去吧！站住！我们夜里抓了几个人，五个，六个？"

"五个半！"

野村感到奇怪。

"一个是女的。"

"俄国人吗？"

"是！"

"那就是六个，女人也是人嘛！送到七三一！"

值班员疑惑地看着野村。

"打开禁闭室，我与浅草谈好了！叫他们招供。全部关在一间屋里，不给水，不给饭，一点也不给。他们既然听了，那就好好回忆回忆。明天我亲自去。去吧！"

值班员畏缩一阵，出去了。

萨士克坐在办公室里，焦躁不安地望着窗外，突然间看见瓦尼亚特卡在外面。日本同事已经好几天没有正经工作了，他们人心惶惶，交头接耳，窃窃私语，生怕萨士克听见。其实他也没听，上级也不下来检查工作了。

正值中午，萨士克收拾文件，把手摇计算器归零，向大家说声"撒由那拉"，就出去了。

斯切潘·菲多罗维奇在秘密据点等着他。

"已经弄清楚什么事了？这么快？"

"不是，曾是大搜捕，我一大早去了，整个都封锁了。"

"原来是这样！还有什么？谁主持大搜捕呢？"

"宪兵和警察，我看见康斯坦丁·野村在汽车里！"

"宪兵队的翻译吗？"

"他被看作翻译，其实在宪兵队工作已经很久了，在日本人到来之前……"

"明白了。那下一步怎么办？谁能说清楚那里的情况？大概，您悄悄地问问您父亲，他反正跟日本人关系较近。您试一试，我们则利用自己的渠道。"

萨士克飞快跑回家，在走廊里立刻碰到库吉玛·伊里奇。

"现在，库吉玛·伊里奇，什么也别问我，我得马上给爸爸打电话。"

"往办公室打吗？他不在那里呀！"

"怎么不在呢？那他在哪里？"

"是这样，两个小时……"库吉玛·伊里奇看看客厅的钟，"两小时十五分钟之前他回来过，说不去上班了。这不，"他指着那镶框的照片和漆盒，"从公事包里掏出来，给你妈留个纸条，就走了，去哪儿也没说。"这时候安娜·柯萨维里耶夫娜进来了。

"正好！安娜·柯萨维里耶夫娜，亚历山大·彼得罗维奇给您留了纸条，就在这儿。"库吉玛·伊里奇说道，指了指客厅。

安娜·柯萨维里耶夫娜不着急，没注意萨士克正在心急火燎，她摘下帽子和手套，在镜子前面整理头发，放下手提包和雨伞，进客厅，在桌子上拿起纸条，坐在沙发椅上。萨士克跟着进屋，也坐下了。

她读过纸条，起身用惊异的目光看着他：

"我什么也不明白！爸爸说我们今天去大连，在那儿待几天，他已经买好车票了。"她从信封里拿出车票，把纸条递给萨士克。

她读道：

我亲爱的人！

我请了四天假，已经买了去大连的车票。我想与你、萨士克一块儿度过这几天，请你们千万同意。放下所有事，我们一块儿去旅行。宾馆我已定好。如果因为某种原因我赶不上晚六点三十分的这趟车,我会在下一趟车赶去!

但愿你们不叫我为难,特别是萨士克!

吻你们!

PS.不要带很多东西,只带游泳衣就行,我们不会在那儿待太久。

安娜·柯萨维里耶夫娜一副怅然若失的表情,过一会儿她站起身来:"还等什么!既然爸爸叫咱们收拾收拾就走,那就收拾收拾呗!库吉玛·伊里奇,您和我们一起去,没意见吧!那你呢,萨士克?"

萨士克仍坐着。

"我,妈妈……我……当然,不过……或者,明天……如果来得及在班上请个假。谁也没放我的假,这太突然了,已经中午了,星期五,我真不知道怎么办!"

这个纸条让他大吃一惊:见鬼,去什么大连,当那里……

他突然开始发抖:"这更好了,让他们去好了,走得越远越好,时间越长越好,等我把一切都搞定了!"

"妈,这是个好主意。我今天送你们走,请完假我去找你们。"

"你瞧,儿子!"她伸手指吓唬他,笑嘻嘻地说,"瞧,一言为定!"

"当然!"

萨士克没发现在第一张纸条下面还有第二张:"安妮,一定说服萨士克。这至关重要,容我过后解释!"

瓦尼亚特卡在吉贝利—索柯私邸前等人,见"叶尼塞"走过来,便领他过去。

"怎么样?"斯切潘·菲多罗维奇问。

"暂时还没什么可说的。现在我就去那里,可能得到什么消息。而您呢,大概还是从你们的渠道……为了不浪费时间……就像您答应的……"

"暂时先别去了,那里可能还没撤销封锁。不能冒险,现在全城都封锁了。"斯切潘·菲多罗维奇见"叶尼塞"茫然地站在那里。"我答应过,我还记得,我答应过。"

"也许还有另一种可能性!""叶尼塞"有点激动。

"什么可能性?"

"记得那个日本人吧?您见过他和我一起在电话站?"

斯切潘·菲多罗维奇点头。

"争取与他见面,他对我很好!我现在就去电话站⋯⋯"

宫泽在市里转悠,没看见他。

当他第一次来到这里,还是在早稻田大学读书的时候获得的印象,与他亲眼见到的情况惊人的相似。哈尔滨不像日本的城市,但它美丽而浪漫,宫泽觉得它非同一般:精致的建筑,漂亮的男女,另一种,对他来说新型的人际关系。在关东军司令部供职七年,受伤后找个借口回来了,但毫无结果。因此,接到命令来浅草处报道,他喜出望外,因为这里还散发着一九三七年和一九三八年的强烈气息。他甚至不急于整理行装赶最近一班火车,因为刚刚接受公出的指示。一下遇上萨士克,让他感到鼓舞,而一切又立即破灭了:广岛遭到轰炸,昨天轮到长崎。和这个尤什克夫傻呵呵地枯坐在这里,他不停地抽烟和偷酒喝,喝足了,就呼哧喘着粗气打盹。而现在红军已经发起进攻,但无论是在东京、在司令部,还是在哈尔滨,什么事都没发生。日本人像影子一样在城里徘徊,就像此刻这样。

他走在斜纹街上,对尤什克夫的监控已经交班。早些时候索罗津来过,替他的班。宫泽临走时甚至没和任何人打招呼告别,而索罗津也真奇怪,竟然与尤什克夫成了朋友,索罗津一出现,尤什克夫就放下手头的事,赶快摆好棋盘。

"而这个索罗津前几天才出现。"宫泽没注意说出声来,已经来到土坯盖的厢房。他在板障旁边停下来,掏出烟,突然看见一面窗帘在摆动。他站住,呆呆地看着窗子,这时,索罗津、尤什克夫,甚至浅草都在他的脑子里出现了。

"果然如此!"他用俄语想道,"他是谁呀?!"

他点了支烟。

在偏房里,显然有人在里面。因为你能感觉到,甚至听到里面的动静。有两个窗户,中间是入口,他知道右侧是索妮娅的房间,左侧是妈妈的房间,而房屋的另一侧,后院有一间小厨房。

他看着索妮娅房间的窗子。

这次他来哈尔滨唯一带的东西就是笔记本,本里有在大学时期抄的日本古诗,他想与俄国诗做对比,但是毫无结果。不过却取得了另一个收获——从这个笔记本里,从它的内容中出现了某种在精神上具有共性的东西,把他、索妮娅、这个城市和他的理想联系在一起。因此,令人感到这个蓝色的笔记本对今天这个日子而言没什么意义,带它来干什么?

"怎么办呢?"他小声自语。

他没注意到一会儿工夫已经吸完了一支烟:如果这是索妮娅,那她是什么时候回来的呢?可能我跑去旅馆的时候,她就走了,那我去哪儿找她呀?而如果这不是索妮娅,那他在那些陌生人面前显得多傻呀,手里还拿一个蓝色的学生笔记本。这对他来说有什么差别吗?

两只脚往人行道上靠,内心却七上八下,盯着这偏门的小台阶:突然门开了,索妮娅出来了。宫泽看着她,不敢相信自己的眼睛。

"考斯佳,这是您?"

萨士克在电话站等到晚上六点钟。他看着能看见穆拉的那个窗子。但到六点钟还什么都没发生,于是他就往家跑。在教堂广场叫了一辆出租车回到家,安娜·柯萨维里耶夫娜和库吉玛·伊里奇已经收拾好了。

"妈妈,得快点去车站!出租车在外面等着呢!"

"那爸爸怎么办?"

"亚历山大·彼得罗维奇怎么办?"他们异口同声地问。

"妈妈,爸爸说了在车站等着或者坐下一趟车。你们准备好了吗?"

安娜·柯萨维里耶夫娜茫然地点点头,老头则惊讶地摊开双臂站在那里。萨士克拉起皮箱,放在汽车上,安排大家坐好,十分钟后他们已经走到月台上了。离开车还剩几分钟了。他自己把行李都放进车厢,这时他一晃看见在搬运工旁边的康斯坦丁·罗扎耶夫斯基一闪而过,但一下又忘了。他把东西放进拥挤的车厢,让妈妈和老头坐好,和他们拥抱之后便下车。安娜·柯萨维里耶夫娜站在敞开的车窗旁,机车发出刺刺的响声,车站值班员已经鼓起腮帮子准备吹最后一次口哨。

"不过你可别耽误了。"安娜·柯萨维里耶夫娜含泪对儿子说。在他背后库吉玛·伊里奇也在忙活着想说什么。突然安娜·柯萨维里耶夫娜惊恐地问道:"那我们在什么地方等你呀?"

萨士克为之一惊:"爸爸在纸条上什么都没写吗?"

"没有啊!"

火车启动了。

"索妮娅,是您吗?"

索妮娅站在门口,她出来抖搂桌布或餐巾,一眼看到宫泽光一,两只胳臂一下垂下来,宫泽也呆立在那儿。

"您,早就回来了吗?妈妈好吗?"

"而您在这里……您怎么在这里?"

"您是从上海回来的吗?"

他俩你问我,我问你,同时也不知道往下问什么和说什么……

"您那里……"

"您请进,干吗隔墙说话?门在这儿……"

"好吧!"

过一会儿光一已经站在最后一级台阶上,而索妮娅把手伸过去,又立刻收回来,放在背后:"噢,对不起,我刚才抖搂灰来着。"

"没关系,这没什么,看来我来得不巧。"

"不,不,瞧您说的!"

宫泽突然弄明白了:"您是自己一个人回来的!"

"是的!"

"那您有空吧,大概,经过……可回来……"他看看表,估计多少分钟他能到旅馆,能再回来,"十五分钟,不,二十分钟……"

"我不知道,不过二十分钟后我还在家。"

"能等我?"

"是的!"

萨士克看看表,六点四十五分。十五分钟前他离开,不,是跑去车站,不,是跑着离开车站,心中不免有些愧疚之感。妈妈乘坐的那节车厢及下一节车厢驶过去,他立即转身,尽可能快速跑向电话站。

最近数周电话站的工作特别紧张,交换台的姑娘们交接班也乱了套,要么只能换一天,昨天萨士克甚至连问也没问穆拉。所以他决定等着,不管等多久,直到她出来。这么做是有意义的,至少在问题没弄清楚之前。也可以去穆拉家,如果她在家,他就白担心了。而如果不在家……他不敢往后想了,只好站着傻等。

尽管昨天晚上电话站的正门开开关关,许多人进进出出,萨士克没见到一个人能告诉他穆拉在不在里面。

索妮娅微笑着送宫泽离去,想起手里还拿着餐巾,抖搂一下便进屋了。屋里空荡荡的，这种空荡有一种干爽、甜蜜的味道。在三八年七月末，他们离开这间房子，又搬进一个女裁缝阿里钦舍夫斯卡娅，她好像交给妈妈一样补交了一点租金。女裁缝是妈妈的朋友，她们谈好，等索妮娅或者薇拉长大了，或者妈妈要回来，钥匙就放在这地方。一年前裁缝去澳大利亚了，信中说"不想租这房子了，因此一把钥匙交给房东，另一把放在说好的地方"。索妮娅好久没告诉妈妈和薇拉。但几个月前她就在编辑部张罗来哈尔滨出差的事，这不，现在已经置身于此地了。她到自己的房间，很累，一下坐在床上。在她们之后住在这里的房客不是什么富人，屋里基本没什么变化：她和薇拉睡的床，床头柜和椅子还原地没动，不过已经咯吱咯吱直响。坐在床上看对面的墙，只见留着图钉扎过的痕迹。原来这里贴着她喜欢的俄国作家、诗人和芭蕾舞演员的肖像。这里就挂着普希金、吉普林斯基的作品，这里是托尔斯泰引以为傲的美髯照，这里是她热爱的鲁宾斯坦；这些小洞洞的位置原来贴的是瓦茨拉夫·尼任斯基与马蒂达·柯舍辛斯卡娅的照片，是萨沙的母亲送她的；那里是拜伦像留下的痕迹，是一个熟悉的中学生画的……看着这幅肖像画，索妮娅开始写日记，就是那个黄色封皮的小本本。

　　索妮娅微笑了，是在对薇拉微笑，她像一只狡猾的小狐狸从炉子里把这小本本抢出来，保存至今。索妮娅几年前才得知此事，因为薇拉说她真傻，说这样烧不了，说根本点不着。轻轻的敲窗声让索妮娅一惊。她起身，拉开窗帘看到宫泽，挥挥手便去给他开门。

　　宫泽站在门口。

　　"进来呀，您是怎么了！"

　　"大概，您回来是为了萨沙吧，对吗？"

　　索妮娅没想到他会提出这样的问题，有些不知所措。

　　"我可以带您去他家看看吗？大概，他已经下班了。他们正坐着喝茶，两三天前我见过他，他在哈尔滨。"

索妮娅又犹豫起来,她坐在那儿想心事,差点把考斯佳给忘了,看他就站在她面前,而且她看得出他仍然深爱着她。

　　"啊,可怜的考斯佳,难道这么多年过去了,您仍然那么爱着我吗?"她想,"那或许真的跟他走吗?并不那么可怕呀!"

　　"瞧,多好的天气,走吧!"

　　索妮娅看着自己这身布拉吉,用手整理整理。

　　"您就不用换了,现在看着非常漂亮。"宫泽看着她,朴实地笑着。她觉得他一点也没变,特别是微笑。

　　"真的吗?那好咱们走吧,不过我得带上钥匙。"

　　尤什克夫和索罗津在棋盘旁。

　　"不过,您的棋艺真的很高!"

　　"因为有时间嘛,闲来无事。"

　　"那中国象棋也掌握了吗?"

　　"掌握了,不过我更喜欢这个。"

　　"中国的围棋呢?那可是战略游戏呀!"

　　"我不是战略家,尽管有时候觉得它很有趣。"

　　"那是怎么回事呢?您是俄国人,而不是战略家?"

　　"不是战略家,现在已经……"

　　"我不信。正好,"尤什克夫吸了口烟,"您准备好退路了吗?"

　　"您为我想好了吗?可能我哪儿也不想去呢!"

　　"哈,可别吓唬我!"尤什克夫起身,伸直他那纸一般的身板,呼哧呼哧喘着粗气,脱了袜子,开始揉搓脚掌。索罗津看见从脚掌流出黏糊糊的脓液,吓他一大跳。

　　"给您上刑了吗?"

　　"那还用说!这连我都不会……"

"他们不相信您？"

"这些斜眼白痴！一群猴子！您想想我为什么想尽快逃离此地呢？因为我是一个正常的犹太人。您还是一个年轻的俄国人，而我，别看我与您是同龄人，一个老犹太，我不相信他们。请您告诉我，您经常置身在这公馆的门后，他们为了保卫这个城市有什么作为吗？告诉我，这不是什么军事秘密！他们进行动员了吗？指定街道老居民负责并发放防毒面具了吗？"

索罗津感到吃惊，倒不是因为尤什克夫的一席话，而是，他现在才明白，他关于这个连想都没想呢。的确，日本人对此毫无作为，城市一切正常。

"您怎么不说话呢？我没听见一声夜间的演习警报，我没听见日本士兵的军鞋铁掌踏过马路的声音……可能，您听见了？"

索罗津沉默不语。

"好了！"尤什克夫竖起食指。"看见了吗？日本人甚至不知道进攻他们的已经不是那些俄国人。"

"那进攻的是什么俄国人呢？"

"是啊，米士卡！"尤什克夫站起来。"我去厨房！您带来安眠药了吗？为了这个！"尤什克夫问，朝厨房那边点点头。

"没有，没时间啊！"

"瞧！这就是您，一个俄罗斯人！您没有时间！您就是日本人认为的那种俄罗斯人。而那边已经不是俄国人，而是苏联人！这是很大的区别。要注意，斯大林已从西北方接近海拉尔，在北部他已穿过兴安岭，在东部他的先头部队已经接近牡丹江。我特别喜欢这个名字，用俄语叫起来非常动听。"

斯切潘·菲多罗维奇整天都待在秘密据点，谢天谢地，他们换了基地。"叶尼塞"已经来过两次，但没带来任何准确消息。

"这样，"他想，"我们的部队已经发起进攻第二昼夜了，正在进入第三天……"

列史卡·斯利雅宾跳伞时没有保护好电台，好在从中国地下工作者那里找到了一台，找到了中央的频率，终于得到了一些情报。

"……我军在西北部到达海拉尔城下。"斯切潘·菲多罗维奇分析，"在北部沿着兴安岭进攻，在东部先头部队已经到达牡丹江……就是播报'祖国'广播的电传。如果继续广播那就好了……"

"瓦尼亚特卡！"

瓦尼亚特卡睡在炕上，把头从中国农村那种木制枕头上抬起来，那上面还放着那顶船形的帽子。

"需要'叶尼塞'！我们是时候了！"

瓦尼亚特卡十四岁参战，几乎不知道什么是和平生活，也不用抻懒腰，在睡梦中漱漱口，就跳起来，用手拍打自己的脸，转了两圈，嘴里打着嘟噜。

萨士克看了看表，已经九点半了，再过半小时城市就寂静无人了。他想起苏联侦察员的话，"不可冒险"，后悔听了他的话，他离开广告柱，经过广场，向老哈尔滨公路走去。

他边走边跑，离穆拉家越近，他的心跳得越厉害。

房子坐落在幽暗的花园中，昏黑而寂静。还没完全入夜。他看见邻居的屋子也不是挡得很严，从缝隙里还透着亮光，穆拉的屋子里可是一片漆黑。

他来到门前，用手碰到拉手，手指能触到绳扣，原来是满洲宪兵队查封的小木牌。

他从兜里掏出自己的钥匙，开了门。

屋里一片漆黑。眼睛习惯后,他把整个屋子,包括厨房都看了一遍,发现到处都狼狈不堪,所有的抽屉都拉出来了,柜门都敞开了,东西扔了一地。

他站了一会儿,然后进了卧室,看看收音机,但是屋里太黑,什么都没看见。他划了根火柴,火光瞬间照亮了收音机调窗,指针正在"祖国"电台频率的位置。

萨士克坐在床上,两只手抱着头。看来穆拉是被捕了,他在电话站等她是白等了,这是他的错,是他,从她那里听到需要的情报之后就走了,本来应该检查也没检查。

突然有人用力敲门。萨士克一惊,听见门一下打开了,听见地板上的脚步声和中国人在吵吵嚷嚷,说房子里好像有人。萨士克一跃而起,打开窗户跳进花园。他熟悉周围的情况,他知道跳过低矮的栅栏就能到邻居的花园里,跑到平行的那条街,在那里通过另一些花园就可以到达差不多变成烂泥塘的马家沟河,在那里可以一直等到天亮。他已经越过矮栅栏,身后有人开枪,但萨士克已经爬到草丛里,然后一跃而起,逃之夭夭了。

"那您在这里七年,就当教师或者工作到现在吗?"索妮娅迈着大步,但脚步轻盈。宫泽则紧挨着并行。

这个问题令他猝不及防,他来回跑了二十分钟,也没想对索妮娅谈自己。他本来是首先提出要出来走走的,本该谈点什么……

"我,"他一时不知该怎么回答,"我在学院工作到七月末,那时,我被应召入伍。"他感到吃惊,竟然这么轻松地撒了谎,"后来倒霉受了伤,我就回家养伤。"

索妮娅为之一惊:"您受了伤?重吗?"

"不重,没什么大不了的,但是足够让我退役了。我后来在一家公司工作,现在就是因公到中国出差,所以现在就在这里了。"

"是什么公司呀,从事什么业务啊?"

不,撒谎容易,心灵受折磨呀!撒谎其实是一件难事。

"公司是做什么业务的?"

"是啊!"

"它……"他突然想起萨士克上班的那家公司,"供应建筑材料……"

索妮娅用惊异的目光看着他:"跟萨沙一样?"

噢,真是吉人自有天相,这下难题迎刃而解!

"是啊,是啊,正是这样!我和萨沙实际上就在同一个公司,只是他在这儿,我在那儿,在日本……"

"你们常见面吗?"

"不,不经常,只是我来这里时才见面!"

"那您常到这里来吗?"

"不太经常!"宫泽这么说的时候不太有底气,犹豫再三,这索妮娅看出来了。

"您怎么有点伤感?"

"不,索妮奇卡,"宫泽控制住自己,"瞧您说的!"

突然索妮娅照俄国人的习惯挎上他的胳臂。宫泽开始有点茫然,他只觉得浑身发热,像是身上浇了铅水。他从来没跟女人挽臂而行。在日本,这是不被接受的。他既不习惯,也不自然。他不知道这么走怎能不碰到索妮娅的肩膀,甚至臀部,而她则相反,把他的手臂夹得紧紧的,直到抵着她的腰身,通过她那身薄薄的布拉吉,感到她热乎乎的体温。宫泽有点打晃。

"您绊着了吗?天快黑透了!"

"没有,瞧您说的!"

"您不舒服吗?"

"没有,瞧您说的!"

"您最后一次见萨沙是哪天?"

"是这样,具体说,是六日,星期一。"

"他怎么样?"

"他?很好啊!"

"没什么变化吗?"

噢,心眼够坏了!索妮娅挎着他的胳臂,问的只是萨士克。

"您还没结婚吗,大概已经有孩子了?几个?"

坏心眼真多,太多太多了!为什么他必须结婚呢?不过与索妮娅挎着胳臂走还是挺惬意的。

"没有,索妮奇卡,我没结婚。"

"为什么呢?"

"没工夫呀,总是工作太多,又经常各处跑。您……"宫泽又卡住了。

"您想问我是不是嫁人了吧?"

宫泽看了看她,沉默片刻,他为自己的好奇心感到不太自在。索妮娅什么也没说,只顾低下头。他们长时间默默地走着,走到霓虹桥,快要过去了。

"我出嫁了吗?"

提起嫁人的事,索妮娅不禁黯然神伤。这件事只留下一首被遗忘的诗,是她用数月时间写成的。这首诗如同一纸通往自由的通行证,而当其来临的时候,它却被遗忘了。现在回想起来,也不是马上能想起来的,而是逐字逐句地回忆……

"我的……短暂的……出嫁……"她感觉到考斯佳紧紧地挽着她的胳臂,她开始回忆。

我的出嫁很短暂,

我的婚姻很短命。

回想起不寒而栗。
当出现问题"离去"!

也许"恐惧"一词太过,
字里行间有什么多余。
三月和四月心存醋意,
五月还得等他回去!

绿叶破土而出,
带着萌萌夏意。
于是他更加无所顾忌,
别看前面冰天雪地。

一切都要以忍为佳,
别指望碧空无涯,
因为它一碰就碎,
别等待它的回答。

春月流浪无家,
用熟悉的巧手指给春天茫茫路,
走,什么也别怕!

"走!"索妮娅自言自语,抬起头。
"考斯佳,我得去车站买返程车票。"
"您什么时候走啊?"
"明天。"

"明天就走？"

"是啊，如果能买到票！"

索妮娅看着他。他头一次这么近地看见她深褐色的眼珠和红润的嘴唇，这又使他浑身发热。他有过很多女人，但这个可不是那种女人，她们只是满足他的需要。

善良的神明，可别让她买着票！

"怎么样，去售票处吧。"

突然宫泽帮索妮娅买返程票。买票的人太多，弄清楚了，挤过去是不可能的，他请她稍等，自己去买，十五分钟后拿着车票回来了。

"您真是位神人！"索妮娅说道。当他们走到广场时，她突然在他脸上吻了一下。宫泽在心里欣然接受了，为此又站了一会儿。

"今天她还得折磨我多久啊？"

不过，他们越走近萨士克家，她越发感到忧伤，她的脚步放慢了，头也越来越低。

靠近院子门的时候，她请他叫门。窗户都是漆黑的。光一说城里的确在灯火管制，不过他自己也觉得屋里空无一人。他推开门，她顺着通道前行，在房子的最低一个台阶绊了一下，然后毫无信心地轻轻敲了三下，站了一会儿，从胳臂上取下挎包，打开之后拿出一个浅色的小笔记本，随手塞进邮箱里。又过了一会儿，她用高跟鞋跟儿转了个身，过去挎着光一的胳臂默默地走了，走过几个街区，来到她家，在门口停下。

"好了，我亲爱的考斯佳，该告别了？"

宫泽一时语塞。

"战争即将结束，我们在上海再待一年，我给您留个地址，"她说完递给他一个纸条，"如果您去那里，顺便来看我，我们一块回忆我们的哈尔滨。"光一听见她的声音在颤抖。"不然我们该搬走了，妈妈想去澳大利亚，那里有很多俄国人……"宫泽已经看出过不了一会儿，她就得哭出声来。

他挺直了身子。

索妮娅抓住院门。他突然叫她停下:"请收下做个纪念吧!"他递给她一个蓝色的学生笔记本,他一直把它卷成一卷拿在手里。

"这是什么?"

"这是……如果您什么也没读出来,那也没什么关系……"

索妮娅接过去:"您就是为了这个跑过来的吗?"

"是的!"宫泽边说,边向她鞠躬。

萨士克大跑过了几条街,他一边跑,同时看到电筒的光束在四处闪来闪去。他一路奔跑,跳过院墙,一直跑到马家沟河岸。他一直往前跑,越过一个个障碍,所以很快甩掉追捕他的人。河道很窄,他很快就蹚过去了,这一带他太熟悉了。因为从小在这里玩,上了岸就是铁路局的苗圃。在栅栏、草丛和棚子里都可以藏身。这一夜他只能躲在这里了,他知道在戒严期间通过警察的岗哨是不可能的。他背靠草垛坐下,两条腿到膝盖都湿透了,开始他冻得直打哆嗦,后来脑子才逐渐清醒。

"穆拉在宪兵队!他们找到她收听苏联广播的证据,这不是什么大罪,但至少把她抓起来了,房子上了封条,并安排了蹲坑的。如果不是中国警察这些马大哈,恐怕我也就叫他们逮住了!"后来他想:"傻瓜!你想什么呀?穆拉可是在宪兵队里呀!爸爸!爸爸突然又走了……是那趟车,还是下一趟?"各种想法在脑子里忽隐忽现。他又开始打战,他咬紧牙关,绷紧全身肌肉:手臂、肩膀、后背。"你怎么这样大意呀?临走为啥没检查检查她的收音机呢?"

他突然想起有一次翻父母的电话簿,他与穆拉玩电话号码的游戏,穆拉指给他一个他熟悉的号码。这个号码是46-83,是斯奇杰里斯基大宅邸的电话号码,现在是日本军事使团驻地。那个电话簿至今还放在走廊的电话桌上。应该马上看看,多么不可想象啊!可是怎么办呀,怎么才能把穆拉捞出来呢?如果爸爸走了呢?如果还没走,那一切似乎很简单。一定能放出来!而如果走了呢?那宫泽呢?他能帮忙吗?

一直在打仗。

他突然听到从栅栏外面传来的说话声,栅栏把河岸与苗圃隔开,说话的是两个中国人,他俩沿着马家沟河岸前行,还打着手电筒。萨士克大顺着板棚的墙根躺着,觉得右肩有点疼。

真见鬼,还受伤了!

他往右边斜了一眼,看见袖子一直到肩膀处撕开了。白色的布料沾满污渍。"明天早晨我该怎么走啊?会被发现的!应该现在就悄悄地离开这儿,以便早晨尽可能离家近点,免得招摇过市!"等警察都过去了,他就悄声地穿过草丛、苗圃。他又听见在栅栏外面有中国人说话的声音,看见他们打手电筒。

宫泽会帮忙的!我对他胡诌一通,他会帮忙的!还得悄悄地往前走!先回家,然后去找斯切潘·菲多罗维奇!

瓦尼亚特卡气喘吁吁地回来了。

"怎么跑成这样?离戒严还有二十分钟呢!"

"在马家沟又搜捕了,还听见两声枪响呢。"

"算了,我们问过中国人,交通街已经做记号了?"

"做记号了,还跑到他家,一个人也没有。"

"好吧,休息吧,既然做记号了,"斯切潘·菲多罗维奇说道,"没什么事吧?"

他开门,叫翻译过来,五分钟后翻译来了。

"需要跟老张见一面。"

"只能是早晨,戒严时间结束之后!"

508

"那好！"

当斯切潘·菲多罗维奇坐在地图旁，瓦尼亚特卡已经四仰八叉地躺在中国的大炕上，夏天很凉，因为没烧火。

斯切潘·菲多罗维奇又研究了一遍地图。

就是这儿！这是铁路桥！如果乘小船摆渡到对岸,那需要五个人。还得随身带上游泳衣或钓鱼用具，在岸上等两天。在大桥的这一端情况比较复杂，这里需要一个中国人和俄国人的混合小分队，六个人或者八个人，总共是十一个人，十三个人……对岸只有俄国人，他们都配有短枪，不易被发现！就是说，和带短枪的中国人一起渡到对岸。萨尼亚·格罗莫夫当头儿合适。这岸的头儿是彼得·果洛夫尼亚。他是桥梁工程师，他炸毁的桥梁多得没数。齐了！桥的事齐了！下面就是斜纹街和车站中间的军需仓库。这里应该委派"叶尼塞"，让他安排自己的"护国分子"把守，不过那里没有头儿也不行，那就让毛茨格沃依·伊万当头儿！总共……斯切潘·菲多罗维奇掰着手指头算人数："见鬼，这人怎么这么不够呢！去平房七三一的路安排中国人老张，这条路他们很熟悉，但他们得伪装一下；每隔一千米一个人，加上联络员和我的头儿！考利亚·彼得洛夫斯基，他是哈巴罗夫斯克（伯力）人，曾经学过中文，能弄明白！"

有人敲门。

"是！"

"我的在这里,卡比丹！"老张站在门口，他弟弟张胖子在他身后微笑，而在他身后翻译往这边看。

"看见了吧？完成了。"

"您真是上帝派来的使者！"斯切潘·菲多罗维奇长出一口气，总算放心了。

现在只缺"叶尼塞"了！现在正是用他的时候！那可解决问题了。

"过来吧,同志们,请坐！"

他们和老张一起在地图上布置了岗哨,中国人又做了些修改。他建议再增加十个自己人,看守军需仓库,以备不时之需。如果有需要可拿起武器,他说召集数百人没问题。

一个小时后,他们的会议结束了。

"好了,同志们!可以休息一会儿,戒严期间你们只能待在这里。"二张微笑表示同意。

两个上了岁数的人送来晚饭:茶、米饭和馒头。

"伏特加呢?卡比丹,伏特加,吃?"老张笑了。

斯切潘·菲多罗维奇全身发热,正像三哥所说,用老张的口气:"伏特加,卡比丹,吃的没有,我的茶!"

"好的,卡比丹!"老张用同样的微笑回答,张胖子点头。

"老张,"斯切潘·菲多罗维奇突然问,"您说您的大哥被日本人害死了,那您就是第二个哥哥。"

"还有一个小弟弟,不过他在南方。"老张补充道。

"小张……"张胖子笑嘻嘻地说。

"小的张。"翻译提醒说。

"那个最聪明,上学很多。现在是我们领导!"

斯切潘·菲多罗维奇点头:"还有第二个哥哥呢?"他尽可能用一般的好奇口吻问,当翻译把"第三个哥哥"说成"三哥"时,他为之一惊。

老张抬起眼睛和张胖子交换眼神:"哎呀!你对三哥,问?"

"你问第三个哥哥吗?"翻译翻译过来。

"是的,不过很有趣。你们有第一个大哥,第二个大哥,第三个……"

"我们就是这样习惯,孩子很多……他是他的,"老张对张胖子点头,"第三个哥哥,他俩只差一岁。不过他在原始森林里走丢了,很久了,那时他才六七岁……也大不了多少……"

"这是怎么回事呀?"

"这是一九二二年的事,我记得不太准确。"

"您说得对,是一九二二年,那个时候您已经在萨哈梁了。"张胖子确认了一句。

"他和一些孩子,我们家住得离边境不远,跨过乌苏里江,去割野韭菜,谁也没回来。不是叫老虎吃了,就是……我们不知道,反正他就失踪了。有些人说他在哈巴罗夫斯克(伯力)成了……"于是他又用俄文说,"卡比丹……"

"白米饭吃……"张胖子幻想着,说道。

老张听他这么说,脸转向弟弟,瞧他表情,如果他们都年轻,旁边又没人,肯定会在后脑勺给他一巴掌,张胖子微微低下头。

斯切潘·菲多罗维奇听到说这些,心里便冒出一个想法:"只要我们活着,我会把哥哥还给你们!"

把所有问题都讨论完以后,老张请求跟斯切潘·菲多罗维奇讨论一个问题:"卡比丹,问大卡比丹,浅草——我的?"

斯切潘·菲多罗维奇明白了。

"我的请求'大卡比丹',当'大卡比丹'到达哈尔滨。那你想把他怎么样,如果你找到他?"

"杀他两回!"

斯切潘·菲多罗维奇没回答,应该换个话题,于是他问:"在吉林街租到房子了吗?"

"租到了,明天早晨就可以去那里。"

在躺下睡觉之前,说好在发出明确信号之前,各哨点都按兵不动,值好班。

浅草敞开丝质和服的下摆凉快凉快,把炉钩子放在一边。

他总是喜欢欣赏即将烧完的炭灰还久久闪烁着的火星,用炉钩子搅一搅,让它着得更旺。现在把它放在一旁,让火炭自燃自灭,不去管它。

今天是八月十日,星期五,近中午,他接到关东军司令部情报局二处处长从奉天发来的密码电报,称在奉天周围形成两派:一派为首的是铃木首相,主张接受朴次茅斯共同会议的条件。还有令一派,为首的是防卫相阿南惟几及参谋总长梅津美治郎和海军军令部长丰田副武。他们也同意盟国的条件,但他们的条件是对方答应保留君主体制,允许日本自己解除武装,自行惩治战犯,拒绝占领日本岛屿和在东京驻军。浅草盘腿坐在榻榻米上,右边放着福禄寿神像,左边放着天狗精。浅草看着它们,现在才发现在它们中间放着他的短刀——胁差。他拿起这两个物件放在手中。

"你们两位谁能代表谁呢?你,福禄寿代表首相铃木,而你呢,天狗精,阿南惟几,或者相反?"

在密码电报中还说,浅草可以采取相对任何独立的决定。

索罗津和尤什克夫已经玩到第四盘棋。

睡得迷迷糊糊的保安光着脚板,只穿着内衣出现在客厅门口:"你们这是怎么回事,大人?这么鼓烟儿,叫人气都喘不过来了……"

尤什克夫默默地走到保安面前:

"透透气吧!我也需要,发发慈悲,我怎么了,大老爷?"在他面前砰的一声把门摔上了。

他回来后坐下,又走了一步棋。"这盘棋他赢了。"看了索罗津一眼,若有所思地说:"瞧,看见了吧?得吃点安眠药!"

"保安说得对,我们若不是鼓烟儿,他也醒不了。"

"真该叫他别醒。如果您现在走错一步,我就将死您!"

索罗津看着棋盘。

"将死,是您说的吗,阁下?就是说,将死!"他看到,不论怎么走,也

512

没救了,这盘棋输定了,所以,为了不丢面子,放上大王,这是他从中国人那儿学来的。

"瞧您,我的朋友,您的决定是正确的!"尤什克夫看着这盘棋,搓了搓手,"总是这样!"

他去厨房取了一瓶伏特加,蔬菜和肉制品:"喏,您还和往常一样不喝酒。"尤什克夫时而用疑问的口气,时而用肯定的语气说。索罗津挺直了腰板儿,这工夫电话铃响了,尤什克夫拿起话筒。

"哈啰!我听着您说呢!把话筒交给他?现在,是的。他在这儿……"尤什克夫招呼索罗津,"找您的!"

索罗津用疑问的目光看着尤什克夫,尤什克夫用手指揉了揉眼角,开始一瘸一拐地往前走。

索罗津起身走到电话前。

"我听着呢……好……明白!"

"什么?他要干什么?"

"我们俩必须转移……去穿衣服吧,收拾收拾东西。"

"都带着吗?"

"您的东西很多吗?"

"不多,但有冬天的,还有夏天的……"

"冬天的不用了,那边很暖和。"

尤什克夫耸了耸肩膀,走进自己的卧室,就是最远的那间屋子。索罗津便走进厨房,抓起那个一无所知的保安,用戴着铁指套的拳头猛击一拳,掀开地窖盖,便把他扔下去了。

"你那儿什么动静?什么东西掉下去了?"

"没什么,别在意了。"

昨天,浅草与索罗津单独在办公室的时候,浅草说不排除消灭尤什克夫的可能性。开始索罗津表示异议,这种令人怀疑的美差怎么就

513

落在他的头上,但是为什么?他还没立即弄明白这是为什么。后来一夜,加上今天一整天,他一边等着宫泽上尉来接班,一边考虑这个建议对他究竟有什么好处。现在他明白了有什么好处。

浅草刚才打电话,命令将尤什克夫除掉。

他关上厨房门,为的是不叫尤什克夫发现保安被仍在地窖里了,不致提前产生警觉而使事情复杂化。

今天索罗津几次去"调度室",问米隆内奇的情况,可所有人都惊异地说老头子没露面。索罗津更加相信米隆内奇在阁楼与监视公馆的那伙人在一起。这人是谁呢?这似乎已不是问题!中国的地下工作者并不需要尤什克夫,他们甚至猜不到他对日本情报机关有多重要。苏联反间谍机关需要他,因此,如果谁抓到米隆内奇,那一定是从那边来的家伙干的,而他们的据点在中国人那里,这一点索罗津绝不怀疑。当苏联红军进入哈尔滨,让米隆内奇带路全城搜捕,他,索罗津将尤什克夫送交他们。当然,他可以同尤什克夫逃往南边,正像他所要求的那样,但他们在那边能干什么呢?那边有谁需要他?就是说在这里有人需要他!除此之外,最需要的是去南边也得突破重重障碍。

得想明白了,决定采取行动!他撤了公馆周围的所有岗哨,把他们派到南岗和道里的主要路口,取消通往道外要道的哨卡,派几个人把守宪兵队周围。除此之外,他非常感兴趣的雷切夫和朵拉·米哈伊洛夫娜目前在何处。不管那里发生了什么事,对他们的"关心"还不是多余的。晚上,岗哨报告说,朵拉·米哈伊洛夫娜去了宪兵队,在那里逗留了半个小时,出来时没带她进去时带的公事包。

他需要尤什克夫在这里,而不是在公馆里!

"您准备好了吗?"索罗津喊道。

"好了,"尤什克夫说着便拎着一个大手提包从他房间出来。索罗金见了手提包惊讶地吹了个口哨。尤什克夫也吃了一惊。

514

"我们是出远门,可能开销很大,我是个老犹太,不能靠您一个人负担!"

除了那个大包,肩上还挎了个更重的。

"您那装的是什么,金子吗?"

"哪来的金子?银子!"尤什克夫谦虚地耸耸肩。

夜间灯火管制,城里一片漆黑。索罗津一行乘汽车全速驶向道外。他什么也没对尤什克夫解释,在丘里柯娃妓院门前停车,出来打开大门,把车开进花园。他想起来,从公馆出来时没带吃的,还不知道没吃没喝在这里待多久呢。他的确疏忽了。尤什克夫开始抱怨,可这样又不得不出去买东西。简言之,这事得想办法。

"爱德华·谢苗诺维奇,我去浅草那里一趟,电话里他没做任何指示,只说我们得先待在这里,安排好之后去他那里。我三四十分钟回来,您先在这里待着。建议您住二楼右侧最后一个房间。"索罗津说话这工夫,尤什克夫一直在抽鼻子。

"这味儿真好闻!"

索罗津已经习惯在没灯的黑暗中活动,他看见尤什克夫身穿绿色的衣服,摸索着走近栽花的大木桶,碰了碰叶子,接着蹲下来闻那里的泥土。

"哈,还潮乎乎的呢!您怎么的,还浇水吗?"

"得了,爱德华·谢苗诺维奇……"

"这里可以吸烟吗?闻这里的味道,可以……"

"听着,您不让我说完!在二楼有个小房间,里面能找到烟灰缸,我们别在这里争论……"

"好的,快去快去,该吃晚饭了!"

想得正是时候,是该吃东西了!的确得快回来!

在吉林街,他进了院门,听见公馆里传出沉闷的敲击声。

"还活着,这狗崽子?"米哈伊尔·卡皮托诺维奇心里想,"怎么回事呢,这狗崽子?"当他打开房门,进了厨房,他又想:"这很好,他还活着,不然在地窖里都臭了。不,不!正好他还活着,不用我把他从那里拖出来!"

索罗津进了储藏室,找了几个装美国菲利普·莫里斯牌香烟的空箱子,咯噔咯噔地走到地窖前。

"别吵吵,我这就把盖子打开!"

"行行好吧,别把我扔在这里不管,"听见他在里面说话,"可怜我的一家老小……"

"可怜你,可不要再敲了!"

他打开地窖盖子,从梯子下面看见他满脸血迹斑斑。

"行行好,好心的先生……"

"爬上来吧!"索罗津说了一声,往一边挪了一步。

保安吃力地往上爬,由于头上遭到一击,又被扔下地窖一摔,所以晃晃荡荡的。

简直是格利沙·拉斯普京,是条汉子!

"把屋里能吃的东西都收集起来,装在这些箱子里!"米哈伊尔·卡皮托诺维奇命令道。

"可是,那吃的可太多了……"保安一边疼得直哼哼,一边看着四周,"有新鲜的蔬菜,有腌肉和熏肉,有烤鸡,有罐头,面包干,伏特加……"

"全要!"

索罗津坐下,看着保安装食品。

索罗津和保安一共装了五箱食品,当保安躬身装这些食品的时候,索罗津又向他的脑袋重重一击,趁他倒下的工夫,抓住他塞进后座。在道外他穿过十五道街,一直开到江边,把保安拖出来,扔到江里!

米哈伊尔·卡皮托诺维奇气喘吁吁,用江水洗了一把脸,把保安的尸体往江里戳了戳,很快被水流卷走了。他站了一会儿,眼看着保安的尸体如同一个白点漂流而去。

他回到丘里柯娃的妓院，没开灯，摸索着上二楼，楼梯和地板都铺着地毯，所以他走路没有声音，屋里很静。

"他去哪里了？"米哈伊尔·卡皮托诺维奇心里琢磨。

他开了壁炉间的门，打开打火机，屋里没人。他走到床前，床铺没有揉皱，他便去了走廊，再进了餐具室。尤什克夫坐在桌旁，两手托着脑袋打盹。他背后的橱柜上放了一盏煤油灯。米哈伊尔·卡皮托诺维奇拉上厚厚的窗帘，打开天棚上的半圆形的玻璃灯，打着打火机。尤什克夫一惊，跳起来。

"您干吗这么害怕，爱德华·谢苗诺维奇？是我呀！"

"噗噗……"尤什克夫晃着头，"您去的时间太久，我可能睡着了……"

"那还用说！您是睡着了。跟我来，得把吃的东西从车上卸下来。"

"哈哈，吃的！这太好了，我正饿着呢！"

索罗津往门口走，看看周围，尤什克夫正在手忙脚乱，一头乱发灰不溜丢的，就像路上扬起的灰土。在他转身的时候，索罗津从侧面看见他脖子下面的喉咙一直在动。

真的饿成那样吗？真不知道为什么！

他们多次下去到车里，又从车里上楼，最后他们把所有吃食都运上来了，特别是当尤什克夫发现咣当咣当一箱全是酒时，更是喜出望外。

"这东西可上高了！中国人是这么说的吧？上高？我正确理解这'上高'的意思就是'真棒'，是吧？照他们的说法！"

"上高，上高，照他们的说法，爱德华·谢苗诺维奇！"

"那个保安怎么处理？您把他放了吗？"

"放了他，这回四面没墙挡住他了！"索罗津边说边从楼梯上楼，两手端着一个大箱子，不过他自己也感到这声音有点阴沉。

"或者……"

"什么或者？"

"算了，快点上桌吧。我这肚子呱呱叫，整条街都听见了，把那些中国妓女都吵醒了！"尤什克夫大笑一声。他搬的东西也很重，他腿长，一步迈三阶，超过了索罗津。

全都搬上来之后，尤什克夫表现出意想不到的热心，把罐头盒子摆在隔板上，用湿布巾盖好新鲜蔬菜，找了一张蜡纸和大汤盆，里面放上腊肉和熏肉，然后从橱柜取出盘子及其他餐具，摆上桌。

"遗憾的是我们不能对饮，您真不喝吗？"

索罗津观察他的动作，无法掩饰自己的惊讶，"旅长"做这一切都那么娴熟。他本人从来不把这些生活琐事当回事：该吃饭，他就吃，需要一个干净的盘子，他从橱柜里拿出的往往是最后一个干净的盘子，于是就吃了。尤什克夫摆的桌很漂亮，在暗淡的灯光下，真的令人惬意。

"喏，米士卡，为很快获得解放干杯吗？"

索罗津对这种不拘礼节的亲切态度感到一惊，点点头，开始拿吃的：面包、切好的肉，蔬菜……他累了，想睡觉。但是得让尤什克夫快点喝醉，先睡。

尤什克夫连干三杯，边说"除了耽误最后一次碰杯，没什么能让一个军官老得快"，他吃得很香，张着嘴大嚼大咽，咔哧咔哧地吃着黄瓜和中国大白菜，用牙咬着熏肉。

"那个保安您怎么处理的？这个不吸烟的傻瓜蛋！"尤什克夫不无关心地问道。"我的意思是应该把他藏起来，长时间找不到他！您明白我的意思吗？"

索罗津懒得回答，他慢悠悠地吃着，一声不吭。

"不过我怀疑，您会轻易把他放了……"

索罗津抬起眼睛看看他。

"请您原谅我多嘴，在戒严期间他怎么办呀？如果他被逮住，送到

518

宪兵队,他在那儿把一切都说出来……"

"他在那儿说什么?"

尤什克夫开始叫他讨厌。

"快喝醉得了!"米哈伊尔·卡皮托诺维奇心里想,又给他倒满一杯。

"咳,我就不喜欢一个人喝酒,"尤什克夫拿起这杯酒,"不过也习惯了,说实在的,跟日本人也喝不到一块去!看来和俄国人……"

"您反对俄国人什么?"

"反对俄国人?几乎什么都不反对!"

"'几乎'是什么意思?"

"几乎?"

"是啊!"索罗津开始发火。

"'几乎'就是说俄国人,真正的俄国人,比如像您,都是些奇怪的人!还有你们的哈尔滨——俄罗斯的城市是奇怪的城市,很保守。你们在这里生活,就像没发生过二月革命、十月革命,也没发生过国内战争……"

"可这与您何干?过去的事就算过去了!您是在这里找到了避难所,而不是别处呀!"

"这里,这里,您别发火嘛!"

索罗津没吱声,又给他倒了一杯。

"你们在这里活得够滋润的了,铺子里面包充裕,香烟任选,布匹应有尽有。战事进入第三天了,可一个炸弹没扔……"

索罗津听着尤什克夫侃侃而谈,他把胳膊肘抵在椅背上,侧着身子,把腿伸出去:"不过,没关系,约夏(指约瑟夫·斯大林)就要到了,他会让你们看看什么是好日子……顺便叫你们知道什么是吃饱饭……"

索罗津听着。

"他会叫你们大家……站成一排……报数……命令你们每个人都干什么……您干吗皱着眉头?"

519

索罗津越发对此人有反感。

"而俄国人,我指的是,性格……来,我再倒点酒!"尤什克夫开始倒酒,直到冒漾了,端起来对嘴喝。酒顺着胳膊往下流,他便用舌头往下舔,"性格嘛,我亲爱的救命恩人,俄罗斯人的性格,那是臭狗屎!还可以说得更难听一些。尤什克夫笑嘻嘻的,美滋滋地环顾四周,"在这房子里住着,眉飞色舞的娘们儿!"

"俄罗斯性格哪里令您不满?"索罗津忍不住问道。

"等我们到了美国人那里,我们都发财了,那时我再告诉您。"尤什克夫一杯又一杯倒酒,酒瓶里的酒越来越少,他醉得更厉害了,而且越来越高兴,后来更加肆无忌惮和令人讨厌:"我现在就可以对您说……"

"说吧!"索罗津压低嗓音说。

"哈!那我若不对您说呢?!"他来了个长时间的戏剧性的停顿。"你们本来不应该存在了!无论是你们,还是你们的城市!"

"我们?"

"不,不是您,当然不是您,您是我的救命恩人。我在约夏面前还有面子,我会为您求情,您还会有什么问题?我指的是你们所有人和整个城市!要记住,这里的一切很快化为乌有……"

"会轰炸吗?"

"如果战争需要,那您怎么想呢?会轰炸的!但问题不在这里,这里不应该是精神问题……"

"俄国精神?那您怎么也陷进去了呢?"

"臭狗屎!对不起,太太们!"尤什克夫一脸奸笑,朝四面鞠躬。"俄罗斯精神,臭狗屎!一个不能自给自足的民族,甚至连民族都不是,而是一群渣滓,鞑靼和蒙古的杂种!俄国人,你骂他们,他们就会爬起打仗,真的,还常常会打胜仗!俄国人,你得表扬他们,这样他们会接近上帝,他们就会感到自豪,成了神仙!"

他的两只手挥来挥去,像木偶一样灵活。他不知从哪里弄来一盒烟,顺手抽出一支:"您没学过马克思列宁主义哲学,不知道对立统一的斗争,奴隶和老爷的斗争?而这一切都在一个人身上。

"不明白!"

"您读过敌人亚历山大·伊万诺维奇·赫尔岑的书吗?《往事与随想》!专制制度的敌人!他一生都在与沙皇制度做斗争!没读过吧?可我们出版他的著作,一九二七年或者一九二五年,我已经记不清了。他在书里面描述了三个人的谈话……"

在哈尔滨书店里就有赫尔岑的《往事与随想》在出售,不过,米哈伊尔·卡皮托诺维奇还没买这本书。

"是什么谈话呢?"

"谈话吗?非常有趣!"

尤什克夫又倒酒,醉了但没醉倒。

"跟他坐到天亮吗?"索罗津心怀憎恶地想。

"是的!就是这样有趣的谈话!有人去赫尔岑处做客,而赫尔岑在伦敦的俄国人中,不分伯仲者有奥加辽夫,这是头一位,而后,又来了一位名门贵族高尔岑·尤里·尼古拉耶维奇公爵——合唱团的组建者和拥有者,创作在当时来说新的民歌,给人民带来新的声音!但是,按照惯例,投入的经费很快便被挥霍个精光!于是,公爵的一个亲密助手,合唱团主管来找赫尔岑,他们抱怨公爵不给薪水,还有别的什么,我已经记不清了。不过抱怨是有道理的,所以请赫尔岑给评评理,并且要与高尔岑对簿公堂,说他实在忍无可忍,他们想回家,回俄罗斯。而赫尔岑的回答是,上法庭,英国的法庭,它是公正的,但是这是他们自己的事,自己的事应该自己解决,就像家里的事在家里解决一样!赫尔岑说什么也不同意,而他们一再说服他!他们很固执!还说赫尔岑怕公爵,不要他去'钟声'编辑部。设想一下,这些人多狡猾,真是无所不用其极。"

索罗津听着。

"就这样，他们说服了赫尔岑，但有一个条件，公爵得同意他做调解人。如果不同意，那就上法庭！应该说亚历山大·伊万诺维奇在自己的书中对申诉人的评价还是中肯的：他们之中一个是仆役出身，后来通过奋斗总算出了头；另一个也差不多。当他们对公爵满意的时候，便颂扬他，可当他们拿不到工资的时候，便骂他是大骗子，禽兽不如的庄稼汉，等等。这就是说，他们见面了，公爵接受了赫尔岑调解的建议。而后，合唱团主管又一再证明：公爵答应的事都食言了，而赫尔岑听着他说话，听出了他在撒谎。公爵见状，怒火中烧，大发雷霆，说把他们从满屋是虱子的茅屋里解救出来，教他们发音和唱歌，说在俄罗斯他们一文不值等等。于是赫尔岑，这个德国的灵魂，用慈爱的方式问公爵是否有人求他将其从满屋爬虱子的茅屋里救出来，并教会他唱歌。公爵承认是他亲自找到他的。那么赫尔岑建议，给他结账，放他自由。公爵同意这一条件，并结了账，但合唱团主管还是不在文件上签字。'那您还有什么不满的？'亚历山大·伊万诺维奇问他。他说公爵答应给他返回彼得堡的车费。公爵一听气不打一处来，大喊大叫，说：'条件是我得对他满意呀。'又说起是从什么倒霉的窝里把他搭救出来的。赫尔岑又问公爵，谁请他这么做的。合唱团主管又拒绝在收钱单据上签字。这可让赫尔岑恼火，问为什么。合唱团主管则回答，从前公爵把身上的衣服脱下来送给他，可现在他连袜子都没有。于是公爵叫起来：'我自己还没袜子穿呢。'这样赫尔岑便提出建议，或者合唱团主管拿钱签字，获得自由之身，或者赫尔岑不再当他们的调解人。合唱团主管一听已无退路，同意签字。而后最有趣的事，您在听吗？没睡着吧？"

索罗津没睡着，他开始对此发生兴趣，其中有什么对尤什克夫如此重要的呢。

"合唱团主管在这一切结束之后说:'公爵阁下,因为去彼得堡的轮船五天后才能启航,您行行好,请再允许我在您府上留几天!'您想公爵是怎么回答的?"

索罗津耸了耸肩膀。

"公爵答应了,并且解释说,就我现在记得的是:'瞧,你能有什么地方可以去呢?没说的,那就住下吧!'当合唱团主管走了之后,公爵又补充说:'他本来是个好心眼儿的小伙子,可他的助手是个骗子……'他指的是跟他一块儿来告状的一个小子。'……一个小偷……这只令人讨厌的野狗……'啊?怎么样?"

索罗津一惊:"这说明什么呢?公爵是个心地善良的老爷,既给钱,又留宿……您在其中发现了什么问题呢?"

"是发现问题了,我亲爱的救命恩人,从这里无论是我,还是赫尔岑都不明白谁是老爷,谁是奴隶!这整个就是俄罗斯的性格——臭狗屎!臭狗屎——就是臭狗屎!全是臭狗屎,你们,你们这个俄罗斯城市——哈尔滨——保守派,也是臭狗屎!现在约夏快到了……"尤什克夫说完了,索罗津起身照他的太阳穴猛击一拳,尤什克夫从椅子上跌下去,差点撞倒桌子,没动静了。

坏蛋!

索罗津坐下。

他坐了一会儿,然后看看表,差不多夜里三点,他端着煤油灯,看看尤什克夫的脸。这家伙安静地躺着,好像刚才他什么也没说,也没张牙舞爪,而是半睁半闭着眼睛,不喘气了。

"我觉得做得不太对!"

索罗津端着煤油灯出了储藏室,通过走廊。他看了看二楼的所有房间,下了一楼也挨个房间查看了一遍。他这么做也没什么明确的目的。他不仅查看房间,还看了朵拉·米哈伊洛夫娜的办公室。他走到防火保险柜前面，拉开又关上桌子抽屉，看看装着漂亮餐具的小橱柜，在桌前坐下。

"怎么样，米哈伊尔·卡皮托诺维奇，你完成了浅草的指示，除掉了尤什克夫，但还不算全面完成，现在得把他处理得让人绝对认不出来！"

他看了看保险柜，回身靠近桌子，发现烟灰缸里有两个烟头，都是细支，头上揉搓过。他想起来了，朵拉·米哈伊洛夫娜就是把这种香烟插在烟嘴上吸的。他闻了闻烟头，得知放在这里不超过一昼夜，甚至更短。

这就是说不久前她还在这里！而阿塔曼呢？他再次看看烟灰缸，不，那里的烟头只是朵拉留下的。

这么说她只一个人在这里？她在这儿干什么呢？至少她在此逗留的时间不长！就是来了又走了？

橱柜旁边是门，索罗津开门进屋，里面有一张床，挂着华丽的幔帐，墙上有大镜子，半截柜和高大衣橱。他打开半截柜的所有抽屉，翻遍里面的所有盒子和罐罐，然后打开大衣柜的门，里面全是朵拉穿过的衬衫和上衣，看来这是她的私人房间。他敲了敲墙，发出沉闷的声音，他又想起来保险柜。由于好奇，他又回来，试着用万能钥匙开锁，保险柜真的开了。索罗津把门打开一道缝，在对面坐下。保险柜的上层是单独的一格，装有门，底格放旧香烟盒。他随便打开一个，里面装的是日元，另一个装的是美元……

整个是一个银行！

在保险柜底下是一个公事包。索罗津用两个手指往外一夹，没夹住，因为里面装的东西太重。他拿起来，放在膝盖上，打开。包里黑洞洞的。他拿灯往里一照，看见里面是麻布口袋，口袋嘴系得紧紧的。索罗津从桌上的文具盒里拿出铅笔刀，把绳子割断，把口袋放在桌上，和在公事包里一样重。从袋子底部漏出一些沙子，原来是些金锭，散放着一些沙皇时代的金锭和金币。

"这就是她和'奖赏',"米哈伊尔·卡皮托诺维奇心想,从口袋里掏出金锭,放在保险柜底部,把装金币的口袋装入公事包,锁上保险柜,走出办公室。

他上楼进了储藏室,经过尤什克夫的尸体,他的皮箱就放在窗台底下。

瞧瞧里面都放些了什么东西!

在皮箱里衣服底下放了一个铝盒,里面装的是白花花的银元宝,上面还有中国字。

中国的元宝!这就是他留的"后手",算是发财了!

索罗津心中很平静。他把尤什克夫装元宝的盒子也放到公事包里,想到:"怎么样?我还从来没有过这么大的收获呢,真该庆祝一下!不过得把浅草交给的任务完成,再去南方,不过得先睡一觉!"他抓住尤什克夫的两条腿,将他拖到有壁炉的那间屋子。

得有汽油啊!

在楼梯底下的小仓库里有一大瓶子汽油,他把它拿到办公室,把尤什克夫的脑袋放在壁炉里,又去储藏室。

这下一切都准备好了!在桌子上放着一个盘子,里面放着尤什克夫切好的肉,面包和湿布盖着的蔬菜。米哈伊尔·卡皮托诺维奇把脸朝下的尤什克夫翻过来,他倒下的时候撞到桌子了。他看了看酒瓶,已经空了,于是他又打开一瓶,倒了一杯。他的身体不适已经七年了,辣嗓子,直接倒肚子里了。索罗津撕了一片白菜叶,掰了一块面包,一块肉,开始大嚼。

"尤什克夫已经在那边的路上了!一个恶魔,如果我把他交给苏联,他在那儿也没好名声,对我什么好处都没有!他既然叛变第一次,就能叛变第二次!他能与我'有福共享吗'?算了,算了!这还无从可知呢！但有一点是清楚的，像他说的，赶快离开此地逃命！那还有什么呢？汽车有了，真发了财，我给朵拉留了一些，我拿的仅仅是我应得的好处，这样我就不欠谁的了！"

索罗津起身到办公室，走到半路，又回去给自己倒了一杯酒；喝完之后心中不仅是平静，而是兴奋了。

尤什克夫尸体仰卧着，脑袋伸进壁炉，索罗津把他翻过来，脸朝地，他想，头脑清醒时不能干坏事，于是他又回到储藏室。伏特加进肚，喉咙已经不觉得辣了。"真是琼浆玉液呀！没什么东西能像这东西叫军官青春永驻了！"他想起尤什克夫说的这句话，便回到有壁炉的房间。

把汽油倒在尤什克夫的头上，冒出蓝色火苗，头发一下着起来了。

不，这么看着可不行！

他又去储藏间，喝了一杯。

这汽油味也太难闻了！不，准备些木头就好了！

走廊里弥漫着令人作呕的汽油味和炼人味。索罗津掏出手帕捂住鼻子。他本来可以不再去那里了，但是必须确认汽油没洒在地板和地毯上引起火灾。

"妈的，这简直太叫人恶心了！"他又回到储藏室，弄了一瓶水。

浇上！

当他进了办公室，脚步还算轻快和平稳，只是感到墙有点晃。

"当然，我多久没喝酒了！"

他回去，又喝了一些。

现在！得确定浇些水，找个地方睡两个钟头！

在走的时候他脑子里冒出一个想法，跟一个死人睡在一个房子里不是什么好事。

"去他的吧！我还没见过死人是怎么的？还有酒呢，对我来说反正一样，明天早晨我就不在这里了！"

他把尤什克夫翻过来,他的面部已经烧黑,无法辨认。

"这回一切事都办完了!"索罗津想,浇了水,关上通风窗,把门关严,便下楼了。

他随便打开一个房间,侧身躺在一张弹簧床上。

"见鬼,"他想,"这好像是在上等妓院!"他翻了个身:"应该在办公室里睡,可那里有尤什克夫!在哪里过夜呢?或者在朵拉房间,大概她的床更舒服些,还能把门关得严严的!"索罗津从前在这里什么屋子都来过,可从未体验过身子下面的弹簧床,但是原来就有啊!

在朵拉的卧室里完全是另一个样子,他又喝了些酒,脱了衣服,躺下,立即便睡着了。

米士卡躺在小床上,曾祖母坐在一旁,在她头顶上是圣·乔治像前那盏小煤油灯的微光。

……于是,叶尔马克·季莫费耶维奇登上陡峭的额尔齐斯河河岸,开始迎战古楚汗……

米士卡听着曾祖母讲的故事,目不转睛地看着她。曾祖母沉默了一会儿,看着米士卡的眼睛。

索罗津一惊,醒了,用胳膊肘支撑着起来。他揉揉了眼睛,镜子里映出灼热烤人的红光,洒满卧室,令人睁不开眼睛。尤什克夫屁股靠在化妆台上,站在那儿看着他。索罗津想起身,但就是起不来,觉得两条腿像灌了铅,两只手也沉甸甸的,一动不能动。尤什克夫的头发在燃烧,身首两处,脑壳闪闪发光,在屋里飘浮,离索罗津越来越近。索罗津举起双手,蒙住眼睛。

八月十六日　星期四

"怎么样,亚历山大,您去寻找有什么结果吗?"

"叶尼塞"心不在焉地坐在那儿,听见斯切潘·菲多罗维奇问他,一惊,开始看着他。

"有什么结果吗?"斯切潘·菲多罗维奇重复问他。

萨士克摇摇头。

"大连的电话打通了没有?"

"父亲没留旅馆地址,我不知道往哪里打电话……也许他们去上海了!"

"那就这样吧。等这里的情况稳定下来,我就请示领导,让您去一趟。现在先把人员安排好,指定那些带头的人跟我们的人认识一下,这些人您都认识……"

萨士克默默点头。

"现在您可以继续寻找,在哈尔滨!伊万!"斯切潘·菲多罗维奇大声喊道。"来，咱们去和中国人谈。同意吗？"

萨士克又点头。

"伊万，"他对进来的萨瓦杰耶夫说，"告诉翻译我们准备好了。"

过了一小时，老张和他弟弟及翻译进了斯切潘·菲多罗维奇和"叶尼塞"的屋。

斯切潘·菲多罗维奇起身，说："好了，同志们！我向你们报告！昨天，八月十五日，日本天皇宣布投降。日本人……"

"……日本人像一群鱼在城里游来游去。"瓦尼亚特卡插了一句。

斯切潘·菲多罗维奇看了看他，老张和张胖子也看了看瓦尼亚特卡，笑了笑，异口同声地说："上高！"

"我们的部队已经在东部……"走到地图前面，"夺取了牡丹江，离哈尔滨有四百千米的距离，两到三昼夜可以到达这里。"

老张和张胖子点头。

"因此我提议，假扮当地居民，集中力量保护和监视他们的重要部门。军事使团，宪兵队，各区警察局，铁路江桥左右岸，军需仓库，跨线桥，通往平房的公路。老张组织自己的人加入保护军需仓库的小队，如果有必要，可携带武器。"

在中国人和"叶尼塞"走后，斯切潘·菲多罗维奇和马杰亚、瓦尼亚特卡去吉林街公馆。

"难道六天中那里没动静吗？"

"是的，菲多罗维奇，就是这样。我们轮班坐在窗户旁边监视，日夜不间断，从未停止！什么动静也没有！"

他们来到墙边，斯切潘·菲多罗维奇碰了碰篱笆门，门锁着。

"来！"他对马杰亚说。

"还是我来吧！"瓦尼亚特卡自告奋勇，跳进园子。他用一根长铁丝插入门锁，转了几下，门就开了。

529

"你真是个高手!"斯切潘·菲多罗维奇为之一惊,"在哪儿学的?"

"在战前也得活命啊,总得有点本事呀,"瓦尼亚特卡认真回答,顺着通道走到房前,照样打开了房门,"进来吧!"

公馆里静悄悄的,散发着烟草冷灰的味道。斯切潘·菲多罗维奇进入客厅。桌上整齐地放着打印的文件和手稿。他拿起来,坐在沙发椅里。然后抬起眼睛,闻闻四周的气味。在一个酒杯旁边放着烟灰缸,里面的烟头都变干变硬了。

"伊万!"

瓦尼亚特卡手里拿把刀从厨房来到客厅。

"你在那里找到什么了?"斯切潘·菲多罗维奇已经明白了,公馆是空的,但弄不明白的是这些天谁在守护这所房子。

瓦尼亚特卡从那些文件上拿了一页,把没字的一面朝上,把刀放在上面。

"这是什么?"

"瞧瞧吧!"

斯切潘·菲多罗维奇俯身看刀,说:"拉开窗帘,不过,别拉得太大。"

瓦尼亚特卡拉开窗帘,屋里亮多了。斯切潘·菲多罗维奇在刀刃上发现有黑色的血痂。

"你以为这是血吗?在哪儿找到的?"

"地窖里到处是血迹,楼梯上也是……"

"真的是血吗?"

瓦尼亚特卡往手指上吐点唾沫,从刀上取下一点血痂,化在唾沫里。血痂从黑色变成红色。

"瞧吧!"

一小时后,他们出了公馆。

"太大意了,"斯切潘·菲多罗维奇心里想,"我非挨训不可!必须带着米隆内奇不可,已经是时候了!"

米隆内奇来到阳光下,仰起脸,眯着眼睛,深呼吸。

"是啊,菲多罗维奇,你把我弄到这个中国囚室里,你既不能喘气,也不能……"

"呼吸吧,米隆内奇,呼吸吧,只是不要看太阳,那样会晃眼睛……"

"你开玩笑呢,菲多罗维奇,还看什么呀,看中国姑娘不成?那我可见多了,我在这儿生活了三十年……"

"得了,上汽车吧!我们出去兜兜风,看看中国姑娘。"斯切潘·菲多罗维奇开起了玩笑。

他们坐上小汽车,驶向老哈尔滨公路。在教堂广场慢速转了几圈,沿着车站大街到了车站,经过霓虹桥,在道里绕了几条街,再驶回教堂广场。一路上米隆内奇一直给斯切潘·菲多罗维奇讲他知道的事情:对新的政权来说哪里值得关注,哪里是警察分局、宪兵队,哪里是军营,哪里是负责对外监控的密码机关、基地等等。斯切潘·菲多罗维奇倾听着,瓦尼亚特卡咔嚓咔嚓地拍照。

"那日本人呢?"米隆内奇惊讶地说。"我简直都认不出他们了!他们怎么都蔫头耷脑的,原来那种耀武扬威的样子已经完全消失了!事情竟变成这样!怎么会这样呢?菲多罗维奇!"

斯切潘·菲多罗维奇对他讲已经夺取了牡丹江,以及对方已经宣布投降,米隆内奇开始有点郁郁寡欢,后来就高兴起来了。

"可以带我去我老婆那里,那老太婆早就无声无息了。就是对她大喊大叫一通也好,她是个好女人。只是老天没给她一儿半女,所以我是她唯一的指望。"

"天黑我就带你去!"

"宵禁期间吗？"

"他们已经顾不得宵禁了！"

"那他们全完蛋了！没有日本人,也就没有日本的秩序！"

"那自己人见过了吗？"

米隆内奇沉默了。

"怎么不说话了呢？谢尔盖·米隆内奇？"

米隆内奇咬着嘴唇,眯起了眼睛。

"怎么？"

"什么,怎么？看过了！他们也看见我了！"

"都说些什么了？"

"您别担心,只是他们对我们还是有用的,就像……"

"米哈伊尔·卡皮托诺维奇·索罗津？"

"正是他！"米隆内奇转过身来。"我要是亲眼见到他就好了。显然,他同日本人混得很熟,呵,这情报对您是有用的！而像我这样的小人物,还有那些良民,只要给他们发钱,他们就屁颠儿屁颠儿地为您跑腿儿……就让他去吧,是不？"

"得了,让他们去吧！暂时先这样！"斯切潘·菲多罗维奇说完,心里想：今后可以利用他了解情况！

"那在什么地方能找到他们呢？"他看了看米隆内奇问道。

他们来到满洲里街街头上,但索罗津的屋子上了锁。瓦尼亚特卡打开锁,不过那里没有主人来过的痕迹。他们来到罗扎耶夫斯基的房子,里面也是空的。米隆内奇带他们去了几处"调度室"也没人。

"这么说,我猜索罗津已经几天什么事都不管了。我想他大概是藏起来了,有一回就是藏在中国的道外,离你们抓我的地方不远。那里有几条花街柳巷,他倒不是特别喜欢去那儿玩女人,但他对那里的情况了如指掌,躲在那一带对他来说是再简单不过的事了。"

经过二十分钟他们在道外的主要大街南新街行驶,在快到十四道街街口时,米隆内奇含糊其词地说:"从这里开始应当步行!"

他们下车,过了道。米隆内奇走在前面望风。他迈着轻快的步子从街中心忽左忽右,不时地往一个个胡同里看。他粗鲁地推开前面的中国人,弄得斯切潘·菲多罗维奇只好对每个人道歉,推开有时横在路上的马车。

"现在他能从什么人那儿拿到……"斯切潘·菲多罗维奇不由得想到,跟在老头子身后观察,中国人都尽可能地赔着笑给他让路。

"十四道街空空的,菲多罗维奇,来,去十五道街。"

十五道街照样什么都没有。

"您注意看,菲多罗维奇!中国人都咧嘴笑了,知道你们快来了。"

斯切潘·菲多罗维奇点头。

"行了,这里也是空无一人!来,去十六道街!"

在十六道街他们找到了丘里柯娃的妓院。

"这里要多加注意!"

"见鬼!"斯切潘·菲多罗维奇突然想起来了,"中国人跟我讲过这家妓院和它的一个客人,我怎么给忽略了呢?其实我们没跟踪他!"

十六道街很宽绰,妓院一家挨一家。现在不是时间不对,一般情况是道里的饭店打烊之后,嫖客才来到这儿逛妓院。

米隆内奇也不再左顾右盼,一直往前走。他走上一个门口挂着红灯笼的台阶,一拉门把手,叫瓦尼亚特卡过来。他很快开了门,进去了。

"那里怎么样?"

瓦尼亚特卡站在门里,用手捂着鼻子。

斯切潘·菲多罗维奇闻到门里有浓重的腐臭味。

"现在若有防毒面具就好了。"他用手帕捂住鼻子就进去了。在屋里这种臭味到处都是,很平均。米隆内奇好像没闻到臭味,不知为什么

533

立刻从宽敞的主楼梯上楼,楼梯铺着厚厚的蓝色地毯。他一直往前走,头也不回。斯切潘·菲多罗维奇紧跟其后,看了看瓦尼亚特卡,他从来不带手帕,他用帽子遮住口鼻,碎步紧跟。这顶帽子三哥没白给他,真有用,他喘气更加困难。

米隆内齐捂着鼻子上楼,一个房间的门敞着,他便进去了。这里是储藏室。斯切潘·菲多罗维奇从米隆内奇肩头看见桌上有吃剩的食品,地上扔着剩下的半瓶酒。他走到最后一扇门,看来是办公室,里面有写字台和保险柜。抽屉拉出来了,保险柜门也开着,里面却是空的,地上则是放着散落的纸张。

"不,不是这里!"他说道,顺着走廊从右侧走到另一头。他推开左边和右边的门,往里看了看。斯切潘·菲多罗维奇跟到他身后,又闪开了。地板上躺着一个人,脑袋伸进壁炉里,米隆内奇已经蹲在尸体旁边。这人是脸朝下趴着。

"这不是索罗津,"他说,"这人我不认识!"

"能把他翻过来吗?"斯切潘·菲多罗维奇强忍着恶心,用手帕堵着嘴,请求说。

"能,怎么不能?"他把尸体翻过来,说,"不行,这样什么也弄不明白……应该用什么东西把他盖上,免得臭味扩散,有一块防雨布就好了……但不能开窗户,乌鸦和水鸟会飞进来吃尸体。"

斯切潘·菲多罗维奇看着烧焦的人头——已经没有头发,说:"不能进去……"

"等你们的人来了,他们能不能有防毒面具呢?"

"那是真的!"

米隆内奇看着那张烧得丑陋不堪的脸,说:

"我猜到是谁了……"没等他说完,走廊里响起急剧的脚步声,瓦尼亚特卡跑进办公室。

"花园里好像有人!"他小声说。

"在哪里?"

"那里!"瓦尼亚特卡朝窗外指了指说。

"谁?"

"我从窗户看见的,在草丛后面……"

"走,你指给我们看看!"

斯切潘·菲多罗维奇与瓦尼亚特卡走到窗前,斯切潘·菲多罗维奇拉开窗帘,说:"在哪儿?"

"瞧,在远处,在草丛后面。从这儿看不见,在一楼才能看见!"

斯切潘·菲多罗维奇听见米隆内奇在背后喘气,踮着脚想从斯切潘·菲多罗维奇肩膀上看看清楚。

"我认出来了!"

"谁?"

"这个人,"米隆内奇指了指尸体,"几年前报纸报道过,他是尤什克夫旅长。野村命令过我们。而那里,"他用手指了指花园,"应该下去看看,房子里是空的,那花园里,"他看了看瓦尼亚特卡,"可能有什么人……对吧?"

瓦尼亚特卡点头,他们走近尸体,拿起铺地的一条地毯把它盖上。

"咱们走吧!"斯切潘·菲多罗维奇说道。

他们去了花园,米隆内奇打头,斯切潘·菲多罗维奇紧跟,奇怪的是米隆内奇对这里的一切都了如指掌,"大概他来过这里不止一次!"他看着身体屡弱的米隆内奇,心想:"看来这老树还要发新枝呢!还惦记着他老伴呢!"花园里栽的是樱桃树和苹果树,园中央有一个狭长的小塘,上面架着像玩具一样的小竹桥。视野所及,墙根是一排野蔷薇。

"你在那里看见什么了?"斯切潘·菲多罗维奇小声问瓦尼亚特卡。

"就在这儿,弯着腰看,草根底下已经看见脚了,看见了吗?"

他们走近离那儿五米远的地方,斯切潘·菲多罗维奇往前走,的确看见脚了,那人在草丛里蹲着,紧靠院墙。米隆内奇回头看看斯切潘·菲多罗维奇,他也弯腰前行,突然停下,差点儿叫斯切潘·菲多罗维奇撞上。

"卡皮托诺维奇的鞋!"他小声说。"有武器吗?"

"有危险吗?"斯切潘·菲多罗维奇不知为什么问了一句,掏出勃朗宁手枪。

"天知道!"

他们靠近木丛,拨开带刺的枝子,看见那儿真的蹲着一个人。

"他!"米隆内奇小声说。

他走到索罗津跟前。

那家伙靠墙蹲在那儿前后摆着头。一个皱巴巴的旅行袋敞着口放在他的腿上,两只手无力地耷拉着。

"他在嘟囔些什么?"米隆内奇把耳朵贴近索罗津的嘴边。斯切潘·菲多罗维奇也靠索罗津蹲下,见他两眼半睁半闭,眉毛都烧焦了。

索罗津无声地动了动嘴唇。

米隆内奇往上挪了挪,见他已是死路一条,说道:"看来你是想溜之大吉呀,米哈伊尔·卡皮托诺维奇,我亲爱的长官!在想那位曾祖母……"

亚历山大把自己那帮小青年都集中在公园里,屋子里装不下三十个人。在第一排有谢廖沙·阿奇舍夫斯基。

"长话短说!没时间长篇大论!谢廖沙,你的人有多少?"

"六个!"

"那好!你们跟我来,有汽车吗?"

"有,福特卡车!"

"等会儿我们单独谈一谈!"

谢廖沙点头。

亚历山大分好组,一部分人把守宪兵队,一部分人派往军需仓库,一些人负责监视使团驻地。

"现在,一切都安排好了!请直接进入岗位吧,不要和警察和宪兵联络,尽可能避免冲突。谢廖沙,汽车在哪儿?"

"在那儿,不远!"

"伙计们,明白了吗?"

"明白!"

"那就说到这儿吧,大家先坐着,我们这就回来!"

大家散了之后,亚历山大和谢尔盖便进屋去了。

"你的人都怎么样?"

"没什么!都没什么!"

"你想怎么办?"

"苏军进来之后再收拾日本人,我想去大连找他们。"

"你想他们会放你去吗?"

"他们答应了!"

"但愿上帝帮你!那穆拉呢?"

萨士克耸了耸肩膀,低下头。

他们来到大直街,卡车在新哈尔滨宾馆停下,谢尔盖开车,亚历山大坐在旁边。

"去哪儿?"

"平房!"

谢尔盖惊讶地看着他。

"去平房!"亚历山大强调了一遍。

去平房七三一部队的公路空荡荡的,在路边隔一至两千米站着一些闲着没事的中国人。

"是我们的人吗？"谢廖沙问。

亚历山大点头同意。

当他们驶抵大门前的小广场，惊讶地发现大门开了一道缝。

亚历山大和谢尔盖出了驾驶室，小伙子们都从车厢里跳下来，来到门前。部队占地面积很大，但已空旷无人，日本人已经撤退了，并把能带走的东西全部带走了。亚历山大和谢尔盖进入第一座楼房，沿着楼梯登上一层，挨个房间查看。到处都是逃跑时留下的痕迹：病房里散放着的床单，锃亮的钢质医用托盘，碗碟的碎片，许多日本的纸张……当他们走出屋子时，谢尔盖的一个队友跑过来，并且大叫。谢尔盖和亚历山大看见他很害怕，在一个大锅炉旁边有两个很高的大烟筒和一个大坑。里面扔着一些烧焦的尸体。

"瞧，这些坏蛋！显然，他们把最后一批证人都烧死了！"

站在坑边上令人作呕和毛骨悚然！坑底大约有五六个烧焦的人。

亚历山大回身没注意到他的鞋底从泥地上带出一块淡紫色的碎布片，这原是女式睡袍的面料。

第四部分

一九九二年　五月

　　扑鼻的芳香沁人心脾，令人心旷神怡。

　　斯切潘·菲多罗维奇睁开眼睛。还未全睁开，只是睁开一条缝，因为眼皮沉重、肿胀，没有归位。

　　斯切潘·菲多罗维奇眯着眼儿，循着香气，在斜阳中通过半透明的窗纱看见窗台上那个盛水的玻璃花瓶，里面插着一簇缀满白色花苞的绿枝。

　　"稠李，"斯切潘·菲多罗维奇微微一笑，"这是玛丽娅送来的，她真是个善解人意的好姑娘！"

　　斯切潘·菲多罗维奇知道是稠李的花香使他醒过来……

　　他躺在医院的大床上，盖着一床雪白的大棉被。两只手放在外面，手掌朝上，好像不是自己的手。床边立着一个铁架，吊着一个玻璃瓶子，用透明导管直接扎在动脉里输液。

　　"还输液干什么！他妈的！"他觉得奇怪，"这是怎么回事呀？昨天打针还好好的啊！"

他往墙上扫了一眼。

这是另一间病房。就躺着他一个人，床头右边的小柜上放着一个仪器，昨天那个病房里没有这个东西。门也跟这里的不一样，跟复苏室一样是玻璃门。斯切潘·菲多罗维奇动了动手指，想打个弯儿，可是弯不了，手指很粗、发胀。

"好像过去了一个世纪！"斯切潘·菲多罗维奇想。

他用发干的舌头舔了舔嘴唇，感觉呼吸不畅。他喘气困难，几乎喘不过气来。

清新的空气从窗口吹进来，带着稠李的芬芳。

玛丽娅，只有她能这样做。她像谁呢？棕红色的头发，脸上没有雀斑，她到底像谁呢？像那个一头棕发的女护士，但她脸上有雀斑，在哥尼斯堡郊外，那是一九四五年！也是在三月份。她也是女卫生员，医务工作者！我还对同室病友谈到她呢，当玛丽娅第一次来到我们的病房时，她们简直太像了。两人都有棕色头发，都心地善良。只是一个人脸上有雀斑，一个人没有雀斑。就是一九四五年那个……

思绪戛然而止，斯切潘·菲多罗维奇用力喘气，就是喘不过气来。喉咙只有一个很细的小眼儿，能通一点儿气，一丁点儿气。

他喘不过气来。嗓子、手指与眼皮一样，都肿了。

他现在从眼睛缝儿看见的一切，边缘开始变白，屋子的各个角落、墙壁、地板、天棚都蒙上一层雾，雾向中间聚集。一切变得雾蒙蒙、白茫茫。

他动了动手指头，触到一个冷冰冰的按钮，摁下去，明白了："时候到了！"

他看见一些身穿绿色大褂和绿色裤子的人进来。他们又拿进一个铁支架，吊着一个玻璃瓶，带透明导管。他们推来一个小车，上面放着

542

亮铮铮的手术工具和小盒子。大家紧紧围住病床。他看见他们开始处置躺在病床上的老年男子,给他注射,往臂肘内侧插导管儿,在胸部贴上电线的吸盘。他们在说话,说很多话。斯切潘·菲多罗维奇只听到"突发性过敏"和"血管性水肿"。

"看来,这家伙完蛋了!没有法子了!"斯切潘·菲多罗维奇心里想。

他仔细看躺在床上的那个人:上了年纪的男子,八十岁,体态臃肿,宽脸盘,眼窝深陷,满头华发,留着三十年代共青团员的发型。嘴半张半合,两颗门牙中间有一道缝,清晰可见。

"斯切潘·菲多罗维奇·索罗维约夫,"斯切潘·菲多罗维奇明白了,"可惜啊!他本来还有些计划未完成呢,可昨天又给插上针管了……"

他俯瞰这一切,好像从天棚上往下看,看见在穿绿色工作服的人员中有一位穿白大褂的姑娘。

"玛丽娅,"斯切潘·菲多罗维奇认出她来了,"对了,她是今天的值班护士,所以穿白大褂。"

是她使他苏醒,因为在窗台上摆了一束稠李。

"聪明的姑娘!多像哥尼斯堡的那个姑娘呀,她对他,或者说对我……"斯切潘·菲多罗维奇一下想到"我们"一词,姑娘给他包扎。那块儿愚蠢的单片!咔嚓一下,没有法子,食指连骨带肉就没了。就是这么回事!

斯切潘·菲多罗维奇不再想躺在床上的那个人——刚刚死去的那个男子。他想起在德国的战壕里,在多纳城堡前,瓦尼亚特卡·萨瓦杰耶夫用德国绷带为他包扎手指。后来他俩一起把那只胖猪——德国少校拖到自己的战壕里,其余的战友掩护他俩。当时手指并不疼。只是爬回自己的战壕,交出德国俘虏以后,斯切潘·菲多罗维奇——当时人们都叫他"大尉同志",比较亲近的人则叫他"菲多罗维奇"——才感觉胀痛,绷带渗满了血。等到他的最后两名侦察兵——马杰亚和廖士卡·斯

543

立亚宾回来——跳过胸墙,他才想到去医务所。他去了司令部的掩体内,听翻译说被活捉的那个德国人叫约瑟夫。这使在场的人哄然大笑,因为派到侦察班的翻译叫阿道夫。就连德国人一听也蒙了,后来也跟着傻笑。

凌晨时,他的手又疼了起来,于是再次去医务所。

人家叫他坐在凳子上,旁边的小台上放着一些镀铬的医疗器械,这时候在灯光下走来一名棕褐色头发的女护士。她像所有在眼前一闪而过的女护士一样,头上扎着白色的三角巾,身穿紧腰的白大褂,下身穿制服裙,脚蹬人造革女靴:普普通通的军队女护士,没有什么特别之处。她把棕褐色的浓密长发扎成了马尾辫儿,脸上有雀斑,一双蓝汪汪的大眼睛炯炯有神。

斯切潘·菲多罗维奇坐在小凳上,提前闭上眼睛,防备突如其来的疼痛。他看见绷带上渗出的血已经凝固,他知道得解开绷带。那会很疼。

斯切潘·菲多罗维奇已经不记得该怎么称呼她了。只记得她的姓带着"药味儿"。是维诺格拉多娃?不,不是维诺格拉多娃,怎么会是维诺格拉多娃呢?是维什涅夫斯卡娅!这就对了!这是一个带有"药味儿"的姓氏!不是有一种软膏,叫维什涅夫斯基软膏嘛!

他把胳臂放在小桌上,便于人家给他解绷带。

"护士,能泡湿了再往下解吗?"他用乞求的语气说道。

护士看了看他,没吱声,把他的胳膊从小桌上拿下来放在自己的膝头。开始时斯切潘·菲多罗维奇连大气都不敢喘,因为他很久没有把手放在女人的膝盖上了。他俩你看着我,我看着你,她蓦然低头,开始用纤柔的手指解开干硬的绷带。斯切潘·菲多罗维奇皱着眉头,心想:这回该疼了。可真就没疼。

他睁开眼睛,只见护士小心翼翼地,一层一层往下解绷带,一点儿没触到伤口。他用闲着的那只手偷偷地擦汗,心里只想对她表示感激之情。这时,她正用剪刀剪断新缠的绷带,一位司令部的军官闯进来,大喊道:

"大尉同志,请您去司令部!"

"该死!干吗这么大声!嗓门儿也忒大了!"斯切潘·菲多罗维奇想,看了看护士。她眯着眼睛怔在那里,一只手举着剪刀,还连带一截绷带。

"没事,护士同志,他可以等我……"

包扎完了以后,他轻松多了,便去司令部。

侦察部门的首长,头都没抬在那儿看地图,对他说:

"大尉!来啦?听说你立了战功,好样的!请坐吧,我要告诉你,对你来说,这场战争已经结束了。带着你的人飞回莫斯科,到那儿会告诉你……"

斯切潘·菲多罗维奇最后看了一眼躺在复苏床上的老年男子,他还盖着雪白的棉被:"好了,菲多罗维奇,这场战争对你来说已经结束了……"

  苏联国家安全委员会
  哈巴罗夫斯克(伯力)边疆区管理局
  一九九二年档案
  日本帝国驻哈尔滨市军事使团
  工作人员监控档案
  宫泽光一大尉
  第三十八卷
  一九四六年

苏联内务人民委员部哈巴罗夫斯克(伯力)边疆区管理局第十六特别分队

日军战俘——帝国军事使团工作人员宫泽光一大尉（致索菲娅·安德烈耶夫娜·拉尔森，一九二二年生于哈巴罗夫斯克(伯力)市。已经核实。现居法国）的私人信件（附译文）。

第一封信

您好，尊敬的索菲娅·安德烈耶夫娜！

我从哈巴罗夫斯克(伯力)写信给您。我们在这里生活得很好。我们吃得很好，活儿也不多。现在还是金秋时节。我们正在学习全世界，特别是伟大苏联的政治文献。我并不认为自己是俘虏，因为伟大领袖斯大林同志不是俘虏了我们，而是教导我们好好工作和正确认识第一个社会主义国家——苏联的爱好和平的政治原则。现在我们认识到日本军国主义分子在伟大的苏联人民面前是罪恶深重的，我们必须痛改前非，为建设社会主义助一臂之力！

第二封信（译自日文）

你好，索妮娅！

我怎么觉得你已经把我给忘记了吧。不过又希望你没忘。我还活着。我在建筑工地干很多活，这里空气清新，有使不完的劲儿。我何必给你写这些呢。反正你永远不会读到这封信，只不过想和你说一说，因为我们只能谈如何爱你的祖国。这并不是第一封信，而过去写的信我都销毁了。我不想让别人知道我对你的感情。

薇拉可好？还在上中学吗？

不管上什么中学，大概她现在已经是一位新娘了吧？

如果你收到这封信，并给我回信，那不是很有趣吗？

你的宫泽

第三封信（译自日文）

你好，索妮奇卡！

没有经常给你写信，现在是我向你道歉的合适时机，因为我还没有彻底疯掉。你还记得你妹妹戏弄我，她和萨士克一块儿嘲笑我吗？

顺便说一说，我一直没弄明白萨士克究竟是什么人！我知道俄国名字亚历山大可以叫作"萨沙"，或像你们说的，亦如我们在东京大学里学的"萨尼亚""萨尼卡"，可这里却出了个"萨士克"！他的姓——阿代伯格就够我记的了，还得加个"冯"。你记得我把他的姓简化了，称他父亲为"阿代君"！我称呼俄国人为"阿君"，总是恰到好处，连他本人都这样称呼自己的父亲。

我常常回忆起你妹妹写的一首小诗，薇拉奇卡那时还感到非常委屈，因为在江畔我说她还是个孩子，根本不懂什么叫合辙押韵。

《最后一滴眼泪》

白桦树上小鸟栖，
害怕阴险小猫咪。
别在它面前现身影，
否则傻鸟被它一口吃。
蚯蚓弯曲曲，小鸟馋涎滴！

547

诱惑难抵挡,愿望无非议。
我纵身而下捉蚯蚓,
命运从此难为继——
再不能飞上枝头回到家!
小鸟才知生命不过一刹那。
甜蜜的诱惑多可怕!
最后一滴眼泪流下来,
魔爪死死把它抓,
粉身碎骨何其惨,
无辜小鸟就是它。

我那时候很傻。从另一方面说,这的确叫人意想不到,一个小姑娘,还是个孩子,却写出这种严肃的、悲怆的诗句,当时我还没适应这种表现手法。她说我和萨士克是"疯子"。离开了萨士克,又粘上了我。她是从哪里知道这些词句的呢?尽管你们俄国人都有些情感强烈和心态异常!

好了,我不能往下写了。哨兵要来了。

第四封信(译自日文)

你好,我最亲密的人!
我在住院,想起石川啄木的小诗。我们不是颂扬他,但是理解他,并且静静地默诵他的诗作:

贴近病房的小窗,
目睹各色人等,

路上健步而行……

可惜我们这些人未能"健步而行"！只有你们的人才能这样！总之，我的想法是对的，你们是胜利者！算了，此事容后再叙！我是因中毒住院的。大概是食物中毒。不，关于此事我将守口如瓶。这里的食物很好！总之，万事如意就得了！

蝴蝶飞来又飞去，
这里那里苦追寻，
追寻逝去的春日……

现在又想起薇拉奇卡的小诗和我们的松尾芭蕉：

熊蜂在花冠上打盹，
可别惊动它，
麻雀小朋友！

当时我给薇拉读过这首诗，在江边，你记得的，她说我是个疯子。她的雏鸟——无辜的受害者，而我的小朋友如同整个日本军队，是侵略者。而我本人犹如松尾芭蕉：

漂泊者！
这个词成了我的名字。
绵绵秋雨！

第五封信（译自日文）

你好，索妮奇卡！

他们可能认为我是最没有危险性的，所以把我从工地调到办公室，负责翻译起诉日本战犯的法律文件。

我们交往久矣，我觉得还没有对你讲过我的童年和青年时期的经历，不过真有些这样和那样的有趣内容，在读大学和入伍前，我和大家一样还是个孩子。

可惜此信你尚未读到，但它对我有很大的帮助。我们的老诗人有这样的名句：

穷乡僻壤的可怜奴隶，
远在天边，遥不可及！
如果得到一个女人的怜悯，
哪怕是一点点表示，
他也不算白活今生今世。

这就是我的童年。

我小时候有一位老师，教我格斗和剑术。我现在还能看见他在我们的习剑房里发号施令的样子：

"进攻，防守……"接着又大声喊道，"慢点儿，慢点儿！再慢点儿！不要加速！对手已经杀死你五次了，快点儿，懒蛋，倒霉鬼，想挨老拳不成！"

我可不想挨老拳。懒蛋受到的惩罚就是挨一顿揍。这时又饥又渴，就从家里溜走，去了大水塘，不久前还和仆人的孩子们一起去过。那里有茴鱼。我已经十岁了，学会了用鱼叉叉鱼。特别在小河枯水期，水并不深，我会满载而归。这时候茴鱼的大肚子紧贴塘底，几乎一动不动。

550

上冬之前，我在后院找到父亲的一些家什。扎枪头、长矛、双刃剑已锈迹斑斑，布满虫眼儿，我认为那是被专吃铁器的虫子给咬坏的。我用磨石将其蹭干净，变得锃光瓦亮，焕然一新。这个竹柄武器用起来得心应手，没有一条茴鱼能逃命。我正在想入非非之时，又听见：

"进攻……坏蛋！下面两个钟头你就等着挨揍吧！收稻子去吧！"

索妮奇卡，这回我怎么也笑不出来了。当时我再也不想水塘和茴鱼的事了，而是聚精会神地听老师讲课。我从来都是个疯子，打起架来不要命！薇拉奇卡说得对！我有时真像个疯子！下课以后，我给老师行个礼，见他很满意。

"行了，现在结束了！今天全部结束！明天再说！再见！"

我还没有喘过气来："老师，再见！"我甚至不相信真的下课了，老头子用他那罗圈腿一瘸一拐地出去了。

剑术太棒了！比格斗有趣多了。在我童年的想象中就是这样，我是武士之孙、武士之子，不用兵器，那是荒村野夫醉酒后打架斗殴。他们几碗米酒进肚，就开始你打我、我打你，在尘土飞扬的村道上连滚带爬，最后变成一群畜生。完了大吐特吐，臭气熏天。

我们的格斗完全是另一回事。当然了，这种格斗散发出汗味儿，也散发出榻榻米的稻香味儿。

在我父亲四十岁的时候，索妮娅，习剑房里铺了新的榻榻米垫子，我在练剑前会在垫子上洒些开水，榻榻米立即散发出完全异样的夏季的味道。我们家里数习剑房最宽敞、明亮。有南墙和西墙，天棚下面是落地窗，上面糊着稻草纸，阳光从早到晚都能照进来。窗纸泛黄，好像浸过油，所以阳光温暖而柔和。

当农民收割之后，田畴周围的水渠开始变绿和发霉。从那里散发出一种湿抹布晾干的味道。

夏季已经结束，阳光普照大地，那是已经整治好、准备下次播种的稻田。这我记得清清楚楚。快到晚上的时候，山脚清新的空气里夹杂着针叶林和秋天野花的香气。

榻榻米同时散发出山脚和原野的清香。

下课以后，我的脚板已经发热，等祖父一离开客厅，我就跑出去，甚至连和服都没脱。仆人们都在院子里忙着干活，其中有我的奶娘，她总是向妈妈告状，说我不能及时把脏衣服换下来送洗。如果妈妈送我上学，见我衣帽整洁，那才高兴呢。

我从仆人们的身后溜到墙根儿，钻进仓房。那里藏着我的扎枪头子。

那天老师上课上到了晚上。老师是一个怪人。像他这样的人，在我们府，甚至在全日本再也找不到了。

他虽然七十有余，但身体还十分硬朗。周围的人都对他很熟悉，因为他的经历始于"会津保卫战"。人们甚至说他是"白虎队"成员之一，可我父亲说不是这么回事，他参加了要塞保卫战，但是在"白虎队"牺牲的烈士中并没有他。他好像加入过榎本武扬将军的舰队，并随他去了北海道。将军战败给帝国军队造成了巨大损失，从此，我的老师便开始在全国各地流浪。人们在我们村头发现了他，他住在一个山洞里，衣衫褴褛，偷鸡果腹。农民逮住他，要送他到警察所。在他那件破烂衣服里却藏着两把刀，不过谁也没发现。我父亲当时担任村长，见他以一对十，武艺高强，便收留了他，当时正赶上我出生，就请他给我当老师。

那时日本发生了很大变化。明治维新之后，武士们一跃成为军官和官员。公爵的领地变成大都市，那里出现了工业、教育和新的官僚。我的父亲，武士的儿子和武士的孙子也成了当官的。

我在静冈市一带长大，就在富士山脚下，经常和父亲一起去东京。父亲一个人去的时候，就把我留给老师照管。老师是他最信任的人。

后来我进了早稻田大学。师从瓦尔娃拉·德米特里耶夫娜·布勃诺娃学习俄语。

索妮奇卡,我对俄罗斯的了解,都是源自这位老师。她很热爱你们的祖国,眷念深重,大概这种殷切之爱也植于我们的心中。当然还有你们的语言,她教我们阅读普希金、托尔斯泰、莱蒙托夫,她可能要把所有文学巨匠的作品都教给我们。

结果我的脑子被搞乱了。我是武士之子,理应为天皇效命、消灭敌人。俄罗斯是天皇的敌人,我应该战胜它,消灭俄罗斯人。可普希金却诞生于俄罗斯。

大学毕业后,我应征加入"皇军",在总部供职。开始在侦察部门,而后调到哈尔滨,在浅草大佐手下当差。你知道他,在哈尔滨的俄国人都知道他,像霍尔瓦特、考西明、罗扎耶夫斯基等政、军界人物,他们……

算了,这些我不再写了。

我有五岁小女娃,
取了俄名索妮娅,
她叫我怒放心花,
屠格涅夫一长篇!
车中耽读过石狩,
湿雪霏霏落人间!

索妮奇卡,这又是石川啄木的诗篇。难道你不是他的女儿吗?别看他可能不知道此索妮娅即彼索妮娅——生命之升华。

这就是你的俄语,
该结束了。
你的宫泽。

落樱纷纷飘落地，
已是春到时分，
空中犹似大雪飞……
如幻如真，
不易化作尘！
梦里难得安宁，
岂能不欢而散……
春天月色溶溶……
今宵又入梦，
处处花凋零。

一轮晓月挂天边，
清辉洒在槭树间，
秋叶万紫千红遍！
恶风下山横扫时，
打得红叶满地翻。

万物一片白！看不清。
花中有雪，雪中有花，
哪里是雪，哪里是花？
只有花香告诉人：
是否李树花已落？

秋月在蓝天上
画出翠柏苍松；
月亮飞过云层，

周围的树枝上
雨珠滴落晶莹。

索妮奇卡,我的好人,我不知道为什么今天如此多愁善感。

在没有生命的沙漠里多么苦闷啊!
沙沙,沙沙。
你攥在手里的一切都从指缝消失了……

蜻蜓终日在河面,
扑啊,扑啊,
捕捉自己的翩翩身影。

辗转反侧难入睡,
清晨依旧到人间。
逢人争说春天好……
可惜春雨尚绵绵,
忍见岁月如逝水,苦难言……
梦只能叫它梦,
如今我已认清,
和平只是梦一场,
一切皆在现实中,
此即生活,此即梦中!

我赏繁花乐不疲,
也为花落空叹息……

香消玉殒足可悲，

这般痛苦难自制，

平生还是头一次！

是的，昨天经历了一次有趣的会面。我被叫到长官那里。进了办公室，独自坐了五分钟左右，门开了，进来的竟然是萨士克和一名大尉军官。可不是那一位。在一九四五年八月，我在哈尔滨见过他，他在阿代君的房子周围转悠。他在电话站一带徘徊，而后去教堂广场和其他地方活动……他当时没穿制服，而是穿西装，戴一顶怪模怪样的礼帽。礼帽是一般的礼帽，可戴在他脑袋上就变了样，看着不像在欧洲人脑袋上那么顺眼，就像戴在我们日本人脑袋上那么滑稽可笑。其实，除了军装，我们穿什么欧式服装都别扭。我们穿上欧式服装，看上去像他们在漫画里把我们画得那个傻样儿。就因为他戴着那顶帽子，傻了吧唧的，我才记住了他。我当时怎么没跟他接触呢！

于是，他们进来了，我赶快起立。大尉一脸公事公办的样子，几乎看都没看我一眼，把文件放在桌上。这之前他让卫兵到外边去，关上门。他坐好后，从衣兜拿出玻璃烟灰缸，放在桌角，在我近旁。我一个人吸烟，这可是违反战俘营纪律的。如果我抓起烟灰缸砸过去，那将如何？他坐下，朝我点点头，意思是叫我坐下。而萨士克沙还站着，大尉看了他一眼，他也坐下了。大家沉默了片刻。大尉看着萨士克，问道：

"据我所知，咱们这里不需要一个翻译？"

萨士克头一次看我，点头表示同意。

"请问，战俘宫泽光一……"大尉开腔儿了，还不时地看看萨士克，他只是点头。我回答说，战争已经结束，我也没什么可隐瞒的了。谈话持续了两个来钟头，萨士克一直默不作声。

你知道，索妮奇卡，他几乎连看看都没看我一眼。我明白这是什么意思,我也佯装不在意,不用正眼看他。最后,我一切都明白了——他要大尉出面,我才不会说错话。可我也没必要撒谎,我不可能把什么搞错,记忆里一切历历在目,犹如此事就发生在昨天,因为他只问了关于哈尔滨的事。我还等着他问我个人的事呢,可是他没有问起。

大家沉默了一阵,大尉交给萨士克一份文件,他开始读,自己也拿了一份读起来。这时,我正眼看看萨士克,你简直想象不出,他穿了一身苏军单排扣立领礼服,我们战俘里的军官在十月革命节和五一劳动节都穿这种礼服。两块肩牌金光闪闪。我只是没看见上面有几颗星:两颗星的中尉,还是四颗星的大尉,如他的同伴那样。我为什么没想到三颗星的上尉呢?不知为什么,只想到两颗星或四颗星。萨士克穿上军装真是英姿勃勃。我记得他的父亲,沙皇军队的上校,但从未见过他穿军装,可我见过许多穿军装的哈尔滨人——上校、将军在各种会议和活动上。于是,我突然产生一种感觉,在萨士克身上的不是苏联军装,而是沙皇军队的军装,肩章闪着金光!

奇怪,是吗?

后来,是谈话或审讯我也没弄明白,反正结束了。他们起身,点头告辞,便出去了。屋里只剩我自己,我得等卫兵。一分钟后,门开了,萨士克冲进来,他跑到我面前,因为太出乎意料,吓得我一下子跳起来。他立即抱住我,压低嗓音说:

"对不起,宫泽,我不得不这样!等你回国以后,尽量找到我家人!还有索妮娅!他们可能已经离开中国,我在哪里都没找到他们。他们可能在美国、澳大利亚或者……只要他们还活着……万一能找到他们,就告诉他们我还活着,然后,我自己会想办法找到他们……"

他大概还想说什么,但门开了一道缝,一个长满雀斑的人探进头来,略显不快地问道:"上尉同志,营长在等您……"

萨士克离开我,出去了。

我再也没见到他。

瞧，我真看错了，他既非中尉，也非大尉，而是上尉。他穿着军便服，如果穿上正式军装就精神了。

算了，就说到这里吧。我应该把这些都忘了，哪怕忘记一时也好。

第六封信（译自日文）

我仍记得维尔京斯基音乐会散场后，我们走出剧院的情景。你、我和萨士克，瞧，没有萨士克，我们啥事都不会发生。大家都沉浸在维尔京斯基歌曲里的情感之中。当时我给你读了这首小诗："吾爱鲜花繁似锦……"你用奇异的目光看着我，如果你回答我，可能是这样：

盛开的李花无处寻，
我请挚友细观察，
此地正在飘雪花，
我可分也分不清，
哪是雪花哪是李花？

那样，我会如是回答：

樱花怎样透过迷雾，
在早春的远山之麓，
泛起一片白茫。
你一走一过，
我留内心深处！

你看见了,这些诗短小精悍,短歌只有五行,或者俳句。
还有这些:

让痛苦和爱情如何伴我度余生,
让我如何忍受郁闷和折磨,
即使把我变成一块碧玉,
我钟爱的你也要和我耳鬓厮磨,
我愿化为你的一只手镯。

或者:

当你问到我:
孤眠情如何?
我在长夜里,回答只一个:
是的,满脑思念皆是你,
唯有亲爱的你一个。

或者:

与君分袂百转愁,
清泪涟涟湿袖头,
玉珠串串流!
满面泪水均化作
我对你的思念永久……

也可能是这样:

这个世界啊,痛苦的世界,短暂的世界!
你耳闻,你目睹,一切都是飘渺虚无。
请问生命为何物?
通往无限空间——黑洞之路,
瞬间消失,永无觅处……

一切都凄惶。命运都悲怆。
谁知死亡之外有何下场。
留下的还有什么?
蓝雾一片茫茫。
篝火堆上烟轻扬。

现在谈到日本,你还从未见过它,我也可能永远见不到了。

在我亲爱的故乡,
樱花正绽放。
芳草遍地长!

这大概讲的是今日之日本:

坎坎伐木声,
鸟儿无动衷,
筑巢忙不停!

这是讲我们日本人的:

我们之间无异己，
樱花树下，
皆是兄弟。

或者是这样：

农夫不想喝清酒……
不想当然有缘由，
莫非他们愁更愁？

而这是讲我的：

一想到死就想到药，
吃药能把疼痛治好……
心疼叫人受不了！

我一切都准备好了，索妮娅。这些俄国"大鼻子"不会让我剖腹自决……

那是为什么呢？

我想这样做。这是我的义务。我未能保卫天皇，就应该去死。

这一切究竟是为什么？战争，集中营，俘虏……

义务，这是最重要的！

为天皇牺牲！

有意思，浅草也会剖腹自决吗？

可能会的。应该剖腹。他是武士。他会恪守武士道的戒律。

但现在不会这样做！虽然我还不知道。

永久保存

苏联国家安全委员会管理局哈巴罗夫斯克（伯力）边疆区首席特派员、大尉
马利采夫·E.M.

1992年1月29日

致 谢

作者要感谢：杰尼斯·施密特、弗拉基米尔·伊林、亚历山大·梅多、阿列娜·夏罗依金娜、伊利亚·德罗克诺夫、跨区社会安全公益基金会、尤里·马楚连柯、伊莉娜和弗拉基米尔·克尼亚泽夫斯基、谢尔盖·库德里亚夫采夫、米哈伊尔·科利马诺夫、阿纳多里·科诺诺夫、阿纳多里·萨维茨基、弗拉基米尔·阿列克谢耶夫、弗拉基米尔·戈洛尚维奇、亚历山大·杰米申柯、马尔哈慈·阿鲁久诺夫只要感谢西北风翻译公司老板基里尔·希姆金和达吉雅娜·斯卡奇科、伊琳娜·罗曼诺娃、安德烈·加米涅夫、陈敏、李延龄、尼古拉·斯杰潘诺维奇·邱马柯夫、亚历山大·彼得罗维奇·马约罗夫、伊琳娜·弗拉基米罗夫娜·杰姆斯科娃。还要感谢：叶莲娜·彼得罗夫娜·塔斯金娜、谢尔盖·安东诺维奇·阿尔奇塞夫斯基、尼古拉·扎伊采夫、奥莉佳·伊林娜娅—梁丽以及格奥尔基·瓦西里耶维奇·梅列霍夫。

作者特别感谢作为书中主人公原型的格列布·维克多罗维奇·安东诺夫。

书中俄文缩写

НКВД　：苏联内务人民委员会

БРЭМ　：俄国侨民局

ОКДВА　：苏联远东特别红旗军

УНКВД　：苏联内务人民委员会远东局

РФС　：俄国法西斯党

ЯВМ　：日本军事使团

ОГПУ　：(苏联内务人民委员会下属的)国家安全总局